FESTIVAL DE CANNES

我与戛纳

戛纳电影节掌门人 福茂日记

Sélection officielle

Thierry Frémaux

〔法〕蒂耶里·福茂————————著　肖颖 陈钰清————————译

人民文学出版社
PEOPLE'S LITERATURE PUBLISHING HOUSE

著作权合同登记号　图字 01-2017-6241

Originally published in France as：
Sélection officielle by Thierry Frémaux
© Editions Grasset & Fasquelle，2017.
Current Chinese translation rights arranged
through Divas International，Paris.

图书在版编目（CIP）数据

我与戛纳：戛纳电影节掌门人福茂日记/（法）蒂
耶里·福茂著；肖颖，陈钰清译. —北京：人民文学
出版社，2018
ISBN 978－7－02－014129－6

Ⅰ.①我… Ⅱ.①蒂… ②肖… ③陈… Ⅲ.①日记-
作品集-法国-现代 Ⅳ.①I565.65

中国版本图书馆 CIP 数据核字(2018)第 064690 号

责任编辑　卜艳冰　陶媛媛

出版发行　人民文学出版社
社　　址　北京市朝内大街 166 号
邮政编码　100705
网　　址　http://www.rw-cn.com

印　　制　上海盛通时代印刷有限公司
经　　销　全国新华书店等

字　　数　399 千字
开　　本　890 毫米×1240 毫米　1/32
印　　张　24.125
版　　次　2018 年 5 月北京第 1 版
印　　次　2018 年 5 月第 1 次印刷

书　　号　978-7-02-014129-6
定　　价　118.00 元

如有印装质量问题，请与本社图书销售中心调换。电话：010－65233595

啊，我的叔叔，等待了一年却仍未见你归来。
作为翻译和向导，
你跟随一群天文学家出发，
去考察巴塔哥尼亚西部海岸的天空。
在火地岛的峡湾里，
在世界的尽头。
但是我知道，
心中还有些情绪，
悲伤，
和对故乡的思念。

布莱斯·桑德拉尔 [1]
《巴拉马或者说我七位叔叔的历险》，1918 年

献给我在"第一电影路" [2] 的叔叔们：
伯纳德·夏尔德尔、雷蒙德·希拉特 [3]、
雅克·德雷和贝特朗·塔维涅

注释：

1 布莱斯·桑德拉尔（Blaise Cendrars，1887—1961），法国作家，生于瑞士，又被认为是瑞士法语作家。

2 "第一电影路"（Rue du Premier-Film），为纪念卢米埃尔兄弟发明电影，里昂卢米埃尔中心所在的街道被命名为"第一电影路"，位于里昂八区。

3 雷蒙德·希拉特（Raymond Chirat，1922—2015），法国电影史学者，出版多部法国电影专著，包括对法国 20 世纪 30 年代电影、战时电影等的研究，等等。卢米埃尔中心的图书馆便是由他发起创建。

谨以此书献给我亲爱的阿贝尔——并不充满智慧，甚至缺乏情感，只是出于本能和冲动。

不要指望在其中找到一种新的艺术形式或者写作方式，它真正要展现的是一种未来的普遍精神状态：人们将会失去理性。

"过度追求完美，反而会得不偿失。"

人类万岁！

附言：我记得莎士比亚好像说过："所有的哲学理论都比不上与情人共度的美好夜晚。"

布莱斯·桑德拉尔

献给阿贝尔·冈斯

《丹·雅克，南针峰的平面图》，1927 年

……也献给所有的朋友们（在这本书里出现的，以及其他的）

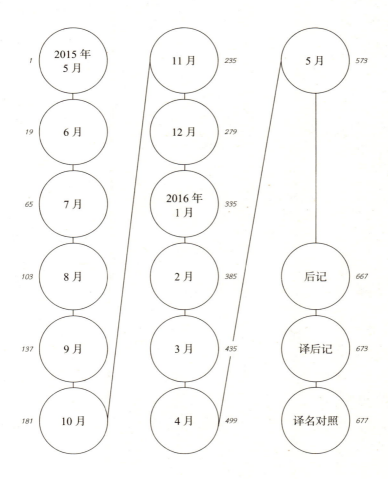

1   2015 年 5 月

19   6 月

65   7 月

103   8 月

137   9 月

181   10 月

11 月   235

12 月   279

2016 年 1 月   335

2 月   385

3 月   435

4 月   499

5 月   573

后记   667

译后记   673

译名对照   677

2015 年 5 月

MAI

2015 年 5 月 25 日　周一

戛纳电影节闭幕翌日。上午，乌云密布的天气使我义无反顾地离开了这座城市。过去，我们通常会多逗留几天，如今不会了，评委们都已离开或正准备离开。在这 12 天里负责照顾他们的罗丽·卡泽纳夫告诉我："杰克·吉伦哈尔和泽维尔·多兰很早就出发了。接着，吉尔莫·德尔·托罗与罗西·德·帕乐玛也于 10 点 30 分离开，科恩兄弟是 11 点走的，罗基亚·陶雷和西耶娜·米勒是在 12 点至 1 点 30 分之间离开的，苏菲·玛索则是在临近傍晚时离开的。"昨天，一股伤感的气息开始在戛纳电影节弥漫：艺术家们像候鸟般疾飞而过。

司机马克把我送到尼斯机场。这是我们本届电影节期间共事的最后一程。在十字大道的喧嚣中，他的车厢仿佛是一座宁静的避风港。法国航空公司值机柜台处的地勤人员对我报以灿烂的笑容，她谈论着电影节，对我超重的行李睁一只眼闭一只眼。苏菲·玛索和她的女儿也在候机室里，我们闲聊了几分钟，并没有提起入围或得奖名单。我们到了秋天会再见面的。在机场的书店里，我没有买任何报纸，而是购买了第二本亨宁·曼凯尔的《忧虑的男人》[1]——在此刻，我不想阅读任何关于戛纳电影节的报道。下午5点，我登上飞机，这是本届戛纳电影节期间我的第23次也是最后一次航班。飞机穿过云层，大海迅速地被韦科尔地区[2]的山脉补位。我辨认出几座村庄：维拉尔-德-朗、梅奥德和奥堂，接着是穆瓦朗的悬崖峭壁和蒙托附近的森林——我很熟悉那里用石头和木头盖的房子。飞机在圣-埃克絮佩里机场降落，我回到了夹在罗讷河与索恩河之间的里昂半岛区，站在河岸边的艾利码头，看见河对岸的圣-乔治大教堂。我简直感觉自己刚刚被流放归来。我离家一个月了。我并不觉得疲累，只觉得幸福。我渴望见到玛丽和孩子，还有我的朋友们。2015年的戛纳电影节结束了，夏天将飞快地到来。

5月26日　周二

　　雨天有时会让红毯呈现布列塔尼暴风雨般的惨状，不过这个周日有惊无险。颁奖典礼及获奖名单的公布并不意味着电影节的结束。法国电视四台[3]的直播虽然结束了，但对于坐在卢米埃尔大厅里的2,200位观众来说，还有最后一部电影即将上映。接下来是由700位贵宾出席的晚宴，尽管他们中的有些人喜欢装出一副不情愿的样子。而对于戛纳市的居民来说，十字大道上随处可见的派对才算是真正的尾声。今年的闭幕电影是吕克·雅克特的《冰川与苍穹》。我们很喜欢这部电影，将其作为闭幕片，正是我们对即将在年底召开的气候峰会的政治表态。

最后的夜晚，持续到黎明，就像夏令营结束前彻夜不眠的狂欢。我与两位比利时电影人通宵达旦，他们是获奖名单上的常客，又喜欢在自己的房间里举办啤酒派对（达内兄弟激烈而庄重的电影很难让人联想到他们竟是派对动物）。

我待在七楼的露台上，因为人们坚持要我品尝红酒、火腿和鹅肝酱。我手里端着一杯2004年产的木桐罗斯柴尔德红酒[4]，久久无法平静下来。直到周一，我们才能真正放松。我注视着这座城市。从影节宫往下看，闪闪发光的十字大道就像一条宝石镶成的蛇，挤满了行人和密集的车辆，后者以时速5公里龟速行驶在电影世界最辉煌的1公里上。从马杰斯迪克酒店到马丁内斯酒店[5]，准确地说，长1,800米。晚餐过后，我们去了阿尔巴尼俱乐部，那是我们晚上举行告别派对的地方。其后，我们吹响解散的号声，但是没有人想去睡觉。酒店的大堂很冷清，很多派对因为省政府下达禁令而受限——现在，一切活动都只能在酒店房间、别墅等私人场所进行。过去三周里，和我们形影不离的团队成员纷纷作鸟兽散，忙于参加各自的应酬，在不同的酒店里度过他们的夜晚。文化部长芙乐尔·佩勒林专程从巴黎再回戛纳，庆祝雅克·欧迪亚获得金棕榈奖，但此刻连她也不见了踪影。

我尽兴地与一批又一批人应酬完，东方已泛起鱼白肚。我和对这个夜晚恋恋不舍的洛朗·葛拉[6]及永远不睡觉的英国人蒂姆·罗斯聚在一起。天亮时，我们坐在卡尔顿酒店的露天座椅上，看着太阳从世界上最美的电影港湾升起。除了一位女服务员之外，餐厅里空荡荡的，她很乐意陪伴在我们身边——显然，她也不愿电影节结束。每年，戛纳电影节都在忐忑中开场，在伤感中收尾。某种熊熊燃烧的东西迅速熄灭，像一根蜡烛的颤抖的烛光。在那些时刻，我们会对自己说，这个电影节是不可超越的。这种情绪只有等到下一届电影节来临的时候才会消退——那将是第69届戛纳电影节拉开帷幕的日子，2016年5月11日。

这是一个与往常无异的漫长早晨。还未脱去吸烟装，我们就已经决定互相道别。豪华酒店的圆形大厅里，那些早起的人急匆匆地拥入令人眩晕的车流中。沙滩上，巨型拖拉机把沙子一次又一次地推回原地，起重机吊起巨大的金属屋架，那些互相嚷嚷着费解口令的伙计麻利地将它们拆卸一空。

我穿过卡尔顿酒店的大堂，看到人们正忙着拭去庆典的痕迹。上到五楼，经过两条走廊，我又回到了从2001年起就始终入住的房间。这也是过去吉尔·雅各布担任戛纳电影节总监时的下榻之处。我感觉需要打开窗户。一股柔和而又清新的风从海上吹过来。电影节期间，我们不太能看到这片海。海滨浴场的那些茅棚又恢复了它们原本的功能。戛纳迎回了她的居民，十字大道恢复了她的双重身份，孩子们也回来了。几个星期之后，海滩上又将会挤满黑压压的人群。

三个小时的睡眠之后，我用上午仅余的时间来收拾行李，并等待那些尚未传来的消息。之前的几个月里，我始终处于永不下线、有求必应的状态。当狂欢结束，那些短信、邮件和电话却戛然而止。几年前，我跟英国女演员蕾切尔·薇姿谈及此事，她很受触动。为了让我觉得不那么孤单，周一，她给我发了一条短信。

从明天起，每个人都将对彼此熟视无睹。戛纳的街道上随处可见眼神疲惫的人，他们拉着带滑轮的笨重行李箱跳上的士，或急匆匆地赶去火车站。生活猛地回归了正常。我几乎要跑到十字大道上对人们喊道："嘿，你们认出我了吗？是我！"就像在一部由保罗·热加编剧、由夏布洛尔导演的电影中，一个角色说："我受够了你们因为我本人而喜欢我，我想要你们因为我的钱而喜欢我。"在那些美好的戛纳光环回归之前，我将不得不凭个人魅力来讨人欢心。在那之前，时间将继续流逝。这也让我得以完成这部日记。

5月27日　周三

我是蒂耶里·福茂，戛纳电影节艺术总监兼里昂卢米埃尔中心[7]负责人。1960年，也就是《筋疲力尽》上映的那一年，我出生在杜兰-福尔。我从未远离位于伊泽尔省的这座小城。我在韦尼雪的曼盖特区生活了三十年，现居里昂。在这座我不断往返的城市，在卢米埃尔中心，一个我永远不可能离开的地方，我找到了第一份工作。我无法斩断与那些生我养我的地方的关联，同时，对自己所到之处心生依恋，这常常让我生活得不易。戛纳电影节，就是我的生活。

"你会把那些无人不知但又一无所知的事情记录下来吗？"很久以前，萨宾·阿泽玛曾这样问我。会，也不会，偶尔吧。我所履行的职责介于抛头露面和缄默不语之间，在张扬和审慎的两端摇摆不定。我所处的位置代表着巨大的特权：戛纳的十字大道和里昂的"第一电影路"。一个是最盛大的电影节，一个是"活动电影机"的诞生地。很长时间以来，我一直对自己说："为此而自吹自擂是无用的。"

在这部日记出版之际，我的观点依然不变。我想谈论一份职业、一个时代及一门瞬息万变的电影艺术。我想讲述一个被广为庆祝、同时也被埋没的戛纳电影节。20世纪80年代末，我曾经试图不让自己忘记卢米埃尔中心诞生初期那些鲜活的时刻。与吉姆·哈里森、安德尔·德·托斯或艾伦·金斯伯格的友谊激发了我写日记的冲动，于是有了维姆·文德斯、约瑟夫·曼凯维奇、伊利亚·卡赞到访"第一电影路"时的情景再现。我曾在一本日志中记录下了那些活动的日期和相关的电影。我是那本处于草稿状态的日志的唯一读者。二十五年后的今天，曼凯维奇和卡赞已经远去，吉姆还会时不时地回到里昂。但是时光荏苒，我既没能坚持记下去，也没能遵守约定。

自我2001年开始为戛纳电影节工作起（当年的评审团主席是丽芙·乌曼，开幕电影是《红磨坊》，金棕榈奖颁给了南尼·莫莱蒂的《儿子的房间》），我就开始做零星的记录，不成体系，也没头没脑。几年前，我向制片人朱丽叶·法伏赫提起过它们。后来她又对格拉塞出版社的老板奥利维耶·诺拉提起，从那以后，后者就在持续等待我释放出版的信号。所以，我准备开始了。我所做的一切只是为了在时间的长河中留下印记。而奥利维耶对我发给他的一切文字都来者不拒。如果您正在读它，那就说明我完成了。

5月28日　周四

塞缪尔·弗赫是我们团队中在戛纳电影节工作时间最长的成

员，他要和住在戛纳市的让-皮埃尔·维达尔一起检查庆典后的影节宫是否一切如常。他还负责"赫瓦号"，那是为嘉宾准备的游船，供他们游览莱兰群岛，品尝由圣-奥诺拉岛修道院修士酿造的高级红酒。当我的助手克里斯蒂安·热那和媒体部的负责人克里斯蒂娜·艾穆分别在土伦和尼斯与家人团圆时，电影市场总监杰拉姆·巴亚赫将去南部待几天。电影节团队像夏季进山放牧的羊群，缓缓散开，大家自在地回到巴黎，而我则回到里昂。

在怡人的阳光下，我驱车行驶在里昂半岛区狭窄的路上，然后沿着罗讷河长长的河堤前行。不远处，是我年轻时读大学的地方。我重新回到"第一电影路"，与我在卢米埃尔中心的同事们相聚，他们都在迫不及待地准备为卢米埃尔电影节[8]大干一场。没有什么比"回归工作"这种方式能更好地消除残存的疲惫感。今年，我们已经决定向皮克斯动画工作室致敬，放映二十年前上映的《玩具总动员》。朱利安·杜维威尔，这位直到现在仍被法国正统影评界囚禁在口碑炼狱中的重要导演也在我们"解救"的名单上；"致敬"单元中的另外一位影人是拉莉萨·舍皮琴科，苏联电影界一闪而过的流星。还有很多其他的工作要做，包括正式宣布马丁·斯科塞斯成为继佩德罗·阿莫多瓦之后又一位获得"卢米埃尔大奖"的导演。

戛纳，最后的夜晚。那些被获奖名单遗忘的电影人不会现身了。其他的无关人士也离开了十字大道，觉得自己并未得到幸运女神的垂青。我们无法想象，当一位导演得知自己在奖项上毫无斩获时，他会陷入何等悲伤的境地。不过，如果他们在场，就会被视作此项竞赛的英雄，正是他们奉献的电影成就了高质量的主竞赛单元。假使换成另外一个评审团，结局或许会大相径庭。

　　入围戛纳主竞赛单元本身就是一种胜利，不管最终结果如何，出席闭幕典礼都会是一个引人瞩目的举动。但是在电影界，从天堂到地狱，只有区区一条路——约翰·褒曼曾说过，在最终获得奥斯卡提名的五位候选人中，只有赢的那个才适得其所，其余四名陪跑者在电视转播过程中受尽屈辱，而第六名开外的那些人则始终不被瞩目。

　　即使知道自己将空手而归，帕布罗·查比罗和罗伯特·罗德里格兹也都曾大方地出席了颁奖礼，我们对此记忆犹新。但在2008年，因为其媒体专员的误传，阿里·福尔曼全程参加了典礼，并坚信自己会获奖。鉴于金棕榈奖是最后才颁发的大奖，所以随着典礼渐进尾声，他越发确定自己会获得最高奖项。当然，他最后的失望是巨大的。

　　相反的例子是在2009年，克里斯托弗·瓦尔兹在《无耻混蛋》中贡献了令人印象深刻的表演，他获得最佳男演员是板上钉钉的事。为了让所有焦点都集中在克里斯托弗身上，塔伦蒂诺自愿放弃参加颁奖典礼。他并未离开戛纳，而且是在完全知情的情况下，在卡尔顿酒店大堂的屏幕前坦然观看了颁奖礼。他毫不掩饰对克里斯托弗获奖的喜悦之情。我们都知道，雀跃的塔伦蒂诺意味着怎样的胸怀。

　　去年，昆汀回归戛纳，为努里·比格·锡兰颁发金棕榈奖，并庆贺《低俗小说》上映20周年。就在我写下这段话时，他在怀俄明州山区完成了《八恶人》的拍摄，出演该片的蒂姆·罗斯得以脱身，随同由墨西哥人米歇尔·弗兰克导演的影片来到戛纳——该片入围了主竞赛单元。我很喜欢这样想：每当戛纳电影节结束时，那些遍布世界各地的电影人正在为我们来年也许将会看到的电影辛勤工作着。虽然对于塔伦蒂诺来说，带着这部影片来到十字大道完全不现实，因为它将在 12 月上映。

5 月 29 日　周五

持续两周的电影节会让人产生时差错觉，好在只要几天时间便足以让我复原。早上 8 点，我从酣睡中醒来。今天是我的生日，也是我的记者朋友摄影怪杰伊芙·彭高颂和我的副手戛纳电影节电影部总监克里斯蒂安·热那的生日。我们会争做第一个祝贺对方的人，然后高唱雷诺的歌："该死的白头发……"我对此类事情从不上心，2015 年更是如此。但今天，我 55 岁了。时间着实过得飞快，直到最近，这才被我当回事儿。当雷蒙德·卡佛说起"那令人惊骇的、飞逝的过往"时，我着实被触动了。如往年一样，贝特朗·塔维涅会给我发来祝贺短信，里昂卢米埃尔中心的团队则会给我制作惊喜蛋糕。我会再次与这些从未向我索求、从未责难过我的人欢聚。

法国百代公司（Pathé）的主席杰拉姆·赛杜告诉我："你的电话留言箱已经满了，它拒绝接收更多的情谊。"大量的短信、感谢、道别和诉衷情的话朝我涌来，其中还有不少安慰的话：好些朋友会提及某些我选择无视的报道来声援我。我知道，有些报道对本届电影节作出了负面评价。

吕克·达内从布鲁塞尔给我写信："刚刚看完《昂首挺胸》，戏中的演员们实在质朴得很美丽。"吕克经常给我发这类谈论电影或文学的信息，因为他大量地阅读，我也是；有时我们也会谈论足球，因为我看很多比赛，他也一样。他的判断经常出人意料，但这样才弥足珍贵。一个礼拜前，他还在戛纳和他的哥哥让-皮埃尔共同庆祝电影诞生 120 周年，在场的还有塔维亚尼兄弟和科恩兄弟。那一刻很是动人，洋溢着幸福喜悦。

很高兴吕克喜欢艾玛纽尔·贝克特的这部在戛纳得到了诸多好评的电影。不过，导演本人曾对于影片作为开幕电影这件事犹豫不决。"不，我更想谨慎低调地来，参加'一种关注'单元，然后让电影在秋天上映。"她执意说道。我则尝试说服她去接受 99%的电影人都会梦寐以求的主竞赛提议。我知道，凯瑟琳·德纳芙喜欢这个主意，她参演了艾玛纽尔的这部电影。很多法国电影开始急了：一部开幕的法国电影同时参与主竞赛，意味着其他法国电影在主竞赛单元中少了一个席位。在戛纳，选一部别具风格但不参与主竞赛的开幕电影才是更受欢迎的做法——您理解吗？我们的小套路嘛。另外的关键点和谈判策略则是，这部电影将在首映当天登陆院线，让影片、院线和观众可以充分享用戛纳电影节高效的媒体传播。

艾玛纽尔放下了"慎重参展"的想法，接受了截然相反的现实：她的电影将成为开幕电影，并在院线同步上映。电影在戛纳获得了巨大的成功，在院线反响热烈，媒体给出了良好的评价，即使没有众口一词的夸赞也很正常（当我到达戛纳的时候，我本打赌可以让全世界都满意，但很快就放弃了这种想法）。那些喜欢这部作品的人用无法抵挡、极具感染力的热情证明了电影的成功，连那些认为本片不具备传统开幕电影的特征（星光熠熠、大众化、有媒体影响力）的人也满意而归。无论是在戛纳电影节还是在别的地方，这部电影的确僭越了几乎所有"规则"：它是社会的、政治的、作者化的，打着非本土观众陌生的"电影作者"的标签。我们欢庆了自己的胆识，尽管之前也没把这当回事：我们就是喜欢这部电影。如果《昂首挺胸》没有得到这样好的反响，艾玛纽尔就该斥责我了。不过她是个好姑娘，给我发了无数条短信，跟我说她很高兴。

5月30日　周六

19世纪末，在我老家的那片家族土地上，人们建造了一座农场。1995年，电影诞生百年之际，我将这片离我住处不远的农场"秘密"收为了私有。当我还是孩子的时候，大家便在这里招待我。如今，我依然在这里的丘陵和小山谷中漫步，一走就是好几个小时。炎热的日子即将到来，空气里充溢着夏天的味道。面朝"酷寒之地"[9]的边界山坡，查特和韦科尔山脉俯视着整个伊泽尔平原。一切准备就绪，老托马斯捆上干草，赋予了山野如影如画的美感。

骑行了一个早上，我重新折回韦科尔山，与克劳德·朗兹曼交谈。克劳德在1999年进入了我的人生，那时他在里昂宣传纪录片《浩劫之后1：访客》。他是一名大作家，因创作《浩劫》而家喻户晓；但人们常常忽略的是，他曾经有过辉煌的记者生涯。他也常常会在电话答录机上用迷人的声音留下让人愉悦的留言。为了去休假，他会对我说："我要拥抱你。"五年前，他邀请我到一家餐馆用餐，跟我谈他当时写的书，并说他想把书命名为《巴塔哥尼亚的野兔》。他跟我讲述了创作起源，并说："你将收到我的书。你会打开它，阅读它，保准会喜欢它。当你合上书的时候，会对自己说：'这个人啊！'"这绝对是真实发生的事情。他不会再有其他的表达方式了。克劳德像一头愤怒的公牛，随时会冲撞攻击。不过，我确实很喜欢他的书。

　　我问起他小儿子的近况，这孩子受着一种罕见癌症的折磨。"这病在法国没什么人得，病患之间互相都认识。不过菲利克斯在顽强战斗，他的朋友们坚守在他的床头。他很快就要出院了。"我和戛纳电影节主席皮埃尔·莱斯屈尔向他发出邀请，让他观看匈牙利年轻导演拉斯洛·奈迈施的处女作《索尔之子》。他很高兴，也很喜欢这部电影。电影讲述了奥斯维辛纳粹集中营特遣队成员索尔发现自己儿子的尸体后，想尽办法埋葬他的故事。由于克劳德·朗兹曼对大屠杀历史的电影化有着自己绝不妥协的伦理准则体系，人们总以为他会排斥任何以此为主题的剧情片，甚至怀疑他认为唯有自己的《浩劫》才能代表电影正确处理集中营问题的方式。一些跟风者未经深思熟虑就人云亦云。于是，我们看到那些在《无耻混蛋》放映时愤怒离场的观众，他们宣称，无论如何，只有朗兹曼才是对的，我们不可以滥用摄影机拍些乱七八糟的东西，让人误以为希特勒真是死于一场由电影院胶片起火而引发的爆炸（补充一句，这个主意来自塔伦蒂诺，一个钟情赛璐珞胶片的"迷影"天才）。这绝对是不够了解朗兹曼才会给他冠上这样的想法。事实上，他可喜欢塔伦蒂诺的电影了。

　　《索尔之子》提出了一个有关"如何对大屠杀历史进行再创作"的敏感问题。当电影中成功塑造的虚构人物让观众们目瞪口呆地面对历史时，这个问题就愈发凸显。也许，我们可以认同朗兹曼的是（比如我），在"呈现不可呈现之物"时需要备加小心，并且无论如何，电影都不应将这一有关人性的历史时刻束之高阁。克劳德刚来的时候，我就对他说："你的电影《浩劫》拍摄的人，要么已经死了，要么正在死亡的边缘。"他对奈迈施电影中的噪声兴趣盎然。直接见证历史的时代已经过去，我们是否应该仅仅满足于为历史存档而不努力制作新的影像？年轻的一代，还有电影本身，难道为了规避迷失的风险就没有资格去对故事进行创作性尝试了吗？"我完全同意你的观点。"朗兹曼回答道。奈迈施的想法为他的电影提供了一个独特的情境，失去了它，这个故事将变得不再可信：摄影机始终集中在索尔这个人身上，观众是通过索尔来窥见集中营的。这种在混乱中展开的场面调度，迫使观众去体验片中人物所感知到的一切：嘈杂声、无尽的威胁、臭气、羞辱、日复一日的命悬一线以及一个在世界范围内犯下滔天罪行的组织。作为历史见证者，朗兹曼以纪录片的形式讲述了历史幸存者的生活，其后继者奈迈施，则以剧情片的方式呈现了死者：对不同形式的信念让两人彼此靠近，而非远离。

在阿格拉餐厅举行的官方午宴上，拉斯洛浑身颤抖地见到了朗兹曼。我观察到他们交谈了很久，谈话是这样收尾的："我会去看您的电影。""我有些害怕您的评价。""我会严厉无情的。"

克劳德看了《索尔之子》后，向我表扬了它。"放映结束后，我对自己说，这真是一部很美的电影，充满了力量，相当成熟。它所表现的主题，我再熟悉不过了。它真的很成功，你可以这样转告他。"在朗兹曼说这些话之前，电影正好在官方放映后遭到了一群人"朗兹曼式"的戏谑、反对与谴责。当得知朗兹曼本人喜欢这部电影时，这群谄媚者的言论就开始反转了。

下午快结束的时候，文森特·林顿打来了电话："蒂耶里，我又打给你了，但我必须打给你。我有点儿从梦境里出不来了，你知道。颁给我的这个最佳男演员，不是给我一个人的。你明白，这不是我的奖，是属于大家的，属于每一个人！大街上的人会拦下我，然后就像疯了一样；我走进餐厅的时候，人们竟然为我鼓掌！还有一天，有辆巴士停下来，然后司机打开门，从方向盘那儿对我大声道贺，简直太友善了。你发觉了没？还有入口那儿，你看见入口那儿了吗？我真的没疯吗？和卡瓦利埃拍《佩特》的时候，我们的确经历了奇妙的时刻。但对现在这些，我没什么好说的。"对这位难以长久保持沉默的行业杰出大咖来说，这就是他真实的说话方式。

5 月 31 日　周日

法国《电视纵览》杂志的记者奥雷利恩·弗朗茨和《法国电影》杂志的记者洛朗·戈迪龙想要采访我。奥雷利恩深谙如何以诚恳的方式开启棘手的话题，但讲真话会让我处于微妙的境地。《法国电影》则主要针对专业人士，更适合我的胃口。

这是皮埃尔·莱斯屈尔作为主席第一次亮相戛纳，他知道电影节各方都对此密切关注，不成功便成仁。然而，他没有料到的是，为了质疑电影节屈服于私人赞助商，《世界报》竟然刊登了他本人的照片。接受《十字报》记者让-克劳德·拉斯平贾斯的采访时，皮埃尔提到了自己当时的震惊，同时，他的坚定让人欣喜。此前，一旦发现电影节受到质疑，吉尔·雅各布总会为了电影节的利益做一些必须的工作，而我总是那个被推到最前线的孤独者。

现在总算有了一个让人尊敬的新主席，同时也是一位直言不讳的前记者，去满足大家的围观。我曾提醒过皮埃尔，多年以来，部分媒体会对参加戛纳电影节有些神经质。事实也是如此，但成功参加过几届电影节后，他们就开始找麻烦了。第 68 届戛纳电影节的官方选片缺少电影大师的压轴，也没有其他重磅作品为电影节保驾护航，这就为他们找到了挑刺的借口。在整体成功之余（除了我们，没人知道这一年剩下的日子里会发生什么，然而，嗯，不会发生更好），总会时不时地出现飞行员口中的"晴空乱流"。

注释：

1 亨宁·曼凯尔（Henning Mankell，1948—2015），瑞典畅销小说家，欧洲当代文坛最著名的犯罪小说系列"维兰德侦探"的作者。

2 韦科尔（Vercors），位于法国伊泽尔省（Isère）和德龙省（Drôme）的山区。

3 法国电视四台（Canal+），法国著名私营电视台，现场直播戛纳电影节，是戛纳电影节的常年合作伙伴。

4 木桐罗斯柴尔德红酒（mouton-rothschild），法国梅多克一级酒庄木桐酒庄产红酒，是一种极为昂贵的红酒。

5 戛纳十字大道旁最著名的两座酒店，每年电影节期间，是影星、名流首选的下榻之地。

6 洛朗·葛拉（Laurent Gerra，1967—　），法国喜剧演员、编剧，以模仿名人著称。

7 里昂是世界电影的发源地，1982 年，在卢米埃尔兄弟家族工厂旧址上建立起卢米埃尔中心（l'Institut Lumière），集展映、档案、研究功能于一身，与法国电影资料馆（La Cinémathèque）同为法国最重要的两大电影机构。1995 年，福茂被任命为卢米埃尔中心艺术总监。

8 卢米埃尔电影节（le Festival Lumière），由福茂创办于 2007 年，致力于推广经典老电影，每年 10 月在里昂拉开帷幕。

9 酷寒之地（les Terres froides），地属伊泽尔省，从法国科龙贝到布尔昆-雅里昂的区域，罗讷河从中流过。该区域形成了伊泽尔省南部与罗讷河北部和西部的自然界线。

6 月

JUIN

　　不过在抵达蒂兰之前，我发现了一个美妙的惊喜；毫无预警，幸福翩然而至。我突然就来到了世界上最美的地方之一。途经克拉斯的小村庄之后，我们开始启程前往蒂兰。倏忽间，壮美景象跃然眼前，堪比提香笔下最昂贵的画卷。

——司汤达

6月1日　周一

　　里昂-佩拉什火车站，早晨7点21分的高铁。驶向巴黎的回程。两小时后，我就可以把行李放进巴黎的公寓中了——我既住在里昂，也住在巴黎。在巴黎，我住在里昂路上。巴黎的布列塔尼人住在蒙帕纳斯附近，南部人则聚居在巴士底狱、民族广场和巴黎里昂站这片区域。"里昂路，这让我觉得安心！"贝特朗·塔维涅这位地道的里昂人曾经如此说道。2000年的秋天，当我接到戛纳电影节的任命时，他是里昂卢米埃尔中心的主席。那时，戛纳电影节主席吉尔·雅各布和时任文化部长的凯瑟琳·塔斯卡都建议我保留在里昂卢米埃中心的职务。

　　我又恢复了工作节奏。接下来的几周，我都将保持这样的状态：总的来说，周一和周二待在巴黎，然后回里昂，周四往返于里昂和巴黎。三天在巴黎，两天在里昂。从 9 月到来年 5 月之间，无论我是待在巴黎还是出差旅行，玛丽对我的安排都没有任何异议。但从 6 月开始，她只允许我在外逗留一晚。不过遇上以下情况，她还是会网开一面的，比如：工作加班，参加点映活动，与途经里昂的导演吃饭，或者去贝西体育馆看布鲁斯·斯普林斯汀的演唱会。

巴黎七区的艾米丽街，戛纳电影节总部所在地。所有人都在此重聚，氛围像极了开学返校，大家都满怀完成了作业的满足感。中午，我跑去了文化部，芙乐尔·佩勒林为戛纳电影节获奖者、光彩照人的阿涅斯·瓦尔达准备了一场鸡尾酒会。接受戛纳终身荣誉奖时，难以抑制的激动情绪让瓦尔达呈现出了与她一贯以来"特立独行的女性"标签相去甚远的模样。事实上，这个标签只是在用另一种方式刻画着这样一群女性：她们在漫长、艰辛的世事之中，以坚韧的姿态宣告自己的在场，并承受着艰难斗争带来的伤痕。每一次在公众面前现身时，阿涅斯都作出一副"不会上任何当"的样子。她给我打过多少次电话让我揭露那些在她看来是媒体闹剧的事情啊？不过，对于生活，对于周遭的人和朋友，她总是释放着特有的温柔。

突然，弗朗索瓦·奥朗德出现了。我们本该预料到这一"惊喜来访"，但我没有上心。皮埃尔也因为重感冒而在最后一刻取消了赴宴的决定。好吧，又该让美国人震惊了，我对自己说道，他们永远不会看到法国总统竟与本国文化有着如此紧密的联系。总统先生放松地从一群人走向另一群人（是众人赋予了我生活的能量和乐趣，可政治家们究竟是怎么做到每天都有如此鲜活的气色），然后在台上说了几句话："我们从不要求电影只是简单地呈现幸福美好的景象。尽管有些电影呈现了让人无法愉悦的现实，但那也是好的。"有人曾跟我说，他很惊讶地读到如下话语：对面临经济危机和失业问题的政府当局来说，"关注社会题材的法国电影"就像鞋子里的鹅卵石（这是今年不断引起讨论和争议的话题，在现代影迷那儿，社会题材的法国电影简直展示了人们拒绝政治介入的姿态），应该自行式微，而不是被庆贺其功劳：为法国带来了一座金棕榈奖。"还有诸多故事，不断战斗与抗争的男人和女人，这些都应该成为电影表现的一部分"，无论失业与否，都应该是这样。

6月2日　周二

今天早上，一辆紧挨着自行车道行驶的出租车差点儿把我挤到塞纳河里去了。但我得说，能重回巴黎还是挺好的。不管在哪儿，我每天都骑车。我是一名自行车手——在工作日和礼拜日是，在荣军院是，在加利比耶山口也是。为了从我居住的巴黎里昂站街区赶到电影节组委会办公室，我要在塞纳河左岸骑行 7.5 公里。回程也一样。在巴黎的所有行程，无论电影放映、午餐会或会议活动，我都骑车。也就是说，日常平均每天 20 公里骑程，一年大约 200 天，共 4,000 公里骑程。巴黎"自由自行车"公共租赁系统的出现终于让人们不再把骑自行车的人看成古怪愚蠢的乡巴佬了。这件事情最早是在里昂推广起来的。在里昂，人们把这个公共自行车系统叫作"出租自行车"，这名字会呈现出另一种气质——人们绝不会在把酒言欢的夜晚把自行车扔到罗讷河里。"你要骑'自由自行车'吗？"别人经常这样问我。"不，我骑我自己的自行车。"在巴黎，我有一辆洛克；在里昂，有一辆捷安特；在蒂兰，有一辆斯科特——碳质框架，法国产的车轮，意大利产的刹车，英国产的车把手，日本产的换速叉，搭配美国产的骑车服。

我必须时时跟进媒体报道。我会浏览互联网、杂志或者法语、英语及西班牙语网站，还有克里斯蒂娜·艾穆及其团队为我收集整理的文章。我会读美国记者的文章，比如斯科特·方达（《综艺》杂志的记者）或者托德·麦卡锡（《好莱坞报道》的记者，曾长期供职于《综艺》杂志，担任首席影评人，与其比肩的还有非常优秀的影评人贾斯汀·张），还有爱说笑的安妮·汤普森，她曾写道："今年，主竞赛单元最棒的两部电影是……非竞赛影片！"她说的正是《头脑特工队》和《疯狂的麦克斯》，而她并不是唯一一个这样说的。在英国记者里，《卫报》的彼得·布拉德肖或者《闲暇》杂志的高夫·安德鲁斯都很重要。在西班牙媒体、拉丁语系媒体（阿根廷和墨西哥）、日本媒体、韩国媒体、德国媒体和意大利媒体里也同样有出色的批评文章，而我总是以阅读法语文章作为收尾。

媒体发挥其力量，严厉地点评官方选片。即使不时地会有始料未及的赞誉和表扬让我欣喜，但2015年的戛纳电影节还是被认为是一个小年。没什么好惊讶的：我和克里斯蒂安·热那都认为整体的选片挺好，也很强大，但我们的主竞赛单元略弱。我们在选片上犯了错误，并为此付出了代价。另外，2014年的大获成功让人预见了其对来年产生的反作用，而今年这些着实脆弱的电影还要应对大众对"世界上最大的国际电影节"的期许与焦虑。

每年的戛纳电影节不仅是全球电影界数百名导演、制片人和发行商赖以存活的平台，也聚集了全球的媒体名流，他们需要对这一盛事进行快速、清晰而坚定的自我表达。那些高水准的记者之间在相互激烈地竞争着。所有这一切让电影节变得很重要，但有时未免太重要了，使那些参展影片成为众矢之的，承受着巨大的舆论压力。

有人跟我谈论过《世界报》对选片名单作出的"不太客气"的总结。它的确……不太客气，事实上我真是找不到比它更咄咄逼人的文字了。雅克·曼德鲍姆和奥雷利亚诺·托内做了他们身为记者该做的工作，指责我们犯了几个错误。他们高调地（比如拎出主竞赛单元里薇拉莉·邓泽里的电影）发出了一记严厉无情的边线抽球（说"德斯普里钦竟可耻地缺席主竞赛单元"）。我还可以再补充几部被认为"大失所望"的电影，甚至连格斯·范·桑特也成为了无情葬礼的牺牲品。另外，人们还觉得他们心目中的"宠儿们"遭遇了不幸的命运：菲利普·加瑞尔和米古尔·戈麦斯只进入了"导演双周"单元，阿彼察邦、门多萨、河濑直美和波兰波宇则屈就于"一种关注"单元（他们甚至忽略这样的安排是经过他们本人同意的）。

一到作总结的时候，每个人便马后炮式地对主竞赛单元来一次重新的编排——这种时候，根据已知的受欢迎程度，要作出一个理想化的排片表实在轻而易举。这不过是总结结果而得到的一场幻觉。往常，我们默认的选片方式可以说是狭隘的，这一年则开始拓展更开阔的空间。我们试着去开拓边界，人们却对这种开拓表现出了不信任。

全景廊街的斯特恩咖啡馆是麦温挑选的非常巴黎的好地方。

两年前，当《警员》在主竞赛单元受到欢迎时，她曾请我吃饭表示感谢。这种少见的姿态让我相信，她是唯一会做这类事情的人。倒不是说其他人不通人情世故，而是她的确是这样优雅、坦诚的人。"我很清楚，颁给艾玛纽尔·贝克特的奖为《我的国王》抵挡了好些攻击。"她一脸沉思，带着些许迷失的模样对我说道。对年轻的电影人来说，初来戛纳电影节就令人信服是不容易的——哪怕在主竞赛单元首次亮相就一鸣惊人的并不在少数，麦温便是如此。她在 2011 年因为《警员》的成功放映而成名，也在十字大道上的争议声中收获了最佳导演奖。电影在普通观众中的巨大成功马上印证了以鲍勃·德·尼罗为首的当届评审团是一个正确选择。可以很容易地肯定的是，那些最初伺机绊倒她的人第一步便失误了，因为《我的国王》是一部野心勃勃的成功之作。但很明显，它会成为被粗暴批评的对象。这种批评看似发自人们对电影的思考，其实却是针对她的导演水平。她因此很受伤，也不想现身面对："你懂的，一旦我惹恼了那些人，好吧，我就再也不会看到他们了。"不过她并未因此而沮丧，仍想尽可能地创作出最好的电影。她说："你让我剪掉一部分是正确的，现在影片还是有点儿长。正式上映之前，我还有时间再改一下。"

6 月 3 日　周三

我又要提到 2015 年的"国际电影节"了，有些事情必须记下来。举办时间是 5 月 13 日至 24 日（曾经，电影节是提早一个星期开始的，入选影片会在初春公布，如此，"后戛纳时期"会更长一些，对之后上映的电影也会更有利）。颁奖典礼的主持人（文森特·卡索、西西·迪·法兰丝、爱德华·贝耶、梅拉尼·罗兰、贝热尼丝·贝乔或奥黛丽·塔图的继任者）是朗贝尔·威尔森，以英法双语主持。

评审团主席是乔尔·科恩和伊桑·科恩。这是第一次的双主席制，消息是在2015年1月19日公布的。一个月后，海报揭晓：英格丽·褒曼的一张极其罕见的照片——由玛格南图片社（Magnum）的大卫·赛摩尔拍摄。

4月13日，公布开幕电影：《昂首挺胸》，导演艾玛纽尔·贝克特，主演有凯瑟琳·德纳芙、伯努瓦·马吉梅、莎拉·弗里斯蒂及一位暂不为人所知却非常出色且迷人的年轻人，罗德·帕拉多特。按照惯例，我们本该在冬季过半时就公布开幕电影，但直到3月末4月初之前，没有任何电影为此作好了准备。在那之前我们只看过《疯狂的麦克斯》，华纳兄弟和我们都不希望用它来开幕——那样的话，就会成为又一部开幕的美国电影，而多样性对我们来说是十分重要的。

4月16日，在巴黎的UGC[1]诺曼底电影院召开了官方评选入围影片的发布会。入围名单受到了欢迎。不过，哪怕不受欢迎（有时会发生）也并不意味着什么，因为人们尚未观看电影。但是，广而告之很重要，人们对我们注重引入新面孔的意图表示欢迎。一些少数派精英针对德斯普里钦缺席主竞赛单元而进行抨击也是从这里开始的，对他们来说，阿诺·德斯普里钦是一位偶像（然而当我们毫不犹豫地把《吉米·皮卡尔》放入主竞赛单元时，有的人却厌恶地捏着鼻子才说了几句好话）。总体来说，氛围上佳。法国（5部电影入围主竞赛）和意大利（3部电影入围主竞赛）都是有力的竞争者。好莱坞处于弱势，这也体现了当时的现实状况。

皮埃尔·莱斯屈尔首次在公众面前履行了电影节主席一职。在他有关私人赞助商的回忆里还有一段难忘的插曲，关于这个，我之后再说。

开幕典礼在 5 月 13 日星期三晚上 7 点 15 分举行，在十字大道尽头的棕榈沙滩上举办了官方晚宴。海上吹来凉似二月的风。19 部电影入围主竞赛单元（照往常，一般至少 20 部，有时候是 22 部，有好几年是 24 部），18 部电影入围"一种关注"单元（同上，一般会有 22 或者 23 部电影入围），还有一些非竞赛影片或者特别放映场（尤其是纪录片类）、"致敬"单元、戛纳的经典修复版放映场及闭幕式的吕克·雅盖的电影。

再加上我们的电影市场（在戛纳，人们主要是来工作的）和平行单元（"影评人周"和"导演双周"）。总共来说，官方选片有 58 部电影，展映 350 场，市场放映 1,000 场，注册参与者 40,000 名，记者 4,500 名，在媒体号召力上堪比国际奥林匹克运动会（然而后者是四年举办一次），也是全球最盛大的四大活动之一——其余三大盛事分别是奥林匹克运动会、世界杯足球锦标赛和环法自行车赛（其他三者都是体育运动类活动，只有戛纳是唯一的艺术类活动）。戛纳市政府称，在电影节举办的 12 天中，一共有 100,000 人奔赴戛纳。

6 月 4 日　周四

天亮时到达里昂，周遭像是换了一番模样。参加"特殊教育服务"的会议。"特殊教育服务"是专门为居住在里昂以北的利莫内地区的孩子们设立的教育机构，这是一场与可爱教员们的愉悦往来。在滔滔不绝的大人们面前，话题的主人公小维克托有些尴尬，溢美之词让他的窘迫加重。我们不知道他到底在想什么，是在自嘲还是在自我享受？他来自他所属的一代，坚信"我就是我，将始终是我"。当我和他的母亲一起对他说"你真是一名青少年"时，他回答道："是少年！"

里昂，让我忙碌的第二舞台。每当戛纳电影节开幕，我就没有时间停歇喘气了。卢米埃尔中心需要我花费很多精力，这些精力来自与团队每日相处而带来的愉悦和义务——这支团队在争论时却毫无耐性可言。我的工作将包括关于准备新一届的卢米埃尔电影节，接下来就要公布它的片单了。虽然电影节已经举办到第7届，但没有任何事情是轻而易举的。

6月5日　周五

我接受《法国电影》杂志的采访出来了。在这个采访印刷发行之前，法新社的记者已经读过，并以简化却不准确的方式作了一个总结："蒂耶里·福茂控诉社交网络。"在对文章进行二次发挥的所有网站上，没有一家网站对完整的采访作过哪怕一点点的认真分析。我知道这个标题的源头出自哪儿：去年12月，在布宜诺斯艾利斯举行的一场研讨会上，我曾表达过对自拍泛滥化的反感与厌恶，特别是针对那些走在红毯阶梯上满怀虚荣的人。除了我们这些每晚都要站在红毯阶梯顶端的人，没有人会觉察到这一点，但这种愚蠢的行为确实让红毯在每晚都变成了可笑的、自恋者的舞台。不幸的是，如果呼唤寥落的矜持，呼吁回到被塞尔日·达内称作"电视机屠宰场"（那是 1983 年的事，若是在今天，他又会说什么呢？）的时代之前，人们就会立马把你放入反动者的阵营。在网上，《解放报》表达了他们的讥讽，有标题作证:《莱斯屈尔和福茂的自编自导》[2]。

6 月 6 日　　周六

　　美好的晨曦宣告平静的一天到来时，我将行驶在伊泽尔省的河岸上，从今以后要从格勒诺布尔搬到圣-热瓦——我曾在雅克·莫里斯的书上读到，那儿也是莫里斯·加瑞尔出生的村庄。因此，莫里斯·加瑞尔曾是属于这个国家的。我经过这个地方时便不由地想到他，想到他在法国电影中神秘、不可或缺的存在。他骁勇地登上一个个彼此迥异的导演的领土，从苏台到他的儿子菲利普的电影里，他都出现过。今晨，河水喧哗、躁动——春雨滴嗒，和山间的激流混合在一起。那山间的流水注入了山脚如常的激荡湍急中。两周之后，将迎来我承诺和朋友们一起完成的阿尔代什省 130 公里骑行。我没有足够的体力让自己和他们对战，他们从冬末开始就在骑车了。只是在平地上骑行，戴着耳罩和朋友们聊天，就已经累坏我了。

　　这周，我们埋葬了热内·博尔达。这位死于突发心脏病的"戛纳人"，享年 86 岁。他曾在接待团队工作，性情温厚谦逊，必要时威严十足，一向都坚持在场。每晚，他都会站在红毯阶梯最顶端，负责控制走红毯的节奏和走上红毯阶梯的人流的密度。在那些炎热的夜晚，当队列加速前行时，他的存在总是让我们感到安心。

晚上，我的麻烦事在网上发酵。法国《首映》官网的新闻标题是：《蒂耶里·福茂：世界上最具媒体影响力的电影节的老板，再也不懂媒体了》。他们没有拼错我的名字真的很棒。

6月7日　周日

我恢复了正常的作息，急匆匆地去图书馆，再次观看老电影的 DVD，听着电视上的那些连篇蠢话（塞尔维·皮亚拉曾告诉我，莫里斯喜欢看电视。这多少消除了我心里的罪恶感）。而且，我找回了睡眠。我想在独处的同时能和所有人说话。我在渴求诉说和希望保持沉默的状态之间交替转换。我回忆起戛纳电影节结束后和伊丽莎白·甘、斯科特·方达及塞尔日·卡甘斯基进行的长谈，对我来说，他们都是很珍贵的记者朋友。电影节结束后，人们总是希望通过谈论来重温它，尤其是我。这是散发着某种平静温暖的怀旧心绪。或者，有没有可能是恰好相反的情况：我们如释重负，因为一切都很好地度过了，没有发生安全问题，没有发生任何严重的事故——我们的担忧总是与活动是否能顺利进行相关，而无关乎这个人或那个人的脾气、情绪。

我对着这些被您现在捧读的文字扪心自问。以前，我常常想写一本《选片日记》，但每次刚动笔，便很快放弃。我该有多骄傲才需要通过讲述个人生活来自夸呢？也许一本日记对"以后"会有些价值，我说的是对未来的人，某个女人、孩子、朋友或是陌生人——他们将知晓某个人一段人生中的所有境遇，如果他们真有兴趣的话。就拿电影领域来说，许多人的日记都是一份礼物。我愿意出高价拥有一本亨利·朗格卢瓦的日记，上面记载着他在1936年和让·米特里及乔治·弗朗叙一起创办法国电影资料馆的事。还有菲利普·艾兰杰在战后的1946年让·扎伊逝世后重建电影节的日记。我很愿意多了解以前的戛纳电影节，吉尔·雅各布曾在日常谈话里跟我说起的那时的戛纳电影节。当他想起罗伯特·法瑞·勒布雷和莫里斯·贝西时，就会说起他记得的故事——那是20世纪60年代，他还在当记者。

经历了电影节所带来的兴奋之后，我们的头脑丝毫没有歇息。戛纳，戛纳，戛纳……电影节已经连续几个月占据了我们的全部心思，要突然摆脱这一切实在不容易。

悔意向我袭来：由于其他单元的开幕电影都是法国电影，我便选了河濑直美而非阿诺·德斯普里钦的电影作为"一种关注"单元的开幕电影。这是一个错误，毫无疑问，这让阿诺有一种被抛弃的感觉。我并不想给外国人留下我们只偏爱本国电影的印象，攻击却来自法国人内部。阿诺的8部长片里有6部进入过官方选片，几乎是被媒体称为"戛纳嫡系"中的榜首人物了。那一刻让我觉得是时候暂停一下了。然而，那是一个错误，简直应该被罚红牌。

《疯狂的麦克斯》和皮克斯的动画电影《头脑特工队》也都够资格参与主竞赛。那样的话，它们会获得同样的欢迎吗？奇怪的是，虽然《疯狂的麦克斯》未被列入主竞赛单元，它却让影评人和观众们体验了纯粹完整的观影享受。换言之，它在戛纳的放映堪称完美，同时引爆了票房；而且，在电影节首周四放映这样一道大餐等同第二部开幕电影。当动画电影被选入主竞赛单元时，观察者们会一边维护它的纯粹性，一边强烈质疑选片员的幼稚。就像其他类型片一样，人们嘴上说着喜欢，却不喜欢看见它们参与主竞赛。我更愿意高兴地看到华纳、皮克斯和迪士尼公司携大部队来戛纳，但他们也可以选择其他的全球性平台推出电影。像约翰·拉塞特那类人，在戛纳就感觉像在自己家一样，还有杰弗瑞·卡森伯格，那个和梦工厂一起开路的人。不管怎样，我们不会再听到往年的陈词滥调："（美国的）制片公司是不会来戛纳的。"

6月8日　周一

马埃尔·阿诺，这位卢米埃尔中心的"哨兵"发来信息："我们必须加快进度了！"一到春天，家族酒庄的公园就开始充满魅力——街区的上班族们都来这儿，在草地上享受午餐，餐布和餐具都是精心准备好的；旁边学校里的中学生们霸占了长椅和任何可以坐的地方。我们就像穿梭在法国电影《同心协力》和《毕业生》之间。年轻人把公园附近都变成了他们的根据地，不过在这儿可找不到任何涂鸦标记或人为破坏的痕迹。

肯·洛奇发来消息："亲爱的蒂耶里（此处为法语），我希望你一切都好，好好休息。我想告诉你我到底有多赞同你发的推特。花时间思考，三思而后评论，这些都是曾经的批评者习惯做到的。但在推特上可不是。还有，你让人们停止愚蠢的自拍这事儿真是干得漂亮。我这样说是不是太显老了？好吧，我就是老了。但我们还有足球。我们正在和一支很好的团队合作组建自己的小俱乐部（与巴斯有关）。革命将从足球领域开始！祝好，蒂耶里，我希望你在里昂一切都好。回见。"

6月9日　周二

不论是罗伯特·法瑞·勒布雷、莫里斯·贝希还是吉尔·雅各布，我之前的电影节艺术总监们通过总结经验教训，都牢记这样一条准则："一次出色的选片，得幸于电影本身；一次糟糕的选片，则是选片人失责。"我也遵从这一准则。关于2015年的选片，我读了正反两极的所有评价。没关系。所有从事公众事业的人都要学着在工作中吞下巨量的愚蠢案例。焦躁也无济于事，更何况戛纳电影节是人们进行自我表达的梦想之地，大家都会想象各种阴谋论或抱怨一些本没有必要去四处宣扬的事情。所以我选择：沉默是金。

与莱拉·贝克娣共进晚餐。她将在夏天去瑞典拍摄法国电视四台制作的电视剧。我们在"瓦尔多·里瓦先生的马克思咖啡厅"相聚，这是巴黎七区最棒的餐厅——能与之比肩的还有杜米纳酒吧和布雷斯风味酒馆（还有别的几家。身在巴黎，我们真是幸运儿）。虽然现在并不是品尝帕蒙蒂耶烤土豆泥的最佳季节，但是厨师为我们准备了很多其他不错的食物——厨师本人还是一位自行车骑手。另外，瓦尔多向来宾行吻手礼的方式一向令人愉悦。

自从莱拉在"一种关注"单元当了一次"扰人"的评委后，

我就常常见她。那一年，蒂姆·罗斯是评审团主席（成员分别有女导演托尼·马夏尔、蓬皮杜中心的西尔维·普拉斯和阿根廷记者鲁奇阿诺·蒙提亚古多）。莱拉是正值风华的年轻女人，从头到脚的巴黎范儿。她说一口绝妙的法语，夹杂着让人猝不及防的切口词³，这种表达会让人在几秒钟内来不及作出恰当的反应。她有教养，充满好奇心，表现得既有趣夸张又保守矜持，特别是当她的眼神中闪过一丝忧郁的时候。她很欣赏她的女同行，那些女演员有着其自诩，不对，是其"自称"所不具备的各种优秀品质。莱拉的陪伴对我来说很宝贵，面对她，就像是一场面对当代法国年轻人之旅。这个国家及其电影在守护着这些年轻人的前提下，尚不清楚自己会在多大程度上依赖他们。我交给她一本安娜·阿赫玛托娃的诗集。她翻着书，摘选这样或那样的章节，立马就理解了这门语言和这个女人的重要地位：

> 心不会和心锁在一起，
> 如果你想——尽可离去。
> 太多的幸福早已
> 为路上自由来去的人准备就绪。⁴

好吧，莱拉的丈夫塔哈·拉林在用餐快结束时带着微笑出现了。这种在现实生活中自带阳光的风采，可与雅克·欧迪亚在《预言者》中赋予他的阴郁角色对照欣赏。我们聊到了他们常回的阿尔及利亚，具体地点就在瓦赫兰的旁边。当我向他们说起我曾和朋友们一路南行、曾在阿尔泽海湾洗海水浴时，他们发出了惊叹声。到了要结账的时候（而不是再点些东西的时候），塔哈消失了，偷溜去买单了。既无法让他改变主意，又无法拒绝他的心意。

6月10日　周三

让·格鲁奥去世了，他是《巴黎属于我们》《祖与占》和《我的美国舅舅》的编剧。他的名字最后一次出现在电影银幕上（也曾在电视荧幕上出现，虽然只是偶尔出现）是在薇拉莉·邓泽里的《玛格丽特与朱利安》里。这个剧本最初是为特吕弗创作的，特吕弗本人也参与了创作。本来这是一部让我们喜爱的电影，但放入主竞赛单元却让它变弱了。

在卡尔丹大厅里，欧洲足球协会联盟为2016年的欧洲杯召开了记者会，我作为里昂大使出席。另一名大使候选人温迪·雷纳德并未到场——她曾在加拿大参加了世界杯女子足球赛。那次，我们的球员们都表现得很出色。温迪是位"大人物"，这个修饰语既符合字面意思（她长得高大），也符合引申义：她是里昂奥林匹克女子足球队和法国国家女子足球队的队长。我们俩都接受了向欧洲组委会介绍里昂的任务，这届组委会主席是雅克·朗贝尔和米歇尔·普拉蒂尼，我很高兴再遇见米歇尔，还有巴斯力·波力和蒂耶里·雷。米歇尔全情投入，都是为了让2024年的奥林匹克运动会能在巴黎举办。米歇尔风趣，不墨守成规。当有记者尝试诱导他回答有关国际足联主席和或将继任的赛普·布拉特的敏感问题时，他要起了太极，说："我跟您一样，我还专门在手机上设置了谷歌提醒，好让我知道会发生什么。"嗯，他知道的可比谷歌多。

下午 5 点，返回里昂，去参加文森特·裴雷摄影展的开幕酒会。我很高兴地再次在高铁上享受清静。在一节几乎没人的车厢里，我着手处理拖延回复的手机短信、社交账号留言、电子邮件和信件。近黄昏时，穿越等待着丰收的法国，壮观的兽群四散在勃艮第地区的山谷里。卢米埃尔中心的画廊接受了这个曾出演过法国电影的瑞士前帅小伙 5 非常具有个人风格的作品，他曾在一部商业电影中与南特的赛罗家族切磋过戏剧经验，但那部商业电影完全不合他的胃口。一年前，我们曾共进晚餐，然后同时得知了赛罗的死讯。那时，文森特的脸色突然阴沉了下来。

6月11日　周四

法新社电影版的记者想要写我"与社交网络的关系"。毫无疑问，就为了《法国电影》杂志采访中的几句话，他们认为有料可挖——那几句话还被重点画了出来。不，并没有什么料。不用成为大哲学家也可以立论证明社交网络有时会成为一场不恰当乃至被误导的操作，甚至严重到了让我们自问"这到底有何用处"的地步。除了晒出人们自认为最帅、最美、尽显诱人魅力的脸孔（通常得到的反馈却恰恰相反），也再一次证明了沃霍尔的预言：现代社会中的名望是转瞬即逝的。至于其他的情况，没有什么能证明我们生活的本质因为使用社交网络而发生了改变——我们可以轻易地认为，事实恰恰与之相反。说虽这么说，但如果没有了推特和互联网，现代人的幽默感可能就会被埋没，而我还欠社交网络几个傻笑，就像在上次的总统竞选中出现的这条推特："伊娃·格林和伊娃·若利 6 不能互换姓氏这事儿，真是好遗憾。"

6 月 12 日　周五

远观戛纳会给人留下深刻印象,近观亦然。这是一台迷人的机器。吉尔·雅各布曾在迎接我加入时说:"等着看吧,你会为之欢喜的。"这的确让我欢喜,也不知疲倦,就像我的前任雅各布一样。"管理这样的事情应该会让人疯掉吧?"人们常这样对我说。首先,我并不是独自一人,戛纳电影节常设一名电影节主席(从今往后将由皮埃尔·莱斯屈尔担任),有一支 25 人的固定班底,还有 1,500 人的战队,时刻开启"进攻十字大道模式"。这个组织日臻完善,由行动灵活、十项全能的人员组成。"是,是,但这还是会让人疯掉吧,嗯?"确实,还是会疯。好吧,我总是想,管理巴黎戴高乐机场肯定也是一件让人会疯掉的事情。

下午,我赶到巴约纳参加第 1 届"文化体育节"。可以说,它是三年前由卢米埃尔中心举办的"体育、文学和电影节"的"兄弟活动"。壮观的开幕式被城市上空的瓢泼大雨扰乱。我展示了卢米埃尔兄弟拍摄的与体育相关的电影,卢米埃尔中心则提供了德帕东[7]拍摄的关于奥林匹克竞赛的摄影作品。雷蒙德和克劳汀·努加雷都在场,他们正在此区拍摄一部关于"法国"的电影,片名叫作《居民》。这名字真让人兴味索然。

6 月 13 日　周六

2015 年戛纳电影节总结。评审团成员:主席是美国的科恩兄弟，其他成员有罗基亚·陶雷（马里）、苏菲·玛索（法国）、西耶娜·米勒（英国）、罗西·德·帕乐马（西班牙）、泽维尔·多兰（加拿大）、杰克·吉伦哈尔（美国）和吉尔莫·德尔·托罗（墨西哥）。

评委们互相欣赏，然后亲自发出了非常深情的沟通邮件——骄傲地讲，我也是收件人之一。不过我基本上没有干涉过评审团。无论是为了高质量的讨论还是为了让他们在一起时感到愉悦，评审团内部的凝聚力都是最根本的。我很想和他们一起工作，但我没有那样做。我们共同度过了15天，每天早上互相拥抱，某些晚上会再次遇见，然后，一切消散，离去。评委们对于自己的喜恶都守口如瓶，在面对我们的时候，他们也看到了同样的审慎，我们多次在讨论中对机密性作出提醒。但当评审团会议室的大门关上的时候，这种审慎就不复存在了。有几晚，当他们走上红毯阶梯时，我都试图通过他们的眼睛来揣测他们的想法，猜想他们的感受，忖度他们偏爱哪些电影。结果是，零。亚历山大·佩恩（我曾和他进行过持续数年的电影讨论）在2012年来电影节担任了评审：我们在一起时从未说过这么少的话。我只是看见他和艾玛纽尔·迪弗在那儿发牢骚，一起吐槽一部他们不喜欢的电影。这激怒了我，便丝毫不想知道更多了。

2015年戛纳电影节获奖名单：

金棕榈奖：《流浪的迪潘》，雅克·欧迪亚导演
评审团大奖：《索尔之子》，拉斯洛·奈迈斯导演
最佳导演奖：侯孝贤，《聂隐娘》

评审团奖:《龙虾》,欧格斯·兰斯莫斯导演

最佳男演员奖:文森特·林顿,《市场法律》,斯蒂芬·布塞导演

最佳女演员奖:艾玛纽尔·贝克特,《我的国王》,麦温导演);鲁妮·玛拉,《卡罗尔》,托德·海因斯导演

最佳编剧奖:《慢性》,米歇尔·弗兰克导演

而我们(电影节组委会)将金棕榈终身成就奖颁发给了阿涅斯·瓦尔达。

评审团曾说,他们评出的获奖名单为强大的法国电影赋予了荣光。他们只是做了想做的事情。在颁奖典礼之后的记者会上,伊桑·科恩(他在审议电影时总是保持站姿,或在房间里走来走去,似乎是为了更好地思考)作出了另一种解释:"我们9名评委作出了我们自己的选择。如果是另外的9个人,可能会作出不同的选择。"没有比这更好的说法了。他的兄长,也是一位智者(我曾听人说他们打破了记者们对榜单的预测),接着回答道:"你们知道吗?我们可不是媒体记者。"

6月14日　周日

在巴黎参加《卢米埃尔!被创造的电影》最后一天的展览,这个在大皇宫举行的展览从3月开始展出,由我和雅克·杰尔贝担任组织者。我心里涌动着小小的悸动,因为这几个月与雅克、朱丽叶·哈永、娜塔莉·克里涅尔、哈鲁斯·贝子健、玛祖丽·乐宽特还有让-保罗·克鲁兹尔共同度过的美好旅程终将难忘。看

到卢米埃尔中心的团队通过承担一个这样的项目取得长足的进步，还得到了大皇宫和法国国家电影中心的支持，我感到很骄傲。看着卢米埃尔兄弟的名字出现在巴黎这座绝美之城建筑外墙上，再想到一个世纪以前，两兄弟也是在这里参加了1990年世界博览会，便更感欢欣。办这个展览是有财务风险的，最后需要清偿债款。但我们的视野应该更开阔一些。这是一份《爱的劳工》，一场奉献，一个承诺。我们将在全球继续寻找其他的主办城市，继续执行这项神圣的任务，然后准备与卢米埃尔兄弟有关的下一阶段庆祝活动：制作一部由114部修复电影组成的纪录片，我和马埃尔·阿诺准备执导。

杰克·吉伦哈尔来了巴黎，他想和我共进晚餐，但我错过了。真遗憾，要是能在电影节期间跟他进行更多的交谈就好了。他表现得专注又有趣，和吉尔莫·德尔·托罗两个人像说相声似的，一唱一和。在开幕之夜的首次会议上，我们向他们解释了评审规则、着装要求及颁发奖项的流程。最重要的是，他们已经在那儿准备参加颁奖了，一个好的评委也能颁好奖（在别的电影节上，曾出现过评委为了抗议"平庸"的选片而拒绝颁发奖项的情况——如果这种事发生在我身上，我会从大皇宫的屋顶跳下去自杀）。嗯，然后我们过了一遍主竞赛单元的片单，吉尔莫和杰克看到贾斯汀·库泽尔和玛丽昂·歌迪亚主演的《麦克白》时停住了："我们要颁发最佳编剧奖了，得奖的是，"他们在目瞪口呆的乔尔·科恩面前欢呼道，"莎士比亚！"

6月15日　周一

　　我从里昂路上像一阵风似的冲进了我的公寓。十几张 DVD 铺开散在地板上，这是上次选片的遗留物。我得把它们都收拾到办公室去，然后寄还给那些制片人。不然，就用剪刀销毁它们。一张张装在塑料套里的 DVD，来源不明，有手写的标题，英文、法语，有时是阿拉伯语或者中文，随时都可能开启旅行。当然，不仅如此：我们会看上百部电影长片，老实说，不是每一部都让人愉悦。但它们都会被试看，无所谓国家、风格或名声口碑的差别。这是选片最大的民主所在：无论什么电影，哪怕是无名之辈导演的，哪怕来自蕞尔小国，哪怕拍摄器材简陋到用电脑、智能手机或速 8 摄像机，都会被选片委员会审看。2002 年，一个日本朋友给我寄了一盒老式磁带式录像带，那是他的一个朋友导演的电影。我们照样看了，而且很高兴。片名叫《祝福》，安妮·芳婷和她的评审团给它颁发了"一种关注"单元的第一个奖项。这就是阿彼察邦·韦拉斯哈古的第一部电影长片；八年后，他凭借《能召回前世的布米叔叔》代表泰国第一次入围了主竞赛单元，并最终获得了金棕榈奖。

　　美好的回忆继续向我涌来，这回是关于日本的是枝裕和与河濑直美。韦恩斯坦公司发布了消息，确定了塔伦蒂诺的影片将在年末于美国上映，也就是说，戛纳被他们遗忘了；《侏罗纪公园》破坏了一切。约阿希姆·提尔凭借《奥斯陆，八月未央》参加了"一种关注"单元后，今年带着《猛于炮火》入围了主竞赛单元。

他给我写道："我被欢迎、被陪伴、被保护着度过了电影节的首映之夜。您让我体验到了成为世界之王的感受。这一切，对于我们那脆弱的电影来说弥足珍贵，这是独一无二的。请务必记得，在奥斯陆，还有您的朋友。"

6月16日　周二

另一条是来自皮埃尔·里斯安的留言，这是一个藏在电影世界幕后的男人："你好，老朋友（他总是以'你好，老朋友'作为开头）。这些天我先让你清静清静，但当你愿意的时候，我得跟你聊聊戛纳。你知道我的，我会跟你说选片的真相，即使是那些人们不想让你承认的事情。我还有一些咱们的美国朋友的消息，想必你已经听说了。"太神秘了，每个字都是，像总结陈词。"你知道，你可以信任我。"他到底在说什么？像是一个和里斯安一模一样的人在玩着什么电话诡计，试图用故事鼓动我给他回话。

卢米埃尔电影节的准备工作如火如荼。我高兴地重新扎进了最初的热情中：电影史，街头放映的第一部电影，卢米埃尔中心的团队，贝特朗·塔维涅；还有我亲爱的伯纳德·夏尔德尔[8]，曾是第一任总监，并将我带上了马；以及雷蒙德·希拉特，一个月后他就要庆祝93岁的生日了；马埃尔·阿诺负责组织制定项目计划，莱斯利·皮修负责沟通工作，塞西尔·布尔加负责财务，朱丽叶·哈永负责经典电影市场，劳伦斯·徐洛负责嘉宾，我的助手玛格丽耶·斯比克曼负责日常事务。这些里昂女人既骁勇又多才，和那些里昂奥林匹克女子足球队的女人一样。

贝特朗在筹备一部关于法国电影的大型纪录片，同时也在准备一个探索相同主题的特殊项目，类似"那些从旅途中带回的事物"。亲爱的卢锡安·洛格特给我发来了一些关于杜维威尔的消息——我们将给他看一些修复电影，它们源自一部被低估的作品。我们也将修复黑泽明在东宝时期的电影，狂野边缘发行公司（Wild Side）的年轻团队保证电影将在 10 月前完成修复。

6 月 17 日　周三

菲利普·加涅尔说："对于这届戛纳，我已经拥有了美好的回忆。总是在少数派这一边！"菲利普对傲慢成功的厌恶和他总是一如既往地倾向失败者这件事让我挺乐呵。尽管如此，我还是没有提供今年戛纳电影节的任何负面花边新闻。

但《世界报》的记者们没有放弃他们的游戏。一到 4 月中旬，当得知某些导演缺席了主竞赛单元，我们就已经通过一些文章感知到了他们糟糕的幽默。他们连一部电影都还没看呢！但对于这群信奉着"后新浪潮"时期的"《电影手册》派"而言，签名效应便已足够。这理论形成于 1962 年，认为如果缺乏事实地判断作品的优越差异，那么与友谊相联的主观喜好也构成了评判电影的重要因素。

两周后，他们并不曾收回对我们不利的总结。"导演双周"获得到了应得的称赞（不是通过前文提到的导演们，更多的是通过两三部我们会留存的好电影，比如《法蒂玛》或者《野马》），还有"影评人周"单元，作为回报也收获了它应得的评价。官方选片没有得到任何宽容，称赞就更少了，反而"一种关注"单元被认为是近年来最成功的一届。

重点是，电影节的官方选片持续引发着不同寻常的兴趣，各种批评构成了自相矛盾的攻击。创新性，反倒成了对体制自身的攻击点。进攻来自《世界报》，5月13日，它利用对莱斯屈尔主席的刻板形象的攻击打响了第一枪。头条报道的标题是：《赞助商的红毯》。报道希望有一张够特别的皮埃尔的照片，他们便让摄影师雅恩·拉巴涅陪他去了一家服装店，在那儿试穿他的礼服——对于法国电视四台集团前主席这种会鼓励人们说白痴蠢话[9]或者开安托万·德·高涅[10]式玩笑的角色来说，这种招数显得平庸了点儿。显然，皮埃尔没料到这张照片会成为一篇旨在揭露私人赞助商"染指"戛纳电影节的文章的配图——想必他也听说了，却没有多留个心眼：赞助商也赞助了礼服。从那时开始，文章就在暗示并故意将电影节主席的职能和大街上的人形广告牌相混淆。这就越界了。不过，以报道上的首次攻击来说，还算是比较优雅的。

每个人都知道，新闻媒体无法只靠读者的厚爱存活，它们还需要大量广告，并会毫不犹豫地与赞助商建立关系。而读者也注意到了，《世界报》简直创造了一个与戛纳有着同样赞助商的"电影节"。不过，毫无疑问，供职于由三位亿万富翁掌舵的传媒集团，文章的这位作者认为，最首要的事情是攻击私人企业的商业赞助，哪怕这些钱维持了电影节的存在，哪怕这些公司从未干涉电影节的运转，也从没要求过电影节应该是其他的样子。作为曾经的文化活动的单一财务来源，公共资金如何衰退是一个有趣的话题，私人企业的登场同样有意思。在这个角度上，确实存在探索、调查的动机，但绝不只是去嘲笑讥讽或胡乱猜疑。

五天后，回应他们之前观点的总结出炉了，《世界报》总算能通过玩弄对未来的焦虑来攻击选片，进而攻击整个电影节了："奢侈品和金钱日益专横地存在，赞助商的干涉让他们成为了项目中的合作伙伴……今年，出现了一种微妙的平衡，在吉尔·雅各布这个曾将电影节带向出色水准的男人离开之后，这种平衡的突然出现就像一个标志性符号。"结论是："电影节再次回到了双人领导模式——主席皮埃尔·莱斯屈尔和总监蒂耶里·福茂——将在2016年向我们展示，这次职位变动将会维持热度还是会发生协奏变调。"

如果提炼出道德课堂上曲解而又嗜古的奉承并不能让报道做到自我取悦，那么《世界报》就应该知道，电影节管理层面的改变是成功的。而对于所有人来说，这都是一个好消息，因为这样一来就终结了影节宫里的嘈杂声音，也终结了那些正在彩排的权力游戏。一年前，在获一致同意而当选的皮埃尔·莱斯屈尔的倡导下，电影节参与者做到了完美的着装。一位真正的组织主席具备政治性和外交性，为团队而服务；谦逊，愉悦，爱开玩笑——像一阵清风吹进门。活动中的亮相过程证实了他的自如自在。我曾提醒过他，可能会有感到孤寂的时刻，踏入一个电影节就像踏入了一个熙熙攘攘而又组织有序的蜂箱里。不过，由于他的个性，他自身的人脉关系和他的服务意识，他很快就适应了角色。自他掌舵的首届电影节，我们在2015年6月相聚之后，已经过去一年了。他真正的主席生涯开始于现在。我们会继续好好工作，即使《世界报》盯着我们。不过，依照"高额报价的性丑闻、享乐的普遍性的炫耀"之类的说法，在报道里，他们好像在戛纳度过了烦躁不安的夜晚。那是我从未看到过的。

6月18日　周四

在里昂-蒙普雷兹地铁站的"第一电影路"举办第7届卢米埃尔电影节的记者会。现场来了里昂或者罗讷-阿尔卑斯大区的许多记者，还有巴黎的媒体及本地区文化领域的同人们。在卢米埃尔工厂的厂棚里匆匆咽下一杯咖啡和一杯孔得里约酿葡萄酒后，人们开始在卢米埃尔中心爆满的大厅里落座。一群放松的业内人士、一个半小时的电影节选、各类影迷的思考，还有教学讨论。人们向已满120周年的高蒙公司（Gaumont）致敬，向音乐家亚历山大·德斯普拉致敬，向墨西哥古典音乐致敬，向让·雅南致敬——他能使我们追忆起那些无聊却有趣的短幕喜剧和歌曲（比如这支杰出的戏仿歌曲："如果你会去，如果你把我独自留在世界上，我相信，若有一日你要离去，我便会死去"），他在法国电影中占有一席之位。当宣布将卢米埃尔大奖授予斯科塞斯时，受到了现场观众隆重热烈的欢迎，台上同时播放着斯科塞斯的电影片段，背景音乐来自滚石乐队的《东西战争》和《街头斗士》[11]。

在脸书和推特上，反响同样热烈，每个人都在上面分享他们喜爱的斯科塞斯。整个下午，大量留言评论涌入，其中还有杰拉尔·哥伦布[12]的留言，刚开始，这位里昂市长希望在向媒体通报卢米埃尔大奖得主之前能认识得奖者，现在可不这样了。"第一年，当你们宣布克林特·伊斯特伍德要出席时，我的印象非常深刻，但当时我担心他会在最后一刻取消行程。然而他来了。从那时起，我就开始信任你们。"

6月19日　周五

刚醒来，我就坐到了电脑前，重新捡起上一次被留在那儿的文字，被标点符号、字体和语义不明的语句困扰，拾起翻译的自由，删去一个词，再用另一个词去填充。由于南方文献出版社[13]重新编辑的《美国朋友》获得了成功（这本书算得上玛格南摄影师塔维涅的精神鸦片），我说服塔维涅，让他和让-皮埃尔·库尔索东重新将《美国电影50年》升级，推出新版《1915—2015：美国电影100年》，并且从《一个国家的诞生》[14]开始，加入关于默片的章节。这是一个疯狂、昂贵且让人疲惫的项目。我真不该这样干！但和贝特朗一块儿，我什么都可以干。而且，我是可以在第一线观察到两个资深影迷如何调研、交流、展开百科全书式批评工作的人。

雷吉斯·瓦格涅，这个宽容而又无情、尖刻而又有趣、能将电影一眼看穿的法国电影观察者，在布列塔尼对我说道："我今年不能来夏纳，我可不喜欢那些授意评审团成员要选出'好榜单'的人的态度。好吧，那并不是评审团的口味。可电影节的美好和有趣全在于：'有争议'的选片（比'好的选片'更好）、始料未及的榜单、参与讨论的人们……你比我更清楚一个电影节除了这些还能剩下什么。做到这些，就已经完成任务了。我没见到马提欧·加洛尼或格斯·范·桑特，反而被太多高傲的、足以将他们埋葬了的蔑视震惊了……还有些话，咱们以后再谈。"

6月20日　周六

昨晚，我没去在爱丽舍宫举行的《市场法律》放映会，这部电影在法国的票房可谓一路高歌。孩子们、周末、疲惫等因素让我只想回到家里待着。"总统先生会理解的。"奥黛丽·阿祖莱，总统的文化顾问对我说道。我还是很希望可以与文森特·林顿、斯蒂芬·布塞、制片人克里斯托弗·罗西尼翁和发行商米歇尔·圣-让在一起的。今早，皮埃尔给我发来这样一条短信："你好，蒂耶里，我们出发晚了。我让文森特和他的孩子及团队自己去晚餐。奥朗德直到晚上7点15分才到。从布拉迪斯拉发回来的，探照灯就绪。之后，所有人在露天座位上观看了时长近两小时的电影。提到电影时，奥朗德还说到了戛纳电影节独特的影响力。'你们赶紧创下百万级观影人数吧，'他说，'增长又将开始了！'明天，我上午10点30分到12点没空。但在其余的时间里，只要你想，我们随时可以通话！"

又享受了一个美好的夏日夜晚，今晨，查特和韦科尔山区间升起的旭日抹去了最近在我心里沉积的遗憾。我曾是心怀遗憾的。我本就是一个容易心怀遗憾的男人，太阳双子上升双子似乎是经典的痛苦身份，是那种一整天都在画布上涂抹着蓝色却自问"红色会不会更招人喜欢"的类型。这经常让我感到疲惫，在爱情中会更加可怕。而像现在，后戛纳电影节时期往往是一个存在很多质问的时期，自责遗憾在所难免。"在爱中死去，比无所遗憾的喜欢更值得。"艾吕雅曾这样说道。他曾以自己的名字为我们在曼盖特的初中命名。有些人，我没能私下跟他们通话，而我知道，这种沉默伤害了他们——以友谊之名，以历史之名，以相互的尊重之名。有些人会过度把玩没有入围的耻辱："让我难过的不是我的电影没有被选上这件事，而是选片人压根就没有通知我。"我很少从那些入围过主竞赛单元的电影人嘴里听见他们对我的缺席有过抱怨。事实上，谁与我交谈，我便与谁交谈；谁向我提问，我便回答谁的问题。假使我和一位导演开始了谈话，那么也是由他来终结谈话。如果导演没有联系我，那么谈判就是和制片人、发行人或销售商进行。但是，按照单一的方法并不能抚慰友谊的创伤。这种亏欠别人的情感就像扰人的精神絮语，而这些细微的嘈杂声总让我在夜里醒来。

6月21日　周日

今天是妮可·基德曼的生日，我们互发了信息。从我到戛纳工作开始，我们之间就维系着一种真挚深情的关系。那时，我算是吉尔"脆弱、或然、可能"的电影节艺术总监继任者，并与他一起选择了《红磨坊》作为 2001 年戛纳电影节的开幕影片。那也是我的第一个戛纳电影节。彼时，妮可尚处于艰难的个人阶段，与汤姆·克鲁斯分开后，她的事业被挑剔地审视着。而巴兹·鲁赫曼影片[15]的成功上映改变了这一切。在两个小时里，她再一次令世人折服，还将红毯时间，尤其是走下红毯的一幕，变成了一场让人难以忘怀的表演。影节宫的舆论高效而有魔力，聪明地混合了调配着多样属性的陈词滥调、不容置辩的激情冲动和决绝的断言，却也的确是可以对大众情绪进行即时核查的温度计。影节宫的舆论正是戛纳电影节才有的，能够将一场放映变成电影世界的燎原之火，去制造平地一声雷。同样也是它，能够用批评的热情去为初出茅庐者创造一个光彩的未来，能够用国际媒体几何级数倍增的报道传播，让那些满纸的夸赞、热情的评论和可以在全球范围内长久回响的掌声触动着影迷和院线经营者的心——他们可能来自日本，可能来自瑞典，可能来自澳大利亚。

这是在乡村度过的一个周日。由于没有像往年一样参加在阿尔代什省的全法最大业余自行车骑行大赛，我得以参加了一场音乐节，听到了迪伦几首罕见的歌曲，其中有音乐会录制版本的《像一颗滚石》，在叙事部分大肆展开。他在蒙大拿的某个乡村音乐节上演唱过删减版。迪伦是摇滚史上最伟大的华尔兹舞者。

6月22日　周一

阿尔贝托·巴巴拉——威尼斯电影节的掌门人说："在意大利，人们一旦发现我们的三部电影没有一部出现在得奖榜单上时，就开始抱怨了。"我还有点儿不信，就查了一下法新社的新闻快讯。《信使报》[16]说科恩兄弟用几句话了结"意大利的问题"。《共和报》看上去有些紧张，而且，从米兰开始，《意大利晚邮报》就写道："意大利电影在戛纳失利，法国抢走了一切。"好像在形容欧冠比赛似的……三部意大利电影入围主竞赛，这可能让我在那里受欢迎了一阵子。但在法国，人们又指责我对它们太过慷慨：一部莫莱蒂的作品，仅凭导演的名字就能从媒体那儿取得无尽的信任；一部索伦蒂诺的电影，总是被质疑受到发掘他的电影节的过度保护（他之前得过奥斯卡的最佳外语片奖，但这并不会改变什么，反而可能会加重上述的偏见）；还有马提欧·加洛尼，勇敢地改编了那不勒斯童话《故事的故事》，导演的美好野心和难以应付却充满诗意的选择，很是值得我们在主竞赛单元亲眼观赏，不过在评论界并未激起多大的水花。

意大利人的愤怒同样来自……评审团里没有意大利人。这很正常，他们有三部参赛电影。不过他们相信，假如有一个他们的评审，就能避免溃败。阿尔贝托在《信使报》里证言："一个意大利人总是能为了祖国而被奖赏。"

6月23日　周二

我再来说说所谓"戛纳的失控"：关于赞助商。去年4月16日，在2015届电影节的新闻媒体发布会上，皮埃尔带着崇敬和谦卑的态度，继承了吉尔·雅克布留下的传统，尽了他作为主席的责任，感谢了电影节的赞助商；并且，他用惯有的方式进行了表达，轻松而坚定，逻辑无可挑剔：一个品牌撤出了，另一个品牌加入。经典的模式，听起来和其他文化机构的赞助商并没有什么差别。但是，在我们的海报上没有显露出任何品牌的标志，屏幕上也没有。这在全世界的同规模活动中算是独一无二的，而且不能混淆"官方合作伙伴"和那一堆利用电影节来宣传、炫耀其存在的公司。戛纳电影节是一个公益组织，它的账户一直被法国国家电影中心、法国文化部和法国经济财务产业部[17]共同监督。为了维持固有的水准，电影节需要经费资源，而且在经济危机的环境下，我们并不想滥用公共资金——文化界已经太常把自己塑造成被宠坏的小孩了，好像全世界都亏欠了我们一样。吉尔·雅各布和皮埃尔·维奥曾将品牌赞助引入了戛纳电影节，并认为在预算中，私人资金占一半将是一个合理的比例。然后，我们和皮埃尔·莱斯屈尔决定将这个准则贯彻下去。但是由于皮埃尔在他的第一次新闻发布会上轻松地谈起这个话题，这个举动就被视为戛纳的"转变"。不，没有任何"转变"。

6月24日　周三

在克里斯蒂安·鲁贝托的店里，梅丽塔·托斯坎·度·普朗蒂耶为尼拉杰·加万的《生死契阔》举办了一个小小的庆祝会。电影入围了"一种关注"单元，梅丽塔是制片人。不过电影在征服这个单元后没有得到应有的关注——不管怎样，戛纳的魔法也不是每一次都会奏效。克里斯蒂安·热那主要负责亚洲地区的影片，我们为放映了这样一部处女作感到自豪。这是一个电影次大陆将要重新崛起的信号，一切都让人相信，它将要发起猛攻。印度电影，电影史上最伟大的电影之一，在原来的二元模式——经典宝莱坞歌舞片和孟加拉作者电影（萨蒂亚吉特·雷伊、李维克·伽塔克、莫利奈·森）之外，诞生出了觊觎斯科塞斯和吕美特地位的新一代城市电影，一种印度的新好莱坞电影。这类印度电影讲述很多关于国家现状——警察、政治经济腐败和年轻人对未来的炽热信念等问题。摄影机和编剧们走进每座房屋，讲述每个家庭饱受的折磨，讲述女人和青少年的故事，不是那种我们在《音乐室》里看见的老式印度家庭，而是今天在孟买或德里的忙乱的城市街区。

　　一部分媒体在"质疑他人的想法"和"对同行自动奉承"之间犹豫不决。在今天的《解放报》上，面对一个奉承到几乎令人感动的记者（然而这名记者来自一家一向自夸对公众人物毫不手软的媒体），《一千零一夜》的导演米古尔·戈麦斯针对电影没有进入主竞赛单元一事，在采访里扎了我几刀。

　　因为今天是《一千零一夜1：不安之人》上映的日子。导演了这个三部曲系列电影的葡萄牙电影人对于没有被邀请进入主竞赛这事儿还在气头上。没有任何冒犯。不过，很简单，在我们看来，它的位置就应该是在"一种关注"单元里。我和我的副手克里斯蒂安·热那进行过第一轮讨论后，电影的制片人们给我写信，表示坚持想进主竞赛。这很正常，也很合理。在等待回复的时间里，他们克制着躁动不安的性子，接受了进入"导演双周"单元展映的提议。正如惯例：对于实在想前往十字大道的人来说，平行单元是一个不错的出路——今天，每个人都渴望能抵达十字大道。

　　自其杰出的前作《禁忌》以来，米古尔·戈麦斯在部分舆论看来，已步入了天才导演的行列。这些人在观看导演的新电影之前，会先将其默认为杰作。他的支持者们准备好了欢呼——而我们让他们失望了。但是，没有进入主竞赛单元并不表示我们不喜欢这部电影：我们也曾是它杰出口碑的"受害者"，并被最后的结果弄得挺狼狈。我们期望太高，以至于愈发不耐烦。电影人应该对自己的狂热信徒保持怀疑。不管怎么说，虽然它不完美，我们仍希望可以在"一种关注"单元展映这样一部堪称壮举的电影，并等着有一天可以在主竞赛单元迎接导演。最终，它还是在"导演双周"单元里完美地找到了自己的位置：当一部这样的影片出现时，"导演双周"一秒钟都没有犹豫。幸好有它。这部电影出现在了戛纳，这才是最重要的。

6月25日　周四

我很高兴再次遇见伯努瓦·雅克。好几年了，由于他之前一部电影都没有进入主竞赛而引发的误会，我们曾互相认为彼此在生气：他生气，因为我让他失利了；我生气，因为我觉得他这样的想法对我并不公平。领导戛纳电影节总会让我经历这类反应。伯努瓦和我都很高兴地看到，虽然双方都不承认，但一种基于某些原则和对法国电影史上共同参照物的理解所达成的共识，比我们在戛纳发生的那点儿小问题重要多了。

奥尔逊·威尔斯，1915年5月6日出生于美国威斯康辛的基诺莎县——我一直都很喜欢基诺莎这个名字。在美国，电影人的出生地诉说着20世纪伟大的美国梦：林奇出生在蒙大拿州的密苏拉，亚历山大·佩恩出生在内布拉斯加的奥马哈，霍华德·霍克斯出生在印第安纳州的歌珊。所以在2015年的春天，我们致敬威尔斯[18]。卢米埃尔中心和法国电影资料馆都将做他的回顾展，是同时进行，而非联合举办。威尔斯也可以说是一生把更多时间用于寻找电影资金而不是手执导筒的人。去年，在科罗拉多州的特柳赖德，汤姆·拉迪、嘉里·梅尔和朱莉·亨特辛格的电影节上放映了《约翰逊的信》这部影片，它由意大利乔治·伊士曼之家[19]的老板、电影研究者保罗·谢奇·乌塞重新发现并修复。发现年轻的奥尔逊第一部"真正"的电影（拍摄于1938年，摄于康拉德项目和雷电华电影公司[20]时期之前）实在让人目眩神迷。并不是因为它的品质，这部业余电影丝毫不能让人猜到日后《公民凯恩》的遽然面世带来的一声惊雷，但它让人看见了一种具备了天真、集体性、创造性和自由的举动。加上这还是一部残缺的电影，有些缺失的场景是由保罗用精彩的表演来讲述的。

今晚，我在卢米埃尔中心向大家介绍《上海女人》，一部杰出而又肆无忌惮的电影，轻松导出了耀眼的水准，连它的局限处都在银幕上传递着爱情生活中的想象力与忧伤。在卢米埃尔中心的公众面前，我打算说这个笑话：有一天，一个男人走进一家电影院，影院里正在播放《公民凯恩》，而他从没有看过。门童陪着他一直走到座位边上，并向他伸出手，想要点儿小费。男人没有动。门童用她的手电筒明显地照了下自己的手，好让男人明白她的意图。但是男人一直没动。门童生气了，她走近男人，凑到他的耳旁低语道："玫瑰花蕾，指的是他的雪橇。"[21]

6月26日　周五

寻常日子又回来了，也忧愁，也像在混乱且无惊无喜的日子里度过的糟糕旧时光。正如朱尔·雷纳德引用亨里克·薇拉-马塔斯的话——出自他那本诙谐的关于巴黎和海明威的书，是克里斯蒂安·布尔古瓦推荐给我的："人生如此短暂，竟有人还有办法让自己无聊。"梅拉尼·罗兰到了"第一电影路"，要在今晚介绍她和西里尔·迪昂共同执导的电影《明天》的初剪版本，这部电影采用了众筹与互联网平台等方式。在放映厅里，她的里昂"合伙制片人们"都对这部环保电影怀有坚定的信念，并且坚持着自己与这部电影休戚相关的梦想。由于我在那儿，便走出办公室想要对梅拉尼说几句夸赞的话。她是让人动心的演员，也是成长中的导演。我顺便展示了卢米埃尔电影节的宣传片。梅拉尼很高兴塔伦蒂诺给这部宣传片提供了一首灿烂版本的《呼呼》——就是那首由南希·辛纳特拉原唱、因《杀死比尔》在新一代年轻人中走红的歌。

上午，我们得知在距离里昂几公里开外，一个宣称来自伊斯兰国的小伙子实施了一起袭击事件，斩首了一名男子并发布在了互联网上，使里昂成为现代恐怖分子的聚集地。被杀的男子应该是他的老板，名叫艾尔维·科纳拉——我想把他的名字记录在此。他在圣-昆汀-法拉维耶经营着一家小工厂，那儿的街道，我烂熟于心。目击者和亲友们大批涌来，伤心欲绝。这凶残的行径竟发生在大白天。

夜晚将近尾声时，百代档案馆和法国电影资料馆的行政咨询负责人苏菲·赛杜向我透露，刚刚发布了资料馆2015—2016展映概况的塞尔日·图比亚纳已经给所有理事写信，通知大家，他将在年底离开中心，而不是在两年后。12月，转眼即至。我和塞尔日算得上亲近，也常常碰面，但这件事，他一个字都没对我说过。

6月27日　周六

穿过杂乱萌发的野花、干枯的树枝，忍受荆棘与荨麻混乱的侵袭，我继续修缮着这条路。经由这条路，人们曾经可以直达这座屋子，然而长达三十年的荒废和大自然不可抗拒的生命力让这条路消失了。在儿子朱尔的帮助下，这些被枝蔓覆盖着的老树被重新发现，也打开了我尘封的点滴回忆；朱尔后来才知道有这项修缮工作，而接下来的活儿还会更多。一天之中开垦出两米宽的路所带给我的幸福感甚至比在过去几个月里走过几千公里所带来的，还要多。

我给塞尔日·图比亚纳打电话。他很平静，好像完全放松了下来："我想尝试别的事情，回到写作上，好好补偿艾玛纽尔。我们想待在一起，想在布列塔尼更多地团聚。而且，电影资料馆的工作让我感到疲惫，我还时常觉得孤独。下一季已经准备好了，它很美好，而我就在那时离开。"因为斯科塞斯的项目，我们将在 9 月开学季时碰面，届时电影资料馆将举办一个盛大的展览。在《新观察家》杂志的报道里，即将离职的法国国家电视台主席雷米·普弗林林的一名合作者谈到了雷米："自从他得知自己将不再是这座巨大建筑里的头儿之后，连腰杆都变直了，就像沉重的负担突然从身上卸下来了一样。"塞奇肯定感受到了同样的如释重负。这一切结束得令人措手不及，让我满怀遗憾。

6 月 28 日　周日

里昂国际机场，晚上 8 点的航班，方向博洛尼亚，参加博洛尼亚探轶电影节 [22]。航行了近一小时后，波河平原出现了。学者博洛尼亚 [23] 就在那儿，在意大利北部的中心地带，方石道路沿着拱廊铺砌，散发着神秘的美——不会轻易被人看透，当我们谈及这个国家的荣光美景之时，它也从不会出现在名单上。但是，在我们经典电影的领域里，它却是大写的"那座城"，和阿尔贝托·巴巴拉的都灵并肩。

博洛尼亚电影资料馆创立于 1960 年，在 20 世纪 80 年代重新启动，由吉安·卢卡·法里内利领导——这人想出了天才点子，想要摆脱公共档案的传统功用（比如保存、展示、自吹自擂、自我抱怨等），来成立一个实验室：和影像修复所一道，让本是经济产业化的事情变成了与文化传统遗产有关的事业，方式是将电影胶片实现未来时代的数码化。这样，这些意大利人就将博洛尼亚这座城市放在了世界电影地图的重要位置上，让上百部电影重获生机，并让查理·卓别林作品中的造型美学大放异彩，而它原本在很长时间里都无法被辨识。十五年前，我们就是这样在此朝圣的。我想起了里昂市剧院放映《城市之光》后贝特朗的心情，电影的美好既让他喜悦，也惹他懊恼。"我们曾经多么愚蠢啊，"他嘟囔道，"真是故作聪明的笨蛋，非得在卓别林和基顿之间作出选择。"他还记得 20 世纪 20 年代那部分更喜欢巴斯特·基顿的影迷是如何对待卓别林的。与卓别林相比，基顿没那么走运，没那么大众，也没有那么"成功"，可这才是那个先锋时代里的影迷，只有在对比交锋中才能作出设想："告诉我你不喜欢谁，我再告诉你你是谁。"那一时期的"迷影"风潮奉行在热情与厌恶之间寻求愉悦共生的游戏——那是一个慷慨的时期，既允许《电影手册》拒绝布努埃尔和黑泽明，也容忍《正片》杂志对希区柯克和戈达尔做同样的事。而今天却是，所有人都被喜欢，或者，无一人被厌弃。说到底，也没有人会在乎。

除了卓别林，博洛尼亚电影资料馆还有其他闪耀的成功案例，比如修复《天堂的孩子》或里西、莫尼切利、帕索里尼这些"意大利的孩子们"的作品。卢米埃尔中心选择了联合"闪电实验室"来修复卢米埃尔兄弟的电影,实验室的老板大卫·波兹还说服了我们修复出版 4K 版本。

除了这些,电影资料馆的两间放映室分别被命名为"斯科塞斯"和"卢米埃尔",对此,我们想不到更好的欢迎信号了。夏季的每一天都会有 4,000 人在夜晚来临时聚集在博洛尼亚主广场,参加受惠于圣佩托尼奥大教堂的露天电影放映活动,这里与瑞士洛迦诺、巴黎维耶特、里昂蒙普雷兹并称欧洲最美的露天电影院。今晚致敬的是很令人惋惜的芬兰批评家和历史学家彼得·冯·巴赫,他和阿基·考里斯马基都宣称探戈是在赫尔辛基发明的。

6 月 29 日　周一

有一年在博洛尼亚,我在一家名叫"卡米奈托"的家庭传统饭店里重遇了伯纳德·贝托鲁奇。店主马利亚在饭店里迎接了我们。在我向贝托鲁奇轰炸了上千个问题时(比如在《1900》中德帕迪约与德·尼罗之间的关联;他的父亲阿蒂利奥的诗歌;他与白兰度在《巴黎最后的探戈》里的合作;他与意大利共产党之间的关系;他对戈达尔无止境且从未熄灭的欣赏之情)……伯纳德跟我讲述了关于比利·怀尔德的一个故事——他是电影史上最能引人发笑的男人,也是最高水准的编剧和导演。我专门收集怀尔德的趣事,估计这辈子都搜集不完。20 世纪 70 年代,伯纳德在洛杉矶时,有一天,他接到怀尔德的电话,邀请他共进午餐。那时他是一个有前途的年轻电影人,已经完成了《革命前夕》《同流者》和《婴儿车攻略》。他们在餐馆碰面了,在一番例行寒暄之后，菜单来了。怀尔德一如既往地表现得非常兴奋。点完单，他毫不掩饰不耐烦，欢呼道："现在，点酒。"那时候，伯纳德并不喝酒，也时常害怕面对非得承认不喝酒这件事的时刻。"年轻人，你喜欢红的还是白的？"贝托鲁奇有些不悦了："好吧，不要红的也不要白的，我不喝酒。""好吧……"怀尔德有些窘迫地回答道，"那你喝什么？""只喝水。""很好。你要哪个年份的水？"

法里内利的陪伴非常宝贵。他五十岁上下，有一张活泼的脸，连最熟悉的老朋友都从没见过他刮去胡子的模样。他说话的声音高亢有力，一口让人欣赏的法语，常常爆发出响亮的大笑声。他组织电影节，了解一切环节，认识每一个人，尤其是真的观看了所有被他重赋生命的电影。几年前，他尝试放下一切去从政，但没有成功——我们几个朋友劝他放弃了那趟冒险。规划电影放映，这本身就是一种政治。

让·卢卡是戛纳"经典"单元的常客。我们在2004年开设了这个单元，旨在迎接全世界保护文化遗产的人。今年是《洛克兄弟》的修复版，去年是罗西里尼的《恐惧》，三年前则是加长版的《美国往事》。这次对这部影片的复原是根据莱翁内留下的笔记，由斯科塞斯电影基金会制作的。这是一次极致的复原：要给原始版本添加新的场景，但只要有一丁点儿不同的胶片，都会轻易被看出来。莱翁内自己都没有将它们剪进去。但影迷们就像所有的艺术史学家一样，想知道与作品相关的一切。22分钟的加长戏份点燃了人们探究、阐释的热情欲望。这些场景无声无息地突然重现，特别美。复活莱翁内人生中所拍摄的影像——他留下来的影片甚少——让人无比动容。

6月30日　周二

　　放映《同心协力》和《穷途末路》，两部由百代修复的杜维威尔的影片。前者颇负盛名，就像法国人民阵线的代表作，还裹挟着绝望；第二部比较不为人熟知，这部讲述演员们衰老的作品令人心碎，杜维威尔也由此开创了"黄昏电影"。它们就像新鲜事物——每个人都会欣喜若狂，除了塔伦蒂诺，他喜欢古老的35毫米胶片。他八成会说："这，就是问题所在，它们是新的。"不过他终究会喜欢的。

　　下午5点，我收到了贝特朗的一封邮件，提及他最近一次体检的结果：活检，扫描，验血。塔维涅标志性的愉快语调，任何时候都能跟人开玩笑。他并没有说出"癌症"这个单词，而我却感觉读到了它。

注释：

1 UGC，法国商业连锁电影院线。

2 原文标题为：*Lescure et Frémaux se font des films*。

3 切口词，法语俚语中将音节颠倒的词，常见于年轻人的街头语言中。

4 出自阿赫玛托娃作于 1911 年的诗《心不会和心锁在一起……》。整首诗共 3 节 12 行，这是第 1 节，详见《阿赫玛托娃诗全集》第 1 卷（1904—1920），晴朗李寒译，人民文学出版社 2017 年 4 月出版。

5 指文森特·裴雷。

6 伊娃·格林（Eva Green），法国著名女演员。伊娃·若利（Eva Joly），法国政治人物，2012 年法国总统大选中欧洲环保绿党的候选人。此处用两人同名不同姓讥讽伊娃·若利。

7 雷蒙德·德帕东（Raymond Depardon），玛格南图片社的摄影师。

8 伯纳德·夏尔德尔（Berard chardère，1930—　），法国影评人，电影史学者，法国影评杂志《正片》创办人。该杂志创办于 1952 年，是仅次于《电影手册》的历史第二悠久的法语电影杂志。

9 原文为 des Nuls。

10 安托万·德·高涅（Antoine de Gaunes，1953—　），法国电视节目主持人，演员。

11 分别为滚石乐队的两首歌曲 *Jumpin' Jack Flash* 与 *Street Fighting Man*。

12 杰拉尔·哥伦布（Gérard Collomb，1947—　），法国政治家，法国社会党成员，2001 年开始担任里昂市长。

13 南方文献出版社（Sud），一家著名的法国出版社。

14《一个国家的诞生》（*Naissance d'une nation*），由 D.W. 格里菲斯执导，丽莲·吉许、亨利·B. 沃斯奥和拉尔夫·李维斯联合主演的历史剧情片，于 1915 年 2 月 8 日在美国上映。

15 指由妮可·基德曼主演、巴兹·鲁赫曼导演的电影《红磨坊》。

16《信使报》（*La Stampa*），一家意大利日报。

17 法国经济财务产业部，原文为 Bercy。

18 2015 年为威尔斯的百年诞辰。

19 乔治·伊士曼是柯达公司的创始人，并发明了第一台自动照相机。该公司以他的名字命名。

20 RKO Pictures，美国雷电华电影公司，20 世纪 30 年代美国电影业的八家大公司之一，出品过《公民凯恩》《白雪公主》《金刚》等经典影片。

21 此处是门童在向男人泄漏剧情来报复他。

22 原文为 Il Cinema Ritrovato。

23 博洛尼亚曾拥有西方世界最古老的大学教育机构，它在欧洲历史上的文化地位和大学教育名望为其赢得了"学者（*la Dotta*）"的别称。

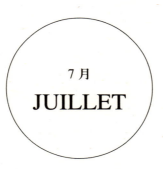

7 月

JUILLET

7月1日　周三

　　昨天半夜，广场上结束了电影放映。夜行在绝美的博洛尼亚，建筑物的颜色随着夜色而变，一些在白天看不见的露天咖啡座开始装点这幅由窗户构成的夜景图，装点在建筑墙壁的赭色之上。整座城市都关闭了，人们都赶回家睡觉。学生们则占领了圣斯特凡诺广场，那儿美丽得像一位灯光大师点亮的舞台背景。和马埃尔·阿诺在夏日暑天走过的这些街道让人想起了吉奥里亚诺·蒙塔尔多的一部电影（改编自乔治·巴萨尼的小说）：《戴金丝边眼镜的人》。片中的沉重哀伤突然向我袭来：一位被衰老和死亡虎视眈眈着的同性恋教授的孤独。通过他，不是正描述着法西斯主义的上位和那被粗暴虐待的集体命运吗？菲利普·加涅尔告诉我，电影不是在博洛尼亚拍摄的，而是在费拉拉。但这没什么区别：

不过是一条街道、一道光、一天中的某个时刻，还有那些触动我们回忆的众多电影。

逗留在博洛尼亚的最后时刻。很长时间以来，我都不认为意大利能让我有归属感——看到莫特尼，还有埃迪·莫克斯的自行车队除外，他们是我年少时心目中的英雄。我们，我们的青春时光，是去西班牙，是第一次驾车逃离到阿尔及利亚、撒哈拉和非洲。意大利是之后才去的，罗马的法尔内塞宫广场，还有和一个叫奥利维耶·法龙的朋友在法兰西学院的夏天时光。有一本书也算在其中：《在我看来，罗热此后似乎就在意大利》。这是弗雷德里克·维杜在罗热·泰耶尔去世时出版的。罗热是世上最伟大的批评家之一，曾在《正片》杂志发表文章，连"《电影手册》派"的戈达尔都曾对他表示过赞赏。他还参加过最早期的威尼斯电影节。自此以后，我来意大利都是按照有规律的间隔：威尼斯、都灵、博洛尼亚、罗马、陶尔米纳；我还要去那不勒斯，弗朗西斯科·罗西的故乡。从那儿还走出了意大利电影的新生代：保罗·索伦蒂诺、瓦莱丽·高利诺、文森·马拉、制片人尼古拉·吉里亚诺和维奥拉·普雷斯蒂耶里。

在飞机上，我细细回味着过去两天在电影世界里度过的时光，还有重逢的朋友们：年轻一代和那些老家伙——老爱抱怨的老家伙。三个小时后，到达了里昂，我便冲进了高铁。巴黎正经历着侵袭全法的酷暑天。我和皮埃尔·莱斯屈尔相约在装潢典雅的蓝火车餐厅共进晚餐。戛纳的行政理事工作即将收尾，我能感到他的放松和安心。我们接着在波力酒吧喝了一杯啤酒，又在查罗恩街附近喝了一杯咖啡。环法自行车赛临近,《踏板》[1]杂志出了一期特刊以示庆祝。像我一样,皮埃尔也可以同时谈论巴德·鲍威尔和弗莱迪·梅尔滕斯。他跟我谈起了"莫洛托夫计划项目",这是与法国埃罗西奈(AlloCiné)公司[2]创始人让-大卫·布朗共同发起的电视频道下载平台,他们打算明年推出。"这是我发财致富的最后机会了!"他自嘲式地说道。

在巴士底狱周边转了一圈后,我步行回家。酷暑炎热简直太扰人了。一台巨大的散热器被安置在了城中,它在巴黎的夜晚吹着南方的热风。走进大楼之前,我看了一眼拥入里昂火车站广场的人群,还有巡回的出租车、接小孩放学的父母和约会的恋人们。然后我又想到了贝托鲁奇。有一天他在洛杉矶,白兰度给他打电话。他们自从《巴黎最后的探戈》之后就不太和睦,由于马利亚·施奈德的悲剧,要支付的费用涨了,还要付给那么多人。但是白兰度打给了他,只为邀请他到穆赫兰道的高地上,到他的家里相聚。只为相见、畅聊、原谅。

7 月 2 日　　周四

与作家伯努瓦·海梅尔曼和阿德里安·波斯在花神咖啡馆吃早餐。他们在 2016 年初要推出一本名为《体育》的文学杂志,考虑到卢米埃尔中心在明年 1 月将举办第 3 届"体育、文学和电影"活动,我们共同为杂志的冬季刊写了一篇与"体育和电影"有关的概要。从花神咖啡馆走出时,我感觉整个人都被掏空了,就像每一次身处图书馆或咖啡厅时一样。这个早晨和我年轻时作为外省人刚到圣日耳曼街区时的那些早晨很像:充满阳光,充满希望。

下午 5 点 53 分，从办公室到巴士底狱的"自行车计时赛"结束后，我抵达了火车站站台——戛纳电影节结束一个月后，我的车技已臻娴熟。晚上 8 点 10 分，到达里昂-佩拉什火车站。在艾内街区，有坐落于市中心的中世纪堡垒，我与马克·朗布隆[3] 便在这里的里昂传统餐厅阿贝尔相聚。贝特朗在此拍摄了《一周的假期》，剧照仍装饰在木质墙面上，给人一种想在里昂"妈妈厨房"里大吃一顿的感觉。像所有在巴黎的里昂人一样，马克通过其他（和他一样的）"旅行动物"的陪伴来寻求某种深情的信号，好让自己觉得故乡从未远去。我们的大作家热内·贝勒托[4] 则总说，他必须离开里昂才能意识到自己是多么地依赖它，最后才能动笔描写它。马克正是在离开了金头公园[5] 之后，才写出了与他的童年岁月有关的《故土一季》。在书中，他展现了对音乐史的完美了解。于是我们谈论起了大卫·吉尔莫、吉姆·莫里森，还有 20 世纪 70 年代的里昂音乐家们——那时候的里昂被视为摇滚之都（从明星射手乐队、电子卡拉斯乐队、玛丽与加斯东乐队、加奈福、脉冲星到维克多·博世，当年我们会在劳工联合会会堂观看这些出色的乐队组合的演出，只是没多久，这些乐队就都被电话乐队击败了）。多亏了多米尼克·德罗姆，我从马克那儿弄到了明晚在富维耶山[6] 举行的"点击韩国"演唱会门票，这位兄台做梦都想请克莱普顿[7] 来为 10 月的斯科塞斯影展当表演嘉宾。

7 月 3 日　周五

皮埃尔·莱斯屈尔告诉我，今天是阿兰·德·格里夫[8] 下葬的日子，他将搭乘前往吕贝隆山区的火车去见他最后一面。阿兰因为生病而选择离开了巴黎。皮埃尔带着欣赏之情再次跟我谈起了他。据他说，阿兰休息时总是听爵士乐。想到这里，我便在书房里放起了科特兰[9]的音乐，还有吉姆·霍尔演奏的爵士版本的《阿兰胡埃斯》。社交网络上，对阿兰的缅怀致敬纷至沓来，人们认为失去了他之后，电视节目会失去很多观点的表达，而法国电视四台当下的前途未卜不过是一个额外的征兆。

　　"我为电影筹资，将其带到观众面前，却要看评论界仅仅因为不符合他们的预期而大发雷霆，这让我有些绝望。"让·拉巴蒂在发送给我一些和记者的交流信息中这样写道，"影评人可以用批评在电影节期间摧毁电影一次，等到电影上映的时候，他们会更加兴奋地再做一次，这让参加戛纳电影节变成了一件充满风险的事。意大利的电影大师们从某一天开始，都不再出席威尼斯电影节了。"拉巴蒂作为帕克特影业（Pacte）的老板，是巴黎乃至世界上最优秀的发行人和制片人之一。如果说法国是作者电影和独立电影的天堂，那也是多亏了他这样的人的存在。无可争议的灵敏直觉、文化上的包容、对争议的喜好、出色的幽默感和对电影及电影节深情的挚爱，所有这些都解释了他缘何取得事业上的成功，又缘何得到过好几座金棕榈奖（莫莱蒂、坎佩恩、林奇等）。每上映一部电影都要承受巨大风险的独立电影公司和并不清楚这种风险的影评人之间从来都存在着紧张的压力。不过近年来这种压力更加严重了。如果评论带来的风险持续扩大，拉巴蒂不会是第一个决定不再来戛纳的电影人。这种关系必须缓和起来。

晚上，为了蕾雅·赛杜的生日往返巴黎。我常见到她，但绝不是从《阿黛尔的生活》才开始的——那是一段从准备角色、拍摄到参加戛纳并最后获奖的历险。这是一位知晓如何读剧作、如何选择角色的女演员，绝对表现出了自己的电影品位，看看那些装点她的履历表的作者导演作品便知道了。除了这些，她还在那些举止乖巧的时尚照片和电影宣传片背后悄悄藏起自己崇尚冒险、胆大妄为的个性。在戛纳时，我们曾一起高唱波比·拉波因特的《阿瓦妮和弗朗波斯》——她将很多法语歌的歌词都熟记于心，这一点和我一样。

在塞纳河左岸一条小巷的秘密花园中，这个美丽的孩子迎接着每一位宾客，包括她的家人、朋友。年轻的法国电影——她从未远离它，哪怕将要拍摄最新的007电影，哪怕正在蒙特利尔拍摄泽维尔·多兰明年要上映的新片。

这应该是本周最热的一个夜晚，破纪录的高温让巴黎变得像非洲大陆一样。我没有久留，而是搭乘最后一班火车返回。车厢里满是要去度假的人们。我一边听着梅塞德斯·索萨[10]，一边阅读菲利普·索勒斯的《中介人》。从里昂-佩拉什火车站，我将直接前往舒涅[11]地区。

7月4日　周六

电影《心房客》的导演塞缪尔·本谢区特出席了特别放映场。"戛纳为我的电影提供了巨大的冲力……我会再去里昂看您……好好享受环法自行车赛吧，还有，夏天愉快。"《心房客》曾在影节宫的五楼放映，但在这里放映所产生的反响远低于主竞赛单元和

"一种关注"单元，但后者引发的反响有时会过度地影响电影，反而使大众观感产生偏倚。事实上，由于放映低调、电影本身的独特和制片人伊万·泰伯和埃里克·霍伊曼的投入，加上完美的宣发阵容（演员包括伊莎贝拉·于佩尔、古斯塔夫·科尔文、瓦莱丽·布鲁尼·泰特琪和迈克尔·皮特），《心房客》受到了欢迎。塞缪尔对于自己要做的事充满了信念，比如写电影和小说，接受自己"郊区居民"的身份，那个身份使他跳出"巴黎人"的圈子。当他说起让-路易·特林提格南特时，会让人觉得他确实没有辜负优良的家族传统——特林提格南特是他的岳父，而他的儿子朱尔在《心房客》中的表现也让人印象深刻。

我想起特林提格南特曾在 2012 年 5 月 27 日第 66 届戛纳电影节的闭幕晚会上和艾玛纽尔·丽娃陪同迈克尔·哈内克，当时，哈内克刚被官方宣布斩获了他人生中的第二座金棕榈奖。当特林提格南特走上台时，整座影节宫似乎都在激动地颤抖。"我要背一首诗。"他说道。当时恰好是在晚间 8 点整新闻之前，从诗歌圈到电视圈简直要第二次颤抖。我还记得，那时我立马想到了雷诺·勒万金和电视四台的团队，他们只要一想到正在看颁奖典礼直播的电视观众可能会立马换台就会浑身打冷战。

所有人屏息以待。"一首很短的诗歌。"这位老演员狡黠一笑，好像要告诉大家他是很了解大众心理的。在安静的氛围里，他低声说道：

> 若我们尝试变得幸福
> 不要只是装模作样。[12]

诗人雅克·普莱威尔的两句诗。突然，每个人都有点儿遗憾，这首诗竟然这么短。

7月5日　周日

身在其中时，我们从来无法预知将要经历人生中注定的相遇——我不是说爱情，而是说电影。人们是从何时开始迷上电影的呢？一门艺术又是如何闯入现实存在的呢？我经常被问到上述问题。每一次，我的答案都会有所不同：一部电影、一间影院、一位演员、一张照片、一张海报……又或许来自于青春期的一种混合着不安全和愉悦的心情。它将我攫获。那时我觉得，某些东西是可以属于我的：一个故事、一个社团或一段回忆。那时候有罗西里尼的《火山边缘之恋》，有戈达尔的电影，有爱森斯坦的电影，有德莱叶的《葛楚》，还有维姆·文德斯的《公路之王》。不过，在我的印象中，电影童年起始于赛尔乔·莱翁内和《西部往事》。我曾在很长一段时间里没机会看它，因为这部电影禁止13岁以下未成年人观看。虽然没看过，但我依旧敬仰它。我曾从叔叔让·莫伊路那儿得到了它的电影配乐碟片，他在都灵为我淘到了它；我还在电视节目里看完了它的故事连载。然后有一天，恰逢马塞尔·桑巴中学的老师们罢工，于是我们结伴在里昂一家叫作科莫迪亚的电影院里观看了这部电影。自此，莱翁内就从未在我的迷影挚爱中缺席过。而且，在2009年第1届里昂卢米埃尔电影节开幕时，我们就将他的面孔放在了汉嘉厅[13]的大屏幕上。在一周后的闭幕式上，克林特·伊斯特伍德在5,000名观众面前介绍了《黄金三镖客》这部电影。放映尾声出现字幕时，全场响起了长时间的掌声。

莱翁内的电影总是招来奇怪的恶名，特别是在 20 世纪 60 年代和 70 年代之间。每当他的电影上映，人们就会认为它的成功和它所谓讨喜却庸俗的风格是一种罪过。然而这种风格不仅新颖，而且严谨，只是变焦和大特写镜头永远无法取悦那些纯粹主义者。人们甚至控诉他——克林特也被连累——说他们杀死了西部片。再晚些时候，人们又依赖他们去拯救西部片：伊斯特伍德用《不可饶恕》完美地完成了这个任务，而他也把这部最终的大师杰作（"黄昏电影"这个词读起来会有些累）献给了莱翁内（还献给了另一位良师益友唐·希格尔，一位曾被认为是"二流"的电影人，但最近也被卢米埃尔中心从尘封的架子上请了下来。塔伦蒂诺对我说，不久之后，唐·希格尔也会出现在洛杉矶新比弗利山庄影院里）。

关于莱翁内有太多愚蠢的批评，当我们宣布要在 2009 年向他致敬时，那些陈年蠢话还在被翻出来，企图盖章他的刻板形象。不过，时间总是在发挥效力，轻易便能给人上一课。塔伦蒂诺也是，他现在已无懈可击，当初《落水狗》和《低俗小说》引发的无数负面评论早已被遗忘。

谁能知道处在复杂批评之中的莱翁内是怎样的呢？是乐在其中还是为之愁苦？我总认为，生活中的他就像罗德·斯泰格尔电影《革命往事》中的人物一样：既然无事可做，那就让我对着花丛撒泡尿，抢个银行，再照料一下孩子。1971 年，他随着这部电影第一次消失，那年他刚满四十岁。他这里那里地做了好些"意大利面西部片"[14]（他讨厌人们这样称呼），它们就像彗星扫尾，一闪即逝，不过我们今天还是会带着罪恶的愉悦感再次观看它们（比如《无名小子》《一个天才、两个朋友和一个傻子》）。二十年后，他复出，制作和拍摄了《美国往事》（刚上映时，我就在里昂的 UGC 电影院观看了它。幸运的是，当时我独自一人，无人打扰，直到影片打出片尾字幕，我仍长久沉浸在与友情道别的忧伤和肃穆感之中）。1984 年，他出席了戛纳。这位大师像其他艺术家一样，焦躁不安地等待着媒体的评价——托德·麦卡锡说，自从《金字塔》[15] 那场灾难之后，霍克斯四年没拍片，而他从没像第一天到达《赤胆屠龙》片场时那样怯场，这部电影给他带来了巨大的成功。那天，莱翁内表现出了一种不同以往的哀伤，而他回答关于衰老问题的话至今仍然回响在我们耳边："你们对年轻的电影人特别友好，但，请对老电影人也同样友好吧。我在这儿介绍我的新电影，却害怕得像个初学者。"这竟是他最后的告白。他逝世于罗马，观看罗伯特·怀斯的一部电影时突发心脏病。我确认过了，那是 1989 年 4 月 30 日。莱翁内当时正在准备一部关于斯大林格勒战役的电影。他最后一次拜访让·吉利 [16] 和令人惋惜的皮埃尔·托德斯切尼的安纳西意大利电影节时，曾长时间地谈论电影的第一个镜头。那时我就在现场，贪婪地盯着他的眼睛。人们总是只善待逝者，活着的人则厌恶接受赞歌，只乐意谈论未来，那么莱翁内要怎样才能愉快地接受 2012 年 5 月 18 号人们在戛纳为"死而复生"的《美国往事》爆发的喝彩以及来自罗伯特·德·尼罗、伊丽莎白·麦戈文、詹妮弗·康纳利、詹姆斯·伍兹和埃尼奥·莫里康内的致敬呢？也许他会自言自语：我们必须懂得如何逃避自身的痛苦，去尽情享受生活，享受我们决意投入的事情，哪怕那会给我们带来很多痛苦与孤独。我感觉很多电影人都是如此。

7月6日　周一

　　卢米埃尔兄弟的电影从来没有在电影院线上映过，连电影诞辰百年之际也没机会上映。这种吊诡的状况即将改善，多亏了大家铆足干劲，而且没有人死抓着优先放映权不放，不然，这些奇迹般的电影可能无法出现在公众面前。感谢法国国家电影中心和他们的电影档案馆，感谢法国电影博物馆和卢米埃尔大家庭，卢米埃尔中心才能够介入这些电影的修复工作。在 1,500 个、每个大约时长 50 秒的"电影场景"中，我们挑选了 150 个左右，考虑做成一部真正的长片，就像在这些镜头世间第一次旅行。亨利·朗格卢瓦曾这样精准地描述这个世界："曾几何时，电影刚从树林中走出来，从海上升起，那时人们在广场上的神奇镜头前驻足，走进咖啡馆，他们能在那儿看到，所有的银幕都提供了一扇指向无限的窗户。这就是卢米埃尔兄弟创造的时代。"

　　自从我从戛纳回来，就时常去讷伊 [17]，与一支年轻的后期制作团队"银路"一起工作。在里昂，塞西尔·布尔加管控着项目财务，今天才和我碰头的马埃尔·阿诺则负责制作进程。这样的前景——我和贝特朗此前从未会想它会在某一天突然而至——激励着卢米埃尔中心的全体团队。

　　那首曾被特林提格南特引用的普莱威尔的诗，我敢肯定地说，是《主祷文》的前四句。它曾是我们在学校里最喜爱的。出于对神的尊敬，我们最好再次用心地读它：

我们在天国的父啊，

长住在此。

而我们要返回大地，

那儿偶尔也美丽如斯。

7月7日　周二

　　电影节的行政咨询处。我们和皮埃尔·莱斯屈尔主席一起面对着三十多位来自行业内不同部门的代表。作为一个受司法管辖的公益性协会，戛纳电影节是由法国文化部、法国国家电影中心、戛纳市和普罗旺斯地中海地区政府及外事部门资助的：从它成立开始，到1939年失败落幕（战争原因导致，电影节最初的创始人让·扎伊参战后再也没有回来），到1946年再次成功举办（由时任外交部艺术交流处的领导菲利普·艾兰杰主办——我喜欢"艺术交流处"这个称呼），戛纳电影节已经成了国家的重要事务，也被视作法国瑰宝之一。因此，相当多的行政会议上，因事关重大，每个人都认识到自己责任重大，让它变得庄严而悦人。我在皮埃尔的右边，而他的左边是法国国家电影中心主席弗雷德里克·布雷丹，他也兼任副主席。这些行业中的精英、理事会的头面人物，随时都有能力提出令人印象深刻的问题。显然，有人提到了选片，出现了"我喜欢，我不喜欢"的声音，但并不粗俗鲁莽。作为与会者中的智者之一，UGC公司的老板居伊·魏莱加稍稍平息了现场的火热气氛，重申了一件显而易见的事儿：等到年底，等到所有电影都上映了，我们才能真正地去评判本年度的电影节选片。

大家都表示认同。谈到这儿，我们就各自散去了。

7月8日　周三

夏天太美妙了，人们都在露天座位上待着。于是我想到了迈克尔·鲍威尔[18]曾说过："我可以不厌其烦地在路上观看法国人走路。"

7月9日　周四

伏暑天持续侵袭着法国，阳光征服一切，用最初的火焰拂过巴黎北郊的工业厂房。戴高乐机场2E号门，目的地纽约。我要去见马丁·斯科塞斯。2016年的戛纳电影节已经尝到了一些甜头。夜晚短暂，每个人都想在飞机上倒完时差。到达时很是惊喜，曼哈顿呈现一片灰色，恍若秋季，气温微凉，大雨将至。在按响斯科塞斯家门铃之前，由于什么都还没喝，我停在了莱辛顿大道的一家酒吧前。

所有人都围着老马丁[9]：他说着一口标准法语的妻子海伦、制片人艾玛·提林格、电影基金会的管理者玛格丽特·伯德，还有忠实的助手丽莎·弗雷切特。简而言之，一个女性方阵，就差传说中的塞尔玛·斯昆梅克[20]了，她正在第57大街上的斯科里拉（Sikelia）公司[21]工作。谈论的主要话题是老马丁的新电影《沉默》，他想带着它重回戛纳十字大道。

老马丁机智地利用了《华尔街之狼》的成功，好让派拉蒙也参与到这部改编自远藤周作小说的新作中来。他念叨很久了，去年冬天时，他已经在中国台湾进行了拍摄。他需要一年来做后期。他有这个时间。此外，他向我解释道："我花了很多时间做《黑胶时代》的剪辑工作。"这是美国家庭电影有限电视网与米克·贾格尔合作的一部电视剧，马丁导演了试播集。"我到时候拿到里昂给你看！"他等不及要来了。他还从没有亲眼见过"第一电影路"，对要给他一个自由发挥的机会也很兴奋。"与其谈论我，我更想介绍给你其他人的电影。有很多！"[22]

我看着他。至今，我们已经认识很久了。是安德尔·德·托斯（好莱坞第四独眼龙，《无法无天的日子》的导演）二十年前在洛杉矶介绍我俩认识的。之后，我又和他在戛纳重聚。2002年，我们为了准备放映《纽约黑帮》而组织了一次特别的红毯活动，有他、莱昂纳多·迪卡普里奥和卡梅隆·迪亚茨。好吧，我们还致敬了那时刚刚去世的比利·怀尔德，而那才是让老马丁感兴趣的。

他蓄着络腮胡，重新找回了年轻时的气质，一身白衣让他更显迷人。他如往常一样，语速飞快，用爽朗的大笑声装点着滔滔不绝的谈话。他对卢米埃尔电影节的宣传短片发出的惊呼无疑表明了他此刻的心情，那是一种介于愉悦和渴望之间的状态。我送给他两瓶罗第丘红酒，顺便介绍了一下产地。"所以，它就像独立作者小电影？"他总结说，"充满地方特色，默默无闻，但是精彩绝伦？"是的，是这回事。

两小时后从他家走出来时，我对自己说我刚与一位老友共度了好时光，而这位老友恰巧是电影史上的一位巨人。这简直就像刚拜访了小津安二郎、雷诺阿或者费里尼。我走在曼哈顿街头，掂量着这份幸运。然后我冲进了现代艺术博物馆，去看我最爱的罗斯科、

《阿维尼翁的少女们》，还有不期而遇的格利特·斯特恩和何雷西奥·科波拉出色的摄影展。之后，我在下曼哈顿地区还有两个简短的约会。赶回机场时已经晚了很多。暴雨忽至，将整个纽约笼罩在黑暗的外壳下，仿佛渲染着一种悲剧气氛。夜晚就这样降临。街上满是闪烁的车灯，视线里却没有一辆出租车。我该像个新人一样错过航班了。在德兰西街和包里街的路口，我为了拦下出租车最后招了招手，然后有人盯着我，认出了我，并叫住了我。是安东南·鲍德利，电影《外交风云》的演员和编剧。我们简单地聊了两句，交流了贝特朗的身体情况，开了个关于"起飞"的玩笑，然后他就像一名真正的纽约客那样，钻进人群为我拦了一辆出租车，将我从拥堵的交通和混乱中拯救了出来。

勉强赶上了飞机，我开始阅读在戴高乐机场买的加缪的《旅行日记》（虽然我常常旅途中带上一堆书，但每次在机场还是会买上两三本）。"白昼从一片海洋上升起，海浪汹涌，尽是耀眼的波光粼粼。天空弥漫着轻雾，在热气中发白，一声沉闷却让人无法忍受的巨响，就像太阳要兀自熔化，然后流淌、扩散到厚厚的云层里，延伸至整片苍穹。"1949 年，纽约，船上航行，平静，休憩，写作。在那个年代，人们不会愚蠢地一定要在当天往返巴黎和纽约。

7 月 10 日　周五

"是的，我向你保证，这很紧急！" 7 月 14 日国庆日前夜，斯蒂芬·塞莱里耶希望我给她发送 "2016 年戛纳电影节片单"。斯蒂芬是战神影业（Mars）的老板，当下非常重要的发行人，充满热情的迷影者，柏拉图式地爱着所有好莱坞明星，一位出色却永远在焦虑的业内人士。好吧，这通电话属于一般紧急程度。"斯蒂芬，和往年一样，下一届戛纳是在明年 5 月举行！"

不过她还是继续做她该做的：向我追问相关事务，这会让她感觉在守护自己的电影和主创们。对电影的爱，对我来说是盛行于行业里的一桩美好惊喜。我出身自影迷，尚存的年少式狂妄常常让我认为我们是最出色的专家，最疯狂、最勤勉的内行（"我们"，指的是电影资料馆和档案馆的工作人员、影评人、媒体记者和史学家们）。我曾发现，影院经营商、电影销售商、买家、制片人，还有发行人也都是认真、渊博的行家，他们会用不同的眼光去看待每部作品，因此同他们谈论电影是一件让人不知厌倦的高兴事儿。

在最近几周重看过的电影里，有詹姆斯·爱德华·格兰特编导、年轻的约翰·韦恩主演的《天使与魔鬼》（好吧，从 1927 年开始算起，这已经是韦恩的第 82 部电影了）。黑白照清晰平滑，毫无卖弄之气，让人印象深刻，荒蛮风景的运用既不显得冷酷，也不会让人感觉危险。我和贝特朗通了电话。"有个剧情让我们和斯科塞斯意识到，两个有天赋的聪明家伙干了一次隐藏的翻拍：彼得·威尔的《证人》，曾是戛纳开幕放映片。除了这一点，那的确是部非常好的电影。"他还告诉我，韦恩做了部分的指导，这一点也能解释它的成功吧。

7 月 11 日　周六

网上流传着一个笑话。安格拉·默克尔[23] 到达机场，要出发去希腊度假：

　　　　贵姓？边境警员问她。

——默克尔。

——名字？

——安格拉。

——国籍？

——德国。

——是去攻占吗 [24]？

——不，只是去玩几天。

7月12日　周日

2008年5月，电影节开幕式前夜，我向当年的评审团主席（其任职期间很成功）西恩·潘解释说，一旦主竞赛开始，我们就不会再谈论选片，也不谈具体的电影，甚至基本不能聊电影艺术。简言之，除了互道早安和去吃晚餐，我们几乎什么都不会说了。西恩安静地接受了。但是第一天，他就激动地问我："你确定我们不能谈论任何电影吗？"他那时刚看完帕布罗·查比罗的《狮子笼》和阿里·福尔曼的《和巴什尔跳华尔兹》。我跟他说，确定。然后他靠过来凑到我耳朵旁说："我能跟你说件事儿吗？我们刚刚度过了非常棒的一天。"是的，这种话他还是可以跟我说的。每年5月中旬，我都会进入一年中最为敏感的12天。这种存在如此表现：它停驻，静止，如时间，如人生，如爱。所有这些都是为了我们喜爱也希望他人喜爱的电影。

今晚晚餐时，我和西恩在巴黎重逢。他正过境去南非，要在那儿为电影《最后的模样》补拍些镜头。他向我保证，如果我们喜欢这部电影，他就会去戛纳。这是一个好消息。巴黎的露天晚餐令人愉悦。阿黛尔·艾克阿切波洛斯也在那儿，西恩看完《阿黛尔的生活》后，对她印象深刻，邀请了她拍摄。我们提到了比尔·波拉德，西恩的朋友兼制片人，他刚在导演方面迈出了重要的步伐，拍摄了与沙滩男孩乐队有关的电影《爱与慈悲》，在法国收获了很多好评。西恩，这个总是知道很多好莱坞故事的人向我转述了迪伦的一通电话。电话里，迪伦对他在格斯·范·桑特的电影《米尔克》里扮演的角色表示祝贺，不过似乎对他的节食方法更感兴趣，因为那个方法让他模样大变。"我相信他打电话来就是为了这个。我跟他说，这很简单：与其节食，不如燃烧更多的卡路里。这似乎让他觉得很难。然后他就挂上了电话。"

7 月 13 日　周一

　　巴黎就像今天的天气一样轻盈，我们的办公室几乎被团队抛弃了——有三分之二的成员要到秋天才会回来。我看了一部杜维威尔的电影和一部黑泽明的电影，在下午将尽时，去了一家叫"德拉曼"的书店。据说因为一家更喜欢投资足球运动员和钻石矿的资本公司想要盘下这个地方，书店面临着关门的危险。我买了让-路易·科莫利[25]的书，是关于从银版摄影到数字化摄影的；还有一本莫里斯·图尔尼尔[26]的自传。我还为一会儿就要见面的贝特朗买了维克多·雨果与大仲马的通信集，这是他最喜欢的两位作家。为了能高兴地见面，也为了卢米埃尔中心的一些事务，我与他和他的妻子莎拉将在晚餐时共聚（菲利普·努瓦雷[27]和我是他们婚礼的见证人）。我还要关心他的身体，了解他即将入住的医院的情况。他看上去有些忧虑。可能每个人都会这样，但他总是很好地掩藏了这一面，显得愉快而又精力十足。但我感觉到了这种忧虑，切实可感——可能因为我也有这样的忧虑。我和贝特朗相处这么多年，早已熟知各种情形下的他。在我眼里，他就像伫立在风浪和暴风雨中无畏的巨型礁石。疾病就这样出现在这样一个乐观者身上。自从梅尔维尔和苏台到他父母面前替他说话，好让他进入电影行业以来，他从未放缓过自己的人生脚步。他已经选择动手术了，板上钉钉了。莎拉为了照顾他而倾心奉献，又丝毫不失威严。手术时间就这样逼近，将在下周进行。当他看到我送给他的雨果与大仲马的通信集《友谊至上》时，发出高兴的大叫声。然后，他给了我一本关于当代艺术的小册子，并在一阵阵的笑声中为我朗读其中的一些段落。

7 月 14 日　周二

　　一只非洲鹳在比利牛斯山脉飞翔，一名来自阿尔蒂普拉诺高原的哥伦比亚人在其身后追赶……环法自行车赛和别处一样，曾经被弗拉芒人和布列塔尼人统治的旧有小世界，如今已经全球化了。比利牛斯山的第一赛段是在塔布[28]和圣马丁石[29]之间——专用飞机、直升机、看台上数不清的人和肯亚白人车手克里斯·弗洛姆在质疑者的眼光下肆意展现着自己。我很高兴遇见了克里斯蒂安·普吕多姆、皮埃尔-伊芙·图奥尔特的阿莫里体育团队。我一边用孩童的天真眼光看比赛，一边用专业的眼光看待组织工作。即使我们主办了戛纳电影节，也折服于这样的精神。正是这种精神统领着环法起点站，管理着从运动员、媒体、观众到科技和安保的一切。将在一年后主持 2016 年欧洲杯的雅克·朗贝尔和体育史专家让·杜里也在场。还有布鲁诺·勒梅尔，上升中的右派新星，紧握着电话不放，模样招人喜爱。密特朗和希拉克都提供过政客们在这种场合的行为范本：摸摸人民的手、孩子的脸颊、奶牛的屁股等，诸如此类。好了，接着，就在工作里自在自得吧。

7 月 15 日　周三

我又见到了马埃尔·阿诺。我们两人凄凄惨惨地一大早前往戴高乐机场，中转维也纳，然后到达乌克兰的敖德萨。在那儿，就像在世界上很多其他地方一样，有一个"小型"电影节，公众的热情和主办方为嘉宾准备的高品质接待能一下子将人虏获。它们能让人很快意识到：麻雀虽小，五脏俱全。我们只有一天的时间来进行一场关于戛纳的"大师班活动"、一场新闻发布会，还有一场卢米埃尔电影修复版本的放映会。时间太短。我们必须在一天内完成，然后明天一早就出发离开。我接受这份很早就发出的邀请的唯一前提是，我想与全世界的同行们保持交流。

卢米埃尔电影放映会获得了巨大的成功，我先用英语作了评论注解，然后由一位厉害的姑娘翻译成俄语，台下的人们则聚精会神，不时发笑。法国电影人让娜·拉布吕娜也参加了放映活动。还有达伦·阿伦诺夫斯基，他惊奇得像个孩子，充满好奇地观察着这个与他的家族颇有渊源的国家。下午，我们登上了敖德萨阶梯。黑海看上去就像一个巨大的湖泊。在那儿，可以确定无疑地一睹电影史风华，遥望爱森斯坦和《战舰波将金号》里的反抗者们。

晚上，惊奇于这座城市的性情和空气中的温柔，我们在酒店附近转了转。街道有些昏暗，却很宽广。在宁静中，那些承载了过去年代的建筑让我们很是喜爱。然而在这个国家的东边，在顿巴斯[30]，人们仍在相继死去。我们和向导聊了聊，然后返回。夜晚是短暂的。我们明早就启程，徒留心中未尽的遗憾。

7 月 16 日　　周四

返程中，飞机越过黑海上空，给人来自另一个世界的观感。我们在伊斯坦布尔机场中转，长时间待在一个休息室里，那儿仿佛聚集了地球上能数出来的所有文化、面孔、宗教、服装和音乐。世界不只是西方化的，从来都不是如此。世界越来越全球化。机场就像是旅行者们的领事馆，给人舒适和保护，提供服务，而我把这段时间利用起来工作了。我本来可以在白天好好拜访一下这座城市——1974 年，当我还是孩子的时候就来过这里了，如今又通过努里·比格·锡兰的电影和奥尔罕·帕慕克的书重新认识了它。飞机晚点了。在里昂机场，我错过了机场高铁。一位神色平静的司机将我带到了巴迪车站，让我在最后关头赶上了另一班高铁。到巴黎后，我又搭了一辆摩的才及时赶到了爱丽舍宫参加法国和墨西哥两国的外交晚宴。我坐在官方席位上，同桌的有总统弗朗索瓦·奥朗德。只要我们一开聊电影，他就听得十分专心。我也很高兴地再遇见了曼努埃尔·瓦尔斯，他曾出席戛纳，谈吐很有洞察力。还有希纳波利斯影业（Cinépolis）的年轻老板亚历桑德罗·拉米雷斯——这家公司是墨西哥，也是拉丁美洲的电影院线巨头，拉米雷斯则是莫雷利亚电影节的主席，我曾接受他们定于 10 月底的邀请。晚宴在爱丽舍宫的露天平台结束，我们恋恋不舍，直到奥朗德及其顾问奥黛丽·阿祖莱率先离开，"去市政厅广场参加克里斯汀与昆斯的演唱会"。

7月17日　周五

　　为了追忆电影节的美好，埃米尔·库斯图里卡给我打电话。他正在山区和莫妮卡·贝鲁奇拍摄新片，他们俩都是这部电影的主角。面对世界电影的现状，他有着一如既往的精力、乐于挑衅的口味和不知疲倦的好奇心。在这些表象之下，我却感到了他些许的忧郁与孤独。二十年前，他曾被视为世界电影圈的年轻天才，是那些以一己之力将一个国家的历史与场景具象化的导演的正宗传人（虽然他自己的国家在这二十年里缓慢而又剧烈地分裂）。两次获得戛纳金棕榈奖，处女作获得了威尼斯金狮奖，库斯图里卡却没有为他关于墨西哥英雄潘丘·维拉的大项目成功融资。他实在想不明白为何他的电影项目融资这么困难。"只是 700 万欧元，你能想象吗？有些家伙拍一部电影，人家就可以一下子给 2,000 万。我这点儿要求，是吓着谁了？"

　　好吧，他要拍一部几乎自己出资自己制片的电影了。我向他询问了拍摄遇到的问题。我应该这么做，因为自从他开拍，已经过去了两年。"一切都好。莫妮卡太棒了，我们将在这个夏天杀青。"那么，我们一年后见？在艾利克斯·维勒拍摄的关于金棕榈奖的纪录片里——这部片曾在戛纳"经典"单元放映——埃米尔开场说道："明年，等我回到主竞赛单元……"埃米尔啊！去年 1 月，在他的湿山村[31]里举办的库斯滕多夫音乐电影节[32]上，他就给我看了电影前 15 分钟的样片。锋芒毕露。然后我恭喜了他。

他还开玩笑地回应说："我不能跟你保证整部片子都会是这个水平……"一秒停顿，"有的部分，还会更好哦！"

7月18日　周六

去年5月23日，《巴黎人报》根据受众调查做了一份关于戛纳电影节的形象分析……然而这些被调查者从没有去过戛纳。真聪明。向一群没有机会参与或者对电影节并不在乎、只是听信媒体言论的公众提问做调查，这样的做法只会招来敌意和负面评价，因为在这样的时代，名望人士总是被怀疑的对象。结果就是：在受调查者眼中，戛纳电影节徘徊在掉价的红毯秀和通俗化的自娱自乐里，摇曳在无法接近的星光与难以理解的作者电影之间。这毫不新奇，哎，因为这就是戛纳的形象……《巴黎人报》应该替自己省点儿钱才对。

但我们的疑惑并不在此，而是为什么那些分明在享受着电影节优越条件的人也对戛纳如此严厉呢？这些人会忘记戛纳给他们带来的愉悦，转而轻易地表露蔑视。在这种情绪转变的背后，存在着我们需要解决的问题。有多少电影在戛纳被猛烈地抨击，到了院线上映时却被重新给予好评——往往，作出点评的还是同一群人。今年秋天也会如此。难以接受电影节参与者用低级玩笑去消费电影，取悦搞笑——就好像那些电影节期间整日驻扎在酒店或者访谈室里的电影人因为自己错误的出席在为这个错误忍受如此一番羞辱。

在放映结束的影厅出口，一定得看看那些说着轻蔑之辞的泛红的脸。"他们年年都是这样。"一位影评人朋友对我说。虽然如此，可也不能一概而论，因为这些或喜欢／崇拜／热情痴迷或发牢骚／抗议／嘲笑的记者们并不会离开影厅和等候的队列，他们查询着官网和相关手机程序，每天看 5～6 部长片，用他们批评的喧嚣制造着戛纳的繁盛与疯狂。有些人来自遥远的国家，因此他们倾注在电影和戛纳电影节上的热情堪称昂扬，比如阿隆科·麦杜昂（我们叫他卡拉帕普雷克），一位住在伦敦的泰国记者，做了一本叫作《影极》的杂志。这位仁兄每年来戛纳看 50 部电影、10 部短片，是他和他这一类人组成了戛纳电影节。这些电影节参与者和饕餮者在荒漠中开辟出了新的道路。但是我们要关心到来到的每一个人，哪怕是一位沮丧的影评人，没有人应该被落下——哪怕是最暴躁唠叨的。这引出了一个即将面临的新问题：如何让那些在戛纳的记者都感到高兴呢？

7 月 19 日　周日

在环绕着《星球大战 7：原力觉醒》的所有神秘光环中，这可能是最高深莫测的一个：J.J. 艾布拉姆斯。迪士尼影业和卢卡斯影业为了延续传奇而选择的导演，不是用数码技术而是用 35 毫米胶片拍摄。《星际迷航》新系列的影迷很高兴这位导演前来执导。他是一位电影胶片的支持者，且视之为信仰。看着他如此背离乔治·卢卡斯这位数码技术先锋的阵营，一定是一件很奇怪的事——2002 年的戛纳，卢卡斯前来谈论过数码技术，当时却遭遇对这一高效经济模式表示怀疑的讥笑声。

毫无疑问，这并不会阻止卢卡斯采用大量的场景特技特效，不过将数码技术的优势与"胶片"（在法国，胶片放映机时代并不会用"film"表示胶片，但美语会使用[33]）的老旧作比较的讨论刚刚开始。一方面，35毫米胶片的狂热爱好者有斯蒂芬·斯皮尔伯格、詹姆斯·格雷、克里斯托弗·诺兰和塔伦蒂诺，最后这位刚刚用70毫米胶片拍摄了《八恶人》，并采用了潘那维新超70毫米这种被弃置了多年的规格（在法国阵营，我们的胶片方阵有菲利普·加瑞尔和让-马里·斯特劳布）；另一阵营有詹姆斯·卡梅隆、拉斯·冯·提尔，当然还有乔治·卢卡斯。另外，大卫·芬奇在基努·里维斯和克里斯·肯尼利共同制作的纪录片《阴阳相成》里说道："导演开始成为主人。通过数码技术，他对自己的画面的了解程度将和他的摄影指导一样。"这是一场各方表现都精彩的辩论，提出了核心问题：这并不是"传统"和"现代"、"反动分子"和"进步人士"的区别，而是电影本身有了不同的选择，让其在影像的世界里可以继续存活——在这个世界里，长久以来，电影早就不是唯一的影像使用者或表现者了。数码技术能促成新的创造力的产生，但在延续至20世纪60年代末的先锋们不断更新发明的视觉乌托邦里，胶片同样促成了创造力的产生。我忘不了达内去世前所说的话："我确定，只要光线消逝，只要光不再是创造的手段，只要光不再源自太阳（而是人工合成光画面），那么一部分的人性将离我们而去，所有的伪饰都将成为可能……"

　　下午，到达中转站之后，我和洛朗·葛拉及图尔车队在伊泽尔桥的米歇尔·尚布兰酒店相聚，共进晚餐，最近我们常常一起吃饭。晚上的活动结束得很晚，从不疲倦的伯纳德·伊诺[34]和兴奋的克里斯蒂安·普吕多姆向我们证明他们知道如何在草地上翻滚。大家为了能早点儿回家睡觉，都附和同意。

7月20日　周一

返回巴黎。与蒂姆·罗斯会面。自从戛纳闭幕之后我还没机会与他交谈，我们提起了塔伦蒂诺的电影。"对詹妮弗·杰森·李来说，这会是一个非常棒的角色，而库尔特·拉塞尔再一次证明了自己是天才演员。"可见他们的同行情谊。20世纪80年代，蒂姆还在家乡英国，在城中和银幕上扮演不同的角色。从那时起，他就从没有停止过观看和谈论电影。"不过你会看到，"他补充道，"这更是一部属于塞缪尔·杰克逊的电影。"

今晚，我们吃的是托尼诺做的面。托尼诺是十二区"撒丁岛的塔沃拉"餐厅的老板，这次我给他带去了《我父我主》的一张原版海报。他家的面真是棒极了，记得从第一次吃过之后，我就欲罢不能。戛纳电影节的准备工作要求得非常谨慎，包括日常生活、饮食、睡眠。不能过度放纵，除非是在南下戛纳之前在里昂的过客餐厅，或者，在我们安顿好之后，和保罗·拉萨姆[35]在特透之家餐厅共进晚餐。后者是胡安湾的海边餐厅，店里的普罗旺斯鱼汤实在让人甘愿俯首称臣。"殿堂级！"有一天，罗伯特·德·尼罗大声叫道，眯着眼睛，不再是一副含蓄审慎的模样。美食当前啊。在戛纳，太多时候只能快速用餐，甚至连在布鲁诺·欧格的餐厅里也是如此。欧格在一个私人场所执掌每年电影节非常出色的官方午宴——连詹妮弗·劳伦斯都会在百忙中抽空赶来此处。另外，备战戛纳期间，每天都不能喝酒，也不能喝咖

啡：酒精会在一切都完美的时候让人感觉疲累，而咖啡则会让人
在精力快枯竭的时候迷信自己一时的神清气爽。

7月21日　周一

　　一个月前，罗伯特·恰托夫去世了，他是我在任期间最早接
触的好莱坞制片人之一。他和艾文·温克勒曾是《洛奇》《愤怒
的公牛》和《太空英雄》的联合制片人。只要上互联网电影资料
库（Internet Movie Database，简称 IMDb），这个全世界最好的电
影网站瞅一眼，你就能看见他们俩共同留下的作品。卡雷尔·赖
兹 36 很喜欢他。他担任制片的《步步惊魂》的导演约翰·褒曼也
很喜欢他。鲍勃·恰托夫 37 本来有时间参与制作"洛奇系列"的
新作《奎迪》，这部电影宣布了将在秋天上映。这部《洛奇7》将
由年轻的瑞恩·库格勒执导，他的第一部电影《弗鲁特韦尔车站》
曾获得哈维·韦恩斯坦的支持，先是在圣丹斯电影节亮相，后去
了戛纳。托马斯·温特伯格和"一种关注"单元的评委给他颁发
了一个奖项。瑞恩在戛纳待了挺长一段时间看电影。除了他的街
头俚语有些难以理解，我对这男孩有非常美好的印象。总的来说，
他的身上有一种谦虚与好奇并存的气质。由于他来自奥克兰，我
们便谈起了杰克·伦敦，那让他很高兴。

　　今早，贝特朗在蓬皮杜医院接受手术。手术持续进行了一整
天。晚上，莎拉才给我发来短信：终于放心了，手术很成功。

7 月 22 日　　周三

在法国版的《名利场》杂志上，一篇由克蕾莉亚·科恩写的关于马尔蒙酒店[38]传说的文章唤起了我关于赫尔穆特·纽顿[39]的记忆。在他去世的前夜（那是在酒店门口，一次可能得归咎于由身体不适而引发的车祸），澳大利亚女制片人简·夏普和我们相聚用餐，同行的还有沃纳·赫尔佐格、朱莉·德尔佩、赫尔穆特及其妻子琼，一位出色的艺术家。这位老摄影师饱尝生活的艰辛，却细腻温柔。他简直点燃了夜晚，给每个人都留下了深刻的印象。然而，他却总爱说："要对得起你的坏名声。"他向我提了很多关于戛纳的问题，似乎这比那些乘喷气机出行的富豪精英[40]更有意思。在我们分别的时候，他对我说："6 月，我会在摩纳哥的家里。你到时候来看我吧。"我回到酒店，很高兴受到这位我崇敬的摄影师的邀请，而且并不讶异他是这么好，对其他事物和人充满了好奇。而在接下来的日子里，每当我想起他，悲伤和遗憾就会袭上心头。

突尼斯电影人、记者弗雷迪·布尔迪尔在网上发表了一些看法，解释了为什么法国电影的成功并非偶然，以及非洲电影在困难重重的体制中取得了哪些成功（其中原因之一是戛纳为它们提供了舞台）。他难以自控地大曝内幕，提醒大家，他也是评审团成员[41]，这似乎让他有资格提出一个离奇的假设——观察员评论家们都爱这么干，那就是给雅克·欧迪亚的金棕榈奖是科恩兄弟送给法国的礼物。"我能理解这两位科恩兄弟，作为 2015 年的评审团主席，这是他们二位欠法国的，因为我曾在 1991 年担任过评审团成员。那一年，罗曼·波兰斯基担任主席，他将金棕榈奖给了科恩兄弟的《巴顿·芬克》，让他们一夜间跻身于美国一线导演，而在此之前，他们的作品只是被视作戏仿，虽有原创性，但只属二流。为了回馈一个曾经将自己推向名流之列的国家，（出于有意或是无意地）给这个国家的电影一个荣耀的机会，这再正常不过了。"

嘿，冷静，弗雷迪。

7 月 23 日　周四

斯皮尔伯格的制片人克里斯蒂·麦克斯科发来一条吊人胃口的信息。我们曾在 2013 年的戛纳相遇，那一年，斯蒂芬·斯皮尔伯格担任评审团主席。"你已经有开幕电影了吗？"当我回拨给她的时候，她问道。不，我们从来不会在秋天之前考虑这个问题，这是为了保证拥有更多的选择的可能性。"我们觉得，如果斯蒂芬能重回戛纳，他会非常高兴。"是一部他导演的电影还是一部他制片的电影？

医生向莎拉·塔维涅确认，贝特朗的术后恢复得越来越好。我在里昂车站附近和皮埃尔·莱斯屈尔吃了顿简餐。在火车上，我一口气读完了《快报》上的一篇访谈。作者是一位超级影迷，当汤姆·拉迪在戛纳和特柳赖德电影节向我介绍他的时候，我就确认这一点了。他和我往来过几封邮件，对于这一点，我很骄傲，特别是在我读过他的自传《约瑟夫·安东：回忆录》之后——那是我在墨西哥旅行时，奥利维耶·阿萨亚斯向我推荐的书。

7月24日　周五

有线电视电影频道播放了斯登堡的《蓝天使》，玛琳在里面一直唱："从头到脚，我都为爱而生……"我已经好多年没重温这部电影了，它是我那一代影迷的必看影片——社会学家和批评家克拉考尔[42]曾在书中表示，就像所有于1919年至1933年制作的德国电影一样，它自身携带着一些符号，暗示着对纳粹权力即将到来的渴望。这本书意味深长地被命名为《从卡里加利到希特勒》[43]。我们用心研读这本书，同时，尝试用各种方式去审视书里提到的所有作品。

至于玛琳·黛德丽，这位丰满而伶俐的年轻女人，名声并不怎么样，因为她在魏玛时期的柏林城中有几段不怎么隐秘的同性关系。但我们差点儿忘记了她是在击败了葛洛丽亚·斯旺森、露易丝·布鲁克斯和布尔吉特·赫尔姆后才拿下了罗拉这个角色。现在25岁以下的年轻人还知道黛德丽的名字吗？电影人克劳德·莫里拉斯在里昂开了一家电影学校，叫"电影工厂"，专门招收"郊区年轻人"——这一称谓只是为了快速网罗其目标人群，但反而可能招致反感。该校这学期的考试刚刚结束。曾经，电影是我们的唯一，电影为我们带来了电影作品、影院、观众，甚至整个世界，然而对现在的互联网"极客"一代来说，情况还会是如此吗？

7月25日　周六

"当你写一个剧本时，记得在一个场景中间暂停，然后上床睡觉，"比利·怀尔德说道，"这样，你会知道第二天将怎么开始。"假期开始前，为了准备 2016 年的戛纳电影节，我清点了那些承诺明年会送来的电影，重新拿出了之前就开始统计的片单——按照个人习惯与迷信，我会在 5 月 23 日闭幕前夜开始这样做。话说回来，"承诺的电影"，我们常常这样形容它，但其实言之过早。导演们还在工作，有的人甚至刚开始筹备，而一部电影在摄影机手柄开始转动之前还不能被称作电影——即使手柄消失很久了。对于一部大片，特别是对美国大片来说，从开拍到参加戛纳，肯定需要耗时一年零八个月甚至更久。而对其他电影来说也至少需要一年。不过，伊斯特伍德能够在 10 月开拍，然后在来年 4 月就给我打电话，告知他的电影已经准备好了：《神秘河》就是这样在 2003 年惊喜现身的。这让我们对由他导演、汤姆·汉克斯主演的《萨利机长》也心怀期待。

　　所以这是我的个人传统：在电影节闭幕的前夜，花几分钟为来年的外国电影作一番总结。虽然名单尚处于雏形，但已经足以令人激动，比如已经提到过的马丁·斯科塞斯、西恩·潘和埃米尔·库斯图里卡，还有詹姆斯·格雷（他还没有开拍）、尼古拉斯·温丁·雷弗恩（他已经开拍了）、达内兄弟、克里斯蒂安·蒙吉、克里斯蒂·普优（《无医可靠》的导演）、泰伦斯·马力克、贝特朗·波尼洛、帕布罗·拉雷恩、朴赞郁，还有泽维尔·多兰，他的"法国"电影选取了让-吕克·拉加尔斯的一出戏剧；另外，他还有一部由杰西卡·查斯坦主演的美国电影，不过应该没有准备好——总之，由于评委多兰并没有跟我过多地透露导演多兰的动向，就先这样假设吧。

曾经在2013年凭借《烂泥》⁴⁴惊艳了戛纳主竞赛单元的杰夫·尼克尔斯还没有消息——加利福尼亚的传谣者说他瞄准了秋天，以一部叫作《午夜逃亡》⁴⁵的影片角逐奥斯卡。不过，他手上还有另一部电影正在拍摄。另一方面，科恩兄弟将很有可能完成《恺撒万岁》，但宣布瞄准明年冬天（他们为了当评委而中断了电影剪辑工作），可能会去柏林；此外还有奥利弗·斯通，他将拍摄关于爱德华·斯诺登与美国国家安全局的电影。

如果斯皮尔伯格、西恩·潘和斯科塞斯都现身，那么对于似乎要强势回归的2016年的美国电影来说已经足够了。"《疯狂的麦克斯》《头脑特工队》和托德·海因斯的《卡罗尔》都有很好的运气，这会让那些制片公司重新重视戛纳，视戛纳为好机会。"迪迪埃·阿鲁什在洛杉矶对我说道。

最后，还有佩德罗·阿莫多瓦。正如他所习惯的那样，在夏天拍摄，在秋天剪辑，明年春天在西班牙上映。在此期间，我必须采取行动来说服他参加戛纳。他熟知历史，知道希区柯克从不领取奥斯卡奖，伯格曼也没有拿过金棕榈奖，不过他还是与他尚未折挂的这个主竞赛单元保持着复杂的关系。

7月26日　周日

吉尔莫·德尔·托罗问："我在巴黎，你在哪儿？"伊莎贝拉·于佩尔问："我在里昂，你在哪儿？"啊，我在韦科尔山区。

夜晚很炎热，暴雨窥伺着，雨滴终于在山间洒落。艾夏永沙嘴和蒙托的岩石使山峦呈现出红色。一股凋零青草的气味围绕着这片景区。气温会持续上升直到深夜。我想出发去罗曼石山谷的拉格拉芙村庄[46]，我童年的阿尔卑斯山村。某次山体滑坡堵住了隧道入口之后，这里曾与世隔绝了四个月。那里的人都因孤独和隔离而绝望。我们将去那儿吃饭，顺道在莫里耶讷和加利比耶山口游玩一圈，只是为了能和那里的人在一起，为了让那里的人感觉不那么孤单。假期就在那儿度过。返回时，2016年的戛纳电影节就近在咫尺了。

注释：

1《踏板》(*Pédale*)，法国的一本自行车骑行专业杂志。

2 埃罗西奈（AlloCiné），法国普及率甚高的电影数据库，著名电影网站。

3 马克·朗布隆（Marc Lambron，1957—　），法国作家、文学评论家，法兰西学院院士。

4 热内·贝勒托（René Belletto，1945—　），法国悬疑小说家、编剧，出生于里昂。

5 里昂金头公园（Le parc de la Tête d'Or），里昂市中心的一家城市公园，法国最大的公园之一。

6 富维耶山（Fourvière），里昂城内的一座丘陵，每年夏季都会举办富维耶音乐节。

7 埃里克·帕特里克·克莱普顿（Eric Patrick Clapton，1945—　），英国音乐人、歌手及作曲人，曾获得过格莱美奖，是 20 世纪最成功的音乐家之一，被歌迷们誉为"吉他上帝"。

8 阿兰·德·格里夫（Alain De Greef，1947—2015），法国著名演员、电视人，于 2015 年 6 月 29 日逝世。

9 约翰·科特兰（John Coltrane，1926—1967），美国爵士萨克斯风表演者和作曲家。

10 梅塞德斯·索萨（Mercedes Sosa, 1935—2009），阿根廷著名女音乐家，上世纪 60 年代，成为阿根廷"新歌运动"的代表人物，通过民谣反映社会现实与民众心声，在拉美乐坛享有阿根廷的"政治良心"的美誉。

11 法国伊泽尔省蒂兰市的一个地区。

12 原文为："Et si on essayait d'être heureux. Ne serait-ce que pour donner l'exemple."

13 汉嘉厅（Halle Tony Garnier），又译"托尼·加尔涅厅"，位于里昂七区，原本是城南的一家屠宰场，由著名设计师托尼·加尔涅（Tony Garnier）设计，后被改建为展览中心，常举行展会及文化活动。卢米埃尔电影节开幕闭幕式皆在此举行。

14 原文为"l'aventure spaghetti"，直译为"意大利面西部片"。

15 霍华德·霍克斯 1955 年拍摄的电影，耗资巨大，片场曾雇佣了数千人工作，但最后票房结果并不理想，甚至未能达到预算。

16 让·吉利（Jean Gili，1938—　），法国影评人、电影史学者、意大利电影专家，现任安纳西意大利电影节总监。

17 讷伊（Neuilly，1938—　），巴黎西北近郊城镇。

18 迈克尔·鲍威尔（Michael Powell，1905—1990），英国导演，也是英国电影史上最有影响力的导演之一，与匈牙利籍导演艾默利·普莱斯柏格合作过许多著名电影，如《红菱艳》《曲终梦回》等。

19 老马丁（Marty），马丁·斯科塞斯的昵称。

20 塞尔玛·斯昆梅克（Thelma Schoonmaker），与斯科塞斯长期合作的女剪辑师，3次获得奥斯卡最佳剪辑奖，并获得威尼斯终身成就奖。

21 斯科塞斯位于纽约的制片公司。

22 2015年，里昂卢米埃尔电影节邀请马丁·斯科塞斯为其中一个单元推荐片单。

23 德国历史上首位女总理。

24 原文为"Occupation"，有工作、职业之意，也有"占领、攻占"之意，笑话利用了该词语双关的误解。

25 让-路易·科莫利（Jean-Louis Comolli，1941—　），法国作家、编辑、电影学者，曾出版多部电影理论书籍。

26 莫里斯·图尔尼尔（Maurice Tourneur，1816—1961），法国导演，曾前往美国拍片。代表作有《最后的莫西干人》《母亲》《风云人物》等。

27 菲利普·努瓦雷（Philippe Noiret，1930—2006），法国演员，代表作有《扎齐在地铁》《老枪》等。2006年，病逝于巴黎。

28 塔布（Tarbes），位于法国比利牛斯大区南部。

29 圣马丁石（Saint-Martin），比利牛斯山附近冬日体育胜地。

30 顿巴斯（Donbass），顿涅茨克盆地，乌克兰东部的一个有其自己的历史、经济、文化特点的地区。2014年2月，此地开始了持久的顿巴斯战争。

31 湿山村，库斯图里卡电影《生命是个奇迹》取景地，后来他在这里建立起了"木头小镇"（Drvengrad）。

32 库斯滕多夫音乐电影节，库斯图里卡于2008年创立。当地塞尔维亚人用德语称库斯图里卡的村庄为库斯滕多夫（Küstendorf）。Küsten为导演昵称，dorf为德语的村庄，即库斯图里察小村。

33 此处作者使用"film（电影）"，按传统法语说法，多用"Pellicule（胶卷）"。

34 伯纳德·伊诺（Bernard Hinault，1954—　），法国自行车手，公路自由车"大满贯"获得者。

35 保罗·拉萨姆（Paul Rassam），法国制片人，制片项目有《绝代艳后》《珠光宝气》等。

36 卡雷尔·赖兹（Karel Reisz，1926—2002），生于捷克的英国犹太导演，战后英国最重要的电影制作者之一，执导了影片《法国中尉的女人》《谁能让雨停住》等。

37 鲍勃·恰托夫为上文罗伯特·恰托夫的昵称。

38 马尔蒙酒店（Chateau Marmont），位于好莱坞日落大道上的豪华酒店。

39 赫尔穆特·纽顿（Helmut Newton，1920—2004），生于德国柏林的犹太裔摄影师，后加入澳大利亚国籍。善长时装、人像摄影，长期为几大时尚杂志供稿，是对后现代摄影产生深远影响的大师之一。

40 原文为"set jet"，意指乘喷气机出行的奢华上流社会人士，也指这种精致出行的富豪生活方式。

41 布尔迪尔曾于1991年担任戛纳电影节主竞赛单元评委，并于2009年担任短片单元评委。

42 齐格弗里德·克拉考尔（Siegfried Kracauer，1984—1966），德国作家、记者、社会学家、文化评论家和电影理论家。

43 克拉考尔的这本书全名为《从卡里加利到希特勒——德国电影心理史》。克拉考尔通过分析20世纪20年代和30年代初的德国影片，检视了从1918年至1933年的德国历史，借以展现"一战"后德国人的心理图景。

44 《烂泥》（Mud）出现在2012年的戛纳电影节主竞赛单元，此处似为作者笔误。

45 《午夜逃亡》（Midnight Special）最终于2016年参加了柏林电影节。

46 拉格拉芙（La Grave），法国上阿尔卑斯省的一个市镇，属于布里昂松区。

8 月
AOÛT

8 月 13 日　　周四

去过科西嘉岛和意大利之后，我在索尔格岛[1]上的一家餐厅与皮埃尔和弗雷德里克·莱斯屈尔一起吃饭。这是一个非常美好的地方，他俩每年夏天都在此度过。那儿还有一位很棒的旧书商，他会掏出珍稀版本的圣-安东尼奥系列[2]或者桑德拉尔的《断手》[3]，又或者让-弗朗索瓦·何维勒的《空房间里的贼》——这是近几年我读过最多遍的一本书。

匆忙的"激情寒暄"过后（我们非常高兴能够再见到彼此），我们谈到了关于电视转播权的几份合同。是否应该考虑一下，如果二十多年来，电影节的特约合作伙伴第一次不再是法国电视四台的话，会怎么样？这个问题去年就出现了。皮埃尔对我说："在我刚来的这一年，第一个决定就是要中断和这个由我建立并引入戛纳的电视频道之间的关系吗？这太粗暴了。不过我们会为了更好的电影节去做该做的事情。"确实粗暴，也不一定能圆满解决，哪怕我们不完全满意于这位合作伙伴套路化的播报方式——他们用极其简短的戛纳画面配上《大新闻》[4] 主播开的调侃玩笑，这些玩笑常常让明星们感到厌恶，因而不愿配合。

于是，我们只签署了一年的直播权合约——这是皮埃尔的主意："在这个敏感时期，我们做一点儿让步，这只针对 2015 年的电影节，等到秋天，我们再来讨论接下来的事情。"事实上，对方重启了谈判，并将由监事会会长文森特·博罗雷[5] 接手。这个人擅长像玩拼图那样一点儿一点儿地行使权力，有时突如其来的一招能改变整体格局的博弈。他将是一个亲密但难以对付的对手，大胆敢为，聪明。另外，他还是一位影迷——我们之前可真是不敢奢望。法国国家电视台可能会是另一个选择。我们希望他们对戛纳或是对电影制作的报道可以像他们制作环法自行车赛和罗兰-加洛斯法网公开赛一样棒。

8 月 14 日　周五

回到了多菲内[6]。还剩下三天清静的夏日时光。我重新投入了工作，看了一眼这本好长一段时间没有更新的日记，回复了一些如暴风般袭来的邮件，重听了雷诺的作品全辑——我太想念这位歌手了。在这座由陈旧谷仓改造而成的图书馆、私人影院兼音乐厅里，我出神地凝视着大自然的景象。自然的光芒从不会消殒或中断。农民们在胡桃林中劳作，几个礼拜之后，长相奇特的拖拉机就会过来晃动这些树，以便从它们身上得到世上最美好的坚果。马丁·斯科塞斯从纽约给我发来了消息，并在他的片单上增加了新的电影。"我好喜欢列片单。"他曾在纽约对我说道。他不是一个人，列片单是影迷们的狂热癖好之———互联网上充斥着非常多奇特的分类片单。我在电脑里翻寻，硬盘里还有很多；然后我找到了一份二十多年前为蓬皮杜中心列的综合片单，当时是应让-卢·帕瑟卡和西尔维·普拉斯的请求，为致敬卢米埃尔中心而列的。

和我一起列片单的卢米埃尔中心的同事伯纳德·夏尔德尔、雷蒙德·希拉特和贝特朗·塔维涅都是在 20 世纪 30 年代到 60 年代的作品中挑选，我则专注于中学时期的 70 年代到 80 年代电影（还有一些当时观看的不属于那个时期的电影）。有一点让我很庆幸：在我的成长过程中，"迷影"殿堂早已富丽堂皇，而我很乐意不必列出那些不可错过的经典，彰显已不必再重申的价值。当然，如果有机会的话，我肯定会加上萨蒂亚吉特·雷伊的全部作品。

我看了一下自己曾经选择的影片：

罗伯特·奥特曼的《花村》（1971 年）

伯纳德·贝托鲁奇的《一个可笑人物的悲剧》（1981 年）

克劳德·夏布洛尔的《夜幕刚降临之前》（1971 年）、集体创作的《莫忘记》（1991 年）

弗朗西斯·福特·科波拉的《教父 3》（1990 年）

爱德加多·科萨林斯基的《一个男人的战争》（1981 年）

理查德·丹铎的《丹尼、米奇、雷纳托和马克思》（1987 年）

鲍勃·迪伦的《雷纳多与克拉拉》（1979 年）

让·厄斯塔什的《母亲与娼妓》（1973 年）

马尔科·费雷里的《最后的女人》(1976 年)

斯蒂芬·弗雷斯的《我美丽的洗衣店》(1985 年)

让-吕克·戈达尔的《受难记》(1982 年)

蒙特·赫尔曼的《双车道柏油路》(1971 年)

杰瑞米·保罗·卡冈的《终极执行令》(1978 年)

黑泽明的《姿三四郎》(1943 年)

杰瑞·刘易斯的《瑞典自助餐》(1982 年)

克里斯·马克的《红在革命蔓延时》(1977 年)和《堤》(1962 年)

克劳德·米勒的《告诉他我爱他》(1977 年)

克里斯蒂娜·帕斯卡尔的《温古贾岛》(1989 年)

阿瑟·佩恩的《四个朋友》(1981 年)

西德尼·波拉克的《蓬门碧玉红颜泪》(1966 年)

鲍勃·拉菲尔森的《浪荡子》(1970 年)

皮埃尔·里斯安的《五加皮》(1982 年)

雅克·里维特的《北方的桥》(1981 年)

埃里克·侯麦的《慕德家一夜》(1969 年)

雅克·罗齐耶的《缅因海》(1986 年)

拉乌·鲁兹的《水手的三枚硬币》(1983 年)

杰瑞·沙茨伯格的《稻草人》(1973 年)

费尔南多·索拉纳斯的《南方》(1988 年)

让-弗朗索瓦·斯泰弗南的《山口》(1978 年)

让-马里·斯特罗布的《恨难解》(1965 年)

弗朗索瓦·特吕弗的《射杀钢琴师》(1960 年)

保罗·韦基亚利的《由身至心》(1979 年)

维姆·文德斯的《公路之王》(1976 年)

奥尔德里奇的《加州玩偶》(1981)

伍迪·艾伦的《仲夏夜性喜剧》(1982)

朱塞佩·贝托鲁奇的《骆驼》(1988)

莱斯·布兰克的《电影梦》(1982)

贝特朗·布里叶的《远行他方》(1974)

约翰·卡朋特的《血溅13号警署》(1976)

卡萨维茨的的《首演之夜》(1977)

菲利普·康德拉也的《十法郎》(1974)

阿兰·柯诺的《黑色系列》(1979)

阿西·达扬的《爱克发镜头下的人生》(1991)

德帕东的《社会新闻》(1983)和一些短片

雅克·德雷的《他死不瞑目》(1985)

克林特·伊斯特伍德的较冷门的《白色猎人黑色心》
(1990)

威廉·弗莱德金的《威猛奇兵》(1985)

富勒的《红一纵队》(1980)

沃纳·赫尔佐格的《阿基尔，上帝的愤怒》(1993)

洛朗·海纳曼的《杀死布尔吉特·哈斯》(1981)

巴巴拉·卡普的《美国哈兰县》(1976)

赛尔乔·莱翁内的《美国往事》(1986)

巴巴拉·洛登的《旺达》(1970)

路易·马勒的《阿拉莫湾》(1985)和一些纪录片

南尼·莫莱蒂的《自给自足》(1976)

戴维·伯顿·莫里斯的《帕蒂》(1988)

保罗·纽曼的《玻璃动物园》(1987)

埃米利奥·帕库的《圣地》（1988）

帕索里尼的《索多玛 120 天》（2002）

佩金帕的《比利小子》（1973）

弗兰克·佩里的《华丽农场》（1975），用以纪念编剧托马斯·麦冈安

尼古拉斯·雷的《无家可归》（1973），无与伦比的佳片

雷德福的《普通人》（1980）

雷乃的《莫里埃尔》（1963）

圣托尼的《比赛领先》（1974）

绍拉的《快，快》（1981）

施隆多夫的《死刑》（1976）

沃纳·施罗德的《来自阿根廷》（1986）

斯科塞斯的《曾经沧海难为水》（1974）

塔凯拉的《C 号楼梯》（1985）

以上片单中的不少人仍在创作电影——有些已经被认可，有的则没有；有些人还在，有的却已消逝。在法国阵营里，我本来还应该加上德米（《瑟堡的雨伞》是一部大师杰作，我也曾钟爱《城里的房间》。最近，卢米埃尔中心决定修复后者）、菲利普·加瑞尔、让-克劳德·吉盖（我曾在戛纳和他聊起莱欧·费雷），还有让-克劳德·比耶特，我曾在里昂特沃广场附近的圣-波利卡普电影院看过他的电影。奇怪的是，亚洲大师们缺席了——在我的青春迷影时期，我很少看他们的电影，除了黑泽明，他的这部电影曾经在院线上映，是柔道吸引了我。伯格曼和塔可夫斯基也缺席，我似乎有一种"他们属于别人"的印象。那时的我也没列入

克里斯蒂安－雅克的《归人》、安德尔·德·托斯的《无法无天的日子》、尼古拉斯·雷的《好色男儿》、斯图尔特·罗森伯格的《铁窗喋血》或迈克尔·鲍威尔的《我走我路》。但后来它们都变成了我的个人珍藏。也没有莫利纳罗，这位世上最谦逊的电影人，谦逊得令电影界几近难以承受（人人都知道《麻烦制造者》，但其实他的《佳人之死》也是一部极其成功的改编，改编自乔治·西默农的小说）。每次，当人们问起关于他的电影生涯的开端时，他都要不住地赞扬特吕弗和戈达尔；片单里也没有拉佩诺、苏台或者德·布罗卡的电影，因为在我的青春迷影期，大概觉得它们还"不够档次"——哪怕这几位导演已经分别拍出了《如火如荼》《塞萨和罗萨丽》和《里奥追踪》！

但我一定会看厄斯塔什，还有带点儿开创性、当时颇为轰动的"新浪潮"。还有科波拉，他的从业状态在当时混乱到了被质疑的顶峰——而且一直都混乱。我很高兴地看到自己曾经选入了阿瑟·佩恩的《四个朋友》（电影由斯蒂芬·特西奇编剧，他去世后才因小说《卡鲁》成名。我们曾经在纽约一起吃饭，他总出去抽烟，最后因心脏病发作而去世；斯蒂芬还为彼得·叶茨导演的《四人帮》担任编剧，电影是与美国自行车有关的故事）、杰瑞米·保罗·卡冈的《终极执行令》（片中有我喜欢的男演员理查德·德莱弗斯）及拉乌·鲁兹的《水手的三枚硬币》，我以前总喜欢将后者与奥尔逊·威尔斯作比较。

我们曾经喜欢过的电影能深入我们的骨血，深入到甚至拥有背叛的权利。因为比起那些所谓法国影迷的悲剧学院派的官方信条，我更喜欢历史学家、作家尼诺·弗兰克[7]所说的"一个感性小剧场"。你最喜爱的电影片单总在讲述着你自己的人生。我们永远都不可停止列片单，不可停止重新翻阅，不可停止重新观赏。

8 月 15 日　周六

贝特朗打来电话："我有几个好消息。验血的结果算是鼓舞人心，癌症可能真的会离我而去。我甚至不需要接受化疗。我可以去威尼斯了，他们要在那儿向我致敬。不过几个星期后，可能要做另一次的手术治疗，这会耽误我出席里昂的电影节。"就此刻来说，我们才不在乎卢米埃尔电影节。我再次听见了他的声音，感受到了他的激情、将来的世界还有即将到来的项目。我收到这条信息时正在伊泽尔河边骑行，河里传来旋涡的嘈杂声，我高兴的尖叫声在高声回响，在韦科尔平原广袤的松树林里颤动，回荡。

8 月 16 日　周日

刚刚，邻居家的动物们不请自来到了我们的农场。跳过农场的禁闭期和牧草的休养期，草在别处会更加鲜绿，动物亦然。三头奶牛和一头公牛，后者紧紧地盯着我，甚至没有意识到它这样会使我惊恐。在我们舒适的现代生活里，公牛是受欢迎的动物。我不能迟到，得出发了。过去的记忆攫获了我，我似乎看见了那些冷血的长辈。当我还是孩子时就很讨厌被晾在一旁："你自己解决问题！"耳旁响起这样的声音；在农业领域里当学徒的时候也是这样。但那样也好。念及此，我再一次感到孤独，却幸福地用手拿起两根棍棒，敲打着，让公牛对我保持尊重，让它折返。不要让它迷路，不要让它恐慌，不要让它有所遗憾，也不要让它萌生要"再次过来"的念头。

　　罗格·萨瑟兰是唐纳德的儿子。这是一个朝气蓬勃的小伙子，常常带着一股刚醒来或马上要去夜店的神气，具体是哪种，要看情况而定。他也是好莱坞最好的经纪人之一，想尽快和我面谈2016年的电影节。"告诉我，我能怎么帮你。早点儿开始总是好的。我下周会经过巴黎。"这样说意味着他有电影要给我看，不过这是个好消息。他也可能想给我推荐评委。另外一个信息是他认为《疯狂的麦克斯：狂暴之路》《卡罗尔》和《头脑特工队》的展映在戛纳和好莱坞之间原本疏离脆弱的关系上扮演了积极的角色（排期是一个难题，5月离奥斯卡太远了，诸如此类）。

8月17日　周一

　　里昂人返校返工的日子。整个城市都在懒散怠工，除了城堡[8]，那儿占据了整个蒙普雷兹的广阔平台：它们热切迎接着阴雨天后短暂的绝美晴空——是设计者安托万·卢米埃尔构想出了这样的房子，其中的每处亭台都有机会被阳光直射。我们的团队，在两三个简短的假期后，此刻正以令人惊讶的活力重返工作岗位——马丁·斯科塞斯效应仍在发挥作用，当然这种工作动力也来自一个美好的愿景——为这座城市奉献一个全新而难忘的电影周。三周之后，为10月9日开始的卢米埃尔电影节而做的排片准备工作就将结束，节目表、嘉宾和特别活动都得确定下来。位于巴黎的戛纳电影节办公室将会关门到8月底。对我而言，就像所有从事周期性工作的人一样，夏末是下定决心的好时候——这也始于童年的习惯，那时的生活就是按学年计划的。我们在 6 月中止学业，在最后两周的时间里几乎什么都不干。那时的我们有悠长的假期，还有一个广为流传、专门开老师玩笑的段子："猜猜是哪三个理由让人们愿意成为教师？答案是 7 月、8 月和 9 月。"我曾经是喜欢对即将到来的月份作出各种标注的那类人（必须做什么，最好做什么，最好不做什么，诸如此类），如今却不敢直面"时间流逝"这样的念头，而且一看到要写上待办事项的空白页面就会头脑发晕。自从过了五十岁生日之后，我的雄心壮志经常需要"重启"、确认。特吕弗曾说，他把《游戏规则》看了三十遍，而随着年纪的变化，电影也会在不同的时间段教给他不同的东西。这真是领悟生活与未来的绝佳方式。

8 月 18 日　周二

再来说说"最佳电影片单"。塞尔日·达内很热衷于做这件事，曾提出了八个类别的分类方式，以此重新发现好电影：

1. 无可争议类。陪伴一生的电影。值得反复看的。首选片单。百看不厌的。
2. 成为或有可能成为无可争议的，但现实中同好较少。
3. 只看过一次的流星类作品，另类片单，第二梯队片单集。
4. 有鲜活的记忆，但之后印象含糊的。
5. "别人家的大师杰作"，然后，终于，也成为了我眼中的大师杰作。

6. 激发个人情感的，不过未必具备可分享性。

7. 一度对我们而言杰出或重要的，却不忍重看的。没有重看过的。

8. 发挥不稳定的蹩脚电影。与童年经历相关。

于影迷而言，这是一个必备的分类法，就像普鲁斯特问卷之于 20 世纪初的文人一样。这个分类法也同样适用于情侣关系……

8 月 19 日　周三

这周在巴黎没有什么事儿。我去拜访了一位老朋友，想在此说说他的故事。故事始于 1930 年左右。一个年轻的男孩奔波流连于里昂的各家电影院，每个礼拜天，他都会密密麻麻地写下本周看过的电影的片头字幕。正如我前面提过的，对影迷们来说，这样的做法司空见惯，并无特别之处。不过男孩会一直坚持这样做，并逐渐将他的目标扩大至所有院线上映的法国电影。这个孩子名叫雷蒙德·希拉特，是本书的第二位致敬对象。1922 年，他出生在里昂萨克斯街道的一间小公寓里，从未搬离。对一名档案管理员来说，这算是得天独厚的优势，一张张的档案纸头就这样累积起来。那摇摆在业余爱好者的热情与科学工作者的狂热之间的执念，使得他对自己发起了一项更大的挑战，而他的副业没妨碍他把这件事儿做好（这位地道的里昂人甚至还开过餐馆）——他开始为法国电影归档，从最早的一直做到当下的。事情进展得挺成功，却是独自进行的，不为其他专家所知。几年之后，人们才意识到（必须说，是批评家克劳德·贝利[9]第一个发现的），要研究

1950 年之前的 3,000 余部法国电影，唯一可信的资料源就躺在雷蒙德·希拉特的文件箱里。

20 世纪 60 年代，伯纳德·夏尔德尔，这个里昂迷影界的"神奇小子"，曾组织了法国电影周末活动，传说中的独立电影国际大会（CICI）[10]。大会聚集了电影业余爱好者，年轻的塔维涅也在其中，那时的他"都等不及打出片尾字幕，就发出了高兴的欢呼呐喊"，雷蒙德不久前还在跟我说起这件事。20 世纪 60 年代中期，伯纳德经历过《正片》杂志的里昂岁月后（这本杂志由他于 1952 年创立），在里昂做了出版商，尝试出版雷蒙德整理的相关工作资料。但这件事实在成本高昂，于是海量的文件被分发到了布鲁塞尔，送到了比利时皇家电影资料馆。

1975 年，《法国电影长片目录：1929—1939 年的有声故事片》出版时，激起了法语区影迷的兴奋之情：终于，他们等到了多年所盼望的东西。这是一部叙事详尽精确、尊重历史进程的典籍，以史料为依据；甚至当电影忽略了自身的无知时，它也会考虑到那被忽略的部分。对排片者、记者和作家们（帕特里克·莫迪亚诺[11]一直是雷蒙德的狂热读者）来说，这也是一部不可或缺的年鉴。另外两部电影目录也顺势出版上市了，并获得了同样的成功。雷蒙德的权威因此巩固，他记录的电影片头字幕成为了文献资料。从此，当影迷们提起雷蒙德·希拉特时，就像药剂师们提起制药宝典《维达尔药典》[12]。

然后雷蒙德转向了创作文学漫步式的作品，如今读来，它们都带着轻柔的感情色彩。他是亚历山大·维亚拉特[13]和阿纳托尔·法朗士[14]的崇拜者，也是大戏剧迷（他的第二热衷领域），对文学或者抒情诗也颇有了解。作为作家，他对文风颇为看重。他的书散发着关于法兰西的回忆的香气，它们直接来自《操行零分》里的"鸭绒大战"，来自马克斯·迪尔利和萨蒂南·法布尔的闲逛行走。总之，一切都来自那个时代，他曾这样写道："（这个时期的电影）不断地记录着这些年的小故事。它们没有着眼于贵妇们的小客厅和吸烟室、法庭审判室和军营、街角的小酒吧和植物园的接待处，却记录着淳朴而有生气的笑容，记录着姑娘们的不省人事，记录着'哀痛的母亲'的呜咽和单身父亲的激动不安。"

在奥利维耶·巴洛特的陪伴下，希拉特用他的书开始了一场重现法国电影的海量工作。他展开了全面围捕，不放过任何阴暗不明的领域：幸亏有他，无名编剧和小众导演们才得以在他狂喜的笔下重生。不过，我从来没有成功地从他口中套取到过对某部电影的偏好。他一点儿也不像个"厚古者"，我时常看到他为法国当代电影人的"成熟与聪慧"而激动不已。

1982 年，伯纳德在卢米埃尔中心欢迎他的加入。因他的个人品性和慷慨大方（没有谁比他更待见研究者、记者、年轻学生和老一辈学者了），雷蒙德·希拉特成了中心的"指路明灯"。他的工作成就广为人知，还流传到了国外。在法国，当尼古拉斯·赛杜[15]、马提尼·欧福罗和皮埃尔·菲利普[16]委托他对高蒙电影公司的档案馆进行研究时，我记得，他把那当作非常难得的对他的认可——他总是这般谦逊。当他接替让·米特里被选举为法国电影史研究协会主席时，他的同僚们公开表示的感恩之情溢于言表：希拉特对振兴电影史贡献卓越。他尽心尽职地做着这一切。1988年，法国戏剧作家和作曲家协会为他的戏剧授予"最佳作品"奖，而这恰好符合了他希望成为"匠人作者"的心愿。接着，他转身继续投入到研究中去，从未停止过丰富自己的档案资料馆。

雷蒙德从来都不会自我陶醉地摆架子，"权力"也并不属于他的世界。相反，他总是待人友善，对迷影同事们有着无尽的耐心，对拜访者也是一样，在退休很久之后，他依然在卢米埃尔中心的多媒体图书馆接待他们——1983 年，他萌生了创建这个图书馆的念头，之后就一直由他主持工作。我当时以志愿者的身份待在他身边，埃里克·勒·罗伊（如今是法国国家电影中心电影档案馆馆长）则是实习生，还有当时拒服兵役的米歇尔·圣-让（发行公司迪亚法纳影业的老板，法国最好的发行商之一）。如今，阿尔梅尔·布尔杜路和布鲁诺·特维农接任他的职务，负责这个我曾希望以雷蒙德的名字命名的图书馆。不久前，从不认为"传承"是一个虚无徒劳之词的他，在马埃尔·阿诺的陪同下，组织了一次法国电影特别放映展，展名就叫"雷蒙德·希拉特的电影"——这个展名说明了一切。贝特朗经常给他打电话，为了获得某个精确的解释、某个日期、某个片头字幕，或是为了让他评价某部电影、某位已经消失了的电影人。他是如此有趣而又亲切，所有接触他的人都会喜欢他。虽然对电影、他人和生活的评价时常毒舌犀利，但他仍然是一个不知疲倦的利他主义者，对朋友们忠心耿耿。我很幸运自己是他这些朋友中的一个，与他相遇，前所未有地改变了我的人生。

由于我从今年夏纳开幕就没见过他，很是想念，以致心生愧疚，于是我赶忙去了他家。他用一句话就化解了我对人不到又极少电话联络而表达的愧歉（"你有那么多事儿要做"）。然后我们共同度过了久违好几个月的待在一起的时光。他的身体衰老了，声音有些虚弱，不过精气神从未改变。我们谈起了他在年少时经常去的里昂安培中学："想象一下，他们全都走了，没有人留下来。"

他对我说道，简直像是忘了"他比其他人都活得长"这件事。我们还谈论了很多电影，还有文学：他刚刚看完莫里斯·加尔森的日记，对"二战"时德军的占领时期很有兴趣。我们谈起了一些电影资料馆的状况，以及塞尔日·图比亚纳在巴黎接任的事情，他向我询问了很多关于卢米埃尔电影节的排片问题，因为他无法在开幕时前往参与。不过，当我向他提议要将即将在电影节上放映的、由百代修复的杜维威尔电影的 DVD 寄给他时，他的眼睛立马亮了起来。他是第一个论述杜维威尔的人。雷蒙德始终是不松懈的"电影饕餮者"，他的教诲其实一直都很简单，那就是：不要只谈论我们看过的电影。要做到这一点，得有好胃口。

8 月 20 日　周四

为了致敬斯科塞斯，我们给朱迪·福斯特写邮件，希望邀请她来里昂——她将是非常合适的大使。马丁第一次拍她并不是在《出租车司机》这部被她的率性青春浸润的影片里，而是在《曾经沧海难为水》里——一颗遗珠，拍摄于 1974 年，《穷街陋巷》和《意大利裔美国人》之后。后者是一部关于斯科塞斯父母的纪录片，那时他还不知道自己将成为什么样的导演，也不知道金棕榈奖将使他作为一个人物、作为一名艺术家而声名鹊起。

可是朱迪拒绝了我们的邀请：她必须集中精力拍摄新作，这部新作集合了乔治·克鲁尼和茱莉亚·罗伯茨，是好莱坞最好的大制片厂索尼-哥伦比亚公司（由汤姆·罗斯曼领导其制作部门）的一部大制作。电影宣布将于明年 4 月在美国上映。在这场我事先预知会有些微妙的谈话中，我绝对需要更多的信息：主动询问，这传达了我们的兴趣，也会在引发了制片人的期望之后面临被婉拒的风险。选片人就应该既像充满欲望的动物又像冷血的机器。朱迪一心扑在她的电影上，对我说："拜托了，明年再邀请我吧。"

8 月 21 日　周五

一名维京人将在罗讷河和索恩河之间靠岸下船：麦德斯·米科尔森确认出席卢米埃尔电影节。"我们可以骑车吗？"他半开玩笑地问我道。每当我遇到麦德斯，就像遇到丹尼尔·戴-刘易斯或者丹尼·伯恩一样，我们总是会谈论自行车、装备或骑车路线。他喜欢在巴利阿里群岛、西班牙马略卡岛骑行。我告诉他，我将会拥有一辆新的自行车。"弄一辆红色的，"他对我说，"红色的跑得最快！"我重新踏上了去舒涅的公路。当我在晚间抵达时，一轮明月温柔地在韦科尔和查特山间升起。夏天的微风吹落了椴树叶子，它们飞升，降落，最终铺满了地上的每一处隐蔽的角落。

8 月 22 日　周六

返工之日也是"东大街俱乐部"再次被激活之日。这是歌手布鲁斯·斯普林斯汀的"网络粉丝群组"，由安托万·德·高涅、罗什迪·泽姆[17]、记者塞尔日·卡甘斯基、弗朗索瓦·阿尔玛内、里奥纳德·哈达德、伊芙·彭高颂和丽萨·维诺丽、经纪人弗朗索瓦·塞缪尔森、大卫·瓦提内和华纳公司法国总部的老板奥利维耶·斯纳努组成。今夏，很久没有新消息的布鲁斯突然惊喜地现身 U2 乐队演唱会，并且和他演唱了《我仍未找到我想寻找的》。他大概还谈起了要延迟推出的下一张专辑。某网站爆料布鲁斯准备在 2016 年做巡回演出，也可能会出一张新专辑。这个消息并不让人惊讶，布鲁斯最近一次进入公众视野是在天才乔恩·斯图尔特[18]的告别秀上，那时的他看上去既不像是要以余生在新泽西看管炼油厂也不像是要在阿斯伯里赌场[19]玩退休老人专属轮盘赌的那种人。"这个网站在胡说八道，"剪辑新片《巧克力》的罗什迪哈哈大笑道，"两年前，这帮人还把我列入了'法国十大天价演员'的榜单里呢。"

8 月 23 日　　周日

一个穿得像拉斯维加斯小明星的姑娘正很危险地靠在一辆停在喧闹乡间小路边的汽车上，边玩智能手机边嚼着口香糖。她穿着性感的无袖套头短衫、短裤和高跟鞋，目光紧紧盯着手机屏幕，以冷漠的脸面对那些盯着她狂按喇叭的司机。她正在为一个男孩打掩护，男孩刚刚朝路旁的排水沟里小完便，才扣上皮带。这就像是在一个阳光明媚的黄昏，一个令人不愿周一到来的周日夜晚，南·戈丁镜头中的模特遇上了由菲利普·加涅尔扮演的斯图尔特·奥南《极速皇后》一书中的女英雄。

8 月 24 日　　周一

在大暴雨中，身为上班族的旅行者们重新选择了走公路，或者像今早的我一样走铁路。在这返工季首次从里昂到巴黎的行程里，一点儿都看不出上周大力士列车[20]上的疯狂插曲。上周五，三位旅行者勇猛地控制住了一名恐怖分子。先是航空，再来是铁路——我们的命基本上就靠公共安全政策的品质来决定，并且从此得感谢疯狂的恐怖主义分子手下留情了。然而，法国人民还是很快拾起了他们的幽默感。昨天，针对法国国家铁路为了公开一切可疑行为而开放的"举报处"，一个伙计在推特上写道："我想举报一个可疑的反常行为：高铁餐车上的三明治价格不正常。"

在艾米丽街的电影节办公室里，团队中的十来人已经正式返工了，其中有一半是电影节交易市场部门的，正在准备多伦多电影节。我记得刚任职的时候，返工意味着"不得安宁"。依据老方法，吉尔·雅各布会在威尼斯片单公布后让大家深感压力巨大，悉数这个或那个会威胁到戛纳的顶尖权威。我曾经不理解，因为当一个人如此这般顾忌对手时，会显得很脆弱。而我谨遵柔道之道：不谈论对手，只尊重他，然后自己做到最好，去击败他。在我玩转这场游戏之前，我无法时刻准确地把握电影节之间的这种较量的分寸，因为在那时的我看来，一切都显得那么美好。现在的我有些遗憾，自己有时会被这种较量的气氛影响。那些有吉尔教导的时光是让人格外兴奋的，但同样非常艰难，会行事过于严肃认真（他这一辈人把放轻松视作懒惰松懈的表现），还有种冷冰冰的一丝不苟——这一点，我在很长一段时间里都难以顺从地适应。我在旅途中时，吉尔会给我发来一轮又一轮的邮件，奇谈怪论而又危言耸听。我相信这样做会让他安心，但我可不会，完全不会。通过这些已经变成了警告的信息，他一点一滴地灌输着犹疑，制造着紧迫感，控制着他的个人焦虑。要如何解释这一切呢？当然，这是一种内在的不安，还有对失败的恐惧。除了电影节，他也同样害怕他个人的失败。吉尔与电影节曾是那般亲密，以致连最微小的颠簸，他也会大受牵连。同样是对工作无比关切，皮埃尔则表现出一种谦逊，他能聪明地指导我们的工作，时刻都能在一旁见证——既带着好奇心，也时刻提供保护。

8月25日　周二

《观点》杂志的托马斯·马勒询问，为什么《绝美之城》的意大利导演保罗·索伦蒂诺在国外被极力吹捧，在法国却没有？我回答说，看见法国将自己特有的品位与世界其他国家的人区别开来，虽不寻常，也非罕见。一名索伦蒂诺支持者常用的解释是，索伦蒂诺是被电影节而不是被影评人发掘出来的。最开始，是在2001年的威尼斯、安纳西，还有布宜诺斯艾利斯国际独立电影节，展映的第一部电影叫《同名的人》。三年之后，《爱情的结果》进入了戛纳主竞赛单元，这位名不见经传的导演因为孤僻（虽然这使他显得友善）而没能让人给予他足够的敬重与信任。因此，他就这样错失了那个第一次被法国认识的机会。当然，有很多电影导演是刚在电影节亮相就被影评人迷恋追崇的。这个假设并不是排他的。

　　第二种解释是，保罗的电影在视觉呈现上总是鲜艳夺目，这让他被当成"浮夸"和"要小聪明"的导演。我一直都很讨厌"小聪明"这个形容词。希区柯克和库布里克又算什么？"大聪明"吗？人们可以不喜欢他的电影，但是索伦蒂诺的作品是非常具备作者性的。他的处境尴尬：没有参与任何小团体，也没有一些有影响力的朋友帮他控制舆论的批评，好让他获得该有的体面和尊严。他毫无预警地突然出现，带着他那副德鲁比狗[21]般无精打采的样子，显得不亏欠任何人，甚至不在乎这一切。所以，这一切都是错的。

他的第一部电影并没有让我完全信服，但是随后的《爱情的结果》却令我狂喜，就像最后那句旁白所说："当他以后想起我时，就会知道，他曾有过一个朋友。"戛纳电影节将一名导演揽作嫡系曾是很正常的事情。今天，所有其他的电影节都会想要他去，而他的同行们也经常向他致以欣赏之情——加斯帕·诺就是这样：电影人眼中的导演，独立而又心无挂碍，身在别处。时间为保罗的支持者们提供了明证，他也在成长，并且在英语区获得了奥斯卡的认可。然而，只有在法国不被认可，显得难以解释，除了票房：他的电影是有票房号召力的。即使他出版了《他们是对的》这本很棒的小说，也只是文学批评者们赞赏恭维他，而不是电影记者们。我们生活在这样一个不加思索的时代，人们将巨大的骗局神圣化；我们也会看到《法国摇滚》杂志将索伦蒂诺列在"当今最被高估的电影导演"榜首。索伦蒂诺得知这件事后，说："感谢他们。能上榜总是好的。"

在圣-多米尼克街的杜米纳酒吧，我和哈瓦斯传媒集团（Havas Media）的老板多米尼克·德尔波特共进晚餐。很久以前，我们在里昂相识，这一次很高兴可以再次相见。我们聊遍了古今中外，才终于谈起了戛纳与电视四台的合作。熟知电视、网络、内容、渠道和多平台未来前景的多米尼克站在维旺迪媒体集团（Vivendi）[22]的利益角度，发表了一番犀利的见解。走出餐厅时，我打电话给仍在南法的皮埃尔。他表示想约见一下法国国家电视台的人，再看看他们的合作意愿。

8月26日　周三

　　突然要在"13号俱乐部"放映勒鲁什的新作《一男一女》。没有任何约会的夏日时光总是令人愉悦，我们可以就这样在最后一分钟把自己关进放映厅，来一场巴黎式的电影放映。这是映前试映，电影由哈蒂达兄弟联合制作和发行，他们向来制作动作类型的美国"作者电影"，曾最先开发了香港动作电影；电影的映前试映准备周末在玛丽-弗朗丝·布里埃和多米尼克·贝纳尔的昂古莱姆法语电影节上进行，这个电影节将展映很多秋季上映的法国电影。电影导演往往喜欢在将电影交付命运之前先看看普通观众们的反应。在戛纳电影节之前，如果有不成文的规定要禁止媒体试映（除了那些在电影节期间在院线同步上映的电影），从而保证电影的新鲜感，我是认可这一原则的，因为我清楚这种策略在媒体宣传上的战略影响力。

　　在《一男一女》这部好像2015年版《我喜欢的男人》里，恒河流域替代了美国的沙漠，像一支关于生活、旅途和爱情中偶然与巧合的变奏曲。这部影片将"勒鲁什在当代法国电影里的位置"这一问题提了出来。在过往历史中，这个问题已经得到了解决，不仅仅因为他于1966年得到了金棕榈奖和奥斯卡最佳外语片奖。"让人乐于讨厌的导演"，这个由施特罗海姆发明的说法恰好完美适用于勒鲁什。朗格卢瓦当初在电影资料馆迎接了带着处女作前来拜访的勒鲁什（亨利·朗格卢瓦喜欢当代的新秀们，正如他热爱默片时代的大师幽魂）。一部分观众痛斥勒鲁什，另一部分疯狂地热爱他且不愿抛弃他。他就是米歇尔·维勒贝克[23] 所说的"人们可以毫无风险地去辱骂"的那种人。勒鲁什就像是法国"迷影历史"中一个负面的"非思"，是那种专家不知道拿他怎么办的导演。还有一点别人从未提起过，他是一个"毫无傲气"的艺术家，会用青少年般的活力不断创作，而这要求他必须经受住来自诽谤者们自我膨胀的优越感，尤其是在面对现代媒体颠覆之际，主流们都开始致力于成为小众精英，他仍镇定自若地继续走着他的道路。这种献祭式的姿态令人感动。但除此之外，谜题仍未解决：这一切是从什么时候出错的呢？对于他一贯延续自我风格的作品来说，这些加诸其上的凌辱如何说得通呢？电影总会留存下去，而那些唱反调的人可曾拥有过如他那般的精力和创造力？特别是，按照他所讲述的失败与挫折，一切并不都是美好的。在这充满好奇的历程里，天堂和地狱只是一线之隔，沮丧和羞辱会伴随着杂志的头条凶猛袭来，而他与电影的羁绊从未稍减。勒鲁什被他的同行们敬重，当库布里克宣称《新年快乐》是他最喜欢的电影之一时，这并不奇怪。虽然对两个完全无关的人而言，这事儿有些让人惊讶，不过，这可能正是其有趣之处——是电影人之间的求同存异将他们联系了起来。曾经有一次，约瑟夫·曼凯维奇跟我透露，他希望自己是杜维威尔《舞会的名册》的创作者。我一直都很喜欢这样一个公式："伍迪·艾伦喜欢的，是曾经喜欢美国西部片的伯格曼。"这句话蕴含丰富的信息。很多导演并不是他们所擅长的类型的拥趸，而勒鲁什是一个什么都看的观察者（今天他就观看了下午两点放映的《流浪的迪潘》，这部电影今天刚刚上映），而且能够长篇大论地点评它们，就像他在 2013 年的戛纳电影节上一直谈论着阿兰·吉罗迪的《湖畔的陌生人》这部他当年最喜欢的电影。是的,一位电影导演所喜爱的,经常是与他自己的作品完全迥异的。

电影放映结束时,每个人都很高兴,也很安心。艾尔莎·泽贝斯坦在电影里大放异彩。我和让·杜雅尔丹聊了很久。他开了几个玩笑,讲述与克劳德共同拍摄时的小插曲,说克劳德有几个晚上不得不中止拍摄去休息(他已经年近八十了),还有他拒绝了很多他觉得"太过勒鲁什"的台词。"克劳德对那种金句的喜爱简直不能自拔。我一早就跟他提过,我无法全部接受。每个晚上,我们排练第二天的场景的时候,我都会删去一些对白。'不,克劳德,这个,这个,还有这个,我不能这么说。'有一天,他终于受不了了,跟我说道:'我之前以为你会像贝尔蒙多一样随和,但事实上,你简直像文图拉一样招人烦。'"

在星形广场和圣-日耳曼街区之间骑行了一小段之后,我和文森特·林顿一起在力普餐厅共进晚餐。"来,坐这条长椅吧,这是密特朗当年最喜欢坐的地方。"这位当代法国生活百科全书向我提示道。他问起了勒鲁什,我则向他讲述了电影收获的不错反响。"这倒不让我惊讶,克劳德宝刀未老。"我们谈论了他喜爱的杜维威尔——正好,我们想邀请他去里昂为卢米埃尔电影节开幕。"太好了,杜维威尔有很多东西可以说。巧得很,我刚刚重看了他全部的电影。你想要我谈论些什么?《穷途末路》里的路易·乔维特和米歇尔·西蒙?《逃犯贝贝》里阿尔及尔的卡斯巴平民区还是里面的亨利·甄森?《同心协力》的双结局[24]还是夏尔·瓦内尔的相貌?或者《天涯海角》《惊惧》《亨利耶特的节日》?来吧,告诉我。或者可以聊聊加本[25]?聊加本的话,我得提前告诉你,那得多花点儿时间。"午夜时分，他小心翼翼地开启了这样一个话题：下一部选送竞逐奥斯卡角逐最佳外语片奖的法国电影的投票工作。"我有七个意见可以展开陈述，七个，好让你们把《市场法律》送到好莱坞去。"他的陈述精准又有条不紊，的确很具说服力。

从力普餐厅到花神咖啡馆，只需穿过圣-日耳曼街区。在这未央的巴黎之夜，我遇上了罗格·萨瑟兰，他刚结束和詹姆斯·格雷在爱尔兰的拍摄工作，电影可能明年完成。这部电影叫作《迷失Ｚ城》，不过它可不是罗格唯一想跟我们谈论的话题。官方选片就是这样，涓流成溪，有时候也就是一杯酒的事。

8 月 27 日　周四

每一届的戛纳电影节都会产生一些焦点话题，而 2015 年的戛纳则让一个常年萦绕着我们的烦心事再次萦绕，很难说是惊还是喜：那就是眼看着被我们拒绝的电影在别处大获认可。一些专家非常关注这种事，并且喜欢盘点这些电影，名单还很长，上面都是不凑巧地被戛纳拒绝、却在三个月后的威尼斯斩获金狮奖的作品。在我任职之前，事情就已经如此了。我的前任并没有让这种情况有所好转。比如迈克·李的《维拉·德雷克》，当它在凤凰剧院斩获威尼斯最高荣誉奖时，我也在场见证了一切；但在那之前几个月，戛纳却对他摆了架子。这是我的错：人们对"戛纳嫡系"受到的所谓"无穷信任"的不断谴责，致使我有些仓促地决定了舍弃它们。但如果我们选入了这些影片，又会有人站起来大声指责片单中总是那些熟面孔，毫无惊喜。

迈克·李接过金狮奖时，在大厅里发现了我；他带着狡黠的愉悦发表获奖感言时，我感到那些话就像直接扔到了我的脸上：
"首先，我要感谢戛纳，是他们的拒绝让我能够在此角逐，并且
获奖。"而我终究没能站起身来懊悔地高声告诉他："我就是那个
坏人。"不过话说回来，如果不是这样，他可能不会成为同时斩
获两项威尼斯电影节大奖的电影人，能取得这种成绩的人并不算
多。可见，被戛纳拒绝的新闻，加上高效的公关，也能为电影做
好宣传。这表明戛纳不仅能够帮助那些被选中的电影，也可以帮
助那些没有被选中的电影！在戛纳竞赛的严苛要求之下，电影最
初收获的喝彩能保持到最后吗？永远不会有人知道。而我们与迈
克·李的冷淡关系并没有持续太久——他之后也常回戛纳，比如
去年带来了美丽深沉的《透纳先生》。

今年，关于阿诺·德斯普里钦的故事又要磕磕绊绊地上演
了。仍旧是我们这边的错，仍旧是对对方有利。同样的情况还出
现在泽维尔·吉亚诺利身上：在特柳赖德电影节上，汤姆·拉迪
就对我说他对《玛格丽特》有好感。尽管没能把它留在主竞赛单
元，但我仍然相信泽维尔将在未来的戛纳占有一席之地。那些在
去年9月待他不错的媒体难道在今年5月同样爱惜了他吗？我只
不过随口问问。假使他得到了金狮奖，我们就能让法国再赢一
回——为了自我安慰，我只好这么写（因为我实在喜欢他的电影，
而泽维尔如果读到这里估计会生气吧）。

在返回里昂的火车上，我沉浸在这些想法之中。手机一直响
个不停。雷蒙德·希拉特去世了。抵达里昂巴迪车站，回到卢米
埃尔中心时，我发现众人都沉浸在惊愕之中。所有人聚集在卢米
埃尔城堡顶层那个以他的名字命名的图书馆里。我说了几句话。

我们沉默静思，将这座不久前还由他统治着的回忆王国留在了一片寂静与伤感之中。

8月28日　周五

里昂的爱德华·亨利奥街上吹起了一股意式美国风。我走出咖啡厅时与纽约特里贝卡办公室的罗伯特·德·尼罗通电话。

"我很想为了马丁去里昂，但我担心我的行程无法配合。""你不能来？""我要拍摄。""那太遗憾了。""我还没拿到拍摄日程，但我会尽力安排。""无论如何，我们会再次邀请你，到时候向你致敬。""在哪儿致敬？里昂吗？这简直太好了。如果我去不了，我会给你寄视频录像的。夏纳一切都好吗？""是的，都好着呢。""你什么时候再邀请我啊？"当你想被邀请的时候，鲍勃，你想什么时候都行。

8月29日　周六

第三部，也是最后一部"戈麦斯·米古尔三部曲"，《一千零一夜》上映了（这之后我再也不谈论它了，我保证）。继前两部《不安之人》和《凄凉之人》之后，这部作品的副标题是《迷醉之人》。然而发行商一定在这三部电影上映的过程中经历了一个相反的心路历程：从迷醉欢喜到不安担忧再到忧愁凄凉。发行商并没有做错什么，除了认为好口碑必定会有高票房以外。除非有《饥饿游戏》那样的强大资源，否则凡是由两部或三部组成的系列电影往往都要冒很大的风险，这之中最有名的例子要数阿伦·雷乃的两部曲《吸烟》《不吸烟》了，很多人都没有去看第二部，因为……按照我们行业的迷信说法来讲，因为它的片名里有一个"不"字。

保罗·布兰科[26]告诉我，在他出席"导演双周"单元的时候，戈麦斯曾说："福茂没有选择我的电影，他完蛋了。"好吧。我原谅他：当一个导演身处如此激烈的评论旋涡之中时，他还怎么能保持分寸感呢？《一千零一夜》是失败的，几个狂热吹捧者的意见并不能等同于观众们即时、内行、真挚的看法。这再一次证明，除了在每周三电影上映时投身于一场大唱形容词赞歌的比赛好让发行方能挑一些来印到海报上（就像是怀着坚定的信念对抗时间的不确定性）之外，我们还有谈论电影的其他方式。对于《不安之人》的形容有："目瞪口呆""难以置信""令人激动万分"；对于《凄凉之人》的形容词有："引人入胜""电影大事件""我们见过的最疯狂的电影之一"；而对于《迷醉之人》的形容词有："如梦如幻""令人惊愕""灵感四溅""一场美妙而古怪的逃逸""难以预料"。不知道雷诺阿或者威尔斯在世时是否收获过比这更好的形容词。不管怎么样，那时的人们并没有以这样的方式评论他们的电影。而这种最高级词汇的堆砌除了在商业上的效力并不高之外，还会让我们以为不再需真正的深度影评，而实际上，后者才能实在地吸引人们观影。如果我是影评人，这种将完整的想法削减成半句话来表达的做法会让我神经崩溃。

8月30日　周日

夏末，5月的戛纳仍可以聊作谈资。安东尼·鲍勃曾是《法国电影》杂志的记者，后来进入了麦蒙多（Memento）发行公司 27，成为亚历山大·马雷-居伊 28 身边的发行专员。他说："拒绝《一千零一夜》这件事已经被死死盯上了。即使真的没人喜欢这部电影，也没人会这样说。这绝对是评论界的年度围攻。要是你们把范·多梅尔的电影 29 放在主竞赛单元，绝对会终结他的职业生涯：电影会被批评得体无完肤，批评的辞锋可能会把影院的座椅戳烂。它最好的位置应该是在'导演双周'单元，在那儿，一切都和和气气的。不过更合适的还是在威尼斯。而你选了格斯·范·桑特，就把他钉死在十字架上了 30，那是一个巨大的错误。邓泽里的那部电影 31 并不能让我信服，但她也承受了非同寻常的攻击。我喜欢德斯普里钦的电影，但你又失误地没选他，不过这可以视作墨守成规，你被束缚了！侯孝贤的电影堪称电影教学片，你做了你应该做的。而且，我们亲眼见证了一位导演的诞生：拉斯洛·奈迈施。你把他的作品带入主竞赛，确实是有勇气的——这一点在现在看来很容易，但在你作决定的时候肯定不是这样的。话说回来，在一份能看到《索尔之子》的入围名单上，难道人们还想多要什么别的？"

8 月 31 日　周一

雷蒙德下葬了。作为里昂人，他的葬礼在葛由缇耶墓地举行，在那儿还埋葬着卢米埃尔兄弟。这个男人以编写目录的简单方式书写了法国电影史中最美的篇章。他的著作是建立在对他人工作成果的挚爱之上的，这使他成了细致的书记员，也成了绝对意义上的"发掘者"。

　　两周前，当我见到他时，他告诉我贝特朗长期以来都在跟他通话，而伯纳德·夏尔德尔整天都会询问、跟进他的生活。"你知道，我有一个艰难的童年，但很快，我就有了朋友。友谊成了我人生中最重要的事情。"

　　"玛丽也是我人生中最重要的事。"雷蒙德又说道。玛丽-约瑟夫，一位美丽的博若莱人，是与他共度近六十年人生的贤妻。在位于里昂萨克斯大道上伴其一生的公寓里，雷蒙德是躺在她的臂弯里离去的。他曾跟我说："我们将在葬礼上与老朋友重逢。"在 93 岁高龄，他的死亡突然而至，而他的回忆仍未远去。雷蒙德在盛夏离去，留给我们的哀伤，与夏日最后的炎热相依为伴。

注释：

1 索尔格岛（Sorgue），法国普罗旺斯—阿尔卑斯—蓝色海岸大区沃克吕兹省的一个市镇，有"普罗旺斯小威尼斯"之称。

2 指法国著名侦探小说家弗雷德里克·达尔（Frédéric Dard）的作品，他也用原名写侦探小说，但以圣-安东尼奥（San-Antonio）为笔名所写的侦探小说最多。这是一大套系列小说的主人公即探长就叫作圣-安东尼奥。

3 桑德拉尔自称世界公民，他把第一本诗集定名为《来自全世界》。《断手》是他出版于1946年的自传体小说，讲述他参加第一次世界大战并失去了右手的经历。

4 《大新闻》（Grand Journal），法国电视四台于2004年开播的一档新闻脱口秀，在法国影响力极大，曾是该频道王牌节目，已与2017年3月正式停播。自2005年起，《大新闻》于戛纳电影节期间更名《戛纳大新闻》，作为官方合作伙伴，在戛纳设置直播台播报电影节信息，并采访电影节嘉宾。

5 文森特·博罗雷（Vincent Bolloré，1952—　）掌管着电视四台集团及其母公司维旺迪媒体集团。

6 多菲内（Dauphiné），法国东南部行省，首府是格勒诺布尔市。

7 尼诺·弗兰克（Nino Frank，1904—1988），法国批评家、编剧，他最早使用"黑色电影"一词来评价《马耳他之鹰》，发明和阐述了"黑色电影"的概念。

8 即卢米埃尔中心所在地，位于蒙普雷兹广场上的安托万·卢米埃尔（即卢米埃尔兄弟之父）旧居，被当地居民称作"城堡"。

9 克劳德·贝利（Claude Beylie，1932—2001），法国批评家、电影史学者，曾为《电影》《电影手册》等多家杂志撰稿，并于巴黎第一大学教授电影课程。

10 独立电影国际大会（CICI），全称为Congrès international du cinéma indépendant。

11 帕特里克·莫迪亚诺（Patrick Modiano，1945—　），法国作家，2014年诺贝尔文学奖获得者。

12 《维达尔药典》（Vidal）收录了法国各种药品的性能与特点。

13 亚历山大·维亚拉特（Alexandre Vialatte，1901—1971），法国作家、文学评论家、翻译家。著有多部小说诗集，翻译多部德语作品，是卡夫卡作品的第一位法语译者。

14 阿纳托尔·法朗士（Anatole France，1844—1924），法国作家，1921年诺贝尔文学奖获得者。

15 尼古拉斯·赛杜（Nicolas Seydoux，1939—　），法国高蒙电影公司主席。

16 皮埃尔·菲利普（Pierre Philippe，1931—　），法国编剧、导演、作家。自

1977 年起，与高蒙档案馆长期合作。曾于 1986 年为高蒙 90 周年拍摄电影，后加入希拉特牵头的高蒙电影索引制作项目，并在高蒙档案馆负责电影资料的鉴定、科研和保存工作。

17 罗什迪·泽姆（Roschdy Zem，1965—　），法国演员、导演、编剧，曾凭《光荣岁月》（*Days of Glory*）获得 2006 年戛纳电影节最佳男演员奖。

18 乔恩·斯图尔特（Jon Stewart，1962—　），美国政治讽刺家、电视主持人、喜剧演员和作家，这里说到的告别秀便是其最知名的脱口秀节目《每日秀》，于 2015 年 8 月结束了长达 16 年的播出生涯。

19 阿斯伯里赌场（Asbury），位于美国新泽西州阿斯伯里公园里的一家废弃赌场，如今已成著名旅游景点。

20 大力士列车（Thalys），往返于巴黎—阿姆斯特丹–科隆的国际列车。

21 德鲁比狗（Droopy），米高梅动画中一只贝塞猎狗的名称，是一种腿短而耳朵长而低垂的狗。德鲁比狗移动得很慢，昏昏欲睡，并且说着一口很单调无味的英语。

22 哈瓦斯传媒与法国电视四台同属维旺迪集团。

23 米歇尔·维勒贝克（Michel Houellebecq，1952—　），法国作家、电影制作人、诗人，其作品中译本有《一个岛的可能性》《地图与疆域》。

24 杜维威尔最初为这部电影拍摄了一个悲剧结尾，当时法国左翼政党方兴未艾，制片人认为这个结局太过负面，于是让他拍摄了另一个更乐观的结局。

25 加本（Gabin），法国 20 世纪 30 年代最活跃的男演员，一生曾与许多法国著名导演合作，在各种类型电影中出演角色，曾两次获得威尼斯电影节最佳男演员奖、两次获得柏林电影节最佳男演员奖。曾出演迪维维埃的《同心协力》《逃犯贝贝》《天涯海角》《逃亡者》等多部影片。

26 保罗·布兰科（Paulo Branco，1950—　），葡萄牙制片人、演员。

27 麦蒙多（Memento）发行公司，法国重要的艺术电影发行及国际代理公司，由其代理的众多电影入围欧洲各大电影节。

28 亚历山大·马雷–居伊（Alexandre Mallet-Guy，1974—　），麦蒙多公司总监。

29 指雅克·范·多梅尔入选 2015 年戛纳电影节"导演双周"单元的《超新约全书》。

30 格斯·范·桑特入选 2015 年戛纳电影节主竞赛单元的《青木原树海》遭到了媒体的恶评。

31 指同样入选 2015 戛纳电影节主竞赛单元的《玛格丽特与朱利安》。

9月
SEPTEMBRE

9月1日　周二

卢米埃尔电影节的排片材料已经准备好了：简报、宣传册、海报、活动项目、日期规划、目录、传单、电影票、贴纸、T恤衫、书、衍生品。400名志愿者将前来支援，本地团队也即将迎来巴黎的同僚。

皮埃尔·莱斯屈尔说："他们要在电视上推荐我们，是付费的。虽然让人兴奋，但不足以和戛纳电影节相提并论。我拒绝那样做。我们什么时候碰头啊？"

9月2日　周三

9月有威尼斯电影节、多伦多电影节和圣塞巴斯蒂安电影节，是它们真正拉开了新一季的序幕。在这之前，我处于观察的阶段。思考，吃早餐，吃晚餐，听报告。看上去简单，话是这样说，但很多事仍然在暗中进行。必须保持专心，看其别人在做什么，确认什么才是"我们的"电影。距离下一届电影节还很远，现在还无法决定，也没太多事情可做。不过有时也会有例外：比如遇上泰伦斯·马力克这么一个人。2009 年夏末，他就把《生命之树》报给了我们，但 2010 年的戛纳在最后一分钟不得已取消了它的参赛资格，直到 2011 年，马力克又回到戛纳，才拿下了金棕榈奖。

近年来，我们不再去威尼斯电影节了。今年的威尼斯电影节今晚开幕。曾在 2002 年被贝卢斯科尼挤走的阿尔贝托·巴巴拉今年又重回威尼斯掌权了。当然，我代表戛纳也回归了——阿尔贝托是个不错的家伙。抵达马可·波罗国际机场的记忆完整惬意如初，就像一组维斯康蒂的镜头，我们在水面上航行，并缓缓靠向伊克纱修大酒店。

威尼斯电影节是 8 月返工期最重要的事件。它诞生于 1932 年，很大程度上，1939 年的戛纳电影节就是为了与之抗衡而诞生的。威尼斯电影节是世界上历史最悠久的电影节，长久以来都是"作者电影"的圣殿，也曾为日本电影进入欧洲电影圈而打开大门（日本三大导演——黑泽明、小津安二郎、沟口健二都曾经常前来）。直到 20 世纪 70 年代，它开始遭遇长期的管理危机。另外，那些意大利人没有选择为电影节开设交易市场，而这个决定在今天成了它的致命伤。就像戛纳之所以成为戛纳，多亏它也能在商业层面吸引全世界的电影业内人士竞相前往。事实上，对大规模的商业利益来说，威尼斯电影节的交易过程谈不上高效，而且依赖着威尼斯双年展的电影节比以往更常见业内人士的缺席。另外，威尼斯电影节并没有在威尼斯主城区举办，而是在周边的一座小岛上（即使它是一座最美的岛）。所以，威尼斯电影节其实应该叫"丽都电影节"：这是一个风光绝美且历史悠久的地方，但相关的经济环境让与会者感觉匮乏；更严峻的是，聪明的多伦多电影节充分抓准了这一机会，创办了一个非官方却灵活高效的交易市场，并且时间紧挨着威尼斯电影节。以上都是我们需要用心汲取的教训。

9月3日　周四

此刻浮现在我脑海中的，是电影节模式在历史中所发生的变动。欧洲主要的电影节都建立在20世纪30年代的同质基础上：一座小城；周遭还要有水，比如威尼斯和泻湖、洛迦诺和马焦雷湖、圣塞巴斯蒂安和孔查海，当然还有戛纳和地中海。1939年，法国政府并没有决定要在巴黎办"国际电影节"（戛纳电影节的法定官方名称），而是在考虑过比亚里茨之后，才选择了戛纳。然而，近二十年来，电影节的构成元素发生了颠覆，变成在能够配备超现代设施的大城市举行，还要有现代的放映厅、影城、歌剧院、剧场和博物馆，比如柏林、多伦多及举办了亚洲最大电影节的韩国釜山，每一处都集结了热情的人群。这些城市毫无疑问变得极具竞争力，今后它们会更加强大。这一点，我们当然看在眼里，记在心上。

9月4日　周五

在8月返工期的活动里，还有特柳赖德——这个最不为人所知却最奢华的电影节。在那儿，一切都与戛纳和威尼斯截然相反：这是一个在美国山间、容易令人迷失的小角落。一条主干道穿过了村庄的不同部分，看起来好像是西部片里的场景。布奇·卡西迪[1]在此第一次抢劫银行，而莎拉·伯恩哈特[2]则在那儿登上了谢里丹剧院的舞台。

　　驻扎在科罗拉多州这座富饶小城的特柳赖德电影节，每年于9月初的劳动节前后举行。它聚集了全美的资深影迷、媒体记者、电影制片人和发行商。电影节自1974年创办以来，口碑日益提升，创办人是斯特拉·彭斯、比尔·彭斯和传奇人物汤姆·拉迪，后者是克里斯·马克和沃纳·赫尔佐格的朋友，汤姆还专门以赫尔佐格的名字命名了一间放映厅（第二间被命名为皮埃尔，致敬里斯安）。汤姆还曾是太平洋电影资料馆的管理者，还曾出现在科波拉20世纪70年代"活动画片工作室"[3]作品的片头名单里。电影节最便宜的注册费也高达上千美金，而在到达现场之前，是无法看见排片表的——这很神秘，显得势利而又附庸风雅，却也是它的精髓所在。人们热情高涨，北美公众的慷慨程度也因之爆发。还有电影节给人的特权感和缺氧体验（那是在海拔2,700米的高原）。我第一次触电特柳赖德是在1995年和贝特朗一起来的时候。我在一群有些恍惚的公众和一大帮重要人士面前放映了卢米埃尔的电影，那给了大家一个难忘的夜晚——托德·麦卡锡在《综艺》杂志的头条文章里提到了它。对我而言，这个身处群山之间、被上帝赐福的地方开启了我在美国的各种历险。还让我确信了，虽然卢米埃尔的电影拥有普世价值，但仍不被大众熟知。

　　在两场烧烤、三瓶啤酒和一场布鲁斯音乐会的四天里，我撞见了上身只穿了衬衫的伊桑·霍克与唐·德里罗或托德·海因斯在交谈。我还有过一次难忘的经历，就是与彼得·奥图尔这个非常友善的男人相遇，那次我和他一路同行在低矮的台阶上。在选片方面，特柳赖德会放映很多在戛纳展映过的电影，也有秋季新上映的作品，它们共同构成新一季的影片片单，同时，也能让好莱坞观望一下它们在奥斯卡的竞争力。

9 月 5 日　　周六

虽然没有像往年一样穿过大西洋，但法国的美好夏日抚慰了我。我花了一整个上午整理酒窖，一边听阿特·塔图姆[4]——第一次听说这个名字是在布里叶[5]的电影《不伦之恋》中，帕特里克·迪瓦尔在开头的美妙钢琴曲里引用了它。在现代法国电影中，阿特的作品越来越常被采用。我的一部分藏书在冬末时浸了水，于是我抽出这些书籍，小心翼翼地打开那些粘在一起的书页，尝试着拯救它们，直到我沮丧起来，才决定扔了那些我努力多次却无力回天的书。我收集的完整卷册《电影手册》和《正片》杂志都受到了损害，一些没意思的书籍却逃过了一劫。这就像皮埃尔·德普罗日[6]说的："巴桑[7]去世的那天，我哭得像个孩子；而当提诺·罗西[8]去世的时候，我却多吃了两碗饭。"

9 月 6 日　　周日

很高兴收到了来自阿基·考里斯马基的好消息。二十多年以来的每个秋天，他都和妻子宝拉及他们的狗开着宿营车穿越欧洲大陆，从赫尔辛基迁徙至葡萄牙。这位大天才不声不响地生活着，从世界的旋涡中抓住一些东西来滋养自己的故事，从而拍出两百年后仍值得欣赏的电影。我认识考里斯马基是在里昂庆祝电影诞辰百年的时候。我们都是他的电影的狂热粉丝——贝特朗喜欢《卡拉马利联盟》，而我喜欢《波西米亚生活》。阿基毫无预警地就来了，站在一群前来重新演绎《卢米埃尔工厂大门》的导演之中（让·鲁什、保罗·韦基亚利、阿瑟·佩恩、斯坦利·多南、安德尔·德·托斯、莫利奈·森、尤瑟夫·夏因），他的脾气可真是不一般。为了辩解自己时而的过激（他之后已经平静很多了），这位每年在 6 月都要在北极组织午夜太阳电影节[9]的极圈子民喜欢说："在芬兰，冬天的时候，由于每天都是黑夜，所以人们会变得忧伤。于是，我们喝酒。而在夏天的时候，由于每天都是白昼，大家就会很高兴。于是，我们继续喝酒。"当他在戛纳上台领取《没有过去的男人》获得的评审团大奖时，他凑近时任评审团主席的大卫·林奇，盯着他问道："你是谁？"

　　阿基经常回里昂。当他的无声电影《尤哈》试映的时候，他请求我们先放映《火车进站》，用它伪装成序幕，然后他对观众们说道："今晚，你们将看到两部电影，一部只有 50 秒，却是卢米埃尔兄弟创作的大师杰作；另一部有 1 小时 30 分，是我的作品，但它烂透了。"我们最近一次碰面，是他的法国制片人法比安娜·冯涅尔[10]去世的时候，那时我们都哭了。

　　我对自己说一定要去波尔图看阿基和宝拉。在我 2016 年必做之事的清单里也一定会有一条："好好关心我的朋友。"我曾经摘抄过作家、批评家马修·佳莱日记里的几句话，它们一直都被我记在心上，却没有好好遵守。他是这样说的："要是我推迟，晚点儿做，也会很正常——一张明信片、一个友好的信号、一次拜访，但我现在就会做。又一分钟流逝了。我想起了波力，想起了在他离世不久前寄给朋友们的全部信件，那是一曲我们不曾听到的离别交响乐……"这种时间流逝、万事随之衰败的感觉，在我55岁生日那年也油然而生，而此前我没有过一丁点儿体会。我只能在此极尽幼稚地写道："随着年纪的衰老，回忆悄然而至，我们想要找回那些我们曾遗落身后的事，那些曾经失落的爱，那些过往的人……他们的面孔与相关的记忆会再次浮现在我们眼前。"特吕弗去世时，几年前曾激烈也与其唱反调的戈达尔，只能叫他一声"弗朗索瓦"了。我仍然记得他们重燃的友谊之火，再现的记忆曾将他们联结起来，也曾将他们分开。他们之间的冲突与不合也谱写了两人共同的历史。我的儿子朱尔马上就要12岁了，他整天只想着他的朋友们。他将像我一样，是个有朋友的人；而我也将教他，不要让那些珍贵的人与事从身边溜走。

9月7日　周一

日落黄沙影业（Wild Bunch）的老板之一文森特·马拉瓦尔告诉我："我要赶着去看《霓虹恶魔》的初剪放映，是尼古拉斯·温丁·雷弗恩的电影。之后我再给你打电话。"这一周就这样热烈地开启了。尼古拉斯是2016年戛纳电影节郑重考虑的候选者之一，他曾凭借《亡命驾驶》在戛纳一鸣惊人，也曾因《唯神能恕》而口碑受损，后者是一部极端挑战观众审美的电影，但如果你看第二遍，就会感觉好一些。他的新片已经完成了吗？对戛纳来说，现在还挺早。

放映结束后，马拉瓦尔给我回电话："看完了，我挺喜欢的，但评价是会两极分化的。尼古拉斯完成了一部实验式的电影。一些地方会让天才们感到兴奋，但我不知道是不是同样能满足那些只关注红毯和酒会的普通大众。"好想看。于是，我打给了尼古拉斯，然后一副要跟他聊聊卢米埃尔电影节的样子——他要陪同他的朋友麦斯前往。"是的，我会去里昂。里昂小餐馆给我留下的印象简直太好了。"马拉瓦尔还跟我说了奥利弗·斯通的《斯诺登》："他还在剪辑，但是美国制片人们不想……或者说，他们只能让电影到年底时才在这边上映。可能是去柏林。但是你问问百代和保罗·拉萨姆，他们大概能决定等不等戛纳。"

　　下午，为了参加向贝特朗致敬的单元，我又回到了威尼斯。在阿尔贝托·巴巴拉推荐的餐厅里，我们共进晚餐，同席的还有他的妻子莎拉，以及萨宾·阿泽玛。我自打7月之后就没有见过贝特朗了，他看上去不算特别精神，但是状态越来越好。他接上话头，说起了我们上一次的谈话，那简直像是昨天才发生的一样。"斯科特·艾曼关于韦恩的书充满了激情，讲述关于《边城英烈传》制作和拍摄的部分真是太棒了。我们还能从中得知很多署了别人名字的电影也是韦恩执导的，比如《西部黑手党》和《大侠客》。还有很多其他事，包括他在美国电影协会扮演的角色和他的政治立场，还有他是如何拒绝了罗伯特·罗森《疯癫国王》的剧本。"这个夜晚实在惬意。莎拉悉心顾全了每一个人。萨宾则和我们谈论了自从雷乃不在后她自己的生活。今晚在主竞赛单元展映了作品《伊扎克·拉宾的最后一天》的阿莫斯·吉泰穿过餐厅，走到贝特朗跟前，向他倾诉了衷情。我总喜欢看见两个分属不同"门派"的电影人互相表达尊重的一幕。

9 月 8 日　周二

　　影节宫的大厅里，阿尔贝托·巴巴拉说了许多夸赞贝特朗的话之后，将荣誉金狮奖颁给了他。人们纷纷起立，他们刚刚看完了《只是人生》，贝特朗的最佳影片之一。影片以一段语出让·卡斯莫、由诺瓦雷口述的出色旁白收尾："胜利大游行时，军队走完香榭丽舍大街需要花 3 个小时，而我相信也计算过，同样的方阵和同样的速度，换成那些在这场无可救赎的癫狂之战中牺牲的可怜人组成的队伍，要花 11 个日夜才能全部走完这段路程。请原谅我如此沉重的精确度。敬你，我的生活。"很好，一部以"敬你，我的生活"收尾的电影。

　　晚上是威尼斯式的友情告别晚餐，同席的有评审团主席阿方索·卡隆和恢复健康因而让我分外感慨的贝特朗，以及待嘉宾如手足的阿尔贝托·巴巴拉。

9 月 9 日　周三

　　飞机即将起飞，面对着这座拥有永恒之美的湖上小城，很难不想到在更南方的那片海域里，悲剧已经发生。2015 年，从叙利亚和利比亚，数以万计的人们乘船逃到希腊和西西里岛。而在奥地利，有人被发现死在遗弃在停车场空地的冷冻货车里，难民队伍开始涌向富裕的欧洲的大门。

主啊，这就是那些让您为其牺牲的可怜人

像牲口一样，互相拥挤着禁闭在收容所里。

从地平线那里驶来了巨大的黑色的船

而下船的人们，混杂于浮桥之上。

这里有意大利人、希腊人、西班牙人、俄罗斯人、

保加利亚人、波斯人、蒙古人。

他们就像从马戏团逃走的野兽，穿过一根根经线横渡而来，

人们向他们投去黑色的肉，就像朝狗投食一样。

而这些肮脏口粮，却是他们的幸福所在。

主啊，请怜悯这些苦难中的人。

布莱斯·桑德拉尔写于 1912 年 4 月的诗歌《纽约复活节》，如今却如此应景。

关于不被人理解的索伦蒂诺的文章在《观点》杂志发表了。《费加罗报》和《鸭鸣报》为他的电影《年轻气盛》给出了正面称赞，《解放报》虽然不喜欢，但仔细解释了理由。《世界报》用两行字草草敷衍。批评史就是这样，总是充斥着各种尖酸刻薄，时间会给出答案，我们走着瞧。

9 月 10 日　周四

昨晚，多伦多电影节正式拉开了帷幕，以盛大规模庆祝了 40 周年。电影节曾由资深的皮尔斯·韩德林掌权，其后托付给了卡梅隆·百利，这两位都有着大胆又大众的品位，在他们影响之下

的多伦多与戛纳可谓截然相反，但并不敌对……多伦多更像是戛纳的北美表亲。每届戛纳电影节最多接纳 60 部电影，堪称"马尔萨斯主义者"[11]；但多伦多愿意囊入更多的电影：398 部长片，其中只有 39 部加拿大本土电影。戛纳是针对业内人士的盛会；而多伦多更多地面向大众，面向数以千计的电影节参与者，其中大多数都是本地人。这是非常有见地的策略：由于我们在法国影院里习惯观赏的"作者电影"并不会在加拿大上映，于是 12 天的电影节延伸成了一个巨大的院线平台。配备这些顶级设施，电影节有着数目众多的优质影院和各色观众，而他们与戛纳的顽固派观众大相径庭。

另外，在设置和规模上也有差别：多伦多没有竞赛单元，只有大规模的受邀展映。最初，多伦多国际电影节被称作"电影节界的电影节"。简单来说，就是把在各大电影节——从戛纳到柏林——获得好评的电影拿去展映，并且选出"年度最佳电影"。后来，多伦多开始做一些电影首映前的试映会，特别是来自好莱坞的试映要求，他们希望借机窥探奥斯卡颁奖季的风向。一部在多伦多有着上佳口碑的电影，意味着在来年 2 月，它的主创们基本上能成功出现在洛杉矶杜比大剧院[12]的红毯上。也有很多"戛纳系"电影有机会在这里与热忱且内行的观众们见面。大量记者、电影卖家和买手都会赶到多伦多这个无名交易市场而不是去威尼斯。然而竞争还没有结束。

9 月 11 日　周五

美国世贸中心的袭击事件和相关纪念仪式将每年的 9 月 11 日

都变成了它的纪念日，却抹杀了 1973 年同一天发生的智利政变；而我每一年都会想起萨尔瓦多·阿连德[13]及其事迹。我那时还是个孩子，但仍清楚记得当时的政变。人们在课堂上对我们谈起这事，哪怕是一个保守家庭的孩子也会熟知那个遥远国度所发生的事件，我们甚至是在获悉这一事件的同时才知道这个国家的存在。在那个时期，学校的教师和学监们从来不惮于提醒学生们对侵害人权行为的警觉性。智利政变几个月之后，1974 年 3 月，里昂曼盖特地区保罗·艾吕雅中学的一分钟默哀对象又变成了西班牙加泰罗尼亚无政府主义者皮尤基·安替——这一天，他被弗朗哥绞死了。而在今天的教育界，敢这样提倡默哀的教师会收到家长的联名信和政治攻击，还要向领导作报告，甚至顶着被国家教育部开除的风险。光荣的是，如今的他们，确实仍这样实践着。

9 月 12 日　　周六

　　无论是对时间流逝的感怀还是数码科技占据统治地位的现状，都并非命定而不可规避：就像位于里昂三区邻近罗讷河河岸的蚂蚁电影院，建于 1914 年，几年前一度关闭，现在又在卢米埃尔中心的帮助下重新开张了。影院共有三个放映厅，分别配有 33，39 和 63 个座位，堪称小而美；从今往后，这将是一家艺术实验影院，一家经典重映的影院，一家属于街区的影院，就好像家门口的小商铺和阿拉伯超市一样，成为这座城市夜晚的光亮。本周的放映片单有：克里斯蒂娜·戈洛佐娃和佩塔尔·瓦查诺夫的保加利亚电影《教训》、阿斯弗·卡帕迪尔的《艾米》、达米安·斯兹弗隆的《蛮荒故事》，还有百代修复版本的《天堂的孩子》，而当年坚持不懈的影院经营者及其所有者弗朗索瓦·克罗里安在20世纪70年代重开这家电影院时放映的就是这部电影。也是弗朗索瓦提出了希望由卢米埃尔中心接过经营的火炬。艺术与商业潜力之间的平衡是脆弱的，但对它的追求与信念让我们相信，胜利就在前方等待着我们。

9月13日　周日

"老朋友们好，已确认：伊斯特伍德会在今年秋天开拍新片。"工作中的皮埃尔·里斯安一边表现得天真无害，一边四处打探，"你知道克林特，他拍得很快。而华纳八成会赶着在6月上映。"他对我说道，电话那头猜测的神色应该甚是愉悦。不过，他这话说得太早了：吸引一部电影来戛纳可不是一件容易事儿。

和我们影迷界的另一位传奇人物让·杜歇一样，里斯安为自己创造了一个独一无二的角色形象：同时是批评家、历史学家、媒体公关、情报员、亚洲花衬衫试衣员和搞笑的对话者。1982年，他甚至在马尼拉拍摄了长片《五加皮》，其灵感则来自佩索阿。近四十年来，皮埃尔多半是在幕后影响着世界电影的发展，并通过不同方式来拓宽新的边界，一是在虚构世界中，为不被承认的电影作者们加冕（比如从《迷雾追魂》开始神化伊斯特伍德）；一是在地理层面上，比如率先去拜访那些遥远的国家（菲律宾、中国、新加坡、澳大利亚和韩国）并发现他们的电影——没有他，我们又怎么能看到胡金铨或利诺·布罗卡的电影？又有谁能够发现一位叫作简·坎佩恩的新西兰年轻导演的第一批短片呢？这位从不知疲倦的探险家被他的美国朋友们称作"无处不在先生"，而他也常让我想起那些去东京拜访的柔道运动员先驱，他们去那儿只为了在发源地膜拜并与日本天理或明治大学的年轻种子选手们切磋。

将早年人生奉献给好莱坞导演和洋溢着男性特质的类型片及西部片之后，皮埃尔开启了对现代亚洲的探索之路。他发掘了那些没人看过的电影，遇见了本来无人知晓的导演，还为林权泽导演编织了桂冠。通过历险，他为我们带回了好些胶片、名片，还有对异国瑰宝式人物的崇拜与尊敬——只有他认识这些人的名字。在马尼拉，他习惯买那种印花紧身衣，并且一直穿到了戛纳的官方晚宴上，在抽着烟的外行们的蔑视下高声说话，而这些人却没有注意到这个高谈阔论的家伙几乎可以自由出入戛纳的任何地方。作为自我神话的耐心筑造者，他的故事开始于为《筋疲力尽》的拍摄担任助手，与拉乌尔·沃尔什和弗里茨·朗展开密切协作，与罗西（他叫他罗奇）争论，还有，似乎与海蒂·拉玛有过一夜情……所有的事情——哪怕是他低声念诵的济慈诗歌——在他嘴里都像是了不起的传说。他的性格多变、开朗、敏感，在大多数情况下都彬彬有礼，除非因丧失理智而变得有些神经质时，才会做出某些与其年纪不符的行为。他总能逗乐朋友们，贝特朗与他的情谊已经延续了五十年。皮埃尔的好奇心从未衰减，这让他总是能够为各种事情提供建议，可以抽出时间阅读剧本，培养年轻导演，还能欣赏修复版的作品。他也可以毫不留情地批评，足以让导演们颜面全无。他与王家卫保持距离的时候，只叫他"错家卫"（Wrong Kar-wai）；看见他的电影变好后，又再次接近他。而关于当年麦卡锡主义的黑名单，他仍是最憎恶告密者的人。

近年来，皮埃尔患上了糖尿病，每次吃饭前都必须在肚皮上注射很大一针药剂——起初，这画面有些让人吃惊。如今，旅行的航船停靠在岸边的时候居多，可皮埃尔仍然梦想着旅行，并去实践他的电影观——对他们那一辈人来说，电影是他们认识世界的工具。

在威尼斯，阿方索·卡隆及其评审团颁发了奖项。我们身处这个行业，会常常就榜单发表一番感性言辞。我很高兴看到帕布罗·塔佩罗、法布莱斯·鲁奇尼和瓦莱丽·高利诺都获了奖，不为人知的年轻导演洛伦佐·维加斯获得了金狮奖，新兴的拉丁美洲电影向世界电影进军的大门又打开了一点儿。如果拉美电影主题仍囿于毒品、人口向北迁移和社会暴力，那么这扇大门就不会完全地打开。但目前来说，这些电影和故事仍更多地用来提醒我们关于那儿的现实。

9 月 14 日　周一

今早，勒克佐那边的村庄完全沐浴在阳光下，火车在此站停靠，让人简直想逃到村子里隐居，不再继续前往巴黎。夏天已经结束，但秋天似乎还没有完全准备好开始。这样的时刻让人渴望留住时间，或者获取更多。卢米埃尔电影节的排片作了最后的调整，然后就是宣传和票务等问题了。团队成员们都很高兴，也很出色，塞西尔无与伦比，马埃尔史无前例地充满动力，莱斯利一副不知疲倦的样子，冯涅尔一如往常地有趣，法布里斯则是最庄重沉稳的守卫，还有宝琳和朱丽叶，她们在这个队伍中倾尽全力，完全没有踏错一步。

每一位被邀请的嘉宾几乎都已经确认出席，除了吉姆·哈里森。彼得·路易告诉我："吉姆总说要最后到法国游览一次，但他总是身体欠佳，琳达也是。"上一次，他坚持出席了《历劫佳人》[14] 的放映，并且对墨西哥的惨剧 [15] 发表了几句自己的观点。我们将为他的健康举杯。2015 年的卢米埃尔电影节表现很好，一个月内，150,000 个座位就已经售出了大半。不久，我们就无需忧虑，只待愉快地去观影、去聊天、去迎接大家了。就像希区柯克曾经说过的："我的电影已经结束，就等着我去拍摄下一部了。"

我很高兴又见到了洛朗·葛拉，他周一不在片场，既不在巴黎也不在拍摄。但广播里有他，他的早间新闻逗趣好笑，还有各种模仿。有时，在开过一个无伤大雅的玩笑之后，他会带着孩童般的笑容这样对我说："看看这样多傻啊！"

我们在托尼奥尼的小饭馆里一起吃饭。像往常一样，我们谈论着阿尔卑斯山，谈论着无声电影，还有经典法语歌曲。关于萨尔瓦多、贝柯、让-克劳德·帕斯卡尔和阿兹纳沃尔，洛朗比我了解得多；我更熟知亨利·塔尚、皮埃尔·提斯兰德和雷尼·厄斯库德罗；至于巴桑、费雷、雷吉亚尼和皮埃尔·佩雷，则是我俩的共鸣所在。我们都知道是伯纳德·迪米写了《如果你请我喝一杯》，就像我们都能够熟记库斯蒙和费雷的那首《我的同志》的歌词。晚上活动的尾声，我们给塞尔日·拉玛留了言，哼唱了一首他的冷门歌曲——照往常的习惯，我们能预料到第二天他肯定会给我们打电话，然后惊愕又乐呵地向我们承认，连他自己都快忘记这首歌了。

9月15日 周二

科斯塔-盖维拉斯从来不愿意法国电影资料馆表彰他的作品。他觉得在一个自己曾经担任过主席的机构里放映自己的电影是不合适的。这样的结果是，在巴黎，甚至在整个法国，都没有做过他的回顾展。今晚在卢米埃尔学院，我们为他举行了一场回顾展来修复这一反常行为。其中有些作品历久弥新（比如《焦点新闻》《大失踪》和《特别法庭》），另一些则相对比较保守——科斯塔只要拿起摄影机就不会随便拍。去年在卢米埃尔电影节，当我在汉嘉厅面对 5,000 名观众介绍他时，才知道他有多受欢迎。这个想法在夏末再一次被印证了：电影票一售而空，而他在卢米埃尔中心画廊的摄影展也常常挤满了参观者。

今晚在"第一电影路"的汉嘉厅里，科斯塔被他的朋友们围绕着。他谦逊，说话很小声，在一群热切的观众前讲述着自己的回忆。我喜欢这样的夜晚，花时间唱赞歌，诉说我们对一位艺术家的亏欠以及艺术家给生活带来的价值。对几代观众来说，科斯塔都是他们形成政治意识的重要来源。我还记得有一个朋友曾作过一个关于《特别法庭》的报告——那朋友名叫菲利普·维特利——那时我们还在保罗·艾吕雅中学上三年级。随后我观看了这部电影，发现它让人对年轻抗争者的政治行为感同身受，并且体会到他们如此不顾一切的生命的脆弱性。我们是全家一起在一个周日的夜晚通过电视收看《焦点新闻》的，我不认为生活在2015 年只通过网络追看电视的孩子们（至少是我的孩子们！）能意识到这部电影在当时给他们未来的父亲正在形成中的认知带去了怎样的影响。那时，作为青少年的我们，很喜欢这种揭露式的、政治题材的电影，它向我们讲述了遭遇不公正对待而最终得以善终、无辜者不会被命运无情抛弃以及那些本是敌对者最终却团结起来共同反抗的故事。

　　然后有一天，在我们常常阅读的杂志上出现了一些糟糕的文章，它们反对这样的电影，并将其贬低为"左派电影"的代表。也许这有些可笑，的确讽刺，且毫无成就可言——今天，我们可以看清这一点了。因为如今，人们喜欢在被政治家抛弃的法国主流屏幕上看见左派的影视剧。人们自问：这些电影曾经都去哪儿了？它们是否可以继续存在下去？现在那些揭露徒劳行为并拿精神力量开玩笑的人又在做着什么呢？对这一切争论的要求都在哪里？

　　乔治·科佩内齐昂激动地将里昂城市勋章授予了科斯塔。塞尔日·图比亚纳讲述了科斯塔曾是一名怎样的电影资料馆主席，而他们共同的冒险旅程即将结束。雅克·佩林回忆了《特别法庭》的制作过程，当时他往返于巴黎、阿尔及尔、戛纳（他在那儿出席了主竞赛单元）和洛杉矶（他在那儿拿到了奥斯卡奖）。雷吉斯·德布雷[16]也来到了现场，并和大家分享了一段美好的话："虽然身上有着希腊男人的诸多美好品质，但移民到法国的科斯塔是一个彻头彻尾的法国人。他出生在康斯坦丁的伯罗奔尼撒，我们不要忘了这一点。他从不会无谓地出手，但他的行囊里随时装满了枪支弹药。他可以是世界上任何地方的人，但始终挟带着一个高尚国家的火种。希腊人曾经发明创造了哲学、政治、大航行、几何学、奥林匹克竞赛、公民责任感、世界主义，等等，不一而足。希腊人是视觉性的，他们用眼睛观看并且开创了悲剧、舞台剧、话剧，后者的词源来自 '*thea*'，即 '视觉' 的意思。单就这个迁移来的概念便让我们受益匪浅。科斯塔是这个国家悠久文明的继承者，我们很荣幸能够拥有他，在这里，在法国。感谢给我们这个机会来偿还历史的债务，亲历这番气宇非凡。"

9月16日　周三

在电影部，也就是法国国家电影中心，我们召开了第一次会议，商讨选送哪部法国电影竞逐奥斯卡。过去，也是由其他国家的官方机构挑选代表他们国家的电影来戛纳参展，这也是官方主竞赛的"官方"来源。后来，戛纳电影节决定自己邀请来参加的电影，而奥斯卡仍然要求各国自行挑选他们的电影。在法国，投票者包括机构成员（戛纳电影节、法国恺撒奖、法国电影协会和法国电影国家扶助金委员会主席）和艺术家们。我代表戛纳电影节参与投票，然而工作绝不简单：要是不选一部"我们"的影片，就无疑违反我们的原则；太过露骨地为一部"戛纳派"影片辩护，又不算太诚实。

流程是简单的：各国选出他们的竞逐片，由美国电影学院进行第一轮评选，选出9部电影；然后在2016年1月底选定5部电影，进行最后的竞逐。我们的任务——优雅主持着争论会的弗雷德里克·布雷丹提醒大家——重点不在于自娱自乐，而是不能失手。法国国家电影中心主席对于让法国参赛电影进入最终竞逐很是积极，但前几年的结果都让人有些失望。和娜塔莉·贝伊、米歇尔·哈扎纳维希乌斯、梅拉尼·罗兰、让-保罗·萨罗米、阿兰·泰赞和塞尔日·图比亚纳一道，我们很快就《市场法律》和《流浪的迪潘》达成了一致。《玛格丽特》也有一些支持者，尤其考虑到它今天上映。而两部希望较小的参赛片遭到了淘汰：凯瑟琳·柯西尼的《美好时节》和出生于土耳其的年轻法国女导演蒂尼斯·艾葛温的《野马》。一周后，我们将再次相聚，决定最终的选择。

在吕贝克街的人行道旁，我们和塞尔日·图比亚纳商定了关于马丁·斯科塞斯到访的最后一些细节问题，他将在卢米埃尔电影节之前先去法国电影资料馆。米歇尔·哈扎纳维希乌斯骄傲地为他的电子自行车唱赞歌："体育赛事级别的表现力和居家式的舒适感，一坐上坐垫，你就能感到自由和愉悦，"他开玩笑道，"这是一辆里斯与穆勒牌[17]自行车，致敬牌[18]的原型，改装后更加出色。博世牌[19]电池，圆盘刹车，液压悬挂。好了，说真的，它很棒。说到速度，伙计们，我可以骑到50迈[20]！"我也可以，而且是在没有发动机的情况下。我们一起出发，在绵绵细雨的塞纳河右岸骑行前往我们的住处，他去十区的办公室，而我去里昂火车站，目标：2555号高铁的1号车厢。

9月17日　周四

1997年，在费尔南多·索拉纳斯的邀请下，我与贝特朗、米歇尔·戈梅斯和科斯塔-盖维拉斯在布宜诺斯艾利斯重聚了——科斯塔还吃力地背着一台照相机。"我现在经常拍照。"他对我说道。直到有一天，多亏了欧洲摄影协会[21]，我们才得以看见他的作品。"摄影总是间歇、随机的，但科斯塔的摄影纯属意外。"图比亚纳在摄影画册里这样写道。昨天，我们安置好这些照片，准备在卢米埃尔中心的"摄影与电影画廊"展出。科斯塔也在那里，与所有人交谈，谈论着这些本非为大众的创作。晚上，放映了他的两部电影，包括《围城》（有洛斯·卡查吉斯非常出色的配乐）和罕见版本的《卧车上的谋杀案》。在放映间里，放映员安东尼很享受地一卷接一卷地播放着35毫米胶片。当我在放映前作介绍时，现场观众为科斯塔送上了雷鸣般的掌声。

晚餐时，科斯塔与他的妻子米歇尔、我和我的妻子玛丽，四人一起长时间地谈论着克里斯·马克。这是一位杰出的电影导演，名副其实，个性独特，但关于他的影像少得可怜。文德斯曾经在《寻找小津》里拍过他，从背后，只是一个转瞬即逝的背影，那时他正经过新宿区一家名叫"堤"的小酒馆——没有第二位电影导演像他那样拥有一家与自己的电影同名的酒吧。

马克也让科斯塔为他拍摄，照片就在画廊里展出。这就是全部了，对于一个人的一生来说，实在太少。而米歇尔同时兼任记者、模特和制片人（不只是为她丈夫的电影工作），还可以为了朋友们变身房地产经纪。马克离开斯诺雷和蒙坦的旅行篷车之后，是米歇尔收留了他。她向我们讲述马克人生最后一段日子的故事时（他出生和去世都是在7月29日），声音动人而温柔。她告诉我们，他预见到自己大限将至，平静地将自己的物品分类放好，平和地坐在他的椅子里，微微偏向一边，任由自己滑向那终点。

9月18日　周五

我还将继续关于逝者的话题。每年9月18日，制片人帕斯卡尔·多曼的朋友们就会缅怀她，并不只是因为她在9月18日离开了大家，而是因为这天也是她的生日。这是杰拉姆·茹诺提醒我的。几年前，弗雷德里克·贝尔特出版了一本与她合作的对话录遗作，其中的文字让我很受触动：这位发行人兼制片人有着非同寻常的个人特质，她总站在她欣赏的电影导演身后，从不多谈自己；现在她不在我们身边了，她的话语却抵达我们这里。对于那些喜爱她的人来说，这一文本的存在是非常重要的。当弗雷德里克让我为这本书写序言时，我立马就答应了。回望帕斯卡尔·多曼在我人生历程中的地位，我十分骄傲能够参与这本向她致敬的书。这本正像她本人一样的书将过往片段倏然带到我们面前。

在将我从 20 世纪 80 年代的里昂卢米埃尔中心送到 2000 年夏纳电影节的快车上，有许多人对我来说，就像是电影路上的父亲、兄弟，或是叔舅般的长辈。他们来自这条叫作"第一电影路"的街道、夏纳十字大道和其他地方。很多"天使"在我年轻时守护过我的职业生涯，比如曾经的帕斯卡尔。

为卢米埃尔中心做了好几年的志愿者后——那儿至今还收藏着安纳托尔·多曼的档案，还有当年帕斯卡尔存放的诸多拷贝——我在 1990 年成为了卢米埃尔中心正式的编制人员。我策划了一次维姆·文德斯的电影回顾展映活动，他的电影是我的迷影生涯中的重要一课。当时的策划意图是：电影资料馆应该花更多心思在现代电影上，而不只是重视经典老片；在大银幕上放映《公路之王》或《城市里的夏天》(由于文德斯没有电影的音乐版权，导致电影也有版权限制)，同我为无可替代的导师希拉特和夏尔德尔展映 20 世纪 30 年代珍贵的法国电影有着一样的价值。而准备展映活动的过程自然而然地又将我领到了电影《直到世界尽头》的路上，电影由安纳托尔·多曼制片，帕斯卡尔则负责它在

1991 年 10 月的上映事宜。

我认识安纳托尔是在 1989 年，他来里昂拜访夏尔德尔，雅克·杰尔贝负责陪同，后者借蓬皮杜中心的一个展览机会将自己的作品《致敬银幕》献给了安纳托尔。前来存放影像档案时，安纳托尔对我们这个年轻的电影机构非常喜欢，甚至超过了对法国电影资料馆的喜爱。令人喜出望外的是，他还把我介绍给了帕斯卡尔。

那时，我对帕斯卡尔的认知仅限于她的名字和名声，还有她旺盛的精力。我只知道，她为有所需要的导演们办过作品回顾展，在德克萨斯的沙漠里救过文德斯，她还曾与雷蒙德·德帕东这位"里昂人"共事过。她和我约在了巴黎见面。我还记得那时我在查罗恩大街的一家酒吧里心脏狂跳地等着她来见我。记忆中的她兴奋，出色，有着巨星般的光芒，并且善解人意。直到今天，当我对行业有了更多了解之后，我才意识到那时的我有多幼稚和无知，足以惹怒不怎么耐心的帕斯卡尔。而我从未忘记她当时对我表现出的信任与友善。

我与电影曾有过一种乌托邦式的关系。比如在好几年前，我会在柔道比赛和准备论文之余都带着电影胶片，那就是我与电影之间的某种联结。而受邀参加一部电影的放映就像在攀登珠峰之前登上了安纳布尔纳峰一样。那时我并不知道那是一个"清算之夜"，是对电影的命运来说很特别的时刻：周三的夜晚，人们聚集在发行商的办公室里，计算电影的首日票房[22]。他们欢庆顺利的夜晚，有时候也会哭泣。而那一夜，令人难过的不祥之兆沉重打击了帕斯卡尔，我们一下子就预感到，《直到世界尽头》走不了太远。

几乎可以说，我是在帕斯卡尔和安纳托尔人生的糟糕时刻认识他们的——恰逢他们的衰落之际和人生尾声。而我当时对此毫无察觉。即使我和安纳托尔通过无数次真挚的电话——他向我提起的未来前景总让人深信不疑，这个人身上丝毫也没有失败者的痕迹，但实际上，他一直没有从文德斯电影的败北的打击中恢复过来。帕斯卡尔也没有好到哪儿去，只是对此从不多言。已经生了病的塞尔日·达内照顾着她，尽心尽力地维护着她。而有些事情终究走到了尽头。"帕里影业的破产不仅是帕斯卡尔的悲剧，它还代表着对电影的某种理解已经离我们而去。"塞尔日对我说道——对此我并不陌生，他曾给过我一篇非常好的关于文德斯电影的文章，叫《修复的表面》[23]，其后发表在了《交通》杂志的创刊号上。好吧，我不能算是在他们"人生的糟糕时刻"遇见他们的，因为帕斯卡尔在文章里坦诚赋予了"无价意义"的这些时刻，将值得被我珍藏一辈子。

沉浸在帕斯卡尔的话语中时，一种无以名状的感受将我笼罩着：那鲜活的、献身于电影的方式始终在那儿，被唯一且不可抗的力量贯穿着。艺术家不止存在于摄影机前后，产业链中仍然有充满创造性的人，他们诗意的行动以不同的方式帮助作品留存于世。他们的举止往往不可见，不怎么引人注目，却非常重要。帕斯卡尔就曾是那样的人。她不是导演，不是演员（可能曾经勉强算是：特吕弗曾在《偷吻》中记录下她令人难以忘怀的身影，好让人们记住那双被弗雷德里克·贝尔特强调过的"大长腿"）。但对电影来说，是她为之抗争的位置和方式让她成为了不可或缺的一员。如今，当人们在这个行业里作着另一番实践尝试时，那些年轻的从业者多少受到了她的潜在影响，哪怕他们并没有意识到这一点。

被我们爱戴的人儿就这样走了，给我们留下了转身离去的遗憾，留下了震撼人心的回忆，让我们长久地沉浸在忧郁之中。而帕斯卡尔曾是那样有趣的一个人，即便有不幸，她也会好好地活着。我们从不曾为她感到哀伤，哪怕当她向我们毫不掩饰地诉说生活的纷杂和对孤寂的忍受时也是体面而有尊严的。我们是为自己而感到难过，为与她擦肩而过而难过，为没能在她活着的时候给予她足够的关注而难过。读到她的回忆录时，我正在参加圣塞巴斯蒂安电影节，身处马利亚·克里斯蒂娜酒店的房间里，等着度过电影节的最后几天。一天早上，我们和评审团主席米克尔·欧拉西奎（来自幕后边缘地带的影迷约瑟·路易·乐博蒂诺思成功继任了他的职位）、吉尔·雅各布、保罗·托马斯·安德森、迭戈·贾兰和西班牙电影资料馆的艺术总监歇马·普拉多共进早餐，最后这位是吉姆·贾木许的老朋友，也曾是帕斯卡尔的好友。整座城市沐浴在阳光之中，嘈杂的海浪冲击着拉斐尔·莫内欧设计的建筑群附近的岩石，碎裂成朵朵的泡沫。突然，我很想给雷蒙德·德帕东、弗雷德里克·密特朗、伯纳德·爱森希兹或亨利·德鲁斯打电话，他们都是帕斯卡尔的朋友，我想告诉他们，读完"帕斯卡尔的书"之后，我相信曾亲眼见到她在大海中遨游。

9 月 19 日　周六

这周末，米歇尔·西蒙来卢米埃尔中心，为老学员们主持了一场"理查德·布鲁克斯培训"，就像在 20 世纪 60 年代的电影俱乐部里向观众作推荐那样。米歇尔在《正片》杂志里是主笔，在编辑部永远扮演着激励他人的角色。这本杂志这一次用了一整期来写理查德·布鲁克斯这位俄罗斯犹太移民后裔，写他在战后与别人一道建立了战后的好莱坞，拍摄了几部堪称珍宝的电影，让我们能够带着纯粹的愉悦一遍一遍地重看。《阵地争夺战》《朱门巧妇》《孽海痴魂》《冷血》《职业大贼》……朋友们，这就是理查德·布鲁克斯。还有《黑板丛林》或《截稿日》，直至20世纪80年代初，我还会用老式录像带录下来的早期电影之一。鲍嘉在里面演了一位与黑帮有纠葛的报社老板，想要重新夺回自己的女人，最后，当他将于次日的报纸头条揭露坏人罪行时，他对电话那头的坏人说道："这就是媒体，宝贝。而你对此无能为力。"这部电影我看了大概十几遍。

对着过客餐厅的龙虾炖菜，米歇尔显得很有精神，就像他在《面具与笔》广播节目里表现的那样，会用一种明快的方式把新闻时事都扫一遍，然后只花一点点时间，为了他喜爱的电影和导演与他的同事争论一下。他什么都看，媒体场、点映场、院线场或者电影节特别场。他从未停歇，也没想过改变：马上就要78岁的他，经历了六十年的沧桑历练后，丝毫没有被岁月改变（他在大学里是系主任，被曾经的学生称作难得的老师，但他真正的野心并不在大学教育的等级体系之中）。他异常活跃，求知若渴，还是绘画与文学疯狂的业余爱好者，在才智上从不满足。他曾亲见有人过分逾矩地想要抓住他的把柄，而他一时迸发的幽默却容忍了诽谤者们去取笑他的强迫症和糟糕信用，这些都是他为电影作出的永恒不间歇的献身之举。他在灾祸之中反而变得刚强。我对批评言论的自我反省在他据理力争的极端激愤面前都沦为了一种乖巧的"自我评估"，而且他从 20 世纪 60 年代开始，就没有停歇地使用史学分析进行反击。在《正片》杂志社，西蒙是继承者和组织者，长期反抗《电影手册》和那些充满嘲讽与挑衅的社论书刊——尤其是所谓的"百慕大三角"，即《世界报》《解放报》和《法国摇滚》这三家，他喜欢取笑它们互相勾结的背信弃义。像《法国摇滚》杂志塞尔日·卡甘斯基那样的人就颇以这一切复杂的互相抨击为乐，在嘲笑米歇尔的同时对他保持着尊敬。这都只不过是重拾过去的"剑客传统"，就像"《电影手册》派"的特吕弗与《正片》杂志的基尤互相对抗一样。在一个反感极端的时期，米歇尔·西蒙总激怒他人，让人感觉陷入了鬼打墙式的死循环，也让所有人都感到疲惫。但他总有理由对自己所热衷追寻的事物不松手，不放弃，继续做他认为世界上最重要的事情。他不该是孤军奋战的：若能够看见一场充满争斗和互相驱逐的辩论，看见它们再次滋润已经干涸的关于电影的思考的土壤，那将会是最好的消息。

9 月 20 日   周日

今天是礼拜天，我一反常态地晚起，然后听了查理·劳埃德和雅克·布雷尔在 1967 年创作的音乐。我很少有机会在里昂度过完整周末。天气本该阴郁，结果却阳光普照，这让我对没能去山区散心而感到更加沮丧；而且这也表示院线的观影人次不会如预期的多。当我在里昂的时候，我会不知疲倦地走遍这里的街道、广场和街区。里昂是一座行走的城市，最棒的事情莫过于居住在这样一座两河相汇并有两座丘陵的城市，它能让你跨越富维耶山行至索恩河，从红十字山走向罗讷河河岸，在那儿遇见这座城市的年轻人、老者、婴儿车、孩子、父母、滑板少年、慢跑者和骑行者。赶走汽车，迎接吉他音乐家——河岸的整治工程才是这座城市里真正进行的文化革命。里昂老城区有一点儿意大利气质（而这里曾有一个叫雷基·奈叶的男人在专门保存这段历史记忆）。新街区两河汇流处则是比较现代化的，阿拉伯人和中国人聚居在佛斯鲁尔一带，周围分布着率先城市化的地区（有曼盖特、里留或者沃尔昂卫兰），孩子们在红十字山的斜坡上玩耍、摔伤……里昂早已不再是爱德华·赫里欧[24]手里的那个里昂了。说里昂是一座神秘的城市已经是陈词滥调了，当然对于那些初来乍到并决意去探寻小巷秘密的人来说，一切都让人惊奇。里昂一直摇摆在对自己魅力的自信和不愿太过招摇的犹疑之间。不过，自从二十五年前由米歇尔·诺尔担任市长，又多亏了杰拉尔·哥伦布全方位的工作投入，一切都发生了改变：里昂决定投身到国际化美好城市的竞争之中。而让人惊喜的是，里昂人对此表现得很是自豪。

9 月 21 日　　周一

在圆点剧场，我和大使法比安娜·帕斯考德及主持人奥雷利恩·弗朗茨进行了一场由《电视纵览》杂志组织的媒体见面会。小小的室内充满了关注的目光，两位特别友好地与我对话，人们远道而来听我发言。其中，有一位来自……圣-艾蒂安[25]的女士。当日天气晴朗，阳光普照，但我应该脸红才是，身为里昂奥林匹克俱乐部的支持者，我一直在斟酌恭维之词。听众们本身已具备学识，大多有了华发，在他们面前，我们无法以任何说教的方式贯穿主题、引用参考或提供建议。人们经常会说："太好了，这次是年轻观众。"弄得像是对我们这行来说，降低平均年龄是唯一的特权似的——就像巴桑从没有唱过《岁月蹉跎》[26] 一样。

离开会场后，我偶遇了《野马》的导演蒂尼斯·艾葛温，她曾向我保证其电影将成为法国进军奥斯卡的最佳王牌（因为她没有被土耳其选中）。还遇见了埃里克·坎通纳[27]，他是从剧场舞台尾随我来的。制作了关于足球世界杯的社会纪录片后，这个曼联坏小子成了一名很不错的"作者导演"。他向我提起了摄影师理查德·欧佳德的一部电影，由他和他的兄弟们制片："这是一部关于米奇·鲁尔克的纪录片，你会看到它非常出色。绝非谬赞。"

9月22日　周二

今天是9月22日，像在巴桑的歌里唱的那样：

> 在一个该死的9月22日你离我而去
> 然后，在每一年的这一天
> 我都边回忆着你边哭湿了纸巾……
> 然而，我们又到了这儿，只是我仍孤苦伶仃
> 眼角不再有泪滴
> 9月22日，如今，我已不在乎

是爱的苦楚吗，乔治？

奥斯卡的最终决选出来了。《费加罗报》刊发了通版报道，在文中论证是我主导了整个委员会，因为我除了自己还安置了另外两

个有发言权的人，即梅拉尼·罗兰和米歇尔·哈扎纳维希乌斯：梅拉尼无法拒绝我的要求是因为她之前担任了电影节典礼的主持人，而米歇尔则是碍于《艺术家》这部电影始于戛纳。大概对《费加罗报》来说，一切就是这么靠交情运作的吧。他们可能还是更适合去评评吉姆·哈里森的《新七宗罪》这种犯罪类型新书。

评委会的整体气氛很轻松，塞尔日·图比亚纳谈着巴黎圣日耳曼队，梅拉尼不喝完一杯茶就不挪身，米歇尔贪婪享用着吕贝克街的传奇糖粒泡芙，还有刚刚在 65 岁完婚的阿兰·泰赞（"但我还是跟我的妻子结婚！"他补充道）直奔主题地开始了讨论。整场讨论被一帮认真严肃的家伙主导着，还有在外地拍戏的娜塔莉·贝伊，她以电话形式跟大家保持联系。在门后等待着的则是五部入选电影的制片人与经销商。我们逐个地接待了他们，听取了他们对每一部电影的陈述，论证自己为何会是理想的选送者，并以其美国发行方的意见作为参考。我注意到一个事实，那就是《流浪的迪潘》和《市场法律》都在国外获过一些奖项，由此证明了它具有"可输出性"。但是大家似乎有了一致意见，支持《野马》，即使它的"国籍"有些复杂：导演出生在安卡拉，电影在土耳其拍摄，使用当地语言。但是导演又是在法国成长，是法国国立影像与声音高等学院[28]的学生，而且她的制片人查尔斯·吉尔伯特也是法国人。每个论点都指向一个问题：这将会是传达给业内的一个坏信号吗？还是相反？它能告诉世界，法国是一个对电影人开放的国家，无论哪里来的电影导演都能在这里工作？"一位年轻的土耳其女导演，这实在是太棒了！"泰赞随即补充说，"而这句话是一位亚美尼亚人说的[29]。"随后我们进行了匿名投票。结果揭晓了：《野马》。

我在巴黎八区的斯切萨餐厅与杰拉姆和苏菲·赛杜共用晚餐。八区曾经是法国电影公司落户的"黄金区域",然而今天,年轻的制片公司越来越多地选在九区和十二区。斯切萨餐厅是那种被岁月奇迹般地保存完好的地方。在入口处,它就让人觉得媒体大亨和商业大腕们曾在那儿拥有过他们的专属纸巾。这里的墙面上都装饰着电影名流的肖像。我们吃的食物非常出色,服务也很周到,那些看上去好像永葆青春的意大利服务生有着惊人的风度,其中有一个很像弗雷德·米拉。

苏菲从她位于十三区的基金会赶过来,而杰拉姆就在离这儿很近的拉梅内街,百代公司的办公室就在那里,他现在是百代的主席。电影的命运可能影响着数以千计的人,但这个男人总能让我感觉很好,即使在我拒绝了他的电影时,他也总是表现得平和,但据理力争。他还是里昂奥林匹克俱乐部的副主席,而且会在比赛散场后用一瓶好酒款待、安慰我们,无论那晚我们是取得了胜利还是失利。

9月23日 周三

法国电视五台的节目《由你来定》自开学季重播以来,收视率便节节攀升,而皮埃尔·莱斯屈尔也对此十分挂心。这档节目的媒体评价如云霄飞车高走,而莱斯屈尔每天都会对它高出《大新闻》越来越多的收视率惊叹不已。这一季的《大新闻》不但受节目回归和动荡的媒体环境影响,更因为自身长期的衰退而吃了败仗。回归第一天,这个曾经风靡一时的脱口秀节目毫无新意地邀请了曼努埃尔·瓦尔斯。其中一位主播被指太想取悦嘉宾，有人在网上把该访谈比作亲戴高乐时期法国广播电视的米歇尔·德罗特对话阿兰·佩雷菲特。这对一个向来言行大胆、志在革命的电视台来说是不被接受的。这也是一次现存秩序及景观社会的胜利。假设这个可悲、无止境重复、还能自圆其说的节目仍然能让人们感兴趣，那可真是鬼打墙式的循环，而居伊·德波可能又要在天堂的酒吧里灌下一杯烈酒了。在20世纪60年代，米歇尔·波拉克和一些人还籍籍无名——直到70年代、80年代，他们才完成了电视节目的革命。而现在，我们完全不知道下一个那样的人是谁。

9月24日　周四

夏纳电影节事务。像往常一样，我和弗朗索瓦·戴斯卢梭一起过了一遍大大小小的问题：预算，团队构成，影节宫空间安排调整，开幕式晚宴配置，等等，事无巨细，都是头等重要的。弗朗索瓦是在七八年前作为行政财务总监加入夏纳团队的，这得益于他的才能，还有他冷静却争强好胜的性格——起初，吉尔管他叫"会计"。要想让他紧张起来，这样可不够。

他永远都在我身边。在公司管理层面，我有一个很简单的信念：人是管不住自己的。总监（在夏纳，这个职位被叫作"常务代表"）必须有一个能力匹配的人对他说"不"，能反驳他，并且时刻盯紧预算。这就是弗朗索瓦的角色，就像塞西尔·布尔加在卢米埃尔中心的角色一样。他和我一起管理日常事务，一起确认事务的正常运转，而且他还要定期地见委托人——这些人以前在戛纳并不存在——进行一场选举，允许人们有工作资格，进行咨询，进行抗议或者仅仅只是存在，只需要遵守劳动法规就行。在6月到9月之间，核心团队的人员进行了缩减：减到了15人左右。不过，这个数字会在秋天时再次增加，然后在冬天过半时达到顶峰，接下来，所有的人就要一起度过电影节了。

作家丹尼斯·罗伯特[30]来到了卢米埃尔中心。比起让他声名大噪的明讯银行事件，他选择跟大家谈论的却是一部由他和他女儿共同执导的关于卡瓦纳的纪录片。屋子里挤满了人，围坐在作家四周热烈讨论。其间，罗伯特还动情地提到了一月时遭遇巨大悲剧的《查理周刊》。

9 月 25 日　周五

12点，将为马丁·斯科塞斯颁发卢米埃尔大奖的颁奖典礼在网上发售门票。59秒内，3,000张门票一抢而空。"法兰西万岁。"得知这个消息后，马丁说道。

9 月 26 日　周六

返工期的电影节事务进入了尾声，可以列一张表格：2015年将呈现一张更加清晰的面庞。经由阅读和亲身感受，至此可以确认，这一年对大片来说很是吝啬。圣塞巴斯蒂安昨天以一部冰岛电影《麻雀》的获胜落下帷幕。而在威尼斯、特柳赖德和多伦多，出现一些美国电影，如《聚焦》《黑色弥撒》《乔布斯传》和查理·考夫曼的动画电影《失常》，以及美国批评界很是珍爱的、出人意料的独立电影《房间》。我实在等不及要看它们了。

只剩下纽约电影节，这座现代电影堡垒将让人看到一部常规视野之外的作品：斯皮尔伯格的《间谍之桥》。此外，从戛纳开始，《索尔之子》所到之处无不让人动容，正如《公羊》，这部冰岛电影成功拿下了"一种关注"单元的奖项，奥斯卡则为《野马》赋予了耀眼的光芒。还得算上贾法·帕纳西的《出租车司机》和2015年初在柏林获得成功的《45周年》。再加上12月底将上映的塔伦蒂诺和伊纳里图的电影，这一年就彻底完整了。

"指挥官呼唤，听到请回话。"在高铁的两节车厢之间，伴随着断断续续的信号，埃米尔·库斯图里卡给我打电话，"我应该会在10月底结束拍摄，已经剪辑了一些片段。如果你不介意，我已经准备好参加你的电影节。"不，我不介意。埃米尔妥妥地在候选名单上。之后，我还会越来越频繁地与他沟通，确认。

9月27日　周日

多菲内地区真是美极了。现在仍是开车兜风的好时候，趁着卢米埃尔电影节和秋季旅行还没有占据我全部的注意力。来自查特的阳光穿透了伊泽尔平原上清晨迷雾的轻薄面纱。在这个国度，秋天是蒙恩的季节，在这儿会看到人们聚集在树底，捡拾着属于这个国家的宝贝：核桃。传说中的格勒诺布尔核桃事实上是蒂兰的核桃。而维内小镇[31]的人则会说："是维内的核桃。"离这儿不远处，拉里厄兄弟拍摄了《绘画还是做爱》，一部很美却未被赏识的电影（简单来说，这部电影在戛纳反响平平）。还有圣-马赛林斯，此处盛产奶酪。战争期间，巴巴拉一家曾在此寻求庇护。当她再次回到这里，深有感触，之后便写下了《我的童年》。

> 噢，我的春天，噢，我的阳光；
>
> 噢，我那逝去的疯狂岁月，
>
> 噢，我过往的十五年，噢，我的奇迹们，
>
> 噢，重回此地让我心痛苦……

下午，在家里和皮埃尔·莱斯屈尔谈话。我们将很快开启关于媒体合作的具体谈判工作。另一个话题则是将在2017年5月举办的戛纳70周年事务。我们已经有了一些主意，皮埃尔听了我的想法，并加以补充，兴奋地与我展开了争论。这位仁兄就是这么热血。

9月28日　周一

学徒们忙着生炉子的工夫，我接待了克里斯托弗·马尔干带来的里昂大厨们，大家都是为了重演《卢米埃尔工厂大门》而来，这次活动由我和里昂《进取报》的记者弗朗索瓦丝·莫奈一起在"第一电影路"组织举办。不顾在摄影机前的羞涩，三十来位厨师（其中还有一位女性！）从厂棚里高兴地走出来，戴着厨师的高帽子，身着蓝白红的工作装，抱着红酒瓶或是手里拿着法棍，还有

一只活公鸡负责让这一切变得生机盎然——超级法国人特色。我们拍了三条，便完工了。

　　巴迪车站，11 点 34 分的高铁列车，还有艾米丽大街。每个人都是度假归来，或者从不同的"节"归来，有的人总能无处不在。夏天仿佛自顾自地就此延长了。时间几乎即将径直把我带向圣诞节，其中能打断我的只有卢米埃尔电影节的那一个星期了。从 1 月开始，我们就连一分钟的自由都没有了。我们就要像身处荒漠那样：伺机戒备，观察，等待接下来的结果。

　　这座位于七区窄巷里的大楼被我们占据了。一楼，法布里斯·阿拉尔负责注册，视听媒体事务则由弗雷德·卡索里负责。二楼，杰罗姆·巴亚赫负责电影市场事务。三楼是电影部门，罗丽·卡泽纳夫负责评委会及特殊事务，塞缪尔·弗赫负责合作赞助事务。四楼和五楼散布着不同的职责部门，包括对外交流部、网络部、财务部、"电影基石"单元办公室等；我们还能在五楼找到米歇尔·米拉贝拉，电影节最不为人知却是非常重要的关键人物。六楼，是克里斯蒂娜·艾穆率领的媒体公关部及其团队。顶楼，有一间共用的会议室、团队用餐的地方和一个露天阳台，供吸烟者使用。地下室里有放映厅，这里是帕特里克的王国，也是处理电脑信息的地方。我在三楼，克里斯蒂安坐在我隔壁。皮埃尔·莱斯屈尔在四楼，与他同层的还有弗朗索瓦·戴斯卢梭、妮可·波蒂和玛丽-卡罗琳，都是得力助手和中流砥柱。从我的窗口能看见七区的警察局、协会联盟大楼和一家阿根廷餐厅。

我一到办公室的时候会马上开始工作。有一次，我喝了一杯晨间咖啡，然后把另外两杯也倒满。但我知道这样不太好。我试图放缓节奏，一切便安好地度过了。我的助手玛丽-卡罗琳已经放弃了要改变我习惯的想法：起初，不管在里昂还是戛纳，我都没有助手，东西就这么一堆一堆放着，似乎也没有什么不妥。在这"讲究的堆放"的混乱之中竟然渐渐显现出一番颇受控制的有组织形态。一般情况下，我们可以从这里或那里找出一本书、一些文章影印、一张照片、几张名片或者别的材料什么的，当然，除了我，没人知道其中的规律。唯一的例外：玛丽-卡罗琳每天早晨都清理出一小块地方，用来放置信件签名夹。而且在每一季的尾声，她都会告诉我，我们要清空一部分物件，好留出必要的空间。一套备用的礼服一直被挂在衣架上，领结已经系好，搭配一件干净的衬衫。还有骑行防雨服和防寒服，当楼下人太多时，我就会把自行车抬上楼，放在沙发旁。还有一台巨大的电视屏、数不清的电影光碟、一部只有四分之一时间在正常运转的打印机。还有我的苹果专业级笔记本电脑，从不离身。墙上张贴的是获得过金棕榈奖的导演们的肖像：2001年的南尼·莫莱蒂，次年的罗曼·波兰斯基，还有2003年的格斯·范·桑特。这是我加入戛纳团队的头三年里张贴上去的。当然，我曾经也想把这座"万神殿"完善下去，继续我的"金棕榈展"，把办公室搞得像是英国国家肖像馆。但后来一想，或许我应该把精力放在更重要的事情上，而不总是关于我自己。于是我便没再弄了。我知道，那毫无意义。

9 月 29 日　周二

今天，距戛纳和敖德萨电影节过去了好几个月。在 2016 年的墨西哥、罗马尼亚、希腊和其他城市的电影节到来之前，我们在里昂庆祝了卢米埃尔兄弟发明电影 120 周年。晚上 8 点 30 分，当里昂奥林匹克队伍在其位于格兰德的老巢里扮演冠军队伍时，我在莫里斯·拉威尔体育馆登上了舞台，与年轻的里昂钢琴家罗曼·卡米欧罗一起——现场放映机突然出故障时，他即兴弹奏了一首爵士风的小插曲。随后，高水准影片和旅行魅力对观众的精神所产生的冲击让他们很快就忘记了那个小事故。在这个神奇夜晚的尾声，1,800 名观众对着舞台齐声喝彩。这真是庄严光荣的时刻。路易·卢米埃尔的孙子马克思·勒弗兰克-卢米埃尔和我紧紧拥抱：他很高兴这份具有普世价值的文化遗产，成为全里昂人的"家族式荣耀"。

1995 年之后，又过了二十年，随着这番庆典，卢米埃尔兄弟终于重新找回了他们身为导演的地位，那个曾在 20 世纪 60 年代被侯麦、雷诺阿和朗格卢瓦赋予的重要地位。莫里斯·皮亚拉也曾在《法国摇滚》里对卡甘斯基和费维雷提到过："在电影史上，有很多被忽略的例子，会让人突然感到我们好像拥有了一些了不起的东西……其中最美好的，就是卢米埃尔兄弟。同样重要的，是他们发明了放映电影这件事。因为……对……这是一种形式上的创新。卢米埃尔作为导演，是凌驾于一切类型片导演之上的冠军。当然，我也发现，卢米埃尔的电影是奇幻美妙的，充满了好奇和欲望，那其中的幻妙本应该出现在所有电影之中，却在之后并没有再现过。它自身疲惫了，被消耗了，因为之后，一切都开始变成了造假。卢米埃尔兄弟的电影向我们展示了我们从没有看到过的生活……爱迪生也留下了一些电影，但不可置疑的是，它们却毫无价值。卢米埃尔，他们才不是什么现实主义，他们属于奇迹。只是这一次，这奇迹破天荒地反映了现实。其后，那份天真和纯粹便开始一点点消亡。"我必须问问西尔维，这么富有启发性的分析是从哪儿来的？莫里斯是不是看过了卢米埃尔电影全集？因为他完全地理解了它们。

9 月 30 日　周三

在卢米埃尔中心举办了吕克·雅克特《冰川与苍穹》的试映会，电影受到了一群非常关注气候回暖问题的公众的狂热欢迎。我留在里昂继续工作了一个上午，并和团队一起热热闹闹地共进了午餐。卢米埃尔之夜让我们都备感幸福，它让处处都忙活了起来：在"第一电影路"的花园里，我们安排了电影节村；在卢米埃尔工厂的旧车间里，我们安置了经典电影市场；卢米埃尔城堡的每一间可供使用的房间也都没闲着。我们开了个会，谈了谈门票预售、邀请嘉宾、即将播放的电影、三十多间放映厅和接待观众的地点等问题。文森特·林顿将在开幕式上介绍《穷途末路》，一部杜维威尔的少为人知的悲伤杰作；很少离开格兰·艾伦及其皮克斯工作室的约翰·拉塞特，很荣幸也将要到访；索菲亚·罗兰将坐车从临近的日内瓦前来；让-保罗·贝尔蒙多也已经确认将会陪他的儿子保罗（他拍了一部纪录片）前来，而且他也得以和一起拍摄过德·西卡的《烽火母女泪》的索菲亚重逢。最后，所有人都在期待着斯科塞斯，兴奋之情日益高涨，门票销售情况也好到飞起。我的心情就像这个国家此刻的天气预报一样，简直好极了。

注释：

1 布奇·卡西迪（Butch Cassidy），1969年西部片《虎豹小霸王》（*Butch Cassidy and the Sundance kid*）中保罗·纽曼饰演的劫匪。

2 莎拉·伯恩哈特（Sarah Bernhadt, 1844—1923），19世纪和20世纪初法国舞台剧和电影女演员，被认为是"世界上最著名的女演员"，也是圣女贞德之后最有名的法国女人。在19世纪80年代，伯恩哈特就以她在法国的舞台剧表演而出名，其后闻名欧洲和美洲。

3 活动画片工作室（Zeotrope），弗朗西斯·科波拉与乔治·卢卡斯于1969年在旧金山创立的制片公司。

4 阿特·塔图姆（Art Tatum, 1909—1956），美国爵士乐钢琴家和大师，被公认为有史以来最伟大的爵士乐钢琴家之一，并深深影响着后代的爵士钢琴家。

5 贝特朗·布里叶（Bertrand Blier, 1939—　　），法国著名小说家、电影人，法国著名演员贝尔纳·布里叶之子。

6 皮埃尔·德普罗日（Pierre Desproges, 1939—1988），法国幽默大师，以违反世俗和荒诞的黑色幽默著称。

7 乔治·巴桑（Georges Brassens, 1921—1981），诗人、文艺理论家、画家、作曲家、歌唱家。

8 提诺·罗西（Tino Rossi, 1907—1983），自20世纪30年代起活跃的法国男高音歌手与演员，作品极其卖座，卖出过七亿多张唱片。

9 午夜太阳电影节（le Midnight Sun Film Festival），由阿基·考里斯马基、米卡·考里斯马基和彼得·冯·巴赫创办。

10 法比安娜·冯涅尔（Fabienne Vonier, 1947—2013），制片人、发行商，法国制片人，金字塔发行公司的创始人之一。

11 马尔萨斯主义（Malthusien），以英国经济学家马尔萨斯为代表的学派。马尔萨斯是第一位提出要控制人口增长的学者，也是第一位提出过剩理论的经济学家。这里指戛纳对于入选影片及参加电影节人数的严格控制。

12 杜比大剧院（Dolby Theatre），每年奥斯卡颁奖典礼的举办地。

13 萨尔瓦多·阿连德（Salvador Allende, 1908—1973），智利政治家、社会主义者、智利前总统（1970—1973）。1973年9月11日，皮诺切特将军领导军队发动了针对阿连德的军事政变，阿连德在总统府前中弹身亡。

14《历劫佳人》（*La Soif du mal*），奥尔逊·威尔斯1958年的电影。2010年的卢米埃尔电影节上，吉姆·哈里森曾前来为此片做映前介绍。

15 哈里森在此讲起了墨西哥与美国边境近年来有无数人在毒贩之间的斗争中无辜

死去的悲剧。

16 雷吉斯·德布雷（Régis Debray，1940—　），法国作家、思想家、媒介学家，曾在南美追随切·格瓦拉，后入狱，回到法国后曾在政府担任要职，之后开创了媒介学研究。

17 里斯与穆勒牌（Riese & Müller），德国自行车品牌。

18 致敬牌（Homage），德国折叠自行车品牌。

19 博世（Bosch），德国品牌。

20 相当于车速每小时 72 公里。

21 欧洲摄影协会，原文为 Maison européenne de la photographie。

22 在法国本土，电影首映基本都在周三晚上进行。

23《修复的表面》，原文标题为 La surface de réparation。

24 爱德华·赫里欧（Édouard Herriot，1872—1957），法国政治家和作家，1905 年当选为里昂市长，此后终生担任此职。

25 圣-艾蒂安（Saint-Étienne），法国东南部城市，罗讷-阿尔卑斯大区卢瓦尔省的省会，也是该省人口最多的城市。圣-埃蒂安足球俱乐部与里昂奥林匹克足球俱乐部距离约 50 千米，自 1951 年开启首次竞赛后，演变成两队激烈的竞争。目前隆河-阿尔卑斯德比是法甲赛季中的热门赛事之一。

26《岁月蹉跎》，原文标题为 Le temps ne fait rien à l'affaire。

27 埃里克·坎通纳（Eric Cantona，1966—　）为法国电视台制作过包括《足球与移民》(Foot et immigration, 100 ans d'histoire commune)《足球场上的叛逆者》(Les rebelles du foot) 在内的纪录片。

28 法国国立影像与声音高等学校，法语略写为 La Femis，是法国最顶尖的电影类专门院校。

29 阿兰·泰赞是亚美尼亚后裔。

30 丹尼斯·罗伯特（Denis Robert，1958—　），法国作家，新闻记者，曾发表多篇文章、出版书籍并拍摄纪录片揭露明讯银行票据交换所不良操作。2008 年，他还卷入到一场与《查理周刊》老板的论战当中。

31 维内（Vinay），位于伊泽尔省蒂兰市附近。

10 月
OCTOBRE

10 月 1 日　周四

多维尔电影节又被称作"发行商之日"，主办协会已有七十年历史，我很希望能陪在协会主席理查德·帕特里身旁，但我最终无法前往协助工作。从早上 9 点到晚上 7 点，发行商们在宏大的会堂里向人们展示着电影的初版画面和宣传片，试图在一天的时间里完整呈现出整季内容的样貌。在场的朋友通过短信给我发来了点评，有些人非常兴奋，有的则不然——"塔伦蒂诺和伊纳里图的电影看上去都很厉害，马力克的电影预告片非常精美。"一个朋友给我发来短信说道，"其他的，没什么让人兴奋的。漫威系列，看得有点儿烦了。而且，我真的受不了粗鲁的法国喜剧，简直是种族歧视。"

10月2日　周五

早上 7 点 30 分的高铁于 9 点 34 分抵达目的地。按照自行车把手上的精确刻度计算，从法国电视台总部所在的里昂火车站到巴黎的另一端共需耗时 22 分 34 秒。在这无风的夏日，我感觉自己就像是刚获得了世界骑行冠军的彼得·萨冈。

踏入这座公共电视台的办公大楼时，皮埃尔和我都感到一种恍惚的不忠之情——我们还没有结束戛纳和法国电视四台近二十年的联姻合作呢，甚至没表现出任何决裂的迹象。只是 2016 年戛纳电影节的相关工作已经着手进行了，我们必须赶快解决媒体合作问题。卡罗琳·高特是德尔菲内·厄尔诺特组建的新班子头目之一，在一处能看见塞纳河美景的地方，她和大卫·贾沃伊接待了我们，而大卫和我们已经在去年的一个项目中合作过。

初次会面，开场有些拘谨：对方要求我们详细介绍一下"这个工作究竟是做什么"，然后向我们解释开幕晚会可以在法国电视五台进行转播，并由该频道的一位主持人来主持，就像"音乐赢家"[1] 大赛那样的操作模式。简单来说，"谈判"这事儿并不简单，我和皮埃尔差点儿就要怀念雷诺·勒万金的侃侃而谈了。但当谈到核心话题时，卡罗琳和大卫直切重点地确认了几个关键问题，总算让我们安心下来。

离开大楼时，我收到了《世界报》一位记者给我发来的短信，他们在 5 月的报纸上发表过一篇文章，揭露戛纳电影节和品牌商之间利益勾结的问题，通篇都是怀疑论口吻，还错误地使用了皮埃尔很具"商业代表性"的一张照片作为配图。在电影节期间，我给她写了封邮件以表达我的"震惊"（委婉的说法，我当时气坏了），她到现在都没回复——可能在电影节期间她比我更忙吧。

　　四个月之后，这位记者像没事儿人一样回来了："您好，蒂耶里·福茂，我在写一篇关于戛纳和电影的文章。我能见您吗？先行致谢。克拉丽丝·法布尔。"一分钟后，另一条突如其来的相同短信让皮埃尔不知该笑、该气还是该为这个他曾经热爱的行业哭泣。他收到的信息写道："您好，皮埃尔·莱斯屈尔，我在写一篇关于戛纳和电影的文章。我能见您吗？先行致谢。克拉丽丝·法布尔。"

10月3日　周六

　　马丁·斯科塞斯的自选片单可能会超过100部作品——只要我们有足够的地方和时间放映又没人去拦住他的滔滔热情的话。有一些非常罕见的电影很吊人胃口，比如彼得·沃特金的《克洛登战役》、亚历山大·佩特罗维克的《下雨的村庄》、赛斯·霍尔特的《撒哈拉6号基地》、雨果·哈斯的《意乱情迷》、清水宏的《按摩师与女人》或理查德·弗莱彻的《周末风云》。斯科塞斯之所以成为斯科塞斯，得益于两座金棕榈奖和两位意大利人：有着高超摄影技艺的埃曼诺·奥尔米和弗朗西斯科·罗西。罗西在年初逝世实在让人悲痛，马丁从他的作品里挑选了《龙头之死》和不为人知晓的《教父之祖》，都由他自己的电影基金进行修复。

　　罗西的职业生涯始于他的出生地那不勒斯。他本可以去好莱坞拓展自己的事业，他一直很想去那里拍电影。有一天，我们并肩在里昂老城散步，他跟我讲述了一段有趣的往事。那时他正值事业巅峰，并被赏识他的制片人邀请前往洛杉矶发展。见面的第一顿晚餐上，对方就谈到了他的职业，予以盛赞，并提供了好些工作邀约。人们询问他，哪个英语项目最打动他。他回答说："改编《理查德三世》。""这不可能。"对方回答道，"这个电影项目无法推进。""为什么？""在美国，人们不会想看'理查德三世'，因为他们会想当然地觉得：我们没有看过前两世。"

10 月 4 日　周日

此刻正是平静生活的尾声。还有一个礼拜，卢米埃尔电影节就要开幕；接着便是四处出国飞的行程，不会有一丝喘息的时间，也绝不允许我后退。当然，我压根不想后退。

我的周末总是奉献给了电影。冬天的时候用来选片，其余的时间则用来看经典老片。从今年夏天开始，我重看了东宝株式会社修复的黑泽明系列，随后将会在里昂展映；还有杜维威尔系列，包括百代制作的《同心协力》《穷途末路》和高蒙制作的《舞会的名册》、鲜为人知的《大卫·格德尔》，还有法国电视一台的《惊惧》(献给他们即将上任的执行总裁农斯·帕奥里尼，算是关怀备至了)。多亏了 DVD，让沉浸在电影中成为了可能。这已经不是 20 世纪 60 年代了，那个时候的影院经营者要远游到布鲁塞尔、卢森堡或洛桑的电影资料馆才能淘到少见的 35 毫米拷贝的珍宝。如今，这样的旅途靠互联网就实现了。一个在法国克勒兹省的家伙，即使足不出户也能够成为世界上最资深的影迷，只需下订单就行。我刚刚搜寻了一番阿贝尔·冈斯的《铁路的白蔷薇》，很多年来它都无法被传播，不然人们可以很轻易看到它。

"短暂的，是花的一生，无尽的，是人世的苦难。"这是我今早在电影《浮云》末尾看见的日本俳句。成濑的《山之音》被马丁·斯科塞斯选入了必看片单，无疑，这位导演对影迷来说是相对陌生的（评论家让·纳伯尼对其了若指掌），其本身也是小众作品。很久以来，成濑都是最难寻觅其作品的导演之一，这也让他更为神秘——而影迷往往喜欢追逐不可求的事物：我们通过日本电影史知道了他的名字，却没人看过他的作品。《浮云》有着黑白之美，1.37 画幅也表现出无与伦比的美感，混合着严谨与高贵的气息。

成濑交出了一部低吟浅诉的电影，故事被一条看不见的线索串起来，女主角高峰秀子撩人的表演点亮了整部电影。她是成濑最喜欢的女演员，是他的公主、他的缪斯、他的光，以至于他用她拍摄了十余部电影。"当我们走在一起时，看上去就像一对情侣。"她说这话的时候，眼神里却在探寻着人生从未赐予她的爱情承诺。

10 月 5 日　周一

法国开始进入秋季，高铁的速度让窗外的景象看起来就像置身于一场风暴。我在艾米丽街与媒体公关召开了会议，这群人在电影的命运中扮演了关键性角色，也是让戛纳电影节良好运转的隐形卫士。没有他们，所有人都会沦为孤儿：从不安地等待电影评论的导演到焦躁地将命运交到他们手里的制片人，还有负责红毯事务的米歇尔·米拉贝拉，媒体公关们需要向她确保主创团队能够准时抵达红毯。媒体公关对我们来说非常宝贵，他们为电影批评的落实提供了最可靠的咨询。他们并不是一群会说故事的人，从他们口中说出来的只有真实资讯，他们每分钟都在为真实而战。这其中有让-皮埃尔·文森特、劳伦斯·葛拉奈克、弗朗索瓦·弗雷、杰拉姆·茹诺和艾利克斯·德拉基-托里艾尔。之后可能还会加入玛丽-克里斯蒂娜·达米恩、马蒂尔德·尹赛迪、哈桑·格拉尔和阿涅斯·夏波。

之所以召开这个会议，首先说明大家都想有所进展。我们甚至开始讨论超出媒体公关事务的话题。比如，想要强烈表达对戛纳电影节的爱——他们想让电影节开展得更从容，少些好战情绪，不要任何混战和不良竞争。对于这样的想法，我深表赞同。

我还提到了一个被推迟的项目。在戛纳，为了让艺术家们走上红毯之前不必忍受糟糕的批评，媒体放映场和主创出席的放映场几乎是同时进行的。而这个被推迟的项目是由发行商和制片方一再提出的，那就是要为所有人，在同一时间，进行全球性的提前放映！

媒体公关们原则上同意了，但从实际操作层面，他们无法做到，就像和面和烘焙无法同时兼顾一样，我们无法同时应对电影主创团队和媒体记者。我能感觉到公关团队同样害怕会弄僵与媒体的关系，毕竟他们需要共同工作一整年。我没去争论，因为我知道，这种做法不会受记者欢迎，他们不希望被取消媒体的历史特权。"不要再惹恼他们了，他们现在已经够紧张了。"有位媒体人对我说道。他们可是关键角色，我告诉自己。这是属于他们的特权，我得就此打住。

晚上在巴黎的夏特莱剧院参加了"英格丽·褒曼之夜"，伊莎贝尔·罗西里尼将与芬妮·阿尔丹、杰拉尔·德帕迪约一起登台朗读，致敬她母亲的百岁诞辰。当我们靠近伊莎贝拉时听见她说"我的母亲和父亲……"时总是会惊讶，接着在四分之一秒的晃神之后，才能意识到，她说的是"英格丽·褒曼"和"罗贝托·罗西里尼"。看完表演出来时，我遇到了简·伯金，5月，她曾为阿涅斯·瓦尔达颁发终身成就奖。

10 月 6 日　周二

今秋第一项与明年电影节直接相关的事务是海报电影节。艾尔维·希吉欧力在过去两年做出了大获成功的两届海报，今年再次受邀构思新一届的海报。我们提出了一些主题建议，比如某种风景、某间电影院、某出集体场景——好避免一直被诟病只展示某一位演员。一对情侣？我们可以省去反复使用的形象阐释，摆脱类型源头。当你用一个男人的形象时，人们会说："戛纳从来就不重视女性价值。"用女性形象的时候，他们又会说："戛纳眼中的女性，都只是装饰或者物件。"我们可以用理查德·伯顿和伊丽莎白·泰勒——我喜欢被人遗忘的伊丽莎白的演员形象，她属于约翰·巴里摩尔定义的酒鬼天才演员之列。

戛纳电影节的第一幅海报应该是让-加布里埃尔·多梅尔格设计的，位于戛纳高地的一座别墅还以他的名字命名，今天这座别墅为戛纳市所有，长久以来提供给评审团使用。他在十多幅手绘或设计海报上的装饰艺术图案构成了电影节的蔚蓝海岸形象。1960 年，电影节海报与某个花展的海报"撞脸"了，在最初的二十年里，人们都不敢使用诸如电影票、电影放映机、电影胶片之类的形象隐喻。到了20世纪70年代，电影节海报又开始和《他》杂志封面"撞脸"，因为二者都使用了女性剪影设计。吉尔·雅各布负责戛纳的领导工作后，还联系过一些大导演：费里尼和黑泽明都曾送来过令人难忘的设计。最近，2008年的海报设计者皮埃尔·克里尔挑选了大卫·林奇的一张照片，而北野武，同样作为一位让人欣赏的画家，也曾说过想设计一幅海报作品。唯一的风险是令作者失望：如何拒绝一位我们都尊敬又喜欢的作者呢？

必须说，戛纳的海报始终承载着很多利害关系。2012年的时候，人们针对电影节在选片层面缺失女性代表这个问题展开过一场笔战，随后对这个问题的阐释简直扩散成了一场喜剧。一位女导演甚至认为，海报上玛丽莲·梦露凑近生日蛋糕试图吹灭蜡烛的形象是一种让人难以接受的性暗示！弗洛朗斯·贾斯托笑着讲这个故事时，我们边笑边觉得恼火：作为男人的我们怎么没这么想过？

昨天，伟大的亨宁·曼凯尔去世了，这可真是一个糟糕的消息。《解放报》上，曾成功躲过《查理周刊》攻击的菲利普·朗颂写了几句非常出色的话："曼凯尔喜欢团结，害怕时间：看着其中一个消失会让他气愤，而失去另一个则让他害怕。他曾与他的继父英格玛·伯格曼一起看了很多部电影。他喜欢阿尔伯特·加缪和桑塞尔红葡萄酒。他是一名出色的故事讲述者，一位鲜活的人，一个时常忧虑的男人，一个正直的人。"

读完这篇文章之后，我收到了比利时皇家电影资料馆老板尼古拉·马赞蒂的邮件——本来下周他将陪同香特尔·阿克曼一起来里昂——阿克曼曾很高兴地答应为她的第一部电影《我，你，他，她》在里昂作介绍。马赞蒂在来信中写道："怀着极痛苦的心情，我得通知你，昨晚，香特尔·阿克曼在巴黎去世了。我自己非常难以接受这个事实。我还不清楚具体的细节。你知道，今年年初，香特尔母亲的死曾让她难以接受。我想，她还想坚持完成她的电影，只是接下来……珍重。尼古拉。"

10 月 7 日　周三

坐在火车上，我上网扫了一眼明年冬天需要看的片单。从几家法国及外国专业电影杂志片单开始（比如《综艺》或者《法国电影》），还有与制片方和发行方的交流信息。当然也有来自导演的消息，但他们更多是直接跟我联系。我的一些朋友会躲着我——这也正常，他们本就不需要因戛纳的嘈杂声而分心。九月底，法国阵营的雏形已见分晓：布鲁诺·杜蒙（一部由朱丽叶·比诺什和法布莱斯·鲁奇尼出演的喜剧[2]）、诺埃米·洛夫斯基（她将与马修·阿马立克一起出演自己的电影[3]）、达妮埃尔·汤普森（《我与塞尚》，讲述左拉和塞尚之间的友谊）、艾米丽·德勒兹（我在 1999 年的"一种关注"单元看过她的《新的肌肤》，有点儿意思）、菲利普·里奥雷（他从未进入过官方选片）、贝特朗·波尼洛（他继《圣罗兰传》之后的作品《夜行盛宴》）、吉尔·马尚（来过两次，但从未入围主竞赛单元）、斯蒂芬·布塞（在《市场法律》之后脱胎换骨，改编了莫泊桑的《一生》）、阿兰·吉罗迪（在出色完成了《湖畔的陌生人》之后被给予了很高的期待）、奥利维耶·阿萨亚斯（与克里斯汀·斯图尔特再次合作拍摄了新片）。2016 年的戛纳还将标志着越南裔法国导演陈英雄的回归。另外两位亚洲导演，黑泽清和蔡明亮也在拍摄法国制片的电影，还有保罗·范霍文在巴黎拍摄了《她》，主演有伊莎贝尔·于佩尔和罗兰·拉斐特。这只是简单的片单一览，从现在到 4 月中旬，我们将看到超过 150 部法国电影。而在这类片单上，存在一个最大的种类缺失，那就是所谓的"无名电影"——人们无法根据创作者的名字直接猜测品质的电影，但那样的电影可能成为 2016 年的重要发现。去年此刻，我还不知道一个匈牙利年轻人正在拍摄他的处女作，片名叫《索尔之子》。

一个朋友说："我到达洛杉矶了。在飞机上，我坐在蕾哈娜旁边，你应该把她放进评审团。"

"放进评审团？"

"让她去戛纳啊。邀请她去你愿意让她去的地方——主竞赛单元、一种关注、戛纳经典单元，哪怕是戛纳大师班。"

"她怎么样？"

"出类拔萃。"

"到这个地步了？"

"绝对极品。"

"你跟她聊上了？"

"没有，我一直在看着她睡觉。"

10 月 8 日　周四

今天早上，一打开《解放报》就看到了香特尔·阿克曼，她美丽的面孔出现在报纸头版标题的位置，简直开创了日报界的配图传奇。这份报纸有时还是能找回它鲜明热烈的风格的，虽然今天这样做并不是很符合其传统。"阿克曼如何能够在 2015 年濒临爆炸的世界登上《解放报》头版头条？我们又如何走到了如今这步田地，竟会看到小众电影成了时事新闻里最重要的事？"一个朋友这样反诘道。但，对于一个独特的艺术家来说，颂扬是合法合理的，哪怕是整页的讣告，只要是合理的感性就可以。况且，推特上的大量悼念留言恰好证明了颂词的合理性——她的电影触动过很多人的心。在这一点上，至少《解放报》坚持了自我，不像她的其他欣赏者们，只是沾沾自喜于自我表达。

　　我搭上高铁（我究竟还要写多少次"高铁"这几个字），赶赴阿尔芭·克莱勒的生日会，她美好的品行让自己本身升级成了品牌，在戛纳万豪酒店露台或巴黎组织的高规格晚宴中都体现无遗。整个电影行业的人几乎都来了，艺术家、制片人、媒体公关。我坐在伊莎贝尔·阿佳妮旁边，她活泼又温柔。还有罗什迪·泽姆，他刚完成《巧克力》的剪辑。我们交流了关于斯普林斯汀的最新消息，然后，弗朗索瓦·贝尔莱昂德一阵风似的来了，我们便开始谈论巴黎圣日耳曼球队。

　　结束后，人们骑着小摩托、开着豪车或是乘地铁离开。我则满怀巨大的喜悦乘列车行驶在巴黎的夜色之中。

10 月 9 日　周五

　　"它成立于巴黎，被命名为国际电影节法国协会，是一个符合 1901 年 7 月 1 日所颁布法案章程要求的协会……该协会涵盖如下事务：法国及其附属地区的国际电影节组织工作，该组织所需所有法案和必要程序的准备与执行工作。"以上文字描述的是戛纳电影节的最初形态——要不是比阿里茨的地中海美景最终没能成功诱惑让·扎伊或者戛纳没有适时展现其珍贵与魅力，电影节可能会在比阿里茨举办。

今天早上，法国国家电影中心组织了一场关于革新现状的会议，而其最近一次的文稿记录可以追溯到1948年2月。这份记录必须被更新。技术层面来说，法国国家电影中心的"二号人物"克里斯托弗·塔蒂厄主导了这次会议。与会的还有弗朗索瓦·戴斯卢梭，后者同时负责了另一个关于法律方面的必要的研讨会。出于纯粹重申政策的目的，弗雷德里克·布雷丹坚持继续推进电影节的工作，并强调说，无论是在2015年还是在1946年，负责监管电影节的都是国家和行业团体。

上午11点，我在雅典娜广场和文森特·博罗雷见面喝了一杯咖啡，这位法国影视行业的新大佬表现得周道殷勤，魅力十足，而且他确实喜欢电影——在这种情况下，想要假装蒙混过关是很容易被揭穿的。巧合的是，在同一时间，皮埃尔也再次见了我们在公共电视台的对接人。法国国家电视台接下了电影节的合作事务，并且主动提升了服务条件。我告诉皮埃尔，维旺迪媒体集团的主席也表现得颇具诚意——这并不意外，失去戛纳电影节将会是一场挫败，而在现在这个糟糕的时候宣布堪称一场灾难。"如果他们两家都想和我们合作，那么谈判会变得复杂，不过这也不赖。"皮埃尔总结道。

夜色将至的雨中，我们在人群前为"卢米埃尔电影节之村"

举行了落成仪式。贝尔纳·皮沃，这位里昂人，确认出席，还有十余名嘉宾也确认出席。贝特朗·塔维涅没有，他还在康复之中，不过依旧给我发来了对杰西·希布斯两部西部片的阐释：它们是1956年的《昂首阔步》和1954年的《铁骑红粉》，后者由大编剧丹尼尔·梅因沃林在麦卡锡主义时期化名执编。贝特朗认为那是其最好的电影。

10 月 10 日　周六

周三，伍迪·艾伦的新片《无理之人》上映了。我们将这部片选入了非竞赛单元，因为伍迪不接受让艺术参与竞争——不只是戛纳，他宁愿和乐队在纽约酒吧里演奏单簧管，也没去奥斯卡领取为《安妮·霍尔》颁发的奖项。这部新作是自他1969年的《傻瓜入狱记》和1971年的《香蕉》之后的第五十余部作品。在《香蕉》里，讲述了一个"假革命"遇到了一个热忱的女军人，但女军人拒绝了他的追求，因为她只会被充满魅力的政治领袖吸引："不是每个人都能成为希特勒。"她这样对伍迪回答道。电影中，有个女人夸赞他是床上高手时，他这样说："我经常一个人练习。"

大众对伍迪的电影照旧趋之若鹜，评论意见照旧呈现两极分化，客观评价的寥寥，更多的关乎观众是"喜欢"还是"失望"，端看人们的期待是否得到满足。只是，当导演在自己的作品里变得日益复杂时，也就越来越无法被人们定义和掌握。不过奇怪的是，即便四十年来伍迪·艾伦一直受大家崇拜，尤其是在法国，可仍被低估了。我们对他作品的欣赏能力显然变迟钝了，而以前却有过那么多的美好场面。电影《曼哈顿》在戛纳放映时堪称传奇，在导演缺席的情况下，欢呼声仍不绝于耳。毫无疑问，我们无需重新评估他的工作的重要性，也无需质疑他在我们观影人生中的重要地位。

2002 年，伍迪带着《好莱坞式结局》第一次来戛纳。那晚，他在开幕时逗乐了全场观众，他说："人们都把我当作知识分子，因为我戴着眼镜；人们还把我的电影当作"作者电影"，因为它们都在赔钱。而我其实两样都不是。"就像莎士比亚、黑泽明或普鲁斯特（或者也可以说是滚石乐队和巴桑），他属于这样的艺术家行列：他们造就了时代，同时，自己成了时代的化身。在西方，如果没有电影，没有书籍，没有伍迪·艾伦的精神，我们将会是怎样的？如果没有同时做导演、作家和演员，他又会是怎样的？他就像鲍勃·迪伦，是不知疲倦的创造者，哪怕是他的次要创作也能成为美好的事物。因为他的活跃，他在历史中的地位可谓举重若轻。有一天，我们会对我们的子孙们说："我曾经活在那样的时代，到了周三，常常能在电影院看到伍迪·艾伦的新片上映。"

10 月 11 日　周日

过去，卢米埃尔兄弟生活的城市里没有电影节。里昂市的市长杰拉尔·哥伦布和市政府一起做了这样的一个项目，并于 2009 年获得了法案许可。其后，在电影制作、动画片和短片领域都很活跃的罗讷-阿尔卑斯地区也表示希望参与，还有国家电影中心。卢米埃尔电影节的概念关乎文化传承，而非竞赛或者宣传。在当地，它曾引发人们的质疑，那时大家并不把它当回事，但是过往的质疑没有阻挡它的魅力。

　　曾在 1939 年"担任"过"首届"戛纳电影节[4]主席的路易·卢米埃尔终于要拥有一个以自己名字命名的电影节了,而且是在他发明了电影放映机的城市。这些年,里昂一直在等待着电影节,但实现起来并不容易:身为"电影诞生地",却从未因此获得过任何特权。不过,一个将留存影史的电影节终于要在这里举办了,这同时也赋予它一个很大的挑战:人们很难会谈起那些"老电影"了——然而任何电影都不会比莫里哀的话剧更古老!所以我们说的其实是"非现代"电影,即"经典电影",就像我们也会如此形容文学、绘画或音乐一样。希望我们能让大家在大银幕上观看修复版的《东京物语》,就像可以在书店里买到《马丁·伊登》那样容易。

　　在重大电影活动诞生之后的五十余年里,我们并不只想组织"另一个电影节",毕竟这个国家的电影节几乎和奶酪种类一样多。我们更想试着做一个"不一样"的活动,最好是采用一种前所未有过的模式。我们希望大力践行卢米埃尔中心长期以来所坚持的信念:与导演们进行分享,消除教条的隔阂,打破电影界的玻璃天顶,相信集体情绪的力量。43 间影厅里将进行 371 场放映。作为一个依旧年轻的电影机构最显眼的"前台",电影节成为了重要的年度之约,在那儿可以看老电影,还能遇见艺术家和观众。

　　另外,这座城市只有一个市中心,这让我们可以很容易地集中发力。我们从地势较高的里昂郊区开始,在这所谓的"里昂大区"有一些很棒的影厅和电影经营者:包括维勒班、维尼索、布隆、代西奈,圣福瓦-莱里昂等片区。受邀嘉宾将前往这些地方,比如基努·里维斯曾给代西奈地区的观众带去了惊喜。还有让-保罗·戈蒂耶曾前来向大家介绍《装饰》这部在雅克·贝克职业生涯中非常重要的电影。我们还为电影节建了一个村子，办了一份日报、一个网络广播，还有一艘快艇，好让大家晚上有地方跳舞。我们还设立了卢米埃尔奖，将在周五颁发给马丁·斯科塞斯。自 2009 年开始，他就跟我说："这个电影节根本就是为我而设的，我要来！"他想在这里展映他喜欢的电影，或只是待在这里。每一年，他都给我寄信，表达他无法出席的遗憾。一年前，他确定自己将在冬天拍摄《沉默》，到了 2015 年秋天就会空闲下来。还在做电影剪接时，他就跟我说："你还愿意让我去吗？"你说呢？！

明天就是盛大的开幕式了。整座城市都装点着节日的色彩，满大街都可以看到马丁的面孔，公车站和地铁站，铺天盖地。在戛纳电影节，开幕的前一个礼拜就全副武装地"备战"，里昂则是提前一天。中午，玛丽和我一起在"咖啡联邦"——一家位于小岛窄巷里的传奇式里昂传统餐厅——接待了皮克斯的"古怪创作者"约翰·拉塞特和他的妻子。这让我们感到荣幸。他很少走动，所以他愿与我们相见是难得的特别待遇。晚上，劳伦斯·徐洛在马洛尼尔路为所有已经抵达电影节的人办了一场盛大晚宴，她曾为我提供了一份职业，并不断在里昂和戛纳反复践行（简单来说，就是负责艺术家和嘉宾的相关事务）。

10 月 12 日　周一

洒满屋内的阳光在一日之晨掩盖了来自巴塔哥尼亚的风。卢米埃尔电影节期间，我每天要介绍 10 部电影，最好的交通方式就是骑车。出发前，我查看了一组英国骑行服目录。小小的黑白印刷册子，营销主管颂扬着高冷的北欧价值观以及探寻蜿蜒细长的海岸与峡湾的幸福感。一张富于联想的照片、陌生的风景、蜿蜒的山脉，一切都激发着人的购买欲：想穿上它骑行。很美好的销售概念：优雅中的痛苦（还有安基提尔和科皮在蓝天下穿着紧身运动衫的美妙回忆）。虽然我们对英国人在峡湾骑行并不抱什么畅想。

　　文森特·林顿座谈会：他精彩地谈论着朱利安·杜维威尔，白天有《谋杀时刻》，晚上有《穷途末路》。他用出人意料的口才提到了前者的黑暗阴郁和后者内在的温柔。艺术家的言论总是具有独特且意外的价值。《穷途末路》是如此罕见而又不为人知，使得这部电影在普通观众看来显得有些激进，而杜维威尔则被严苛批评、被大众忽视到了如此可怕的地步，以至于选片人选他的电影都变成了一个大胆的举动。我们没有选择轻松容易的路：而是一部 1937 年的电影（所以，是"老"电影），黑白画面，1.37 的画幅（几乎是正方形），有一群被时代遗忘了的演员（路易·乔维特、米歇尔·西蒙和维克多·弗朗岑）以及一位不知名的编剧（查理·斯帕克）。没有人提前离场。大家都太棒了。电影节就这样开始了。

10 月 13 日　　周二

　　我已经开始想念贝特朗了。传统上来说，他才应该是那位在马埃尔·阿诺的陪同下开启卢米埃尔中心早晨首场放映的人。观众们喜欢等着听他讲述那些与电影有关的不可思议的故事，而且他有时还并不点明故事中那些大家颇感陌生的人物是谁，好像一切都显而易见似的。而且他常常忘记自己一引用就是一连串一连串的人名。当塔维涅介绍电影时，你就知道，你真是来对了场合，有他本人在场才是最紧要最可看的。他可能会喜欢谈起加本、乔维特或者20世纪30年代的编剧们。他会说十多次"妙极了"⁵，边重复着这句亨利·甄森的俏皮话边调侃着"这个制片人除了给人留下糟糕的印象，什么都没有做成"。

众多嘉宾都到了，昨晚，台上大约有四十多位，都在大厅内排开。在卢米埃尔电影节，是由今天的艺术家、业内人士和记者们来推荐以往的电影。听斯蒂芬·弗雷斯谈《金盔》感觉很美好。还有本尼西奥·德尔·托罗，这是一位不可貌相的超级影迷，挑剔、好奇、激进（作为2010年戛纳评审团成员，他丝毫不隐藏自己对阿彼察邦·韦拉斯哈古《能召回前世的布米叔叔》的欣赏之情），谦逊地说："往常，当我出现在公众面前时，都是为电影作宣传。现在，我来到这里是为了讲述新藤兼人的《裸岛》，没有任何合同要求我必须这么干。但是我自己希望告诉你们，我为什么喜欢这部电影。"嘉宾们享受做这样的事情，公众则享受聆听他们。会议室里的对话听上去也很棒："我有一场是观众满场的，有点儿可怕，但我对我作的陈述介绍很自豪。"或者："我搞砸了我那场，我准备得有点儿过头了。"我大概是全程作了最多影片介绍的人，这也是我所梦想的职业场景：从早到晚，满屋子的人等着听我说话，也许是一段过往的历史，也许是一段不为人知的故事。

食物总是神圣的。多亏了卢米埃尔中心，过客餐厅已经成了里昂的电影餐厅。它由文森特·卡特隆建于20世纪80年代初期，近来由吉约姆·杜威接手经营，优良品质始终如一：体面的菜单，充满家庭感的餐厅，位于一个大众街区。在一条拓宽的小巷里，过客餐厅正好位于两条漂亮街道，普拉特街和隆街的交叉处。那儿还有沃土广场电影院，是我们希望保护延续下去的影院之一。《过客餐厅》恰好也是让·雷维奇[6]最著名的一本小说，小说讲述了一个男人辗转海上各个岛屿，身染疾病多年后终于返回故乡的故事："如果他有另一个人生，充满俗世的惩罚与喜乐，他会感到非常抱歉，因为他如此热爱着大海。"小说描写了南方的世界：阳光、岛屿，像描写罗讷河桥上的薄雾般精准。这本书所指出的"通道"是通往死亡的道路，书中那座城市即里昂，而那本小说出色到每句话都值得引用。

今晚，在小餐馆旁边，我们碰见了让-保罗·贝尔蒙多，在他身边围着法国电影的一些年轻护卫者，他们因他的现身而被吸引，这个自身魅力从未因岁月而减退的男人把他们迷得神魂颠倒。昨天，当他伴着《职业大贼》的电影配乐（是莫里康内的手笔！）入场时，现场反响热烈：人们纷纷起立，动容而兴奋。三年前，他带着电影《冬天的猴子》现身时，反响比此刻更加激烈，连当时的杰拉尔·哥伦布都没能忍住自己的眼泪。"这简直太好了！"洛朗·葛拉对我说道，今晚他就坐在好友让-保罗的对面，而后者整晚都在一个接一个地讲笑话。让-保罗今天下午在酒店和索菲亚·罗兰重逢。随后，索菲亚一身红衣，在体育场里与1,800名观众见面，在台上幽默而又温柔地向大家诉说了她的人生故事。今晚，她和让-保罗并肩坐着共进晚餐，两人的身上承载了世界电影史中一段美好的神话。洛朗非常想知道，这两人在《烽火母女泪》的拍摄过程中是否"真的发生了什么"，还开玩笑地辩解道："这是为了电影史而问！"不过他并没有听到想要的答案——除了让-保罗作出的鬼脸。"他让人无法抗拒。"索菲亚含情脉脉地说，接着意味深长地补充道，"但那时她已经结婚了。"

天知道发生了什么。

10 月 14 日　周三

除了两条河流（本地人开玩笑说还有"博若莱"算是第三条河[7]），里昂还有两座丘陵："祈祷之山"富维耶山和"工作之山"红十字山。"卡纳"曾用来指称在红十字山做工的丝绸工人。由于他们每天都要从凌晨四点开始工作，到了八点，他们就会开始觉得饿，开始吃早餐，那时的便餐"麻肖"就成为了今天的一种里昂传统食物，并被厨师们传承至今。这些厨师则组成了一个叫作"法兰西便餐"的协会联盟。

很多年来，品尝里昂传统便餐都成了卢米埃尔电影节嘉宾和观众不可错过的一项习俗。它曾让昆汀·塔伦蒂诺甘拜下风，也让尼古拉斯·温丁·雷弗恩破天荒地喝了一小口红酒。我们要对得起自己的口号："好电影，好食物，好朋友。"今天早上，为了让新朋友们感到愉悦，我们邀请了二十多位选手，摩拳擦掌准备展开他们大胆的美食之旅。晚睡伤人，佳莱街的"乔治餐厅"提供的食物也不怎么样，不过这一刻却是独一无二的：咖啡，然后是一份"烟围裙"[8]、牛下水、里昂大香肠、鸡肝咸蛋糕，搭配不同的酒水（马孔白葡萄酒、博若莱酒、丘隆河葡萄酒）。在琳琅满目的奇异美食面前，塔伦蒂诺曾经问过："这看上去棒极了，但它究竟是什么？"晚上 10 点，盛宴结束，你会感觉带着微醺的醉意棒极了。就像里昂人弗雷德里克·达尔德说的："要是上帝真的不存在，那他装得可太像了。"

戛纳电影节选片时期，只要一关上放映室的大门，就不再有人情可谈；接下来要做的仅仅是关于品位和评判的工作。在里昂，评估批判的工作已经完成，时间会施展魔法，而看电影只是其施舍宽宏恩惠的一段前奏而已。白天，充斥着各种会面、讲解和放映活动。致敬活动包括向黑泽明的"东宝岁月"致敬，向苏联电影的悲剧人物拉莉萨·舍皮琴科致敬，向杰拉尔丁·查普林致敬，向荣获过奥斯卡奖的音乐家亚历山大·德斯普拉致敬，还向罕有的墨西哥影人及来自世界其他地方的电影界珍宝们致敬。简而言之，这是另一种形式的盛会狂欢。

晚上8点，是名为"高蒙之夜"的法国电影音乐会。在高蒙公司，尼古拉斯·赛杜总是非常谨慎地对待他们的"片单"。出于职业素养，要确保名单上的作品版权归属于同一家公司。在经典电影的修复行动被普及之前，他就已经去修复、搜寻、编辑及重新推出。这样做是非常值得的：高蒙几乎与电影同时诞生，并且从来没有中止过在行业中的作为。今年，这家公司庆祝了120周年纪念，和卢米埃尔兄弟发明电影的时间一样长。今晚的我们在里昂大体育馆里共襄盛举，想当年，路易·卢米埃尔和莱昂·高蒙就是挚友——这一点儿也不奇怪。

我为早期老电影的放映活动担任主持人的时候，从舞台上看见了尼古拉斯·赛杜坐在第一排的楼厅包厢里。他的脸上总有甩不脱的孩童稚气，好像自从让他的女儿司多妮·赛杜接手公司之后，他就可以肆无忌惮地冒险与玩乐，可以去品尝人世间各种欢愉似的。在巴黎，只要他想一起吃饭（打个比方），我从不会拒绝。这既是出于友情，也是因为他在不知疲倦的交谈中总表现出机智幽默，让人觉得快乐。由于他的良好教养，他广结善缘，前往那些有着好口碑的餐厅，会提前确认酒单的内容和品质，每次赴约都不会让人失望。今晚，尼古拉斯·赛杜显然在奥涅兹姆、路易·菲拉德、卜德赞、菲利克斯·马友、莱昂斯·彼雷和女性导演爱丽丝·居伊的电影中乐不思蜀。今晚，这家伟大的电影公司印证了他们新的宣传口号："高蒙，始终与电影同在。"

10 月 15 日　周四

卢米埃尔电影节是为了纪念电影史而存在的，并将成为拥有最高科技手段的电影节。就像很多其他电影节一样，它使用数字化技术（为放映、灯光等提供最安全的保障，同时减少人为故障或失误），35 毫米胶片放映（需要手动一卷接一卷地播放）明显变得稀有。不过，我们并不希望完全丢弃 35 毫米胶片，也不会对它濒临的"死亡"坐视不管。我们还是希望可以从放映间里听见胶片播放的声响。于是我们翻箱倒柜地搜寻，找到了五部在 20 世纪 70 年代末独立电影时期的片子——它们都错失了被修复的机会，分别是：雅克·罗齐耶的《缅因海》、让-弗朗索瓦·斯泰弗南的《山口》、安德烈·泰西内的《美国旅馆》、克里斯蒂娜·帕斯卡尔的《温古贾岛》以及阿兰·泰纳的《在白色的城市里》。泰纳虽然年迈，却仍然骁勇，只是不方便四处走动了，于是由他的制片人葡萄牙人保罗·布兰科代表他出席（"白色的城市"指的是里斯本）。

我对这些电影和导演有着难以言表的崇敬之情，我也知道他们被蓬皮杜中心列入了展映单元。这些拷贝并非完美无瑕，有好些卷胶片已经沾染上了霉变的暗红色，但这毫不影响观赏的愉悦，就像眼睛和大脑回忆过往旅行，又像看到电影里的家庭后想着以后要与家人更多地相聚那样。而且针对 20 世纪 30 年代到 60 年代法国电影的修复工作已经着手进行了，所以也应该提醒下大家这些电影也要被列为修复对象了。这些电影被称为"现代电影"，它们能扛住时间的检验吗？到时候再看吧。我们还要测试保留在白莱果皇家广场影院 2 号放映厅中的 35 毫米胶片放映机，这家电影院也专门为卢米埃尔电影节举办展映。

　　如果一个人对电影书籍没有热爱之心，那么也谈不上热爱电影。在一众影人之中，尼古拉斯·温丁·雷弗恩的创作可能会影史留名。这本《艺术之眼》由南方文献出版社的曼努埃尔·齐池负责编辑，狂暴公司负责出版，书里展示了导演个人收藏的 300 幅海报，并用几百页的篇幅传达了一位电影导演的迷影热情——这股快活的激进主义在他的导演创作中也丝毫不减。在采访中表现得十分有趣的尼古拉斯在这本书中对那些他已经烂熟于心的奇怪电影来了一次虔诚的朝拜之旅。"你看到了，人们竟然愿意为低成本电影出版一本非常奢华的书！"他开玩笑道。过去，一些作品的失手并不能代表：1. 这些影片本身不行，但还是会有喜爱它们的人，有时候边际利润和小众也能带来不少钱。2. 那些制作他们的人一定是用了脑子的，需要海报、宣传册和其他宣传物料的图像品质作为参考鉴证。最后，通过阅读标题和标语，我们会发现，只有可口可乐和国际商业机器公司似的营销行不通，比如："四次，就在今晚。"或者："生为女人，请让我像男人般死去。"就是这类营销。或者"一位美丽到炸裂的纯真修女的告白"

或者"坏女孩也会哭泣"——然后副标题是："拍摄于好莱坞，在此总是如此。"在《他和她》的海报上明确地写道："在收银台，请证明您已满 18 岁，或者出示您的结婚证。"我最喜欢的营销文案曾是这样的："她宣示着自由撒野的欢愉，实现了自己的诺言。"为什么我们不再那样写了呢？突然，我想到了里昂那些声名狼藉的电影院，巴黎电影院、小杜鹃电影院、俱乐部电影院、新手电影院、埃格隆电影院，还有那些有着"作假"天赋的导演：斯坦利·库布里克或马克斯·图贝。

午后，马丁·斯科塞斯在巴黎完成了法国电影资料馆的相关展览开幕之后，赶到了里昂。我们已等候他多年了。

10 月 16 日　周五

今早，我的儿子朱尔对我说，他以后想成为"游戏开发者"。这毫不令我惊讶，他整天都待在电脑前。他还向我承认，每次在学校里，当被要求描述父亲的职业时，他都不知道该怎么说。这种谈话可不该在大清早随随便便进行。现在我有一个棘手的活儿了，得向这孩子解释清楚。这算是职业吗？昨天，我给大家介绍了黑泽明的《用心棒》、克劳德·奥当-拉哈的《一位白人女子的日记》、托马斯·温特伯格的《狩猎》、马丁·斯科塞斯和泰德斯基的《纽约书评：争鸣 50 年》、向亚历山大·德斯普拉致敬的一部影片、罗曼·波兰斯基的《水中刀》、斯科塞斯关于乔治·哈里森的纪录片（该片由他的侄女奥利维亚出演）、大卫·里恩的《日瓦戈医生》、罗西的《教父之祖》、帕布斯特的《西线战场 1918》，还有阿克曼的《我，你，他，她》。我还在麦德斯·米科尔森的"大师班"之前对他作了一番颂扬介绍，在过客餐厅主持了午餐和晚餐会，作了几个讲演，和年轻导演们作了交流，在经典电影市场作了关于"孤儿作品"的圆桌会谈，并和市警察厅与法国国家电力公司的人一起接待了一些移民，好让他们在电影节期间有机会参与一些专业性的工作。再次骑向甘贝达广场时，我戴着头盔，模仿1969年拿到法兰德斯环赛冠军的埃迪·莫克斯，头盔下戴着羊毛鸭舌帽，并考量着自己对这份无法抗拒的职业的优先考量。也许正因为如此，我才允许它占用了我这么多本应该用来陪伴孩子的时间。

下午3点，马丁·斯科塞斯登上了塞勒斯坦大剧院的舞台，与全场密密麻麻的观众见面——观众已经坐满了三层楼。我向他提出的第一个问题是："你觉得自己算是幸存者吗？"他回答道："我很快就要满73岁了，当我回望自己的人生路时，我发现没有任何事是容易的。我曾经放下了笔，却在拍电影这条路上成功地走到了今天。我了解人生的残酷，真正的残酷。但我还在这里，是的。我是幸存者。"每一位伟大的电影导演都会是同样的回答。

这场见面让人记忆深刻。当马丁谈论电影的时候，总会从创作者的角度出发。我从没有从他那儿听见过对任何电影的消极评价，今天他也是如此，在近两个小时里一直滔滔不绝。看着他如此尽情地与到场的800名观众互相交流，这样的时刻真是太棒了。出身于小意大利区的无产阶级小孩，和几个同伴一起创作了20世纪70年代的纽约电影，如今成长为一个在艺术与地理上都突破了边界的电影人，同时熟知文学、古典音乐和摇滚乐。

他为我们带来了礼物，《黑胶时代》的预告片——这是他和米克·贾格尔一起为美国家庭电影有线电视网构思和制作的电视剧集，其中，他导演了第一集。在这座美丽的意大利式红色剧院里聆听电子吉他的回响实在美妙。马素梅·拉西基照往常一样给现场观众献上了出色的翻译，其流畅程度和聪明机智让人惊喜。马丁说道："我非常高兴能够来到卢米埃尔电影节，在这里，我才有机会见到很多对我来说非常珍贵的朋友。"

在他们之中就有阿巴斯·基亚罗斯塔米——他的出席对马丁来说非常重要。早上，阿巴斯从他的新片拍摄地智利赶来，又从电脑里找出一部又一部的短片，询问我哪一部可以用来在卢米埃尔电影节上向他的美国老友致敬。在这些瑰宝之中，我挑选了《马》，一部关于汽车、雪和马群的电影，充满实验手法地在各个主题之间回旋，抽象，却让人动容，难以忘怀。我不知道人们是否懂得掂量正在发生的当下意味着什么，但这两位电影巨人互相尊敬，互诉友谊，这一刻将被载入电影史册。当马丁同阿巴斯对话时，他表现出的谦逊无比真实。

卢米埃尔大奖在3,000名观众面前颁发，没有电视直播，也没有太多浮夸。弗朗索瓦·克鲁塞愉快地谈到了作为演员的斯科塞斯，他们曾在《午夜时分》中对戏。现场，我们播放了一个片段，以证明克鲁塞所言非虚。然后，简·伯金演唱了《卡萨布兰卡》中的《时光流逝》，忧郁气息直击心扉。卡米拉·乔丹娜带来了《纽约，纽约》令人难忘的版本。在一则视频中，罗伯特·德·尼罗亲自祝贺了他的好兄弟。我们还放映了卢米埃尔兄弟在19世纪末于美国拍摄的几段影片，以及《劳瑞与哈迪》的一段音乐剧片段，以此向阿伦·雷乃致敬，他是斯科塞斯非常尊敬的导演。有一次在威尼斯，贝特朗的眼睛出了点儿问题，当时我们曾与马丁和雷乃有过这样一番不寻常的对话："作为导演和影迷，不能继续拍电影和不能继续看电影，哪一样更糟糕？"雷乃当即斩钉截铁地回答："不能继续看电影。"

　　作为电影节的传统习俗，我们希望贝特朗可以在典礼的最后作一番陈词。由于他今年并不在场，于是发来了一段文字，其中，他说马丁·斯科塞斯值得拥有"5座、10座卢米埃尔大奖"，并引用了一段圣·奥古斯丁的文字作结："那些于所爱之事中沉沦的人总好过任所爱之事沉沦的人。"在站满了马丁的朋友、合作者及家人的舞台上，萨尔玛·海耶克颁发了卢米埃尔大奖——这座因电影本身而发起的奖项，由卢米埃尔放映机上同款木头和金属制作成了奖杯。马丁发表了一番长长的感言，庄重而美好。显然，他极其享受着这一刻，我也是：在我的印象中，我从没让他失望过。当我们在大屏幕上放出了巨大的音乐伴奏画面，好让全场 3,000 人一起高唱《纽约，纽约》向他致敬时，他绽放了大大的笑容。

10 月 17 日　　周六

　　路易·卢米埃尔在圣维克托路上拍摄了他的第一部电影《工厂大门》。戈达尔曾说过，当一个人叫"卢米埃尔"（法语中意为"光"）时，除了"电影"他还会想发明什么？另外，那个街区名字叫作"蒙普雷兹"（法语意为"我的荣幸"）。面对这样的发源地，其他的发明者们实在是无力与之匹敌。"还有，他们可是住在'第一电影路'！"有一天，一个孩子这样对我说道。不，这说得不准确：这是在晚些时候，到了 20 世纪 20 年代时，这条街因为他们才如此命名。里昂人并不总是博学的，不过曾经有一个孩子非常骄傲地跟我说过："我知道，第一部电影就是在里昂拍摄的，名字叫作《火车进站》!"

这里，有一个大型改造工程：要收回卢米埃尔兄弟的历史遗址，并将它们改造成电影与摄影相关场所——杰拉尔·哥伦布向我保证过将持续关注这一事件。今天下午，我再一次在"第一电影路"最初的那个厂房看到了由斯科塞斯导演的新版《工厂大门》，阿莫多瓦、塔伦蒂诺、多兰、索伦蒂诺、西米诺或者沙茨伯格则负责其他年份的作品。演员们、导演们、朋友们还有公众都在皮埃尔-威廉·格伦的摄影机前排队站好，一切都让人精神为之一振。以我为首，大家都静待这位纽约大师的拍摄。马丁非常放松，对这项准备已久、正中下怀的工作表现得很是兴奋。几番指示、一场假的自行车祸、最后绽放的笑容——一共拍了三遍。一部由马丁·斯科塞斯导演的卢米埃尔新电影很快就要诞生!

我们再次在影院里给大家介绍电影，从大人到小孩，从里昂大片区到市中心地带，电影节无处不在。无论在哪儿，我们都能遇上疯狂热情的人们，年轻的、年长的、携家带口的、专业的、业余爱好者、业内人士、偶然而至的……不一而足。在电影村里，人们投身于书本和影碟的海洋。我陪同帕布罗·查比罗放映完《随它去吧……华尔兹!》之后为大家讲解《潜入者》，以此向让·雅南致敬，记忆也在此时复苏。作为一位兴趣广泛的电影导演，雅南在各方各面都颇具才华。非常喜爱雅南的尼科尔·卡尔方也来了，并向大家谈起了他："和他在一起的时候，我总是那么高兴。他称呼我'我的小宝贝'。不过这个男人是个夜猫子。去夜店的时候一定要跟着他走，而且不只去一家夜店这么简单，一去就要把能去的夜店都玩个遍。我可没有他的精力，我从来都不是夜猫子。有时候，当我们很晚还跑去卡斯特尔家时，我就独自躲起来睡觉。而让·雅南一定会玩到通宵达旦。然后，直到他到家了才意识到我不在，惊呼'天呐，还有我的小宝贝！'他就这样把我给忘了。这种事儿常常发生。"

在汉嘉厅进行的"恐怖之夜"终结了属于白天的项目：约翰·卡朋特的《怪形》、乔治·罗梅罗的《活死人之夜》、温子仁的《潜伏》和山姆·雷米的《鬼玩人》。这是一份绝佳的片单，而为了好好地介绍它们，一位艺术家必不可少，那就是阿兰·夏巴，他在类型片方面可谓学识渊博。只需一句玩笑，或是一句调侃，他便轻易点燃了整个放映厅的激情。皮埃尔·莱斯屈尔全程以欣赏的眼神注视着他，堪称头号粉丝。把这些影片放在一起看，颇有一种博爱精神，就像是"对解散的联盟进行了重组"。晚上，我像个疯子般地往城内骑回去。穿过罗讷河的时候，由于实在开心，我干脆跳起了舞。

一个作者开始创作的时候，会从自身的内心深处去探寻被压抑了的灵感，然后释放那份属于午夜时分的狂热青春，随之而来的躁动会让人想颠覆整个世界。马丁创作最初的几部纽约电影时，就是这样干的，那时他和罗伯特·德·尼罗及哈维·凯特尔一起拍出了《穷街陋巷》和《出租车司机》，后者获得了金棕榈奖，也开启了美国电影闪闪发光的十年。今天，他的渴望已经和三十岁时截然不同了——那时的他会为自己发声。他不再是曾经的那个男人，那些暴烈俨然已远去。不过他仍在向人们输出思想与观点，虽然其语调已经发生了变化。他将会越来越欣赏各大制片厂对他表示出来的忠诚，而以前他觉得自己在那里不受欢迎。如今，和伊斯特伍德及斯皮尔伯格一起，马丁·斯科塞斯代表着来自美国的作者导演的长青不败，并致力于延续20世纪30年代经典电影的生命。

我们庆贺的不只是作为导演的斯科塞斯，还有他为经典电影作出的不曾倦怠的贡献。马丁很早就认识到需要采用新方式吸引人们对于电影遗产的关注，他还叫上了一帮好队友，其中就有安静的斯坦利·库布里克。法国有国家电影资料馆和卢米埃尔中心，美国也有出色的存档机构（现代艺术博物馆、奥斯卡电影艺术与科学学院、加州大学洛杉矶分校、国际摄影与胶片博物馆、美国国会图书馆），斯科塞斯创立的电影基金方式让这些机构从中获得重要的资金，用于电影的保存与修复工作。当我说到马丁·斯科塞斯的时候，我从来不清楚这究竟是一位艺术家、一名影迷、一个电影档案管理者，还是一名积极斗争的活动家。

在过客餐厅里，所有来宾都在注视着这位英雄般的人物。他们已经向他请求过合影或者有过一番交谈。坐在阿巴斯·基亚罗斯塔米旁边的马丁满脸笑容，没有被他人打扰，并和加斯帕·诺——这只法国电影界天沟里的猫咪——进行着长时间谈论。马丁起身发言："我从没有见过这样的景象，也从没有想过这一切会成为可能。大家能聚在一起实在是太棒了。很遗憾鲍勃和莱昂不在这儿，不过我的妻子和女儿，海伦和弗兰西丝卡陪着我来了里昂。我在这里度过了人生中最美妙的时刻。"我敢说，听了这番话，为电影节呕心沥血的马埃尔、莱斯利、丹尼斯、宝琳、法比安娜等人都要激动得号啕大哭一场。

10 月 18 日　　周日

　　为活动成功举办作出了贡献的众人之中，有一帮志愿者。每年，塞西尔·布尔加都负责组织召集这群高尚的人。他们总共有近 500 人，覆盖了几乎所有的岗位，从接待、管控、用车、安排媒体和餐厅到陪同来宾等。有一年，我曾建议让一名司机陪着克林特·伊斯特伍德、皮埃尔·里斯安和我吃晚餐，那顿饭一定让他特别难以消化（我总是这样，毕竟是和克林特共进晚餐）。志愿者们散布在各个地方，有的休一个礼拜的假前来帮忙，有的在结束一天的工作之后赶来，还有的没有工作，只是过来帮忙，其中有人在此找到了工作。没有这些人的话，电影节决然不会呈现如此景象，无论是在里昂，还是在克莱蒙费朗（短片电影节）或者安纳西（动画电影节），不管在任何地方，这些人都会发挥同样重要的作用。"共同生活"这句话的意义现在已经被曲解了，但它仍然表达着重要的意义。我的姐姐玛丽-皮埃尔在电影节的电影村里找了个工作，就在图书和影碟部。她的丈夫阿兰在法国国家电力公司工作，夫妻俩几乎一生都是在从事公共服务，有三个孩子。后来单位要他们办理提前退休，于是他们又全身心投入帮助别人、教授扫盲课程、参加爱心餐厅协会[9]和感化协会的弱势儿童服务机构。玛丽-皮埃尔很出色，值得欣赏……毕竟，她是我姐姐。像她这样的女性，在我们国家为数不少。

　　周日，城中有 30 多场放映活动，吸引了数千名观众。下午 3 点，卢米埃尔中心的成员们和志愿者们在 5,000 名观众面前集体登上了汉嘉厅的舞台。听着掌声在这座美妙的建筑里响起并经久不息，随之而来的愉悦让我几近颤抖。马丁·斯科塞斯也鼓起了掌，轮到他上台时，我可以感觉到，这一切都令他印象深刻。为了延续传统，杰拉尔·哥伦布为明年重新制定了财务计划，并且准备了一大瓶罗地丘葡萄酒——这种红酒是我在纽约时介绍给他的。马丁热情地发表了致谢词，然后向大家介绍了《好家伙》，并提到了罗伯特·德·尼罗。电影史总是出现两两搭档的局面，比如斯登堡和玛琳、费里尼和朱丽叶塔·玛西纳、黑泽明和三船敏郎、特吕弗和利奥德以及点亮了比利·怀尔德电影的玛丽莲·梦露，即使比利常常因为她的缺席、迟到、演技不足、忘词等而生气。导演曾说："我在圣地亚哥有个姨妈，连她念台词的功夫都比梦露好。只是没人会去看我姨妈演的电影。"无疑，这番话是对"明星"所作的最好注解。

向电影节的观众们道别时，人们一般采用的安全方法是退回到后台，而我们作了一个截然相反的决定：当你看着人们为他们喜爱的艺术家起立欢呼时，能会发生什么危险情况呢？伴着《东西战争》的配乐，现场场面堪称壮观，连现场引座的工作人员们都参与了欢呼。马丁在全场的掌声和欢呼声中穿过，一边给递上照片签名，一边和影迷握手，像是巨星猫王。嗯，他就是巨星猫王。

10 月 19 日 周一

睡太晚，导致睡眠太少。整个团队昨晚都在欢快地聚会庆祝，卢米埃尔电影节已经七岁，犹如已经开始懂事的孩子，来自公众、影院、艺术家、评论者……电影业内的这一课，已确认：我们完成了。

10月20日　周二

　　早睡，昨晚睡眠充足。这一次，法国国家铁路公司将火车头靠头地停列。我沿着站台行走，身后就是圣福瓦-莱里昂丘陵。穿过错综复杂的电缆和电线杆，旭日唤醒了群山的渴望——以里昂为起点，只需追随阳光的脚步。我会记得那微弱的光疾驶向北，飞向了塞纳河畔和艾米丽大街。空气很是新鲜，卢米埃尔电影节总是在季节交换之际到来，至此，寒冷的气息已经逐渐覆盖了每一个清晨。

　　办公室里，狂热的工作气氛已经回归。秋季团队现在已全员到齐，每个人都在重新启动他们的联络工作，或是着手准备各种文件（注册资格、租用影院、售卖广告等）。必须即刻动起来，不能自我迷失，而要直指核心。回忆上一个5月所作的备忘录，还有今年夏天我们承诺去进行的一些反思，11月是非常关键的一个月：它是紧张战备阶段的尾声，却还没到真正上战场的时候，只是一年一度占据战场、侦查战况的时节。虽然是世界上最大型的文化活动之一，但戛纳电影节也并不要求我们每天都全神贯注地工作，至少不需要整个团队如此。所以，这项事业并不是以一种传统的方式在组织运营。每逢6月1日到11月1日，团队就会开始减速，纷纷偷闲去度假，因为从次年1月开始，假期就不可能有了。为戛纳电影节工作也会让人形成一种奇怪的社交规律，需要去适应独特的节奏：先是懒散安逸，接着疯狂忙碌。

　　我本该去一趟洛杉矶和莫雷利亚，为2016年的戛纳作第一次正式的拜访旅行，但由于斯科塞斯要在里昂待上一个礼拜，然后从那儿飞往澳门，我就配合他，一直待到周四才前往墨西哥。又得往返巴黎了。下午1点，我在哥白林附近约见了杰拉姆·赛杜，一同去参观快要落成的佛威特影院，这座属于高蒙的古老电影院将用来专门放映经典影片的修复拷贝。开幕式预计在11月进行。雅克·葛兰奇负责设计装潢，整个场所非常奢华，街区电影院文化流淌在每间放映厅和花园之间，一直延伸到现代化装饰和一整面数码化的墙体：从没有哪家传统影院能拥有这般曼妙的外饰。对面，或者准确地说，是在人行道的另一头，是杰拉姆·赛杜百代基金会，由伦佐·皮亚诺组建，并由他的妻子苏菲负责经营。在一年之内，杰拉姆就将在巴黎这个全球电影之都建立起两座面对面为影史发展作出巨大贡献的建筑物。我们快速地共进晚餐，然后分别。我也曾经常和住在这一带的克劳德·苏台如此会面，我似乎仍能感到他美丽的灵魂时时在此游荡。

　　晚上，我又回到里昂，只为了赶回去看《黑胶时代》的第一集。马丁希望我能在卢米埃尔中心的放映厅里播放，他的制片人艾玛·提林格和剪接师大卫·邰德池（他之前还与马丁共同导演过非常出色的《纽约书评：争鸣50年》，该片讲述了一批留下来的纽约作家和文学评论家的故事）组织了这场放映。即使在为电视工作，斯科塞斯也还是在做电影：《黑胶时代》完整呈现了他的风格，开场戏让人眼花缭乱，铺陈出了20世纪70年代纽约摇滚界的一段黑暗编年史，其中满溢着对这座城市、对音乐和对那段时期的狂怒和温柔。这段电视剧集先导片俨然一部电影，又刺激又扰乱人心，让人完全想要继续看下去，而这恰好达到了它的目的。电视制作人——电视界的新晋上帝——恐怕要费一番功夫才能跟上他的节奏了。

　　放映之后，我和马丁相聚，一起共进晚餐，用餐地点位于佛罗伦萨别墅酒店，这是一座矗立在富维耶山上的宏伟酒店。我们安排他住在那儿就是为了让他可以放松，免于浪费时间奔波劳作。我们还为塞尔玛·斯昆梅克整理了两个房间出来，她从纽约赶来剪辑《沉默》，这是马丁新的电影长片，而我忙活这一切就为了它能出现在戛纳——让他在里昂也工作！此刻，我们说的仍是《黑胶时代》。马丁很在乎我的看法，一如既往地认真聆听我的意见。在纽约，他曾在他的放映厅里向我展示了关于迪伦的纪录片初版，片名叫《没有方向的家》，片中，他开放的思想很是触动我。不少导演并不愿意向外人展示自己的初剪版本，因为这些人可能对电影制作过程不甚了解，不清楚主创为什么要赋予电影这样的长度、节奏及特性。而观影的人也很难真的让导演明白其评论的实质，他们不能让导演太过受挫，但要让他明白：即使我们对一部电影有所偏爱，也需要对它进行诚实的研究。

10 月 21 日　　周三

　　"母亲所经历的'二战'中屠杀犹太人的噩梦带给阿克曼的除了恐怖的记忆，还有反叛精神，这让她本来就极其脆弱的健康状况越发危险，直至她母亲去世。她的最后一部电影《无家电影》里便饱含痛苦地讲述了这一切。在她母亲过世之后，我知道，生命中已没有什么能真正地留住她。"多米尼克·帕伊妮，法国电影博物馆的老馆长，一位性格开朗的杰出作家，给我发来了她在香特尔·阿克曼葬礼上朗读的这段文字。

返回巴黎后，我和皮埃尔开了一次关于媒体合作伙伴的会。法国国家电视台开出了非常诱人的条件，但现在就作选择对我们来说实在有些艰难。皮埃尔出了个主意，我们可以让几家电视台分段直播，就像足球赛那样干。好的，就这样做吧。我们并不想把"官方合作伙伴"变成"独家合作伙伴"。除了法国电视四台和法国国家电视台，我们还加上了德法公共电视台（Arte），他们可以在电影尤其是传奇经典电影及其创新之路上跟我们深度合作。我们不仅在开幕式进行一场电视转播而已，而是要借助戛纳电影节让"电影"在法国有线电视上收复曾经的失地。

在佛罗伦萨别墅酒店里，塞尔玛·斯昆梅克掌控着一场电脑大战，似乎从曼哈顿飞来富维耶山对她来说是一件再自然不过的事情。数码化的虚拟山丘能奇迹般地被轻易转移。我们上一次见面的晚上，她向我展示了电影《沉默》中的海量照片：黑泽明式的构图和格局，罗德里格·普列托式风格强烈的摄影。很遗憾没能看完全部。告别时，我一手紧握马丁，一手揽她入怀，还拥抱了负责照顾她起居的丽萨·弗雷切特。然后，我步行往家走。拾阶而下，顺着楼梯走向里昂老城区。在圣-让教堂的寂静气氛中，伯福街的青石板闪着神圣的光芒。两天后，2015 年的卢米埃尔大奖得主就要飞往亚洲了。而我，则将出发前往墨西哥。

10 月 22 日　周四

如今，要感谢互联网，我们得以在酒店里也能与我们喜爱的歌曲、广播和音乐待在一起。当我住进一个房间时，会想象进行某种仪式般地听四首歌。第一首是阿斯托尔·皮亚佐拉的《再见，诺尼诺》，1987年中央公园版本，特别让人享受的是由钢琴弹奏的核心段落，其中藏着一段即兴爵士乐。这首向父亲道别的歌曲是一首恢弘的创作，兼有中欧乐风和郊区爵士，让小提琴和小六角手风琴的音符在其间相遇碰撞，感觉像是将身处布达佩斯的我转瞬送到了布宜诺斯艾利斯。

然后是莱欧·费雷的《记忆与海》，堪称法国音乐曲库中的一枚珍宝，即使你听过上千遍，也难以洞悉音乐背后的神秘——拉维列尔说在这曲诗性哀叹之中处处都有内涵："征服了夜晚的魔鬼／有着苍白的援助／天堂的鲨鱼／在早晨的泡沫中浸湿／又来了，峡湾的绿色女孩／又来了，提琴曲中的小提琴／在奏响号角军乐的港口／为了同志们的归来。"

接着，是斯普林斯汀的《严酷之地》[10]，1997年5月25日国会大厦演唱会现场版本，我住在柏林的万豪酒店时一直在房间单曲循环这首歌，那时亲爱的赫伯特·巴尚[11]——一位用人生玩电影的制片人——自杀了。而我喜欢这首歌是因为它在最后一节唱道："保持坚韧，保持饥渴，保持活力，只要你能。"

最后的那颗秘密宝石是尼诺·费雷[12]的《黑树》，这首阴沉而又美丽的歌收在《布拉纳》这张著名专辑的末尾。这个意大利男孩为他的祖国母亲而痴狂，我们曾邀请他来里昂，在拉莫大厅做过一晚疯狂的演出。那是我们所谓的慈善演唱会，帮助克努特广播这家独立电台。尼诺在舞台最深处不间歇地演奏音乐，喝完了一整瓶摆在返场舞台上的威士忌，然后他唱了《马杜雷拉大街》和《黑树》，后者对歌迷们来说，俨然离场前的道别："这也许是你的缺席，我的心……"

另外，我很少立即入住酒店为我安排的房间。先去看一看，然后，一般情况下，我都会请求换房：因为离电梯太近，或太吵，或是太这个太那个。我太会照顾自己，这样才好，才会记住那些适合我的房间号，然后在下次的旅行里继续入住同一个房间。比如每年参加莫雷利亚电影节，我都会住在卡萨·格兰德酒店的 7 号房间，名为"马塔莫罗斯大门"——墨西哥米却肯州的首府。

10 月 23 日　周五

在此处醒来让我感觉惊讶——生命真是转瞬飞逝，一件事接着另一件。我花了大半个早上回复邮件（曾经，人们要在"回信"这种事情上耗费时间，今天的我们仍在干着同样的事情，要花时间面对快捷却空洞的数字化通讯手段，丝毫没有印着酒店名字的信笺纸带来的浪漫感）。我再次捧起了这本日记，你接下来要读到的几周内容，就是在这儿写就的。

和马埃尔·阿诺在莫雷利亚的街巷间散步，也聊工作。我们再次总结了一下卢米埃尔电影节，提到了卢米埃尔中心的项目。因为有卢米埃尔兄弟电影的成功展映在前，我们估测了一番将其制作成院线电影的费用……我俩边聊天边漫步走过满是商铺和教堂的狭窄街巷。途中有位路人，穿的 T 恤上写着："上帝来了，快假装很忙。"[13] 漫无目的的行走让我们迷失在错综复杂的大街小巷，嘈杂与炎热包裹着我们，将我们吸引到郊区商业中心、汽车处理站。我们的职业会使我们对那些与电影关系密切的城市了如指掌。我总是被一些参加戛纳电影节的外国朋友震惊，他们熟知戛纳的所有街道、街区、广场、廉价小饭馆和偏门酒吧，当他们和你在世界的另一端相遇时，还能当面说出戛纳苏雀街区某家餐厅老板的名字或直接回忆起怎么称呼昂蒂布街上某家餐厅的服务员。

塔伦蒂诺从洛杉矶给我发来邮件，标题是关于他在新比弗利山庄影院向约翰·卡萨维茨致敬的事情——是作为演员而不是导演的约翰：他清楚写着"给演员约翰·卡萨维茨的颂词"。他在找寻唐·希格尔《街头争霸》的35毫米拷贝，还听说我们在里昂展映过他的电影。不过我们放映的不是《街头争霸》。我们在第一届卢米埃尔电影节的时候没能找到此片拷贝。卢米埃尔中心的相关部门曾再次尝试搜寻一个出来，结果还是徒劳一场。

晚上，在丹尼拉和亚力桑德罗·拉米雷斯——莫雷利亚电影节的两位强大总管——的要求下，我参与了电影节开幕仪式，发表了一席对吉尔莫·德尔·托罗的西班牙语赞词，也称赞了暗黑而美丽的《猩红山峰》。吉尔莫希望我在他缺席的情况下代他说几句，我照做了，并且很高兴可以谈谈他。感谢他的电影突然闯入我们太过于规矩的迷影阵地，2006年在戛纳放映《潘神的迷宫》可谓一场大胜仗——主竞赛单元终于有了一部纯粹的恐怖片。我也提到他对世界文学非常入迷（能数小时地谈论西默农），还有他的笔记本、速写簿和收藏的20,000张DVD。这是一个有着巨怪诗意的电影导演，联结了20世纪20年代与今日，存在于茂瑙和阿基多之间，流连于《畸形人》和《无脸之睑》之间。他还是一位看重兄弟情义的人。

10 月 24 日　　周六

　　早上和蒂姆·罗斯一起吃早餐，无论是在巴黎的沃斯广场还是在洛杉矶的某家意大利餐厅里，我总能在世界各地碰上他。2012 年，他担任"一种关注"单元的主席，把大奖颁给了米歇尔·弗兰克的《露西亚之后》。然后他俩决定要一起拍电影，就是今年在主竞赛单元展映的《慢性》。比起法国评论家，英语区的影评人们更喜欢这部电影。然而在法国人的眼里它是暴力的，他们厌恶电影中难以接受的冷漠，戛然而止的结尾也让人无法理解。我们对这部电影持保留意见，但在我们看来，将它放入主竞赛是值得而且有趣的，不管怎样，最后，评审团的确给它颁发了奖项。这点舆论不能阻止米歇尔·弗兰克去展现其他东西，他应该回到他的国家继续做电影——这是我刚刚告诉他的。

　　和墨西哥制片人们开会。即时通讯软件和互联网不会知道麦斯卡尔酒的味道——我的意思是，没什么比和这些业内人士和艺术家们在他们自己的地盘、自己的城市亲自相见更宝贵。在这里看见他们自己的生活、创作现场，他们的工作、喜欢的餐馆，这时，我便不再是那个站在红毯尽头大家纷纷来招呼的家伙了，人们也不用请求来见我，搞得我好像是教皇一样。这时的我只是一个对他们感兴趣的人，试着理解每个国家独特的文化机制，看看这种文化机制如何让这些人埋头苦干、信仰坚定地为电影投资，推广电影。这次我不看电影，因为都还没有完成，除了几部为接下来的电影市场准备的预告片。从现在起，四个月后，他们的电影成片就要在我们艾米丽街的放映厅里放映了。

1896 年的夏初，年轻的卢米埃尔电影摄影师加布里埃尔·韦尔——他无疑是同侪中最出色的那个——从里昂出发去纽约和墨西哥，来了一次耗时数周的旅行。8 月 16 日，他给母亲写信道："前天，我们作了第一次展演。现场有超过 1,500 名来宾，人多得都快塞不下了。他们的掌声和喝彩让我预感将大获成功。简言之，这个开幕之夜美妙绝伦。"加布里埃尔·韦尔将拍摄 32 部墨西哥式电影，其中有 17 部在 1897 年被路易·卢米埃尔保留在其片单里。他们将在墨西哥和瓜达拉哈拉拍摄当地的爱国节日集会、农场和农民、洗澡的马群、斗鸡、斗牛、印第安人的游行、西班牙舞会、独立分子的碉堡和波菲里奥·迪亚兹总统。还有一部出色的《持枪决斗》（卢米埃尔兄弟片单目录第 35 号作品），影片中，死亡，或者说关于死亡的幻影，第一次被镜头呈现。为了重溯他的足迹，今天下午我在莫雷利亚电影节上展示了这些电影。就在 120 年前，他在这个地方获得过同样的成功。

10 月 25 日　周日

"辛波罗佐——领事喜欢的那位诗人——曾说，波波卡特佩特火山偷走了他的心！不过在印度悲剧传奇中，波波卡特佩特是一个奇怪的存在，像一个梦想家：它对战争的爱火在诗人的心里从未熄灭，它为伊斯塔西瓦脱山永久地燃烧，燃烧在没有尽头的睡梦里。"在墨西哥时，我总是带着马尔科姆·劳瑞的小说《火山下》，以此为每一天收尾。这本书我已经读了二十五年，一直啃，无止境地重复阅读其中的章节。刚刚，我一直在找杰弗里·费尔曼不断重复的这句："生命不能没有爱。"但一直没找到。这句话不止在赫斯顿的电影里出现过。这句话由阿尔伯特·芬尼愤怒地吼出来，人们甚至认为是演员在酒精作用下的真实反应，不仅是角色表演；而杰奎琳·比塞特只能在暴雨中带着不安怀着爱奔跑着寻找。

自从来到这座幸免于大企业控制的城市以后，我就和这个国家产生了羁绊。虽然很晚才来到这里，但莫名地似乎对它很了解。这些了解来自电影，来自布努埃尔被放逐时期拍摄的影片，那些20世纪50年代的情节剧，加布里埃尔·费加罗[14]的黑白照片，雷蒙德·伯德[15]发表在《正片》杂志上的对尼农·赛维拉[16]的颂词，还有"印第安人"埃米利奥·费尔南德斯[17]的电影——这位导演还四处宣称他年轻时候曾在多洛雷斯·德尔·里欧的要求下为塑造奥斯卡小金人原型脱光衣服摆造型（这一点从来都没有被证实），而几乎每个人都记得他在《比利小子》里让人心碎的死。人们还说他曾开枪射击过一个评论家，然后被判无罪，法官认为他只是想要洗清自己的名声，他们毕竟是墨西哥人啊。不过，这件事也从来没有被证实过。

我以前喜欢墨西哥还因为"大吉姆"[18]常常说到它，比如《燃情岁月》里最初的肥皂剧情，还因为美国电影里从来都不能缺少这些墨西哥人，从安东尼·奎恩到萨尔玛·海耶克。在莫雷利亚放映完《奇异的爱情》之后，考虑到在这个国家体现出很多法国元素，在电影里也是（要知道布列松电影里饰演那个传奇扒手的演员马丁·拉萨尔，退休后就是在这里安度晚年），贝特朗希望丹尼拉能延长墨西哥电影展映单元。今年的墨西哥电影是罗伯特·帕里什那部由蓄着胡子的米彻姆出演的绝妙的《风尘奇侠》。35 毫米胶片拷贝有些老旧了，但是色彩呈现依然很好。

十五年来，墨西哥涌现出了一批新生代电影导演。2001 年，我刚到戛纳工时，曾有幸招待风靡当时的"墨西哥四杰"：阿方索·卡隆、卡洛斯·雷加达斯、吉尔莫·德尔·托罗和亚利桑德罗·冈萨雷斯·伊纳里图。四位截然不同却又团结一体的导演："疯子""瘦子""胖子""黑子"。这些拉丁美洲人就喜欢给人取外号。

晚上，我和"世界公民"巴贝特·施罗德共享大餐（施罗德生于伊朗，长在哥伦比亚，拥有瑞士国籍，生活在洛杉矶和巴黎两地）。同席的还有爱德加·拉米雷兹——奥利维耶·阿萨亚斯影片中的"卡洛斯"，住在莫雷利亚的另一位阿方索·卡隆，作为制片人兼父亲，他介绍了儿子乔纳斯的第二部电影。还有周游世界的伊莎贝尔·于佩尔，我只能在这一晚见到她，因为我们马上就要出发离开了。

10 月 26 日　周一

搭乘亚历桑德罗的飞机飞越墨西哥海湾。两个小时后，在休斯敦机场，我们再次找到了那辆胖胖的黑色汽车，司机叫雷，是一个让人高兴的伙计。因为他喜欢与人相处，于是开了一家运输公司。他来自新奥尔良，经由我们测试，证明他的确能讲一些法语单词。他很高兴下次能再和我们相见，而我也很高兴又要返回现实世界准备 2016 年的戛纳电影节了。柏林电影节刚刚宣布了新任评审团主席。这次是一位女主席，而且不是第一次光临。她就是梅丽尔·斯特里普。看来老朋友迪特·考斯里克做足了功课，漂亮一击，其时间优势（柏林电影节在每年2月举办）挫伤了我们原本打算再选一位女性评审团主席的热忱——虽然简·坎佩恩担任主席不过是两年前的事情——而这，之前确实是我和皮埃尔·莱斯屈尔的打算。舆论已经开始比较柏林和戛纳，而不管我们选择谁，媒体朋友们肯定都会指手画脚：谁能和这位纽约大腕相提并论？

10月27日　周二

早上8点50分抵达戴高乐机场，我快速走了出来。搭乘走环城大道通往里昂火车站的出租车需要等待三十多分钟，然而还有些同一航班的乘客要去取行李。重新回到巴黎、回到法国，让我感觉激动，我都还没见到今年秋天的色彩。我将行李放回家，然后骑自行车去了办公室，在那儿，皮埃尔和我一起见了法国电视四台的老板马克西姆·萨达，还有他们新的电影主管迪迪埃·卢普菲。他们做了一份非常详尽的提案，并且作了具体介绍。我们会重新考虑，也再看一下法国国家电视台的提案，不过感觉法国电视四台做的是一整套方案：在财务上，这对电影节来说有利；同样，在内容呈现上，他们可以利用集团的分支机构充分发挥作用，比如他们旗下有每日影像视频网站，还有环球音乐公司——我们打算在电影节的最后一个周末在海滩上组织一场演唱会。"这很容易办。"他们马上回应道。

今天是个大日子：在我们艾米丽街的小影院里放映了2016

年戛纳电影节的第一部入选电影《神奇队长》，一部由马特·罗斯导演、维果·莫滕森主演的美国电影。一位鳏夫嬉皮士父亲带着一帮孩子，希望能独力、出色地培养他们。这部电影很早就准备好了，维果也提前告诉我他们要来。观影很愉快。电影已经入选明年1月的圣丹斯电影节，这和我们的参赛要求并不冲突，反而减少了我们必须快速决定的紧迫感——在决定之前，我们可以观望一下电影是否会在那边被接受，观望一下身处雪山间的罗伯特·雷德福的决定。克里斯蒂安·热那正在国外旅行，我们和外国电影选片会的成员维尔吉尼·阿皮尤、保罗·格兰萨和洛朗·雅各布一起迎来了庄严的一刻：观看了1,800部（大致如此）电影之后，终于出现一部官方选片了。今天就是这样的第一天，但前方的路还很漫长。

晚上，在卢米埃尔中心（又经过一次巴黎骑行和一趟高铁），我见到了拉斯洛·奈迈施，这次是为了《索尔之子》试映会。眼光独到的大发行商亚历山大·荷诺施博格一直在关注新秀，急切地想看到每年在电影星球里还能发掘出什么。终于，一部来自匈牙利导演的处女作让整个评审团乃至全世界都感到惊艳，哲学家乔治·迪迪-休伯曼将在"午夜出版社"出版的《走出黑暗》的论文送给了拉斯洛，文章中以瓦特·本雅明为参照，说道："《索尔之子》在本质上向我们讲述了一个关于死亡自主权的故事。"

10月28日　周三

在家里只有几个小时的睡眠时间，晨光破晓就要出发前往罗

SÉLECTION OFFICIELLE

马尼亚，在那儿参加由克里斯蒂安·蒙吉组织的电影节。他简单地将之命名为"戛纳电影在布加勒斯特"。克里斯蒂安，这位在2007年凭《四月，三周，两天》获得金棕榈奖的导演对我坦白说，这个想法是我们在布宜诺斯艾利斯和里昂的几次聚餐之后产生的，他想在这个自己出生和工作的城市迎接朋友、同事与艺人们。罗丽·卡泽纳夫陪同我前往。雅克·欧迪亚也在，为他的新电影——一部西部片——勘景。他很高兴在这个狂野且处处都有惊喜的国家找到他想要的。他的制片人帕斯卡尔·柯士德（他也一直是阿诺·德斯普里钦的制片人）也来了，这很少见：帕斯卡尔从不离开巴黎，除非他的偶像伯纳德·伊诺光临里昂"第一电影路"，那次我们看到这位巴黎圣日耳曼队的铁杆支持者眼里放出的光芒比他得到恺撒奖、金棕榈奖和其他无数奖时都明亮。

晚上，我为柯内流·波蓝波宇及其电影《宝藏》作了开场介绍。该片由朱莉·盖耶和塞尔维·皮亚拉制片（一旦涉及发掘新作者，总少不了法国人），被选入"一种关注"单元。这是一部大胆又有趣的作品，虽然有些不太必要的慢节奏会让一些观众感到丧气，但也有人完全把它视为主竞赛级别的作品——当人们觉得一部电影很好时，我们总会听到这样的话："为什么不把这样的电影放到主竞赛单元呢？"不为什么。

10月29日　周四

在布加勒斯特的第二天，感觉这里混杂了巴黎、马德里和莫斯科的味道。酒店里还有一些媒体记者。罗马尼亚记者很高兴碰上戛纳电影节的有关人士，而我则很高兴有机会夸赞他们的电影，并试图鼓动当地政府进行政策扶持。

午餐和克里斯蒂安·蒙吉、柯内流·波蓝波宇及拉杜·蒙泰安一起吃。虽然拉杜本人不够引人瞩目，但他为当代罗马尼亚创作了引人瞩目的肖像。我还很高兴地见到了安德烈·乌日克，他曾在戛纳放映过激动人心的《尼古拉·齐奥塞斯库自传》。他正为一个新项目做剪辑，我对其翘首以盼（"但没赶上今年的戛纳！"他哀叹，我附和）：这部电影讲述披头士于 1965 年 8 月 15 日在纽约的一场传奇演唱会，是摇滚史上第一次在体育馆里举行的表演。为什么一个罗马尼亚人会想到拍这种主题的电影呢？谜，一个美丽的谜。至于蒙吉，完全是保密精神的化身，他表示我们将在明年 3 月看到他的电影，然后便没再多说一个字。

大家相处融洽，不停地互相嘲讽。只是少了克里斯蒂·普优——《无医可靠》曾在十字大道引起了轰动，使他成为一名举足轻重的导演，尤其被"新潮"媒体（比如《法国摇滚》《世界报》《解放报》《电影手册》等）追捧。克里斯蒂正在为他的新片《雪山之家》做最后剪接，应该很快就能看到成片，而我早就等不及了。明年会不会是"罗马尼亚之年"？

在墨西哥，这群自发的新生代在戛纳电影节的陪伴下涌现、成长。一个拥有过电影辉煌历史的国家总归是"电影大国"（这话完全属实吗？举例来说，像俄罗斯，就很难再找回曾经的电影高度），好似过去会为未来提供某种保障。一些只想鼓励消费而非创作、有时利用一下《布鲁塞尔条约》的欧洲国家应该明白这一点。这里有有天赋的导演、有才华的编剧、有创造力的制片人（一部电影的制作费比法国便宜 60%～70%），还有无穷无尽的文化历史资源。一切就位，为让事情持续下去，即使与公共权力争吵不休——这些人从不明白为什么那些能进入国际各大电影节的作者电影不能同时在本国保证受欢迎。"但是当我的电影得了金棕榈奖,"蒙吉对我说,"人们就会在街头鸣笛庆祝,弄得像我们得了世界杯冠军一样!"好吧,戛纳有时确实有这样的效用。

10 月 30 日　　周五

昨晚作了一场"卢米埃尔秀",作为此行句点。蒙吉和我一起,他为我翻译成罗马尼亚语,台下掌声雷动。如往常一样,这又是一场胜利:卢米埃尔兄弟的电影到哪儿都受欢迎。最后一顿晚餐,所有好朋友和我们的大使弗朗索瓦·圣保罗都来了。这一夜很短暂。早上 5 点 30 分,与罗丽和司机约好了在布加勒斯特美居酒店大堂见面。随后是两趟航班,经过三个机场,终于在中午返回"第一电影路"。一系列的出行短暂告一段落,直到 11 月底去布宜诺斯艾利斯和温塔纳苏尔之前,我都不会如此地长途跋涉了。

在里昂,这个下午是和卢米埃尔中心的团队一起工作,我已经两周没见他们了。电影节结束后,需要让自己暂缓一下,再恢复日常活动的节奏和内容:重新遇见观众、孩子和博物馆参观者。我很晚才离开办公地,途经住处去拿了一些书和影碟,还带上了我的猫。当汽车疾驶在圣洛朗-德穆尔平原的高速公路和埃里尤的道路上时,白昼已接近尾声,月亮出现在深蓝色天幕上,遮住了阿尔卑斯山的尖顶。我入夜才抵达,惊扰了一群正在田间饕餮的野猪,发动机的轰鸣声和汽车喇叭声催促着它们赶紧逃开。于是在飞扬尘土间，它们低声鸣叫着从车旁跑开。这群野猪约莫有十余头，有大有胖，有大有小，有公有母。实在有意思。在环境灾难频发的当下，原生态大自然有时会愉悦地提醒着我们它的存在。

10月31日　周六

昨晚，因为困乏而没有看完美洲狮对跳羚队[19]的整场比赛（橄榄球世界杯）——我去睡觉的时候，阿根廷是落后的，为他们感到难过，虽然我也应该为南非高兴。

我在家里接待了86岁的甄诺特·托马斯，还有他75岁的"年轻朋友"。他们有打猎的习惯，背上子弹夹，斜挎步枪不离身，行走在山丘之间寻找野猪。他们对我说，打野猪是合法的，如果真的遇上了。他们很高兴地接受了我提供的关于昨晚偶遇野猪的信息，还就獾的活动与大麻种植者之间的关系发表了一番阐述。末了，他们拒绝了我要给他们倒一杯白葡萄酒的建议，大步继续向前走。今天是万圣节[20]。墓地离我的住处很近，明天我会去悼念亡者，比如批评家、历史学家、导演（也是斯科塞斯《我的美国电影之旅》的合作导演）迈克尔·威尔森。他在一年前突然离世，让所有人惊讶；还有我小时候的玩伴，来自里昂蒙盖特区的米歇尔·马尚、来自代西奈柔道馆的弗莱迪·阿格拉和曾经一起在维尼休柔道馆的让-弗朗索瓦·格林，他后来成了一名轮船销售商，但"八十年代的瘟疫[21]"最后将他击倒了。他们本应该都活着，包括93岁的雷蒙德，他离开得太早了。

注释：

1 "音乐赢家"（Victoires de la musique），从 1985 年开始每年举办一届的法国音乐大赛，被称作"法国的格莱美大奖"。

2 指杜蒙 2016 年的影片《玛·鲁特》。

3 洛夫斯基的《明天和每一天》，此片到 2017 年才上映。

4 首届戛纳国际电影节于 1939 年 9 月 1 日至 20 日举行。然而，开幕当日，德军入侵波兰，法国进入紧急状态。两天后，英、法联合宣布对德进入战时状态。已经到达戛纳的影星和旅游者纷纷离去。1939 年的戛纳国际电影节在硝烟纷飞中流产。

5 法语原文为"formidable"。

6 让·雷维奇（Jean Reverzy, 1914—1959），法国作家，也是一名医生。《过客餐厅》是他的处女作，也是代表作。

7 博若莱是里昂附近的葡萄酒产区，所产葡萄酒在里昂广受欢迎。

8 烟围裙（Tablier de sapeur），里昂特色菜中，动物的内脏占有很大比重，例如牛肚、肝、双层脂肪等。烟围裙就是传统特色菜。菜名源自卡斯特拉尼元帅将双层脂肪比作消防员的防烟皮制服。做法是将牛的双层脂肪切成小丁，然后使用马贡地区的白葡萄酒、芥末酱、柠檬、油、盐和胡椒腌制。腌好的脂肪丁滚上面包芯，蘸着油和黄油来烤，辅以格力必时地区特有的酱料。

9 一个在饮食、住宿等多方面帮助穷人的法国协会。

10《严酷之地》（This Hard Land），爵士大师布鲁斯·斯普林斯汀名曲。

11 赫伯特·巴尚（Humbert Balsan, 1954—2005），著名制片人，曾任欧洲电影学会主席，帮助多位法国女性导演，并参与多部阿拉伯电影制作。2005 年自杀身亡。

12 尼诺·费雷（Nino Ferrer, 1934—1998），出生于意大利的创作歌手，曾被誉为娱乐界的"堂吉诃德"。1998 年，在母亲去世两个月后，他开枪自杀了。

13 原文为：Jesus comes. Look busy.

14 加布里埃尔·费加罗（Gabriel Figueroa, 1907—1997），墨西哥电影黄金时代重要摄影师，与诸多著名导演如埃米利奥·费尔南德斯、约翰·福特、路易·布努埃尔、约翰·赫斯顿等人合作过。20 世纪 40 年代，费加罗拍摄的作品为墨西哥电影定下了国际化的影像基调。

15 雷蒙德·伯德（Raymond Borde, 1920—2004），法国著名影评人、作家，法国图卢兹电影资料馆联合创始人和馆长。

16 尼农·赛维拉（Ninón Sevilla, 1929—2015），1929 年生于古巴的墨西哥女演

员，墨西哥电影黄金时期重要人物。

17 埃米利奥·费尔南德斯（Emilio Fernández，1904—1986），20 世纪 40 年代到 50 年代墨西哥最高产的电影导演之一，同时也是演员、编剧，导演的《马利亚的画像》获得 1946 年戛纳电影节金棕榈奖。

18 "大吉姆"（Big Jim），此处为美国作家吉姆·哈里森。

19 美洲狮和跳羚队分别是阿根廷国家橄榄球队和南非国家橄榄球队的昵称。

20 万圣节（Toussaint），天主教和东正教节日之一。法国的民间习惯是在这一天到墓地去祭奠献花，凭吊已故的亲人，相当于中国的清明节。

21 应该暗指艾滋病。

11 月
NOVEMBRE

11 月 1 日　周日

美好的一天从读到塔维涅从库尔索东[1]处发来的邮件开始。他提到了他们一直在推进的工作："让-皮埃尔和我听了一档关于自由女神像的历史的节目，解说得热情四溢，让我再次想起了希区柯克《海角擒凶》里的一幕场景——女主角朗读刻在女神像底座上艾玛·拉扎露丝的诗。这段文字曾在此前的数十年里被忽视和遗忘，也受到民粹团体、煽动派人士和排外群体的讥嘲（有一幅画正是展现了女神像在一大群外国人面前捂着鼻子）。不过，希区柯克重新为这段文字赋予了原初的价值，传递出热情好客而又积极援助的信息。作者使用这样的象征坚持自己的民主、进步的立场。我相信，这类事情应该添加在有关希区柯克的历史文献中，考虑到麦吉利根已经在书里[2]明确地指出：1. 希区柯克从 1937 年到 1950 年间介入民主政治，包括反对美国孤立主义行动，资助相关纪录片的拍摄，还中止了与塞尔兹尼克[3]的合同，去拍摄《马达加斯加历险记》。他的观点也反映在《怒海孤舟》这部大胆的电影中。2. 他在自己的所有电影中都会参与编剧，《怒海孤舟》再次印证了这一教学案例，编剧乔·斯沃林是其创作的见证者。3. 他为了掌控自己的电影而做了所有抗争，比如和塞尔兹尼克对抗，用尽各种努力去使合同流产，让其失败，然后利用间隙，导演自己想拍的电影（《辣手摧花》《海角擒凶》和《海外特派员》）。"

我尽量克制自己，不在这本日记里一一罗列我收到的所有信息，它们堪称海量。贝特朗多年来向世界各地的人寄送信件和电子邮件，就是为了去评论一部电影，或是为某段文本、某个场景重新赋予生命力。我曾经尝试过对它们进行编纂整理，但很快就发现不可行——上百封邮件最后躺进了我的移动硬盘里。总有一天，我必须翻出它们，正视这些在迷影生涯里让人眩晕的记忆。

12 月 2 日　周一

与法国电影女皇玛格丽特·梅内格共进午餐。玛格丽特是埃里克·侯麦和迈克尔·哈内克的制片人，更是一位"领队者"。她用自己的存在证明了电影，或者说艺术产业，需要有人既能对人和事保持敏锐的感知力，又能同时漠视生活中的享乐与困境。玛格丽特是业界传奇，她喜欢强势能干的女性，并且常常信赖着她们——让人非常悲痛地故去的法比安娜·冯涅尔就在此列。她有着奥匈帝国式的严肃，却不乏温柔，这让她的面容散发出独一无二的吸引力。玛格丽特从不会故作娇媚，但与之相处的每一刻，都能感受到她散发出的善良与美好。智慧产生了魅力，就像信仰的恩典一样。她曾一度和吉尔与我走得很近，在早期的那几年里还在幕后为电影节的监管工作扮演高效的中间人角色（这和其老板贝特朗·德·拉贝类似）。我们时常见面，而每次与她的约会都在日程表里占据着特别的地位。一旦有了什么消息，或是有屡犯不改的造谣者，或是有了什么主意，她都会马上打电话给我。然后我会立即赴约。当然，也因为与她的见面总是很愉快。我知道我们会谈电影，会聊她的故事，还会聊到她种在加尔省家中的橡树块菰。

11月3日　周二

一想到要开始新的项目，我就渴望马上行动。不过我查了查备忘录，现在还没有能看的东西。接下来会有3～4部不错的法国电影。如果美国能够提供部分有品质的作品，而我们又能请来几位享誉国际的大师，那么主竞赛单元的格局马上就可以搭好。只是，还需要留点儿余地，要给惊喜和新发现留点儿机会——这一点现在变得史无前例地重要，足以决定本届选片是否能够大获成功，当然，偶尔犯下的一两个错误也能致命。

我们得在电影节期间重新注入话语权，树立思考的价值，找回辩论的感觉——我想起罗西里尼在1977年担任评审团主席的时候鼓励、举办了很多场研讨会，直到筋疲力尽……一个月后，他去世了。今年我和让-米歇尔·傅东聊过，他对这些想法和研讨会很理解，比如研讨主题可以定为"互联网时代的电影院"。这里要讲的不是关于电影院如今在城市和乡村的重要性（无论是在技术、社会还是经济层面），也不是将电影院作为一种手段来对抗数码世界，而是它如何作为一种保护方式，延续着这一诞生了120年且永远不会被取代的活动。现在的孩子们对此并不在乎，但未来的某天，他们会感激我们今天的坚持。在雷蒙德·贝鲁尔《装置的纷争》一书里，他写了几句非常棒的话："我对电影别无他求。如果有一天，我们所熟知的电影形态真的消失了，我唯有感激，感激这种形式将永远是独一无二的，给人带来了真切的体验。这些体验共存于某个场景中，共存于对时间的感知中，共存于铭记与遗忘的交融之中。只有电影能勾起这一切。还要感谢我们在寂静与黑暗中无法动弹的身躯。仅此而已。"

就在我和让-米歇尔·傅东共进午餐的一小会儿工夫里，龚古尔文学奖颁给了马蒂亚斯·埃纳尔，他的作品一直由南方文献出版社出版。晚上，我路过了拉丁区（我很喜欢这个称谓，即使我们再也不使用拉丁语。费雷还为之作过一首很美的歌），在那儿拥抱了弗朗索瓦丝·尼森、让-保罗·卡皮塔尼和贝特朗·皮[4]，他们专程从阿尔勒斯赶过来，就为了庆祝这个刚刚颁发的奖项。在此之前，这些出版人收获的另一个成功是诺贝尔文学奖颁给了他们的另一位作者，杰出的斯维特兰娜·阿列克谢耶维奇。

11月4日　周三

在法国国家电视台开会，这一次他们准备好了最终的提案。从11月开始，所有的事务进程都会提速，让人感觉电影节的逼近。有一个问题困扰着我们：在电影节开幕前六个月着手启用新的合作伙伴不仅意味着团队构成会改变，也会影响活动的内容。这样做合理吗？我们究竟有没有足够的时间这样做？

两周前在墨西哥，我曾和莫妮卡·贝鲁奇打过招呼，她想制作一部关于女摄影师蒂娜·莫多娣的电影。她如往常一样地热情地对我说："蒂耶里，是的，我仍在读关于蒂娜的材料……在人生的最后一段时期里，她在国际红色急救组织[5]工作。她来自贫穷家庭，很重要的一点是，她曾是政治受害者。我们想找的导演必须喜欢女性，有足够的能力去讲述这个被阴影和神秘气息环绕的人物，强大，又充满情欲，还要拥有艺术家的灵魂。同时，导演要知道如何在最后一部分通过蒂娜去呈现20世纪30年代的知识界与政界如此紧密地联系在一起……其中有一些令人难以置信的男性角色，比如她的第一任丈夫罗博，她的老师韦斯顿，还有泽维尔·格雷罗，她生命中的爱人胡安·安东尼奥·梅拉，还有维达力这个败类、恐怖分子、黑手党成员，也是她的最后一个男人……你看，我很想推进这个项目。我们必须找到这样一个导演！"

11 月 5 日 周四

《索尔之子》昨晚上映，媒体反响热烈，毁誉参半。《电视博览》杂志刊发了一篇支持和一篇反对。《世界报》将上映新闻刊在了头版，然后在内页用整版介绍，但是他们并不喜欢，不过还是宽宏大量地对电影给出了"可以看看"的评价。这总比"不要去看"好——今年的很多戛纳电影都被"授予"了这样的"头衔"。

蕾蒂莎·科斯塔给我看了她在加涅尔剧院拍摄的短片处女作，主题大胆而又触动人心，讲述了她长期所处的模特圈。"我没有学过电影，但是我想以这样的方式去讲述。"她在和我吃饭的时候说道，当时我向她提出了关于视觉呈现部分的问题。演员们总是会以他们独特的方式进行拍摄。

晚上是佛威特电影院的落成仪式，现场涌入了大批支持者。我和马修·卡索维茨在拥挤的人群中撞见了，他一看到我就咧嘴笑，我也回应了一个欣慰的微笑。这位朋友可不好对付。这几年我们总是有意无意地凑到一起，看着他生气可不是一件可笑的事情。他发火的时候简直会冒火光，不过现在没发火。此刻的他看上去既开放又友好。我期待着来年能在戛纳见到他。

哥白林大道的下行斜坡从奥斯特里兹车站一直通到里昂火车站，直到高铁的 1 号车厢。整个法国沉浸在夜色之中，我在黑暗中旅行。

11 月 6 日　周五

今天，听着迪伦《私录岁月》[6]的第 12 辑出门，其中的歌曲选自他的专辑《满载而归》《61 号公路》和《金发美人》。[7]"用一年零两个月的时间推出了三部无法超越的大师杰作。够耳朵享用一整个世纪了。"格里高利·勒梅纳格尔在《新观察家》杂志上如此评价。

我在面朝昂布拉斯-库尔特瓦广场的里昂办公室露台上给热内·夏托打了一通很长的电话，他正待在圣特罗佩的家中撰写自

传:"我会全盘托出,然后人们会惊讶地发现我谈得最多的人是
让-保罗·贝尔蒙多!"人们的确会吃惊,因为他们之间有过冲突,
然而他们之间的关系有多密切,那场冲突就有多激烈。从那天开
始,热内为了回到经典电影领域而从现代电影圈全身而退。他的
这一步是从卢米埃尔中心迈出的,我很清楚地记得那天我们在
"第一电影路"亲眼见证他到来。我知道他在和让-保罗共事前是
做什么的,是在20世纪60年代做一本叫《方法》的杂志,还在
一家名为"好莱坞大道"的电影院放映了李小龙的早期电影。我
忽略了他和他前往拜访的雷蒙德·希拉特一样都热衷于德国占领
法国时期的电影。恰如一位被驱逐的王子在寻找新征途一般,热
内投身于经典电影之中,远离体制,用自己的钱向版权方购买了
所持目录中的全部影片,还收藏海报、珍藏版文档、古书和当时
的媒体档案,发挥了这个行当里各种产业化手段。他称之为"法
国电影回忆录",然后开始编辑"新浪潮"之前的所有电影,从
老式磁带录像带到镭射光盘,出版了关于米歇尔·欧迪亚和亨
利·甄森的书。这套出色的系列就是关于"二战"占领时期的法
国电影,所有人都记得那只黑豹[8]的图标,装饰在每家加盟影院
的入口处。就在这套作品中,我们能找到在里昂拍摄的最美电影
之一:克里斯蒂安·雅克的《荒野猎人》。影片由乔维特主演,讲
述了主人公回到城市向早年追杀过自己的人复仇的故事。

11月7日　周六

　　克劳德·朗兹曼来信:"亲爱的蒂耶里,人们告诉我,卢米埃
尔电影节邀请了斯科塞斯,办得精彩无与。而你,正处在你的黄

金时代。你邀请我来里昂，并说要在当地的小酒馆招待我，我很感动。可惜我已出发前往韩国了，这是有史以来最让我筋疲力尽的一次旅途。但是，我会从这里带回最独特的电影。你将会是，如果你愿意，第一个对它们作出评判和抉择的人。你我友谊完整如初并与日俱增。致上我的拥抱。你的克劳德。"一部电影？这是怎么回事？

在菲律宾的马尼拉，布里兰特·门多萨坚持让我和克里斯蒂安·热那到他家里做客。他承认《塔克洛班的困境》能进入"一种关注"单元让他非常高兴，他十分珍惜这部讲述台风"海燕"带来的灾难结果的电影——这场台风摧毁了塔克洛班整座城市，造成 6,000 人死亡。这个邀约既是想表达他这些年来的感谢，也是希望能在电影节之外有更多时间增进彼此了解。现年五十出头的布里兰特是戛纳电影节的大伯乐，他带去的电影讲述了无拘无束的南国之美。他就像让人印象极深的利诺·布罗卡——布里兰特的这位老朋友，在 20 年间导演了 66 部电影。他能用 15 天拍摄，4 天剪辑，构思好一个项目后，只需 1 个月，电影就上映了，而他又开始了新的工作。虽然对戛纳电影节的"常客"来说，争议总是来势汹汹，但是在全世界范围里，所有的电影导演仍只有一种狂热，那就是在戛纳电影节放映他们的新电影。

11 月 8 日　周日

一场酣畅的睡眠让我睡了将近 11 个小时。温和清新的晨雾轻柔地覆盖着伊泽尔平原，秋日的色彩在初升的阳光下变得更加明快。这似乎会是一个被祝福的好日子，可以在宁静中赋闲，享用文学和电影。这已是多菲内地区秋末冬初时分最后的和煦温暖了，阳光充沛。整个白天，我都在劳作：搬运木头，收拾房间，修理物什，准备东西。然后出门沿着车道骑行，听着老费雷的那首《以及……够了》，歌里唱道："我知道我在那儿，焕然新生，在托斯卡纳的村庄里。"

和皮埃尔例行通电话。我们决定由法国电视四台继续担当戛纳电影节的视听媒体合作伙伴。这是重要的一刻，虽然我说起来一副轻描淡写的样子。原因显而易见：谈判已经持续了很长时间，而我们不可能在短短几个月内更换合作对象。另外，法国电视四台所做的工作也满足了我们的期待。在2014年年末，我们只签了一年合约，如果我们在合同里附加额外的两年，也就是延长至2017年，我们就回到了一个正常的、最低年限为三年的合同。2017年将是戛纳电影的70周年，让法国电视四台这个陪伴了我们多年的伙伴加入庆贺的队伍，再合理不过了。我感觉皮埃尔对此也是满意而又释然。

里昂奥林匹克队经历了一个艰难的赛季，比去年差远了。而被认为是美化它、赞扬它形象的大体育场很快要开门了。这支伟大的队伍从来没有消沉过，今晚，在旧的格兰德球场进行的最后一次比赛里，我们打败了圣-埃蒂安队。这很正常：在德比赛事中，每个球员都容易超常发挥。3∶0，亚历山大·拉卡泽特盛大回归了。打败绿衣军团能带给我们无与伦比的快感，对他们来说，打败我们也是如此。很长时间以来，这两座城市的两支球队的运动员、教练们和双方主席都在小心翼翼地维持着良性竞争，不然大家的争吵就不会只限于体育赛事这么简单了：以前是大众对抗精英，矿工对抗资产阶级，工人阶级城市对抗商业城市。资产阶级指的是我们——当我们还是青少年的时候，对此非常不悦。我曾经很喜欢伯纳德·拉维利耶，他唱了不少关于自己城市的歌，而这些歌陪伴着我们度过了反叛的青春（比如1978年的歌曲《乌托邦》，歌词说到整个法国的未来，说政治家们应该把时间献给诗人，但他们显然无法做到）。另外，圣-埃蒂安队曾书写了法国足球的神话，里昂队则在排名赛中步履维艰，在主场被打得落花流水。圣-埃蒂安队进而成为了全国人民的"偶像"，也成了我的偶像——我是看到文森特·杜鲁克"坦白"之后才敢承认的。文森特是《队报》编辑部，甚至也是全法媒体中文笔最好的主笔之一（能与之比肩的还有菲利普·布鲁奈尔和弗洛朗斯·奥比纳斯），勉强算是里昂人，也是里昂队的支持者，不过他当时正准备写一本关于1976年春天的书，那是圣-埃蒂安队升到近乎完美巅峰的历史时刻。那也是我们的春天。是的，我完全赞同文森特发给我看的那些优美文章里说的话（不过进入体育场后，我们还是对此闭口不谈为好）。然后，事情发生了改变：里昂队和圣-埃蒂安队都降级成了第二梯队，然后里昂队随着让-米歇尔·奥拉斯和杰拉姆·赛杜的加入而上升——史无前例地，他们将里昂队带上了法国足球的巅峰。这让人高兴，只是圣-埃蒂安队的球迷始终没有放弃为了地方霸权而争吵。他们从来都在我们后面，但我们待他们友好（我有很多圣-埃蒂安队的球迷朋友，比如JC.鲁瓦的柔道运动员们、伟大的法国主厨皮埃尔·加涅尔和制片人发行商米歇尔·圣-让——我们是从卢米埃尔中心开始共事的）。在每场比赛的第42分钟，里昂队的支持者们会开唱一首送给圣-埃蒂安队的歌，歌曲开头模仿查尔斯·阿兹纳弗的腔调，唱"带我去热奥弗鲁瓦-基查尔球场"。出于礼貌，我就不再继续写下去了……而在格兰德球场，常常出现这样的横幅："在圣-埃蒂安队，只有一个电台：怀旧电台！"7月14日的白莱果广场，当绿色火光点燃了烟火时，人们就会喝倒彩！我喜欢这些来自童年的民俗。不过今晚，在看台上，当我偶遇多米尼克·罗歇托时，仍激动不已。

11月9日　周一

　　给帕特里克·沃斯伯格打了一通很长的电话。这是一位多年来定居在加利福尼亚的法国人，创办顶峰娱乐公司（Summit Entertainment）发了财，制作了《暮光之城》系列电影，现在是狮门影业（Lionsgate）的联合主席。狮门影业是一家很小的制片厂，与戛纳向来合作愉快。我经常和帕特里克在洛杉矶见面，但这次不太一样，是他从马德里给我打电话。我们提到了西恩·潘的新电影，他要出售国际版权。还有《爆裂鼓手》的年轻导演达米恩·查泽雷，他也要出售国际版权。整个好莱坞都在对达米恩顶礼膜拜，而他正在剪辑他的第二部电影《爱乐之城》，帕特里克告诉我："这将是一部完美的开幕电影。"这才是他要说的正经事啊。紧接着，斯蒂芬·塞莱里耶也从洛杉矶给我打电话絮叨她的生活，同时确认道："查泽雷的电影看上去非常厉害，我看到一些非常棒的画面。我只是作为观众跟你说说，因为我不会做它的发行，法国新式电影公司（SND）[9]将负责这部电影在法国的发行。"如果电影确实不错，我们可以试着让它进入主竞赛单元，甚至作为开幕电影。我希望新式电影公司对戛纳的热情没有因为去年格斯·范·桑特遭遇的恶评而减退……达米恩·查泽雷，好的，已经记到片单上了。

11 月 10 日　周二

我在午餐时间准点回到了里昂，直接赶到了夏博特一家名叫"供应船"的里昂传统餐厅和亚罗尔·普波见面。他是一位天才音乐家、博学的摇滚史研究员、鲍勃·迪伦的资深乐迷——这一点和他哥哥梅尔维尔一样，他成为约翰尼·哈里戴[10]的首席吉他手，在舞台上给予其敏捷而又能量十足的配合。在成功的法国巡演期间，约翰尼已经在里昂住了几天，今晚是他们三场演唱会中的最后一场。演唱会由让-皮埃尔·波米尔和蒂耶里·特奥多利在汉嘉厅安排举办。当亚罗尔告诉我约翰尼也被邀请来与我们共进午餐时，我还在火车上。他很高兴有幸共聚，并能好好尝尝他喜欢的禽肝糕；我也很高兴。我喜欢约翰尼，一直都挺喜欢，当他不再那么流行时我也喜欢——我甚至希望他不要太流行。我喜欢和他的谈话，哪怕他讲起那些已经在互联网上传遍了的段子。他有时会问一些私人问题，说明他很关心别人。约翰尼还会说一些关于法国歌曲的绝妙故事，比如巴桑曾借给他吉他弦，并演奏了第一部分，就和阿兹纳弗一开始帮助过他的方式一样。"我这一辈子只做了唱歌这一件事。"他对我说，"我们时常在 1 月出一张专辑，然后 11 月出另一张。"不过，他最大的爱好是电影。和约翰尼一起，我知道我们会谈论 1930 到 1960 年间的美国电影，对此他算得上专家。不管他在哪儿，家、酒店或度假中，他都会花时间观看电影。戈达尔给了他《侦探》的合法播放权，塔伦蒂诺也将作品播放权给了他，他很欣赏科尔布奇的《专家》里的约翰尼，在卢米埃尔电影节上，他滔滔不绝地表达过这一观点。在戛纳时，我们因为杜琪峰的《复仇》而共同迎接过约翰尼的到来。我在洛杉矶时常和他碰见，他已经定居在那里。三年前，迈克尔·哈内克获得奥斯卡奖的第二天，我在圣莫尼卡的一家日本餐厅碰见了约翰尼，当时亚历山大·佩恩和我在一起，而亚历山大听到约翰尼提到他的电影时也很惊讶。

餐馆在马洛尼尔街，关于约翰尼将会出现的风声已经先行传遍了，一大群粉丝在铺着石板的路上引颈期待，拿着小本子、海报和照片等着签名。在妻子莱提西娅和经理人塞巴斯坦·法兰的陪同下，他正耐心地准备彩排。见到我之后，他热情地拥抱了我。两边的墙上装饰着里昂料理史上的吉祥物和各类器件，我们从中穿过，下楼走向中间的夹层，找地方落座。桌上摆满了青鱼沙拉、牛脚、牛头肉、豌豆、面条和火腿，当然，少不了香肠。"我饿了！"约翰尼说道。三年前，我们差点儿失去了他[11]。他是那么友好，有一对漂亮的蓝眼睛，一看就像是摇滚人士：满身的项链，满手的戒指，四处都是文身，用一支香烟点燃另一个手中的烟，一个绝对不会悔改的男人。从此，每个人都喜欢上他了。我们今晚又要见面了，真希望他会唱："如果你今晚挽留我，拂晓时我将给你我的全部……"[12]

11 月 11 日　周三

洛伦佐·柯德力是一名六十多岁的意大利影迷，一个有魅力的男子，说话的同时喜欢比画，还喜爱旅行，认真走遍了全球各地的电影节，并将自己的感想和影评发给了法国和意大利的一些杂志。如果他不在巴黎、罗马、戛纳或柏林看电影，那么他就是在探索伦敦最好的剧场。他一丝不苟，博闻强识，正直，友善，从不会有逾矩的行为。岁月没有使他屈服，这让人高兴：我们的世界里总是充斥着各种存在，构成了某种保障——每当想起我们一直认识，而且只要他们在那儿，且会一直延续下去的时候，就会让我们感到心安。他还是弗留利电影资料馆 [13] 和波代诺内 [14] "默片之日"的主持人，是位出生于意大利的里雅斯特的北方人，如同他的大作家朋友克劳迪欧·马格里斯，后者曾说过："语言的端正是道德明晰与诚实的前提。"这句话用来形容洛伦佐这位精通多门语言的世界公民来说很合适。电话那头的他挺快活，恳求我关注苏联导演伊万·佩里耶夫："你想想，他的前两部电影分别是《国家公务员》和《党证》。1948 年获得人民导演奖，三次获得列宁奖，又分别于 1944 年、1950 年、1951 年和 1961 年获得过四次红旗奖提名，更是六届斯大林奖的得主，得奖时间分别是 1941 年、1942 年、1943 年、1946 年、1948 年和 1951 年。堪称政治宣传电影的一员大将。难道这还不足以勾起你的兴趣去看吗？"

11 月 12 日　周四

　　关于戛纳电影节的工作一直没有停歇，约见、开会、邮件往来、电话……关注的问题有：确定电影交易市场在组织整体中的定位，文卡·范·艾克需要全面更新网站，电影节的电视合

作（不管在我们谈判对象中，第三方代理商会花落哪家），在其他
国家的几个城市的落地接待工作，还有"品牌拓展计划"——按
照商校里教授的提法。我们等待选片日的再次到来，期待那些与
外界断绝联系、整日放映电影、苦行僧式的工作和生活——在此
期间，唯一回归现实世界的时刻只在深夜觅食及回家睡觉的时
候。斯皮尔伯格那边有些进展：他在柏林，会在周六来一趟巴黎，
我们约好了共进午餐。明天早上，我会观看他的新电影《间谍
之桥》。

在瓦尔多餐厅和约翰·兰迪斯一起吃饭，他途经巴黎是为了
电影《福禄双霸天》的新版面世，并参加亚眠电影节的致敬环
节——亲爱的迈克尔·威尔逊[15] 曾与之联系非常紧密。约翰的妻
子德波拉，一位电影和戏剧的服装师，自然也在那儿，他们从来
都是出双入对。除了聊天中使人愉悦的玩笑，这次见面也让我有
些惊讶。关于兰迪斯在 20 世纪 80 年代和 90 年代美国电影中的
地位，有很多值得交流交流。我问他关于《颤栗》[16] 以及和迈克
尔·杰克逊合作的问题，也询问所有宣传片都用 35 毫米胶片拍摄
的情况——电影院应该留存它们。我们还提到了在戛纳展映这部
电影的修复拷贝的可能。

11 月 13 日　周五

法国国际广播电台的广播节目中正在向帕特里克·科恩致敬，
伴着歌声，我从床上跳了起来——朋友让-雅克·伯纳德的去世让
我一时呆若木鸡。这简直是平地惊雷：这位广播界与电影界的大拿

不久前才和伊芙·彭高颂一起主持了卢米埃尔电影节的广播节目。如此一来，这档节目将何去何从？他的朋友们确认了消息，并相互告知，明显伤感的情绪弥漫在我们的小圈子里。来自布雷斯的洛朗·葛拉和他很熟（让-雅克曾坚持他当选布雷斯年度人物的时候发表自己的悼词），她完全无法相信这个消息。让-雅克曾是我们亲密的长者，印象中，我们似乎常常去拜访他。他博闻强识，天赋异禀，有趣而又慷慨，还曾设想过让约翰·福特拍摄比热和蓬德安地区。《首映》杂志的读者、法国国际广播电台的听众、法国电视四台的观众都熟悉他的声音和为人。事实上，他本人比在大众前呈现出的更好。他是在秋天举行的萨拉特电影节上被突发心脏病夺去了生命的。我的这本日记简直成了讣告专栏了。

午餐的时候，举办了斯皮尔伯格新片的媒体放映活动。电影将于 12 月登陆院线。《间谍之桥》是一部充满智慧的作品，足以和杰作《林肯》比肩。在年近七旬之际，斯蒂芬继续对美国历史进行探索，并以此在好莱坞电影中占据了新的一席之地。谁能料到曾拍摄了《决斗》和《大白鲨》的那位年轻天才还能创作这样关于集体反思与政治沉思的电影？

整个白天都很平静，没有约会，也没有会议。这周末我会留在巴黎。下午近黄昏时，我跑去大皇宫看巴黎摄影展，这是为摄影业余爱好者们——比如我——准备的年度盛宴。我很高兴再次看到各大国际画廊展出了他们近来收藏的珍宝。2014 年展出的杉本博司拍摄的电影院照片，简简单单，却是当年的年度最佳。现在的这些照片和当时的那些实在很不一样，25,000 美金一幅的价格更是毫不亲民。

我还看到了橱窗里的凯瑟琳·德里欧茨和雅克·达美，看到了玫瑰灯光下的玛丽昂·普拉纳尔和菲利普·雅科尔。菲利普是卢米埃尔兄弟的摄影师加布里埃尔·韦尔的曾外孙，曾做过一阵子电影制片人（辅助克里斯托弗·奥诺雷拍摄了《情撼 17 章》），后来成了老照片专家，并开始经营画廊。今晚他很高兴：向一家美国大博物馆高价出售了一幅罕见的照片。他的沙龙已是经营得很成功了。

骑车返回里昂路的路上，我决定不去朋友家看法国队对德国队的比赛了，而是给自己一次独处的机会，回家待着。玛丽和孩子们明天与我会合，今晚整晚都会很平静。然而在看比赛的时候，由于我向来无法抑制看电视不停换台的恶习，很快就发现有些不寻常的事情发生了。在推特和新闻频道上，一场悲剧赫然在目：在巴黎，离我这儿不远的地方，就在查罗恩街和伏尔泰大道之间（每次去某位朋友家时，我都会走这条路线）刚刚发生了一起有组织的谋杀，一名在公共场合行凶的袭击者实施了一场集体袭击。

11 月 14 日　周六

……

今早，我多想和家人在里昂团聚。我和玛丽认为，让孩子们回到巴黎这样一座正承受着悲剧、死亡和危险的城市并不妥当。在火车站站台上，气氛陌生，不同寻常，街道上弥漫着莫名的沉默，像一个无解的疑问。昨晚，在满城恐惧面前，我没忍住，出了门，不过很快又回来了。发生的这一切都无以名状。

11 月 15 日　周日

......

很难继续将这本日记写下去，也很难听着音乐重新投入到工作中——那么多人死了，而他们本来只是想去喝杯啤酒、听场演唱会罢了。在这样一场牵动着全国人民心绪的悲剧面前，其他事情都变得不再重要。如何去思考明年 5 月在那个滨海电影节上发生的事情呢？洛朗从法国北部给我打来电话，他刚回来，有些不知所措。艺术家们纷纷取消了表演，洛朗问，我们该做什么才好？他说："总得继续活下去，继续笑下去，是吧？"

11 月 16 日　周一

讽刺的是，袭击事件瞄准了法德之间的足球比赛——这两个 20 世纪的敌对国，从 1945 年开始就一直在表示双方的友好，并由他们共同领导欧洲的项目。迈克尔·鲍威尔在电影《百战将军》中提到了过去的战争（这部拍摄于 1943 年的电影揭露了"文明"在 20 世纪冲突中的缺失），在这些战争中，冲突对峙遵从于规则和"法律"，即使在敌人之间也互相尊重。在《间谍之桥》里，斯蒂芬·斯皮尔伯格（我周六本该和他一起吃午饭，但因为巴黎的恐怖袭击，他取消了这一行程，直接从柏林回到了纽约。周五，他的电影在纽约举行了首映）也讲述了这场未能成功把地球引爆

的冷战，但电影中交战者们的行为只是遵从了最小化的人性。在
21世纪初，我们目睹了弱势群体的上升引出一种斗争的新形式。
我们可以认为，这与西方在全球的统治地位相关：它强化了被排
斥者们的绝望感，在这样的法国，国家不能为它所有的子民负
责，而这不啻为一种新的野蛮。我常常说，我们必须作出决定，
在2015年，或是1945年，抑或在战后和平时期，当其他事物无
法重组世界秩序时，文化和电影将显示其话语权——恰如"二战"
结束后那样。不过今天早上，我有一种截然相反的印象，感觉我
们正处在无人知晓也没有被明确告知的战前时代。年轻人从此将
《马赛曲》占为己有，而我们向来认为这首歌是属于过去而不属于
我们这代人的。我们的祖父母辈在反抗纳粹的时代长大，我曾有
幸在卢米埃尔中心接待过丹尼尔·科迪耶，他向我描述了一个在
过去必须立马拍板的决定：他，一位右翼的马努拉派人士[17]，曾
在1940年6月毫不犹豫地加入"二战"期间的大抵抗运动。

但是当时，一切都规避了理性的分析，电视媒体只提供能被
勉强理解的信息，政治家控制了话语主题，如果当时科迪耶选择
不参与，就可能会被粗暴地批评。必须做点儿什么。无疑，事情
也确实是如此发展的。整个巴黎的氛围都是一派愁云惨淡，人们
逐一清点着死者，试图弄清楚他们的身份。外省的气氛不太一样，
但同样处在震惊之中。这个国家，已经不复从前的模样。

11月17日　周二

在艾米丽街，我们放映了奥利弗·斯通的新电影《斯诺登》，
还不赖，它紧跟上一部《野蛮人》的步伐——我喜欢这样的表达：

"还不赖。"这种评语适用于大多数电影,也不必作过多的解释。这是一部温和出众的斯通电影(没人会喜欢他做的、说的所有东西,也没人能对其漠然无感——我最喜欢《萨尔瓦多》,在他的作品中排第一;还有《挑战星期天》),谦逊地呈上了爱德华·斯诺登的自传肖像,这位杰出的年轻人在"9·11"事件之后用国家身份进入了机密服务领域,然后发现了一些不寻常的事情在这个社会中存在着,它们让类似美国安全局这样贪得无厌的机构权力不受控制地蔓延。这部电影与劳拉·珀特阿斯的《第四公民》互为补充,后者是一部受人喜欢的传记纪录片,两部电影都以香港酒店的房间开场,在里面我们可以看到斯诺登这位警示者权威且高效地进行着思考和行动,并揭示出这个社会被过度监视的现实。电影在美国由莫里茨·伯曼及其合伙人发行——今年秋天他们刚上映了《聚焦》,在法国则由杰拉姆·赛杜和保罗·拉萨姆联合制片与发行。杰拉姆很想让电影去戛纳,保罗则没那么强烈的愿望,他表示:"如果电影在秋天上映,去戛纳早了点儿。"而一位销售商则预言说:"如果你们想选,就尽管选上吧。"对这部未完成且无字幕版本的电影,很难作出最终的决定,但是委员会的成员们都喜欢这部电影。另外可以确定的是,这部电影不会报名柏林电影节。所以,我们没有自我施压的必要,现在还在热身阶段——引擎尚冷,轮胎还没动起来。我们约定,等到它完成之后再看一遍,就定在明年年初。还有时间作出最后的决定。

11 月 18 日　周三

依旧是关于恐怖袭击事件。全世界的导演、演员、电影同行,男人、女人、长者，都向我们发来了关切的问候信息，这让我思绪万千，甚至有些内疚。当我们其他国家的朋友们——美国的、西班牙的、亚洲的、非洲的朋友们，当他们的国家遭受打击和伤害时，我们给他们发过慰问信息吗？我们曾经像他们这样做过吗？有些事情鲜被提及，但的确存在，比如"9·11"。今天，当美国人郑重其事并充满理解地向我们致意时，与之相对的，却是我们在 2001 年热情不足甚至有些高傲（可能没那么严重）的慰问方式。法国人有一个借口：我们讨厌所有人，而最讨厌的是自己。我们终于惊讶地认识到：我们的国家正在被全世界称颂，而当人们在世界各地的音乐厅或餐馆里唱起《马赛曲》的时候，令人感动，就像上周六麦当娜在斯德哥尔摩用吉他演绎了一首《玫瑰人生》时令人潸然泪下。

在圣多米尼克街和帕特里克·布鲁耶吃午餐，他是法国艺术与实验影院协会[18]的老主席，也是让-雅克·盖内的管家。帕特里克掌管着马里勒华、南特和阿涅尔地区的电影院，它们是先锋作者电影的传统放映院线，而让-雅克则在博维拥有一处"电影空间"，他在那儿可以储存物品、文档及四十年里辛苦积攒下来的海报。让-雅克还撰写过关于这些电影院的书——他的财产可真是不少。在这个国家充满了像他们这样的电影院经营者：勇敢、活跃、不循规蹈矩、会为电影的根本利益而战的斗士。帕特里克看过几乎所有的电影，是一位惹人喜欢的伙伴，既懂得美食，又擅长运动。他富有工会的斗争精神，又如农夫时时忧心作物般为自己的影院操劳着。他在影片价格协商斗争中总是尤其有力："对我们影院来说，最重要的是能够拿到我们想要的电影！"他是这样宣告的。这当然没有错，这些曾经在阿莫多瓦、盖迪吉昂或德斯普里钦的事业起步阶段大力推广他们的人，看到了电影界这些年来的发展，既想要继续放映以上这些人的电影（即使他们已成功走向了别处），也想要在年轻的当代作者身上押宝。

这一天快结束的时候，我们又得知了乔纳·罗姆[19]的死讯。他不仅是一名伟大的橄榄球运动员，而且是一名革新者，是来自岛国的孩童，是故乡永远的儿子。

11 月 19 日　周四

每逢万圣节（11 月 1 日）及其后的 11 月 11 日，人们设法调休、连起来休长假时，我们就该选出评审团主席了。这是每年的第一个具体的动作，标志着一场长途旅行即将拉开帷幕。我们不会早作选择，因为完全没有必要：一位电影艺术家不是正在拍摄，就是即将开拍，或者刚刚拍完，正打算休息。哪怕我们"贵为戛纳"，他们的日程表也不会因我们而改变。而我们则必须紧跟时下资讯：一个电影人在夏天有空，可能来年春天就没空了。作为死不悔改的拖延症患者，我非常喜欢等待，先感受一下当下气氛，像狩猎一样，先在目标周围转悠一会儿。除了唯一的例外，斯蒂芬·斯皮尔伯格来当评审团主席那次——我会提前三年和他约谈，定好时间（我们多次会面畅谈，有时在洛杉矶，有时在巴黎，他非常愿意；我们看了下各自的日程，他把时间腾出来了，然后准时出现）。没有确认过一位电影人的日程就考虑请他来，是没用的，更别提能请到他了。戛纳评审团主席需要工作两周，得花工夫，而且是无偿的。通常这些人都收入不菲，对一些演员来说，拍几天戏就能挣很多钱了——所以如果他们接受这样一个没有休息可言的工作，一般都是发自内心最深处的意愿。除非日程安排上有问题，通常我们可以很容易邀请成功。

我会列一份名单，上面有15个名字，都是经过推定可能有档期的。我会经常更新、修改，然后每年在理事会上专门讨论一次。这些人需要由我们确认可以胜任职责的。具体来说，评审团主席需要擅长人际交往，有能力管理一支评审团队，并且能对所有的电影都一视同仁。

特别是，作为戛纳电影节评审团主席，选举必须具备合法性。他将和其他评审一起评估世界上顶尖的电影作品和这个星球上顶尖导演的最新作品。他必须对之表现出尊敬，能明确地激发公众、媒体记者和未来的选手们表达观点的欲望。而我们选择的理由必须是无可置疑的。

皮埃尔继承了吉尔·雅各布的选拔方法。首先是一场谈话：细致地进行讨论，很快进入实质性探讨。主持讨论时既渴望能做好这项工作，又害怕会辜负了期待。问题都很简单：谁有时间？谁没有？是否必须是欧洲人、美国人、亚洲人、男人、女人、导演、演员？接着，他得有点儿年纪，和戛纳关系好，有意愿，有时候还得有点儿出人意料，就像2015年，我们选出了双主席。在那之前，科恩兄弟总是婉拒戛纳评审团工作，在他们的人生中也没有在其他场合担任过类似的角色。当时我给哥哥乔尔·科恩发了短信，他则从纽约给我打来了电话。然后我们往来了几封邮件（我得说，我已经差不多快忘了），12月27号，我们又谈了一次（这个我记得，我当时在马赛，非常平静地坐在这座精致城市的老港口里）。他向我表示了感谢，告诉我，他和伊桑都很愿意来戛纳，但是他们正在做新片《恺撒万岁》的剪辑，制片厂并不同意他们离开（那时制片方是环球），听上去希望渺茫。接着，像往常一样，乔尔说了个非常有趣的笑话，这让我更想请他们来戛纳了。他跟我保证"很快"会给我回话，我让自己不要再抱有幻想了：当回复"很快"的时候，答案基本是否定。然而这次是肯定的。皮埃尔上任伊始就能请到这样的两位导演，简直是如有神助。

2016 年，我们希望继去年的简·坎佩恩和 2009 年的伊莎贝尔·于佩尔之后，再次挑选一位女主席。时时有惊喜。在女性问题上，"电影节"从来不会像"电影"那样具有典型性。自从 1946 年成立以来，戛纳在之后的二十年间只有一位女性被提名过：那就是 1965 年的奥利维娅·德·哈维兰，一位卓越的女演员，骨子里的巴黎女人、女斗士（就是她终结了演员完全依赖好莱坞大制片厂的时代）。在此之前，全是男人。奇妙的是，紧接着奥利维娅出现的也是一位女性：索菲娅·罗兰——五十年前，她将金棕榈奖同时颁给了克劳德·勒鲁什和皮亚托·杰米。两位女性接连登场，真的史无前例。不过，20 世纪 70 年代的十年变得更加女性化了：1971 年的米歇尔·摩根，1973 年的英格丽·褒曼，1975 年的让娜·莫罗，1979 年的弗朗索瓦丝·萨冈——出现了三位女演员和一位女性小说家。之后，得等到十五年后的 1995 年，让娜·莫罗在电影诞辰百年之际回到了戛纳。接着，两年后是伊莎贝尔·阿佳妮，2001 年是丽芙·乌曼。那一年，是我初到戛纳之时，最先宣布的是朱迪·福斯特，但因为她之后要拍摄电影，只好取消了。丽芙取代她担任了评审团主席，还领导着两位不好说话的大人物：特瑞·吉列姆和马修·卡索维茨。

虽然评审团成员的选定大致遵循着男女对半的原则，但在选择主席时，这个原则就不那么适用了——虽然也从来没有任何明确的规定说一定得怎么做。鉴于有资格担当这一角色的女导演并不是那么多（我的意思是，如果我们用衡量男导演的标准来衡量的话），因此女演员会更容易被选上。只有两年前选简·坎佩恩的那一次算是例外。吉尔当时对我说，他试图说服梅丽尔·斯特里普来戛纳，结果徒劳一场。由于她要去柏林，所以我们短期内不能让她出现在戛纳了。拍摄过《猎杀本拉登》和《惊爆点》的凯瑟琳·毕格罗是在导演之列，属于导演不及作品有名的类型（约瑟夫·曼凯维奇也是同样的情况），不过她看上去非常靠谱。朱丽叶·比诺什相信我们总有一天会找她当主席，但不会是在2016年，因为她出演了布鲁诺·杜蒙的新片，这部电影很快就会来申请竞逐主竞赛。我曾说过，我们喜欢女主席。但执行起来显然没有说得那么轻巧。

11月20日　周五

一场冷雨之下的葬礼，恍若电影《赤足天使》。今天早上，我们在勒谢奈一个隶属伊夫林的村子里埋葬了让-雅克·贝纳德，他死于恐袭前夜。他的亲友伙伴悉数到场——"伙伴"这个词对他来说意味深长，他们来自他的家乡布列斯，来自里昂、巴黎，来自各个地方；还有很多同行，比如本应该出演他的处女作的艾玛纽尔·贝克特。有一天，让-雅克突然决定离开电影批评行当，对作品提出微不足道而又转瞬即逝的意见让他觉得荒唐可笑。他曾是分析评论的顶级名手，但他决定是时候为自己着想了。"你想想，"

他感叹道，"到了我这把年纪才发现写作剧本的乐趣：担心写的东西要惹人讥笑，创造一个世界时会感到兴奋，还能和技术人员见面，和演员们一起朗读。为什么我等了这么久才等到这一天呢？"

他的巨大雕像立在了教堂里——最后，他给朋友们留下了这道仁慈宽厚的目光。一整天的丧事恰巧和全国人民的哀悼日凑在了一起：让-雅克在"11·13"恐袭发生七天之后下葬，他无从得知那起袭击造成的恐惧、影响和后续结果了。今晚，人们决定重聚在巴黎恐袭地，聚集在查罗恩街上被扫射过的酒吧露台上。

我乘车及时和皮埃尔碰头，赶到了位于伊西莱穆利诺的法国电视四台总部，与马克西姆·萨达和迪迪埃·卢普菲吃饭。签署完合约，他们看上去很高兴。当然，我们也很高兴。接着我回到了里昂，像这个国家所有其他人一样，我渴望回到自己的家里。这周末，洛朗也在里昂，要在汉嘉厅参加两场演唱会，还有排满了日程的饭局在等着他。

11 月 21 日 周六

我一直在观察皮埃尔。这周，他参加了两轮关于评审团主席的甄选讨论，过程中，他表现得非常开放，就像牢记着大众意见的专业记者一样。我还听取了克里斯蒂安·热那和罗丽·卡泽纳夫的意见，前者只需一个表情就能让我知道他怎么想，而后者在电影节期间负责评审相关的工作，同时具备应有的敏感度。选拔原则和选片逻辑是一致的：当你拥有最终裁判权时，广泛地询问意见并不会给你带来麻烦，反而能很快地扫除掉谬误的假象。皮埃尔作出了第一个决定：由于近年来过于频繁选用美国人，这次我们不会再选他们了。戛纳毕竟是一个"国际电影节"。所以，美利坚合众国暂时休息一下吧，风水还会轮流转的。

11月22日　周日

每一年，"戈达尔"这个名字都会被提名评审团主席候选。他会为了戛纳而归来，或者可以为了很多事而归来，但他给戛纳带来的阴影又是那么意味深长。里维特病重，于是戈达尔成为当年新浪潮时期五个"年轻的火枪手"里唯一还活跃着的导演了。我不会进行悼念死者的形而上的探讨，但当看到特吕弗和戈达尔这一对亦敌亦友、堪称经典组合的人物时，还是颇为感怀。他们都在命运的循环中身不由己：特吕弗于1984年去世（那时我还是个年轻小伙子，而现在我已经比他去世时还老了），而戈达尔依然健在。

我从没有问过吉尔·雅各布：在20世纪的80年代和90年代，是否对戈达尔提过这样的提议？如果提过，他是否拒绝了？戈达尔并不是"从没担任过评审团主席的大导演"的孤例。伯格曼、塔可夫斯基、费里尼，还有很多其他人都是如此。就像塔伦蒂诺说的："获得过金棕榈荣誉的片单很精彩，但更精彩的是还没得过奖的片单！"评审团主席也是一样的道理。这次轮到我来烦忧会不会错过这个时代伟大的艺术家们了。托斯坎告诉我，莫里斯·皮亚拉想当主席，塞尔维也跟我确认了。但戛纳电影节害怕管理这样一个大角色。"我设身处地为吉尔着想，"托斯坎对我说，"莫里斯能促成所有事情，点燃每一个人，而且是瞬间，马上。什么都可能发生，最糟的和最好的。"塞尔维说莫里斯会表现得像个天使，但当他知道人们曲解了他的想法时，受到了很大的伤害。

几年前，我和戈达尔在其位于皮埃尔-德塞比大道的巴黎办公室里交谈过。"要是您什么时候能接受当评审团主席就太好了。"他回答我道："是，我很愿意。在评审团里，总是有来自其他地方的人，你未必有机会在其他场合见到他们，比如保加利亚的摄影师之类的。"一个保加利亚的首席摄影师，好的，我记下了。我对自己说："我们应该更常邀请保加利亚的首席摄影师进入我们的评审团！"两年前，我再次向他提出了担任"一种关注"单元评审团主席的提议，因为他非常喜欢在德彪西厅里放映的电影——我们经常在这里展映这个单元的电影，因此设想这类电影最符合他的口味。他拒绝了。我和皮埃尔当即商定，我们一定会再次尝试邀请他。

11 月 23 日　周一

10 月访问韩国之后，克里斯蒂安继续在他喜欢的国家巡回，从印度果阿电影节回来后带来了不少的讯息：几个片单，还有"今年亚洲能给我们带来什么"的全球视野分析。他试看了一部时长一个半小时的名为《监狱学警》的新加坡电影，今早我们正好收到了它最终版本的 DVD。在一个漫不经心的叙事性的开头过后，电影开始"起飞"。我再次找到了一种熟悉的感觉：希望它持续下去，希望保持住紧张感，希望导演可以把自己的关键性表达延续到影片最后。它做到了。"一种关注"单元似乎就是为这种电影而生的——它自一个遥远的国度，将在一个世界盛会的舞台上获得一席之地，低调，却充满力量。我会听听选片委员会是怎么想的，而我每次在做决定前都会先听听他们的意见。没有压力，只是在各种人为因素之下，我们不宜拖拉，迪特·考斯里克很快要去柏林了，不到两个月，柏林电影节就要开幕了。巫俊锋的《监狱学警》成为我们 2016 年选片过程中的第一部官方选片。

卢米埃尔中心要展开密集的活动了，比如比利·怀尔德回顾展，将吸引老少不同年龄层的影迷；里维特《出局 1：禁止接触》的完整版重新上映已经让上百名狂热影迷买了票打算看这部长达 12 小时 30 分的电影（啊，里维特！）；我们和托马斯·华莱特一起剪辑了一部关于卢米埃尔的短片，影院联盟将于明年 12 月 28 日在院线放映，因为那一天正是卢米埃尔电影院第一次举办公开放映的纪念日；重新推出我们和贝特朗·塔维涅一起与南方文献出版社合作出版的电影系列书籍，记者皮埃尔·索格为之做了出色的打磨工作；"体育、文学与电影节"的准备工作——第 3 届电影节将于明年 1 月举行。卢米埃尔中心向来是熙攘往来的地方，没有过片刻的安宁。这很正常：由于比巴黎同类组织获得的政府津贴要少（《巴黎与法国荒漠》，很多年前，地理学家曾写下这样的标题[20]，这个国家从来如此），我们必须始终走在前线，寻找不同的资源，获取不同的收入渠道和私人合作伙伴，吸引尽可能多的大作者来到电影艺术的这个诞生之地。无可取代的塞西尔·布尔加具备公共组织机构行政管理人员所需的严谨，又不乏胆识，与私人合作伙伴、银行或者赞助商建立私密的财务联系时尤其出色。不然还能怎么办呢？

在法国电影博物馆，身为主席的科斯塔-盖维拉斯正谨慎地挑选着塞尔日·图比亚纳的继任者。我算是处于这个领域的核心位置了，但是从没有人询问过我的意见，真不错。我知晓一些消息，但差不多就这些了。不停地有消息传来，有些人对外宣称自己处于第一梯队的候选人名单里。而我知道的是，只有四个人被保留在名单上，其中有在影像与声音高等学校完成出色工作的马克·尼古拉斯，还有《法国摇滚》杂志的老板弗雷德里克·博纳——这两人都曾给我打过电话。

11 月 24 日　周二

　　巴黎的阴郁天气里投射下些许夏纳式的暖阳。出生于加泰罗尼亚的让-皮埃尔·维达尔在 20 世纪 80 年代管理过大皇宫的技术服务工作很长一段时间。有一天，他开始亲自上手了，而大皇宫的前任老板弗朗索瓦·艾尔兰巴克——曾在 20 世纪 90 年代做过电影节的行政工作——和他一起负责技术工作。让-皮埃尔长着一张笑脸，目光如炬，操着南方口音，辩论起来思维清晰准确，完全是电影节技术方面的活体回忆录。他作为技术权威创造了很多奇迹，很多计划完全就是我们在巴黎拍脑袋想出来的，而他竟然都能做到。他从奥利机场赶来，就是为即将到来的电影节"把把脉"，同时跟弗朗索瓦·戴斯卢梭一起把 2016 年的初期预算制定出来。当团队成员们在走道上与他擦肩而过时，就知道，严肃的工作马上要来了。

　　中午，看完了法里德·本托米的处女作《好运，阿尔及利亚》，亚历山大·荷诺施博格推荐它参加明年 1 月的"体育、文学和电

影节"。我在莫特匹克的一条街道上碰见文森特·卡索正迅速地
从一辆摩托车上下来，这位热情洋溢的克里欧卡居民希望在他生
活的科帕卡瓦纳城发起一个"电影音乐节"。他想向我咨询，其实
毫无必要：立项、选址、艺术家、观众、合作伙伴、赞助商……
他已经全都想过了。我很希望戛纳电影节可以与之合作点儿什么，
就像我们在布加勒斯特和布宜诺斯艾利斯做过的那样。我们会进
行一番调研分析：他的项目很诱人，而我们希望可以将戛纳电影
节传播到更远的地方。

11 月 25 日   周三

在第一段政治生涯里担任过某部长、第二段商业生涯又在私
企（法国拉加代尔集团）担任过要职后，弗雷德里克·布雷丹两
年前继埃里克·葛兰多担任了国家电影中心主席。这个位置作为
权力的中心，看似令人垂涎，其实不然，毕竟电影圈可不是个岁
月静好的地方。弗雷德里克顺利地履职了。除了有些领导会责备
她过于谨慎，但这个性格加上她对人、事、物的敏感，反而可以
变成宝贵的品质。在风雨欲来的这天，她在阿尔玛桥附近的一家
餐馆里等着我，平静，笑意迎人，充满智慧。她不是那种明明很
忙却强撑可以见面的人，不会在见你的时候不停地用手机通话，
也不会冷淡地推掉甜点或者很快喝完咖啡走人。她重申了希望看
见法国斩获奥斯卡的愿望，细数了些许回忆，很是柔情地提到了
前主席皮埃尔·维奥的不少事情。之后，我们谈尽了大大小小各
种轶事，但都不是问题：戛纳不是也不应该是一个会产生冲突的
话题。

近黄昏时，我跳上了高铁，回到"第一电影路"与大家相见。以旁白手段开场的伟大电影有很多，这里有一部从一开始就自带悬疑色彩的："一个男人被发现身处明星游泳池中，背部中了两枪，腹部中了一枪。他只是无名小卒，一个曾制作过一两部小成本电影的二流编剧。可怜的家伙！他一直都想拥有一个游泳池。"你猜到了吗？在卢米埃尔中心的汉嘉厅银幕上正放映着杰作《日落大道》的精良拷贝，除了这句让人难忘的开场白（"他一直都想拥有一个游泳池"——好莱坞梦就此被彻底揉碎），还有精彩的开场场景：拂晓时分的警鸣。

面对如此多到场的观众，这部片有太多可讲之处（但一次好的讲演从来不该超过 12 分钟），我想起了很多以历史学者般的标准自我要求的艺术家，比利·怀尔德就曾联合施特罗海姆、基顿、戴米尔和葛洛丽亚·斯旺森（请务必阅读后者的自传），让默片重新复活。最后，我以怀尔德最逗趣的一个笑话作结——有一天，一位制片人对他说："要分清楚您和威廉·惠勒是很难的，您听听，比、利、怀、尔、德（Billy Wilder），威、廉、惠、勒（William Wyler）。"然后怀尔德回答道："哦，您知道，还有莫奈（Monet）和马奈（Manet）。"我一直都很喜欢也很骄傲能在影院里给大家介绍电影，这让我从不厌倦，无论是在戛纳还是在里昂。观众的关注、求知欲和友善都让我的工作有了价值。在我介绍的末尾，当我提问谁看过《日落大道》时，只有不到四分之一的观众举起了手：看来，经典电影的发掘潜力是无限的。

11 月 26 日　　周四

2017 年夏天，戛纳电影节组委会办公室将从巴黎七区的艾米丽街搬到玛黑区。这让我们感伤，每个人都已经习惯了这里，我也是。我将带着遗憾离马克思咖啡厅而去了。不过，我们将要搬去的地方更容易适应。在我刚来的时候，戛纳电影节办公室还在马勒谢尔布大道上，"这之前，"亲爱的妮可·波蒂——曾担任过吉尔·雅各布的助理，现在是皮埃尔的助手——对我说道，"曾在圣-奥诺雷大街，甚至更远的，阿斯托格街。"穿着工地必备橡胶长靴，皮埃尔、杰拉姆、克里斯蒂安、弗朗索瓦和我走访了搬迁地点，然后一起小酌一番，趁 12 月的紧张工作还没来临。

杰拉姆·赛杜说："阿莫多瓦正在进行剪辑，蒂耶里，他看上去很高兴。是时候跟他说点儿什么了。"因为当初他没有将《对她说》交给戛纳（那是在 2002 年，我对此一直深感遗憾），之后，我一直对佩德罗保持关注。我们是这样进行的：他在夏天拍摄，秋天剪辑，只要他觉得行了，就告诉我们。不过我在冬天的时候会去马德里旅行一趟。百代公司联合制片并发行了这部叫《胡丽叶塔》的电影。我把阿莫多瓦加入了我的名单。只剩下三个月了。

今晚，我飞往阿根廷。晚上 10 点 30 分从戴高乐机场登机，法国航空的航班于 11 点 20 分起飞，飞向布宜诺斯艾利斯。

11 月 27 日　周五

长途飞行十三个小时，一开始挺平静，中间可以忍受，快到达时开始颠簸晃荡。在接近圣-埃克苏佩里所描述的"广袤而又使人幸福的停靠地"时，下起了一阵细雨作为迎接。能彻底离开巴黎式的冬天真好。我睡了六个小时，看了《碟中谍》和《神奇四侠》，为了更了解青少年并能和他们谈论属于他们的电影。尽管到达时间很早，但来自阿根廷国家电影及视听艺术局——一个类似法国国家电影中心的当地组织——的德尔菲娜·裴娜依然已经和司机克里斯蒂安已经在机场迎接我了。如往年一样，克里斯蒂安会把我的手机蓝牙和车载音响连接起来，好能让我听到斯普林斯汀和阿兹纳夫。我很高兴能来这儿。布宜诺斯艾利斯是我热爱的城市，是这世界上能够属于我的地方，我也常常回到这里——以前是来这儿旅行，那时我把自己当作布莱斯·桑德拉尔，然后因为喜爱而回来，再后来便是为了戛纳。

我立马接受了一系列采访，采访者有《阿根廷日报》（类似当地《解放报》）的卢巧罗·蒙特古多、《号角报》（类似当地《世界报》）的帕布罗·斯库尔兹、《国民报》（类似当地《费加罗报》）的迭戈·巴特尔和美洲通讯社的克劳迪欧·明戈蒂。我很高兴再次见到他们，就像我在戛纳碰到他们时那样开心。他们的批评和反馈对我来说很珍贵。在世界各地，我都会见到挑剔的记者们只要一谈起戛纳眼睛里就会闪烁着爱意。今年大家还提了很多关于恐怖袭击的问题，没有人明白究竟是为什么。

在马德罗港区[21]一家叫拉斯利拉斯的餐厅参加完欢迎餐会后，我见到了杰拉姆·巴亚赫，他比我早到几天。他是戛纳市场单元的负责人，为拉丁美洲电影合作项目"南方之窗"而来，活动是我们和阿根廷国家电影及视听艺术局共同组织举办的；还有第7届戛纳电影周，周一将以文森特·林顿主演的《市场法律》拉开帷幕，文森特也将出席。

11 月 28 日　　周六

这座城市的人曾让我很喜欢，尽管现在失去了他们的踪迹，记忆却仍然鲜活。我们在南美之南重聚。在巴塔哥尼亚沿海地区的里奥加耶戈斯，一支巡逻小队把我们拦了下来，只因我们在夜晚的海滩上闲逛。对我们法国人来说，所有穿着阿根廷制服的人都可能是行凶者，是劫持了两位法国修女的阿斯蒂斯上校[22]的同谋——直到最近我们才找到两位修女的尸体。独裁时期消失的30,000人中有22名法国人，而1978年由法国派往布宜诺斯艾利斯世界杯足球赛的运动员也是这一数字。我们为了拒绝参加世界杯而积极抗争，这算是我们最初在中学进行罢课运动之后的又一次大规模反抗行动。这对我们来说是一个残酷的选择，为了坚守更高的原则，要自我说服地去说那些关于运动的傻话，其实我们明明是热爱足球的。连阿根廷的选片人恺撒·路易·米诺蒂，为了方便我的工作，拒绝选择迭戈·马拉多纳。这个与我差不多同龄的新偶像，曾是我们反抗的对象。到今天，我还在想着那届世界杯应该被取消的事情。诸如"体育不该与政治混淆"之说，实在不足取。戛纳电影节应以此为镜。

当年那届世界杯开幕的时候，在里昂进行了一场激烈的游行示威。警察执法也有些粗暴，几乎攻击了每一个在他们攻击范围内的人，其中就有我最好的朋友帕奇多·埃克斯波斯多，他甚至被威胁说要被驱逐回马德里，可他从没在那儿生活过。他的父亲被紧急传唤，我的父亲也同去帮忙，之后一切才恢复正常。那是我唯一一次去警察局，以往只是路过。除了我们，还有一对被驱逐的阿根廷夫妇和他们两个年幼的孩子在那儿等着。帕奇多和父亲在法国待了好些年，我初次来这儿旅游时，跟他们谈起了他们的国家，谈到了它变成了什么模样。20世纪80年代末，帕奇多决定回国待一阵子，并要我陪他一起。我们一起穿过布宜诺斯艾利斯的街道，被恼人的幽灵和痛苦的回忆侵扰。在寂静之中，我明了人生的艰难所在，总有太多问题无解，而在这样的缄默之中，一个男人不得不重新体会他的信念、梦想和过错。一天，我们在圣米格尔-德图库曼附近，他曾在这里参加了左派庇隆主义运动，而我差一点儿就要问他当初有没有举起武器。我看出他在等着这个问题，甚至带着些恐惧——于是我保持了沉默。几年前，他和妻子曾经彻底回国，可我们从没有彻底失联。周一，他们也会去参加"戛纳电影周"的开幕活动。

临睡前，在这个看得见窗前风景的房间里，我在网上看了荣军院悼念受难者的仪式。我忍住了泪水。不，这次，我不要忍住泪水。

11月29日　周日

又是一个好天气。从马德罗酒店走到圣太摩[23]——那儿有我

最喜欢的小酒馆之一——的路上我想起了罗伯特·德·尼罗获得
提名的经过。他曾告诉我，如果某一天我们邀请他去戛纳，并且
他的档期允许，他很愿意来。那时我就在这儿，布宜诺斯艾利
斯。我有一个专门用来与他联系的电话号码，他边跟我确认边对
我说："我几乎从不回复，但你可以给我发信息，然后我给你打过
去。"然而出乎意料地，有人接了电话："鲍勃？""你是哪位？是
哪位？"这是他，这千里挑一的高辨识度口音会让你立马觉得置身
《好家伙》的电影场景中。是的，评委工作一直都让他有兴趣。"五
月的两周，对吧？"他得安排一下时间，因为有拍摄工作在身。什
么都没有确定，但我有预感，这事儿能成。而事实上，事情发展
之顺利超出了我的期待。罗伯特·德·尼罗，成为了第64届戛纳
电影节评审团主席，那对2011年的工作来说是一个美好的开端，
而2011年的戛纳也是史上最佳之一，包括当年熠熠生辉的获奖电
影片单（金棕榈奖是《生命之树》，其余还有《安纳托利亚往事》
《忧郁症》和《艺术家》）。

　　和费尔南多·索拉纳斯约见。在人群之中，我一眼就看到了
这个男人威严的面庞，岁月从未能摧残它，只是赋予它更多的智
慧，却无怨怒。费尔南多，这个在布宜诺斯艾利斯被人称作"皮
诺"的男人，是世界电影和阿根廷政治的瑰宝。作为《燃火的时
刻》和《探戈，加德尔的放逐》（也有些不怎么为人知的杰作，比
如《南方》和《费耶罗的子孙们》）的导演，他就像20世纪30年
代拉普拉塔河沿岸[24]的作家们一样，独守一隅，让欧洲文学界为
之一震，却从未离开过自己的土地。

如果我没来拜访他，就不算来过布宜诺斯艾利斯。作为从事政治、由人民选出来的参议员，他能够在大型集会上召唤自己的拥护者，而这样的他，坚持要跟我一起吃午餐或者晚餐。服务员非常尊敬地接待了他，人们在大街上叫出他的名字。他跟我谈起了流亡岁月，说起了在 20 世纪 70 年代末，法国和法国电影界是如何包容了他。他感慨地提到了贝特朗·塔维涅，是贝特朗让他得以在法国工作，而吉尔·雅各布在戛纳展映了他的电影，让·拉巴蒂成为了他热忱的发行商。在 79 岁之际，他刚刚完成了一部关于庇隆的纪录片，政治成了他内心的执念。不过，他还是希望可以重返剧情片。"亲爱的，我还有些爱情电影想拍呢！"他对我说道。

我刚刚步行了四个多小时，从康市提图松走到万斯，从雷科莱塔走到马友广场。途中我确认了一下曾经的书店是否依旧在那儿（哎，并不全都在）、人们在音像店里售卖着什么（顺便找到了梅赛德斯·索萨的未发行作品，还有让-米歇尔·雅尔的新专辑）以及电影院在放映什么（这里，影院的最后一场是午夜场）。这是一场由孤独与思考引发的巨大灵感碰撞。"愿上帝保佑你。"国王说。"噢，我只不过是隶属于他的一个卑微的小家伙。"查尔斯·劳顿在《船长基德》里回答道。从明天开始的三天里，我将忙到没有一分钟闲暇。

11 月 30 日　　周一

"戛纳电影周"的荣誉嘉宾文森特·林顿于今早抵达，活动将于今晚开幕。我们将放映《市场法律》《流浪的迪潘》《爱恋》《龙虾》和《卡罗尔》。在文森特前面抵达的有阿布戴·柯西胥、达内兄弟、米歇尔·哈扎纳维希乌斯和贝热尼丝·贝乔——她和加斯帕·诺一样都是阿根廷裔，后者明天才来（好吧，他向来多变，永远不能确定）。我们出发前往拉斯利拉斯餐厅用餐。文森特第一次来这里，我们硬是让他试一下全部的基础菜，还有拉潘帕肉和门多萨葡萄酒。他提了各种问题，询问了关于这个国家各方面的信息，它的政治，它的起源，于是伯纳德·贝格雷给他讲了那个有名的关于阿根廷建国的当地玩笑："跳下树的猴子成了人类，跳下船的则成了阿根廷人。"好吧，在白人来这里之前还有印第安人呢。

回到酒店，我察觉到自己这周末对戛纳的工作有些懈怠。我重新聚焦到目前唯一可做的事情上：2016 年的评审团主席人选。必须推进了。我打电话给皮埃尔，决定以官方身份向让·吕克·戈达尔提出邀请。如果他接受，那就真是奇迹了。我给他的助手让-保罗·巴塔格里亚寄了一封信。这是一项讲究的工作（向一位如此级别的人物表达崇敬之情却不流于谄媚，可不是件容易的事儿），我对让-吕克说道："您在戛纳为期 12 天的现身，对世界电影，对影迷、艺术家、行业人士，甚至影评人，都将是一个强烈的信号。即使将必须不可避免地迎接一个悬念，关于电影节属性的质问也将应接不暇，我们仍乐于面对这项挑战。"是的，他每次在戛纳的出现都充满了各种不可预知，悬念绝对存在。

晚上 7 点，我们驾车前往孔格雷索旁边的高蒙电影院。戛纳电影周由阿根廷国家电影及视听艺术局的掌门人伯纳德·贝格雷发起，这位乌拉圭人过着多元化的生活，永葆年轻。他希望借这个电影周在本地展映戛纳官方入选电影。布宜诺斯艾利斯热切地欢迎着外来的一切事物，特别是来自欧洲的，有时甚至会显得急不可耐。而今早我发现，如往年一样，周五接受的采访出现在了国家报纸的头版头条。

为观众介绍《市场法律》，整个电影院都爆满了（有将近1,000人！）。观众们聚精会神，一丝不苟，他们为文森特鼓掌，不仅为他在电影中的出色表现，也为他的言论——他一直在生活中尝试与他诠释的角色形象保持着一致性。他的存在本身和他的日常生活是一致的：珍视投入、理智和信念。他在电影宣传之外从不接受媒体采访，也从不为杂志摆拍或接拍广告。他更喜欢与时代对抗，质疑时尚，并对服务生想跟他拍照这件事感到厌烦。在法国，他甚至为此而发怒，我听见过好几次他这样说："您希望通过和我拍照来把我收进您的相册吗？来，到我旁边来，听我说，这样会让你有更好的回忆，比你那种像是宣扬胜利的照片好多了。"这是对服务生的头儿说的。而在这里，他平静、和蔼、喜悦。这是他第一次来布宜诺斯艾利斯，而在这初来乍到的几个小时里，我们今晚精彩的辩论让他兴奋不已。电影放映之后，我们跑去了布里加达吃晚餐，这是一家位于圣太摩区的餐厅，墙壁上挂满了世界各地的足球队服（其中有里昂奥林匹克队的），还有一张迭戈·马拉多纳签名的巨大海报。"除非由我请客，否则我们就不去吃！"文森特说道。

注释：

1 让-皮埃尔·库尔索东（Jean-Pierre Coursodon，1935—），法国影评人、电影史学者。

2 指希区柯克传记的作者帕特里克·麦吉利根（Patrick McGiligan，1889—1979）所著《阿尔弗雷德·希区柯克：光明与黑暗中的一生》（*Alfred Hitchcock: A Life in Darkness and Light*）。

3 塞尔兹尼克（David O.Selznick, 1902—1965），好莱坞传奇制片人，希区柯克获得奥斯卡奖的影片《蝴蝶梦》由其制片。

4 这几位都是来自南方文献出版社的出版人。

5 国际红色急救组织（Secours Rouge International），俄语缩写为МОПР或者MOPR，是与共产国际紧密相连的组织，于1922年创办于莫斯科，相当于红十字会一类的慈善组织。

6 原文为 *Bootleg Series*。

7 鲍勃·迪伦的这三张经典专辑分别为 *Bringing It All Back Home*，*Highway 61*，*Blonde on Blonde*。

8 指热内·夏托的发行公司的标志。

9 法国新式电影公司（SND），法国电视六台（M6）媒体集团旗下发行公司。

10 约翰尼·哈里戴（Johnay Hallyday, 1943—2017），摇滚巨星，有"法国猫王"之称。

11 哈里戴于2009被诊断出结肠癌，后因手术引发并发症，不得不在美国接受治疗。

12 来自哈里戴的歌曲《献给愚者的安魂曲》（*Requiem pour un fou*）。

13 弗留利（Frioul），意大利东北部的一个历史悠久的地区，意大利的自治区弗留利-威尼斯朱利亚主要位于此地区内。

14 波代诺内（Pordenone），位于意大利东北部弗留利-威尼斯朱利亚波代诺内省的一个城市。

15 迈克尔·威尔逊（Michael Wilson, 1914—1978），法国导演、制片人，也是一位批评家，电影史学者，曾在巴黎多所高校教授电影课程，并为《正片》杂志撰稿。与马丁·斯科塞斯共同制作了纪录片《我的美国电影之旅》，曾常年参与亚眠电影节，去世后，亚眠电影节为他举行了致敬单元，并将一个放映厅以其名命名。

16 兰迪斯在1983年为杰克逊的歌曲《颤栗》（*Thriller*）拍摄的音乐录影带，这部短片成功开启了有剧情的音乐录影带时代，修复版本于2017年在威尼斯电影节展映。

17 查尔斯·马努拉（Charles Maurras,1868—1952），法国保守主义政治家、社会活动家、作家，也是保王派组织法国行动的发起人和实际领导人物。他的思想对之后的天主教民族主义、文化天主教及伊比利亚、拉丁美洲 20 世纪的右翼组织有深远的影响。

18 法国艺术与实验影院协会（AFCAE），全称为 Association française des cinémas d'art et d'essai。

19 乔纳·罗姆（Jonah Lomu，1975—2015），新西兰橄榄球运动员。1994 年，他19 岁时参加了一场国际赛事，随后成为新西兰国家橄榄球队最年轻的球员。他被认为是首位真正的橄榄球国际超级明星，对橄榄球比赛影响巨大。

20 巴黎与法国荒漠，意为法国政府各项资源向来集中于巴黎地区，形成"巴黎中心化"现象，作者此处即为此意。

21 马德罗港区（Puerto Madero），布宜诺斯艾利斯港口区。

22 阿尔弗雷德·阿斯蒂斯（Alfredo Astiz，1951—），阿根廷前军政府时期海军上校。他因在阿根廷军政府时期虐杀两名法国天主教修女，于 1990 年被法国法院缺席判处终身监禁。

23 圣太摩（San Telmo），布宜诺斯艾利斯的老城区。

24 拉普拉塔河沿岸（Río de la Plata），南美洲巴拉那河和乌拉圭河汇集后形成的一个河口湾，其名在西班牙语中意为"白银之河"。布宜诺斯艾利斯位于拉普拉塔河西南岸。

12 月

DÉCEMBRE

12 月 1 日　周二

　　早上和阿根廷制片人基多·鲁德一起喝咖啡，还有一位导演，我们即将看到他的新作。酒店俨然要成为戛纳电影节的老巢了：满是外国电影销售商和法国电影发行商们。这次在阿根廷的活动恰逢戛纳选片阶段的正式开始，是见面约谈的绝佳时期，比在巴黎更加平稳、快速、高效。

　　接着和文森特与加斯帕·诺共同参加了媒体发布会，后者今早才到。我们在法国大使让-米歇尔·卡萨的家里吃饭，大家冲着他齐聚一堂，但绝非是什么外交场合。午餐结束时，他说起了《市场法律》，显得非常认真。在这座建筑里，我察觉到了一丝怀旧的气息；过去，我每到 7 月 14 日都会来此庆祝法国国庆日，在我孤独、悲伤和自觉无用的时候都会想念我的国家——孤独、悲伤，自觉无用（简直就是布鲁斯·查特文的那首《我在那儿做什么？》[1]），而这恰恰是我在拉普拉塔的冬夜里寻找的。

我们一群人步行前往参观路易·菲利普·诺伊令人惊叹的展览。在这里，人们称呼他"野草"——他是一位著名的画家，也是一位不甘退休的教授。他的儿子加斯帕每年都会带我去他在圣太摩区的老房子见他，有时则是在他位于巴拉卡斯的工作室里。从布宜诺斯艾利斯到巴黎，这对父子每天都会通电话，两位都是自学成才的理论家和不拘一格的博学者。看着这位画家父亲，我们就能明白这位导演儿子了，他工作的方式、剪辑的风格及温柔的威严，让他的制片人们无法不臣服。

接着我们回到了高蒙电影院。帕布罗·查比罗在台上和文森特·林顿进行了一场高水准对谈，持续了一个多小时。然后，我们介绍了电影《逃犯贝贝》，文森特和我坐在第一排重新将电影看了一遍。在距离巴黎 10,000 公里的地方看一部法国经典电影，这让我大为兴奋。晚上 9 点 30 分，放映了《爱恋》，电影院里挤满了人。因为这部电影有一些性爱场景，我们不得不采取了一些谨慎措施。电影口碑早已为人知晓。加斯帕邀请了三十来位年轻人到一旁的酒吧里喝啤酒、聊天。林顿留下来站着看了一会儿电影，然后眼睛就再也无法离开银幕了。当我回头去找他的时候，他对我说："嘿，看来加斯帕对电影是认真的。"

12月2日　周三

　　白天的时光里，我们乘船穿梭于蒂格雷三角洲群岛之间，这座湖中城市距离布宜诺斯艾利斯有二十余公里，源自安第斯山脉和北部丛林的巴拉那河就在此注入海洋。在埃尔德斯坎索岛上吃完烧烤午餐，接待我们的菲利普·杜兰和克劳迪奥·斯塔马托提议一起到岛上的艺术花园散步。文森特说："从我还是个孩子起，我就一直在避免当游客，无论是在博物馆、公园还是哪儿。我都不会当游客，也没人能成功地让我妥协。不是针对你们，别被我影响了，我会坐在那边的游泳池边上，自己待着就挺好。你们慢慢玩儿。"我们没有被他影响，特别是当我们游玩结束后和他在泳池会合的时候。返途中，经历过游船、浪花、水沫和各种晃荡之后，布宜诺斯艾利斯港口就像一帧宽银幕电影中的场景，随后文森特和我们谈到了他最近和雷诺的联络。雷诺在卢森堡的工作室，应该正在写作和唱歌——这可是独家大新闻，但文森特说起时显得平静如水，语气中全是温柔。接着他给我们读了他的苹果手机里雷诺的一首歌曲的歌词："La vie est moche et c'est trop court.（人生苦短）"那一刻，大家沉默不语。还有另一首歌的歌名叫 *J'ai embrassé un flic*（《我拥抱了一名警察》），是关于查理事件示威大游行的——1月11日的法国大事件，用这一个标题概括就到位了。雷诺终于即将回归。

　　晚上，在加斯帕的大师班里介绍完《流浪的迪潘》之后，我们在圣太摩区的格兰帕里拉广场举行了一场传统的告别餐会，餐厅就在秘鲁街和智利街之间。我们总是在那儿约见《蛮荒故事》的导演达米安·斯兹弗隆，还有利桑德罗·阿隆索、丹尼尔·布尔曼、胡安·何塞·坎帕内利亚——他的《谜一样的双眼》获得过奥斯卡奖，还有帕布罗·芬德里克和帕布罗·查比罗——他在启程去古巴之前专程来跟我们拥抱问好。晚餐时光非常愉悦，各种故事听得令人过瘾——我曾经说过，对世界电影而言，罗马尼亚和墨西哥表现出来的生命力无比重要，而现在我要说，阿根廷也是。

12 月 3 日　周四

我们在法国航空商务舱簇新的隔间中准备起飞。12 个小时的飞行，11,000 公里的长途，有丰富的电影可供观看——就从久违了的《情迷周六夜》开始吧。文森特说："暂且不管起飞的事儿，我们先喝一杯吧。不管怎么说，我们不可能 12 个小时不聊天啊！"飞机从埃塞萨起飞，向西朝拉潘帕的方向飞行，然后来个大转弯，朝欧洲方向继续前行。它飞过了布宜诺斯艾利斯，向大西洋奔去。拉普拉塔河和乌拉圭河尚未出现，远去的城市逐渐变成了无数的小格子。这是白昼的尾声，一切都随着纬度而消逝，眼前尽是大海，黑夜就此来临。

12 月 4 日　周五

"还有一件事，"滔滔不绝的文森特·林顿穿过戴高乐机场的长廊时对我说，"你看，你以后大概会说：'今年是法国电影年：开幕电影是法国电影，还有三部法国电影拿下三座大奖'，接着人

们就会说：'福茂是个疯子。'好了，你看，你果然是个疯子。"²
我们挥手告别，各自乘上出租车，在寒冷而又阳光普照的环城公
路上疾驶向各自的家。

在家里短暂逗留了一番后，我赶到了香榭丽舍大道的高蒙电
影院，观看我心中天才的塔伦蒂诺——他的作品从来都是天才式
的独树一帜——新作《八恶人》。影片中带着塔伦蒂诺气质的歌
曲让他的崇拜者们欣喜若狂，却也再一次惹怒了习惯诋毁他的人。
人们早已习惯了他每一次地震式的撼动和长久的余震风波。导演
能力非常强，叙事技巧精、准、狠，并令人愉悦，表现夸张而又
才华横溢的演员们演得很高兴。

观影期间，观众们都屏息欣赏——从我的位置能看到塔伦蒂
诺因享受自己的这份大胆而得意地笑了。显而易见地，通过坚定自
己的信念，他在个人职业生涯里又前行了一大步，很多人将其视为
一个来自加利福尼亚的偏执迷影狂，政治不正确，也缺乏道德。但
对于那些人，现在只剩下震惊，那些模糊地存在于《无耻混蛋》和
《被解救的姜戈》中的某些事实逐渐变清晰了：在将个人电影语言
推进到极致风格化的本质之外，越发成熟的创作将他和观众带往电
影以外的其他领域。他总是用一种与众不同的格调创作，风格愈发
趋向经典化。我已经听到了很多争论，人们不喜欢如此戏剧化的作
品，而且无法接受过分夸张的表达。有些人并不以此为乐（电影已
经不可爱到足以引发争论了），但他们忽略了其他人或许能从这部
电影中看到敬意和勇气，那些专注于电影而非其他事物的观念，会因
为这部作品而感到由衷的欢欣，比如我。这部电影的调度十分出色，
我们很久都没有在银幕上看到这样的电影了。塔伦蒂诺并不忧患于

现实，他的剧本和他对对白的感觉，他与浪漫性、与故事本身之间的关系，无不弥漫着虚构的特质。他的电影都是超越了时代的。

电影以原始格式播放，70毫米胶片，超宽银幕。《八恶人》以一种古老的方式开场，就像历史大片，固定镜头配上莫里康内克制而强劲有力的音乐，然后是第一章的第一幕。一共有五章，前三章和后两章之间有12分钟的幕间休息。接着，再一次出现了音乐，好让观众再次集中注意力，继续跟着故事往下看。这是一番怎样的旅程！几年后，人们还会谈论它：这部电影中的力量、信念和技艺会在岁月得到很好的沉淀，而它也会在充满神秘魅力的电影名册上拥有独属的位置。塔伦蒂诺潜心创作着独具个性的电影，堪称暗夜的探索者。他是电影界的博尔赫斯——如果没有只属于"他"的唯一独特性，"他的电影"便不复存在。

我神清气爽地去了一趟办公室。即使旅行是工作的一部分，它也总是会不断打破职业的稳定节奏。不过我必须恢复节奏，务必照顾好日常，接受所有的限制与义务。我已经离开一个多礼拜了，同事们需要重新看到我出现在办公室里。今天下午，我们一起开了会，参会的有米歇尔·米拉贝拉、弗朗索瓦·戴斯卢梭、克里斯蒂安·热那和重新履职的布鲁诺·姆诺兹，还有永远不知疲倦、从不离工作而去的玛丽-卡罗琳。我一直工作到夜晚降临，书写、电话沟通，一直到我跳上高铁为止。我的腿脚出了些问题，不过当列车从圣路易岛横跨塞纳河时，我仍能翘首闻风，体会着重返巴黎的快乐。

12月5日　周六

我坚持写这本日记六个月了。但我几乎还没有怎么说2016

年的戛纳电影节。老实说，没有人能仔细描绘这一届电影节的轮廓。我只是在记录和积累，在反复摸索。我尝试让自己想起所有事情，然后静静等待。在 10 月和 11 月，在两趟旅行和筹备会议之间，已经有 15 部外国电影向我们提交了申请，它们分别来自波兰、罗马尼亚、保加利亚、奥地利、智利、希腊、拉脱维亚、新加坡、西班牙和塞尔维亚；还有 5 部美国电影，其中有 2 部会在明年 1 月去圣丹斯电影节：我之前提到过的《神奇队长》和安东尼奥·坎波斯的《克里斯汀》。安东尼奥曾于 2008 年携处女长片《放学后》参加了"一种关注"单元。

昨天在柏林，迪特·考斯里克宣布了柏林的开幕电影：科恩兄弟的《恺撒万岁》。干得漂亮。他还说会选两部法国电影放在主竞赛单元。这让我有些嫉妒。不过当电影结束了制作，往往更喜欢在更早的 2 月就能获得某种保障，而非抱着不确定性等到 5 月。尊重这个过程也是应当的：电影准备就绪，想尽快上映。重要的是，克里斯蒂安和我都要作好选片准备。我们的想法一致，坚信今年的戛纳会很不错。

12 月，我们仍处于混乱的节奏中，有些事情仍然悬而未决。比如，我们还没有选出评审团主席，还没有设计海报。初步的海报设计（比如理查德·伯顿等的方案）并不太令人信服。目前这还不足以使人焦虑，但很快就会了……在评审团方面，我们无比渴望让-吕克·戈达尔能够执掌大权，但也清楚这不过是痴人说梦。近几年，他已经不再来戛纳了——最近一次，他给我们寄来了一段（绝佳的）视频录像。能向他提出邀请，我们已甚是满足。今天下午快过完时，我给他（涵盖剧务、制作、拍摄、生活各个层面）的助手让-保罗·巴塔格里亚打了个电话。这是个细致、高效且彬彬有礼的男人，他向我确认，让-吕克拒绝了邀请："我们正在为新电影忙碌，他希望能把所有努力集中在工作上。您的关注和信件让他很感动。他说了'不'，但他会再给您写一封邮件的。"

12月6日　周日

昨天，在里昂的格兰德主场，我们两次输给了昂热：既输掉了比赛，也输掉了在排名中上升的可能性。里昂奥林匹克队身处困境了。今早，在阳光下的薄雾中，让-米歇尔·奥拉斯在两名俱乐部高管吉尔贝特·乔治和让-保罗·雷维勇的陪同下，带我一起去了位于代西奈的新体育场工地参观。为了能在1月为这座豪华建筑举办落成仪式，整个团队必须处于最好的备战状态。我觉得让-米歇尔好像只为这项工作而活，对之心心念念，面对这能让人联想起巴塞罗那、慕尼黑或者阿森纳球队的宏伟球场，他看上去很高兴。这趟创业之旅已经走到了尾声，无论是褒奖还是批评，都是值得的。目前，这个地方叫作"卢米埃尔兄弟体育场"，仍在等待着一家大公司花几百万来冠名。为了逗乐大家，我提议把"兄弟"二字去掉，这样我就让"卢米埃尔中心"暂时投资10,000欧元。不过如果他们当真表示同意，我会很尴尬。

下午放映了克里斯蒂·普优的电影《雪山之家》，第一次看是在布宜诺斯艾利斯上网看的，那时我就非常喜欢。全员一致同意，除了一个不同意见（所以并不是一致同意——克鲁什对马术评论员式的嗜好有一番讥嘲，他们会说："所有的马都参赛了，除了8

号。"），成员们都在系统地撰写笔记，克里斯蒂安和我则会非常谨慎地保存好它们——因为到了明年4月，必须以此为参考去回忆去年秋天看过的所有电影时，这份笔记就会变得无可取代。洛朗·雅各布关于《雪山之家》的笔记就非常出色："经历了以《破晓时分》为代表的身处象牙塔、孤芳自赏的创作之后，普优终于在这部人性悲喜剧中，带着崭新的成熟回归《无医可靠》式的才气之中，他精巧的调度技巧并未破坏影片自身的自然真实，而是以一种充满感染力的愉悦感拍摄一个家庭一天的生活，其主题随着家庭心理剧的发展不断转换，演员们也将掷地有声的台词发挥到了极致。尽管有的地方略显冗长，电影本身仍然充满了深层的活力，具备哲学思维，这简直就是昆德拉作品应有的电影的模样（如果他没有在布拉格电影学院³之后选择了文学道路的话）。最后获得拯救的笑容让影片情绪得以持续。这部电影在我看来达到了主竞赛级别。"洛朗是对的，它属于主竞赛单元。我赶紧写信给克里斯蒂，柏林电影节也在联系他。我们不能拖延了。

晚上，和杰拉姆·赛杜很快地通电话："您明天午餐有约了吗？""是的。""我很想快点儿见到您。""如果您想，我可以去一趟你的办公室。""那就再好不过了。明天上午稍晚的时候？""可以，很好。""太好了，明天见。"

12月7日　周一

地方选举的第一轮结果出炉了，左派失利，右派扳回一城，"国民阵线"党派将赢得几个地区的选票，其中包括了普罗旺斯地中海地区省份。贝特朗·塔维涅对我说："左派做的竞选活动弄得好像他们会输一样。他们应该像饶勒斯那样说话，应该像克鲁什那样开玩笑！就像在戛纳，谁都无法阻挡地区主席玛丽安·马雷夏尔-勒庞[4]。"记者们问我和皮埃尔："如果勒庞出现在红毯上，您会怎么做呢？"——我们会再等等看第二轮票选结果，但是，如果她竞选总统成功，我们还是会站在红毯的尽头迎接她，并对她说："您好，总统阁下。"如果有问题，必须提早解决，而不是等到问题临头。这也是戛纳市长大卫·里斯纳尔的观点，我在荣军院的一家咖啡厅里见过他。作为克里斯蒂安·埃斯特罗斯[5]的幕僚成员，他表示并不轻松。大卫是个年轻且精神振奋的伙计，表达清晰，演讲时丝毫不会尴尬。无论是在网络电视台的演播厅，还是在个人推特上，他都表现得很有趣，因此，几年前当他还是伯纳德·卜罗尚[6]的首席副手时就成功地引起了我的注意。我们针对不同的主题进行了讨论，影节宫有 500 个座位的放映厅，能解决一部分的接待需求。

中午和杰拉姆·赛杜见面。在连接艾米丽街和拉梅内街的小径上，我寻思着什么是当下比较紧急的问题：奥利弗·斯通？阿莫多瓦？百代可能要新开的里昂电视频道？我不知道。杰拉姆非常热情地接待了我，就里昂奥林匹克队作过一番短暂交流后，他直奔主题，问我："您会一辈子都留在戛纳电影节吗？"我立马明白他想说什么。"我在思考百代电影公司的未来，"他接着说，"我想到了您。我向您建议，接任我的位子，成为这家公司的新主席。"

12 月 8 日　周二

今天是 12 月 8 日。对里昂人来说，这是很重要的一天。"光明节"，就是我们常说的"里昂灯光节"⁷。在这里，用的是复数。
老一辈仍旧称它为"12·8"，因为最初，人们会在这一天庆祝圣
母马利亚的友爱餐（人们把"马利亚"的名字显眼地摆在富维耶山
上，就像在洛杉矶，人们把"好莱坞"几个字母放在山上一样。当
初我和妻子玛丽相遇的时候，试图骗她说，是我把她的名字放在山
上的），在窗边摆放烛台，男女老少全家出动，在夜幕降临时走上街
头，游荡在大街小巷和各个广场之中，在传统小酒馆吃晚餐，大口
品尝香肠和可丽饼，享用热红酒。如果这项传统活动在夏季举行，
那么全世界可能都会知道里昂人是寻欢作乐派，那样的时刻多么令
人迷醉。然而我们的灯光节是在初冬乍冷时分举行的，凛冬就要
来临了。

　　我从不会错过里昂灯光节。无论我身处世界哪个角落，都会
返回里昂参与其中，除了今晚。也就是说，碰巧今年 12 月 8 日我
不在里昂。今晚，我要和皮埃尔·莱斯屈尔一起吃晚餐。昨天，
就像让-保罗·巴塔格里亚告知的那样，戈达尔给我们写了回信：
"亲爱的朋友福茂和莱斯屈尔，此时正是我决心潜心隐匿的时候，
抱歉不能穿上你们两位英勇骑士授予我的荣誉铠甲。无论如何，
不胜感激。让-吕克·戈达尔。"他值得我们牵挂和邀请。虽然我
们对他无法应邀而感到难过，但很高兴得到了他的最新回复。

　　和杰拉姆·赛杜的约会进行得很快：拖延不是他的作风。我
们很快达成共识，然后约定以后再讨论细节问题。目前不需要任
何明确的回应，这不是我的作风。我既然深知这件事的影响，对
待它也就非常认真；看着这般地位的男人对我如此信任，已不只
是自豪可以形容。我昨天说过，我立马就明白了他的意图，并不

是我自视甚高。我之所以能立马明白并且知道此刻对他有多重要，一是因为他迫切要求这次见面，即使我们其实经常见面；二是我们一直以来默契相处；三是我知道他对百代公司的未来十分忧心。我感到兴奋而又不安。如果我接受他的提议，将改变我人生的职业轨道，将离开戛纳电影节，离开卢米埃尔中心，可能还要离开里昂，虽然仍待在电影行业，但身处的圈子变了。我将为了经济大权抛弃理想，为了现实抛弃诗歌，为了产业抛弃文化，为了金钱抛弃红毯。而这一切的起因却是好的：都是为了电影。我不能把物质利益作为深刻权衡的部分。从昨天起，这个提议就占据了我几乎全部的思绪。我需要时间来考虑这个问题，但不能本末倒置——2016 年的戛纳迫在眉睫。

12 月 9 日　周三

早上，与负责注册服务的法布里斯·阿拉尔开了个会。他主要负责分配工作，让大家更好地协调项目。讨论逐渐转向几个老生常谈却近乎无解的问题，比如：当越来越多的人想要协助电影节工作而我们的空间却有限时，该怎么办？当对戛纳完全陌生的中国人越来越多地想要参与其中，同时更多的法国人和欧洲人也想要参与进来时，我们该如何做好接待工作？如何迎接越来越多的外国来宾？我们无法想象电影节将面临怎样的挑战：一个成功的活动本身也是需要技巧的。然而，一般的思考仍基本停留在类似问题上：戛纳电影节必须遵从它自身的原则（"首先是专业人士的电影节"）还是该对那些不甚了解它的人更加开放？戛纳不能够接受无限多的公众。在这样一个四处都存在人口增长现实问题的世界里，难道戛纳必须以伤害自身的身份属性为代价去谋求发展吗？戛纳的基因是"一个专业的电影节"，这一点可以回溯至1946年，但是在20世纪80年代，随着老影节宫的拆除和新影节宫的落成，一切都变了，大众视听媒体开始拥入。这座从1983年开始为我们提供庇护的建筑，有一个我一直都讨厌的别称："地堡"（因为我实在太喜欢这座影节宫了），人们也叫它"新影节宫"，哪怕它马上就35岁了。戛纳成了一座开各种大会的城市，市政府也作了多样化发展可能的反思，近年来的投入非常大。"必须拆了影节宫。"吉尔·雅各布离开的那年既坦率又有些激进地对《尼斯早报》说道，而这恰恰不是这家媒体想要的访谈方向。吉尔曾花了三十年来思考这个问题，而我们除了现有的影节宫，没有其他的解决方案。不过吉尔还是什么都没做，尽量在大局上维护着电影节的利益。他走出的媒体化这一步，为开启一场明晰的辩论作出了贡献：对这样一个世界规模的盛事来说，渠道和基础设施是根本保障。

　　和成员们继续观看了放映。这几个星期，我们观看了来自加拿大、爱沙尼亚、挪威、哈萨克斯坦和意大利的电影，其中有罗贝托·安度两年前拍摄的引人注目的《自由万岁》，还有保罗·维尔齐的新作《疯爱》——制片人在推荐时将其描述得像是世界最新奇观，只是这样的做法并不可行！不管怎么说，这两位导演算是有模有样地轻叩着主竞赛的大门。我们还看了凯莉·雷查德的新电影，她的《温蒂和露茜》曾入选"一种关注"单元，之后《米克的近路》则进入了威尼斯主竞赛，是一部出色的西部作者电影。她的新片叫《列文斯顿》，维尔吉尼·阿普尤给予的评价最为中肯："电影显然选择了一种低调的存在方式，依靠溢满全片的无声能量获得了力量。将一片荒凉破败的景象和冷清的季节用压抑消沉的视觉效果呈现出来，凯莉·雷查德成功地表现了日常混乱中人的内心状态，以及其中的情绪。"我们喜欢这部电影的全部，如果凯莉回归戛纳，那么必将是在主竞赛单元；但目前还很难作出这样的决定，因为即使托德·海因斯为他的新电影给我发来各种好评，我也很难作出回应——他的这部电影就像时下优秀的美国电影那样被选入了圣丹斯。我们打算让它从那边启程，等着瞧。

话说回来，周一，我向克利斯蒂·普优发出了邀请，表示希望《雪山之家》进入主竞赛单元。"这对我来说是巨大的荣耀！"他回答我道。继"一种关注"单元之后，这将是我们第一次一起走红毯，而这也是2016年最早确认的戛纳主竞赛电影。它是一部绝对的原创电影，一部真正的作者电影，这位导演值得被视作同辈中的伟大艺术家之一。而对我们来说，在圣诞节之前能选出一部这样的电影，算是好兆头。

晚餐是和巴西导演沃尔特·塞勒斯一起吃，他来巴黎完成关于中国导演贾樟柯的一部纪录片——贾樟柯曾入围主竞赛单元的《山河故人》即将上映。这场愉快的会面如同两个世界的碰撞交集，见证了一位艺术家面对同侪的忘我投入，也体现出中国这片新大陆在电影领域中的重要地位。

12 月 10 日　　周四

《世界报》每天都刊登"11·13"恐袭中令人心碎的受难者的

肖像报道。无需赘言。生活、死亡、缺席，其余无所剩。

晚上，我回到了里昂，为了参加一场有 500 名观众到场的卢米埃尔兄弟电影放映——庆祝电影诞辰 120 周年的活动还在继续，而我们都决定无限延续下去，毕竟还有那么多电影和那么多美好的摄影作品等待着人们去探索挖掘。开场表演之后，我们杰拉尔·帕斯卡尔及让-马克·拉莫特一起放映了电影史上最初的惊鸿一瞥《工厂大门》。电影的拍摄地圣-维克托街，正是现在的"第一电影路"。电影是 35 毫米胶片版本，用原始放映设备播放。观众们激动不已，在 50 秒的放映时间里不断地鼓掌。卢米埃尔兄弟的电影是这个世界与每个人的共同回忆。

12 月 11 日　周五

乘坐高铁返回巴黎，12 号车厢，14 号座位，这是我最喜欢的位置之一。里昂的清晨洋溢着温情，冬日的薄雾在罗讷河上缓缓升起。一顿属于旅行者的简便早餐、在火车站购买的报纸、穿越法国的行者，好了，我现在已经有美好的信心了。我听着第三个版本的《A 号火车》，演唱者是艾灵顿公爵。当我觉得伤心时就会听这首歌，而此刻，全世界都在悲伤。我在很久以前的《电影手册》采访中重新找出了戈达尔的几句话，他说："有时候，人们需要——倒不是说要时刻——活在宠爱里，而更少地活在仇恨中。"我开始重新阅读我的日记，我的编辑奥利维耶·诺拉希望在圣诞开个会。

昆汀·塔伦蒂诺正在做《八恶人》的全球宣传，他来大瑞克斯电影院举行盛大的法国首映。70毫米胶片版本，似乎必须如此。整场放映由理查德·帕特里及其诺曼底乐队作交响配乐。这座位于林荫大道、有着华丽的艺术装饰墙的电影院被挤得水泄不通，交响乐团、露台及看台笼罩着绝佳的气氛，贝阿特丽丝·沃池博格逐一呼唤嘉宾上台：库尔特·拉塞尔、蒂姆·罗斯和新面孔沃尔顿·戈金斯——他出色地演绎了克里斯探长。塔伦蒂诺压轴登台，引爆全场。他是如此受欢迎。他边说着电影的创作起源，边承认说最开始自己是打算写一部《被解救的姜戈》续集，但后来在里昂，他改变了主意……"在里昂，我得到了卢米埃尔大奖！"他骄傲地说道。他也在里昂留下了无法抹去的烙印。

我们在"里昂人家"吃晚餐。正在巴黎的吉尔莫·德尔·托罗加入了我们，现场变得很是热闹：除了昆汀，蒂姆、库尔特和吉尔莫都是大话痨（超级说书人，也是超级影迷），沃尔顿显然也打开了话匣子。这大概就是塔伦蒂诺传染症。我们明晚还要再见。

12 月 12 日　周六

在巴士底喝咖啡，以此结束今天的巴黎生活，并让自己迅速回到原来的位置。在里昂，人们刚宣布将在明年1月举办第3届"体育、文学和电影节"，活动日程已经公布，预约功能也已经开放。雷蒙德·普利多将凭借帕特里克·热迪纪录片成为活动的参与者，在这部纪录片里，人们会看见这位"永恒的第二"沉默应对着自己的传奇人生（这个男人是聪明、狡猾而果断的），他可是"比赛中的第二，银行存款的第一"。我们还将展示雅克·亨利·拉蒂格在20世纪初拍摄的体育照片，那时的世界，或者说，在作者所处的世界里，人们会在下午去海滩，在家庭成员之间进行自行车比赛，还有优雅的网球比赛。横跨大西洋的时差没能将我击垮，反而是里昂和巴黎的"时差"差点儿杀了我：这个时间点，我睡得太晚了。洛朗在奥林匹亚，我会在他工作结束之后和他碰头。我没办法详述发生的所有事情，这也是我开始写这本日记后才意识到的：我曾相信如果自己追随着灵感记录并保留白天里的所有活动印记，那么，发生的事实，脑子里的想法，会面，电影，影碟，歌曲，电报风格，段落，冒号，行首的缩进，某个严肃的思考，某个白痴的想法，两个笑话……然后大功告成——当然这不可能，我必须删减，寻找重点，最后作选择。

下午抽签（不是乐透彩票，而是足球）。和一个态度恶劣的警察吵了一架之后，我赶到了马约门，在那里我要参与一场精心筹备的演习，表演将在来年 6 月与公众见面。城市大使们已经在那儿了：巴希尔·波利[8]（代表马赛）、"大个患者"[9]（代表圣丹尼斯）和丹尼尔·布拉沃[10]（代表尼斯）。在抽签中，里昂交了好运，它将迎接四场有趣又有看头的比赛（比利时—意大利、乌克兰—北爱尔兰、罗马尼亚—阿尔巴尼亚以及葡萄牙—匈牙利），还有八分之一决赛（如果法国能在小组赛中夺冠，它就能进入这场比赛）和半决赛。典礼氛围很好，老队员们前往抽签，其中就有安东南·潘恩卡，那个再现过点球传奇的男人。大卫·库塔将创作官方主题曲，安妮·伊达尔戈则表现出了高效而低调的外交风范。我欣赏她的气质——不仅因为她是巴黎市长，还因为她是地道的里昂人。现场气氛欢乐，被卷入国际足联内部事务而遭受质疑和控诉的米歇尔·普拉蒂尼没有来，他仍一直在谋求主席职位。

种种迹象表明他的形象仍然美好：当他在 1984 年欧洲杯点燃火炬的画面出现在大屏幕上时，他当年火热的青春仍旧赢得了热烈的掌声和长久喝彩。

晚上，我们和塔伦蒂诺、里斯安一起在塔伦蒂诺喜欢的餐厅吃晚餐。贝特朗没能和我们相聚，他和莎拉还在南部休养。这周，他向百代和高蒙公司的联合制片人们展示了一部暂定名为《我的法国电影之旅》的电影初剪片，由斯科塞斯和迈克尔·威尔逊担任解说。"一部精心制作的杰作，"他说道，"还没做完，可现在已经长达三个多小时了！我不知道怎么缩短，还有没剪进去的。我选择了雷诺阿、贝克、卡尔内，还有莫里斯·若贝尔、艾德蒙·格里维、埃迪·康斯坦丁。我们将做出两部三小时的电影。没人看过这样的电影！"当一个电影人处于此种疑惑中时，才是他的真实状态。

昆汀很高兴新作能在大瑞克斯电影院放映。里斯安给了他一番很不错的评价，特别是在电影剪辑的品质方面。塔伦蒂诺起初会意识到自己交出了一个困难、严苛、复杂而又不讨人喜欢的创作。不过，他清楚自己要讲的故事，也从未忽略在美国做一名"作者导演"会落入的困境，无论发生什么，他都会做一个导演应该做的电影。我从未见过比他更加尊重自己劳动的人。连他的公开发言也是如此，他工作起来就像他在 2013 年的卢米埃尔电影节开幕式上称赞让-保罗·贝尔蒙多时说的那样，那番话最后是这样说的："这个名字，贝尔蒙多，这不是一个电影明星的名字，这甚至不是一个人的名字。贝尔蒙多，这是一个诗句[11]！"

塔伦蒂诺的为人与他的艺术人生紧密相连，他也毫不犹豫地在每一部电影里都彰显了自己与日俱增的职业热情。当初，《落水狗》在某些方面来说并没有成功吸引到我（有太多暴力和略显傲慢的幽默等），我那时没有作好准备，误解了他对创新的深层渴望，也没有意识到他在职业生涯里想要树立的美学体系。某天，当《低俗小说》获得了每个人——尤其是我——的认同时，我重看了《落水狗》，自此便彻底信任了这位导演。他对电影的迷恋一直在变化，如若人们了解他的一些癖好，就会知道他实在是一位难以预测的先行者。最近，他看遍了1970年上映的所有电影。"我选择了一个年份，看完了所有的影片，美国的、法国的、日本的，还有意大利的。"我们当然也非常想这样做，但只有他真的付诸行动。他还会做笔记。他给我看过他的笔记本，还一直说要写本书。他无可复制的谈话风格配上他同样独特的文学特质，那本书绝对不同凡响。

晚餐让人非常享受，昆汀向大厨致敬。这几年，曾经只喝加利福尼亚可口可乐的他，已经成了一位出色的红酒爱好者，不过在晚餐快结束的时候发生了惊险一幕：皮埃尔突然遭到了疲累的袭击。那一瞬间，他靠着墙瘫倒了，整个人像被掏空了灵魂，双眼空洞，没有任何反应，仿佛元神出窍，而我有那么短暂的一瞬甚至想到了死亡。昆汀和他对面坐着，第一个意识到发生了什么。他握着他的手，像是要温暖他，同时向我投来了难过的眼神。那几分钟仿佛绵延无尽。终于，皮埃尔回过了神，震惊中的我们也松了口气，庆幸没有发生更糟糕的情况。

12 月 13 日　周日

天刚亮，高铁穿过了没有下雪的法国。昨晚在柏林揭晓了欧洲电影奖，这是颁奖季的开端，2月的奥斯卡则将是终点：戛纳获奖电影往往会获得很好的奥斯卡提名。不仅《年轻气盛》《艾米》和《龙虾》得到了应有的荣誉，名声渐大的《野马》也是如此。我们还会看到近两年来"一种关注"单元的影片频频斩获奥斯卡奖，比如冰岛的《公羊》、瑞典的《游客》和匈牙利的《白色上帝》，还有安德烈·萨金塞夫的《利维坦》，曾入选2014年夏纳主竞赛单元。可以说，成绩斐然。这对我们来说还是很重要的。

第二轮地区投票，我依旧把票投给了维尼索。投票办公室位于蒙盖特优先城市化[12]区域的路易·贝尔果小学，正是以前我送妹妹玛莎去上学的地方。倏忽间，我似乎回到了童年时的那条小路。共和党候选人克里斯蒂安·埃斯特罗斯被选为普罗旺斯地中海地区的代表，洛朗·沃奇耶则在新大区奥弗涅-罗讷-阿尔卑斯当选。左派与右派间的钟摆开始反向动荡。人们可能会像《查理周刊》那样为右派取个讽刺标题，比如：《能击溃左派的机器已经维修完毕》

12 月 14 日　周一

霞慕尼。2009年10月，阿尔贝特酒店第一次接待了卢米埃尔中心的成员，克林特·伊斯特伍德获得第一座卢米埃尔大奖后住进了他们的小木屋，在这里和西西·迪·法兰丝拍摄了《从今往后》的开场。我们每两到三年就会在此重聚，参加一场为期两天的研讨会，也为在冬天来临之前提前感受冬天的气息。

一顿丰盛的早餐之后，我们谈起了电影诞生120周年庆祝活动，距离12月28日只有几天了。卢米埃尔的文化遗产向来是我工作的重心——人们会明白，就是因为这一点，我才不离开里昂。现在有非常多的电影院、电影文化中心都比我们的要豪华得多。但是，"第一电影路"却是世界上独一无二的。它必须受到保护和呵护。在卢米埃尔中心刚刚诞生的 1982 年至 1983 年间，这一电影发源地街区一无所有，除了一座空空的城堡、一座遭受风击的货棚和一片空地作为曾有厂棚存在过的唯一痕迹。未来摆在我们眼前：建一座研究中心和一座博物馆，树立一个形象，寻找自己的影片，吸引一批观众。我们要告知世界和电影导演们，在这方土地上，我们完成了"拍电影"的原始创举。我们招待过的导演一点点地增多，包括马塞尔·卡尔内、伊利亚·卡赞、约瑟夫·曼凯维奇、杰瑞·沙茨伯格等。安德尔·德·托斯把这里称作"电影世界的伯利恒"，他还希望我们可以把他的骨灰撒在三个地方：他出生的布达佩斯、他曾生活过的洛杉矶和现在的卢米埃尔城堡花园所在地。他喜欢这里成片的林荫和卢米埃尔兄弟安驻此处的魂灵。

在 1995 年庆祝过电影百年诞辰之后，1998 年，我们在卢米埃尔厂棚里开了一家电影院，想法很简单：让观众们在这个最先拍摄到"演员们"走出工厂的地方，回归电影院。

两年来，我们在麦克斯·勒弗兰克-卢米埃尔和雅克·塔柳-卢米埃尔的持续支持下，与法国国家电影中心及其相关组织达成协议，重新经营卢米埃尔兄弟的电影，而且我们说做就做：将在大皇宫举办国际展览，展示卢米埃尔兄弟 120 部电影的修复版本，并在 3 月 19 日，即首部电影开拍的纪念日举行庆祝活动，法布里斯·卡尔泽通尼和他的团队在现场进行教育普及工作。

从 2016 年起，《卢米埃尔！电影发明之王》展览可能会去博洛尼亚，之后还会去布宜诺斯艾利斯、依云、里昂——在全新的里昂汇流博物馆展出，并可能会去更多其他的城市。我们想让《卢米埃尔！冒险开始》在院线上映，彼得·贝克和高木文子[13]希望美国标准收藏公司能发行这部电影——标准收藏公司是一家杰出的 DVD 发行公司。卢米埃尔作品将永久巡回，这群由路易·卢米埃尔雇用的里昂年轻人作为电影放映员被派往全世界。也许是时候推出第二套《卢米埃尔兄弟电影系列》了。然后是第三套，第四套，如此类推。我们还有很多事情要做。

在勃朗峰的寒冷天气中，一场激烈的讨论在散步中进行着。今天就在对卢米埃尔中心未来的美好展望里度过了。团队工作永远是最美好的事情。在霞慕尼市中心一家有着乡村装潢风格的餐厅里享用完一顿火锅之后，大家各自回到了房间。我们明天还要继续。整整一天，我才意识到，关于百代公司的邀约让我无法平静。我得忍受藏着掖着的痛苦，不让这些合作伙伴知道，我们谈论着的未来也许有一天不再属于我。

12 月 15 日　周二

我本打算清早起床，在大乔拉斯峰散步一番，但是经历了辗转反侧的一夜之后，才意识到了自己的失败。甚至是双重失败：没有做到很早出发，却仍尝试说服自己"能做到很早出发"这件事。这类决心向来难以实现。然而在巴黎的话，无论发生什么，我都一定会骑上 25 分钟的自行车。我在早餐前待在卧室里补看邮件，解决两到三件最新事务，感谢了福克斯的老板约瑟·科沃，因为他让我看到了伊纳里图的电影。我还重新捡起了这本日记，近日繁重的事务压力让我不得不暂时把它放在了一边。

我们谈论起了法国电影资料馆,作为美好一天的开头,还说到了弗雷德里克·博纳,他终于被科斯塔-盖维拉斯任命为馆长。据媒体报道,他将开展大量工作,不过他的独特和内在的善良(担任《解放报》或《法国摇滚》冷酷无情的影评人时期除外)将对极容易互相倾轧之地有所助益。他就像电影资料馆的孩子——在进入媒体之前先是在资料馆踏出了第一步,他很快找好了自己的位置,并指导如何维护好这座老房子。塞尔日·图比亚纳为这里恢复了形象、活动和公众声誉(这一点他做得非常完美),弗雷德则应该为它开创未来。在数码时代,重要的关键点已不同于往昔,各大电影资料馆都应该重新考虑自身,反思自身存在的理由以及行事的方式,开创新的项目,回归教学任务,吸引更多公众,策划事件活动,创造历史,并且在它们不再是唯一的展示对象时,继续予以保护。过往的几次大战役都取得了胜利:经典电影现在已遍地开花。但是,正因为它们四处都有,电影资料馆才更应该在人们的心理和精神层面寻求、占据新的地位。不然,成败会在一夕间颠倒转换。

凝望着勃朗峰时,我的眼里仍有着戛纳。几天前,麦蒙多发行公司(Memento)的亚历山大·马雷-居伊——这家伙有能力让上百万观众观看伊朗电影("是怎么在法国做到这一点的?"南尼·莫莱蒂曾问过我)——宣布布鲁诺·杜蒙的新片《玛·鲁特》将于2016年5月11日周三上映,那一天将是……戛纳电影节的开幕日!也就是说:1. 他对电影很满意。2. 他想去戛纳。3. 如果我们不选它，毫无疑问地，"导演双周"单元也会愿意放映它。因此，他才和我们商议在戛纳期间让电影上映。4. 布鲁诺·杜蒙是媒体的心肝宝贝，而这是他的新电影，还有着强大的演员阵容——压力落在了我们身上。

其实不然，我们毫无压力：1. 既然他如此早地公布，这表示电影很成功，这是个好消息。2. 事实上他们有一群盛宴级别的演员阵容：法布莱斯·鲁奇尼（戛纳的稀罕客）、朱丽叶·比诺什和瓦莱丽·布鲁尼·泰特琪。3. 即使这部电影宣称是一部像《小孩子》一样的大众喜剧片，我也不确定这是否定位准确，它还可以是一部像《人啊人》或《弗朗德勒》的作者电影。不过，它作为开幕电影候选也不算奢望。有人对我说："他们想要逼你站队，你就应该拒绝看它，这样才能显示你的权威。"但是我挺喜欢人们用如此令人兴奋的电影来给我施压。我丝毫不想向渴望来戛纳的人彰显自己的权威，那会让争吵太早到来。

12 月 16 日　周三

接近中午时，我从霞慕尼回来了。下午去办公室，然后像每周一样，我会和皮埃尔·莱斯屈尔一起吃晚餐。除了他谈到的时事问题，我们还开启了三个重要话题：评审团主席人选、开幕式电影和电影节海报。通常这些都是电影节会在 1～2 月最先公布的信息，而时间已然逼近。理想的顺序应当如此，我们也不想给自己惹麻烦。

海报应该没有问题，刚刚收到了几份提案；关于开幕式电影：这不取决于我们，但我心里有数，以免过分焦虑担心。更晚些的 4 月中旬，我们会找到一部主竞赛单元的电影作为开幕电影，之前《昂首挺胸》的经验让我们对此很安心；至于评审团主席：我们必须加速进行了，因为每个人都在等着不久后的名单公布——晨间广播最喜欢用这类时事新闻开启新的一年。我们也是，希望戛纳能在 1 月初传出新消息。

随着时间的推移，评审团主席的选择变得愈发艰难，只要看一看近几年闪耀夺目的主席名单就知道有多难了：昆汀·塔伦蒂诺（2004 年）、埃米尔·库斯图里卡（2005 年）、王家卫（2006 年）、斯蒂芬·弗雷斯（2007 年）、西恩·潘（2008 年）、伊莎贝尔·于佩尔（2009 年）、蒂姆·波顿（2010 年）、罗伯特·德·尼罗（2011 年）、南尼·莫莱蒂（2012 年）、斯蒂芬·斯皮尔伯格（2013 年）、简·坎佩恩（2014 年）和去年的科恩兄弟。如果按照这样的节奏，并且去除美国候选人，能达到如此级别的人所剩无几。阿方索·卡隆、张艺谋和其他几位近年又担任了威尼斯或柏林的职位。我私下里向弗朗索瓦·塞缪尔森咨询了他们公司旗下的迈克尔·哈内克。迈克尔明年夏天拍戏，所以在戛纳电影节期间是有时间的，不过他想集中精力在自己的电影上。"我不知道如何在同一时间做两件事！"他说道。好吧，好吧。我们还可以考虑一些非电影圈的候选人，作家、摄影家、歌手。米克·贾格尔？他是电影节的熟客，常来，然后自己偷溜到影院里看电影（林戈·斯塔尔也是。非要选的话，还有大卫·鲍伊，他曾表达过想做评委的渴望）。皮埃尔和我觉得这些选择都很完美，不过我们认为，是对摇滚的个人偏爱把我们带歪了，所以，还是算了吧，这样行不通⋯⋯米克·贾格尔，梦里见。

在晚餐的最后，我们提了几个补充人选，抵抗着托尼诺柠檬酒的酒劲时，我们谈到了乔治·米勒和《疯狂的麦克斯：狂暴之路》的非凡命运，它斩获了从评论家到普通大众的所有褒奖。突然，答案似乎显而易见：乔治·米勒，评审团主席，这应该挺气派。

12 月 17 日　周四

今天是《星球大战 7：原力觉醒》上映的日子。自从电影在 UGC 雷阿勒电影院早上 9 点放映开始，就打破了所有纪录，而我们常说每周三早上的法国票房往往是最真实的票房反映。当然它在全世界各地都将如此，就像它从第一部开始就如此一样。这让我想起了纪录片《逍遥骑士和愤怒的公牛：性、毒品和摇滚一代如何拯救好莱坞》中的一段有趣历史：当时是在 1977 年初，乔治·卢卡斯完成了他的新电影，一部科幻剧情片，而他将其命名为《星球大战》。话说，我想起来乔治曾经跟我承认是在戛纳的卡尔顿酒店签署了电影的制作合同。于是，哪怕后来成了亿万富翁，他出于迷信，还是喜欢下榻这家酒店，而非其他位于戛纳港湾的更加奢华之处。简而言之，照往常习惯，虽然知道这将是一部不同寻常的电影，他依然展示了自己电影的初剪版，特别是向他的导演朋友们——在那个时期，那样做是有用的。在场的有当时最资深的科波拉、年轻的天才斯皮尔伯格、纽约客斯科塞斯、坏男孩德·帕尔玛，还有些其他人。放映的最后，现场一片沉静。然后，布莱恩·德·帕尔玛发话了："我说，乔治，这是什么？这些蠢话是说力量会和你以及所有人同在 [14]？"就在这一刻，年轻的斯皮尔伯格——当时他正被《大白鲨》的成功光环围绕（并且完成了《第三类接触》的剪辑）——站起身来说："嗯，乔治，你的电影会成功的！"

午餐是和《世界报》的两位老板，路易·德雷福斯和杰拉姆·菲诺格力欧一起，后者是编辑部的新总监，是影迷，是塞尔日·图比亚纳时期《电影手册》的读者，但也没有忽略苏台。他和路易希望作为合作伙伴与我们重修旧好。我告诉他们，我们的愤怒已经平息了。而他们则说，戛纳对他们来说非常重要。好吧，我们如此清楚地认识到，合作关系并不是相互纵容的关系，更不是一个电影节理所当然获得特别优待的关系。

晚上回到里昂参加"微型博物馆和电影院"的落成仪式，我是典礼主持人。活动由丹·欧尔曼召集，他本人就是天才的精密画家（同时是阿尔代什人出身，这一点在他的名字上并没有体现出来），韦斯·安德森电影里的所有装饰模型（《布达佩斯大饭店》《了不起的狐狸爸爸》和曾经作为戛纳开幕式电影的《月升王国》）都不仅是向韦斯的创造力致敬，同时也在向这些天才——杰瑞米·道森和布景导演西蒙·韦斯致敬。聆听着这些布景大师说话（他们比首席摄影师、编剧或者配乐师们更少被人提及），人们一定会想，电影真是一项了不起的团体艺术。

12 月 18 日　周五

晚上收到了来自泽维尔·多兰的信息——他已经是戛纳的评委，不过最近又回到导演岗位："你好，蒂耶里。最近可好？很长时间没见了。自从 5 月之后，一切都过得很快。这实在是一段美妙绝伦的经历，它常驻在我的回忆里，并且愈发强烈。我在洛杉矶，将要完成电影的剪辑工作。我希望在明年年初的时候就能给你看一些东西。如果你打算来蒙特利尔，一定要告诉我。如果你来对抗魁北克的'冬灾'而我却跑到某个不知名处与你错过，那就太可惜了。不过，今年的魁北克只能算是'小冬灾'，你可以把你的'大鹅'羽绒大衣留在里昂了。泽维尔。"

　　我和克里斯蒂安一起就还没有看过的美国电影开了个会……最终决定停止做梦：比如，詹姆斯·卡梅隆还远没准备好，他宣布了《阿凡达》将拍四部续集，其中的第一部不会早于 2018 年上映。本·阿弗莱克的《夜色人生》也是，还没开始——阿弗莱克是一位好导演，也有好的家传，他的兄弟卡西也是一位出色的艺术家。扎克·施耐德的《蝙蝠侠大战超人：正义黎明》将让人兴奋，但它会在戛纳之前上映。李安可能在和克里斯汀·斯图尔特一起工作（我们可能会在伍迪·艾伦和阿萨亚斯的另外两部电影里也看到她），但得到 2016 年末才上映。如果赶不上，他会告诉我。

　　我已经说过达米恩·查泽雷的《爱乐之城》了，我们曾希望看到这部电影，但是出现了坏消息，新式电影公司负责法国发行的人对于电影能在戛纳前完成不抱任何希望。相反，在 2015 年主竞赛单元中被严重低估了的《边境杀手》导演丹尼斯·维伦纽瓦将要完成他的新片《降临》。这部可能赶得上。不过，世事无绝对，当然，就像大卫·米奇欧德的《战争机器》被包装成阿富汗战争版《陆军野战医院》（极具诱人吸引力）的前提是，假设我们的时代还有能力嘲讽讥笑这样的主题。奥特曼电影在20世纪70年代曾是最具喜剧颠覆力的，即使今天回看，人们也会好奇怎么会有美国制片厂（也就是福克斯）能够在尼克松时期制作那样的电影。

有两部翻拍影片即将面世：一部是提莫·贝克曼贝托夫的《宾虚》（并不如其承诺的那样让人满意）。还有一部是《豪勇七蛟龙》，作为同名电影的翻拍，其翻拍的前作是翻拍自众所周知的《七武士》。如今，人们已经会在翻拍片的基础上进行再翻拍了。

这些可以重新定位和被重新定位的电影将很快成为世界电影行业的盘中餐。不过显然与我们无关。我还没说那些被盖上了戛纳印章的好莱坞大片——戛纳印记削弱了它们在大众面前的商业形象，可能会导致丧失票房。像克林特·伊斯特伍德所言：有些电影的预算经费已经足够美国进攻一个国家了。而即使它们是成功的，假如不能定在5月或6月上映，那么对一部高预算、面向大众的电影来说，专门为了戛纳而改期的可能性也很小，何况还得承担到了戛纳之后可能被撕得粉碎的风险。

12 月 19 日　周六

酒窖即将完工。我并不算是博学专家，但还算有点儿品位，能够通过标签辨识一些好东西。我最爱的酒之一是葡萄牙产的，产自南方一个叫阿连特茹的地方，酒名叫"无名"——也许是因为它很稀有。我和吉姆·哈里森一起品尝、发掘了它。每到年尾，这类回忆就会朝我涌来。我想起了在乡下度过的两个礼拜。我以后要在这里工作。雨水、待砍的木柴、倒下的树、绿油油的牧场在薄雾中绵延，所有这一切都让我感觉良好，就像看见去年秋天存活下来的嫩绿橡树被回归的阳光再次赐予新的力量，向着春天奔去。我重看了成濑巳喜男的电影，《饭》的开场有一段很棒的引用，林芙美子用悦耳的日语说道："我是如此疯爱着人类，及其在浩瀚宇宙中虚妄的动荡。"

12 月 20 日　周日

关于海报，我和皮埃尔凭以往经验知道，请大明星来拍摄是行不通的。我们需要新鲜感。布朗克斯图片社（Bronx）的吉塞拉·布朗是 2012 年以玛丽莲·梦露为主题的海报作者，他找出了几张让−保罗·贝尔蒙多和安娜·卡里娜拍摄《狂人皮埃罗》时的精致照片，蓝天的背景，红色的裙衫，在位于地中海的波克罗勒岛上舞蹈，而"地中海"正是我们想要突出展示的。艾尔维也推荐了《蔑视》里一幅让人惊讶的画面。结果两部都是戈达尔的电影。选择海报是一个漫长的过程。在皮埃尔的带领下，我们征求了每个人的意见，大家的想法全都会被考虑。必须在 1 月定稿。

里斯安打来电话："没什么特别的，我给你打电话只想闲聊几句。你知道，现在的好电影远少于以前了。你知道的，对吧？人们太过算计了，而在好莱坞，有太多的人插手，太多的干扰。他们为了电影节或者票房而拍电影。他们已经不再只是简单地'拍电影'了。过去，电影导演的人生总是离不开冒险，他们要么正过着冒险的生活，要么曾经经历大风大浪。施特罗海姆，你能想象他是从哪儿来的？而现在，所有事情都表现得很学院派。在法国也一样。好吧,《星球大战》战无不胜,但它一直都是这样的,这类电影很多人都喜欢看。他们就在一个类型里榨干净就可以了。媒体已经不知道该如何生存了,太多记者废话连篇,他们背后的老板渴望追求成功,却毫无品位可言。批评的功能已经消逝,面临的限制过多,阻碍了自由。大部分人不做功课,不再阅读,有些人是有天赋,但他们的侃侃而谈比文章更有激情。还有一些人觉得自己只要曾经和《电影手册》扯上过什么关系就已经满足了。人们不再从中获取乐趣。好了,我打给你就是想说这些。我还想告诉你,昨天看了一部激动人心的工会电影,是罗热·瓦杨和路易·达甘共同拍的《矿工大罢工》。你可能会有兴趣把它放到戛纳'经典'单元。要过节了,你都在做什么?"

12 月 21 日　周一

敲定评审团成员并不是一件能拍脑袋立马决定的事情。但是戛纳电影节向来都是一场不间断的冒险,各种偶然、机遇、情感、巧合、直觉,甚至即兴讲话都可能扮演重要角色。也许这样更好。如果一切都在几个月前就确定好,那就只会导致僵化,我并不支持按照已经建立好的系统方法行事,这种做法通常只为了让自己省心。

2013 和 2014 年,甚至更早的时候,我们到了这时候也都还没有确定评审团主席。所以,一切都会好起来的。查阅评审团的历史时(但这也能让我焦虑烦心),我发现了一件厉害的事情。除了 1956 年的莫里斯·雷曼(但与其说他是电影人,不如说他是戏剧人),戛纳电影节在 1946 年到 1963 年,也就是说近二十年里,都只邀请了法国人,甚至专门邀请作家前来担任主席:最初三年是乔治·威马，然后是安德烈·莫洛亚、莫里斯·热内瓦、让·谷克多（当然，这位诗歌王子也执导过电影）、马塞尔·帕尼奥尔和安德烈·莫洛亚（第二次担任），然后是担任过两次的马塞尔·阿沙尔、让·乔诺（他也是一位出色的导演）和古垣铁郎（一位几乎是法国人的日本大使，同时是作家和诗人），最后是1963年的阿尔芒·萨拉克鲁。

次年，第一位身为导演的评审团主席是弗里茨·朗。开了个好头，接着便是一串导演的出现。右眼蒙着眼罩的朗当时73岁了，曾在前一年出演了《蔑视》，之后就没再做电影。从那以后，就一直在选择电影人，当然，仍有一些耀眼的例外，比如1968年的安德烈·尚松[15]、1970年的阿斯图里亚斯[16]、1976年的田纳西·威廉斯、1979年的弗朗索瓦兹·萨冈以及1983年的威廉·斯泰伦——在他之前也是一位戏剧界人士，乔尔乔·施泰勒尔[17]。很长时间以来都没有作家出任评审团主席了。这就是为什么两个月前雷吉斯·德布雷在过客餐厅和我及科斯塔吃饭时要讥笑我，在他看来，作家的参与部分被过度削弱了。我重新找出他的《窗边的老实人》，正在阅读。他说："评审团的组成确认了一条从文学特质导向影像特质的通道，而它恰好形成于1968年左右。直到那时，所有金棕榈奖的评审团主席都是固定的作家班底。"好吧，是到1963年而不是1968年，但是他观察到的趋势是对的。"没什么要勾引《洛杉矶时报》的，也不用诱惑布拉德·皮特和安吉丽娜·朱莉上飞机。"说到这儿，雷吉斯往前跳了三十年。不过作为一名大作家，他又补充道："好几个世纪以来，美女和金钱都是互相吸引的，然而戛纳却有这样的美德，能够让这片亘古不变的魅力磁场，附加了超现代梦想的荣光。"

由一位作家担任评审团主席的优势是……他可以写出以下这篇文章。几年前，我曾在里昂一个旧书商迪奥热内的手里淘到让·谷克多的日记《往日》，伽利玛出版社出版。这是一本很珍贵的书，纪念谷克多在蔚蓝海岸与电影节亲密的过往。这本书读来很不可思议，会让人感觉到那摇摆于兴奋与绝望之间的心绪一直没变过，仿佛电影节从来不让它的来宾仅仅体验纯粹的愉悦。而且更难以想象的是：在1953年4月和5月，奇怪得很，评审团成员们在电影节之前就看了电影，之后又与观众们一起重看了一遍！

　　1953年4月8日。古怪的评委会。路易·肖维[18]必须为［夏尔·］斯巴克[19]解释电影（哪怕他理解得很糟糕），后者则完全不懂。昨天，当我们看完美国电影出来时，莫鲁瓦赶来在冷气很足的大影厅里开记者会，有五十多个人簇拥着他，充当有限的观众。

　　4月10日。通过亲身经历，我现在总算知道在不受人影响和动摇的情况下，评委是如何对待和拒绝美丽的意外的。看糟糕的电影会让人难受，生病。我们看完都感觉虚脱了，真是可耻。

　　4月11日。我在这个电影节上干什么？我自问。我在这里的分量也轻得很。……渐渐的，我们之间的了解愈渐加深。比如斯巴克，他假装呆头呆脑，眼力却是了得，如果仙境没有触动他，那是因为它们还没铿锵有力到能使他信服。他曾被充斥在那部《海伦娜·布歇》里的矫情和俗气对白倒足了胃口，然而我认为更为敏感的弗里茨·朗倒是允许自己被这部影片攫获。

我再次怀疑起今晚的那场电影。他们给我们放映了克鲁佐的电影《恐惧的代价》，这部电影比共同角逐奖项的其他作品好太多了。然而，非但我的同事们不能感受电影中的平衡与力量，连我想要给这部电影颁奖的想法都让他们十分不满。他们就是非要和我唱反调（朗）。

……评委会中有几个人，比起《彼得·潘》，会更喜欢《白雪公主》。那些侏儒和蘑菇并不会扫他们的兴。

在没有正当理由的情况下混淆国家，这会让我悲伤。一个真正的奥地利人并不会支持一部关于奥地利的闹剧，而电影节里的奥地利人却会，他们还准备大型活动，这简直让我们恼火，我们对奖项已经有了统一的意见。面对鄙视本国好电影的英国人，也会让人恼怒（意大利人也是）——他们给我们寄来烦人的烂片，就是那部根据格雷厄姆·格林《布赖顿棒糖》和那个小孩子的故事（我忘了标题）改编的。

……由此可见，在这个电影节上，有很多真实的美丽只在极少数人身上体现出来，而其中没有一个人是心心念念着夏纳的。世界上的人究竟忽略过多少美丽的无畏和秘密，又有多少电影是由烂俗的手拍摄而成，竟与时代尖峰毫不相关。这使得存在于《贪婪》《诗人之血》《黄金时代》《可怕的孩子》和《奥菲斯》之中的魅力最终只停留在文字之上。这些人喜欢表面打磨光亮的电影，喜欢柔和的彩色印片术，喜欢探讨肤浅的问题，并只喜欢让人愉悦的演员。

找座位很困难，我们应该有一直固定的座位。我为自己选了个座，是楼厅边上的17号。但如果我的座位是空的，人们就会说我没去看电影，哪怕我把位置让给某个非常想看的人也一样（但我没那么做，因为我只放弃看很平庸的电影）。而这会意味着，这些电影已经提前被批判过了。

4月14日。我今早打算推荐一份理想的获奖名单（我眼里的），会考虑我从别人那听到的各种评价。我提议大家一起讨论下这份榜单。[菲利普·]艾兰杰向我提议把"让-谷克多奖"颁给美国片。这开局可不怎么好。

4月16日。克鲁佐的电影就像一只冲撞墙壁的公羊，让人们在数天的连续观影中透了口气，印象强烈。毕加索没找到他的位置，于是我把我的给了他，艾兰杰则把他的给了弗朗索瓦丝。我们自己则坐到了备用座位上。看过《恐惧的代价》之后，与大使们吃夜宵。非常豪华，也非常无聊。我在结束前就和邻座的阿莱蒂离开了。

4月20日。无聊的墨西哥电影（《三个女人》）。下午，是德雷维尔的电影《无尽的地平线》（就是那部《海伦娜·布歇》）。观众比晚上的更好，德雷维尔弄来了一帮不懂该何时鼓掌的观众，他们鼓起掌来就像机械式循环。成功，鲜花，拥抱，出口处环绕的人群。人们是喜欢庸俗之物的。

4月23日。电影节的惊喜：短片《白鬃野马》。这是唯一一部对得起我们旅行至此之疲惫的电影。西班牙电影《早安，马歇尔先生》也很吸引人。每一次，当电影嘲笑美国人的时候，影院里就会鼓起掌来。

5月1日。总的来说，电影节是成功的。昨晚，在大使们面前，所有人都向我投来目光。我对着麦克风发言，说希望看到电影节能变得名副其实：成为一场精神与心灵的相遇。

在我之后发言的是罗宾森和加里·库珀。昨天，酒店向我介绍了关于五万法郎的补充说明。好吧，这就是法国为它所需服务进行支付的方式。

最后，他用一句俏皮话缓和了气氛：

我接受这个工作就是为了将大奖颁给克鲁佐和夏尔·瓦内尔。为了获得这个机会，我总得作出点儿牺牲。

12月22日　周二

清晨的阳光抹去了冷霜的痕迹，我为了看日出，早早醒来。西恩·潘昨晚给我写信道："我想告诉你，五分钟前我完成了电影的第一版剪辑。希望你可以早点儿看到它。从没这么费劲过，但我为之自豪。查理兹和哈维尔都目瞪口呆。祝你圣诞快乐。"昨天，我和佩德罗·阿莫多瓦进行了一番长谈，他尝试了解更多关于评审团主席的事情，这是个好兆头：他对主竞赛有兴趣。可能当我告诉他还没有选定任何人时，他并不相信；哪怕他知道，即使情况相反，我也不会告诉他。戛纳的机密是必须高度保守的。但我们确实一直都没有选定评审团主席。

下午和玛丽及我们的维克托在一起，维克托将在冬天的时候再去布隆的妇幼医院，做一场极复杂的脊椎手术。医生有想法又有教学才干，和孩子相处很好，显然他们在一块的时候感觉不错——法国公立医院的卓越品质，还有里昂的医护人员，兼顾最先进的技术而又从不会忽视人性，给病人解释，作出推荐，让人们感到安心。

在巨大的大厅里，到处是聚集的家庭成员和步履匆匆的医生，我和米歇尔·哈扎纳维希乌斯在电话里闲聊，他在恐袭之后在自己的脸书主页发布了一篇写给基地组织者的很有趣的政论文章，引来了不少关注。他将法国总结为一个不断发生暴动与反抗却又在不断尝试相互理解的地方，这一做法真实、大胆、惹眼。其中还有一段也是特别敢言："为了你们独有的'道德'而盲目地残杀，可能伤及的是越来越多比你们更能代表法国的法国人。……现在你的日子只会越来越不好过，因为一旦伤及真正的法国民众，你们就会见识到他们的本色。"

米歇尔了解戛纳的所有，从里到外，光荣或放逐。在前往竞逐奥斯卡奖项之前，他先在戛纳电影节凭借《艺术家》青史留名；而《搜寻》肯定让他在蔚蓝海岸和其他地方受到了不少冷遇，盛大的首映也许只能勉强给予他安慰，因为之后的院线上映遭遇了巨大的失败。两年后，他必须重新上位，从写作开始，重新找到自己在摄影机后的位置。"我有两个美国项目，但需要很长时间，于是我决定自己写，不等制片人了。""这是什么？""我买了安妮·维亚泽姆斯基关于与戈达尔共度岁月一书的版权。现在，我已经有一些进展了，等等看吧。"

晚上，和吉安·卢卡·法里内利在过客餐厅共进了友好的工作晚餐，自从卢米埃尔电影节之后，我是第一次再回到这家餐厅。吉安·卢卡向我确认，他想在2016年夏天的博洛尼亚推出正在大皇宫展出的卢米埃尔展。卢米埃尔的历险未完，待续……

12 月 23 日　　周三

　　这些天的假期并不名副其实：十来个人给我打电话保持联系，我还要准备过冬事宜，并确认每部电影作好了放映准备。克里斯蒂安有自己的片单，很快就会和我们的做比对。我准备了一些电影要在圣诞期间看，一些是 DVD 或蓝光光碟，其余则是通过互联网。互联网的播出渠道越来越繁多了。观影渠道的变化真是疯狂，换作以前，选片时要么是在巴黎看 35 毫米胶片拷贝，要么就要飞到国外，当场观看电影。最初，人们寄来老式录像带（VHS），然后是 DVD，开始出现令人晕眩的多种方式。从某一天开始，艾米丽街仓库里的拷贝变得越来越少，让我们亲爱的放映师帕特里克·拉米感到了极大的失落。接着出现了数字电位器（DCP），英文全称是 "Digital Cinema Package"，它成为今天标准的高清放映方式（在商业电影院也是如此）。这个比智能手机稍大一点点的小盒子放出的影片质量一点儿也不比胶片差——路易·卢米埃尔和爱迪生要是知道了，一定吓得魂飞魄散。不过，大家还是时常会寄送几份 DVD 提供试看，这样，我们就可以自行分配，也能带回家观看。2 月份选片工作将近尾声时，每个人晚上或者周末回家时都会要带上十多部电影试看，并需要做相当多的笔记分析。

　　和阿兰·阿达勒进行了一次很长的对话。他是巴黎最活跃的制片人之一，将向我们介绍一部关于舞蹈演员洛伊·富勒的法国电影处女作[20]，以及《黑道皇帝》，一部由里卡多·斯卡马乔主演的意大利电影。他还曾与瓦莱丽·高利诺和达内兄弟担任过

联合制片。"妮可·加西亚的电影呢？""正在制作，会在 2016 年
秋天上映。""你会给我们看吗？""它已经在到处行销了。""所以
呢？""我不确定参加戛纳在不在其行销策略之内。""你还是可以给
我们看看啊？""我得跟妮可说一下。""还有其他事吗？""没了，我
们将启动加内和赛德里克·安热的电影拍摄工作。还有吉尔·勒
鲁什，他将拍摄他的处女作。""看来你有了自己的道路。""算是
吧，但是，有时候我会觉得很孤独。我想有一个合作伙伴，有一
个可以和我互相交流、产生碰撞的人。"

12 月 24 日　周四

在我办公室的墙上，贴着五张学生时代的明信片：第一张是
克鲁什，这张照片曾出现在他去世那天的《解放报》上，那是
《解放报》最美的头条文章之一；第二张是克林特·伊斯特伍德和
保罗·纽曼在 1972 年图森汽车旅馆突然相遇时被抓拍到的珍贵影
像；第三张是亨利·米勒，他的两只手分别放在手杖和膝头的一
本《性爱之旅》上，一副老派安详而精明的作家形象；第四张是
由亨利·卡蒂埃·布列松拍摄的萨特，当时萨特的《恶心》是我
的床头书；最后一张是在片场身着皮衣的特吕弗。这些明信片是
我的青春，我那时没多少钱买书，而它们就算是我的财富了，一
直都是——我毫不犹豫地把它们张贴在了新的办公室里。

12 月 25 日　周五

圣诞节到了。愉快的家庭聚会，从父母（维克多和吉纳维芙）

到孩子（我的兄弟、姐妹、两个侄女和我自己的两个男孩）、配偶、孙子辈以及一个重孙女，有三十来号人的一大家子终于团聚。从回到家开始，我就百无聊赖地在壁炉前打发了一整个下午。接下来的两周没什么要紧事，我也没什么胃口了。我整理了从秋天以来就堆积如山的 DVD。但这样做会激发观影的欲望。我打开了蒙泰罗的电影合集（那句悦耳的旁白"黄色房子里的回忆"，一出"卢西塔尼阶式"的喜剧："在我的国家，人们曾用黄色的房子指代监狱"），还扫了一眼英国导演大卫·里恩的电影（孩童时代看过的《远大前程》一直让我印象深刻），还有《花村》，以此验证奥特曼电影是否总能在开头几分钟里就引人入胜。我钟爱看电影的开头：一个镜头、一段对话、一声黑夜里的尖叫、一个在朗读文字的人声、一段音乐……片头字幕的出现常常为接下来的影像赋予节奏，比如奥尔德里奇《第四时速》的开头就很出色（一个不安的女人在夜路上奔跑，被不停闪烁的车灯照亮），还有文德斯的《错误运动》或者塔维涅的《法官与杀人犯》。《花村》则让我们看到沃伦·比蒂骑着马来到一座被白雪覆盖的山村，随着一行行的字幕出现，我们会听到《陌生人》，莱昂纳多·科恩的那首关于失手的扑克玩家的歌曲，歌词唱道："你已经看见了这个男人，用他的黄金之手分配牌张。"有趣的是，在这张由华纳公司发行的 DVD 里，法语版的第二声道中，这首歌是由格雷姆·沃莱特演唱的改编版。这首名为《陌生人》的法语歌曲曾是 20 世纪 70 年代的大热门，曾占据了我们的童年记忆。

戛纳之旅让我与罗伯特·奥特曼擦肩而过。我曾和保罗·托马斯·安德森拜访过他在纽约的家，保罗和他的关系非常亲密（他去年上映的那部诡奇电影《性本恶》正同《漫长的告别》的李生兄弟）。他在家里为我们放映了一部自己的电影。然后我们出发前往伊莱恩餐厅用餐，这是伍迪·艾伦那部声名远播的电影《曼哈顿》开场中的餐厅——另一部拥有绝佳结尾的电影是格什温创作的《蓝色狂想曲》，有伍迪的旁白（"第一章""第二章"）、戈登·威利斯的黑白影像、雪中的纽约，等等。奥特曼拍摄了很多作品，完成了89部电影、纪录片和电视剧。在如此多的作品中不乏杰作。我们不再常谈论他，但他从未被遗忘，毕竟他是一位大导演。我们将在"第一电影路"赋予他荣誉。那位拍摄过《三个女人》的家伙从没有死去，只是悄悄地行至永恒之中——经过今早的查证，他享年八十多岁。我还发现，他包揽过三大电影节奖项：1970年的《陆军野战医院》获得了戛纳金棕榈奖，1976年的《西塞英雄谱》获得过柏林金熊奖，1993年的《银色·性·男女》获得了威尼斯金狮奖。他于2006年去世，当时刚刚荣获了好莱坞的奥斯卡荣誉奖。我很想为他留下几行笔墨。

12月26日　周六

我总是不断地想到百代。和杰拉姆·赛杜将在1月初约见几次，以便在短信交流之后能当面聊聊。我认真考虑过这个邀约，也和玛丽谈论过这个话题。她从不掺和电影节事宜，也从来没有评价过任何评委、电影或影评文章。她的话很在理："我很喜欢杰拉姆和苏菲。他们不会轻率地给你提供职位。如果你和杰拉姆认真讨论后决定接受这个提议，那就坚持走到底。"今天，这番尝试将意义重大，就像玛丽概括的："想象一下，你在现在的职位上一直待到戛纳70周年，也就是2017年，然后你离开戛纳。这样就能给所有人足够的时间去考虑接下来的路。你将有时间独处，不会故步自封，也能在人们厌倦你之前抽身离开。"这样看来，显然……

11 月 27 日　周日

　　今天是我母亲的生日。她的母亲来自瑞士的伯尔尼，父亲来自法国阿尔代什省，出生于瓦隆，后与十公里开外的蒂兰小伙子结婚——吉纳维芙和维克托，我的母亲和父亲总是待在一起，共同旅行过很多地方后选择了生活在多菲内地区。下午将尽时，我决定去骑一会儿自行车。天气很好，当季的低温在阳光下变得柔媚无比。"夜晚，高压将在天空横扫一切。"一位诗人天气预报员预言道。据说直到年底，天气都将晴好，人们在戛纳还能做海水浴。冬至未至。而我本想要雪中的拂晓、寒冷的大地、冰霜、雨露和黑夜。我在伊泽尔平原上骑行，两侧是核桃林与迂回的田野。美好的气氛让我惊喜。由于韦科尔山麓蔑视着我的自信，我决定改道，朝蒙托和莫雷蒂山口骑去，那里与韦科尔高原和奥特朗斯站相距二十来公里。我本来预期山巅寒冷，道路可能被冰封，骑行的疲劳可能会让我在骑行数公里后就半路折返，但是上行的路似乎不难，而山上披着白雪的树林鼓舞着我继续前行。一天将尽的时分，让我印象深刻，神魂颠倒。我听见湍急的水流在冰雪中淌出自己的道路，我想见那雪块在斜坡上松散倾落。半山处，我决定登顶。返程途中，夜幕降临，八度角的倾斜梯度、冰冻沥青上的冰盖、低能见度和流泪的眼睛……都让我与危险擦身而过。

12 月 28 日　　周一

　　再说一件关于卢米埃尔的事情。艺术，我想说的是绘画、舞蹈、音乐、雕塑、诗歌、建筑这六大种类，没有人知道也不会有人知道它们确切是什么时候诞生的。但第七类艺术"电影"，确切诞生在里昂和巴黎。在里昂，是 1895 年 3 月 19 日，当路易·卢米埃尔将他的机器摆在一座工厂的门口拍摄出入其中的工人们时；在巴黎，是在 3 月 22 日和 12 月 28 日——正是今天——是卢米埃尔把拍摄的这番"景象"展示给圣-日耳曼大道的国家产业鼓励协会的科学家同事们之时，随后是展示给公众。

　　从当年的 6 月到 8 月，路易在里昂和拉西奥塔拍摄了各种其他主题的影片，来精进自己的技术，随后展示给亲朋好友，作为娱乐。这些使人惊讶、印象深刻的放映开始逐渐成形。当年的夏末，他开始自我寻思。他和兄长奥古斯特想要的并不止于此：应该将这些影片公映吗？将它限制在科学技术领域难道不是更可取吗？一年前，在发明之初，他曾询问过他的父亲安托万。"我来负责它。"他总结道。他当场决定要将这一新发明商业化，而作为一个善于吸收、长于享乐的巴黎人，除了选择这个首都城市之外别无他想。他在聚集着高端社群的林荫大道找到了一个地方，即位于卡皮西纳大街上的格兰德咖啡厅地下室。房东 M. 波尔乔尼先生将那里称作"印第安沙龙"，答应了出租这个房间。在第一场的 33 名邀请嘉宾中，一个三十多岁的男人坐在了第一排。在这场共 10 部总计 50 秒的电影放映的尾声，这个男人急忙对安托万说道："我买了！"安托万却回答道："不，年轻人，这个发明不是用来卖的。你该感谢我，因为它不会有未来，它会让你破产的。"那个年轻人便是乔治·梅里爱，他很快决定，要做电影。

我们可以看到，那句著名的卢米埃尔名言（"电影是没有未来的艺术"）是安托万说的，而非路易，后者显然与史实相违背：卢米埃尔兄弟对自己的发明充满信心，从来没有宣告过电影的消亡。事实上，他们导演和制作了超过 1,500 部电影。但是，《双虎屠龙》里发生的事情也同样出现在了卢米埃尔家族身上：传说之所以流传下来，是因为它们听上去比现实更美丽，而且恰恰与传奇、魔法、魔术、梦、幻觉、魅力、空想相关。从来都是如此！1895 年，记者们还做过一些关于宇宙的思考，诸如"多亏有了电影，死亡不再成就永恒"。

第一晚，M. 波尔乔尼先生并不后悔自己用"套餐价"出租了房间：那晚几乎没来几个人，但接下来的几天、几个星期里，人们蜂拥而至。于是，他必须再往前走一步，像今天的影院经营者那样：从票价中抽成。伯纳德·夏尔德尔戏谑说道："这个巴黎的意大利人做成了电影史上的第一笔坏生意。"

在巴黎格兰德咖啡厅的"印第安沙龙"包间里（如今它是斯克里布酒店的地下一层）举行了卢米埃尔电影的首场售票放映。这很大程度上奠定了"电影剧场"的基础，即一个放映厅、一个放映员、电影作品和观众。受到伟大前人的启发（爱迪生、马雷、迈布里奇和雷诺），卢米埃尔独享了创意，赶上了集体演出的好时机。人们在 19 世纪末等来了它的降临，直到今天，它仍然被我们所需要：一群人聚集在一间放映厅里，分享人生、欢乐、眼泪与情感。

12月29日　周二

我和克里斯蒂安·热那通电话，听说2016年将是韩国电影的"大年"。韩国电影于20世纪90年代末期在国际影坛崭露头角，但它从来都是一个电影大国。2002年，林权泽凭借《醉画仙》从大卫·林奇手上接过了最佳导演奖，其后，越来越多的出色人才拥入了电影界。我一直都很喜欢引用他们的名字，以此让人感觉我好像熟练掌握了韩语，比如朴赞郁、申相玉、金知云、林常树、李沧东、奉俊昊、洪尚秀、罗泓轸、金基德等。

让我再加上金东虎的名字，他是釜山国际电影节主席，每到10月，我都会定期前往那里（除了今年），而金主席是会私人掏腰包请你喝酒、吃饭、去练歌房唱歌的人。这个国家的早晨并不总是宁静的：这里有对电影的狂热，有手里拿着智能手机的年轻人热情迎接着在我们眼里"外省名人"级别的明星，还有犀利、见多识广的记者们，他们采访克莱尔·德尼的水平与《法国摇滚》不相上下。釜山是一座南方的港口城市，坐拥一处巨大的港湾，分布着很多酒店——形似戛纳，也获得了同样的成功。几年间，韩国电影四处出口，随着市场扩张和新的基础设施建设，釜山电影节成为亚洲最大的电影盛事。艺术家们热情地将浸在啤酒里的烧酒杯串起来，以此向韩国本土传统致敬（在韩国，人们干杯后都要将杯口朝下放在头上，来向他人证明自己已经喝光，这样才会给你续杯）。在这个渔人街区的海边露台，我有着最美好的回忆：由金先生、彼得·范·博仁、西蒙·菲尔德、侯孝贤和我组成的酒友团相聚在老虎俱乐部之夜的出口处，侯孝贤还在优雅地哼着中国小曲（然后突然睡着了）。

经过确认，朴赞郁、洪尚秀、金基德和罗泓轸都在工作。还有延尚昊，他将拍摄一部值得期待的恐怖电影，名叫《釜山行》。这些都是非常不错的消息，毕竟，好的戛纳电影节离不开亚洲电影的强势亮相。

12 月 30 日　周三

每当天风驱散云朵，月光自会照亮山谷。今晚并不寒冷。我们在山上，无暇写作。记者卡洛斯·高梅是皇马死忠，有着极好的品位，给我寄了一份我曾回答过的"普鲁斯特问卷"，最近刚找出来。好了，今天的日记就用它吧。

您对戛纳电影节最初的记忆？
还是孩子的时候，我看到电视上说《极乐大餐》的放映引发了丑闻。1979 年，我第一次到戛纳，口袋里装着驾照，从里昂一路开到了十字大道。我没有看一部电影，甚至不知道怎么才能进入电影院。但是我"在那里"。晚上，我就睡在自己的车里。

最好的记忆是？
"我的"第一次红毯是 2001 年，与《红磨坊》的巴兹·鲁赫曼和妮可·基德曼一起。或者是 U2 在红毯上开即兴演唱会那次，是庆祝戛纳 60 周年。

最糟糕的记忆？

没有。借用伍迪·艾伦的话说，戛纳，就像性一样，即使当它不够好的时候，它也是好的。

理想的金棕榈奖电影是？

一部作者电影，有明星出演，并收获了成功。除此之外，获奖影片都是理想的，只要我们好好看。

电影节的缺点？

我知道它的不足，但我不会告诉你。

让您想要自己来导演的电影？

让-吕克·戈达尔的《狂人皮埃罗》或者伯格曼的《芬妮与亚历山大》。

让您想要出演的电影？

马里奥·莫尼切利的《组织者》。

您一直没弄明白的电影？

大卫·林奇的《穆赫兰道》。而我特别不希望别人来为我解释。

让您无法再回想的一张脸？

那就的确再也想不起来了。

您在大银幕上最喜欢的男主角？

尼古拉斯·雷《好色男儿》里的罗伯特·米彻姆。

生活中的呢？
穆罕默德·阿里。

生活在里昂的三个理由？
里昂老城区，里昂传统餐厅，里昂队。还有富尔维耶山，因为在山顶可以看见大海（地中海）。

三个在里昂非去不可的地方？
过客餐厅、艾内修道院和德西特书店，白莱果广场。

如果您是里昂队的主席，您将会雇的三名球员是？
鉴于球员风格和我个人的记忆，只有两位：卡里姆·本泽马，那样他就可以回家了。还有儒尼尼奥，因为他离开时我没来得及跟他说再见。

您曾经历的看似最不可能的会面？
和我的偶像埃迪·莫克斯，在巴塞罗那诺坎普体育场的观众台上。

最难忘的会面？
在卢米埃尔中心见到迈克尔·杰克逊。感谢塔拉克·本·阿玛尔[21]，我向他展示了卢米埃尔的电影，而他取下了他的黑色眼镜。

现代世界让您不喜欢的地方？

现代世界不喜欢古代世界这一点。

您梦想的晚餐最想邀请的嘉宾？（最多六个，已逝的和活着的都可以）

巴巴拉·斯坦威克、阿斯托尔·皮亚佐拉、布莱斯·桑德拉尔、莱欧·费雷和俄罗斯诗人安娜·阿赫玛托娃。为了有人一起享用爱尔兰威士忌，还要叫上约翰·福特。我只选了死去的人：活着的人都在那儿，我们随时可以见面。

您害怕什么？

对我来说，没有。除了与我的孩子有关的。

您最大的缺点是？

在生活中，我很不擅长说"不"。

您最主要的品质？

我在戛纳的职务中，懂得说"不"。

您的人脉圈是？

我没有人脉圈。

您一定不会忘记的一天？

1990 年 2 月 11 日，曼德拉获得自由。

您放弃过什么？

导演电影。西默农曾说："每个人都有自己的小说等待书写。"电影也是如此。但生活将我领向了别处，而这让我非常幸福。

比您更右派的有谁？

克林特·伊斯特伍德。但他是我的朋友。

比您更左派的有谁？

肯·洛奇。他也是我的朋友。

当您抵达天堂时，会向上帝说什么？

我们能先参观这儿的放映厅吗？

您最喜欢的电影台词？

《猛虎过山》里某人问雷德福："怎样，这趟旅行值得吗？"

12 月 31 日　周四

我们都希望这一年尽快结束，今天就是最后一天了。在这个国家里弥漫着一种奇特的氛围：每个人都希望将 2015 年抛诸脑后，也不想想，2016 年可能更糟糕。我们全家一起跨年。像每一个 12 月 31 日那样，玛丽和我都是以观看一部电影作为结束。这样的传统来自马丁·斯科塞斯，在每年的最后一天，他都会邀请朋友们到屋里看电影：一部梅尔维尔，一部沃尔什，一部雷诺阿。

他的女儿在他的熏陶下，成了一名优秀的影迷。

去年，我们看的是克劳德·苏台那部让人无法抗拒的《塞萨和罗萨丽》，前年则是《游戏规则》。今晚，我们（最后，玛丽还是让我来）选择了在大屏幕上放映南尼·莫莱蒂的《亲爱的日记》，以此思念他，并且看看这部影片是否经得起时间的考验。嗯，的确经得起。

南尼来过戛纳很多次——他就是媒体嘲讽的"戛纳嫡系"之一。拜托老天多给我们几个像他这样的"嫡系作者"吧。他还是一位优秀的评审团主席，合理、使人信服、守密。非常的意大利。参与竞赛的导演们想知道，他们的电影是否将被有大格局的艺术家评判。南尼是一名电影导演，也是影迷、电影经营者（他在罗马有一家很棒的影院，叫"新萨克"）、制片人、发行商、作者、政治人士和体育运动者。他喜欢有"阿根廷琵雅芙"之称的梅赛德斯·索萨，还有布鲁斯·斯普林斯汀——他和达伦·阿伦诺夫斯基、罗什迪·泽姆、卡梅伦·克罗，是少数取得了斯普林斯汀歌曲使用权的电影导演：比如《红色木鸽》里的那首《我着了火》。这个严苛、狂热的男人自从第一次参与戛纳就被写进了历史：他在1978年用16毫米胶片拍摄的《收破烂儿的人》被吉尔大胆地选入了主竞赛单元。而在2001年，我任职戛纳的第一年，他的《儿子的房间》获得了金棕榈大奖——数周前，我们放映他的电影时不得不中断了试映会。他让我们感到不安。

1994年，那时还是电影节狂爱者的我，在卢米埃尔影厅里看到了《亲爱的日记》。它应该在现代电影里开创了"导演日记"这一类型，假如这真的能如此轻易做到的话（约阿·恺撒·蒙泰罗也很会拍这种电影）。这是一部三幕戏的电影。第一幕：一个男人

（莫莱蒂本人）骑着小摩托车在罗马的街巷中游荡，就像他是第一次探索这座城市一样（骑着摩托的精妙镜头，莱昂纳多·科恩的歌曲，与《闪电舞》的女演员不期而遇："詹妮弗·比尔斯？詹妮弗·比尔斯？"）。第二幕：他在埃奥利群岛间航行，寻求一方宁静，休憩并寻求灵感。我们在第三幕中看到的是他到达了病痛的地狱，衡量每一瞬人生的价值。

歇斯底里的宁静是弥足珍贵的，因为它最彻底。在《亲爱的日记》中，莫莱蒂的安静比起他过往遭遇危机时的打滚嘶吼更如暴风雨般激烈。他在海上航行时享受着风与阳光；和老友走遍乡村，谈论着不足挂齿的琐碎小事；他独自踢足球，将球朝天空用力踢出一条抛物线；他寻访电影中的历史遗迹，让自己感觉与历史融为一体：帕索里尼被刺杀的奥斯迪海滩，在令人难忘的场景里伴随着凯斯·杰瑞特的音乐，还有令英格丽·褒曼步上神坛的罗贝托·罗西里尼的《火山边缘之恋》的拍摄地。南尼抛下了早期电影中形影不离的分身米歇尔，在这部电影里观望着事物（城市）、世界（群岛）与自身（疾病），探寻着一个尚未选出贝卢斯科尼的意大利。

自此，莫莱蒂变得宁静了，远离了最初的愤怒，仍怀揣着同样的信念：失败主义者只会自取灭亡。在这部电影之后，他涉足政治领域，以求唤醒国家。他带头进行抗议，要求检举那些被他称作"凯门鳄"[22]的人。罗西里尼认为，我们的世界能否变好，取决于智者和知识分子们的教学才能与不怕丢脸的勇气。

注释:

1《我在那儿做什么?》,歌曲原名为 *Qu'est-ce que je fais la?*

2 2015 年戛纳电影节由法国电影《昂首挺胸》开幕,法国电影《流浪的迪潘》获得金棕榈奖,《我的国王》和《市场法律》分别摘得最佳男女演员奖。

3 昆德拉曾在布格格电影学院(la Famu)任教,米洛斯·福尔曼和伊利·曼佐等很多捷克新浪潮著名导演都曾是他的学生。

4 玛丽安·马雷夏尔-勒庞(Marion Maréchal-Le Pen),法国极右翼国民阵线总统候选人勒庞的侄女,参加竞选时年仅 22 岁,是勒庞家族的第三代。

5 克里斯蒂安·埃斯特罗斯(Christian Estrosi),法国人民运动联盟党派(2015 年后更名为共和党)成员,也是 2015 年普罗旺斯-阿尔卑斯-蓝色海岸大区区长候选人。在这次选举中,社会党候选人选择退出,将选票集中到克里斯蒂安身上,以对抗当地日益壮大的国民阵线势力,克里斯蒂安也因此得以当选。

6 伯纳德·卜罗尚(Bernard Brochand,1955—   ),2001—2014 年任戛纳市长。

7 光明节的法语为"fête des Lumières",其中光明"Lumières"一词与卢米埃尔兄弟的名字同词。作者特意在这里点出。

8 巴希尔·波利(Basile Boli,1967—   ),法国国家足球队、马赛奥林匹克俱乐部前球员。

9 大个患者(Grand corps malade,1977—   ),原名法比恩·马索,是一位法国歌手,"大个患者"是他的艺名。

10 丹尼尔·布拉沃(Daniel Bravo,1963—   ),法国国家足球队球员,曾先后加入尼斯、巴黎圣日耳曼、里昂等俱乐部。他于 1980 年在尼斯开始职业生涯,2000年在尼斯退役。

11 贝尔(Bel)在法语中有美丽之意,家(mon)则意为"我的",多(do)在英文里是"做"的意思。塔伦蒂诺把贝尔蒙多的名字拆解成了三个音节,却也是三个各有含义的单词,以此幽默地夸赞这个名字像诗句一般。

12 优先城市化地区(Zones à Urbaniser en Priorité),一般位于城市边缘。法国于20 世纪 50 年代出台该政策,集中高效在此建设住宅区。

13 高木文子,标准收藏公司总裁和执行制片人。

14 星球大战电影经典台词"原力与你同在"。

15 安德烈·尚松(André Chamson,1900—1983),法国作家,曾任国际笔会主席,当选法兰西学院院士。

16 阿斯图里亚斯(Miguel Angel Asturias,1899—1974),危地马拉小说家。他被

视为拉丁美洲魔幻现实主义的开创者，在拉丁美洲乃至世界现代文学史上都占有重要地位。

17 乔尔乔·施泰勒尔（Giorgio Strehler，1921—1997），意大利戏剧导演，因其在米兰施泰勒尔小剧场改编上演的布莱希特、莎士比亚作品而驰名欧洲，是当时最著名的戏剧导演之一。

18 路易·肖维（Louis Chauvet，1906—1981），法国作家、记者，曾为《费加罗报》等多家媒体撰写电影相关文章。

19 夏尔·斯巴克（Charles Spaak，1903—1975），比利时籍编剧，参与了20世纪30年代法国诸多影片的剧本工作，如雷诺阿的《大幻影》、杜威维尔的《同心协力》等。

20 即由斯蒂芬妮·狄·朱斯托导演的《舞女》。

21 塔拉克·本·阿玛尔（Tarak Ben Ammar，1949—　），法国制片人、发行商，也曾是杰克逊世界巡回演唱会的经纪人。

22 莫莱蒂 2006 年的电影《凯门鳄》(Caïman)。

2016 年 1 月

JANVIER

2016 年 1 月 1 日　周五

今早，在香港最早开始新的一天的王家卫给我送来了新年的第一条祝福。新的一年开始了，假期也结束了。明天就将返回巴黎。晚上，上床睡觉前，我在月光的照耀下在屋子里走了一圈，满月光辉勾勒出了韦科尔山的轮廓，在伊泽尔平原投射下昏暗幽蓝的光。我能听见身后山谷里的狗叫和低处邻居家的驴叫。我摸了摸还热着的拖拉机引擎——今天我开了它一整天，为了听听引擎的声音，也为了不让冬日的严寒使它冷寂下去。拖拉机的型号是麦赛福格森 MF65。这个引擎使我生出的感动堪比最近重新看到贝托鲁奇在《1900》里讲述的农民的世纪。传播者有保时捷，而我有这台拖拉机。我将牢记这一刻，好在身处巴黎的喧嚣骚乱时，可以凭记忆寻回安宁。

1月2日　周六

　　杰拉姆的邀约及其将引起的变化让我回忆起当年加入戛纳团队的情形。记忆闪回到 2000 年的初夏，那时我刚刚拒绝法国电影资料馆的领导工作，向邀请我的多米尼克·帕伊妮表示，我只对卢米埃尔中心的未来有兴趣。欧洲足球正在全面发展，贝特朗·塔维涅则称我是"无法阻挡的"。制片人和发行商法比安娜·冯涅尔对我提到了戛纳电影节："吉尔·雅各布，"她说，"正在寻找一个继任者。我能跟他提一下你吗？"是的，我同意了，只是当时并没有认真对待这件事。吉尔·雅各布，传奇般的戛纳电影节总监以及新任主席，该如何想象他会对一个外省来的小子感兴趣？那时，2000 年的戛纳电影节刚刚在纳京高的乐曲中结束——王家卫为《花样年华》而选的配乐（《或许，或许，或许……》），而吕克·贝松领导的评审团将金棕榈奖颁发给了拉斯·冯·提尔的《黑暗中的舞者》。吉尔那时处于名望、权力和传奇的巅峰，因此其接班人的问题也随之变得尖锐——无论是谁，敢一厢情愿地冒头都会显得彻头彻尾地可笑。

　　热忱的法比安娜没有食言，她通知我说，吉尔想见我。在 6月的某天，应该是 28 号——法国队与葡萄牙队进行半决赛的日子，她在位于蒙梭公园的公寓里安排了一场秘密的约见。然而那天的高铁延误了，加上我对地铁路线不熟悉，简而言之，我迟到了。会面推迟了一小时。吉尔对我很关注，对法比安娜很真挚。"您不想去法国电影资料馆，"他一来就跟我说，"那您是怎么看待戛纳电影节的呢？"接着，他用彬彬有礼且克制的方式向我询问了我与电影、与电影节的联系，还有我一个月前看过什么电影。我们谈论了科恩兄弟、杨德昌和奥利维耶·阿萨亚斯，从经典谈到现代，从文化遗产谈到导演本身。他为什么愿意见我呢？显然，他是充分相信法比安娜的，不过也有时间方面的压力：到了冬天，一个解决方案都没有出来，而他于1999年底成了主席，不能再继续充当下一年的选片者了。他必须选出继任者。

　　吉尔也向我透露了对卢米埃尔中心的兴趣。他认识贝特朗，克劳德·米勒和皮埃尔·里斯安也都向他提到过我。我们还拥有一些共同的朋友，比如伯纳德·夏尔德尔，20世纪60年代初，他就在里昂出版了第一本书《现代电影》；还有雷蒙德·希拉特，他在20世纪80年代是一名编辑，我们都和吉尔有过一些接触。1997年，戛纳50周年时，我在里昂的汉嘉厅组织过一次"金棕榈之夜"活动，吉尔给予了帮助。有一次我们在电影节偶遇，他还祝贺了我们的书在南方文献出版社成功出版。像所有人一样，我很欣赏他——只是远远地，那时候我还没有机会走上红毯。吉尔曾是这个巨大王朝的主人，这个王朝稍纵即逝却辉煌无比、精彩至极、天下无双。他本人曾是编辑、作家、记者。对于曾经研究过"迷影"历史的我来说，他还是一本在20世纪50年代让法国扬名海外的杂志的创始人，那就是1950年诞生的《连接》杂志[1]，比《电影手册》还早一年。我研究1952年诞生的《正片》杂志历史时曾联系过他：他和基尤[2]、贝纳永[3]、泰耶尔[4]、特吕弗、夏布洛尔都是法国黄金"迷影"年代的鲜活见证者。那次，他拒绝了我的邀请，但是亲自给我写信作了说明。而我那时才22岁，收到他的回信对我来说不啻为一种骄傲。我还收到过来自杰拉姆·林顿的拒绝——吉尔在很多方面与之相似，他拒绝读让·埃舍诺[5]

写的关于他的书：保持神秘，冉森派，孤独，但又热情、专注，严苛地对待自己。

走出法比安娜的大公寓时，我兴奋地踏步前行：我刚刚真的见到了实实在在的吉尔·雅各布，法国电影界最具吸引力的男人之一。在高铁上，我对自己说，我已经成了他的继任候选人之一。那时，在整个巴黎电影圈甚至更广的范围里，都流传着窸窸窣窣的谣言，而我恰巧参加过几次晚餐会，听见人们假装自己已经知道吉尔选择了谁来继任，不过从来都没听到过我的名字。谁会想到吉尔约见了一名来自里昂的影迷、一个在电影界名不见经传的小子呢？我相信，这也是吉尔对我感兴趣的地方，一个让人惊讶的主意，一个让人始料未及的决定：选一个不被熟知的人。

我们在整个夏天都保持着联系。我们需要时间去彼此了解，当然，更重要的是他需要对我作出评判；而我对于他的关注感到受宠若惊，丝毫没有不耐烦或者自负的情绪。他这一把玩得很大。而我不认为——我从来不曾真的了解他——他还见过其他人。我们每一次的会面都充满着地下工作般的隐秘性，每次他都是到最后一分钟才告诉我见面的地点。7月末，他邀请我前往法国西南部，他正好在那里度假。一次午餐后，我们一起散步，他详细讲述了自己如何理解选片人这个职业，谈话颇为正式。于是我明白了，只要我愿意，那么他就会选择我作为继任。几天后，我在吕贝隆地区闲逛时，向影评人和电影史学家帕斯卡尔·梅里若提到了这件事，他是选片委员会的成员，也很了解吉尔。他催促我接受这个提议，至少应该认真对待。

法比安娜也是如此，我们时常通话。这个问题有时会激发我们进行热烈的交流，而她觉得我并不擅长处理这类事情。几年前，她与弗朗西斯曾邀请我加入他们的金字塔影业（Pyramide），而我拒绝了。她理解我对巴黎式幻梦的保守态度。确实如此。夏天快结束时，吉尔开始示意：他在等待我的回答。假期结束了，互相引诱的阶段也结束了。我应该让愉悦的谈话最终成为一个如他所愿的积极决定。我已经被逼到墙角。而在 2000 年 9 月初，一个新的议题进入了我们的谈话。吉尔告诉我，与我同时的，还有薇罗尼可·凯拉，作为总监加入戛纳团队。他很坚持地希望，在他之后将由一对搭档来管理戛纳。然而，我刚刚在里昂结束一个"双头"管理工作，丝毫不想再来一次。而这个双重搭档，再加上他，将变成三角搭档，与我们之前谈论的形式相差甚远。我也不认识薇罗尼可，但从我们的初次会面看来，这个全新的"戛纳管理者"的角色也让她困惑不已。

其实我并非找不到借口来拒绝吉尔的提议。人们都断言他不会放权，而且不管怎样，这个职位都充满了危险，因为没有人能够达到与他媲美的高度。还有人扬言他的候选人是亲儿子洛朗（这当然不是真的，我立马就知道了）。总之，人们只知道电影节的董事会会议将在 10 月初举行，届时他必须提交一名候选人。这些阴谋论想法让我吃惊。吉尔和我共同度过了非常愉悦的数周，我们交谈、会面，彼此了解。我对他的景仰如高山仰止，而他则带领我进行了一场美妙的心灵旅行，让我对有一天将取代他的可能性浮想联翩。

其实我没有任何野心。人生中有些时刻正是如此：你无欲无求，但人们为你呈上了全部。我并不矜持，毕竟在心底对电影节充满了热爱，以至于我愿意在生活中也与之为伴：每天看五部电影，和伙伴们吃饭，和意大利朋友们在酒店观看欧冠决赛。我并不想改变这样的生活。我也不想离开卢米埃尔中心，不想对贝特朗·塔维涅不忠，不想远离电影圈、档案馆和卢米埃尔电影，更不想切断与里昂的山川、与那里的众人之间的联系。然而，吉尔提供给我的东西不容小觑：我将置身于最大的国际文化盛事、最独特的文化活动的中心。他让我在我所选择的行业中占据令人垂涎、富有声望的地位，堪比成为环法自行车赛的主席、在法兰西学院教书或成为世界电影大使（是的，是的，这个职务与之相关）。但我总感觉还不到时候。我那时四十岁，想重新拾起历史论题研究，还想获得柔道五段。我跟吉尔说了这些，博其一笑，然后重新看了好几遍比利·怀尔德的电影。

吉尔表现得很惊讶。法比安娜也是，但她没有对我有任何责怪。这是一个充满同理心又很温柔的女人，她没有让我感到愧疚，但显然和我一样有些慌张。而我和吉尔则将近两个礼拜没有交流。我责怪自己使他陷入了麻烦。我知道他向帕斯卡尔·梅里若也提议了这个职位，但后者给我打电话说他拒绝了："应该由你来，这份工作是为你度身定制的。"（我从未为此感谢过他）2009 年 9 月的最后一个周日，我在拉格拉芙的山里，法比安娜不顾一切地来与我会合，劝我："再给吉尔打电话吧，他想跟你聊聊。"吉尔·雅各布重新给了我一个提议，他说："我很明白。你的问题在于里昂。所以，我邀请你来电影节，同时保留你在卢米埃尔中心的所有职务。说到底，都是同一性质的监管职责。而文化部长凯瑟琳·塔斯卡也会同意贝特朗的要求，我会给他打电话。只需好好安排你的时间：从 1 月到 5 月，四天在巴黎，一天在里昂；从 6 月到 12 月，四天在里昂，一天在巴黎。此外还有各种旅行。"他接着补充道，"薇罗尼可·凯拉将是电影节总监，而你是电影节艺术代表。你觉得这样合适吗?"对我来说很合适，只要能保留我在卢米埃尔中心的职务，不被任命为电影节总监并不怎么重要。尤其是，这让我已视之为伙伴的薇罗尼可成了全权管理者。那个周日晚上的 11 点，我瞒着法比安娜和帕斯卡尔打给了奥利维耶·巴洛特、N.T. 宾(《正片》杂志的一位记者，也是选片委员会成员)和米歇尔·西蒙(他也熟知吉尔，是少数几个对他不用敬语的人)。每个人都在鼓励我，甚至连几个月前失败了的奥利维耶·巴洛特也鼓励我。两天后，薇罗尼可和我在董事会会议上被提名。

1 月 3 日　周日

难得在周日身处巴黎。在"欧洲摄影之家"参观布鲁诺·巴贝的展览，还在法国国家图书馆参观了安塞姆·基弗[6]的展览。在巴黎美妙的天空下，我从一个地方步行抵达另一个地方，只为驱除体内因漫长黑夜而积压的毒素。我楼下的邻居瓦莱丽·菲农在听米歇尔·德佩奇的《玛丽安娜曾如此美丽》。昨晚是洛朗在奥林匹亚球场的最后一场演出，我们在晚餐时听说了歌手的死亡，沉浸在各自的回忆中，想起了与他的相交，想起几年前我们还在红毯上迎接他，那些都点缀了我们的生活。突然，塞尔日·拉玛哼唱了几句，然后整桌人都跟着他唱起了德佩奇的歌，《真相》[7]专辑中的歌曲构成了我们的共同记忆。

1 月 4 日　周一

我回到了冬季的街区。起初，吉尔建议，让我在冬季每周有一天待在里昂，其余季节则有四天，但这个安排从来没有被真正尊重过：从12月到5月，十年来，我都是整周待在巴黎；从9月到12月的时间里也差不多如此。无论我身处何地，都24小时随时与世界接轨：座机、手机、邮件、推特私信、早上、白天、晚上、深夜。我每天都要回复成堆的信息和邮件。我的回复速度之快已形成了口碑。这是为了不遗漏任何人与事。一个迟到的回复、一个细微的误解、一个曲解的字词，都可能酿成大祸。我的工作容不得任何懈怠，除了4月——那是作出最终决定的时候：那时，我的沉默将被包容，甚至被理解。

午饭时，我在马克思咖啡厅见到了文森特·波玛莱德和斯蒂芬妮·马尔费特：他们代表罗浮宫，要办一个小型电影节，需要一些建议。下午，实验艺术室的代表们想准备一场"戛纳的法国艺术与实验影院协会日"[8]活动，专门为全法电影经营者和发行商举办。这一天过得忙碌又开心，晚餐也是，在帕斯卡尔·梅里若和他妻子克里斯汀的家里做客。

重新平静地回归各类事务中：2016年还没有和记者们作过任何公开交流，我们只需向那些着急想知道消息的人确认，电影节选片记者会将在4月14日周四举行。只剩下103天了。

1月5日　周二

1月，我们的办公室将有三十来号人。自去年夏天以来，一些人回到了他们个人的家庭生活中去，另一些人则前往出席其他的电影节（多伦多、莫雷利亚、迪拜等）的活动。从秋天开始，各部门的人开始陆续返回，而接下来的几个月里，人手还将持续增多，直到电影节期间，将超过千人。克里斯蒂安·热那召回了他年轻的电影部团队，吉纳维芙·彭斯着手准备"一种关注"单元的影片，杰拉尔·迪绍苏瓦准备"经典"单元的影片。由法布里斯·阿拉尔领导的注册服务工作正在收尾：对电影节和参与者来说，身份注册的开放是一个至关重要的时期。在网络部门工作的文卡·冯·艾克，从10月起就致力于更新网站，并承诺在5月上线；卡罗琳·沃托继任了，玛丽-皮埃尔·沃韦尔，开始其第一年的工作，而后者是一部"戛纳活历史"，去年年末离开了我们。还有媒体团队和电影市场团队。我忘不了米歇尔·米拉贝拉，作为专业人士中的关键角色在整年里频频出现。我想列举出所有为2016年戛纳电影节有所贡献的人，但这样做会惹怒我的编辑。当所有琐碎小事都处理妥当时，真正严肃的大事就将登场了。我刚到戛纳时，克里斯蒂安曾对我说："不要惊讶，你最后会明白：所谓电影节，本质上就是一家手工作坊。"他说得有道理。尽管有一些项目关乎未来，且颇具规模，但它的本质就是如此。

1月6日　周三

讨论重启：评委、开幕电影、开幕式与闭幕式的准备工作。昨晚，我们和皮埃尔决定推荐乔治·米勒为评审团主席。当我们提到这个话题时，他的名字总是会冒出来。如果他能接受，我们将欣喜若狂：这将是对澳大利亚电影、类型电影和风格化作者的一次致敬。下周日，他将成为最负盛名的金球奖的两项奖杯最佳导演奖和最佳影片奖的有力竞争者。我们期待他能在奥斯卡上有同样多的收获。乔治是一个总能让我们始料不及的导演（那部美妙的短片《阴阳魔界》），四部《疯狂的麦克斯》不足以概括他：《罗伦佐的油》是一部让人喜爱的电影，就像《东镇女巫》，这两部作品让人难以想到都是出自他的手笔，动画电影《快乐的大脚》也是如此。这位曾经的医生，因为对影像的热爱而转行，愈发成为一个友好、快乐、可爱的男人，对全世界的电影都充满了兴趣。自两年前来自新西兰的简·坎佩恩之后，这将是澳大利亚人首次担任评审团主席。是的，我们越想就越希望他接受邀请。由我负责与他联系。

和纳塔那·卡米兹[9]共进晚餐。我们谈到MK2电影公司重新在西班牙开张的影院及其取得的好成绩：电影没有死，只要我们悉心照料，它甚至不会生病。纳塔那告诉我泽维尔·多兰的近况，还有阿巴斯·基亚罗斯塔米，他向来忠实于卡米兹家族，即使他的新片直接由查尔斯·吉尔伯特制片。我和阿巴斯在伊朗、非洲、意大利、日本的旅行中常常偶遇，现在他在做一个中国项目，去年10月在里昂时他就跟我提过。纳塔那说他很累，正在德黑兰的家中休息。

1月7日　周四

我们急不可耐地期待着保罗·范霍文的《她》，电影由法国演员出演，在法国拍摄。今天，它差不多该杀青了。我们很喜欢这部既个人化又神似夏布洛尔-哈内克混血儿的电影。我们中没有一个人读过菲利普·狄雍写的电影原著小说（拉里厄兄弟已经为作者献上了一份出色的礼物，那就是大获成功的电影《爱之罪》，但范霍文制造的惊喜只会更大）。电影放映后，制片人萨义德·本·萨义德[10]给我打了电话，却没有明说他的意图。他告诉我，如果我们不选这部电影，他就安排电影尽快在院线上映；如果它被选中，就安排在戛纳期间上映，或者等到秋天。不过他不一定会去柏林，还没有给柏林看影片。我们的第一反应不是把它放在竞赛单元，而多半会是非竞赛影片，通过一场盛大的放映让电影每一幕的喜剧性都通过正处于个人艺术巅峰的于佩尔所饰演的怪诞角色展现出来——如果电影是在卢米埃尔大厅里放映，效果还能被强化。萨义德对我们的反应感到安心："这是电影的首映，我对其前途还一无所知。不过，关于戛纳的事情，我们可以几周后接着谈。我们还有时间来作决定。"这种话不需要对我说两次。

距离上一次"天塌下来"正好一年，那时子弹射中了《查理周刊》的漫画家们，射中了"超级卡谢尔"超市的犹太人，射中了保护我们的警察，而这一切又激活了新一轮的仇恨，陪伴着人们继续生活。一年前的这天早晨，皮埃尔·莱斯屈尔给我打电话，讲述刚刚发生的事情，声音里带着一丝哽咽。

1月8日　周五

这周还可以继续写。我自问要如何继续写这本书，尤其是我将开始把全部时间贡献给电影节的准备工作。2016年戛纳电影节开启了它的新篇章。

　　昨天和今天早上已经收到了一些邮件，比如皮埃尔·菲尔蒙告诉我，著名的摄影指导维尔莫什·日格蒙德[11]去世了，而他做了一部关于日格蒙德的纪录片，希望提交给 2016 年的戛纳"经典"单元。维尔莫什 2014 年来过戛纳，曾是东欧移民潮的一员，来自匈牙利，和其他人（比如内斯托尔·阿尔门德罗斯[12]、戈登·威利斯[13]、哈斯克尔·韦克斯勒[14]和布鲁斯·苏提斯[15]）共同打造了 20 世纪 70 年代好莱坞的视觉想象力，从斯皮尔伯格的《第三类接触》、德·帕尔玛的《迷情记》到沙茨伯格的《稻草人》，再到迈克尔·西米诺的《天堂之门》，堪称一代巨匠。

　　回头说邮件。佩德罗·阿莫多瓦的忠诚助手巴巴拉·佩罗邀请我在下个月 10 号去马德里观看《胡丽叶塔》。斯蒂芬·斯皮尔伯格的制片人克里斯蒂·麦克斯科说，一个月之内，可以在洛杉矶给我看导演的新电影，片名叫《圆梦巨人》。

　　还有来自美国导演杰夫·尼克尔斯的邮件，他曾在 2012 年携作品《烂泥》来到戛纳，让人印象深刻。我们邀请他担任"影评人周"单元的评委，该单元曾展映他的电影《存身》，但他更想专注于《爱恋》这部电影的创作，并跟我确认，电影将如期完成。

　　最后是索尼-哥伦比亚公司萨尔·拉戴斯托的邮件，在报给我们的电影中有朱迪·福斯特的《金钱怪兽》。萨尔曾在 12 月时提及此事，但后来计划有所变化：电影最初准备在 4 月上映，现在时间却定在了……5 月 11 日，戛纳电影节开幕的日子。理论上来说，它让人垂涎：诱人的演员阵容（茱莉亚·罗伯茨和乔治·克鲁尼）和关于媒体危害及金融问题等令人兴奋的题材，而且朱迪是一位很好的导演。

好了，对于新的一年来说，有足够多的好消息了。这让我在今年第一个周末穿过圣-日耳曼大街走向里昂火车站时，能多感受到一些愉悦，哪怕我的老胳膊老腿在寒冬里都快生锈了。

1月9日　周六

起了个大早，与乔治·米勒通电话，他经常往返于悉尼和洛杉矶。他在上床睡觉前给我打来电话，而我很快告诉他我们的想法。"评审团主席？我？你确定吗？"他来戛纳当过两次评委，问我这个新角色会否使人为难。乔治和约翰尼·弗莱德金的关系很亲密，约翰尼是资深的华纳人，也是塔提亚娜·弗莱德金的丈夫，而塔提亚娜曾经在洛杉矶为吉尔·雅各布工作，后来也为我工作过。吉尔显然也认识他——我必须问问他对这个提议的看法。我向乔治解释说，并没有那么难。于是他说："好吧，让我看看我的行程，问问我的制片人，然后看看是否可行，我会尽快回复你。你能给我两个礼拜吗？"啊，两个礼拜，这可有点儿长。万一到时候他拒绝了而我们到了1月底还没有合适人选，将会是很大的风险。

一整天都在里昂享受家庭时光，阳光明媚，天气干爽、柔和。和玛丽与孩子们一起逛书店、看电影、散步。我渴望有一场倾盆大雨，好让我待在屋里享受温暖。我想开始工作了，补看一些恺撒奖电影，阅读约翰·韦恩的传记——贝特朗一直跟我提它，并希望可以由南方文献出版社出版这本书。洒向索恩河的阳光让人想步行走到码头，一直走到巴布岛[16]上。晚上是大体育馆的落成仪式，里昂队将它命名为里昂奥林匹克公园。照往常，我习惯骑自行车前往，即使从离岛到代西奈需要四十分钟车程。从不会被批评者放过的让-米歇尔·奥拉斯[17]照顾着各方人士，像一个真正的支持者那样操心着与特鲁瓦队之间的比赛。在土生土长的里昂队新教练布鲁诺·热内西奥的带领下，加之头号得分手亚历山大·拉卡泽特在球门前的表现，我们的胜利来得易如反掌。亚历山大射入四球。每下一城，他都激动万分，使得球迷们也备受感染。

杰拉姆·赛杜也在场，当然，还有索菲。他们刚刚度假回来。我们没有重提之前商谈的事儿，只为了下周——起吃午饭时，可以更私密地商讨——进一步讨论细节事宜。

1月10日　周日

重回选片工作。观影节奏还算稳当，这周只有4～5部电影：当选片变得紧张起来时，我们就不会有更多的空闲了。从11月开始，我们已经看完了29部电影。如果算上去年6月提交、水平却离及格分甚远的那部，就是30部。"距离戛纳还有11个月！"我当时一边安抚影片的制片人一边想着该如何优雅地回绝。"没问题，我可以等！"他却这样回答我。总有些人让我感到惊讶。

我们进行了竞赛单元的第一场封闭式选片（罗马尼亚的克利斯蒂·普优），瞄准"一种关注"单元的《神奇队长》（马特·罗斯导演、维果·莫滕森主演）和凯莉·雷查德的《列文斯顿》[18]。我们必须在被圣丹斯选中的两部电影中作出选择。还有一部保罗·范霍文的电影，但其国籍属性尚不明确：如果依据它的制片模式，这会是一部法国电影吗？或者依据导演国籍，又是一部荷兰电影？若属第一种情况，在4月14日前都不可以公布结果，因为依据法国电影相关规则，我们只有在各方都看过电影之后才能作出裁决，这涉及公平评判的问题。若属第二种情况，作为一部"外国电影"，可以在任何时候公开结果，而那恰好是范霍文和萨义德·本·萨义德想要的。

对于乔治·米勒，只要他还没有答应我的提议，我就暂时不把谷克多这几句绝望的话发给他："我作为评判者的不适可以想见，因为我不想忍受自己的决定取决于他人，但选片的数量和必须进行选择的义务要求我采取容忍的态度。另外，评审团主席并不会是团队中声音最大的那个人，如果评审团其他同道偏向我，这很正常，也很自然，但我也要偏向他们。简言之，电影节最让人疲惫的地方，通常源自焦躁的氛围和人们的臭脾气。我为此惋惜。如果电影节不再颁发奖项，而只是提供一个让人们相遇、交流的场所，我会觉得更愉快。做戛纳评审团主席，这种事我不会再做第二次。"

这个职务并没有让他那般反感，因为在次年他再次出任了主席，接着又被提名为荣誉主席。愉悦地打理着电影节的同时，他还将在1959年目睹《四百击》在十字大道的横空出世，见证特吕弗和利奥德电影的诞生。

1月11日　周一

早晨的高铁从里昂到巴黎。我没在车上睡，虽然偶尔我会小憩一下。走过餐车，我打开了电脑，重新阅读了这本日记，一边听着平克·弗洛伊德的音乐，好让自己彻底清醒——播放的是那首《继续闪耀吧，疯狂钻石》。车厢里挤满了人，但还算平静。车厢外，薄雾笼罩着田野，为之披上了一层保护罩。大自然向来美好，冬天悄然降临。现在的清晨，我都能嗅到寒冷的气味了。在勃艮第地区，列车时速达到 320 公里，阳光开始刺眼。天空是透亮的蓝，与森林在远方的地平线相接。

午餐时分，我步行到了杰拉姆·赛杜的居所。聊了聊周六的比赛后，就进入了"那个"话题。我以一个简单的问题开场："为什么是我呢？"他回答道："因为对生意人来说，必须有很好的直觉。我觉得你有。"他告诉我百代是一家非常出色的公司，一旦任职，我就可以做我想做的事情。他还补充说院线经营业务开展得非常好，与之相比，电影发行则风险较多；而电影制片方面，只有喜剧片市场比较有保障。然后他说："我必须在 1 月底得到确定的答复。"

我冒着可能令他失望的风险，没有提太多问题，以免把我们带偏。在假期里，我不停改变着自己的想法，不过我已经有了一个结论，那就是，如果杰拉姆能让我做完第 70 届戛纳电影节，并让我以某种方式继续负责卢米埃尔中心的工作，那么我可以考虑跳槽。

他再一次向我描绘了这个职位：他的继任者，成为世界最强电影公司之一的主席，这扇大门通往法国最受欢迎的电影公司之一，他们制作、发行电影，并在极为高效的影院系统展映这些电影。"这份工作还包括了接替我在里昂队的职位！"他的这句补充让我立马惊呆了。

当我穿过荣军院前的广场时，仍沉浸在这场谈话的激动之中。心头留有一此遗憾：我应该跟他说更多才是，因为我还在顾虑另一个项目，一个无辜的、有我参与且不存在任何限制的项目——我一边想着现实终将把我攫获，却一边推进着那个项目。我想起了布伊格电影公司[19]，弗朗西斯·布伊格便是以这种方式将热情与金钱都投入了电影工作。当然，随着这个新巨头的式微，雄心也随之沉寂，因为没有人能承受这样的财务挥霍，但它又笼罩着一层神圣的魅力。我们是否还能看到大卫·林奇、阿巴斯·基亚罗斯塔米、简·坎佩恩、伯纳德·贝托鲁奇或埃米尔·库斯图里卡等人因同一名义相聚一堂，展示美妙的电影，并在六年里获得四座金棕榈的盛况？

返回时，我向皮埃尔·莱斯屈尔详细说明了我目前的处境。从12月起，我尚未对此下定决心。如果我自己都未理清思路，那么和他谈论也无济于事。而现在，在我看来是合适的时机了。如往常一样，他的反应充满了好奇，且心态开放："你一定对这样的提议感到非常骄傲吧？"他也很慷慨，因为显然他并没有去想他个人的麻烦，也没有去想如果我抛下他，他该怎么办。"你会怎么决定呢？"他问我。我并不知道……而这才是问题。

1月12日　周二

与塞缪尔·布卢曼菲尔德共进午餐。我和他分享了对于20世纪70年代美国电影的热爱。作为独立批评家，塞缪尔从不被理论约束，谈起话来时常语气激烈，对政治生活会做讽刺的观察。他定期为《世界报》旗下的《M》杂志写一些优秀的文章，也将与卢米埃尔中心和南方文献出版社合作出版一本关于里斯安的访谈录。"皮埃尔为记者们做了这么多，让他们中的一员专门为他写本书，这再自然不过了。"《无所不在先生》将于9月上市，克林特·伊斯特伍德为其写了前言，贝特朗·塔维涅则写了后记。在皮埃尔的人生中，这两个男人都扮演了举足轻重的角色。

回到电影。没什么特别的，就像人们在20世纪60年代时会说的那些。在电影节上，我们看过菲律宾导演拉夫·迪亚兹的电影，这位导演很长时间以来都在从事非常个人化的创作，电影长达4小时；甚至更久，比如《今来古往》，持续了5小时38分钟；最近的《悲伤秘密的摇篮曲》更是长达8小时（他的纪录：三部长达9小时的电影，其中《一个菲律宾家庭的进化》被资深评论家斯科特·方达赞赏非常出色）。我们通过网络链接收到了《摇篮曲》，而电脑屏幕并不会向他的影像和叙事野心表达敬意。精心摄制的场景，一段关于菲律宾人民的神秘历史，黑白画面呈现出了悲剧与衰微感，创造出亲近的神秘感的固定镜头则使人想到了卢米埃尔。尽管电影有如此之多的优越之处，但我们仍然很难抉择其能否入选主竞赛。于2013年"一种关注"单元展映的《历史的终结》，时长4小时10分钟，那部电影让我们非常兴奋，于是决定让迪亚兹被更多人看见。但是在1月之前，连我都无从确认官方选片的整体情况，在保持片单平衡的前提下，很难将他的电影送进最高的单元。于是我们让他的电影先去了迪特·考斯里克的柏林电影节。拉夫·迪亚兹是一位高产的作者，我们以后会与他重逢的。

1月13日　周三

早晨，我沿着沐浴在阳光下的塞纳河畔步行，和皮埃尔·莱斯屈尔及塞缪尔·弗赫碰面，准备与 KM 公司开会。KM 团队每年都负责电影节开幕和闭幕仪式工作。场地需要装修：多年来都是雷诺·勒万金主持这项工作，但他已经离职，需要有人来重新考虑装潢、舞台实现和音乐设计。还必须指定典礼的男/女主持人。"最好是个男的。"对方说道，显然，他们的确思考过这个问题，然后推荐了一个人：罗兰·拉斐特。他是电影与戏剧演员，一个非常有趣的男人，法兰西喜剧院成员，还能讲一口完美的英语。而且，刚刚在保罗·范霍文的电影里出演了困扰伊莎贝尔·于佩尔的邻居。但 KM 公司的人并不知道这一点，因为他们还没看过这部电影。

下午 5 点，香榭丽舍大街附近的拉梅内街百代电影院里放映了贝特朗·塔维涅关于法国电影的纪录片——影片差不多完成了全部的剪辑。这是一趟超过三小时的漫长旅程，沿途满是惊喜。贝特朗的制片人皮埃尔·里斯安和弗雷德里克·布尔布隆都出席了，还有参与了电影制作的让·奥雷-拉普律纳[20]、斯蒂芬·勒鲁日[21]和艾玛纽尔·斯特潘[22]。此外还有影片的联合制片人，来自百代公司的罗曼·勒格朗和来自高蒙公司的杰拉姆·苏莱。成绩喜人：贝特朗拍出了一段回忆，以一种非常温柔、慷慨而喜悦的方式重现了一段历史与文化遗产。它们是使人愉快的科普，学识渊博，无可指摘，集结了意料之中与意料之外的人们，影片把像艾德蒙·格里维、让·萨沙、埃迪·康斯坦丁这样的冷门人物解说得如同贝克、加本、普莱威尔、雷诺阿之类的大拿一般。这种个人表达很快使人触类旁通，简单纯粹，又达到了教育的效果：要抵达人心，只需要爱和给予。贝特朗用电影呈现电影，就像作家们书写历史的时候用文学表现文学。影片还剩下一些剪辑花絮，一些后期技术要完善，也要做声效，还有布鲁诺·库莱斯要进行音乐创作，其中一些片段仍需讨论，但相信最终结果将会是非常出众的。

出身里昂蒙夏街区的贝特朗·塔维涅为里昂人献上了一份很棒的礼物，影片开场是尚博维街，那里是他成长的地方；结束于"第一电影路"，人们可以看到我和他正站在那儿聊电影，我俩多年来时常那样做。

座位两排开外，我感觉到弗雷德里克·布尔布隆在观察我。这个世界上不管哪个选片人，看到这种题材都会趋之若鹜，我却立马陷入了苦思。我担心选这部电影会遭受非议，毕竟这部影片的创作者是业内知名人士，是我偏爱的导演，是卢米埃尔中心的主席，且有恩于我，还是我最珍视的朋友。我决定晚点儿再讨论，没有发表任何与戛纳有关的言论，只是径直走到贝特朗身旁，给了他一个大大的拥抱。

1 月 14 日　周四

"今年我会向你推荐七部电影！"保罗·布兰科向我宣布。他是独立电影之王，是行业顶尖的冒险家，还是世界上最具耐心的人、在巴黎的葡萄牙人、在里斯本的巴黎人、四处为家的人。我们常常争吵，他总是缠着我，想要我选他的电影。看上去，他的肩上至少扛着 300 部电影，当然，现实数据应该也差不多。在他身上，即使布满了各种咒骂和商人的油嘴滑舌，也总是闪烁着热爱电影的光芒。奥利维拉、蒙泰罗、鲁兹的经典电影都是从他那儿来的。我们以为他死了，结果他又"复活"了；我们以为他理顺了各项事务，要如骑士般浪迹天涯，结果他又出现了。就像今天早上。我递给他一杯咖啡，然后我们闲聊起来，提到了曼努埃尔·德·奥利维拉。他说："那时什么都不一样。你看，我们会觉得《弗兰西斯卡》很重要，很成功。但完全不是那回事。电影在首周就吸引了 800 人入场观影，并没人提前知晓，因为那时候的媒体不会没完没了地评论票房。特吕弗在电影院看了这部电影，然后写了一篇文章表达他的欣赏。那样就足够了。"

我让热情洋溢的保罗详细列一份片单，让他给冬季的拉丁区影院安排两个月的排片表。我边听他说话，边直直地盯着他的眼睛，从他的声音和眼神里探究哪些话是真实的，哪些是虚伪的，哪些是现实，哪些是幻梦。"我对格雷戈瓦·勒普兰斯-林盖的处女作很失望。拜托你，让它好好在法国电影市场里接受检验，到时候你会知道我说的是对的。"

和劳伦斯·徐洛开会，她在戛纳负责一个日渐庞大的组织，专门接待艺术家和来宾。我们不能没有劳伦斯，她工作高效，一边作为一名母亲照顾家庭，一边扮演时髦的女战士，是幕后巾帼，也是对难民问题态度激进的政客。马蒂妮·奥夫洛瓦在她之前管理礼仪，她告诉我："这个女人，真的不错。"这句话简单却有内涵，足以值得给予这个女人全部的信赖了。我应该和劳伦斯一起工作，但当我提起可能会去百代公司的事情，她接下来跟我说的话竟动摇了我的决心。她说："我来电影节快二十年了，最开始是做布鲁诺·巴尔德 23 的实习生。我知道大家一直在努力建设什么，你不能现在离开。"当一些事看似要从指缝中溜走时，人们才会去衡量它们的价值，她又说。她用了恰当的词来形容戛纳许诺给我们的是怎样的未来。

1月15日　周五

我似乎只能重复啰嗦了，无论在量的层面还是质的层面，我们都没有准备好。年初的电影节即将陆续开幕：圣丹斯电影节将于下周四在美国犹他州帕克城举行——这个电影节主要展出美国最优秀的独立电影，制片公司们都习惯通过它来开启卓越的未来。一周后便是鹿特丹，这个国际电影节将向广大对艺术电影、作者电影和导演处女作感兴趣的公众展映上百部作品，墨西哥导演雷加达斯就是在那里凭借《天地悠悠》而被发掘的。再往后就是柏林电影节了。其后还有金球奖（在洛杉矶举行）、英国电影学院奖（在伦敦举行）、恺撒奖，最终以奥斯卡奖来结束这部乐章。所有制片人、发行人和销售商的心力都随着这一系列节日而动，直到2月尾。这让我们又能清闲一段时间，一边等着乔治·米勒的回复，一边想想"一种关注"单元和"金摄影机"单元的评审团主席人选。"短片"单元和"电影基石"单元的评审团是由吉尔负责的，考虑到他绝不是那种办事拖拉的人，估计他已经组建好了所有的团队。

又到了一周的尾声。继续乘高铁回到里昂，接着开车去阿尔卑斯的于埃[24]，参加由弗雷德·卡索里和克莱蒙·勒穆瓦纳组织的喜剧电影节——这两人也同时为戛纳工作，他们让这个阿尔卑斯的电影节成为了类型片的重要聚会场所，而且，现场热情得就像家庭聚会。晚会开场时，我必须给大家展映几部卢米埃尔兄弟的滑稽电影——今晚担任主持的贾梅尔·杜布兹特别好这一口，之前电影在卢米埃尔中心放映时，我从没见过有人笑得像他那样疯狂。我把车开得飞快，以免迟到，我常常走这条从格勒诺布尔，经由瓦桑堡，再到于埃的路，简直烂熟于心，比如我清晰地知道，拐过二十一道弯，我就将抵达车站。到了那里，终于，下雪了。

1月26日　周六

从舒涅绕道返回里昂。冬天将一切笼罩在寂静之中。我在屋子里巡查，检查了冰柜没有断电，酒窖没有被淹，还看了一眼我的影碟（比如迈克尔·鲍威尔绝妙的《平步青云》系列），我费力地修改了几行日记，但是没过多久，寒冷就制止了我。接着我突发奇想，要到树林里走走。风夹杂着飘落的毛毛雨，轻抚着我的脸，也清空了我的思绪。返回时，我到仓库里启动了一堆闲置的机器，包括一辆吉普车、三台切割机、一台灌木铲除机、一台拖拉机和一台刈草机。一切都运转正常。短暂的一时兴起，我在黄昏时又外出散步了。返回里昂时，在高速公路上一直看到圣丰和拉木拉蒂艾的化工厂闪着灯，今早当我醒来时，发现拉梅耶山脉和埃克兰山系的轮廓依然清晰。今晚，我们全家人会待在一起，现在，孩子们已经会因为选择哪部电影而发生争执了。

1月17日　周日

雅克·德米是南特汽车修理工的儿子，后来成了电影导演，和他的妻子阿涅斯·瓦尔达一样。这对夫妇和他们的长兄雷乃一起（他担任了阿涅斯处女作《短角情事》的剪辑师），参与了"新浪潮"运动，使得法国电影出现了转变。雅克很年轻就去世了，而阿涅斯继续创作，继续让自由、美、温柔与愤怒装点她的作品，与仍在电影行业灌溉奉献的朋友们一起老去。啊！我们马上要见的这个达米恩·查泽雷也许能算是"美国的德米"。人们对我说道，近几年，阿涅斯已经将火炬传给了马修·戴米——一个总让人惊喜的演员。还有罗萨莉·瓦尔达，既好斗又严苛，是真正得了德米真传的孩子，每个人都帮助过她，包括各种制作团队：法国电影资料馆帮其做过展览；戛纳电影节资助过其修复《瑟堡的雨伞》工作，长久以来，这都是一部非常罕见且珍贵的法国金棕榈奖电影（1964 年获奖）；卢米埃尔中心则帮其修复《城里的房间》，这部杰作并不被大众所知。

在罗萨莉效力的电影节团队，每个人都喜欢她：这源于她天生散发出的善意，这种善意能抚慰很多糟心的人和事，而这位情感丰富的艺术家也在四处寻找自我表达的游乐场。今早，我们召开了电话会议：讨论了场地装修、在影节宫组织大使沙龙等事务，以及，我和皮埃尔已经开始构思 2017 年戛纳 70 周年电影节了。

1 月 18 日　周一

我再次乘高铁去巴黎，抵达后照常骑自行车。天气寒冷，必须开启冬季模式了，得用围巾、手套和帽子把自己裹得严严实实。克里斯蒂安和我查看了几乎每天都在更新的片单，然后谈论了即将观看的电影。查看这些足以勾勒出世界电影地图的电影片单总是一件有趣的事情，虽然文字描述使它们显得引人注目、刺激好看，但只有当你真正看到它们的时候，才会发现并非总是如此。

在马克思咖啡厅和奥黛丽·阿祖莱共进午餐，她是弗朗索瓦·奥朗德的文化顾问，长期担任法国国家电影中心总监。像所有同行一样，我很高兴看到她担任了这些职务。对她，对我们，都是好事。况且她做得真的很棒。我们提到了百代公司的邀约。她对我说："如果你继续留在戛纳，对电影节来说将是好事，而让你知道这一点是我的职责所在。如果你选择加入杰拉姆·赛杜的公司，那么显然他给了你非常聪明的提议，你的加入对百代公司来说将是好事，也就是说，将有利于法国电影。"这次谈话有助于我很好地进行反思。"当然，"奥黛丽总结道，"我不是说你必须赶紧抉择，但现在这事儿肯定变得比较复杂了。"是的，确实复杂。

晚上有亚力桑德罗·冈萨雷斯·伊纳里图的电影《荒野猎人》的巴黎试映会，莱昂纳多·迪卡普里奥也出席了——看起来奥斯卡已是他的囊中之物。法国福克斯公司的老板约瑟·科沃和让-皮埃尔·文森特共同组织了"大师之夜"活动。文森特是很多美国大牌创作者（比如斯科塞斯、科恩兄弟、塔伦蒂诺、詹姆斯·格雷等）指定的专属媒体公关，他有可靠的品位，让很多外国导演都希望他能认同自己。如果他愿意讲述自己三十年来的经历，那将是一本五味杂陈的回忆录。晚餐时，我又遇到了亚力桑德罗，他很高兴自己能在世界巡回中短暂休息一下，这场巡回早已让他从最初的兴奋转为筋疲力尽了。

他的电影让人惊叹，充满了疯狂的野心，表面上是一场盛大的成功，内核里却隐藏着悲戚。我对《荒野猎人》充满了欣赏之情，好莱坞总有能力制作出如此规模的电影，而亚力桑德罗亦如是，他跟我说这个项目已经很久了。电影在美国的票房表现很好，对这部作者电影来说，已经有……1.35 亿美金了。谁说美国观众只喜欢看特效大片？《荒野猎人》已经横扫了金球奖，而在学院奖（在美国，人们就是这样称呼奥斯卡的）的赌徒那儿，这部电影的赔率是最高的。亚力桑德罗并不是世界著名导演，但这位受人尊敬的艺术家已经凭借《鸟人》征服了影评人，获得了两座奥斯卡奖。那些喜欢他早期作品的人应该对这迟来的嘉奖感到欣慰，他的电影品质在《爱情是狗娘》里得以爆发式展现，而这一成功也得益于我之前说过的新一代年轻墨西哥电影人。导演引发的激动是立足于人性高度的。我们曾在洛杉矶的某家餐馆里，由沃尔特·塞勒斯介绍而结识，沃尔特一直都像是所有拉美电影人的兄长。伊纳里图带着《通天塔》和《美错》来过两次戛纳。我再次邀请他来电影节，只是为了重聚的愉悦。他说他正处在漫长的宣传期（媒体、记者会、酒会、派对，等等）——这样做（大概）会收获好的结果。他没精力想太多关于 5 月戛纳的事情，也不确定在经历了连续拍摄两部电影、持续四年不间断的工作之后，自己到了 5 月还会不会想看电影及面对红毯和媒体。我们和另一个亚力桑德罗（拉米雷兹）谈了长期项目的事情，想在墨西哥策划一个实验艺术电影节，欢迎来自世界各地的电影和作者。喝完最后一杯波尔多葡萄酒，我们才起身离开：亚力桑德罗很爱法国红酒。

1 月 19 日　　周二

吕贝克街的法国国家电影中心总部，也是电影节的行政咨询处。通常在 1 月，我们已经有了评审团人选和海报设计。

吉尔·雅各布看上去状态很好。他离职后被继续任命为戛纳电影节的名誉主席，仍参与"电影基石"单元的工作，这个单元与短片竞赛单元和"短片"单元共同为年轻电影人提供服务。"电影基石"单元会对学院派电影进行选拔，竞赛，而且在电影节期间举办合拍工作坊活动，也会在巴黎接待一批艺术家。很多年轻电影人都是从那里起步，日后进击主竞赛单元的。将有独立的评审负责"基石"单元和"短片"单元的评判，吉尔则负责任命相关人选。昨天下午，他向我们宣布，日本导演河濑直美将是本届的评审团主席。而对主竞赛、"一种关注"和"金摄影机"单元来说，评委仍然待定。总共会有 4 个评审团，4 名主席。

下午，我碰见了泽维尔·多兰，他带来了电影的数字高清带。"还没有全部完成，"他告诉我，"但我很快就回蒙特利尔了。你看完给我打电话吧？"

记者凡妮莎·施耐德要为《世界报》旗下的《M》杂志撰写关于戛纳的报道，我和她吃完晚餐后去了拳击手路易和米歇尔·阿加里耶开的练歌房，那里气氛绝佳，让人无法抗拒。接着我得知了埃托尔·斯科拉的死讯，手机开始响个不停。我总是被要求在电视或者广播里公布死讯，而我希望可以拒绝这类工作，我可不想成为电影圈的官方讣告栏。但是，对真正的熟人，我可以破例——埃托尔·斯科拉就是这样的朋友。我不会将艺术家与其为人区分开来。我想强调他身为编剧的辉煌成绩，即使这一点被他的导演角色所掩盖。他的美学印记和人文主义在影片中融合彰显，着眼于世界。他的电影在使这个世界趋于完美。1977 年，《不凡之日》与金棕榈奖擦肩而过，在戛纳，传说当年罗伯特·法瑞勒布雷本来非常想把奖颁发给他，可是罗贝托·罗西里尼及其评审团决定把金棕榈奖给了别人。埃托尔·斯科拉如果看到他的电影经过了这么多年终于征服了时间，近年来又被列入修复计划片单，应该会深感欣慰。

1 月 20 日　周三

　　和连续三年担任"导演双周"单元负责人的爱德华·温托普在马克思咖啡厅吃午餐。我们常常相互走动，常慨叹不能总这样了。毫无疑问，这次是他打破沉默给我打来了电话。爱德华热忱地陪伴我走过了在卢米埃尔中心工作的岁月，那时他还是《解放报》记者，写了很多关于约瑟夫·曼凯维奇、安德尔·德·托斯、斯坦利·多南的优秀文章，我们志同道合，始终如一。他是熟读历史的影迷，既能就西班牙战争滔滔不绝，也能对卡普拉或者刘别谦品头论足。他离开了记者行业后，转往弗里堡电影节工作，然后便负责"导演双周"单元。在这里，他的领导工作做得如鱼得水。2015 年，他很好地完成了选片工作，邀请了曾被我们放弃的著名影人参加，但他仍会说没有完全实现自己要为电影注入新鲜血液的使命。但是，藏在暗处观察不就是他的使命的一部分吗？他让我想起了早年的我们没有选帕布罗·拉雷恩的《智利说不》。他说："当得知会看到这部电影时，我简直睡不着觉，对自己说，蒂耶里会看到它，然后也会选中它。"自从我来到戛纳，我从没有过这种想法：如果平行单元变得强大，戛纳主竞赛会显得愈来愈弱。这种观察者式的思维将忽略事实的反面。"恰恰相反，"爱德华跟我说，"我想跟你说，我们从来不是对立的。我们也希望主竞赛单元很强大，因为我们是戛纳的一部分。"他不再认同之前的几次笔战，这个天生热血的男人能诚实面对自己的反应，不会把不利因素笼统地归因于电影节本身。事实上，我们确实经受着某种不平等待遇，人们评判主竞赛单元的工作时所使用的标准与对待平行单元的标准并不一致。人们常常对我说："你们已经是最强的了，难道还想要我们给你们编织桂冠？"是的，我们想。众所周知，现在已不再是一味慕强的时代了，甚至，当你越是居于显著的主导地位时，人们对你的善意和欣赏就会越少，而且当媒体无休止地架设神坛时，我们也无权干涉。

爱德华的态度让我很受触动，他不放弃自己的战场，不代表我们之间的友谊就必须被人为的对立立场牺牲。午餐时光非常愉快，只是中间有几次被餐厅老板无意打断。我感觉就像找到了一个亲信，但我对于自己没有主动走到这一步而感到有些生气；去年的戛纳电影节，我对他也许有冒犯之处。离开时，我们拥抱道别；我们知道，在接下来的三个月里会为了电影而争吵：爱德华会对我的错误挑刺，而我也不会给他好脸色。但我们都知道，与大家共同衷心守护的东西相比，这些毫不重要。

1月21日　周四

今天早上，乔治·米勒通过手机短信宣布他已经"取消了所有行程"，打算答应"担任戛纳评审团主席"的提议。我把好消息转告给了皮埃尔·莱斯屈尔，同时也告诉了团队同事们，办公室里的伙伴同样渴望知晓戛纳内幕。他们美妙的反应让我对这个选择愈发确定。乔治还答应了要在记者会上说几句。现在，就差在1月底将这个消息公诸于众，差不多有两个月的时间让我们完成评审团的组建。

晚上，我为卢米埃尔中心第3届"体育、文学和电影节"举行了开幕式，它对我来说是重中之重。电影经历过很多不同时期，包括魔术、马戏、文学漫画、戏剧、爵士和摇滚。现在，则是体育的时代。我的运气不错：虽然贝特朗·塔维涅是行家，但我轻易打败了他，说全了1973年阿姆斯特丹阿贾克斯足球俱乐部的球员名字。

雷蒙德·普利多是活动的荣誉嘉宾。他还带来了帕特里克·热迪为他拍的纪录片。在一间挤满人的放映厅里，这位年近八十的老冠军让我们见识了他的自如自在，他幽默地提醒道，虽然人们称他是"万年老二"，但他还是赢过很多次的。

1月22日　周五

仍然是2016年的"体育、文学和电影节"活动。整天都是关于体育、文学、电视、摄影和电影主题的研讨会和辩论会。如此将体育这种社交属性的实践活动与三种与之相去较远的艺术类别混杂安排在一起，似乎映射出想将体育融合进文化体系的心思。以前的知识分子们将体育亵渎为百姓的鸦片。20 世纪 60 年代的世界尚且不如今天崩坏，但那时的人总是认为体育爱好者都是一群笨蛋，这样的想法如今依然有趣，值得反击。现代体育和电影都是关乎人类自身的，它们同时诞生，都很流行，都激发了人们梦想的剧情，而且金钱都想要统治它们。但是像戛纳电影节的金字塔里存在着大师、匠人、流星式的过客、被遗忘的参与者和前途美好的年轻人，还有扭曲的价值观，存在于贵族阶层政治中，却为大众广泛接受。类似的奇迹并非孤例：鲁贝经典公路自行车赛的局外人兴许大获全胜，就像《阿黛尔的生活》拿下了金棕榈奖。

今晚放映了杰拉姆·拉佩罗萨斯的《陆地竞技场》[25]。继昨天的普利多、2014 年的埃迪·莫克斯和埃里克·坎通纳、2015 年的让-克劳德·吉盖 [26] 和休·赫德森 [27] 之后，贾科莫·奥古斯蒂尼 [28] 来了——被当今世人遗忘了的摩托车之王，他的到来让整座放映厅蓬荜生辉。他说："每个周末，当我们去飙车的时候，都会知道，我们中将有人赴死。"明天，将由路易·阿加里耶介绍《绅士吉姆》，由杰拉·霍利尔介绍《魔鬼联队》，皮埃尔·莫拉特的纪录片《自由奔跑》也将举行试映会。还有安托万·德·贝克 [29]，他从历史学者变成了健步者。电影展映将于周日结束，届时，蒂耶里·雷，法国首位奥林匹克柔道冠军，将会介绍黑泽明的导演处女作《姿三四郎》。

1 月 23 日　周六

戴维·帕布罗斯的《选中之人》上映了，《法国摇滚》的一个家伙说它是"令人生厌的墨西哥电影"。原本优秀的杂志表现出现代人的轻率批评和对他者的持久仇恨而浑然不自知。

过去，在体育运动变得符合社会规范之前，人们往往贬低它，比如网球。戈达尔和塞尔日·达内的一些影评让人们正视网坛的博格和麦肯罗[30]。在运动领域，也需要大师级的思想者。

不过，自此，体育记者们的写作水平变得广为人知——我在《队报》12 周年的时候第一次购买了这份报纸，那时埃迪·莫克斯在巴黎至尼斯赛段中到达圣埃蒂安时摔倒了——我喜欢他们的陪伴。贝努瓦·海梅尔曼、文森特·杜鲁克等记者和球星菲利普·布鲁奈尔的随行记者每年都会参加这场盛会。不远处还有迪迪埃·卢思坦，这个男人在电视上用与众不同的方式谈论足球，足足谈论了三十年。

1 月 24 日　周日

为了完美结束会面，我们成群结队地前往了卢米埃尔体育场，观看里昂对马赛的奥林匹克足球赛。贾梅尔·杜布兹[31]和他的儿子也在那里，还有我的同事们：马埃尔·阿诺和她的兄弟，法布里斯·卡尔泽通尼的一家人，往北看还有我的侄子们和朋友，四散在这全新的体育场里。新场馆让他们免不了抱怨。考虑到格兰德体育馆已经用了数十年，可见他们颇为忠诚。

百代的邀约一直在我脑子里打转。周末重新使我恢复了精力。过去，欧洲电影资料馆的老板们从不远行：洛桑的弗莱迪·比阿许、慕尼黑的伊诺·帕塔拉斯，还有卢森堡的弗雷德·章克，我们看到他们还在老地方，倚赖着自己的职业，通过一卷卷的胶卷拷贝，向人们介绍自己曾经拯救下来的电影。就像亨利·朗格卢瓦，当然还有布鲁塞尔的雅克·勒杜，我以前都不认识他。这些人一生停驻在一个地方，像当地的农民或者餐厅大厨们。这些大前辈的存在激励了我。而在马德里领导西班牙电影资料馆的歇马·普拉多停下脚步，说我很快就会是电影资料馆最资深的领导者之一了（我从很年轻的时候就开始了这份职业）。我跟他说，如果吉尔没有把我放在他想让我去的位置上，我可能依旧沉浸于自我满足。我还说，戛纳电影节对我来说是不可替代的。这两份工作使我互相补充，互相成全，堪称一体。我在巴黎，我也在戛纳十字大道，我还在里昂的"第一电影路"：主持团队工作、介绍电影、迎接观众、塑造永恒的电影史。有一天，伯纳德·夏尔德尔跟我说，我天生是做这一行的。就像桑德拉尔曾说过："我生来便是浪子。"

1 月 25 日　周一

一个带着南方口音的男人向乘客们宣布高铁将延误25分钟。对我来说，这就像一份突然而至的礼物。我将继续待在2号车厢的座位上，阅读，写作，聆听让·费拉的《我的法国》等。"我的法国，她的不眠之夜如黄金珍贵。为了这日常坚韧的斗争，从周日清早贩卖的报纸，到我们明天贴在墙上的海报。"

在我的基因里，留存着 20 世纪 70 年代在里昂郊区韦尼雪的明格茨这座城镇所接受过的教育，其中的教学模式持续影响着我，也许是通过浪漫主义，也许是通过对童年的怀旧和流逝的时光，通过"不让所学随风飘逝"的念想、人民的情感、贝利埃[32]的工人和死在纳粹面前的苏联牺牲者——它们都提醒着我们。还有那些海报和口号：街道的名字（列宁大道和抵抗运动烈士大道）或学校的名字（路易·阿拉贡、保罗·艾吕雅和爱尔莎·特奥莱）。国际化的优先城市化地区是了不起的存在，每年夏天，都会有"优先城市化地区群组"活动，人们会玩滚铁球游戏和勃洛特纸牌游戏，还有供给所有人食用的北非米饭和西班牙什锦饭。所有这一切都润物细无声地影响着我。在 20 世纪 80 年代之前，金钱观念、广告和大脑切除术得到普及推广，而我们在很小的时候就从父母、老师和柔道教练那儿得知世界和人民的重要性，得知关于历史和肤色的教育，得知当时的公众情感，让我们有了家庭集体的概念。这份礼物弥足珍贵。

火车再次出发，抵达里昂车站。又一周的巴黎生活开始了。纳迪·法米安端坐在我们办公楼的入口，每天早上要接待的人越来越多了。"你骑车骑得愉快吗？"她每天早上都这样问我。下午一点，我骑车去见了皮埃尔，在市政厅和市长及他的文化部助手布鲁诺·朱利亚吃午餐。当安妮·伊达尔戈跟人问好时，她会自然地散发出聪明而又人情味十足的气质，这在当下是难得的混合。我们谈了文化和体育方面的项目，特别是 2024 年奥林匹克运动会的候选城市。戛纳能帮上忙吗？怎么帮？如果我们能，当然立马出手。但怎么帮呢？我们也不知道。

1月26日　周二

阿尔代什省的让-马里·巴尔布是吕萨纪录片电影节[33]的发起人和艺术总监，他路过我的办公室，进来喝了杯咖啡。我们谈起了他的项目，以及他在不同类型电影院周围的阿尔代什舞台做的另一种尝试："介入。"我们曾经这么说它，如今它走入了非洲。我们很高兴再次见面，当下比以前更珍贵，那时他刚在吕萨起步，而我还在乘车穿越罗讷河往返。让-马里还给了我一张关于克里斯·马克的新电影临时剪辑版光碟。他刚走，我就忍不住看了几段，聆听其中的幽默配音，并捕捉《堤》最开头的话："这是一个烙印着童年记忆的男人的故事。"

迪迪埃·阿鲁什从圣丹斯发来："我的清晨，看了《南边有你》，是关于米歇尔和奥巴马相遇的电影。他们初次的约会持续了一整天，他把她带去了公园，去了街区集会，然后看了《为所应为》。他们坠入了爱河。这是第一部关于奥巴马的电影，当然，之后可能还会有二四七八九部其他的。还看了凯文·史密斯的《瑜伽妹斗罗》，一部充斥着奇思妙想又胡作非为的片子，里面有个亮眼之人：莉莉-罗斯·德普，这个小姑娘显然不一般。另外，《海边的曼彻斯特》是我在这里看到的最好电影之一。《神奇队长》反响也不错。《一个国家的诞生》可能会有些惨。"第一次参加圣丹斯的文森特·马拉瓦尔对公众的慷慨感到惊讶，并对这种毫无区分度可言的照单全收主义颇有微词："不管什么好电影，在戛纳都会被审视，但在圣丹斯，有些人毫不挑剔，什么都喜欢，在一些毫无价值的影片面前欣喜若狂或赞叹不已。"

1月27日　周三

一个男人独自走上沐浴在阳光中的地中海别墅的台阶，设计师让画面沉浸在高饱和度的琥珀色和黄色之中，画面呈现出了令人惊喜的效果。这是《蔻视》中的一幅摄影作品，主角是米歇尔·皮科利，还有作家库尔齐奥·马拉帕尔特位于卡普里岛的传奇别墅……几年前，我们曾研究过这幅影像，当时并没有得出满意的结果。设计师艾尔维·希吉欧力和吉尔·弗拉皮耶的视觉处理赋予了图像新的生命力，让人想到理查德·弗莱彻的电影《绿色食品》，影片讲述了发生一个迟暮星球上的美好；还会想到乔治·穆斯塔基的歌曲《在地中海》，歌曲写作于四十年前，纪念被暴力玷污的人类文明的摇篮，到了2016年又被赋予了新的含义——只需再加一段关于移民的段落：

> 在这海岸
> 游弋着黑眼睛的小孩
> 这里有三块大陆
> 和数世纪的历史
> 先知和神灵们
> 化作人形的弥赛亚
> 在一个美丽的夏天
> 没人为秋季忧虑

在地中海……

2016年戛纳官方海报出炉了。

1月28日　周四

今晚收到了乔治·米勒打算在新闻发布会上说的发言稿，他还同意采用一张我们很喜欢但有些刻板形象的照片，署名是法新社的一位摄影师，名叫卡尔·库特。

在没有确定评审团主席人选之前，我们从不会考虑评审团名单。现在，我们可以开始了。这周，我给佩内洛普·克鲁兹写了封信，而她今早给我打了电话。妮可·基德曼只有在收到多次请求之后才会接受（那将是一个很长的解释和引诱过程——她并不后悔，我们也是），而佩内洛普直到通话前仍自觉无力肩负这个职责。她的羞涩阻止了她认真考虑这项提议。在电话里，这个美丽温柔的西班牙女人表示她会从此刻开始准备。只剩下行程问题。她今年会来吗？她并不确定。她告诉我，有一部戏必须在5月开拍。

观看多兰的电影。像往常一样，主竞赛潜在选手的电影放映时，我常在内心有所隐忧，害怕电影会让人失望。尤其是电影前半小时，它以温和却具有视觉表现力的方式开场，让人看到一个年轻的男人正要回到故土，向人们宣告他即将死亡，影片的不安骚动让人哑口无言。他并没有用争吵、心照不宣和恬不知耻的神经质来呈现交织的家庭关系。所有的歇斯底里从一开始就表现出来会使人犯难，而他用特写镜头和咒骂式对白的电影手法加重了观影的不适。接着，在母亲和儿子之间的忏悔、坦白中生出了无尽的情绪，直到最后，集体出现的场景达到了极致悲伤。《只是世界尽头》改编自让-吕克·拉加尔斯的话剧，配备了豪华的法国发行资源（演员阵容包括文森特·卡索、娜塔莉·贝伊、加斯帕德·尤利尔、玛丽昂·歌迪亚和蕾雅·赛杜），极致地融合了青春、爱情、愤怒、犯罪、博爱和怀旧。不需要担心与《妈咪》相去太远而使人不舒服，多兰表现出了呈现多样风格的出色能力，而且能够轻易驾驭。这部电影如此与众不同，足以同时扰乱观众而又取悦观众。

1月29日　周五

　　早上，我们得知了雅克·里维特去世的消息，人们纷纷悼念。这很合理，但有时又显得过度了。就像戈达尔说的，人们常常说起我们，但他们真的看过我们的电影吗？他们对里维特的电影真的了解吗？知道他的"长河电影"（film-fleuve）、他的"少数电影"（film rare）、他的"失去电影"（film perdu）吗？我最喜欢的其中一部是《北方的桥》，由杰夫·斯蒂夫南和帕斯卡尔·欧吉尔联合编剧。音乐是里维特很喜欢的皮亚佐拉。但我并不确定是否出了影碟。我只见过里维特一次，那是2001年我第一次在戛纳选片时，电影名叫《六人行不行》，有让娜·巴利巴尔、赛尔乔·卡斯特利托和伊莲娜·德·芙吉霍尔。我还记得这个男人微笑着，惹人喜欢，但作为导演，他对电影放映的品相和声效挑剔到了吹毛求疵的地步。那是一部喜剧剧情片，在影节宫放映时引发了一阵阵的笑声。去年11月，卡洛塔发行公司[34]重新发行了《出局：禁止接触》，该片长达12小时30分钟。在卢米埃尔中心策划这样一场放映堪称神圣时刻，让自愿前往观看的观众们一部分很高兴，一部分则因为这特殊的观影体验而显露狼狈。如今，这样宏大的创作会让我想到乔纳森·弗兰岑或罗贝托·波拉尼奥的小说。

战神影业的斯蒂芬·塞莱里耶在纽约的公园大道给我打来电话，伍迪·艾伦最新电影的放映结束了。"电影棒极了。"斯蒂芬是伍迪电影的头号支持者，而且从来不嫌自己热情过头。"目前片名叫作《未定名：伍迪·艾伦项目》。我刚刚和莱迪谈过，伍迪并不反对重回戛纳，因此我才给你打电话。"莱迪·艾伦是伍迪的妹妹，也是他的制片人。"连续两年来戛纳，会不会觉得太频繁？""这取决于电影本身，伍迪向来都很受欢迎。""这是一部略带忧郁的轻喜剧，讲述的20世纪30年代的好莱坞。""那我们把它放在次周放映吧，方便替换。""你知道，伍迪更喜欢在首周末放映。""去年我们把《头脑特工队》排在了周一，作为开场大片之后的喜剧出现，效果不错。""告诉我你是否有兴趣，我不想让伍迪和莱迪白等。""我当然感兴趣，哪怕今年美国片看上去整体很强。""特别是我们的……""你们的是什么？"……我知道，再说下去要惹恼她了。"你很费劲地想刻意忘记这事儿，但我已经跟你说了上百遍。我有西恩·潘的新作、杰夫·尼克尔斯的新作，还有维果·莫腾森在圣丹斯非常受好评的新作。""看起来在圣丹斯，人们什么都喜欢哦。""乱说！那部电影是最受追捧的一部。好了，快告诉你对伍迪电影的感觉。""我们先看电影。""在纽约吗？""在巴黎组织一场放映吧。电影什么时候出来？""最早明年秋后。"

晚上，蕾雅·赛杜打来电话，想知道我是否喜欢多兰的电影。昨天多兰告诉我，他想加一条关于地点和时间的注解，标明这是个人们年纪轻轻便死于爱和血液的疾病的时代。这周，我和法国选片委员会又看了一遍这部电影，感觉甚至更为强烈了。当我在夜晚走过艾内修道院周围的石板街道时，蕾雅怀念着拍摄时光，夸奖了几句她的搭档们，然后如往常一样担心着自己的表现。

1 月 30 日　周六

一个朋友故作震惊地说："这个里维特是谁？他怎么能让《解放报》和《世界报》都贡献出头版头条，还不断地刊发关于他的文章？他拯救过法国吗？他找到了什么重要的疫苗？还是他常常劫富济贫？"这朋友住在马赛，是个影迷——当然，可能还担不起这个称号的赞美（他讨厌"艺术家不会偶尔犯错"的说法），但足够嘲笑只在一致意见中求生存的法国批评思想。另外，这个 20 世纪 80 年代不知悔改的叛乱分子时常刁难后现代学院派，认为他们是最差劲的，因为看到这些最初反对学院的人被描述成圣人，在传说中被无止境地流传下去，会有一种背叛的意味。贝特朗跟我说了不少关于里维特的事，他们是通过《电影手册》认识的，那时里维特是总编辑。"和他聊电影是一件充满激情的事情。而且他允许我写任何我想写的东西。"在《电影手册》，里维特继任了侯麦的位置，但这个过程并不愉快，令侯麦和让·杜歇都受了伤的影节宫革命，人们在《电影手册》上一个字都没有读到。我们必须回到"新浪潮"派发动政治变革的那天：20世纪50年代的右派、60年代的左翼，夏布洛尔以此为乐，而侯麦在生命的尾声导演了《英国贵妇与法国公爵》。

换句话说，像里维特这种了解历史、热衷鹰派、完全漠视他人的评价、对不喜欢的事物铁齿不屑并对一些导演进行过"人身攻击"的导演，怎么能接受（能不能接受）自己被描绘成领袖还受尽媒体宠爱这种事呢？是害怕独自一人的恐惧还是想利用批评机器来保护其所在的群体？一个人身上的矛盾之处总是比四平八稳更具魅力。体现在里维特身上，则是电影：他在战后开始写作，直到人生尽头，终其一生都喜欢到电影院看电影，并且每天看数场。

关于百代的邀约，我告诉自己是时候了。电影节方面，克里斯蒂安·热那跟我说"别想走人"，杰拉姆·巴亚赫也这么说。的确，换作是他俩，我也不会希望他们离开。弗朗索瓦·戴斯卢梭依旧表现内敛，但我能感觉到他的担心，哪怕我在2017年之前不离职。皮埃尔·莱斯屈尔反应冷静。法国国家电影中心的主席弗雷德里克·布雷丹给我打了电话，但并不希望左右我的决定，似乎只是想帮助我作决定。在里昂，气氛更加伤感，塞西尔·布尔加、莱斯利·皮修和法布里斯·卡尔泽通尼都明确表示，如果没有我，他们无法搞定项目，而我非常珍视的马埃尔·阿诺看起来要被压垮了。里昂的文化部助理乔治·科佩内齐昂给我打电话求证真假。贝特朗对这一切都毫不知情，是我让他回避的：他的上一部电影《外交风云》和今年将上映的《我的法国电影之旅》都是由百代发行。我并不想逼他表态。

这周，我想，是周四吧，我早上醒来时对自己说："我不会走。"或者说应该是："我要留下。"接受杰拉姆的提议本身并不是问题——在另一段生命里，那简直就是梦想。问题在于，要离开戛纳。接着我又改变了主意，对自己说，不管怎样，拒绝一个千载难逢的机会，我会是个白痴。在我答应杰拉姆·赛杜将给予回复的 24 小时里，我一直摇摆不定，就像玛丽说的："太阳双子上升双子是最差劲的组合。"

1 月 31 日　周日

我讨厌在打电话时一动不动。我必须动起来，在高铁站台上、在汽车里、在自行车上、在步行中，无论是在巴黎、洛杉矶、布宜诺斯艾利斯还是在戛纳十字大道，统统如此。今天早上，我决定在里昂散步，从佩拉什的拱门出发，自从有了有轨电车，那一截道路就像极了柏林的大道。沿着这条道走，走到格兰德和基尤蒂耶返回。时间很早，天气阴郁，还在间歇性地下着雨。白昼缓慢地绵延。我逐一给文森特·林顿、保罗·拉萨姆和朱丽叶·法伏赫拨通了电话，然后边通话边行走在里昂。

我中途停下来，在朋特广场的小酒馆里喝了一杯咖啡。以前这里有很多家电影院，现在只有一家留存下来，但被改造成了多功能影院，这就是有着独特风格和露天阳台的爱丽舍影院。更远处还有黄金国影院，但如今已被拆了。旅居里昂的导演夏洛尔曾在那里拍摄了他的第一部电影《爱的肉体》的部分场景。我想这里应该还有一家街区电影院叫"佳贝特"，1974 年冬，我在那里看了我的第一部李小龙电影《龙争虎斗》。我们影迷都是这样，连观影地点都会记住。当我将死时，我想我不会看到自己过往人生的走马灯，却会看到所有值得的电影和放映它们的电影院。

返程中，我戴着耳机听了两遍让人上瘾的迪伦的《天色未暗》。回到家里，玛丽因我散步那么久而感到惊奇。选片，旅行，维克托即将到来的手术……我想她也觉得这一切有些超负荷了。"然后，现在是这本书。你还会继续讲述你自己。但这真的有必要吗？"我们谈了一小会儿。我告诉她，乔治·米勒将是下一任主席，而我们会在这周公布消息。她觉得很棒。

贝特朗的现身总会引人瞩目。下午，他给我和让-皮埃尔·库尔索东说了关于《第四阶段》的消息，这是一部关于昆虫的恐怖片，是索尔·巴斯导演的唯一一部长片。索尔这位天才创作者为《迷魂记》《西区故事》和《华府千秋》设计了惹人喜爱的片头字幕。所有影迷都知道索尔·巴斯，即使他不为人所知，电影开头和开场场景依然是因为他而变得炫目。在人生晚期，索尔·巴斯和马丁·斯科塞斯合作，作品有《赌城风云》（还记得吗，德·尼罗的汽车爆炸那一幕？还有火焰，等等）和《马丁·斯科塞斯的美国电影之旅》。他想了个绝妙的点子，用铅笔画出了马丁的脸。

我重看了《第四阶段》，边看边考虑着该如何答复杰拉姆·赛杜。贝特朗的邮件提醒了我差点儿被遗忘的事情：我不能抛下我们共同的工作，不能抛弃"第一电影路"，而我还有很多事情需要完成。我也不能离开戛纳，道理是如此简单：我无法离开能一览众山小的红毯尽头，无法忍受不再能和马丁·斯科塞斯、拉斯·冯·提尔或王家卫谈话。

晚上，我回到了大街上，穿过索恩河朝里昂老城区走去。电话一直没有离开耳边。我给杰拉姆·赛杜打了电话，但他没有接，之后才回拨给我。我告诉他，我不能接受他的提议。他直截了当地表达了失望，却很友善地与我谈起了我的未来。他跟我说了些对我很友好的话，愈发加重了我对他的负疚。我们谈到了里昂奥林匹克队、阿莫多瓦、霞慕尼——那儿终于下雪了，他邀请我3月末和他一起去大蒙特。

回家路上，我重新走上了圣-乔治大街，从波拿巴桥上穿过索恩河，电影化妆师米歇尔·德鲁埃尔就住在附近。我告诉了皮埃尔·莱斯屈尔，而他跟我说："我无比敬重杰拉姆给你的提议，但作为夏纳的主席，我真是高兴地松了一口气。"他自己也常常优柔寡断，但我从他身上感到了什么都不会被改变的平静：生活会继续。明天，我们要准备评审团主席的官方发布会。周二，我要赶去希腊。我要把所有想法一一落实。

注释:

1《连接》(*Reccords*),吉尔·雅各布于19岁时创办的第一本电影杂志。

2 基尤(Kyrou,1923—1985)希腊籍导演、作家、批评家,1945年移居巴黎,电影作品有《修道士》《头发》,著有《电影中的超现实主义》等书籍,并为《正片》杂志撰文。

3 罗伯特·贝纳永(Robert Benayoun,1926—1996),法国作家、影评人,曾担任1980年戛纳电影节评委。

4 罗热·泰耶尔(Roger Tailleur,1927—1985),法国影评人、记者,曾为《正片》《法兰西观察者》等多家媒体撰文。1968年停止电影方面的写作,但其作品依旧获得业内认可。

5 让·埃舍诺(Jean Echenoz,1947—   ),法国新小说派作家。他最著名的作品包括《切罗基》(1983年获梅迪西斯奖)、《我走了》(1999年获龚古尔奖)。

6 安塞姆·基弗(Anselm Kiefer,1945—   ),德国画家、雕塑家,是德国新表现主义的代表人物之一。

7 专辑的法语名为 *Variété*。

8 法国艺术与实验影院协会(Association Française des Cinémas d'Art et d'Essai),1955年由巴黎一群充满理想的小电影院经理和影评人发起成立,并获得了法国官方认可。AFCAE致力于"捍卫被人们称作'作者电影''实验电影'或'艺术电影'的高品位影片"。随着"艺术与实验影院"运动阵营的不断壮大,法国也成为全世界艺术影院密度最高的国家。

9 纳塔那·卡米兹(Nathanaël Karmitz,1978—   ),法国制片人,院线经营人,现为MK2电影公司总监,是公司创始人马林·卡米兹(Marin Karmitz)的儿子。

10 萨义德·本·萨义德(Said Ben Said,1966—   ),法国著名独立制片人。

11 维尔莫什·日格蒙德(Vilmos Zsigmond,1930—2016),1930年出生于匈牙利,曾在布达佩斯国家戏剧影视学院学习电影制作。从20世纪70年代起,日格蒙德与罗伯特·奥特曼、斯蒂芬·斯皮尔伯格及布莱恩·德·帕尔玛等一线导演合作,拍摄了大量经典电影,成为当代公认的最具影响力的摄影师之一。

12 内斯托尔·阿尔门德罗斯(Nestor Almendros,1930—1992),西班牙摄影师,曾与特吕弗、侯麦等法国导演多次合作,担任特伦斯·马利克《天堂之日》摄影,并获得奥斯卡最佳摄影奖。

13 戈登·威利斯(Gordon Willis,1931—2014),被誉为美国有史以来最伟大的摄影师,因善用阴影和低调灯光而享有"阴影大师"之名,著名作品有《教父》三部曲、《曼哈顿》和《安妮·霍尔》等。

14 哈斯克尔·韦克斯勒（Haskell Wexler，1922—2015），五次获奥斯卡提名，作为《灵欲春宵》和《奔向光荣》的摄影师两次获得奥斯卡奖，其余三部获提名的影片是《飞越疯人院》《怒火战线》和《爱的大风暴》。

15 布鲁斯·苏提斯（Bruce Surtees，1937—2012），以其20世纪70年代与克林特·伊斯特伍德合作的大量西部片而出名，代表作有《天涯父子情》和《受骗》等，曾凭借《伦尼的故事》提名奥斯卡最佳摄影奖。

16 巴布岛 Barbe，位于里昂北郊的索恩河中。

17 让-米歇尔·奥拉斯（Jean-Michel Aulas，1949），里昂队首席执行官。

18《列文斯顿》(Livingston)，凯莉·雷查理导演，后更名为《某种女人》(Certain Women)。

19 布伊格电影公司（Ciby 2000），公司名称取 cinéma（电影）前缀"Ci"和创始人 Bouygues 的缩写"By"，加上 2000 附在其后彰显其在 21 世纪的野心。该公司打造了最好的世界级作者电影王国，但随着创始人于 1993 年去世而衰落。

20 让·奥雷·拉普律纳（Jean Ollé-Laprune，1959—　），法国电影史专家，常年主持关于经典电影的电视节目俱乐部（《Le Club》）。

21 斯蒂芬·勒鲁日（Stéphane Lerouge），法国音乐人，常年从事电影音乐工作。

22 艾玛纽尔·斯特潘（Emmanuelle Sterpin），是贝特朗这部纪录片的副导演。

23 布鲁诺·巴尔德（Bruno Barde），现任法国多维尔美国电影节的总监。

24 于埃（Huez）法国伊泽尔省的一个市镇，属于格雷诺布尔区勒布尔尔瓦桑县。

25《陆地竞技场》原名 Continental Circus，1972 年上映的关于摩托车竞技的纪录片。

26 让-克劳德·吉盖（Jean-Claude Killy，1948—　），法国前高山滑雪世界杯的运动员，在 1960 年代后期曾经一度为高山滑雪的佼佼者，曾赢得奥运三连冠。

27 休·赫德森（Hugh Hudson，1936—　），英国导演，曾执导《烈火战车》《泰山王子》等影片。

28 贾科莫·奥古斯提尼（Giacomo Agostini，1942），意大利籍摩托车赛车手，获得世界冠军多达 15 次。

29 安托万·德·贝克（Antoine de Baecque，1962—　），历史学者、电影戏剧批评家、电影编剧，曾为《解放报》《电影手册》等撰文，在巴黎师大、法国高等师范等高校任教。

30 博格（Borg），瑞典网球运动员，17 岁时初次参加世界著名的英国温布尔顿网球锦标赛，1976 年第一次获得世界冠军称号，至 1980 年已连续 5 次获得世界冠军。他与同时代的另一位选手约翰·麦肯罗（McEnroe）被公认为男子网球史上最伟大的一对对手。

31 贾梅尔·杜布兹（Jamel Debbouze，1975— ），法国喜剧明星。

32 贝利埃（Berliet），总部位于里昂的汽车厂。

33 吕萨是位于阿尔代什省的一个市镇。吕萨纪录片电影节是从 1989 年开始由阿尔代什影像协会（Ardeche Images）组织的非竞赛类电影节。

34 卡洛塔发行公司（Carlotta），法国发行公司，专注经典老片的重新发行上映。

2月
FÉVRIER

2月1日　周一

　　玛格丽特是个身材高挑、金发的荷兰人。她来自阿姆斯特丹西部的一个小村庄，后来嫁给一名来自布尔关-雅略[1]的橄榄球运动员，所以几乎算是新里昂人。过去她在巴黎读文学专业，经常去听弗朗西斯·马尔芒德[2]的课，并且一直都十分崇拜昆德拉。近二十年来，她都是我的助手。去年夏天，和洛朗·葛拉从格勒斯港口前往城市高处的一家小意大利餐厅途中，我收到她的短信，让我给她回电话。我打趣地问她："我等着吃披萨呢，是很紧急的事情吗？"她给我回了一个词："是。"我立刻意识到事情的严重性，停止了开玩笑。她刚休完几个月的病假，我们今天早上又重新见到她了。卢米埃尔中心那些因为得知她生病而潸然泪下的人又因为她的康复喜极而泣。我没有乘早上第一班火车去巴黎，因

SÉLECTION OFFICIELLE

为我想在卢米埃尔城堡里迎接她。

　　我趁机向中心的领导团队宣布了我的决定。到达位于艾米丽街的办公室后，我也同样知会了戛纳团队。平常不那么喜形于色的克里斯蒂安对我投以一个亲切的微笑："来得正好，有不少电影等着看！"下午，我们和文卡·冯·艾克、克里斯蒂娜·艾穆和卡罗琳·沃托一起准备评审团主席的新闻通稿。重读，修改，再重读，最后翻译。皮埃尔批准后，暂以保密邮件发给法新社，明早六点向全世界公布。

　　傍晚，我跟泽维尔·多兰确认《只是世界尽头》入围了主竞赛单元。与贴在其闪亮青春上的傲慢标签相反，这个时常被人们的质疑声纠缠的大男孩毫不掩饰地表达了他的狂喜之情。于是，算上罗马尼亚导演克里斯蒂·普优，主竞赛单元已经有了两部电影。刚过晚上6点！萨义德·本·萨义德很快听到风声（媒体自然毫不知情，业内人士却无所不知），并要求我就范霍文的电影给他一个确切的答复。

　　晚上，我注意到乔治·米勒的名字赫然出现在了"巴黎人"网站上，来自阿兰·格拉塞——这名私家侦探式的日报记者给出了漂亮一击。法新社的苏菲·罗碧尽职地履行着她的工作，不断地用短信骚扰我："保密期结束了吗？我们能发布消息了吗？"天色已晚，我没有回复她。谣言在社交网络上蔓延，好在反响热烈。

2月2日　周二

　　"多么无与伦比的快乐！在那些来自世界各地的电影杰作揭开

面纱时置身于这个充满历史的电影节中心！与评审团同仁们满怀激情地讨论电影共同度过一段美好时光！这是一个至高的荣誉，我已迫不及待地参与其中了。"今早 6 点 27 分，克里斯蒂娜·艾穆把收录了乔治·米勒原话的评审团主席官方通稿发布了出去。整个上午反响不断，没有一丝不和谐的声音。

9 点 45 分，我在戴高乐机场登上了法国航空前往雅典的航班，这是我第一次踏足这座城市。飞机着陆后，我得知狡猾的吕克·赫尔南德斯在"里昂沙拉"网站上断言我正准备离开戛纳电影节，跳槽到一家类似法国电信或法国电视四台的大型私企。我又开始遭到短信轰炸，追得最紧的要数法新社那位锲而不舍的苏菲·罗碧小姐。

在大不列颠酒店短暂停留时，接受了两个采访。我又跟讨人喜欢的帕诺·库塔斯重逢了，这位执导过《巨型慕沙卡的攻击》的导演去年凭借《仙尼亚》入围了"一种关注"单元，那是一部很美的电影，大胆而温柔。当我在奥纳西斯基金会为众多来宾介绍卢米埃尔兄弟的电影时，帕诺就像克里斯蒂安·蒙吉在布加勒斯特时那样陪着我。在一个瞬间能变成漂亮珠宝盒的演出厅里，那些画面再次让人震撼。帕诺修改了我发给他的稿子，并在我仔细撰写的发言里加入了几个他自己用希腊语表达的新鲜解读，为现场增添了欢笑。

跟希腊电影的负责人和学院主席共同的丰盛而又美味的晚餐安排在饭店的露台上，由此俯瞰城市，不禁猜测，数日的游览应该可以轻松领略到这个城市的美。晚餐后，我行至深巷处接电话。一天的光景，关于我离职的谣言进一步发酵。维克多·哈蒂达和他的哥哥塞缪尔一起经营大都会电影出口公司，同时兼任法国电影发行商工会主席，在这一头衔下，他还是戛纳行政顾问团的一员。他对于那个"来自私企的神秘工作机会"很震惊，在尚未了解更多细节的情况下，他非常明确地表示，我的离开是不可考虑的。他的一席劝导让我十分动容。

2月3日　周三

　　奥利维耶·格鲁兹曼是制片人兼任代理人和经纪人（沉迷于古老词汇的魅力）。他的伴侣是希腊人，十分熟悉这座城市，使我们的旅行更便捷，和他及波利多洛斯，还有陪伴我的马埃尔·阿诺一起在市内逛了一下。看到一些餐厅墙上挂着梅莲娜·梅尔库丽[3]的照片时，很激动，更令人欣慰的是照片里还有她的丈夫朱尔斯·达辛[4]，这个男人曾连续三年（1947—1950）拍摄了三部伟大的电影：《血溅虎头门》《不夜城》和《贼之高速公路》。次年，他因为麦卡锡主义被驱逐出美国，在伦敦流亡时执导了另一部杰作《四海本色》。在法国短暂停留并拍摄了那部杰出的《男人的争斗》后，他定居在了希腊。当他还在世时，从未邀请过他去里昂，为此我很自责。

　　甚至在我们登上卫城之前，我发现了雅典之所以一直如此重要的原因，正如戈达尔被问到这个国家所欠的外债时回答："尤其是我们，似乎对希腊欠下了文化债务。"

与法国大使克里斯托弗·尚特比共进一顿（丰盛的）晚餐后，我又去法语联盟与一些当地的业内人士和记者见面，比如依靠拐杖支撑的勇敢的阿莱克西·格里瓦。我发现面对的是一些专注的、对戛纳的历史及其使命和责任充满好奇的人。当我问到他们的工作时，有些制片人和电影人表现出过度的谦虚——我再次意识到戛纳对于全世界的电影人是一座公认的圣杯。这个美妙的时刻结束后，我去另一个会议室参加研讨座谈会。担任主持的是曾经和我在塞萨洛尼基电影节[5]共事后来转投电视行业的米歇尔·德莫布罗。"只能用仅有的资源勉强支撑！"他对我说——五年来持续深陷在暴风雨般气氛中的希腊人保持了冷静的政治头脑和含蓄的幽默。

啜饮一杯当地的红酒，我们在夜色下的露台上逗留了很久。从卫城开始，帕特农神庙俯瞰着城市，并将之照亮。更远处，接近比雷埃夫斯港口和地中海处，天色渐渐暗下来。明日，这个美到极致的国家及其豪放不羁的人民仍不会有丝毫改变。这已经很有意义了。

2月4日　周四

返回巴黎。在希腊谈论电影令我忆起西奥·安哲罗普洛斯参加戛纳电影节的那些岁月。《永恒与一日》是在1998年的戛纳被"加冕"的；1995年，西奥凭借《尤利西斯的凝视》获得了评审团大奖，错失金棕榈奖使他受到不公平对待，被描绘成一个失败的选手。他难道不该失望吗？这部电影通过回顾电影前辈亚纳克和弥尔顿·玛纳克的作品，重温巴尔干半岛早期的电影史，是一部杰作。我最后一次碰到西奥是在戛纳的金色方巾酒吧，他从一家叫"贝松母亲"的餐厅聚会出来，陪同的是他的电影制片人兼出品人埃里克·霍伊曼。西奥善讲笑话，会逗弄人。次年，他在雅典为一部即将开拍的电影取景时，被一辆摩托车撞倒。这个既荒谬又令人悲哀的死亡让所有人意识到了他的存在的重要性、他对艺术的苛求及其作品的宝贵。不过那是很久以后了。

从日内瓦机场坐飞机回到里昂，再回到巴黎。里昂市市长杰拉尔·哥伦布对我说："我不评论那些谣言。不过，向我保证，您不会离开？"

2月5日　周五

入围片单将在4月14日宣布。以往都是在卡皮西纳大街的大饭店举行，不过今后都改在香榭丽舍大道上的UGC诺曼底电影院：世界各国的报纸杂志、电视媒体，等等，大排场。我们自问是否需要这样盛大的仪式。

记者们拥挤在黑暗中，虽然其中有不少朋友，但是我能感受到一种模糊的敌意。问答环节从来都很平淡，《解放报》说我们每年都疲惫至极——紧绷的面部表情，戴歪的领带——通常确实是这样。也许因为戛纳快要70周岁了，所以还是需要考虑一些关于我们的传统的问题。

美国女演员克尔斯滕·邓斯特凭借最佳女演员奖（因出演拉

斯·冯·提尔执导的《忧郁症》)被载入戛纳电影节的历史,浏览一下她的电影作品表,可以看到她对作者电影是有意识的。我们十分渴望她能加入评审团。今天晚上,她告知我们,她非常开心地接受邀请。她是我们 2016 年确定的第一位评审团成员。

午夜时分,接到伯纳德·卜罗尚的一通非常热情的电话。这个(在广告业)春风得意、掘金成功的男人回到自己的故乡,竞选戛纳市长和议员。他为我可能会离职而非常懊恼。即使对于地方报纸上"美国人可能缺席"的无聊报道甚为担忧,他对电影节的热爱也从未中断过,我们一起度过许多美好的岁月。我希望看到他站在红毯尽头,展示大块头和第三共和国的气派,而不是看似时髦的广告业人士。我们谈论足球、政治,欣赏走红毯的女孩们。晚宴一开始,他比我认识的人还多:他的行政人员——戛纳当地人,也会去看电影。 我猜他之后应该置身于黑暗的包厢里,为某些电影惊叹,被另外一些折磨。他知道这些他比较抗拒的作者电影是我们这片天地的精华。多少岁月从我们指间滑过。我昨天还见过伯纳德。他的话语让我感动,这种对话就如一场公开演讲,充满力量。

2 月 6 日　周六

选片即将进入具体的实施环节。首先,我需要介绍一下戛纳电影节是如何运作的。说到命名问题,这个每年 5 月在戛纳举办的电影活动最初的名字可不是"戛纳电影节",而是"法国国际电影节协会"。"戛纳电影节"是后来的叫法,以至于我们团队中的元老们仍旧操着一口南部口音将其称作"国际电影节"。

戛纳电影节由两个主要部分构成：官方展映和电影市场。一边是电影作品面向公众和全球媒体举行的盛大的首映礼，简言之，就是大师、星光和红毯；另一边则是一些即将开拍或已经完成却未参与展映的电影与全世界买家之间的商业交易。

1946年9月举办第1届电影节时，只有官方展映（电影市场始于1959年），其中包括竞赛单元和一些周边影片。作为电影节最美象征的金棕榈奖始于1955年，并被颁给了德尔伯特·曼的《君子好逑》。在那之前，电影节会颁发所谓最高奖。竞赛单元之外的放映有各种叫法，直到吉尔·雅各布在1978年将他们合并成一个单元，叫"一种关注"，这个单元也拥有独立评审团，并颁发一些奖项。

当人们说"官方竞赛"单元时，这个表达是不准确的。所有的展映都是官方的。"一种关注"单元、午夜展映、非竞赛单元、特别展映都是其组成部分。所有这些，自然也包括主竞赛单元，一起组成了官方展映。这是我和同事们每年精心打造的。我们引荐这些电影，光耀这些电影，珍视这些电影，也捍卫这些电影，为此我们不惜身心俱疲。

最终，将有二十多部电影入围主竞赛单元，"一种关注"单元也将入围同等数量电影。特别展映或者非竞赛单元各有十来部，午夜展映则有三部，不要忘了还有开幕片和闭幕片。而这总共60部左右长片是从1,800多部报名的电影中挑选出来的。确切地说，2015年有1,854部电影报名！不是所有电影都是上乘之作，有些在看了半小时后就会被淘汰，但是所有的报名电影我们都一定会看，这是戛纳式民主最重要的一条规则：任何人拍摄了一部超过一小时的电影，都有权利报名且一定会被看到。

在电影节周边有两个"平行单元"："影评人周"和"导演双周"。前者于 1962 年由影评人工会创立，受到曾身兼电影节主席和艺术总监（正如吉尔在他那个时代一样[6]）长达三十年的罗伯特·法瑞·勒布雷的鼓励和支持。该单元的选片只接受导演的第一部或第二部电影，旨在发现和扶持年轻创作者；7 部竞赛电影之外，再点缀一些其他影片作为甜点。加斯帕·诺、列奥·卡拉克斯在进入"大人物的门庭"之前，都在这里迈出了他们电影之路的第一步。

由导演协会创立的"导演双周"单元则始于 1969 年，肇始于"五月风暴"及其在戛纳引发的风波，且后者相比前者毫不逊色：为了制止电影节以及绍拉的《薄荷刨冰》的放映，戈达尔和其他几个人把自己挂在旧影节宫的幕布上。跟"影评人周"单元相反，"导演双周"单元并不受人待见：法瑞·勒布雷因 1968 年那届电影节而非常受伤，左派的那一套显然不是他的那杯茶——虽然他很喜欢喝茶[7]。然而，靠戛纳电影节及其资金的支持且依赖电影节的名声存活下去的"导演双周"单元却一向被视为是一个对抗性的电影单元。这也正是导演协会那些人所理解的（科斯塔-盖维拉斯、让-加布里埃尔·艾比柯寇、皮埃尔·卡斯特、路易·马勒或雅克·德雷等如此这般告诉过我）。他们指责官方单元什么呢？或许正是因为太官方了：过于世俗，太多华服、金钱、经纪人、丑闻，还有影片审查（参见 1966 年里维特的《女教徒》那个故事，不管怎样，电影最终在主竞赛单元放映了）。

由于电影界产出电影的数量远超官方展映的席位，面对这种极度的马尔萨斯主义，创立一个新的单元不失为一个好主意。因此皮埃尔-亨利·德诺执掌了"导演双周"单元。他在这个位子上长达二十年之久，既有新的想法，又非常好斗——他与雅各布之间很难说互相倾慕，但为了所有人的利益勇敢地和平相处。以风格、传奇和套路为基础，再配上动人的电影——毕竟官方单元不可能来者不拒，"导演双周"单元伴随 20 世纪 70 年代全球独立电影一道登场，正如它的另一个平行单元姐妹"影评人周"，他们挖掘那些处女作，在那些电影世界版图中正在崛起新的国家和尚显青涩却大有前途的新电影人。一个伟大的电影人，未来的主竞赛单元常客，并不一定在其第一次尝试时就达到竞赛单元规格，这正是这些平行单元存在的意义。因此，当我还是一个籍籍无名的电影节观众时，我就很难理解为什么大家明明是完美地互补却还要互相竞争。正因如此，迈克尔·哈内克的前三部电影都在"导演双周"展映，而南特三大洲这样的电影节就像是戛纳宏伟宫殿的一个美丽前厅，阿巴斯·基亚罗斯塔米就是在那里崭露头角的。

总之，官方展映贡献杰作，"影评人周"负责发现新星，"导演双周"则带来意外惊喜。然而不应把主竞赛单元视作一个在美学上不与时俱进的顽固老妪，绝非如此。在皮埃尔·里斯安看来，这要归功于接替罗伯特·法瑞·勒布雷的莫里斯·贝西。看看 20 世纪 70 年代的金棕榈大奖，以《陆军野战医院》作始，以《爵士春秋》和《影武者》作结，其间有《稻草人》《出租车司机》《马蒂事件》《窃听大阴谋》《幽情密使》《木屐树》《我父我主》《现代启示录》《铁皮鼓》等等佳作，这也同时意味着以下这些闪亮的名字：斯科塞斯、科波拉、沙茨伯格、塔维亚尼兄弟、弗朗西斯科·罗西、约瑟夫·罗西、黑泽明、鲍勃·福斯、贝多利、施隆多夫等。戛纳的主竞赛单元就像巴黎-鲁贝自行车赛，表面上像一次大乐透，但永远都会有一位伟大的冠军赢得胜利。而这个在1968年前成功发掘了伯格曼、安东尼奥尼、费里尼和塔可夫斯基的电影节，让维姆·文德斯的《公路之王》、安东尼奥尼的《过客》和胡金铨的《侠女》出现在了同一个主竞赛单元中，因此并不是那么的学院派。但那些陈词滥调一直都存在，且还在继续。

平行单元对庞大的戛纳电影节是有益的："影评人周"发现了肯·洛奇、吉尔莫·德尔·托罗、伯纳德·贝托鲁奇；20世纪90年代的"导演双周"则收获了达内兄弟、布鲁诺·杜蒙、贝拉·塔尔等。他们从未使官方单元及其至高无上的权威受到过质疑。大约是在1998年或2000年，多亏了雅克·杰尔贝和雷吉内·哈特朔东，我经常碰到当时主持"导演双周"的玛丽-皮埃尔·玛西亚，她曾说过，与官方单元的竞争异常严峻。我一到戛纳，雅各布就跟我解释了一切。当我试图与那些平行单元建立更真诚的关系时，他表示怀疑——我甚至去"导演双周"介绍了一部电影，并且在台上开了个玩笑："我来这里是为了把在场各位的名字都记下来。"只有我一个人笑了，这让我从天真的热情中冷静下来。冷战持续已久，我不可能挥一挥魔棒就解决所有的问题。

2001年之前，从20世纪80年代起就是戛纳常客的我，对整个电影节的看法是相当感性的。在我眼里，没有什么比这个一年一度的电影盛宴更重要。与成千上万的观众一样，我来到十字大道上的唯一愿望就是尽可能看最多的电影，从一间影厅到另一间，在一种自发的，质朴如基督教合一运动式的迷影精神的支撑下，我不会想到要关注壕堑战，甚至不会想到壕堑战的存在。然而，它确实存在，并且相当激烈。事实上，吉尔只能遗憾地发现我并没有比他更成功地制止媒体制造的虚假竞争。当我面对作品被舆论操纵时所产生的愤怒更让人们对那些冲突深信不疑。对业内人士来说，参加戛纳是一件绝顶好事。位于昂蒂布街、离性用品店和服装市场不远处的明星电影院里的一次电影放映会成为炒作。"导演双周"单元既反对又依赖于官方单元，喜欢自比成某种被拒者的沙龙，他们只需弯腰捡起那些电影节失意者，张开渔网接受更多的电影。不过可以确定的是，假如戛纳 1 月份在鲁贝举行，选择会更少（我拿鲁贝举例，仅仅是因为它是北方城市，没有任何攻击的意味，我的祖父就来自鲁贝的瓦特勒洛镇）。但是对于那些对此多样性不加区别的外国人和外行人来说，"一切都是戛纳的"。他们只会注意那些比较夸张的、短暂的竞争。

2 月 7 日　周日

　　跟美国制片人艾利克斯·沃尔顿讨论最近看的《耐撕侦探》。在这部 20 世纪 70 年代美学风格的警匪喜剧中，罗素·克劳与瑞恩·高斯林颠覆形象，扮演了搞笑角色，还有一位出色的年轻女演员及久未露面的金·贝辛格。这部电影的导演沙恩·布莱克曾执导过《小贼、美女和妙探》，那是 2005 年一部令人难忘的午夜场电影。《耐撕侦探》的制片人是艾利克斯和古怪的乔·西尔沃（古怪而友好，而我知道所有人都对我很友好），他每次在戛纳的亮相都不落俗套。乔·西尔沃这个名字会让人联想到沃尔特·希尔执导的电影：《致命武器》系列、《虎胆龙威》第一部及其后续、《铁血战士》系列、《黑客帝国》系列。西尔沃还是一个可以与人谈论库布里克的男人。他意识到这部电影在竞赛单元没有任何胜算（太过于搞笑、不够作者化、也不是拍给影评人看的，等等），但还是拒绝了我关于午夜展映的邀请。对于他的打击，我得挺住。这部电影在法国的发行商是欧罗巴影业。它的老板吕克·贝松应该会很快给我打电话。

昨晚，里昂奥林匹克队在昂热以3:0获胜。这支球队越来越棒了。

2月8日　周一

每年，我们都喜欢逗克里斯蒂安·热那："参赛的电影更少了，不是吗？""没有！"他反驳道，"这是一种有节制的胜利，我们观看过的电影已经过百部，还有大量的报名者。"他的电影部团队已经准备好接收那些影碟并将其分门别类。

忙碌的一周。报名参赛的电影蜂拥而至。我们马上就一头钻到放映室里。还要面对千头万绪的要求：法国文化中心的瓦莱丽·穆祜建议让贾樟柯担任戛纳国际村举办的世界电影工场—青年电影人工作坊总导师；皮埃尔·阿苏利那与莫里斯·斯扎福朗打算在《文学杂志》上刊发一期以"作家、电影与戛纳"为主题的特刊；法国制片人克里斯蒂娜·拉森想在阿曼苏丹国发起一个电影节，需要我们的建议。我该如何抵制"协助别人到处传播电影"的诱惑呢？

下午3点，我们和克里斯蒂安穿过塞纳河去环球公司观看科恩兄弟的电影《恺撒万岁》。不是为戛纳选片，因为它已经是柏林电影节的开幕影片了。我们仅仅是为了开心，甚至还想有更多的收获。我们讨论了某些细节，关于节奏以及 20 世纪 40 年代好莱坞共产主义思潮崛起的某些方面，影片中人在我们今天看来是非常滑稽的，或许对那些不了解历史的外行更是不可理喻，但真的是一部出色的电影。我很欣赏美国有些伟大的作者导演所拥有的这种强大而感人的能力：提醒那些伟大的演员自身的伟大所在。

　　晚上，我跟米歇尔·圣-让在其里昂火车站附近的办公室见面。我们都是 20 世纪 80 年代从卢米埃尔中心起步的，他当时拒绝做志愿者，而我则接受了。后来他到了巴黎，建立了迪亚法纳电影公司，凭借肯·洛奇电影和多米尼克·摩尔那部成功的《一切为你好》而站稳脚跟。从此，他制作的电影从不缺席戛纳。"今年，我们要为你推介达内兄弟、斯蒂芬·布塞、安德莉亚·阿诺德和几个年轻法国电影导演的作品。"这是一个懂得谈论电影又精明好辩的人，也是圣-艾蒂安人，不知他如何办到让绿队[8]和里昂队双方的支持者共进晚餐的。

2 月 9 日　周二

　　今天早上在斯蒂芬·古尔彼家与 KM 公司（加斯帕·德·沙瓦尼亚克、弗朗斯瓦·如尼诺和克莱芒·绍文）召开第二次会议，筹备开幕式和闭幕式。罗兰·拉斐特答应做晚会的司仪。有人建议表演德内[9]的歌曲《重见巴黎》，作为对这个城市旧日痕迹的一种低调追忆。负责舞台调度的特里斯坦·卡尔内向我们展示了一些新的装饰模型及两三个视觉创意成果。皮埃尔·莱斯屈尔似乎很满意——能感觉到：电视是他的地盘。

与让-克劳德·达尔蒙一起在蔻斯特咖啡馆吃午餐，这家咖啡馆位于巴黎潮街福布尔·圣-奥诺雷大街。让-克劳德是"足球界的财务部长"，曾担任过广告代理，拥有男演员般的外形，为人仗义，热爱电影，聊天时永远充满激情：他在写回忆录，并且把其中一些精彩段落当面念给我听。这些能跟朋友聚餐的日子很快就不属于我了，从2月底开始，只有三明治。

法国电视四台集团总经理马克西姆·萨达寄来了框架合同。弗朗索瓦·戴斯卢梭正在检查电影节的章程。米歇尔·米拉贝拉向我展示接待人员的新制服。杰拉姆·巴亚赫惋惜因为空间不够而不得不拒绝一些国家进驻国际村。罗丽·卡泽纳夫为了组建一个评委会联络了所有可能的联系人。团队知道我还要出几趟差，之后轮到我消失在放映室里了。他们应该不会想念我。我本要去蒙特利尔、里约和迈阿密，但我把大部分行程都取消了，只留下马德里作为明天的目的地，周四则去柏林，接着，从周日出发去洛杉矶。关于我可能要离职的谣言似乎平息了：我正式声明，不会离开戛纳，而我几乎还没有时间去回味那些雪片般的消息和深情的表达，从不知名的里昂人到业内人士，从戛纳到巴黎，从文森特·林顿到梦工厂老板杰弗瑞·卡森伯格——"我的朋友，我不能接受你离开！"

2月10日　周三

戛纳让佩德罗·阿莫多瓦等了太久，才给予他跻身主竞赛单元这一荣誉。1999年5月15日，周六，当他携《关于我母亲的一切》来到十字大道时，那已经是他的第 14 部长片。那天早上 8 点 30 分，在卢米埃尔大厅，他声势浩大地走进当代伟大作者导演的万神殿，同时使西班牙电影在全世界复兴，这距离他自己曾参与其中的新潮派[10]运动已有二十多年之久。

"去西班牙查看阿莫多瓦的新动向"是选片人的职业仪式之一，就像去哥本哈根看拉斯·冯·提尔的新片。这种特权在影片失败的时候并不是毫无风险的。但是在以下这种情况下是没有任何危险的：《胡丽叶塔》十分成功。这是佩德罗近些年来最悲伤的电影：出现片尾字幕时，我的眼睛模糊了，心揪得厉害。如果说导演电影里的常用元素贯穿全片，那么这部电影有时很直白，有时则很隐晦。我惊叹于这部电影呈现的新特征。可能因为剧本是构建在另一个人，也就是加拿大作家爱丽丝·门罗的想象基础上，不过也是通过其整体的忧伤基调，一种对时间、母爱及青春的思考。《胡丽叶塔》则给人感觉是在 20 世纪 80 年代重生的马德里的那个坏小子，往我们非要称为"老年人的作品"靠近了一步。然而，一个镜头、一张脸、一段音乐，我们就知道自己是在阿莫多瓦的电影里。是的，这是一位作者。而且，在他电影的字幕里，从来不会打出"佩德罗·阿莫多瓦电影"，而是"阿莫多瓦电影"，就像 20 世纪 30 年代在法国电影院里看到"雷诺阿电影""维果电影"。阿莫多瓦是一位在世界范围内塑造我们的审美观和世界观的艺术家，他是一个异数，年复一年，他的作品的重要性被不断确认。他能回归主竞赛单元，太棒了。

西班牙时间 1 点，我们在阿莫多瓦兄弟非常喜欢的一间餐厅碰头：埃勒兰多餐厅（加布里埃尔·米罗广场 8 号。令人怀念的让-皮埃尔某天建议我做一部美食指南，里面介绍电影人经常光顾的餐厅）。佩德罗和奥古斯丁在那里被"欲望无限"公司的女士们（艾斯特、劳拉、巴巴拉）及杰拉姆、苏菲·赛杜包围着——百代公司参与了《胡丽叶塔》的制片并担任其在法国的发行公司。我没有吊他们的胃口：直接邀请这部电影参加主竞赛单元。菜肴很美味，而且越吃越开心，心情舒畅的佩德罗试图从我这里套取评委的名字。返回时，赛杜把我放在他们酒店门口，因为我想步行回到自己的酒店。夜色很美，气候怡人。这次停留的时间太短，我都没喝到一滴里奥哈，那可是我最爱的红酒之一。明天拂晓就要起床。

2月11日　周四

当人们意识到夜太短时，便会因无法入眠而更觉其短。喝完夜间门房送到301室的咖啡，我离开了圣安娜广场的酒店，飞快到达了机场（通常我总嫌出租车太慢，不过这次我有点太满意了）。一大早，司机的话就很多，他把矛盾重重、不得民心的政府高层和深陷危机的国家经济现状以及贫困加剧的人民生活抱怨了个遍。"这样的状况已经持续很久了。"他说，"于是年轻人回到父母家，全家人生活在一起，解决了吃饭问题。咱们西班牙人一到晚上就去街上喝喝酒抽抽烟，找个长椅坐下跟朋友们闲聊，这就省了下馆子的钱。你们法国人懂得这样的生活吗？"不太确定。

我乘西班牙航空3676次航班直飞柏林。柏林电影节是个大型的电影盛会。迪特·考斯里克完美地经营着自己的领地。他是亲切、幽默、热爱电影的人道主义者，对于他特别重视的话题，比如难民问题、慢食运动、开玩笑之类，他会十分积极主动。比起最小的细节都会被评价的戛纳，这里的挑战是不同的。另外，柏林电影节是广泛面向大众的，现场布置富有奇幻色彩，在这座德国首都，历史悠久而又充满魅力的电影院星罗棋布。活动安排方面主要是展映大量电影，那些"小"板块，比如"全景"单元或"论坛"单元通常卧虎藏龙，而且评价这场竞赛时，人们只会观照它最显著的优点，比如一个高效的市场、一个阵容强大的评审团。另外，在这座消费并不高的美丽大都市里，每个人都能找到自己的归属感。

迪特·考斯里克重感情，随着年纪的增长，他的外形越发酷似格劳乔·马克斯[11]。两天前，他发给我一条短信："我很荣幸您能站在我们荒蛮的红毯上。"堂堂主席一本正经地打着官腔开起了没底线的玩笑，"在威尼斯电影节，如果你看了一部烂片，走出影厅还可以告诉自己，起码我身在威尼斯；在戛纳碰到烂片，你出门看看周围的风景，还是可以安慰自己，毕竟这里是戛纳；而在柏林看到烂片，你抬腿走出电影院，就只能开骂：'我他妈在柏林！'"这也恰恰说明迪特的精明是全方位的。在他的指挥下，柏林电影节没有什么可担忧的，尤其是今年：拿到科恩兄弟的电影作为开幕影片，还有梅丽尔·斯特里普担任评审团主席。他手里握着好牌。

在放映《恺撒万岁》之前，我有些伤感地拥抱了科恩兄弟，之后便前往萨勒塔巴奇餐厅。我每年都在这家位于鲁迪-杜奇克大街的意大利餐厅跟朋友聚餐，老板是我忠实的朋友皮埃罗·基娅拉。席间，大家互通信息，分享彼此近况。今天有兼任威尼斯电影节主席和都灵博物馆馆长的阿尔贝托·巴巴拉、斯科特·方达、博洛尼亚电影资料馆馆长吉安·卢卡·法里内利、保罗·布兰科、任职于索尼经典影业并入选德克萨斯大学名人堂的影迷迈克尔·巴克以及马上卸任西班牙电影资料馆馆长职务,是带我发现新地方的歇马·普拉多。另外,还有第一次踏足……德国的克里斯蒂安·热那!将近午夜,马拉瓦尔加入我们一起喝格拉巴酒,并发起一年一度的比赛:"列举五部意大利僵尸电影""1967年最棒的法国电影""给你心目中最伟大的日本黑白电影排名",等等。最后,聚会在一片叫嚷声和吹牛皮中愉快地结束。

2月12日　周五

拜访邻国时,我们愿意相信如今的欧洲大陆运行得马马虎虎。这令我想起在一间加利福尼亚酒吧(想想为什么是加利福尼亚的)看到的一个好笑的段子:"一个有英国警察、法国厨子、德国机械师、意大利情人并由瑞士人管理的地方就是天堂。一个有德国警察、英国厨子、法国机械师、瑞士情人并由意大利人管理的地方就是地狱。"

今年,我不会像往年那样前往罗马或伦敦,也会错过卡托维兹、卡罗维瓦利、卢森堡或哥德堡这些地方的优秀电影节,而且不会去访问阿姆斯特丹或布鲁塞尔收藏丰富的电影资料馆。连我极少错过的由埃米尔·库斯图里卡和他女儿杜妮亚在贝尔格莱德组织的音乐电影节,我今年也要缺席了。"战士"莫妮卡·贝鲁奇告诉我,埃米尔的电影正在剪辑,他考虑重拍几组镜头。

周日,我又开始了长途旅行,第一站是洛杉矶,下周前往布宜诺斯艾利斯:奥黛丽·阿祖莱请我陪同法国总统前往拉丁美洲做正式访问。再次见面时，她的身份就是文化部长了，因为她昨天被提名继任芙乐尔·佩勒林的职位。

我不在的时候，其他人观看了布里兰特·门多萨的新片，并且十分喜欢，正如保罗·格兰萨在观影笔记中所言："门多萨善于拍摄小人物的生活，纸醉金迷或穷街陋巷，金钱泛滥，暴力横流。结局也非常精彩。对于我来说，这是他最杰出的作品之一。"看完电影，我同意他的意见，也同意洛朗·雅各布所说："换成一个不那么谨慎的导演，就会陷入拽台词炫暴力的俗套。"这部片子肯定是官方选片。至于是否入围主竞赛单元，待定。

2月13日　周六

今天颁发了第8届雅克·德雷奖，该奖项是为了纪念出生在里昂的电影人、前任卢米埃尔电影中心副主席雅克·德雷。因为他一生拍了很多警匪题材电影，因此这个奖项也会颁给一部法国警匪片。去年获奖的是弗雷德里克·特利尔执导的《杀手一号》，今年则是由文森特·伽航与吉尔·勒鲁什合作的《丑闻调查》。跟他们一起出席的还有电影的主角原型丹尼斯·罗伯特，电影讲述的正是他调查德国明讯银行金融丑闻的故事。除了雅克·德莱的遗孀阿涅斯·文森特和每年都会出席的朋友，雅克·杜邦的到来也有深远意义：1955年，时任文化部长的他把卢米埃尔工厂资料馆列为历史遗迹（也就是跟凡尔赛宫同等级别——但不是因为同样的原因！），使之免遭破坏。

这个夜晚过得很愉快，因为雅克·德莱留下了完整的回忆。

他的朋友伯纳德·马利连续两年没有出席颁奖仪式了，因为一年前他在《查理周刊》袭击案中被杀害。"我很喜欢每年一次来谈谈电影。"他曾在某次入席进餐时这样告诉我。

正常情况下，里昂的10月活动在戛纳电影节结束后才会进入正式议程，但是颁发卢米埃尔奖是一个早就开始困扰我的问题。很久以前，我们就属意凯瑟琳·德纳芙。最初设立这个奖项是为了表彰导演们（1991年第一次冒出这个念头是为了致敬当时被人们过度遗忘的比利·怀尔德和英格玛·伯格曼），选一位女演员是例外，但是凯瑟琳·德纳芙本身不就是一个例外吗？一位献身艺术、极度低调的女性。昨天，她的经纪人克莱尔·布隆戴尔告诉我，邀请她是个"好主意"，她的意思是：赶快给凯瑟琳打电话。即使她补充道："她几乎不参与这种致敬活动，涉及她自己的就更少了。你知道的，这是一位放眼未来的女性。"电影放映时，我与凯瑟琳互相发了几条信息，她最终告诉我："您愿意的话，可以给我打电话！"我立刻拨通了她的电话："凯瑟琳，我想跟您建议一件您不太喜欢的事情：我们想在里昂为您颁奖。"几乎没有给我机会去吹嘘卢米埃尔电影节的优点，她就告诉我："我听说过这个电影节。好的，我答应你。"

2月14日　周日

我又重新出发了。一个选片者是要四处旅行的。早上5点51分从里昂-帕尔-蒂约火车站乘坐高铁，7点59分到达鲁瓦西[12]，10点50分乘坐法国航空公司066次航班前往洛杉矶，下午1点25分到达汤姆·布拉德利国际航站楼。我的助手玛丽-卡罗琳·勒罗伊独自一人就是一家旅行社。

在飞机上小憩了一下，我在乘务员关掉机舱内夜灯时醒来。机舱外，天色开始泛白。为了看风景，我总坐在舷窗边。凝视着壮美的陆地，很难想象它被污染，甚至波及海洋。加拿大冰川的出现让我联想起杰克·伦敦描绘的那种巨大的白色寂静，思考着经历了什么使得我们走到这一步，这个几乎才刚开始却可能面临灾难性结局的世纪。大雪覆盖了广袤的平原，从温尼伯、桑德贝、乔治堡上空，从苏鲁考特、威尼斯克到法戈（很正常），所有这些神秘的地方都相继被展现在了银幕上。

那些白色的沙丘和谜一般的道路就像隐形的线，一望无际的牧场，然后是拉斯维加斯的沙漠和笼罩在薄雾中迎接我的洛杉矶。这一切都是我所熟悉的。我永远不会忘记最初来到洛杉矶的情景：在海关等待的长龙，孤独感，找不到租车公司，来自阿富汗的的士司机给我讲述他曾经的流亡生活……那都是在 2001 年之前了。20 世纪 90 年代，我经常来拜访安德尔·德·托斯，他执导过《无法无天的日子》(讲述发生在雪地上的故事精彩西部片，主演是伯尔·艾弗斯和被埃迪·米切尔发掘的罗伯特·瑞思，过去人们通常会在晚上八点半在电视上观看这种猎奇的电影)。安德尔是我生命中最重要的人之一——我给儿子取名维克多·安德尔，令他欣喜若狂。他把我安顿在好莱坞大道上的罗斯福酒店。它和中国剧院只有两步路远。我在加利福尼亚的另外一位"领事"菲利普·加涅尔，熟悉所有最好的酒吧、古老的默剧舞台和明星们的豪宅所在地。在他的建议下，我也有了自己喜欢的街区和入住高原花园酒店的习惯，那是詹尼斯·乔普林 [13] 度过人生最后几个小时的地方。

我于2001年1月旧地重游，开始第一次"官方旅行"。吉尔·雅各布派我去补救好莱坞对十字大道的疏离。占据时间优势的柏林电影节恰好利用了这种疏离，每年2月迎接那些"奥斯卡电影"在欧洲上映。2000年，当时由莫瑞兹·德·霍尔顿领导的柏林电影节在竞赛单元囊括了奥利弗·斯通的《挑战星期天》、诺曼·杰威森的《飓风》、米洛斯·福尔曼的《月亮上的男人》和最终斩获金熊奖的保罗·托马斯·安德森的《木兰花》。这个阵容真够强大。美国最好的商业作者电影要角逐奥斯卡奖，就把柏林当作登陆欧洲市场的理想平台。对于戛纳电影节，竞争太过残酷。我很快习惯了每年前往美国两到三次，并定期与制片人及导演联系。20世纪第一个十年，数字化与盗版的日益泛滥使得秋季的美国电影无法等到举办柏林电影节时才上映。另一方面，我们尽一切所能，让好莱坞回归戛纳。

迪迪埃·阿鲁什是受人尊重的电影记者和行家。他住在洛杉矶，代替塔提亚娜·弗莱德金成为新任的电影节特派记者。后者几十年间兢兢业业，在我上文提到的优雅回归中扮演了主要角色。迪迪埃在飞机场跟我碰面后，立即告诉我紧张的行程，之后把我载到多黑尼大道的四季酒店。我在同一张床上睡了四天，不过每天的睡眠时间都很短：整个星期都会是这样。

2月15日　周一

我像任何一个被时差折磨的人一样，很早就起床，早上5点，已经精力充沛得可以搬起一座山，给我一把刷子就能粉刷整个酒店，一口气能跑到格里菲斯公园。我把一天中的最初几个小时用来与巴黎和伦敦方面沟通，住在伦敦的保罗·拉萨姆和我一起在这里待过很多次。接着与萨义德·本·萨义德一起吃早餐，他是沃尔特·希尔的新电影制片人。天气好极了。将近中午，我又与保罗·索伦蒂诺在马尔蒙庄园酒店的露台上喝了杯开胃酒，他在洛杉矶结束了《年轻的教宗》几个镜头的拍摄，那是他为美国家庭电影有线电视网执导的一部电视剧。容光焕发的简·方达加入了我们，她是来和保罗共进午餐的。

和迪迪埃一起在洛杉矶市立博物馆吃完午餐，我们又参观了奥斯卡颁奖礼所在地。下午5点，他把我载到奥林匹斯山大道高处的一栋别墅前，下方是一派壮丽的风景。西恩·潘满面春风地迎接我。"欢迎！"他欢呼道。随着时间的流逝，他变得越来越放松。他把我领到一间巨大的放映厅，里面有一位技术人员在两个乒乓球台大的混音工作台上忙碌地工作着。"你一个人看片吧。"西恩说罢离开。

《最后的模样》讲述的是主角执行人道主义任务时发生的一个爱情故事，从中能看出导演想拍出一部好电影的野心。西恩把他的摄影机浸润在一个被战争蹂躏的非洲的血泊里，这是以他自己在海地和其他地方参与的人道主义事业的亲身经历为参考。在导演手法方面，通过摄影机的力量和偶尔插入一些不合时宜的慢镜头可以看出他的视觉审美。电影很有魅力，渗透着饱含力量的光彩。讲述故事所需的复杂性尚未形成，某些场景是没有意义的，但是西恩知道："目前我能给你展示的只有这些。"当我们约在日落塔一起吃晚餐的时候，他跟我具体讲到那些要做的改动。评论导演的工作永远都是一件敏感的事情：相识的交情会与艺术上的苛求博弈，既不能夸奖，也不能打击。他给我展示的很有希望成为一部好电影，但是他能准时完成吗？"我还有很多工作要做。"他告诉我，"我知道哪些地方不合适。"正如任何一位导演，他深知如何维护自己的作品。

和他聊天，话题总是源源不绝，从（他模仿得惟妙惟肖的）马龙·白兰度到美国作家戴维·福斯特·华莱士。他还跟我谈起杰克·尼克尔森，并告诉我关于后者的一些好消息——我过去一直觉得尼克尔森在《誓不罢休》里面模仿他的哥们吉姆·哈里森，并在后者的赞助下成为了作家。我向西恩询问关于"矮子"的事情，他曾经在《滚石》杂志上发表过一篇关于后者的文章。这篇引起轰动的文章给他招来了保守者的愤怒和奇怪的谣言：他为美国中情局工作，并且通过跟毒枭联系，促成了后者的被捕。"人们故意在报纸上说我跟这些有干系。墨西哥人这样说是为了引渡他。这个家伙拥有一支如此规模的部队，任何时候都可以逃跑，而他们不想因为发生这种事情而丢脸。同时，在美国，他的存在会变得很尴尬：关于政治贪腐，他知道一长串名字。"尽管如此，美国警察还是建议他保护自己。"我在这里见过一些人，告诉他们我并非如报纸上描述的那样为政府工作。但是警察告诫我，有太多的墨西哥黑帮，总会有一个愣头青想一枪把我干掉，只是为了成为英雄。"天呐！

我们离开餐厅时，西恩被跟朋友聚餐的莱昂纳尔·里奇叫住。之后，他把我送回酒店。我们约好3月底，他向我展示电影的最终版本，不过我感觉他处于一种急躁的状态。我没有直接回房间，而是在酒店周围一边散步一边给这部电影的发行人斯蒂芬·塞莱里耶打电话，他在巴黎已经起床了。他也看了第一个版本，并极力想促成戛纳之行："西恩·潘、查理兹·塞隆和哈维尔·巴登，"他用一贯的煽情口吻说，"你能想象他们一起走红毯吗？"

2月16日　周二

　　经纪人和卖家一起在电影节中扮演主要角色，尤其是在戛纳与美国电影界的沟通中。有一些经纪人自恃过高，把自己也当作明星，让人不禁想象有一天他们也拥有自己的经纪人。猫王的经纪人，人称帕克上校，就有过这种行为。20世纪60年代，布鲁诺·科卡特里竭力想促成猫王来巴黎奥林匹亚开演唱会。某天，他成功地开出了天价："一百万法郎，您觉得怎么样？"上校回答道："这个价格我接受。那么你给猫王开什么价呢？"也有不少经纪人，我们可以和他们像熟识的影迷一样谈论电影，他们是接近艺术家们的钥匙。我会经常碰到这样的情况：当我们与某某明星进行直接对话时，为了营造一种信任的气氛，绝对不能越过他们的经纪人。我今天的第一个约会对象是威廉·莫里斯经纪公司迷人的爱丽丝·舍兹和格瑞艾姆·泰勒。谈话内容：关于他们公司电影的消息以及他们对于评审团的建议（"如果保罗·麦卡特尼来，那就太完美了！"好吧，是的，如果他愿意的话）。

　　接着和迪迪埃一起，我们又前往位于卡尔弗城的索尼-哥伦比亚公司。墙壁上因挂着弗兰克·卡普拉和詹姆斯·斯图尔特这些明星的巨幅照片而熠熠生辉，也因建立这家电影公司的那位古怪而疯狂的哈利·科恩的身影而显得诡异。我们与索尼影视娱乐公司的老板汤姆·罗斯曼、苏珊·范·德·沃夫、萨尔·拉戴斯托和乔希·格林斯坦一起吃午餐。气氛非常融洽，因为我认识汤姆已经十五年了，但只是非常美国式的交往。我们直奔主题：朱迪·福斯特的电影确定 5 月初上映，是否应该去戛纳？他们同意明天让我观看影片。

　　下午 3 点半，制片人克里斯蒂·麦克斯科在斯蒂芬·斯皮尔伯格家里（不，我不会说那是在哪里）接待我，为了《圆梦巨人》的放映。这部电影改编自罗尔德·达尔享誉世界（不过在法国并不是很出名）的儿童小说，并由去年 11 月去世的《外星人》编剧梅丽莎·马西森打造剧本。尚未加入的特效将为这部电影增添怪诞的色彩，但是斯皮尔伯格在引导孩子及其与成人世界对抗方面始终保持着天才水准。这部电影与《间谍之桥》或《林肯》风格迥异，入围官方评选绰绰有余，它可以在周末制造一场迷人的电影聚会。身在外地的斯蒂芬通过电话与我讨论电影，一如往常地和蔼，快乐。

　　之后我与吉姆·加诺普洛斯在贝弗利山一间叫"麦德尔家"的高级意大利餐厅用餐。这位希腊裔美国人颇有 20 世纪福克斯公司总裁的派头，而且这些年来他已经成为一位值得信赖的朋友，我每次来洛杉矶都会跟他见面。他没有什么电影要向我推荐，但是我们有一些其他的共同话题：自行车运动（他会定时骑自行车）、斯蒂芬·乔布斯（跟他走得很近，他还为对方的去世作了个庄严的致敬）、欧洲、老爷车、世界政治局势。当然，还有电影。作为一个十分了解好莱坞的人，他可以用讽刺的口吻谈论这个地方。"一天，塞缪尔·戈尔德温向制片人们表达了对于公司计划的担忧。其中一个说：'我们有个关于梵高的绝佳剧本，可以请柯克·道格拉斯出演。''谁是梵高？'戈尔德温问道。'他是一位画家。''有名的画家？''是的，非常有名，在全世界都非常受欢迎。''那很好''我们做这部电影吧。我们已经可以确定那些拥有梵高画作的人会去观看它。'"2001年的一个上午，吉姆给我和吉尔·雅各布放映了他很喜爱的电影《红磨坊》。"放映过程中，我坐在你们后面，紧张得要死。"我们很喜欢那部电影，并让它成为第54届戛纳电影节的开幕片。它也是最美的开幕片之一。

2月17日　周三

我已经过了急不可耐地去吃酒店自助餐的年龄，因为吃完没有时间去健身房，于是与派拉蒙影业市场部的尼克·克劳利和朵拉·坎德拉里亚约定9点才吃早餐。他们提到两部"没有完成"的电影，让我大失所望：达伦·阿伦诺夫斯基的一部影片和已经被人盛赞的丹尼斯·维伦纽瓦的新片。我们还谈到派拉蒙的宠儿J.J.艾布拉姆斯，虽然我有意接纳，但其身兼编剧、导演和制片人，并且要看太多电影。总之工作太多，今年无缘戛纳。

行程的尾声，是去索尼公司观看朱迪·福斯特的《金钱怪兽》。电影讲述在一个充满算计的悬疑背景下，由一位市场预测分析师主持的电视节目如何允许一个被他不靠谱的建议毁掉的年轻家伙揭开证券及高级金融盗贼的真面目。导演手法干净利落，男演员们（乔治·克鲁尼、杰克·奥康奈尔和多米尼克·威斯特）齐飙演技，茱莉亚·罗伯茨依然魅力四射。一个绝妙的开头和一个能预测的结尾，这可以作为一部完美的非竞赛单元影片，有赏心悦目的红毯及乐观的票房成绩，因为电影将在法国、美国以及全球同时上映。"不过鉴于演员阵容，难道不应该是一部合适的开幕影片吗？"迪迪埃自言自语。我差点儿忘了我们一直没有确定开幕影片。

车子又开到了格兰岱尔市，我们在山谷里见到了杰弗瑞·卡森伯格和梦工厂动画公司。经过伯班克时想起华纳公司的苏·科罗尔，十五年来，她一直致力于拉近好莱坞和戛纳。和杰弗瑞一起看了几分钟的《魔法精灵》，喝杯咖啡，寒暄几句。人们经常因为我把《怪物史瑞克》带到戛纳而赞扬我的果敢，后来，许多电影节也仿效之。那是因为杰弗瑞勇敢地向戛纳推荐这部影片，加上当时刚刚接纳我的吉尔放手让我做事。"《魔法精灵》届时将无法完工。"杰弗瑞告诉我，"但是我们可以与贾斯汀·汀布莱克及安娜·肯德里克一起去一趟戛纳。你不反对吧？"不，完全不反对。

四季酒店的酒吧是在此地偶遇明星的最佳场所。2010年，《生命之树》首映后，我在这里碰到了那时尚未成名的杰西卡·查斯坦，不过没敢跟她打招呼——她在马力克的电影里的表现让我十分惊艳。几年以前，被我用短信轰炸很久的迈克尔·西米诺就在这里走到我面前："不，我不愿意因为《天堂之门》而去里昂接受褒奖——这部电影是个糟糕的回忆！我们喝一杯好了。"（还好他在2012年改变了想法）。昨天，我看到摄影师马塞尔·哈特曼在这里喝啤酒，刚才又巧遇应该正在圣丹尼拍摄《瓦尔瑞恩与千星之城》的吕克·贝松（"因为家里有事才来这里，我只待几个小时就要火速回巴黎。"），而我在那儿迎接威廉·弗莱德金的到来，他答应来戛纳上电影课。这位执导过《法国贩毒网》《驱魔人》和《千惊万险》的导演有些东西值得分享。另外，学识渊博的比利[14]能在许多主题上快速切换：文学（"我酷爱普鲁斯特！"）、歌剧和音乐。而且关于电影的历史，关于《公民凯恩》、新浪潮运动及他的朋友利诺·文图拉，他都滔滔不绝。"他来洛杉矶时，我会故意带他去去文图拉大道，惹得他大笑。"

晚上8点，与吉姆和尼基·罗斯一家在西好莱坞又碰面了。小门餐厅是一个有魅力的地方，它没有那些时尚度赶超巴黎的美国餐厅的缺点：灯光暗到几乎看不到食物，极端嘈杂的音乐让人无法正常交谈。当我们告别时，知道迟早会在欧洲再次相见。回到酒店后，我下载了《世界报》和《队报》，为这本日记更新了内容，不过我对它有点儿太不上心，并且一直犹豫是否能够完成。给家里打完电话，我瘫倒在床上。

2月18日　周四

最后几个小时，最后一批会面，从8点30分开始就与联合精英经纪公司的经纪人蕾娜·荣森以及理查德·克鲁贝克会面，接着与萨义德·本·萨义德及沃尔特·希尔喝了杯咖啡，后者也私藏了关于比利·怀尔德的故事："维也纳人讲起自己的同胞是最强悍的。比利说，他们成功地让人以为希特勒是德国人而莫扎特是奥地利人。"之后与文森特·保罗-贡古尔一起吃午餐，作为一名杰出的老电影发行商，他的业务包括院线电影和影碟发行。他把自己的家和卡洛塔发行公司都安顿在美国，定期回巴黎，注意竞争动向，面对任何考验都保持强势个性，这使他能够在大西洋两边都维持自己的事业。他跟我讲自己在加利福尼亚的新生活，并提及他正在做杰瑞·沙茨伯格《毒海鸳鸯》的收藏版 DVD。关注电影人的动向是必要的：昨天，我们得知安德烈·祖拉斯基去世的消息。在他息影后，我们曾在里昂为他颁奖，在"第一电影路"上有刻着他名字的标牌。我们会因为做过这些工作而感到欣慰。

　　下午 2 点，已经完美适应了新角色（还淘到斯普林斯汀的几张珍藏版唱片）的迪迪埃送我到机场。10 个小时的飞行，5659 英里，我们将经过北线的盐湖城、加拿大——掠过格陵兰岛，经由爱尔兰和英格兰返回。飞机起飞延误了——不过机长保证会按时到达。乘飞机旅行使我可以一个人冷静一下。我想到马上要揭开面纱的主竞赛单元和尚未真正确定下来的评审团。我从来不会在安稳中工作，但需要调整的是我自己的紧张，而不是对自己工作质量的严格要求。然而事实是，我们的进度落后了。今天上午，我收到奥利弗·斯通的消息，得知他的制片人，也就是制作过《聚焦》的同一批人，正在如火如荼地为竞争奥斯卡造势，希望把电影推迟到 2016 年秋天上映；詹姆斯·格雷也告诉我，他的电影来不及准备好。祸不单行。我试图考虑其他的事，只想回家开始正常的生活，和家人在一起，看看报纸，和朋友们聚会，跟我那对世风日下深感绝望的父亲谈论政治。今天早上，他给我发了封邮件，并以一句孔子的语录结束："不曰'如之何，如之何'者，吾未如之何也已矣。"一位给孩子发孔子语录的父亲很不错吧？我就这样在一片白茫茫的雪和云层之上睡着了。

2月19日　周五

时差，喉咙疼痛，轻微发烧……正如料想的那样回到冬天的欧洲：不好不坏。我为什么骑自行车穿过巴黎而不等到周末再回去？跟克里斯蒂安·热那的总结会匆匆结束：我不在的时候，他们看过的四十多部电影里没有一部出彩的。去年此时，我们已经有了一个巨大的惊喜：《索尔之子》。2016年会有这样一颗重磅炸弹吗？跟罗丽·卡泽纳夫就评审团组建的具体事宜第一次开会时，她告诉我："今年会非常精彩。"她那样说是为了让我安心，"不过必须着手开始了。"另外，一位超级明星刚刚表示他很愿意来戛纳。

关于2015年戛纳电影节的模糊记忆：那天晚上，侯孝贤在卢米埃尔中心出席《聂隐娘》首映。人们都忘记了这位中国台湾的电影大师最初是拍娱乐大众的喜剧片的，而这部神秘莫测的电影则是要让他们平静下来：置身于一片繁华和风沙低语中的舒淇绽放了她所有的美丽。对武侠片这种中国人最擅长的电影类型的低调尝试，既为他新的灵感提供素材，又使得他的作品愈发难以捉摸。

2月20日　周六

从美洲回来的第一晚总是令人难以置信。沉睡十个小时后，一切都恢复了正常：身体、精神及焦虑的情绪。我打开一系列观影笔记，读了第一篇，就被卢锡安·洛格特以一种极其诙谐的方式唤醒："年度第一部真正的、难得纯粹的蹩脚电影。根据达达主义的方式拍摄，把一些没有关系的电影片段混合在一起。电影插曲突然粗暴地切入，绝对的盛宴。令人费解的是，对话也不同步。确实，我们应该认真看待这一切，总之，这是一部可以被列入废话文选里的电影。对此再次提醒。"尽管如此，卢锡安还是把全片看完了：我们是认真筛选电影的。

里昂是度过冬日周末的理想城市：有电影院、书店、酒吧，在圣-安托万河畔散步，在"外廊的庭院"红酒吧里喝一杯教皇新堡，周日早上在里昂老城逛瓦尔士-恩-维林跳蚤市场，在让·慕林的加雷特餐馆吃午餐，在布拉兹耶家常菜餐厅吃晚餐，一切都把我带回生活中，而这正是我需要的，即使那些来自世界各地的DVD让我的背包越来越沉重，让我的时间越来越不够用。傍晚时分，沿着糖楼仓库的铁轨长距离地慢跑，我来到了佩拉什这一带。这里是半岛区的尽头，对面是圣-弗瓦山丘，靠近罗讷河和索恩河的交汇处有穆拉缇耶和新的汇流博物馆——在大皇宫举办过的卢米埃尔展览将于2017年夏季在那里举行。我从涨满了灰冷河水的罗讷河左岸的陡峭河岸返回，迎面看到从南边的高速公路上驶来成千上万的汽车，车头灯照亮了富维耶隧道入口处。跑步的时候，我听着马克西姆·勒·福雷斯蒂耶唱巴桑那些未发表歌曲。这些诗人歌手是孤独时极其珍贵的陪伴。安波托·艾科刚刚去世：我们每年都在悄悄讨论请他来做评委，却愚蠢地从未向他发出邀请。

2月21日　周日

我仍隐隐觉得置身于加利福尼亚。以致深夜醒来，开灯，看书，上网。跟西恩·潘互发了几条信息："我跟你说过，不要把这看作一种傲慢：我不想去戛纳只是扮演一位亲切的明星，我是要参加竞赛单元。"这番对话让我彻底惊醒过来。我看了两部电影，其实是两部都只看了一半的电影。克里斯蒂安·热那跟我说过："至少要看一下。"出国四天使巴黎的工作耽搁了。我无法完全赶上进度，但是我答应会审慎对待。每个人重新开展自己的工作，在自己的领域内打开关系网——我也做着同样的事情，其中包括挑选棘手的法国电影。亚历山大·马雷-居伊从伊朗通知我，布鲁诺·杜蒙的电影 3 月中旬完工；《一次别离》的导演阿斯哈·法哈蒂为了让电影如期完工，正在德黑兰积极准备。逐渐地，官方评选粗有眉目，但愿有一些惊喜的发现：一些不知名的导演、一些年轻的作者、一些奇特的故事，让选片不墨守成规，甚至被颠覆，在今年 4 月 14 日拥有一张我们所期待的崭新面孔。官方评选是一趟事先并不知道目标和结果的旅行。

昨晚，梅丽尔·斯特里普及其率领的评审团在柏林为《海上火焰》的导演吉安弗兰科·罗西颁奖。这是一部关于移民的纪录片。很明显，它是最有希望获胜的。这位罗西导演声名大振：继 2013 年的金狮奖后又斩获 2016 年的金熊奖。米娅·汉森-洛夫携最佳导演奖回到巴黎，泰西内 [15] 和尼克卢 [16] 被关注：法国电影在全世界受到了欢迎。一种公开参与的政策和一个活跃的职业团体带来的结果是：法国政府密切关注着本国的电影，而电影也使这个国家变得更好。

今晚，里昂队在里尔输了。我明天不会看《队报》。我们与摩纳哥队相差 10 分，与我们下周日要迎战的巴黎圣日耳曼队相差 2,000 分。

2月22日　周一

冬季接近尾声时，我心中总是不安地产生一种伤感而圆满的情绪。7 点 21 分的高铁穿过晨雾，我又燃起写作的冲动。今后，我的选片笔记将和这本日记混在一起。一个礼拜之后，应酬会减少：人们知道我们在工作，就不再打扰。今天下午要看两部电影，晚上要乘飞机去布宜诺斯艾利斯。这将是我的最后一趟旅行。

我跟西恩确认，他的电影将入围主竞赛单元。我没有看到任何新的素材，不过我信任这位执导过《兄弟情仇》和《荒野生存》的导演。至此，主竞赛单元有了第一部美国电影。

惬意的时光总是短暂。下午 5 点 51 分，我收到萨尔·拉戴斯托的邮件，得知哥伦比亚公司不来戛纳宣传朱迪·福斯特的新电影了。没有更多的解释。晚上 8 点 30 分，在恺撒电影艺术与技术学会举办的托斯坎·普朗捷奖 [17] 鸡尾酒会上，我从蒂耶里·德米歇尔那里得知我们也看不到达米恩·查泽雷的《爱乐之城》了。祸不单行。"达米恩需要更多时间，他无法在压力下工作"，这句话可以有两种解释：要么那是一部杰作，而他们撒了个小谎，因为制片人想等秋季上映，好角逐 2017 年的奥斯卡；要么是剪辑比预期的耗时更长，在委婉地表达电影难以成型。

此外，法国华纳公司的艾丽丝·科诺布拉克和奥利维耶·斯纳努通知我，伊斯特伍德的电影将推迟到秋天。而马丁·斯科塞斯的经纪人瑞克·约恩证实了我的预感：《沉默》杀青遥遥无期。之前一直没有老马丁的消息，那通常都不是好兆头。

今天不是我的幸运日：朱迪·福斯特、马丁·斯科塞斯、克林特·伊斯特伍德、达米恩·查泽雷，加上前两天的詹姆斯·格雷和奥利弗·斯通，六位美国导演在秋天营造了一个潜在的竞赛阵容，刚刚却一起成为泡影。这些电影都在网上流传的各种片单上，而我突然要假装它们不存在了。确实，这个时期我们总会遭受一些本该预想到的折磨，但是当我登上晚间 11 点 20 分的航班时，一丝隐隐的恐慌还是让我的心情变得沉重了。

2 月 23 日　周二

我们在飞机上感到无聊，盯着舷窗外，能看多久就看多久。看书，起身，和空姐们聊天。一本杂志提供了一些更好地吃喝并避免患上癌症的建议，我却反其道而为之，迫不及待地吞咽机上提供的食物，这种饮食强迫症跟那些面对法航精彩的节目单却只看电影片段的行为不相上下。我又一次避开了死亡。

凌晨 1 点，细雨让非常炎热的天气凉爽了几分。我又再次见到了我最喜欢的司机克里斯蒂安以及来自阿根廷国家电影及视听艺术局的德尔菲娜·裴娜。他们把我送到马德诺酒店后，我立刻继续观看 DVD，这是早上在巴西上空时开始观看的一部精彩的纪录片，讲述了科波拉家族从意大利南部一个叫贝尔那勒达的小村庄移民到美洲的经历。在这部名叫《家族哨音》的电影里，我们可以欣喜地看到科波拉的妹妹塔莉娅·夏尔。如果弗朗西斯同意的话，它可以直接进入戛纳"经典"单元。

丹尼尔·布尔曼作为一位杰出的阿根廷导演，同时兼任制片人、编辑、电视导演和影院经理。他把自己挽救的那间名为"宪法广场"的漂亮的街区电影院指给我看，接着带我去和伯纳德·贝格雷吃午餐。我们谈到华纳音乐的总裁朗·布拉瓦特尼克打算在迈阿密策划的一个电影计划。下午，在前任文化部长赫尔南·隆巴蒂的接待下，我们参观了新的奈斯道·基希纳文化中心，马上要开始的"南窗"活动[18]将会在这里举行。

晚上，帕布罗·查比罗和马提娜·吉斯曼在他们学院区的家里接待我，这个布宜诺斯艾利斯平民区迎来越来越多的中产阶级嬉皮士。马提娜是一名出色的女演员，2007年她因为在《狮子笼》中的表演而差点儿获得最佳女主角奖，后来又在2011年参与了罗伯特·德·尼罗率领的评审团。帕布罗多次入选主竞赛单元，并在某年担任"一种关注"单元的评审团主席。这是戛纳（也是布宜诺斯艾利斯电影节——培养拉丁美洲年轻电影人的摇篮）的孩子。对于戛纳，他有些过于眷恋：去年，他交给我们的《犯罪家族》是一个匆忙剪辑的版本。我建议他不要过度执着于竞赛单元，不妨多花些时间在电影上，比如去威尼斯电影节，比起在戛纳，能获得更合理的地位。帕布罗告诉我："失望之余，我又重新开始剪辑，并且考虑了你给我的所有建议。于是，我在威尼斯得了一个奖，而且在阿根廷的观影人数超过了两百万。""那完全不是同一部电影！"影片的法国发行人米歇尔·圣-让向我保证。帕布罗在他的国家经营着富有象征性却又真实的领地，坚持做一个与大众对话的作者。最后一步不再遥远，因为他几乎完全具备在国际获得广泛承认的实力。这一天迟早会到来。

晚上返回时，在穿过城市的半个小时车程里，我重新找到了那些熟悉的感觉。到处都是马丁·斯科塞斯《黑胶时代》的广告——卢米埃尔电影节似乎已经过去很久了。凉爽的风吹散阵阵热气。为了布宜诺斯艾利斯的一个夏夜，我愿付出一切代价。

2月24日　周三

被刚刚病愈的皮埃尔·里斯安叫醒，他的身体有时会很疲惫——8月，他就八十岁高龄了。我告诉他，我在写一本书。"你勾起了我的好奇心。那我的书呢？什么时候出版？""9月，汤姆·拉迪寄来了你在特柳赖德电影节上的录音。""你的书是什么样的？""一本日记。""给我看的话就要小心：我是雷兹红衣主教回忆录的忠实读者。"那又怎样！我把话题转到克林特。皮埃尔得知他不会去夏纳，对此表示遗憾。"亚洲方面，你进行得怎么样？"他是为了让我透露些信息，就可以借此马上向米歇尔·西蒙[19]炫耀。

傍晚时分，我加入了弗朗索瓦·奥朗德正式访问毛里西奥·马克里的代表团行列。这位阿根廷总统最近刚刚当选。晚宴在卡萨诺萨达[20]的"两百周年博物馆"举行，相当于阿根廷的爱丽舍宫。附近的基希纳文化中心闪耀着蓝、白、红色灯光，而且整个城市都竖起了欢迎法国总统的宣传牌。奥朗德总统发表了一番慷慨大方的精彩演讲，但对于反对巴黎公共生活暴力，他其实应该给予更多关心。"法国大革命万岁！"同桌的一位先生对我说，这个布宜诺斯艾利斯的有钱人决定把自己的财富用于穷苦人教育。新任总统点燃了支持者们的热情，虽然无法定义他们的政治倾向，但是很明显，他们担负着振兴国家的使命。虽是传统的政治提案，但是民主精神贯彻其中。而且我很高兴和这些人待在一起讲西班牙语，回答他们关于戛纳、蓝色海岸及全球电影的问题。

　　告别的时候，我找到最近被大肆报道的奥黛丽·阿祖莱，法国杂志连篇累牍地讨论这位女性的神秘崛起，她没有经过选举就在政坛升起，在文化界也十分受欢迎。与阿根廷总统告别时，弗朗索瓦·奥朗德询问了行程安排。"我想带部长去圣太摩。"在司机克里斯蒂安讶异的目光下，我们一起出发前往探戈的发源地。接着，刚回到代表团下榻的酒店，又重新出发去唐·朱丽罗家庭餐厅。这家由巴勒莫·别霍经营的餐厅是（在芒通有一家二星级餐厅的）大厨摩罗·科拉格雷科推荐的，后者曾和几个巴黎的阿根廷人在这吃过饭，其中包括阿尔弗莱德·阿里亚斯[21]和奥马尔·达·丰塞卡[22]。就座后，我与弗朗索瓦·奥朗德聊了几句，他对这次在拉丁美洲的长途旅行很满意，并且很明显，他并没有急着要回到寒冷的巴黎。餐厅爆满，顾客们认出了他，于是他开始给人签名，与此同时，法国体育部长蒂耶里·布拉亚开始在喧闹声中勇敢地唱起《马赛曲》。在服务员惊愕的目光下，整个代表团开始合唱，餐厅里的所有人都开始鼓掌。

2 月 25 日　周四

上午，我在六楼的房间里看电影时，得知生病的弗朗索瓦·杜佩洪去世的消息。2001 年携《军官室》参加主竞赛单元时，他是第一位跟我讨论剪辑的导演——如果没记错的话，当时他的电影结尾有些问题。我跟他的制片人米歇尔·哈尔伯施塔特在电话里讨论了很久。因为这个去世的消息，我想回巴黎。

我想到我们的开幕影片。目前我们有两个方案：布鲁诺·杜蒙的新片，该片宣称是一部喜剧。唯一的顾虑是，继去年艾玛妞尔·贝克特之后，这会被看作又一次给予法国电影优待。第二个方案是伍迪·艾伦的新片，他的电影已经两次成为开幕影片了，而且电影最好等到夏季上映。不过有一个永远都说得过去的假设：伍迪电影的魅力绝对是我们所欣赏的。还有其他的选择吗？暂时没有了。

回到基希纳文化中心：这座建在首都邮局旧址上的巨型建筑是由法国人在 19 世纪设计的，拥有一流的音乐厅、宽敞的展览室和可以俯瞰市中心的豪华露台，视线可以一直延伸到乌拉圭边境。它的"蓝色海豚"里可以容纳 1,700 人，足以打造成一个大型文化场所，类似拉丁美洲的"博堡[23]"。弗朗索瓦·奥朗德签署了一揽子合同。法国也在售卖它的文化影响力，如果有足够资金的话，可以在这里组织一些重要活动。法国电影在南美洲会有很好的发展前景。"戛纳"单元每年都会跟"南窗"一同回归，积极的伯纳德·贝格雷想承办卢米埃尔展览，并考虑创办一个具有当地特色的卢米埃尔电影节：文化遗产工作在阿根廷、智利及其他地方，都将大有作为。刚欣赏完一场小型的探戈表演，我还在为总统点评皮亚佐拉的曲子时，就要赶往埃塞萨的机场，为了赶上白天的航班，以便明天抵达巴黎。

2月26日　周五

"戛纳，曾经是奥林匹克运动会，现在是法国冠军赛！即使我没得奖，也没关系。"文森特·林顿谈到正在夏特莱大剧院举行的恺撒奖颁奖典礼时这样告诉我。我们在典礼上跟皮埃尔·莱斯屈尔坐在一起，后者一边观礼一边好奇"我们的"电影将会如何落幕。文森特赢得很漂亮。坐在我旁边的梅拉尼·罗兰凭借《明天》将最佳纪录片奖收入囊中，她对我说："你给我带来了好运。"晚会由来自里昂的弗洛伦斯·佛雷斯蒂主持，十分成功，她在个人风格和诙谐幽默方面都达到了巅峰（在表演中，佛雷斯蒂夫人宣称五十岁的人是"拿着银行卡的少年"——十年来，她一直带给我快乐）。

多亏了KM公司和恺撒电影学会主席阿兰·泰赞及阿兰·罗卡的工作，法国电视四台这个不被人待见的电视台通过贯彻一些具体的规则又重新振作起来，比如对节奏的掌控，舞台调度的改变、谢辞的缩短。也许在那些演讲和致敬克劳德·勒鲁什及迈克尔·道格拉斯的剪辑中缺少了一点儿电影感，但并不是大问题：没有机械的巴黎式口号，少了些电视上引用的幽默，而且不是《大新闻》的喜庆翻版。总之，典礼没有按部就班，充满了人情味和精神力量。

本届恺撒奖是对2015年法国电影的总结，奖项分配得很平均，所有人都很高兴看到菲利普·福孔执导的《法蒂玛》获奖。同样非常喜爱这部电影的文森特·马拉瓦尔却给我发信息："电影名如果不是《法蒂玛》而是《马尔蒂》[24]，我们就不会谈论得那么多。另外，我们一般不会谈论那些叫法蒂玛的人，除了今晚……"传统奖项被授予给一些小制作电影，奖项分布没有什么惊喜。本应该获得金棕榈奖的雅克·欧迪亚空手而归，但是他并没有生气，而是保持着雅克式的平静。阿诺·德斯普里钦被授予最佳导演奖，是公平所在。他一直都是实至名归的。他是法国最好的导演之一。

2月27日 周六

斯蒂芬·塞莱里耶说："我打电话给伍迪·艾伦在纽约的办公室。如果你希望伍迪的电影作为开幕影片，他们不会拒绝。我下周就安排你观看影片。"这家伙跟我们一样热爱戛纳。

身在纽约的电影基金会的玛格丽特·伯德为我推荐了戛纳"经典"单元的电影：马龙·白兰度执导的唯一一部影片《独眼龙》。我一直很喜欢他夸张的叙事风格，那些拍摄时留下的伤疤给他带来一种令人难忘的气质，就像查尔斯·朗拍摄的那张黑夜中的照片。她告诉我，老马丁也希望展映已故好友杨德昌不太出名的电影《青梅竹马》，这部电影是在侯孝贤的监督下进行修复的。

2月28日 周日

一切都不太顺利。已经有十几部电影拖着没看，但我都不想看。我做这份工作是因为我酷爱看电影和阅读，但是我现在无法正常地享受这种乐趣。这种生活方式有其自身限制。这是影迷们都懂的经典规律：在电影院工作时，我们反而会减少去看电影。兴冲冲地在放映厅度过两个小时并沉醉其中，这种心境已经不再属于我们了。工作是一种乐趣，但乐趣变成了一份工作。一天中的一部分时间在拖延中度过，我在所有的事情上迟疑，什么都没做——玛丽和孩子们出门去看凯文·亚当斯的新片《公共朋友》。与其让自己陷入那些片商或制片人在苦苦等待回音的电影，不如选择迈克尔·科蒂斯的《海狼突击队》——杰克·伦敦在我的生命中非常重要。在这部 1941 年由华纳出品的黑白片里，爱德华·罗宾森就是"海狼"拉森，金发的艾达·卢皮诺美丽却有些淘气，而亚历山大·诺克斯跟他在德·托斯执导的《无人得逃》中扮演的角色完全相反，我永远都无法从后者辨认出他来。我产生了罪恶感，所以停止了看电影。我选择去骑车，戴上耳机处理几个紧急的电话，任由风吹进鼻子里，也不顾寒冷，以便让我忘记这一天尚未真正开始。晚上，我甚至没有去体育馆见证里昂队让巴黎圣日耳曼队遭受的第一次失利，这很能说明问题的严重性。

2 月 29 日　周一

一切都在好转。一夜好眠使我恢复了精神。今早，我们得知拉斯洛·奈迈施在洛杉矶杜比剧院被授予奥斯卡最佳外语片奖。这份 2015 年选片的延长号让我心情大好，准备好迎接来自世界各地的陌生电影。我喜欢这种发生改变的时刻：它在观影时表现为放慢节奏，在我们意识到倒计时后又加快脚步。只剩下七周。

　　办公室里，那种重大事件降临的气氛回归了：挤满了来自世界各地、干劲十足的年轻人、熟悉的合作者、不熟悉的面孔、笑声、尖叫声、走廊里和楼梯上熙熙攘攘的人群，连一平方米的空隙都已经没有了，以至于早上我的自行车都无处放置，只能放在办公室里。玛丽-卡罗琳给我续了两次咖啡。之后，我与皮埃尔·莱斯屈尔（重温章程，讨论下次行政理事会的人选）、杰拉姆·巴亚赫（"电影市场"显示不错）、法布里斯·阿拉尔（媒体人员的委派量增长了15%，在一年中的这个时期是正常的）及负责其他事务的弗朗索瓦·戴斯卢梭开会。

　　对于我来说，这几乎是新生的一天。除了最紧急的状况，我不会再出国了。我一边品尝着最后一杯咖啡，一边从我们的露台上欣赏巴黎七区屋顶的风景。扼杀我们对旅行的热爱的安全检查终于结束了：机场、等候的队伍、需要解开搭扣的安全带、脱掉的鞋子、拿出的电脑、出示的护照，还有滑梯上的解除武装、对安全门的检查……都结束了。"你回来应该很开心。"克里斯蒂安的话把我拉回现实。从今以后，我会和他一起度过最长的一段时间。他的办公室在我的隔壁，而我们的对话会一直持续到5月底。他平常十分神秘（甚至没有手机），对自己的作息表、交际圈子，甚至阅读的书籍都十分坚持，现在却为了戛纳，把所有时间都腾出来。他是电影放映流程的负责人，身边聚集着一帮高效率同事：布鲁诺·姆诺兹、芬妮·博维尔、佐伊·克莱恩及年轻的实习生山姆·休伊森，后者接替他的哥哥查尔莱，他们是集制片人、影院商人、影院经理为一身的詹姆斯·休伊森的两个儿子。休伊森这个爱喝啤酒的澳大利亚人是我二十五年前在特柳赖德电影节认识的。这些年轻人负责集中注册及接收材料。

　　关于开幕和闭幕电影，我说过了，很简单：仍空缺。不过关于开幕电影，我们明天上午会观看伍迪·艾伦的新片。布鲁诺·杜蒙的电影要等到 3 月中。愿上帝保佑我们。

　　晚上与擅长说笑话的雷吉斯·瓦格涅共进晚餐——他讲的笑话很好笑，又都很犀利，而我什么都不能说，因为总会涉及名人。为了搞笑，他把半野马叫作小马。不过与他谈话总有收获，因为一个导演对于其专业的看法不是来自一个历史学家或评论家，而是来自一个实践者。他的导师弗朗西斯·吉罗德认为，相对于作者，雷吉斯更是好观众。他也曾经攻击过自己："总之，我们在一切方面都赞同，除了我的电影！"这是他曾对评论家帕斯卡尔·梅里若说的。雷吉斯无所不知，甚至可以跟他谈论沟口健二。我们就恺撒奖和奥斯卡奖一起作了个总结。他有一个信念：戛纳凌驾于一切之上。直到今天，《印度支那》仍是最后一部获得奥斯卡最佳外语片奖的法国电影，那是跟凯瑟琳·德纳芙合作的。我想到了她。

注释:

1 布尔关-雅略（Bourgoin-Jallieu），位于里昂东南部 35 公里的法国小城。

2 弗朗西斯·马尔芒德（Francis Marmande，1945——　），法国作家、音乐家，自 2006 年起在《世界报》开辟专栏。

3 梅莲娜·梅尔库丽（Melina Mercouri，1920—1994），希腊女演员、政治家。

4 朱尔斯·达辛（Jules Dassin，1911—2008），黑色电影大师。

5 塞萨洛尼基电影节（festival de Thessalonique），始于 1960 年，在希腊第二大城市塞萨洛尼基举行的国际电影节。

6 "正如吉尔在他那个时代一样"，指二人都身兼电影节主席和艺术总监。

7 "他的那杯茶"，法语里某某人的那杯茶意指某某人喜欢的事物。

8 绿队，即圣-艾蒂安足球队。

9 德内，指查尔斯·德内（Charles Trenet，1913—2001），20 世纪法国歌王。

10 新潮派，"Movida"，指弗朗哥倒台以后，主要在马德里流行的一个主张自由、享乐主义的文化流派。

11 格劳乔·马克斯（Groucho Marx，1890—1977），美国演员兼导演。

12 鲁瓦西（Roissy），巴黎戴高乐机场所在的城市。

13 詹尼斯·乔普林（Janis Joplin，1943—1970），美国女歌手，因吸毒过量而死。

14 比利（Billy），威廉（William）的昵称。

15 泰西内（André Téchiné 1943——　），法国导演，凭《当我们 17 岁》入围第 66 届柏林电影节主竞赛单元。

16 尼克卢（Guillaume Nicloux，1966——　），法国导演，凭《修女》入围第 66 届柏林电影节主竞赛单元。

17 托斯坎·普朗捷奖（Prix Toscan du Plantier），法国电影艺术与技术学会每年为制片人颁发的一个奖项。

18 南窗（Ventana Sur），拉丁美洲电影市场之一。

19 米歇尔·西蒙（Michel Ciment，1938——　），法国电影杂志《正片》编辑。

20 卡萨诺萨达（Casa Rosada），阿根廷总统府。

21 阿尔弗莱德·阿里亚斯（Alfredo Arias，1944——　），阿根廷裔的法国戏剧制作人和演员。

22 奥马尔·达·丰塞卡（Omar da Foncesca，1959—   ），阿根廷足球运动员。

23 博堡（Beaubourg），指法国蓬皮杜国家艺术文化中心。

24 法蒂玛（Fatima），片名是阿拉伯女性的名字，意指移民问题在法国的敏感性。

3月

MARS

3月1日　周二

　　观看伍迪·艾伦的电影。进入特艺集团[1]位于布罗涅的放映厅之前，战神影业的卡罗尔·布维尔向我转达了伍迪的留言："这是一份还没有经过调色的工作样片，也没有经过混音。后续还有一些视觉效果，主字幕只是暂时的，目前还没有结尾字幕。"在周六晚上的城市里观看一份没有字幕的电影样片，并不像通常在影厅里看电影那般舒适。

　　电影本身十分吸引我们，克里斯汀·斯图尔特献上了让人惊艳的表演：这个女孩什么都可以做到，任何角色都可以扮演，法国人把恺撒奖颁给她是明智的。她和围绕在她身边的杰西·艾森伯格和斯蒂芬·卡瑞尔一起，让伍迪重新找回了20世纪90年代的灵感：一部充满历史感的电影，把来自纽约犹太人家庭的年轻野心家带入加利福尼亚的宿命中，好莱坞爱情故事版的《岁月流声》[2]。"能在开幕时看到这部电影吗？"斯蒂芬·塞莱里耶问我。那是肯定的。不过只要还没有看到布鲁诺·杜蒙的电影，我们就无法给出确定答复，因为我们曾答应过考虑杜蒙的申请。新一轮的等待开始了，但更平静了。不管怎么样，我都会邀请伍迪·艾伦的电影来戛纳。

伴着巴黎的毛毛雨骑了一会儿车，觉得没那么疲劳了（我喜欢在雨中骑行）。跟皮埃尔·莱斯屈尔一起与《电视纵览》的法比安娜·帕斯考德、布鲁诺·伊契及皮埃尔·穆拉一起吃午餐。他们希望采访乔治·米勒，刊在他们杂志的戛纳专题里。他们是第一家这样正式要求的媒体，我们也正式答应了，因为乔治承诺会履行评审团主席的义务——奥雷利恩·弗朗茨将通过网络可视电话进行采访。在我们谈话时，我以一种过于激烈的方式对皮埃尔（·穆拉）提起他去年对主竞赛影片的突然倒戈。我很喜欢争论，但是皮埃尔（·莱斯屈尔）皱起了眉头。他是对的，我不应该这样做。

3月2日　周三

昨晚我去了一趟卢米埃尔中心，为了接待杰克·朗。一直担任法律系教授的他创办了"法律、公正和电影"电影节。我两地奔波，恪守吉尔·雅各布留给我的传统："把一只脚留在里昂"。凯瑟琳·塔斯卡路过卢米埃尔旧宅时，看着这些漂亮的地标，也用一句"我理解"来表示赞同。对于我，这是回到"第一电影路"

接触大众并跟我的里昂团队碰头的机会。看完劳拉·珀特阿斯的《第四公民》后，杰克·朗精彩地论及爱德华·斯诺登和发起警告的人。看完奥利弗·斯通那个更私密、更富传奇性的版本，再看这部去年奥斯卡最佳纪录片，我觉得很有趣——前者完美地补充了后者，越发令人觉得错失这部电影很遗憾。

晚上，我走到卢米埃尔花园的偏僻处，与远在洛杉矶的索尼-哥伦比亚公司的汤姆·罗斯曼通电话。他向我宣布朱迪·福斯特的电影重回戛纳游戏之中。我曾提议像去年的《疯狂的麦克斯》一样在电影节的第一个周四晚上7点，作为非竞赛单元的电影举办豪华首映礼。他们同意了。来自我这边的唯一顾虑是：宣传时，全体演员能不能亮相红毯？"朱迪和乔治会出席。"他向我承诺。那么茱莉亚·罗伯茨呢？她很少亮相，并且从未来过戛纳，所以接待她尤其重要。不过我感觉到这一点似乎还没有谈妥。

我整个上午都在跟几位制片人沟通，让他们放心，我们很乐意观看他们的电影；至于那些明显表达忧虑的，我单独联系他们（一般通过电话、邮件和短信），为了让他们知道，在起跑线上，大家都有机会，而且戛纳电影节的艺术总监除了跟那些电影导演对话之外没有其他更重要的事情。今天上午查尔斯·吉尔伯特跟我确认，我即将看到的奥利维耶·阿萨亚斯电影的信息量很大——当某人向你宣布一部电影的首映消息时，他所使用的语气通常是一种抽象却敏感地衡量电影重要性的方式。

伍迪·艾伦和朱迪·福斯特，他们的电影又回来了。据克里斯蒂安估计，我们踩在正确的节奏上。明天，达内兄弟新片的制作人丹尼斯·弗莱德将跟我确认观影事宜。

3月3日　周四

　　早上4点醒来。不再受时差的影响，仅仅是失眠。萧沆[3]说过，这种"眩晕的清醒把天堂变成炼狱"。我很了解失眠，它经常在电影节筹备期间发生。大脑一直不停地运转，一切在黑暗中、在疑虑中肆意扩大。我开灯想看一会儿书（近期正在读大卫·柯南伯格的小说），然后借助几个窍门（让选片这件事远离我的思维，做"决心之型"柔道动作系列[4]或回想加利比耶山口的整体轮廓图），我就可以再次入睡。五个小时的睡眠就勉强够了：选片期的日子跟平常是不一样的，需要高度地集中注意力，并且有时不知道何时到头。

　　达内兄弟。一个词概括两兄弟，这成为一个标志。他们发掘了一批才华横溢的演员：杰瑞米·雷尼尔、黛博拉·弗朗索瓦、奥利维耶·古尔迈和艾米丽·德坎纳，最近的两部电影里，又分别邀请了知名女演员进入他们的电影世界：《单车少年》里的西西·迪·法兰丝和《两天一夜》里的玛丽昂·歌迪亚。我们今天下午观看的《无名女孩》里是美得光芒四射、冷得令人战栗的阿黛尔·哈内尔，她扮演的年轻医生回顾了一名非洲女性人生的最后数小时，后者正是那个她没有施以援手的"无名女孩"。

　　如果用主题的一贯性来衡量一位作者，那么我们可以在他们的电影中找到这几个主题：各个时期的社会介入、工业社会中的孤独感、少数人的命运、勇敢的表达与严谨的拍摄方式的融合、剧本创作上的毫不妥协。也许有些过火，而且方式太单一，他们达到了一种貌似重复的（我个人并不这样认为）风格的瓶颈处以及一种刻意营造的呆板却又令人意外的戏剧表达方式。事实上，这部电影在委员会内部引起一些争议，但它入围竞赛单元是不容置疑的。我们将给那些抨击他们再次入围的人一些话柄。当媒体提到"戛纳钉子户"时，经常是指达内兄弟。我们并不在乎。这部电影是无法拒绝的。2016年主竞赛单元有5部电影了。

以下这种巧合是很好笑的：有时，两部电影的观感导致在评价方面有了一定程度的弹性。执导《女人，女人》的导演兼演员保罗·韦基亚利在《差等生》里召集了他生命中的女人们，或者说呈现了她们在他眼中的形象：弗朗索瓦丝·阿努尔、安妮·科迪、弗朗索瓦·勒布伦、玛丽安娜·巴斯莱、爱迪丝·斯考博及凯瑟琳·德纳芙。一部私密的法国作者电影，同时具有激烈的段落和漫不经心的时刻，而结果是令人感动的。保罗·韦基亚利还从未来过戛纳。应该考虑他。

接着我们观看的是让-弗朗索瓦·瑞切的《吾父吾血》，一部美国警匪喜剧片，回顾一名酒鬼父亲重新振作的故事，他把自己的女儿从墨西哥黑帮手中解救了出来。梅尔·吉布森令人信服的回归，艾琳·莫里亚蒂跻身美国优秀年轻女演员之列，迭戈·鲁纳很享受饰演反面角色，还有十分讨喜的男演员（同时也是个人化影片《无人引航》的导演）威廉·H.梅西。电影由帕斯卡尔·柯士德制作，他的选片十分有弹性，又担任欧迪亚和德斯普里钦的制片人。他很高兴我们喜欢这部电影。该片可以选入"午夜展映"单元。

关于电影的美好的一天结束了，我下班了。我有了约会。"卡代四重奏"既是指共和国广场上一间餐厅的名字，也是指定期在那里吃晚餐的四人组（塞尔维·皮亚拉、塞尔日·卡甘斯基、雷吉内·哈特朔东和我）。这个平常大家小声说话的地方，因我们的歌声而变得轻松活泼。一个从日常生活中抽离出来、被上帝祝福、灵魂被修复的时刻，一个四人的小型聚会，谈论逝去的时间，用一个笑话、一种互相谈论各自生活的方式拒绝虚无，重新享受斗争的乐趣。

3月4日　周五

早上跟伊莎贝尔·达内尔在欧洲人餐馆见面。作为法国电影及电视电影影评人工会主席，她代表"影评人周"单元在电影节行政理事会中有一个席位。奇怪的是，戛纳电影节在工会中却没有任何席位，在电影导演协会中也没有，但后者参与我们的理事会，并且组织"导演双周"单元。伊莎贝尔希望确定他们的选片委员会的委派模式（宽泛的主题、委派名额等），希望为她的成员支付费用并向国际报刊工会致敬，后者每年都颁给戛纳一个相当受欢迎的奖项。

接着，骑自行车时遇到下雨，于是回办公室喝咖啡。昨天看了6部电影：1部中国片、1部英国片、2部美国片、1部厄瓜多尔片以及达内兄弟的新片。今天一部都没看，只开会。然后回外省的家里过周末。

在酒商咖啡馆[5]与阿兰·吉罗迪共进晚餐，他因参加"混屏电影节"[6]而路过里昂。2013 年，他因为《湖畔的陌生人》引起轰动，跻身法国知名导演之列——很早以前，我就十分喜爱他的电影，《逃亡大王》就是一部充满自由和创意的荒诞作品。他本人来自电影拍摄地法国西南部，同时也是自行车运动员，很健谈，具有令人意外的知识背景（他公开赞扬布瓦塞和科斯塔-盖维拉斯），作品通常聚焦外省人、农民、工人、老年人、年轻人及同性恋者的生活："在我的电影里，"他说话时带着浓厚的口音，"农村的同性恋通常比城市的比率要高，但是谁会关注他们呢？"至于他正在剪辑新片，塞尔维·皮亚拉（作为制片人，昨晚只字没提电影的事情）准备在 4 月初安排我们看片。阿兰跟我讲这些，只是因为我提起话茬——"我来里昂不是为了这个，你知道吧？"

3 月 5 日　周六

陪伴艾娃·加尔多斯在布达佩斯拍电影时，菲利普·加涅尔寄来一封邮件。这位传奇人物是勒阿弗本地人，但是最终定居洛杉矶。他是作家、记者、历史翻译家，早年经常光顾卢米埃尔中心；他也是安德尔·德·托斯的朋友，对钱德勒和约翰·丰特了如指掌。制订规划时，他也是创意十足：

> 你也许没有考虑过这件事情，不过我希望有一天能够向斯特林·海登致敬：放映 5～6 部电影，可以选择几部知名度不是很高的片子，包括史都华·海斯勒的 2 部作品和 1 部黑色电影，比如《光之旅》（海斯勒 1950 年作品），电影中，

海登扮演一名住在东海岸的牧师，当他酗酒的妻子（用酒瓶碎片）自杀后，他就放弃了自己的工作，成为一个流浪汉，还染上酗酒的恶习，在洛杉矶的"穷街"[7]落脚。为传教会跑腿打杂时，他夹在韦薇卡·琳德佛斯（饰克里斯汀·拓森）和一群酒鬼流浪汉之间，又回到了原点。维加作为这部电影的顾问，负责"穷街"场面的真实性及酒罐等道具细节。它算不上一部好电影，但很独特。

另外一部《昨日星尘》，是海斯勒在1952年执导的。还是由海登主演，不过这次的角色和他本人在1952年的情况很相似。曾经的男演员蔑视自己的职业，而他的前妻（贝蒂·戴维斯），一个令人难以忍受的女明星，要复出拍戏。很有趣的电影。

还有《犯罪剖析》，穷人版《历劫佳人》。海登很优秀，总是和咖啡壶相伴的葛洛丽亚·格雷厄姆则更出彩。当然，怎么能错过德·托斯的《警网重重》呢？还有《夜阑人未静》，这是一部完美的电影，海登在里面表现得非常出色，应该停留在他还拥有俊美外表、尚未被酒精摧毁的时期（如他在《1900》里的模样）。

好吧，告诉我你的想法。作为补充，我们可以在那间小放映厅里作《电影电影》的访谈，我有一卷录音带，上面有一些让人惊讶的配置。

来布达佩斯吧。如果不行的话，我会很高兴接到你的电话。

菲利普

　　另附：在里昂，"探索"或干脆说先锋（埃迪·穆勒、查尔斯·布莱宾、死亡的日本人之类）、戏剧化以及友好的大众，这几者之间总是保持了很好的平衡。在这里，则有点儿两者兼而有之。可以说，如果美国人太多，可以另一年再组织一场。今年获得卢米埃尔大奖的人是谁？啊啊！拥抱你。

　　他的信永远都那么精彩，几乎可以作为某一篇文章的开头。但我并不知道"穷街"是什么。

3月6日　周日

　　斯科特·方达，出生在佛罗里达的坦帕，住在洛杉矶。无论是经典好莱坞影片还是葡萄牙导演曼努埃尔·德·奥利维拉，又或者是俄国导演安德烈·萨金塞夫，他都能滔滔不绝谈论一番。作为国际电影公民，他经常被派去参加世界各地的电影节，使得他平等地喜欢斯特罗布[8]和勒鲁什[9]。一直到去年为止，他都在担任影评家：独特、博学而辛辣。让人害怕，是很正常的；但是无法预料则不是一个普遍的优点。斯科特总是有行动的热情，虽然作为纯知识分子，他几乎没办法在自行车上坐稳，至少从里昂的卡尔诺广场到泰罗广场是这样的。五年前，他为了跟林肯中心的电影公司合作，第一次背叛《综艺》杂志。他组织了第一场严肃的克劳德·苏台纽约回顾展。之后他为《村声》写文章，然后又回到了《综艺》。不过，他最终迈出了决定性的一步。去年夏天，他加入"世界公司"旗下的电影分公司——亚马逊电影公司，将来会负责作者电影。从栅栏的另一头穿过来——他很快意识到这边是另一番景象。但是几天前，他告诉我 2016 年一个令人激动的计划："两部吉姆·贾木许的电影：《帕丁森》和《给我危险》(后者也许会在奥斯汀电影节进行全球首映，不要生气！[是的，我确实很生气])。我们也购买了尼古拉斯·温丁·雷弗恩的《霓虹恶魔》和朴赞郁的《小姐》。我们也许还会有伍迪·艾伦的电影，但不确定他们愿不愿意去戛纳。"我们知道，不管怎样，一切尚未有定局。

斯科特跟我解释了很久他们的工作方式，并且告诉我他们的初步选择是有效的。他将和作者电影市场的资深的业内人士鲍勃·伯尼一起工作，并且与泰德·霍普合作，后者在东海岸一家制作公司"好机器"任职时陪伴过贾木许、霍尔·哈特利、索伦兹、伊纳里图和李安。亚马逊维护世界各国作者电影独立性的想法，希望购买电影的发行和制作版权。它不像奈飞公司，只优先对待自己投资的电影，致力于把人们绑在自家客厅的沙发上。它是真正地介入，在美国进一步打开从 20 世纪 50 年代开始就在法国被称为"艺术与实验"电影的大门。

3 月 7 日　周一

今天有雾，而且结冰了，笼罩在一片白色中的法国很美。电影节相关团队的一场讨论会拉开了这个星期的序幕。那是一个由"戛纳人"参加的团队。上午，大家提出所有主题，勾勒大概的轮廓，分享一些信念，尤其是希望电影节表现出更友好、亲切及开放态度的信念，因为它给人的印象并不是那么随和。去年，红

毯入口处一位过分尽职的查票员不愿让一些穿低跟鞋的女士进场，
这在媒体中引起轩然大波。最初报道这件事的是《银幕》杂志，
接着《解放报》也指责我们侮辱顾客（大概意思：明星们享有绝
对的自由，而穷苦的、其貌不扬的女性则遭到苛待）。十分乐意指
责法国人的美国报刊则迅速给这个事件取名叫"高跟门"。这让竭
尽所能每天接待 30,000 人进入影节宫的工作团队很沮丧。然而，
此类事件不能再次发生。这次会议的意义在于：我们学会质疑自
己的行为。我们也谈到了敏感的庆祝事宜，从气氛、人们的意愿
到实际人数都在明显下降，因为一项（不知政府方面还是道德方
面的）法令规定，凌晨 2 点前，一切晚会和派对活动必须停止，
于是人们从放映厅里出来后，只剩下喝一杯的时间。没有那些庆
祝活动，戛纳电影节会变成什么样？隐藏在无关紧要的表面下的，
是根本性的问题。

下午，不喜欢冗长讨论的皮埃尔迅速把电影节的行政主管们
聚集在一起：检查章程、审视不同监督体系之间的关系、正式启
用海报。后者是我们下次通稿的内容。一切都很顺利。

克里斯蒂安说："重要的事情从明天开始进行，一直到新闻发
布会那天为止，每天都要看片。"我们还没有闭幕影片。这个问题
逐年变得越发棘手：参与的制作公司表达不满，因为他们的演员
为其他电影颁奖。所有人都精疲力竭，一部分媒体已经离开，电
影节已经结束了。"闭幕是必不可少的"那个时代已经走远了。戛
纳曾展示过一些令人难忘的闭幕影片：斯皮尔伯格的《外星人》
掀起龙卷风式的感动，为旧的影节宫的关闭拉下帷幕；1991 年
《末路狂花》的成功预示了它从此获得的膜拜。有一件令人好奇的

事情：1975 年的闭幕影片是肯·罗素的《冲破黑暗谷》，当时出席的有"谁人乐队"——以及之后相继引爆红毯的迈克尔·杰克逊、麦当娜和 U2 乐队，他们后来都取得了如前辈一般的辉煌。近年来，我们也有一些精彩的闭幕影片（克里斯托弗·奥诺雷的《被爱的人》、杰拉姆·塞勒的《祖鲁》或由塔伦蒂诺修复的莱翁内的《荒野大镖客》）。最感人的莫过于克劳德·米勒的最后一部电影《寂寞的心灵》。通常我讨厌人们说这是某某导演的最后一部电影，而应该称为他的新电影。也许有些迷信的成分，但也是避免导演们因为一次拍片失利就再无前途的方式。不幸的是，那确实是克劳德·米勒的最后一部电影，他在戛纳开幕前一个月就因癌症去世，不过他生前有充足时间完成剪辑、确定海报并同意电影的宣传活动。似乎他战胜病魔的胜利成果就是以他自己想要的方式按时结束一部电影的拍摄。电影节开幕的几个星期前，巴黎十二区某间医院的病房内聚集着他的朋友们。沉浸在悲伤中的人们已经开始默默哀悼。那时我得以告诉他，我希望邀请热爱戛纳电影节的他携《寂寞的心灵》参加竞赛单元。他那张被痛苦折磨得不成形的脸上露出一丝微笑。

在艺术家们的葬礼上，灵柩通常在一片掌声中从教堂里抬出来。那个晚上，在卢米埃尔大厅的宽屏上出现的克劳德的面容获得长时间的喝彩，就像在强调他在法国电影界独特的地位——这是克劳德·苏台和弗朗索瓦·特吕弗很早就认识到的。

我们暂且以一个想法结束了讨论：为什么在闭幕式上我们不能……取消闭幕影片呢？取而代之的是，我们放映一部不太久远的、其实当时可以获得金棕榈奖的影片。"我喜欢这个想法。"当我晚上给皮埃尔打电话时，他回答道。他的眼光变得愈发锐利：作为电影节曾经的观众、记者和过去的合作者[10]，他如今在主席的位子上表现得无懈可击。

晚上，发现了两部优秀的法国电影：萨夏的《雇佣兵》和考林姐妹执导、索科和迷人的阿里亚娜·拉贝德主演的《大开眼界》。它们都有机会入围"一种关注"单元。

3月8日　周二

很高兴一早坐在花神咖啡馆与迪迪埃·迪韦尔热一起吃早餐。他负责贷款给制片人，那是筹措资金的来源，绝对掌握金钱的人。他对自己赖以生存的行业非常关注（十分懂得做生意），不过他身上仍隐藏着一种并非伪装的善良。永远对一切了如指掌，人、电影、谣言……谁身体健康或者病危，谁在写剧本、拍摄电影或者电影马上要上映……跨越不同群体，于他是一种乐趣。"关于百代电影公司，你的决定很正确。不过如果你选择去那里的话，也是一个明智的决定。"是吧？谢谢，迪迪埃。

昨晚，唐纳德·萨瑟兰原则上答应了担任评委。此前我们已经邀请过他，今年貌似是个好时机。由于关系到主竞赛单元，我们必须从容不迫地处理。另一位"超级明星"最终无法前来——可惜，那是一个重量级人物、一名伟大的演员、一位深受喜爱的男明星、一名顶级的创作型流行音乐歌手。"我真的希望有一天能去戛纳。"他承诺。每年接待明星们，是赌注的一部分：他们必须抽出两个星期的时间，所以得调整自己的拍摄工作。他们通常认为自己并不适合评委这个工作，所以必须懂得解释和说服，经纪人的作用不可忽视。唐纳德能来，是他的儿子罗格斡旋的结果。放松！

评审团由 4 位女性和 4 位男性组成，大部分是演员和导演。米歇尔·西蒙和其他一些人抱怨这是变相的明星化，并质疑这些艺术家的判断力。在他眼里，也许影评人更适合。但是编剧、音乐家、作家、电影节主席、技术人员、历史学家、摄影师或者制片人的看法也很重要。不应该每年都一样，我们应该做得更好。这是我今天下午对罗丽说的。

开始之前，要先搞清楚这一年发生了些什么事，比如不要问瓦莱丽·布鲁尼·泰特琪是否有空，因为我们都知道她要出演杜蒙的新电影。前一年的事实，到了下一年又会有变化，那些好的想法都是转瞬即逝的。所以秋天在这件事情上花工夫是没有用的。那些即使空闲的演员也在等待着从天而降的角色而不会乐意很早提前参与进来。戛纳或其他电影节是一样的，我们不要自以为别人会保持随叫随到的姿态，他们自己的工作永远是被优先考虑的。而太晚开始考虑，就像人们认为我经常做的那样，会近乎粗鲁：如果你到了四月才邀请一位明星加入评审团，他自然会觉得自己是来替补其他优先被考虑却回绝了我们的明星的空缺。其实事实并非总是如此。

评审团的组成应该遵循以下几方面的平衡：年龄、职业、国籍、所属地区、风格，等等。奥斯卡颁奖时，"黑色问题"突然以一种极端尖锐的方式出现，并且也在质询我们——虽然我们总是留意不去冷落一些地区，比如非洲。如果说三年前戛纳因为女性导演在主竞赛单元力量薄弱而被攻击，就像弗朗索瓦·塞缪尔森在理事会中引用玛格丽特·尤瑟纳尔的话：我们不认为人们可以"利用自己的性别进行创作"，不过我们尊重评审团中的性别平等，因为不能参考其他标准。

　　邀请一些朋友参加评审团，愿望是强烈的，但是最好远离这种想法：一份美好的关系可能因为一些糟糕的理由走到尽头，一位评审团成员会因为你选择了一部令他讨厌的作品而指责你，另一位也会因为度过了糟糕的一天而迁怒于你，你还将目睹第三位因为一部冗长的电影或一个过于激进的片段而活受罪。

　　在戛纳电影节的历史上，评审团内部会涉及利益冲突、个人隐私、轰动的言论（"如果某人获奖，我就离开评委会""如果您不允许我们颁几个奖给这部电影，那么我们就不能给出一个完整的获奖名单"等）以及某些重大失误。在我们看来，这是一些偶然事件。近来，桑德琳·基贝兰和夏洛特·甘斯布两人不约而同地跟我说："当年参加评审团时我还太年轻，现在我才真正想做这件事。"

　　我在戛纳的十五年经历中，没有看到任何恶意的传播和质疑，或对不光彩行为的纵容，或者发生在评委之间，抑或主席和评委之间其他的控制-支配关系。一位称职的主席应该既具有领导权威，又在凝聚整个团队时一视同仁。我也从未见过有人贬低自己的名声，把评审工作作为讨价还价的筹码。

　　最后，我们小心不要给予法国优待：一方面是国际待客传统使然，另外我们也渐渐意识到法国评委并不总是偏袒自己人。事实上，一个评委的行为总是能透露些关于他自己、他的历史、文化、民族的特征。吉尔·雅各布肯定地说过："当评审团里有一个意大利人时，只要意大利没有得奖，他就不会结束讨论。可当你在评审团里安排一个法国人时，只要法国电影得到奖项，他就不会轻易罢休。"

3月9日　周三

"正是因为这样的夜晚，我才想继续做这一行！因为冒险的机会越来越少。幸运的是，有时到了最后会发现一些意料之外的快乐的理由，比如我们的《派对女孩》！感谢你在百忙之中抽出时间重新给予我们勇气和渴望。工作顺利！一千个吻！玛丽"

昨晚，我们在迟到两年后终于把金摄影机奖的奖杯颁给克莱尔·伯杰、塞缪尔·泰斯和玛丽·阿玛苏克里。2014年闭幕式上，他们只是获得了一个模型。玛丽·马斯蒙特尔的这条信息让我也开心得飘飘然。这部电影是由她与丹尼斯·卡洛特、桑德琳·布劳尔以及埃里克·拉格斯共同制片。

萨义德·本·萨义德起初想让保罗·范霍文的电影在冬季上映，后来又改到春季。他希望电影正式报名参加戛纳电影节。我让《解放报》的记者朱利安·格斯特观看了这部电影，作为这位荷兰导演的资深影迷，他的评价是："这是一部充满激情的作品，它涵盖了所有的主题，并将它们区分开来。"当我问他这部电影是否适合入选主竞赛单元时，他变得迟疑："这我就不知道了，这是您的工作。"事实上，这跟他的工作性质确实不一样。在由"我喜欢/我不喜欢"主导的戛纳，对我们事先知道的一部具有争议性的作品或一位导演去进行讨论，其间的过程往往变得很艰难。通常这种争议性充满刺激，有时甚至是无果的。但是人们会喜欢范霍文的电影。除此之外，如果他入围竞赛单元，这将是一部在巴黎制作、由一位在好莱坞闯荡过的荷兰导演执导的法语电影。然而只有在看完所有法国电影之后才能进行筛选。选择它，就是破例，除非把它当作一部外国电影，但这并不是事实。竞赛单元肯定会包括 3 ～ 4 部法国电影，备选名单预示着筛选会非常棘手（阿萨亚斯、波尼洛、兹罗托斯基、杜蒙、基耶维蕾、吉罗迪、欧荣等）。不能让主竞赛单元充斥太多法国电影。

但是问题必须解决：我给萨义德·本·萨义德发了一条短信，邀请范霍文的电影代表荷兰参加竞赛单元。他想让电影在戛纳电影节期间上映，但又害怕碰上第一个周四上映的朱迪·福斯特的电影，而且百代公司计划让阿莫多瓦的电影在第二个周二上映，于是他更愿意在电影节后半段放映这部电影。我们商定把它安排在最后几天的"罗曼的位置上"，《钢琴家》和《穿裘皮的维纳斯》都是那一天放映的。他很快回复我：保罗·范霍文和伊莎贝尔·于佩尔都很高兴。

今天观看了四部电影，其中有博格丹·米里察执导的长片《群狗》和弗拉德·伊凡诺夫主演的特兰西瓦尼亚西部片，这位我们最喜爱的罗马尼亚男演员出演过《四月……》里的堕胎医生和柯内流·波蓝波宇执导的《警察，形容词》里的角色。那个人物太招人喜欢。我们应该会在蒙吉的新片里再次见到他。新演员涌现，导演们才能掀起新的浪潮。

3月10日　周四

　　我们的选片过程从未如此漫长：到了3月中旬，还只有六部竞赛影片：西恩·潘、佩德罗·阿莫多瓦、泽维尔·多兰、达内兄弟、克里斯蒂·普优和保罗·范霍文的作品；非竞赛单元只有朱迪·福斯特的新片。我们也有两部假设的开幕影片，至于闭幕影片，我们想尝试一些新的东西。评委会正在组建，电影课将由威廉·弗莱德金教授，而且他许诺把《威猛奇兵》的修复拷贝提供给戛纳"经典"单元。开放了媒体人员的委派，"电影市场"和"国际村"新项目正在展开，联系合作者，那些法律、行政及财政业务都在有条不紊地进行。总之，一切进展顺利。

　　我很高兴与丹尼尔·奥图共进午餐，甚至可以说欣喜若狂。"电影选得怎么样？"他刚坐下就询问道。他喜欢了解一切。我们于2002年相识，自从他几年前参加评委会后，我们就一直保持联系。并不是说我们经常见面，他的工作很繁忙，而且基本不出门交际，总是尽可能地躲在自己的秘密角落里。但是丹尼尔是那种会远远关心朋友的人，即使他的生活让他不得不像现阶段一样每个晚上都待在剧院里为一部叫《装饰的反面》的戏剧排练。在这部弗洛里安·泽勒的戏剧里，他也参与了执导。在戏剧舞台上，他作为演员和导演，愈发喜欢掌控自己的命运，毕竟在电影里，他几乎被导演们指挥过上百次。他并不是真的很安静，而且在生活中总是带着一种充满感染力的快乐。自己花时间先把所有可能的问题考虑清楚而避免思考答案，就像我们在罗贝托·安度的电影中看到的那种人，他全身散发着谜一般的的忧伤。而丹尼尔这样做，使得经常与他交往的人充满了惊喜。他继续走在一条只有自己知道方向的道路上。作为一个"难以理解"的人，他自我思忖：名气还是孤独？巴黎还是外省？电影还是戏剧？夏洛尔还是贝里？哈内克还是威柏？他几乎没有很介意的事情，但是他不会对任何事物持冷漠态度。他的阅读量很大，经常上网了解时事，即使他看起来是远离这一切的。我们今年夏季会在科西嘉岛见面，而我今天好像已经与他一起在那里度过了一个中午。

今天没有在影厅里观看电影，都是看 DVD。下午我回到里昂跟玛丽在布隆妇幼医院碰头，因为我们的儿子维克多在那里做手术。他的苦难之路逐年变得轻松一些，但是这个孩子让我想起弗兰纳里·奥康纳写的歌词："除了医院，我从未去过其他国度。"

3 月 11 日　周五

对于伍迪·艾伦的电影，如果我今天不答复，就会失去它。为了争取多一些时间，我给他发了一封充满溢美之词的邮件。我其实早就应该做这件事。时间过得太快，我们都没有时间好好聊电影。于是我告诉他我们多么喜爱那部电影，并恳求他再宽限几天，这样我们可以看看布鲁诺·杜蒙的电影。

一直动荡不安的法国电视四台方面，似乎真的要减少他们在戛纳的曝光量。但是我们并没有得到正式通知：消息并非来自高层，貌似大家都躲起来了。经过咨询，消息得到了确认：电视台取消了在十字大道的亮相以及相关直播节目，并且不会举办盛大的节庆，甚至连那个聚集整个法国电影界的电视露天沙龙，他们都不会参与组织。另外，他们派出的记者将大量减少。这貌似是文森特·博罗雷[11]的又一次怒发冲冠被媒体争相报道；夏纳市长对这些报道给他的城市带来的不良后果表示担忧；杰拉姆·巴亚赫非常生气，因为他要在距离电影节开幕这么短的时间里把那些场地重新租出去；我和皮埃尔有一种被骗的感觉：他们对我们承诺有一个新的团队效果，营造一个"规模宏大的每日影像直播环境"，在网络电视上设置大量转播平台，在海滩上举行演唱会。我们十分不满，因为这不应该是我们会碰到的问题。

3 月 12 日　周六

瓦莱丽·高利诺是在好莱坞成名的：她在《雨人》里扮演汤姆·克鲁斯的未婚妻。但是这位朴实的意大利女性拍完《爱情故事》和《天堂海滩》后，再也没有真正远离那不勒斯港湾和意大利电影界。去年在威尼斯电影节，她再次获得最佳女演员奖。2013 年，她与完美的杰丝敏·特丽卡合作、第一部自己执导的电影《蜜糖》入围"一种关注"单元。我们渴望再次见到她：没有比邀请她当评委更好的方式了。于是我昨天这样做了。她今天就给了我肯定的答复。两位女性（克尔斯滕和瓦莱丽）对一位男性（唐纳德）。

我和玛丽终于放心了：维克多手术后恢复得很好，不过还需要在医院待一个星期。明天大部分时间我们都会与他一起在那个房间度过。房间里巨大的窗户正对着花园，花园里有几只蹦蹦跳跳的动物。还有两部电影要看，所以我没有时间写作，于是我准备谈谈布鲁斯·斯普林斯汀。内容有四页之多，对此不感兴趣的读者可以直接跳到下周一。我理解。

3 月 13 日　周日

所以，今天谈谈布鲁斯·斯普林斯汀。他刚宣布将于 9 月 27 日出版自传。对于我，这是一个天大的消息。两年没有开一场演唱会，实在隔得太久了。我看过他的 17 场演唱会，罗什迪·泽姆则看得更多。法国经纪人大卫·瓦蒂奈干脆坐飞机去美国看他的演唱会。

2013 年的全球巡演其实可以作为告别演出。作为音乐家及影响我们世界观的一个咒语般的象征，他集所有的特质于一身。但是他让我和安托万·德·高涅（及其他几个人）在皮埃尔·莱斯屈尔的玛丽尼剧院听他的新专辑《失事之球》[12] 时感觉完全不是一场告别仪式。那一年，在选片的最后几个星期及之后的戛纳电影节期间，我都在官方或非官方网站上追踪他的信息，关于演唱会日期、所去的城市及表演的歌单。网上充斥了各种比赛与统计数字：哪个城市的演唱会最精彩？表演的歌曲最多？有哪些以前从未在舞台上演绎过的歌曲？我们知道，每次下雨时，他都会以《谁会让雨停下？》作为开场歌曲。克里登斯清水复兴合唱团的这首单曲在卡雷尔·赖兹的同名越南电影里也出现过。我通常与斯普林斯汀俱乐部，与东大街乐队 [13] 的乐迷们及一位网友梅齐亚纳·哈马蒂交流信息：他跟我确认，凭借 3 小时 40 分钟里 33 首歌的纪录，米兰演唱会刚刚成为东大街乐队史上第二长的演唱会，仅次于 1980 年 12 月 31 日在长岛的拿索体育馆里举行的那场跟乐迷狂欢的传奇演唱会。我们希望一个月后贝尔西体育馆的演唱会能够打破纪录。我们对于巡演已经知之甚多：音乐家的人数、铜管乐器规模、合唱团员，还有杰克·克莱蒙斯如何代替他叔叔克莱伦斯·克莱蒙斯，就是那个不可代替的"大块头"萨克斯风演奏手；布鲁斯在唱《雷鸣道》结尾时，跪在地上滑过舞台时跟克莱蒙斯嘴对嘴接吻。克莱蒙斯是个身材极其魁梧的黑人，总是把气氛推到高潮。我记得他跟随国际特赦组织巡演第一次到达非洲时激动的神情。当时同行的还有斯汀、彼得·加布里埃尔、尤索·恩多和特雷西·查普曼（他们当时演绎的迪伦《自由的钟声》是一个令人难忘的版本）。令人悲伤的是，克莱伦斯·克莱蒙斯刚刚去世，他和在他之前去世的丹尼·费德里奇打破了这个组合从20世纪70年代开始展现的那种永远年轻的形象。

所以上一次我们聚在一起是两年前的7月4日以及隔天在贝尔西举办的两场演唱会。20世纪70年代，摇滚演唱会是需要等待的（不确定罗斯托罗波维奇是否会迟到，格伦·古尔德在冥想之前也不确定）。在里昂热尔兰体育馆里，平克·弗洛伊德的乐队迟到了两个小时才上场。在一片雾气中，每个人都觉得很正常。而东大街乐队总是准时上场。但是那天晚上，在一段不同寻常的等待时间后，安托万·德·高涅出现在舞台上，用他滑稽的英语通知观众，出了一些供电方面的故障，如果演出中间出现问题的话，希望观众能够宽容一些。观众们根本不在乎，要求立刻开始演唱会。灯光突然熄灭，引发一阵巨大的噪声。手风琴演奏的《玫瑰人生》音符被马克斯·韦伯的鼓声打断，布鲁斯与整个乐队突然窜到舞台上。我激动得快要窒息了。摇滚演唱会拉开序幕。16位音乐家，包括常规班底以及5名铜管乐器演奏者，小提琴手索兹·缇瑞尔以及客串演出的年轻的杰克·克莱蒙斯。看到伟大的萨克斯风演奏手彻底地离开东大街乐队所产生的那种震惊和伤感的情绪过去之后（那些看过他自传的人知道，他在书中透露了对于自己身体方面的各种隐忧，而且我们清楚地看到，很久以来他在舞台上失去了那种活力），我们很快意识到代替他的侄子大占优势：年轻的继承者顶着一头埃弗罗式的蓬乱头发，轻松地融入乐队中，凭着超乎寻常的勇气，多次跟尼尔斯·洛夫格伦及迈阿密·斯蒂芬这些老大一起站在舞台正中央。布鲁斯对他投以欣赏的目光。

听新专辑时，永远都要注意那些后来成为体育馆赞歌的曲目：《我们照顾我们自己》就是其中一首，并且引起了混乱。我与弗朗索瓦·塞缪尔森、塞尔日·卡甘斯基、罗什迪·泽姆、奥利维耶·斯纳努以及其他的朋友们在最前面的包厢里就位，没有什么能扰乱这个晚上，除了一个看起来很文静但是从听到第一个音就变成疯子的女孩，一直都在手舞足蹈，让我们很想直接把她送回到她反正也很想去的舞台正下方。29 首歌里，有些是令人期待的，有些则不是；有些是很熟悉的，有些则比较陌生。还有一些演唱会中永远的固定曲目，其中的《荒原》《为奔跑而生》《七月四日》和《阿斯伯里公园》，都是从未在巡演中唱过的。东大街乐队在将近三个半小时里用精湛的表演点燃了贝尔西体育馆，逼近夏天的纪录了。布鲁斯以前所未有的能力掌控着乐队、演出和整个现场，献出了人们期待的表演。他最初在阿斯伯里公园的酒吧里表演，即使诞生于传奇，臻于神话。他也从来都不会像鲍伊或者迪伦那样在公共场所亮相时戴面具。人们会指责他缺乏神秘感，从不化妆，只做简单的自己。但他就是这样的人：一名美国摇滚乐手。即使近些年因为爱尔兰音乐、激流般的室内黑人福音歌曲及彼得·西格尔的民歌而走了一些漂亮的弯路，他的新泽西摇滚又呈现出一些成功的混合与一种革新的力度。

因为那天是7月4日，他一个人弹钢琴唱了《独立日》和《我们都活着》。后者适合在场的所有人——那是一首属于人民的歌。演唱会最后一刻钟，我们听到了一个吵闹版的《出生在美国》，他是用自己最初的20世纪80年代摇滚风格演绎的。1984年至1985年，这首歌曾成为政治误解的对象，因此斯普林斯汀很长时间都是单独弹吉他演唱，为了让那些信奉里根主义的大老粗们及《解放报》的记者们听清楚歌词：这首歌完全反对现代派所揭露的、里根试图恢复的美国霸权主义。接着，没有让马克斯·韦伯喘口气，他直接唱起《为奔跑而生》。

接近演出尾声，布鲁斯同时扮演起观众的守卫者和乐队的领导者，挥洒着他最后一丝精力：是他重新弹起吉他让音乐家们在舞台边缘排成直线，就像在西部电影里一样，打造摇滚版的《长骑者》，醒目的插电卡斯特吉他。布鲁斯自己又重新拿起芬达复刻吉他，就像他最开始做的一样。致敬克莱伦斯的时刻到了。演唱《冰封第十大道》时放映了一支短片，将贝尔西定格在沉默中。演唱会已经持续了三个多小时，我们早就忘了电的问题。但是返场与告别的时刻到了，再次返场，荣耀被重现，被他，被他们，被我们。回忆追溯至我们参加过的所有演唱会或听到的非法录音。

有人说过一句著名的话：世界上有两种人，那些喜欢布鲁斯的和那些从未看过他演唱会的人。乔·朗多提出的赞扬性预言（"我看到了未来的摇滚，它叫布鲁斯·斯普林斯汀"）总是差一点儿要反过来对抗他。因为这种过分的赞扬，布鲁斯会被人厌恶。当我们曾经代表未来时，就会有被时间赶超的危险。他正是以不变来保持自己的现代性，不让一个在新泽西暖气过度的酒吧里诞生的传奇就此湮灭，并且自从把风暴抛入以美国梦为背景的粉色凯迪拉克里，他从未停止歌颂并批评它的合理性。

一场布鲁斯的演唱会总会带来清新的空气。那天晚上，连巴黎的空气都变了。我从贝尔西步行回到里昂路。当我到家时，歌单已经上线。第二天，第二场演唱会，精彩依旧，令塞缪尔森感叹："在同一个城市开两场三个半小时的演唱会，巴黎是创纪录的！"

3 月 14 日　周一

从今天起，看电影决定了我的生活节奏。每天在家吃早饭的时候，我会看第一部电影。到办公室之后，上午的时间用来讨论前一天看的电影及跟发行人、制片人、片商协商，有时导演也会参与谈论。中午之前和亚洲方面接洽，下午是和欧洲人，晚上则是和美国人——至于澳洲人，我从来都不清楚什么时候最合适。"一切都顺利吗？"乔治·米勒最近问我，不过他并没有刨根问底。他知道评审团的组建跟他没有关系，并且尊重这一原则。

下午的时间则一分为二：1 点开始观看和讨论外国电影，6 点开始则轮到法国电影。艾米丽街有一间宽敞的地下室，是我们的放映厅，装修堪称完美：红色天鹅绒墙壁，5 米宽的超清屏幕，观众席是两排蓝色扶手椅，每排六张。放映室里有最好的设备。画面和声音的播放、电影拷贝和胶片都由放映师帕特里克·拉米负责管理。没有什么问题或故障能难倒这个男人。经年累月建立起的一套巧妙的手语，使得我们能够通过隔音玻璃交流。有时，

SÉLECTION OFFICIELLE

帕特里克会比平常更专心。他会把音量升高，坐在高脚凳上看电影。我从来都不会忽略他的意见。

我刚来这里工作时，已经有两个委员会，分别负责外国电影和法国电影。对此，我没作任何改变，只不过增加了一组年轻人，他们每天从克里斯蒂安那里拿到数以百计未经筛选的 DVD。

最重要的委员会是负责外国电影的，由 3 名成员组成：洛朗·雅各布、保罗·格兰萨和维尔吉尔·阿普尤。洛朗是吉尔的儿子，与我同龄。他一直都在这里任职，这是极大的优势。作为一名影迷，他对电影的判断十分敏锐。他既是戛纳历史的见证者，也是电影史行家。通常很难反驳他的意见：就像所有人一样，尽管极力克制，但他对喜欢和讨厌的电影仍然有着十分鲜明的立场。保罗·格兰萨最初为昂热电影节工作，他在我就职时才真正加入团队。他是法美混血，对于某些道德准则会一板一眼地遵守，惹得我们会开一些纯属为了激怒他的玩笑，而他并不是每次都意识到那是恶作剧。他是一位有才华的业余摄影师，喜欢练柔道，也很懂音乐。他已经看了所有的电影，因此在戛纳电影节期间，他……还会去看"导演双周"的电影。维尔吉尔·阿普尤不再是那个为辩论增添女性思维的新人了：在这十多年里，她凭借着自己的严谨和博学，使委员会的观点更丰富。继任职《首映》（我们认为这个培养优秀记者的大型人才库现状并不佳）之后，她成了自由撰稿人，现阶段为德法公共电视台工作。当我们的闲聊偏离谈论的电影时，她会把我们拉回正题。碰到一部不满意的电影时，我们会在放映厅里聊天。另外，如果电影完全无法吸引我们的注意力，确切地说，是因为质量不尽如人意。

每个人都有自己的偏好和习惯，站立、行动和反应的方式也各不相同。长时间担任委员会成员的居伊·布罗古贺看过很多剧本，经常把成片和他看过的剧本作比较："啊，电影比剧本差。"或者："电影比之前看的剧本要好多了！"只要屏幕上出现一台拖拉机或者一座旧农庄，他们马上会招呼我；不过一发现鸟类，保罗就会给我们上一堂关于鸟类学的速成课，因为他在这方面是个知识渊博的爱好者；洛朗对古典音乐了如指掌：他能比电脑速度更快地列出乐曲的作者、名字及指挥者；摇滚和法国歌曲则是我的领域。

每天下午 6 点，外国电影委员会就让位给法国电影委员会。然而这种交接不会改变我在这间屋子里的位置。这些年来，每个人都坐在同样的位置上。法国电影委员会聚会没有那么频繁，因为需要讨论的电影比较少，但是它的作用十分关键：事关法国电影。根据源于 20 世纪 60 年代的惯例，它由三名记者组成。这个惯例在 20 世纪 70 年代和 80 年代被吉尔·雅各布（他自己曾经做过记者）进一步强化。事实上，我的前任们一直认为，让影评人参加委员会，能避免可能来自他们的攻击。不确定这个措施是否奏效，但是它已经成为一个传统。确实，法国电影参加戛纳电影节，就如意大利电影在威尼斯或德国电影在柏林，是很微妙的，有点儿像足球世界杯在自己国家举行时东道主队是否赢得冠军。我的同行迪特·考斯里克一上任就成功地让柏林电影节和德国电影取得和解：2003 年获奖的沃夫冈·贝克的《再见列宁》[14] 和次年获奖的法提赫·阿金的《勇往直前》[15]。

许多法国影评家都参加过这个委员会，每个人都在权威杂志任职：让·德·巴隆塞利（《世界报》）、丹妮尔·赫曼（《快报》）、皮埃尔·比亚尔（《观点》）、让-皮埃尔·杜弗瑞格（《快报》)、N.T.宾赫（《正片》）、塞尔日·图比亚纳（《电影手册》）、皮埃尔·穆拉（《电视纵览》）及帕斯卡尔·梅里若（《新观察家》）。现在的委员会里包括斯蒂芬妮·拉莫美（《首映》前记者）、埃里克·利比约（《快报》）和《青年电影》最资深的影评人卢锡安·洛格特。他们的互补棒极了。斯蒂芬妮经常做笔记，不会在故事的连续性方面错过任何细节，而且总是出其不意，写的注释特别幽默；卢锡安既是历史学家，又常会关注那些默默无闻的新人导演；埃里克撰写过一些引起被拒者巨大争议的社论。另外，我总是害怕人们把他的立场当作某种半官方的附言，而这些通常是我拒绝作出的评论。埃里克的观点属于他个人，记录那些是他的工作，它们远远不能等同于我的观点。另外，他在媒体放映会时重看了他在评选时看过的所有电影，算是敬业地履行他的职责。但是在电影圈，就像在任何其他领域一样，人们总会捕风捉影：如果《快报》或《青年电影》上有一篇关于被拒电影的评论，人们就会从中寻找关于我或者电影节的痕迹。有人曾建议我，如果这影响到电影节，就退出委员会吧。那不可能。

保密是我们职业的核心原则之一，而"通过鼓吹错误的信息来挖出正确的"是媒体的常用手段，法国电影委员会的成员因为受到一些经常是无根据的谣言和指控，一直处于不安之中。因为多数时候，一句话、撇一下嘴或一段沉默都会迅速被解读：每个人都被抓到过，因此学会了不表达任何情感。这是很痛苦的状态：你在所有人之前看过一些电影，本可以用一个冷门的知识逗乐任何一个听众，但是你得保持沉默。

克里斯蒂安·热那没有加入这些委员会，但是他看所有的电影。他不参加集体讨论，因为我更希望他远离那些观影情绪。他可以带来另一种形式的自发性、另一种感受或评判的方式。而在最后的冲刺时刻，当某些电影面临被淘汰危险时，最小的亮点也可能成为它们的救命稻草。委员会的成员们都能表达出自己的不同意见，时而吵得面红耳赤，时而相互说服，握手言和。评选的过程是一场持续的对话。这是一些自负却又心胸开阔的影迷，是观众，也是行家。我跟他们学到了很多东西，因为他们睿智、积极、好辩。他们的观点有时是如此对立，以至于我克制住自己，没有喊"停"。我很高兴看到这种情况。很幸运能拥有这样的合作者，我渴求并且尊重他们的意见。

不管你相不相信，从神经紧绷的生活方式转向官方展映影片的选拔，也是一种休息，因为没什么比专注于当下及下一部电影更重要。各个片单逐渐成形，新闻发布会临近。我们整天待在艾米丽街的地下室里。这种生活方式很奇特，但是我们乐在其中。为了不浪费时间，午餐（沙拉、三明治、矿泉水）就在看电影的过程中解决。打电话和回邮件的时间被缩短。整个团队都知道我们在那间放映厅里，就像红衣主教聚集在一起开教皇选举会，社交活动被严格压缩至最少。

去餐馆应酬的机会也变得很稀罕。除了今晚，因为我要与布鲁诺·巴尔德见面。他既是公共系统集团的总经理，又是多维尔、马拉喀什、博纳、热拉尔德梅这些电影节的组织者和重要新闻专员。布鲁诺代表了巴黎电影圈最有品位的电影观众，作为一名态度强硬的影迷（"导演有伟大与平庸之别"），他直接和无视场面调度的人翻脸；他渴望媒体能在收集到足够的信息后再给出回应；他还希望辩论不再只是"胡说八道"。"我要谈谈将要介绍给你的电影：你已经看过的那些，包括那位年轻的新加坡导演、门多萨及阿莫多瓦的作品。明天你还会看到尼古拉斯·温丁·雷弗恩那部将引起讨论的电影以及其他几部，包括罗泓轸的新片，尤其还有朴赞郁的电影。弗雷德里克·贝格伯德的电影也很成功。一会儿见。我会在你到之前，点一瓶上好的葡萄酒。"

3 月 15 日　周二

醒来时，我看到福利斯特·惠特克的短信，因为我邀请他做评委。他曾凭借在伊斯特伍德执导的《爵士乐手》中的表演获得戛纳电影节最佳男演员奖。最近一次，他是作为《弗鲁特韦尔车站》的制片人及闭幕影片《祖鲁》的演员来到戛纳的。他得先解决行程上的冲突。"完美的家伙、卓越的形象、庄重的气场，"皮埃尔感叹道，"令人艳羡的职业生涯！"

下午 1 点开始今天的重头戏：尼古拉斯·温丁·雷弗恩。1 小时 45 分钟的波普文化盛宴，这位赫尔穆特·纽顿[16]式的导演展示并诘问，极致的肉体之美与灵魂的肮脏近在咫尺。这是一部有着强烈温丁·雷弗恩风格烙印的视觉大片，拍摄手法极其娴熟，以冷峻的美学手法缓慢且精密地叙述，同时撩拨着人的神经。那些贬低他的人很快又要称呼他为"小滑头"了。这部电影没有《唯神能恕》那么晦涩。后者如果只看一遍，是无法理解那部电影的关键内容的（为什么我们看电影只看一遍呢？一首三分钟的歌，难道你听一遍就能记住吗？）。然而对于拖沓的结尾——留下开放式的结局和被遗忘的主人公艾丽·范宁，我持保留态度。但是尼古拉斯通过几场令人尖叫的场面将这部"吃人时尚界的恐怖电影"风格做到极致。委员会的意见涵盖"荒谬"到"太出色了"。这种评论极端化正是导演想要的：《亡命驾驶》在全球获得的成功让尼古拉斯这位愤怒的影迷过得并不好。"当我的电影不讨人喜欢时，我还是很享受的！"某天，他在马尔蒙城堡的露台上一本正经地跟我说道。虽然结局让我有些困惑，但我属于非常喜欢这部电影的阵营。不管怎样，即使那些不喜欢它的人也得承认，它有资格入围竞赛单元。

我回里昂，是因为艾玛纽尔·卡雷尔 [17] 要来：他应邀在过客书店和卢米埃尔中心签名售书，然后是讲座及他精彩的电影《返回科捷利尼奇》的放映。我们谈沃纳·赫尔佐格 [18]、雷内·贝雷托 [19] 以及他一直用一种令人惊叹的方式研究的俄国。"有时我在想，普京的真正目的难道不是成为世界上最富有的人？"这个观点，我们不常听说。他提及自己做评委的经历，就是蒂姆·波顿当主席的那年——其实他想给阿彼察邦·韦拉斯哈古颁发的不是金棕榈奖，而是评审团大奖。艾玛纽尔的新书叫《有地方去，很美好》[20]。它是一系列文章的合集，标题听起来很奇怪，充满了抉择。我还不确定是否知道往哪里去。今晚，我对艾玛纽尔另眼相看。他真的是一位作家。

3 月 16 日　周三

返回巴黎之前，我去了趟医院，看望我的儿子。维克多病情好转，终于可以站起来了。一条巨大的伤疤爬在他的背上，遮住了两根铁钉。"我在机场过安检时会响起来吧。"他开玩笑地说。我一想到要把他单独留在那间病房里就完全没了心情。

回到办公室，我看了一部动画电影：《红海龟》。作为这种类型的超级爱好者，文森特·马拉瓦尔跟我介绍过这部电影是由荷兰人度·德威特导演并与帕斯卡尔·费兰联合编剧，与日本吉卜力工作室等联合制作的。上周当我被会议耽搁时，委员会成员已经看过并表示喜欢。我也觉得很不错，虽然有点儿平淡，情节也略显单薄。鉴于片商的反应，马拉瓦尔担保它一定会大获成功，并且不能理解我为什么只把它安排到"一种关注"单元，但他对我们的决定从不提出异议。他知道一场错误的谈判只是浪费时间。在戛纳，电影是涉及双方的。"是你要看那些电影，所以只有你才能决定是否接纳它们。"他经常跟我重复这句话。我们决定到了四月初再讨论。

又要出差了。因为那部传奇的戛纳午夜场电影《舞国英雄》而蜚声世界的巴兹·鲁赫曼写信告诉我，他拍了一部关于街头说唱文化诞生的电视剧，希望来戛纳宣传——这触及一个敏感的话题：管理委员会投票反对电视剧入围官方评选，不过电影导演协会不会阻拦电视剧入围"导演双周"单元的。

下午，我们看了三部电影，其中有一部西班牙恐怖片，是由新人导演劳尔·阿雷瓦罗执导的。这是一部带有情感悬疑色彩、充满激情的侦探电影。从城市开始，在旅途中结束，有一种古典的气质，但是还不止于此：画面是16毫米的粗颗粒。虽然无法确定这部电影是否是我们想要的，但是相信其他电影节也会感兴趣。

或许它有类型片的一面，而且我们已经听到一些反馈："我们不会为了看这部电影而去戛纳。"这是一部处女作，非常有前途，我们希望那些平行单元能够接受它。

晚上跟皮埃尔见面。在这种选片阶段，我们很少见面。他因为电视台方面的日常事务和互联网电视服务平台计划而脱不开身。我们审查了所有的文件，包括关于法国电视四台的。那些周边损失是实质性的，不仅涉及电影节（合同的遵守），连相关的节目、电影节气氛及酒店业都会受影响，因为过去每年在那两周里，法国电视四台会出动 500 人在十字大道上进行报道。皮埃尔写邮件给文森特·博罗雷，表示对这一切及电影节无法得到宣传感到震惊。

评审团的组建有了进展，我们重新研究了几个人选：我们有两位女性（克尔斯滕·邓斯特和瓦莱丽·高利诺）和"一位半男性"（唐纳德·萨瑟兰以及我们希望能够加入的福利斯特·惠特克）。再加上一位法国男性或女性，女性则需要一位导演或者制片人。我们不能把电影界的女性仅仅限制在女演员里。在戛纳，因为一些精神上的"赌马者"在目不转睛地窥伺着，所以一切都需要深思熟虑。

3 月 17 日　周四

布鲁诺·杜蒙的电影非常出色，很美，也很独特，不仅仅是《小孩子》的电影版。片名叫《玛·鲁特》，一个北方少年的名字。他十分迷恋一个神秘的生命——来自那个度假的家庭，拥有贵族血统的男女混合体。我们在这部电影中找到一些在杜蒙的电影里通常比较罕见的感情，而且一些十分冒险的角色被分配给了知名演员（鲁奇尼、比诺什和布鲁尼·泰特琪），其他演员则真实得让人印象深刻，特别那个肥胖滑稽、飞到空中的警察局长，就像20世纪30年代法国电影里怪诞主角的翻版。北方（布洛涅还是加莱？）广袤风景最真实的明亮被浓墨重彩地记录下来，就像卢米埃尔兄弟发明的三色照片制作工艺，颗粒被完美地复制，照片中的天空出现毋庸置疑的细微差别，层次显得更为丰富。这部电影让我想起雷蒙德·贝鲁尔[21]曾写过："在电影的众多功能里，有一个把人的躯体带回他所来自的物质和社会群体中的功能。"他称之为"卢米埃尔的魔力、格里菲斯的魔力"。这很符合《玛·鲁特》。至于其他，风、土地、大海和人脸，杜蒙以最好的状态诠释了自己的角色：一位伟大的导演。

自从我与他之间经历一场被过度媒体化的争论之后，在卡尔顿的一次正式宴会上，整个夜晚都笼罩在紧张的情绪中。但是生活中有一些更重要的事情，我知道杜蒙在等待我的反应：我不想得罪他，不想任由沉默支配着我们。于是我给他发了条短信，他也回复我了。我很高兴，但我们就暂时停留在这个状态。今天是3月17日，我们手头还有80部法国电影要观看。我向电影制片人让·布雷阿、媒体专员马蒂尔德·尹赛迪及兼任联合制片人和发行人的亚历山大·马雷-居伊（他回复我："不知道你的反应如此强烈！"我非常喜欢这些家伙的信念和好斗的个性）表达我对这部电影的观感，但是他们也都懂得规则：4月13日晚上，当我们进行法国电影官方评选的时候，才会作出裁决。

我对杜蒙电影的情感表达可能会让人认为我已经把它列入主竞赛单元，但是并没有这回事。对于法国电影的筛选，必须等到看完所有电影之后才能作最后的决定。要让它们公平地竞争，让那些还在剪辑阶段的导演能安心工作，而不会觉得那些已经率先完成的电影已经占据了最有利的位置。因此，那些先报名的电影并不会优先入选。电影节一直以来的这个规定引起不少争议："导演双周"就不遵守这一规则，他们可以根据具体情况而决定。

不过情况还是很紧急。下午，外国电影委员会表达了对这部电影的赞赏和保留。有些保留意见，可以这么说，是一个征兆：成为开幕影片无法让这部电影得到公平的对待，外国观众会无法体会片中的对话和北方方言，也不会理解鲁奇尼与柯嘲笑那个时代外省风俗时所使用的讽刺的夸张语气。委员会就是起这个作用的，几个成员代表了成千上万的电影节观众的品位。

晚上，我告诉亚历山大，布鲁诺的电影不会作为开幕片放映。对于他们来说，漫长的等待开始了。之后，我跟皮埃尔确认，伍迪·艾伦的新片将为电影节开幕。然后我再次打电话通知斯蒂芬·塞莱里耶。欣喜若狂的他没有失去理智，而是问我什么时候宣布。他还告诉我最终的片名是《咖啡公社》。很美！如果阿萨亚斯的电影入围竞赛单元，那么同样担当主角的克里斯汀·斯图尔特将成为2016年戛纳的女王。

8月18日　周五

3月中旬，我的背痛又复发了，因为待在放映厅里缺乏运动。

早上应该做点儿运动，但是早上也要看电影。这段时间，报纸上充满了关于戛纳选片的消息——今天早上是"巴黎人"网站。阿兰·格拉塞确实是圈内人，他再次证明了这一点。到处都在宣扬戛纳是如何奢华，这是很危险的。但是选片工作逐渐明朗化。我们度过了很棒的一周，看到了不少美好的东西及两部出色的电影：洛朗·德斯耶的《牛栏》和朗齐·贝迪亚的《猫头鹰》；在放映厅和家里还看了十几部外国电影。只要发现一些貌似有趣的电影，我们就开始互相传看DVD，讨论，评估，比较，衡量。所有的看片笔记汇集在一起，非常有趣，即使是关于那些不那么有趣的电影，因为它们加在一起而绘成了一张有趣的世界地图。有些是经过深入研究的，另一些则比较简洁："一无是处""令人厌恶的""使人惊讶的""电视电影""很弱""业余的""恶作剧的""粗糙的""错误的好点子""过分抒情了"，等等。除了两个"最高"委员会，由年轻人组成的"第三委员会"也开始行动了，他们负责一项非常重要的任务。每个季初，我们都会清楚地告诉他们："这是自愿的工作，是匿名的，而且你们会看到最差的电影。"今天早上，艾玛纽尔写道："仅仅在一批DVD里面就看到那么多看不下去的印度电影，我如果不是因为在委员会待得够久，一定会觉得这是在戏弄新人！"要做这些事情，必须要热爱电影。

晚上9点零7分（那些邮件与短信将来会构成一份足以跟拿破仑时代的外交往来比肩的档案），麦德斯·米科尔森确认参加评审团："那将是充满魔力的12天！"非常高兴他能加入：出色的演员、国际化的事业、大众电影和作者电影并行、有趣的男人……仍没有福利斯特·惠特克的消息。

3月19日　周六

大卫·林奇慎重地给我发了条短信，就他的儿子奥斯汀执导的电影征求我的看法：很好。那是一部近乎实验性的作品，基本上没有对话，拍得非常出色，接近现代艺术处理画面的方式，直线性叙述。确实很好，然而《灰屋》²²可能不适合参加戛纳。选片的现实就是这样的。

虽然不得不令他失望，但我仍借此机会跟大卫交流。他没有表现出任何失望的情绪，并跟我确认正在拍摄新一季《双峰》："我们已经拍摄117天了。我乐在其中！"近些年来，他致力于展览、摄影、石版画、打理他的网站（"比以前要少了。"他惋惜道）、画画、思考和冥想，但是没有再拍电影。听到我的埋怨，他大笑起来，他并没有忘记戛纳："我会回来的。你们法国人比其他地方的人更懂得谈论电影。你们在其中倾注了如此多的激情。电影在美国是脆弱的东西，它被那些手握资金的人控制着，而他们只会迎合青少年，把电影公司那些曾经掌权的人鼓吹成伟大的人道主义知识分子。"

我记得有一天晚上，我们坐在圣-日耳曼-德佩的一间咖啡馆的露台上，他对我说："当电影死去的时候，法国将是它最后断气之国。"在今天想到所有这些，我觉得很有意思，因为今天是路易·卢米埃尔的电影开拍纪念日。他在1895年3月19日用他的放映机拍摄了以工人们为主角的《工厂大门》——拍摄蒙普雷兹地区的人民。因此，我们的传统就是做同样的事情。阳光灿烂，人潮涌动。今天从早到晚，每隔15分钟（为了让每次走出工厂的时间不超过 120 秒），我们就与里昂人重拍一次卢米埃尔的电影。家庭、孩子、年轻人、老年人、单身的、接吻的、自行车上的杂技、设计好的特技表演……每个人都展示出自己的创造性，为了把他的足迹留在这条在所有人心中占据无与伦比地位的"第一电影路"上。

傍晚时分，我从蒙-梭尼这条路前往琴山朗勒堡。过去，在法瑞弗雷瑞斯隧道建成之前，我们从这里经过苏斯斜谷去意大利。当然那个时代大家都有时间。洛朗·葛拉每年在那里组织一场以"歌曲、戏剧及多种表演"为主题的展演。昨晚上台表演的是一位山区的讲故事者伊芙·伯杰龙和一位小提琴手索尼娅·布维尔。今晚是我无论如何都不会错过的皮埃尔·佩雷。洛朗悄悄让他演奏那首我十分喜爱的《马塞尔》。"我为这首歌排练了整个下午，因为很多年都没有唱过了。"第一次见面的皮埃尔·佩雷向我吐露内情。这家伙是法国歌坛的天才。我们几个一起唱起了《我的新地址》《你的浴室门半开着》和我最爱的那首《那个叫肯妮的女孩》。

3 月 20 日　周日

拂晓时从莫里耶纳返回。我其实更想待在那里，但是维克多要出院，而我得重操旧业，除了看片，还是看片。当我们看了大量的电影、大量的烂片后，那些"还不错的"就变成"很棒的"，我们确定找到了一颗珍珠，于是把电影传给别人看，直到被同事们残酷地否决。然后当他们讲到一部电影，声音在颤抖时，又轮到我们来否决。但是在那 1,800 部要看的电影里，从统计学的角度，我们基本上没有看走眼。在艺术层面合格的电影数量远远超过我们所能接纳的席位。因此官方评选就是一个选择和放弃、冲动和心碎的混合。半个月前，我们观看了约瑟夫·斯达的新片《奥本海默的策略》的第一个版本，他曾经凭借《脚注》入围戛纳主竞赛单元并获得奖项。这次在片中扮演主要角色的理查·基尔（作为美国电影界的另一个谜，他在片中的表现令人十分惊讶）为这部电影给我打电话，想知道他们是否需要加快进度，电影是否有机会入围。这是一个文雅的男人，甚至非常友好。他如此明显地介入这部电影，以至于让人不想令他失望。这种对话并不轻松。

我淹没在邮件和短信中。人们拼命地工作着，不管是工作日还是节假日，简直疯了。我和所有人进行着一样的对话，冗长，复杂，通常很有效，即使最终沟通失败。与某些沟通的对象，我们才认识一年。职业友谊真诚而又短暂。通常我们的沟通是这样开始的："你知道我为什么给你打电话吗？"我知道。我们协商、皆大欢喜、闹别扭、争吵……最终必须好好作出决定。电影节过后一切如常。下一年重新再来。

3月21日　周一

下午过半的时候，从早上开始已经看完三部电影的我，顶着久违的蓝天，飞速地从阿尔玛桥上穿过塞纳河，因为与哈维·韦恩斯坦在雅典娜广场有约。我们要谈论一下他这一年负责的电影。我是在观看一部令人惊愕而又好笑的德国电影二十分钟后离开放映厅的。我其实想继续看下去。

　　我与哈维在 2001 年相识，那是在我加入戛纳之后的第一次好莱坞之行。正如在前面章节中讲到的，那是吉尔所希望的。生性羞涩的我大开眼界，与所有电影公司的老板、经纪人以及西恩·潘和他的制片人迈克尔·菲茨杰拉德见面。我在好莱坞大道上的中国剧院观看了《誓死追缉令》，并将它从柏林"偷"走。哈维·韦恩斯坦是在半岛酒店的一个奢华套房里接见我的，当时感觉面对的是一个神话。他与他的兄弟鲍勃一起创办的米拉麦克斯公司风风火火地制作或者发行了很多独立电影，比如那些参加圣丹斯电影节的，以及塔伦蒂诺的作品，尤其是那部摘取金棕榈奖的《低俗小说》，证明了他的成功是全球性的。哈维也从外国进口大量电影到美国，但有时反应平平。米拉麦克斯发行的电影《豪情玫瑰》的导演贝特朗·塔维涅对那次合作的回忆就不是很愉快："我感觉自己像一个置身保护区的印第安人。"许多文章和书籍都提到哈维·韦恩斯坦各种过分的行径，因此跟他第一次见面时，我没有自作聪明。他那时处于事业高峰期，像罗斯科·阿巴克尔[23]与哈利·科恩[24]的混合体。他说话尖刻，带着威胁的口气（"让我告诉你：我讨厌戛纳，我喜欢柏林。"），然而这是一个爱电影的人，对外国电影，尤其是亚洲电影非常了解，并且我能感觉到他是渴望被十字大道欣赏的。我觉得他虽然有着邪恶的名声，但也没有到卡里古拉那种程度。因为我是新人，所以他打量了一下我，就抛给我一个如何让他印象深刻并把他带回戛纳的挑战。次年，我在那次传奇而星光熠熠的红毯上所做的一切只是为了《纽约黑帮》20 分钟的预告片。人们批评我给予一个"运用他的权势来入侵戛纳"的美国人以优待，但这是一种具体策略。如果戛纳电影节想坚持自我，那就必须习惯美国人的存在。

　　十五年后，我又见到了依然我行我素的哈维，手上拿着三台手机，被助手们包围着。留了三天的胡子，他稍微变瘦了些，十分亲切。这些年来，我看到了他的诚意，尽管他不是那种夸张地表达感情的人（他弟弟鲍勃更粗糙：当他感谢我选择《罪恶之城》作为 2005 年竞赛单元影片时，我还以为他在骂我！）。哈维在巴黎时总会跟我联系，甚至当他的飞机晚上 10 点在布尔热机场降落时，他还想与我在餐厅见面时。他只下榻在豪华酒店，身边总是围绕着各种社会名流。选片时期我们会频繁交流。"我今年的电影不是很多，"他告诉我，"除了德·尼罗和爱德加·拉米雷兹共同出演的《顽石之拳》。"事实上，《顽石之拳》（这部电影是以支持第三世界主义的视角讲述一位巴拿马拳手罗伯特·杜兰的故事）由一位年轻的委内瑞拉导演乔纳森·加库波维兹执导。"鲍勃 25 太棒了，对不对？"确实，德·尼罗在鼎盛时期就很拼命，而且令人感动的是，他保持了《美国往事》里"老面条"这个角色的年龄和外表，但是没有化妆。非竞赛单元的席位比以前更少了，所以我跟他提议在午夜展映放映这部电影，但是他拒绝了："别这样嘛！我们来做个更好的交易。"我向他承诺会考虑，同时给他几天时间向我保证鲍勃、爱德加和那位充满魅力的罗伯特·杜兰都能出席。"当然，他们都会出席。还有扮演苏格·雷·伦纳德的亚瑟·雷蒙德。想象一下，音乐家亚瑟·雷蒙德，那会很棒。"貌似我应该知道谁是亚瑟·雷蒙德，但我没敢问他。我只是一个偏执、狂热的斯普林斯汀歌迷。

　　我对他的生意表示担忧，听说韦恩斯坦公司经营状况不佳。这让他大笑起来。"你知道他们有多少次宣布我死亡吗？重点是要推出电影作品。我和米拉麦克斯建立起这个电影作品库能值更多的钱。你看，它刚刚又转手了，是巴黎足球队的老板买的。是的，重点是要推出电影作品，而韦恩斯坦公司拥有一份价值不菲的财产。"他还跟我提到一部很棒的澳大利亚电影，但还远远没有准备好。他向我打探一些内部消息，关于"电影节上的好片子""那些你推荐我购买的电影"。

"最后一个问题，"告别的时候他跟我说，"你真的差点儿离职了吗？"几乎没留给我时间解释，他又继续讲道："不要离开。但是要利用这个位子做些戛纳之外的事。有很多喜爱艺术的亿万富翁就想找一个像你这样的家伙。你可以去那些大美术馆担任馆长或者什么其他我不知道的职位。你如果愿意，我可以帮助你。不管怎么样，我希望你能够抓住机遇，不在戛纳的时候提高身价？不愿意吗？你真没出息。好吧，那让他们至少允许你干些除了戛纳以外的兼差。要为自己谋利益。""我已经在做一些其他的事情，我在里昂也有工作。""啊，对，确实。昆汀那一年太棒了。我今年10月会再来！"

他只待了几个小时。我也得说再见了。放风的时间结束了，我得回到放映厅去。"看什么电影？"他问道，万一是他感兴趣的呢。今晚还要看四部法国电影。"偶尔从放映厅里走出来陪陪你的孩子。"哈维说道，饶有兴致地看着我骑自行车离开。

当我到达放映厅参加晚上的法国电影讨论时，碰到了外国电影委员会的成员们："那部德国电影，我们一直看到结尾，非常棒。你明天补看一下吧。"

3 月 22 日　　周二

　　一大早我就看了那部德国电影。片名叫《托尼·厄德曼》，也是片中那个古怪、离异的父亲的化名。他的女儿在商场打拼，忙于追求权力与金钱，却并未因此而感到幸福。父亲想用他笨拙的情感、下流的玩笑及那种失败者的不可战胜的人生哲学来保护女儿。这部相当长（有点儿太长）的电影，首先，不同于任何我们熟悉的电影，除了拍摄方式像是一部德国电视电影；不过渐渐地，场面调度越发稳定，故事也令人接受。整个片子充满了电影感：女导演玛伦·阿德恰当地坚持绕过那些古典叙事技巧，献出这部十分独特而好笑的作品。我为那个滑稽的男人而捧腹大笑，也为那个感人的结尾而流下眼泪：年轻的女人搂在怀里的那个巨型猩猩正是希望最后一次逗她笑的父亲。他最后说道："时间过得太快，我记得不久以前，你还在我身边，你还是我的小女儿。"

　　与《费加罗报》的电影团队一起吃午饭，这是我们每年在宣布官方选片一个月前的例行碰面。我让其他人观看从洛杉矶寄来的《金钱怪物》的拷贝。电影已经入选，但是所有人都必须看到片子。大家都认为把它作为非竞赛单元影片安排在电影节前半段放映很完美。于是我放心了。法国索尼－哥伦比亚公司的新任老板斯蒂芬·华德也放心了：因为《金钱怪兽》将在亮相戛纳的同一天上映（电影院会很开心，因为它们喜欢跟戛纳的时事沾上关系），所以他可以着手准备了。
　　一部备受期待的电影：克里斯蒂安·蒙吉的新片。他在2007年凭借《四月，三周，两天》获得金棕榈奖。这次的作品《毕业会考》也让人印象深刻。电影讲述的是一名五十多岁的医生的日常生活被一个意外事件所打乱：他的女儿参加毕业考试时遭到攻击。为了让女儿顺利毕业，他不惜一切代价，甚至忘记自己的廉正，眼睁睁看着那些自己亲手建立起来的东西崩塌。对这种生活的再现中，多个主题混杂在一起，《毕业会考》是一部深刻的成人电影，它让人想到 20 世纪 60 年代东欧出产的那种影片。对演员的调度极其出色，蒙吉是以一种令人绝望的清醒在分析罗马尼亚社会，而且那位父亲充满感情的忏悔折射出一种新的主题（在他的电影里，那些认识他或者收到他关于足球的短信的人知道他是一个非常悲观的人）："我们这代人一败涂地，没办法改变这个国家。走吧，孩子们，你们走吧，这里没有任何值得期待的东西。"当灯光重新亮起时，我们一致同意：主竞赛单元作品。蒙吉作品在世界影坛举足轻重的地位是值得仰慕的。已经有三部罗马尼亚电影入围官方选片（2 部主竞赛单元，1 部"一种关注"），而且还有其他未看的电影。这个国家是电影的奇迹之地。

晚上，当法国委员会的成员到达放映厅时，我改变了计划，让他们观看《托尼·厄德曼》。也许我们是冲动了，也许不是。

3 月 23 日　周三

在一家电影院工作是任何一个影迷的起点，也是梦想。我一直觉得接待观众、检电影票是一种神圣的仪式。也许我会终老于那样的生活。

继 9 月的蚂蚁电影院和 11 月的人民影院-白莱果店，卢米埃尔中心的第三家电影院开张了。去年，我说服加乐史卡·莫拉维欧夫把他在里昂的两家影院，人民影院-白莱果店和人民影院-特沃广场店，转让给卢米埃尔中心。这位影院经营者还在巴黎兼任发行人、制片人，空闲的时候还会作曲、搞音乐；他还是"电影无国界"的老板，老电影 DVD 出版商，总之是一位在任何行业，尤其在我们这个领域的神秘人物。他活跃，有头脑，而且神秘（另外，没有任何显示这个带有俄语重音的姓氏真是属于他的，我们甚至肯定不是他的）。全称为"国家人民电影院"的人民影院，是罗热·普朗雄[26] 于 20 世纪 70 年代建立的。他在维拉尔之后继任"国家人民剧院"经理。

里昂这些艺术与试验性历史庙宇正在消失，因为之前没有任何救助者站出来。卢米埃尔中心的整个团队和贝特朗·塔维涅都不接受这种命运。银行家迪迪埃·迪韦尔热及里昂和其他地方的几位投资者也不接受。电影资料馆的责任是保存那些电影和档案，挽救这些影院跟挽救赛璐珞胶片一样，保存的是人们的记忆。另外，建立文化协会来投资真正的经济并改变郊区生活这一想法让我们很激动。

危险在逼近：当一家电影院被关闭、改造成其他地方后，它就永远不会重新成为电影院。南尼·莫莱蒂及其在罗马的新萨克电影院、莫奇在巴黎的布雷迪电影院，还有在洛杉矶买下新比弗利山庄电影院的塔伦蒂诺，都开创了美好的先河。拥有这两家国家人民电影院和蚂蚁电影院，我们就掌握了这 3 个地方的 10 块屏幕。20 世纪 70 年代，这些被称为"联合企业"的电影院是城市里的王后。这一过程并不是那么光辉夺目：不可能是大路旁边的铺面，受面积限制，所以椅子会减少，屏幕很小，而年轻一代喜欢去大电影院。

但是那些地方漂亮而精致，就像那些旧的影迷圣地奇迹般地重现。数月以来，如何获得和修复它们是我们谈论的主题。近些

天，朱丽叶·哈永在监督最后的技术测试。我们雇了一位年轻的
影院经理塞尔维·德·罗莎和在巴黎制定计划的马丁·毕铎。这
些业务得以保留。如果其他里昂电影院担心这个计划会对自己造
成威胁，UGC 连锁电影院和百代公司电影院网络会热情地接待它
们："电影院越多，对电影业越有益处。"UGC 连锁电影院的老板
盖·魏莱加如此表示支持。

必须贯彻执行一份先锋电影片单，但是要充满感情。我们保
护这些我们作为年轻影迷时珍爱的地方。它们属于我们，而且通
过拯救它们，我们将其还给大众（还能还债），一种把纸上谈兵的
理论贯彻到实际的方式。我们懂得赢回一些东西来对抗运气、命
运和时间，并出发去冒险，怀着不可抑制的渴望：在一个大型的
欧洲城市中心，幸存着一些商铺，它们的三角楣上赫然印着：电
影院。

3 月 24 日　周四

糟糕的夜晚——浮躁得睡不着。在两次睡意来袭之间的模糊
时段里，我拿出电影名单，考虑选片的事情。竞赛单元会有很多
我喜欢的电影，但是我们需要惊喜。万一碰到像那部德国电影一
样的作品，竞赛单元就要爆了，于是总有电影会落选。想到这些，
我越发辗转难眠。

我们并没有瞎激动：法国电影委员会的成员们也非常喜欢
《托尼·厄德曼》。我又等了三天，才再次跟外国电影委员会讨论
这部电影。我们经常这样做，稍微缓一缓，确定不是被某天晚上

的情绪所蒙蔽。虽然它的片长还值得商榷，但是电影本身是颗珍宝，会在主竞赛单元闪耀夺目。出于谨慎——因为我不想造成任何形式的过度兴奋，于是让克里斯蒂安向玛伦·阿德及其片商迈克尔·韦伯提议入选"一种关注"单元。他们欣然接受。将来被告知入围主竞赛单元时，他们应该会更开心。

上周日结束的"图书沙龙"显示人流量下降了15%。"电影的春天"[27]也一样。这很难解释：是一种"自然的"流失吗？类似"天气好，电影排片就会减少"？或者因为大型活动频繁遭受袭击而导致恐惧的必然后果？今早，《电影日报》的一位出色记者，也是戛纳常客的梅兰妮·古德菲露提及4月初将在十字大道上举行的国际电视节目交流会[28]所采取的措施。很明显，这个问题变得敏感且十分重要。"是的，今年我们必须讨论安全问题。"与影节宫的工作人员联系紧密的弗朗索瓦·戴斯卢梭向我强调。

3月25日　周五

雨下了一整夜。雨滴打在卧室窗台上的声音令我难以入睡。我很晚才起床，所以上午一部电影都没看，有一种迟到的感觉。已经接近3月底，我们却还远远看不到主竞赛单元的全貌。每到这个时候就有一种熟悉的感觉：去年此时，我们几乎一无所有。我可以引用米哈耶夫·戈尔巴乔夫谈论苏联经济时使用的一个词来描述戛纳官方选片，他的回答是："好。"两个词呢？"不好。"

总会有这样一个时刻：为了更好地等待新电影，我们觉得必须重新列出片单。截至 3 月 25 日，主竞赛单元已有 8 部电影：

克里斯蒂·普优（罗马尼亚）

泽维尔·多兰（加拿大）

西恩·潘（美国）

达内兄弟（比利时）

克里斯蒂安·蒙吉（罗马尼亚）

佩德罗·阿莫多瓦（西班牙）

保罗·范霍文（荷兰）

尼古拉斯·温丁·雷弗恩（丹麦）

主竞赛单元年平均有 20 部电影。除了一些"灾年"，一般会有 3 ～ 4 部法国电影入围。这些，我已经心中大概有数，总共有 11 ～ 12 部电影。对于门多萨的电影，我们必须当机立断：它暂时还待在"一种关注"单元里，但是布里兰特想重回主竞赛单元。

之后的三个星期里，我们继续在放映厅或家里看电影。暂时还未就绪、计划秋天面世和参加威尼斯电影节的作品中，有两位出色的导演：重执导筒的梅尔·吉布森和凭借《蓝色情人节》在"一种关注"单元被发掘的德里克·斯安弗朗斯。但是我们还在等待杰夫·尼克尔斯、马尔科·贝洛奇奥、肯·洛奇、泰伦斯·马力克、吉姆·贾木许和黑泽清：他们是戛纳电影节的常客，不过在 3 月底得知他们都在准备自己的作品，会比较放心。

我们最近看到的电影都很好，不过偶尔有一部作品的质量超出其他，比如昨天观看的这部韩国娱乐片：延尚昊的《釜山行》。
这部极其怪诞的僵尸灾难片放在午夜展映非常完美。如果只由我
们决定的话，它可以直接进入竞赛单元，制造点儿气氛。但是不
确定正统的评论界是否准备好接受它。韩国人从来都不会缺席戛
纳。我们在等待有"韩国侯麦"之称的洪尚秀和叩响竞赛单元大
门的一颗冉冉升起的新星：罗泓轸，他执导的《追击者》参加过
午夜展映，《黄海》则入围过"一种关注"。这个周末，我还会看
到朴赞郁的新片。

3月26日　周六

在蒂兰。薄雾中的静谧清晨，大自然在寒冷中蜷曲着，树木
高耸入云。从巴黎乘坐三个小时的高铁，终于到达，身处一片被
风吹倒的草丛和冬末的稀疏灌木丛中。海拔 2,000 米以上，积雪
还需几个星期才会融化。今晚进入夏令时：从明天开始，我们看
电影的时间更少了！

新闻发布会将在三周后举行，主竞赛单元的传送带上只剩下
四分之一的电影储备，但是我们每天都在加速进行。我上周末看
了 17 部电影。我们每个人都带着 30 多盘 DVD 回家。那些堆积在
房间里的碟片让我在复活节假期成为囚犯。不过这是忙里偷闲的
三天，我们在有计划地工作着。必须有所进展。从昨晚开始，我
已经观看了 5 部长片，"检验"了其他 6 部作品。没有一部脱颖而
出。但是我们必须顺其自然：朝着一个方向走，而有时那些电影
会逼着你往另外一个方向走，这是很正常的。人们经常嘲笑那些
堪比最优秀的科幻家的足球运动员，因为他们不断重复正式训练

之前准备好的说辞，比如"要一场比赛接着另一场比赛地参加"（是的，否则能怎么办呢？）。然而我们并不比他们强：我们一部电影接着一部电影地观看。是的，否则，能怎么办呢？我们开始观看一部电影，为它激动，然后结束。我们确定某位备受好评的导演将入围或者某位默默无闻者将崭露头角。事实上，不是我们选择电影，而是电影选择我们。

即使在家里，那些观影间隙也穿插着与斯蒂芬妮·拉莫美、维尔吉尼·阿普尤、卢锡安·洛格特、洛朗·雅各布、埃里克·利比约或者保罗·格兰萨的电话交流。我们还有两名新成员：吉耶梅特·奥迪奇诺，带来一些崭新而直接的观点；在法国国家电影联盟任职的约尔·沙普龙，能说一口流利的俄语，是我们的驻俄记者。我们谈到一位（"非常好的！"伊莎贝尔·于佩尔这样告诉我）戏剧导演基里尔·谢列布连尼科夫，他把第二部电影交给了我们。摄影和表演都非常出色，片中描述的那个俄国青年突然让我觉得跟我们国家的青年很类似。根据经验，我们把它安排在"一种关注"单元，但是电影的支持者认为它还可以升到更高的位置。米歇尔·哈尔伯施塔特刚购买了电影的法国发行权。在约尔看来，这将是我们看到的东欧电影中最好的一部。关于我请教的另一个问题，他向我确认安娜·阿赫玛托娃的诗歌是押韵的。

3 月 27 日　周日

我很早就起床了。这几个星期，我明显感到精力在逐渐恢复，巴黎的小道成了我喜爱的自行车赛道！但是一回到家就闭门不出：

"对于累积的幸福，必须进行强有力的自我控制，这样才能自如应对各种情况：有罪的、幸福的、平静的、健康的、性格平衡的、空闲的或者拥有美好愿景的……"布莱斯·桑德拉尔在1926年这样写道，他当时正在克制自己不要放弃《莫哈瓦金》的手稿。

跟制片人杰瑞米·托马斯通电话。这位热爱法国和戛纳的英国人与各国大大小小的作者导演合作（文德斯、大岛渚、贝托鲁奇，还有今年这部他很喜爱的不丹电影的导演，执导过《高山上的世界杯》的宗萨钦哲·仁波切），似乎没有什么能够玷污他的美好天性。每年，他都从伦敦开车到十字大道，离开时走的也是灌木丛生的道路，经常陪伴他的是身兼影评家、导演和教授数职的科林·马克嘉伯。在里昂时，他会住在位于富维耶山上的佛罗伦汀别墅，并且通常会打电话约我在"过客餐厅"吃饭。几十年前，作为一个从不半途而废的地道英国人，他用酒精、毒品及各种药物挑战自己的健康。听他谈这些很感动，就好像当他回忆起他在澳大利亚的房产、在牙买加的生活或他那多产的导演父亲拉尔夫·托马斯。塔伦蒂诺曾经在戛纳的马斯海滩放映后者的作品《女人比男人更凶残》向其致敬。

在安静的家庭迷你放映室里安坐之后，我观看了朴赞郁的新电影《小姐》。自从2004年凭借《老男孩》从塔伦蒂诺手中接过评审团大奖之后，朴赞郁就成了戛纳巨头之一。但他从未成为那些"现代"法国人的宠儿，这次也许仍然不会。还要等这周看过这部电影的其他同事们带着保留意见来评判。我不同意他们的意见：这部电影给我留下十分深刻的印象，我喜欢它作为一部极其当代的电影利用数字化所能提供给今天的创作者的便利。为了突出片中的身体和奢华的装饰，那些技术革新都被用到了极致。这部情色历史惊悚片讲述的是发生在一位日本女人及其韩国女仆之间禁忌的爱情故事。叛逆的魅力、爱情的暴力和社会的崩塌：虽然结局一如往常地颓丧，但这个渗透着美丽光芒的残酷故事通过一个复杂的剧本狡黠地控制着观众，带那些接受邀请的人踏上旅途。我打电话给其他人，希望说服他们让之前借拍摄美国电影《斯托克》偷闲的朴赞郁重回十字大道。这并不容易：每个人都同意这部电影并不是一无是处，但我没有感受到一丝赞赏。

看完十几部电影，草草吃完两顿饭，我的眼睛疲劳至极，就像两道家用烟囱在喷火。春天到了，而我的鼻子尚未曾嗅到春的气息。出门散步时碰上下雨，大自然静谧而湿润。仿佛我的一天还未开始。我迅速回家，听施特劳斯的《最后四首歌之入睡》，试图睡着。再不行，还有安迪·沃霍尔创作的长达 5 小时 21 分的《睡眠》，那真的让人想睡觉。

3 月 28 日　周一

吉姆·哈里森周六晚上去世了。所有喜爱他的人都沉浸在巨大的悲痛之中。他和他的文字以与众不同的能力使我们的生命之歌变得更婉转。和几个朋友一起，我们曾想过写信给瑞典人，让他们把诺贝尔文学奖颁给他！在克里斯蒂安和多米尼克·布尔古瓦的陪伴下，他于 1993 年第一次来到卢米埃尔中心。这之后成为一种传统，他习惯定期回来看看，有时会在最后一分钟给我打电话——有一年电影节前夕，为了不错过跟他见面，我专门从戛纳赶回来。最后一次来访时，他公开提到那些毒枭在墨西哥发起的毒品战争。他深深爱着那个国家，否则他只会开开玩笑，讲些关于美食的故事，嘲笑一下好莱坞或者跟女孩调情。在布利斯·马蒂森执导的那部向他致敬的电影中，他讲了一个很棒的故事："一天，上帝告诉美国人：'我会让你们因为对印第安人干下的行径而付出惨重的代价。'结果什么都没发生，于是美国人问他：'惩罚是什么？'于是上帝回答他们：'我发明了电视。'"看电影之前，我稍微翻了一下吉姆的书。每本都跟一段具体的回忆联系在一起。我拥有他所有的作品：法语版、英文版，还有美国版，封面都是由他的画家朋友拉塞尔·尚塔绘制的；限量版、两本套装、三本套装、原版，还有平装书。很多都有他的亲笔题字，让人回忆起一顿晚餐、一个签名、一次拜访或是在里昂老城的一次散步。

其中有些书被透明纸包覆着，这是作家兼文学史学家弗朗西斯·拉卡森教我的。对他来说，这赋予那些当代作者的书与古斯塔夫·勒鲁日的作品同样的价值。于是，有一段时间我学着他，给我的书也包上透明纸——我把自己当成珍本收藏家了。包书的习惯并没有坚持下来，因为太容易让我回忆起开学时的噩梦。不过多亏了弗朗西斯，没什么能比得上谈论杰克·伦敦和布莱斯·桑德拉尔。我也开始收集书籍，为了找到那些孤本，经常光顾旧书商，建立我自己的图书馆。我今天早上还因为忙活这个而耽搁了看电影。

今天没有看到什么有趣的。我总共看了8部电影，电脑上大概收到了15份观影笔记。没有什么丢脸的作品，但也没有我们需要的。还没有出现混乱，这段漫长的隧道是我们早已习惯的，我们知道，现在的境况不算太差。

3月29日　周三

复活节周末结束了，我返回巴黎。直到4月14号，我们要看整整两个星期的法国电影。我们发现了一些知名导演的影片，也将看到名不见经传的导演的作品。

比如，执导《舞女》的斯蒂芬妮·迪·朱斯托就是一张完美的生面孔。这部非常私人化的作者传记片讲述的是舞者洛伊·福勒的故事，她设计的蛇形舞蹈风靡19世纪的巴黎，被卢米埃尔兄弟用摄影机记录下来。影片准确地还原了她生活的那个时代（新艺术、现代舞诞生）和那些地方（电影是从美国山区开始的）。晚上，我收到卢锡安的邮件："我非常喜欢这位斯蒂芬妮·迪·朱斯托的电影。另外，她是什么来头啊？只是有一个细节，在片中看到了西洋镜，但是我觉得时间不符，那时西洋镜已经大规模被活动视镜代替了。"可怕的卢锡安。我还不知道委员会中其他成员的看法，但是"一位无名导演执导的处女作"，听起来不错。

谈谈规则，我们的主观评判拥有最高决定权的同时，也伴随着沿袭下来的、十分严格且被我们恪守的规则。我重申一下关于法国电影的规则：只有看完所有的电影（一部接一部）才能作出选择，这是唯一能让所有人站在同一起跑线上的方法，相对于那些后来者，2月就杀青的电影并不占优势。简言之，我们只能在新闻发布会前一天才能看到的阿萨亚斯的新片（他的制片人查尔斯·吉尔伯特刚刚向我们确认看片时间），一定会与其他电影受到同等对待。如果我们循序回复，主竞赛单元的那"3～4部法国电影"的席位会很快被占满，而那些还在剪辑室的迟到者会觉得受到了不公平对待。另外，如果那么做，对我们自己也不利，因为可能错过一部在选片最后阶段才出现的优秀作品。在有些年份里，这会导致影片积压：制片人推迟递交电影，因为宣布结果要等到新闻发布会的前夜，也就是4月13日，他们不愿意漫长地等待。

法国制片人对于这一规则表现出难以理解和接受……除非他们自己从中受益。确实，这种情况下会传出各式谣言，比如："我有一些消息，他们已经选好了三部法国电影。"其实不是这样的，任何法国电影都没有优先权。必须公平对待所有电影。

3月30日　周三

晚睡后醒来的我因为一部拳击电影而兴奋。导演是尤霍·库奥斯曼恩（芬兰人，处女作，带颗粒的黑白画面，已在电影基金会获奖，一切都很好）。近几个星期，我都没有喝醉过，但是昨天晚上故态复萌。我安慰自己，心想没有什么会比小津所沉迷的东西更有价值了。他在日记里用一句简单的文字记录："今天，无事。喝醉。"这让人揣摩这个行为的精彩之处。我前往小津位于镰仓墓园的墓地朝圣时，当地的传统不是献花，而是奉上一瓶清酒。

黄昏，我收到来自波特兰的邮件，那是吉姆·哈里森的好朋友彼得·路易写给我的："南希·奥乔亚，他的塔拉乌马拉厨师，在他巴塔哥尼亚家中发现他平躺在书房的地板上。她说他看起来很安详。医生说是因为突发心肌梗塞，他并没有受折磨。他当时一只手拿着烟，一只手拿着笔。他正在写一首诗。完美的死亡，不是吗？"彼得告诉我，他因为自己妻子琳达的去世悲痛不已。所以，他和吉姆原本计划 6 月去巴黎和塞维利亚旅行，简单的，朋友间的结伴旅行。喜欢美女的吉姆对艾丽西亚·维坎德非常感兴趣："我们去欧洲跟她见面。给蒂耶里打电话，他会帮我们安排的。"彼得还给我寄了一本吉姆在 1 月出版的最后一部诗集《死者的漂浮》[29] 以及一张他在拉雪兹神父公墓阿波利奈尔墓前拍的照片，希望能让我得到一丝安慰。

与百代公司的制片人罗曼·勒格朗喝了杯咖啡后，我又碰到了《世界报》的记者洛朗·卡本蒂耶。他正在写一篇关于罪恶快感的文章，并且想知道我对此的想法。我回答："读《世界报》。"这令他捧腹大笑。跟新闻界熟络的标志。

由于保罗·布兰科的一通电话，我稍稍推迟了观影的时间。这是他十天内第三次详细跟我解释他的计划。下午 1 点开始看电影。今天的重头戏是备受期待的杰夫·尼克尔斯执导的《爱恋》。这位年轻导演之所以受到如此期待和关注，是因为他从第一部电影《猎枪往事》开始就未失手过：《存身》《烂泥》，加上最近的《午夜逃亡》，都是非常出色的电影。

《爱恋》讲述的是一对夫妻的故事，男方是白人，女方是黑人。他们因为违反不同种族之间禁止通婚的规定而遭到弗吉尼亚州的控告和逮捕。这部电影简单、有力且感人，就像片中那个建设了美洲的建筑师的形象，他的吊线锤限制了他最想要过的平凡生活。但是在 20 世纪 50 年代的美国，这种平凡生活不可能通过与一名黑人女性的爱情来实现。两位主要人物（在克制和谨慎方面表现得很出色的两位演员：乔尔·埃哲顿和崭露头角的鲁丝·内伽）成就了一部关于善良的伟大电影：尼克尔斯规避了这样一个主题可能会自然裹挟的陈词滥调，电影朴素的形式似乎很适合这些贫穷的人。我一点儿都不喜欢那种"卡通式结局"。在这部电影里，角色们令人十分悲痛。在这个媒体准备好红毯迎接唐纳德·特朗普的国家里，看到一位年轻导演交出这样一部作品是很鼓舞人心的事情。杰夫·尼克尔斯通过这部电影稍稍表达了自己的立场。

傍晚，随着委员会的交接，气氛变了：我们观看了阿兰·吉罗迪的电影《保持站立》。电影制片人塞尔维·皮亚拉现在应该忧心如焚。那些通过《湖畔的陌生人》认识吉罗迪的人会很失望，其他人则不会。他回到了自己的电影之中，乡村、风、人的面庞、互相吸引的躯体、想继续做爱的老年人和偶尔必然会让我们感到恐惧的狼。这部电影有些怪诞，故事有时让人难以置信，但场面调度赋予其生机和神秘感。委员会里并非所有人都喜欢这部电影，讨论相当热烈。这是好迹象。

专心工作了一天之后，晚上，我和苏菲及杰拉姆·赛杜临时在"公爵之家"吃了顿晚餐，那是位于拉斯帕伊大街的一家海鲜餐厅。他们没有领到本应颁发给他们的朗格卢瓦奖，因为十六区（右派的）市政厅不想接待赛杜邀请的（左派的）文化部长。所以（很少生气的）杰拉姆一气之下把所有活动都取消了。他完全有理由这样做。他的哥哥尼古拉斯和保罗·拉萨姆也在场，还有一些专门从博洛尼亚赶来的朋友。重义气的奥黛丽·阿祖莱为了给赛杜一家助兴，还专门前来拜访。

回家途中，接到正跟达内兄弟吃饭的路易·阿加里耶的电话，是我介绍他们认识的。他们正在巴黎为新电影混音。于是我去蒙巴纳斯的一间酒吧跟他们会合。只是短暂见了一面而已，因为我还有电影要看。

3 月 31 日　周四

天性比较优柔的福利斯特·惠特克仍需要时间考虑是否参加评审团。他给我打电话，但是我没接到，所以回电话给他。"告诉我更多关于评审团的事情。"于是我跟他作了解释。他很害怕待在一个团队里代表正统权威，承担责任，以及应对媒体之类，像是一头温柔而又胆小的大壮熊。几天前，他问我在哪里。我告诉他我刚在卢米埃尔中心参加完一场关于《七武士》拷贝修复的介绍会。"我也很喜欢你做的这些事。我真的非常想来谈论两个礼拜的电影。"我说服他，向他保证一切会很顺利。"好的，我来。"他最后回答道。我们挂了电话。一刻钟之后，我又收到他发来的短信："再给我两天时间。"啊，福利斯特！

我们继续考虑评审团的人选，想到了一位我们十分熟识的伊朗女制片人卡塔咏·夏哈毕。她代表那些在阴影下工作却缔造了世界电影一角的专业人士，我们经常在那些盛大的电影节碰到正在发掘新"作者导演"的他们。伊朗是电影的王国，拥有众多影迷和电影从业者。但是，卡塔咏五年前被控告传播关于她的国家的所谓负面形象，并被判入狱两个月。与负责电影市场的杰拉姆·巴亚赫及许多外国同事一起，我们为了救她出狱而斗争过。

我们还想到了一直都想要邀请的凡妮莎·帕拉迪丝。她是一位全能艺术家，我很欣赏她身上混合了外向与审慎的气质。她也是一位优秀的女演员：在帕特利斯·勒孔特执导的《桥上的女孩》里令人惊叹。自从她在1995年开幕式典礼上精彩演绎了《生活的旋涡》，就被载入了戛纳史册。那首歌是电影《祖与占》的主题曲，当时也在场的让娜·莫罗后来上台和她一起表演。可问题是，她的女儿莉莉－罗斯·德普也是演员，而且在丽贝卡·兹罗托斯基和斯蒂芬妮·迪·朱斯托的电影中都有出演。确实，如果这两部中的任何一部电影入围主竞赛单元，都会使她因避嫌而失去评委资格。所以还得等一下。

最后，在那些伟大的女导演中，只有凯瑟琳·毕格罗还从未做过评委。在这本日记里，我必须说实话：她没有成为一位"戛纳导演"完全是我们的错。事实上，她向我们递交过《拆弹部队》，而我们没有留下。当时观看的不是最终版本，而我们又处于选片尾声，疲惫至极，最终与之擦肩而过。那部电影参加了威尼斯电影节并获奖。六个月之后，它又打败《阿凡达》，获得那一年的奥斯卡最佳影片奖。在我们错失好片的国际电影名单上，因此又多了一部《拆弹部队》！我从来都不敢重看自己曾经拒绝的电影，因为害怕失望两次：没选它，后来又喜欢上它。特别是我一直都喜爱毕格罗的电影（《霹雳蓝天使》《惊爆点》和《末世纪爆潮》，或者应该说从《猎杀本·拉登》开始）——对于到目前为止她递交的唯一一部电影，我们必须冷静对待。我会把我的尴尬放在一边，邀请她来参加评审团。如果被她拒绝，那也是我活该。

注释：

1 特艺集团（Technicolor），全球最大的电影制作公司，最大的 DVD 制造商和发行商。

2《岁月流声》（*Radio days*），伍迪·艾伦 1987 年的电影。

3 萧沆（Emil Cioran，1911—1995），罗马尼亚裔旅法哲人，20 世纪著名怀疑论者，虚无主义哲学家。

4 "决心之型"（Kime-no-kata），一种柔道技术，在适当的时间瞬时收紧指定部位（主要集中于丹田或肚脐）。

5 酒商咖啡馆（Grande Café des Negociants），里昂一家古老的奢华咖啡馆，始建于 1864 年。

6 "混屏电影节"（Festival Ecrans Mixtes），着重探讨多元性别认同的"酷儿电影节"。

7 "穷街"，位于洛杉矶市中心，第 5 大道和第 7 大道之间，包含 54 个街区，是全美犯罪率最高的街区之一。

8 斯特罗布（Jean-Marie Straub，1936—2006），法国导演，作品以严谨闻名。

9 勒鲁什（Claude Lelouch，1937—　　），法国导演，以低成本快手闻名，多执导商业片。

10 皮埃尔·莱斯屈尔在担任戛纳电影节主席之前，曾是法国电视四台总裁。

11 文森特·博罗雷（Vincent Bollore，1952—　　），法国电视四台总裁。

12 专辑原名为 *Wreking Ball*，发行于 2012 年。

13 东大街乐队（E Street Band），布鲁斯·斯普林斯汀所属的乐队。

14《再见列宁》（*Good Bye Lenie!*），德国电影，在第 53 届柏林电影节上获得最佳欧洲影片"蓝天使奖"。

15《勇往直前》（*Head On*），德国电影，获得第 54 届柏林电影节金熊奖。

16 赫尔穆特·纽顿（Helmut Newton，1920—2004），著名的时装、人体和名人摄影家。

17 艾玛纽尔·卡雷尔（Emmanuel Carriere，1957—　　），法国作家、剧作家和电影导演。

18 沃纳·赫尔佐格（Werner Herzog，1942—　　），德国电影大师，执导过《陆上行舟》等影片。

19 雷内·贝雷托（Rene Belletto，1945— ），法国作家，著有《地狱》等作品。

20 原名为 *Il est avantageux d'avoir ou aller*。

21 雷蒙德·贝鲁尔（Raymond Bellour，1939— ），法国作家、影评家和电影理论家。

22《灰屋》（*Gray House*），即大卫·林奇儿子拍摄的这部影片。

23 罗斯科·阿巴克尔（Fatty Arbuckle，1933— ），美国导演、演员，身材魁梧，却有一张娃娃脸。

24 哈利·科恩（Harry Cohn，1891—1958），美国哥伦比亚公司创始人兼主席。

25 鲍勃（Bob），是罗伯特（Robert）的简称，所以这里指罗伯特·德·尼罗。

26 罗热·普朗雄（Roger Planchon，1931—2009），出生于 1931 年的法国导演、编剧、小说家。

27 电影的春天（Printemps du cinema），法国每年 3 月在全国电影院举行的为期 3 天的电影优惠活动：只需 4 欧元就可以观看一场电影。

28 国际电视节目交流会（MIPTV）全称 Marché International des Programmes de Télévision。

29 原标题为 *Dead Man's Float*。

4 月

AVRIL

4月1日　周五

今天的日程安排非常丰富。我们以吉姆·贾木许的新片《帕丁森》开始。电影通过讲述一个叫帕特森的人生活在帕特森市（新泽西州）的故事，再现日常生活的美与简单。帕特森是公交车司机，他非常爱他的妻子（永远神秘的格什菲·法拉哈尼），对他的狗（还有当地的一间小酒吧）十分忠诚，业余还写诗。这种生活很快让我们沉浸在一种暂时与时代脱节的状态中。片中的诗，以俳句的形式在画面里展现出来，贾木许对格林威治村[1]精神的传承正如鲍勃·迪伦在其神奇的回忆录里讲述的：一直以来都是不容置疑的，在每个镜头里闪闪发光。就像那些雷蒙德·卡佛式的简约派作家一样，用最少的文字表达最多的涵义。数字文化虽然到处强行推销自身的规则，但是这部电影通过论述远离它的可能性，隐晦而强有力地解读思考电影的另一种方式：贾木许毫不迟疑地强化黑白色彩和 35 毫米胶片。我得数一下：他应该入围了6 ~ 7 次戛纳电影节，和达内兄弟一样，是给那些陈腔滥调以话柄的"戛纳专业户"。但是面对这样一部与众不同的电影，我们如何拒绝？

接着观看的是安德莉亚·阿诺德的电影，节奏和气氛截然不同：那是另一种美国，另一种青春。《美国甜心》讲述一名少女逃离家庭，进入一支年轻团队，沿途向美国偏远地区的人们推销杂志，从此，一路上充满奇遇。电影中对本世纪初的展现就像沙茨伯格和拉菲尔森在 20 世纪 70 年代拍摄的画面。这种充满饶舌、裸体和阳光的公路电影，必须由阿诺德这个一直处在朋克边缘、激情洋溢的英国女人来执导，来制造这样一种视角，展示这样一种混杂而狂热的青春：他们可以睡在露天或者大卖场的停车场里，伴着音乐狂欢到凌晨。另外，音乐是电影中的另一个重要因素，其中甚至有一首布鲁斯·斯普林斯汀的歌曲——这部电影太幸运了！我们都很喜欢这部《美国甜心》，包括它的设计、形式、场面调度、造型和美感。唯一的问题是它长达 2 小时 38 分：电影节的观众总是抱怨参赛电影太长。但是，你会嫌普鲁斯特的书太厚吗？

4 月 2 日　周六

贝特朗·塔维涅作为悬疑之堤节[2]的邀请嘉宾回到里昂，他负责侦探小说（主要的）和电影（少数的）。昨晚我们与比利时评论家、作家米歇尔·方纳（幽默，才华横溢，有文化素养，不

拘泥于礼节，而且有个性，就像经常遇到的比利时人）一同介绍
了《电光火石》[3]。贝特朗用赞扬的口吻概略描述了汤米·李·琼
斯：精益求精的演员，忠诚的朋友，并且"创造性地演绎了每个
角色"。熟悉侦探文学的埃里克·利比约也在场。在"过客餐厅"
吃晚餐时，贝特朗断定那句传奇之书的标语——"当中国觉醒时，
世界就要颤抖"——并不像其作者阿兰·佩雷菲特宣称的出自拿
破仑的语录，而是出自尼古拉斯·雷所写的《北京的55天》里的
一句"拿破仑的台词"，因此专家们从来没有找到那个出处！这番
言论引起哄堂大笑。随后，他又思接千里，谈起约瑟·贝纳泽拉
夫那部极短的电影《最长的夜》（片中有查特·贝克的音乐！），为
了增加片长，贝纳泽拉夫加入了很多时钟的镜头。当我们知情后
看第二遍时，就只看那些镜头了。太好笑了。我用一小段话就能
表述的事情，换成贝特朗，加上那些逗笑，能说上一个多小时。
之后，我们谈到计划、书籍和DVD。他想在卢米埃尔电影节上谈
谈爱德华·卡恩。我们俩一起去世界各地介绍电影，但只有在里
昂，我们感觉最舒服，我们逗笑全场，或者这样或者那样的故事
使我们不得不保持宗教式的沉默。我还没有重看他那部关于法国
电影之旅的影片的最终版本，也没有再谈论它。我们喝着加古罗
牌勃艮第白兰地，直到过客餐厅打烊。贝特朗的心情好多了！

　　3月和4月的周末，我都把自己关在家里。要看二十多部电
影，一些刚被剪辑完、还没经过混音的长片，它们的英文字幕从
来都不靠谱。山上预报了雪崩，拉响红色警报，道路无法通行，
危险系数达到了最高。我闭门不出，因为寒潮回袭，冬天还没过
去。而下个星期的巴黎–鲁贝自行车赛很有可能将在春天的暴风雨

中举行：反光而危险的道路，溅到脸上的污泥，加上因为北方暴雨而战战兢兢的赛车队。这两天都在下雨，我穿着淋湿的衣服，应国家电影中心电影部主任邀请，去和他在巴黎政治学院的学生们见面。那些专注的年轻人相当了解并一直浸润在法式正统历史中（《电影手册》，新浪潮，亨利·朗格卢瓦，等等）。所以我建议他们以一种反历史的方式热爱电影，这让他们很惊讶。他们不经常听到这样的言论，而我故意这样做是为了让他们考虑一下反对自己听到的东西，并质疑之。他们最终总会回到正统的电影理论中。

傍晚，我给阿诺·德斯普里钦写信，邀请他参加评审团。一年前这样的邀请还很自然，如今却显得很可怕。我给他写邮件时，有点儿惶恐不安。

亲爱的阿诺：

我希望你一切都好。就像在每年的这个时期，我们邀请一些人来组成评审团，今年的主席是乔治·米勒。按照传统，宣布2016年官方片单几天后，我们就会宣布评审团成员。

我写这封信，是和皮埃尔·莱斯屈尔一起邀请你。不仅因为你的电影入围过夏纳主竞赛单元，使这变得顺理成章（我们的邀请可以说太迟了），而且对于我们来说，是邀请一位导演、一名艺术家、一个有影响力的人物、一个在世界影坛有着独特个人经历的人。

另外，我并不准备回避那件事，去年围绕着《青春的三段回忆》的那些被媒体渲染的争论，是无法与一位导演及其作品以及对他青睐有加的电影节之间的长久关系相抗衡的。而在电影的路上，我们共同前行。

正如我刚才提到的，评审团主席是澳大利亚导演乔治·米勒。他很出色，极其友善，思想开明。至于其他人，评审团还在组建中。男性和女性分别有四位，都是来自世界各地的导演和演员。

帕斯卡告诉我你已经在准备下一部电影了，但是我希望你能接受这个邀请，抽出 12 天的时间。基本情况是这样的：今年的戛纳电影节从 5 月 11 号周三开始，22 号周日结束。只需要在开幕式前一天到达，在闭幕式翌日离开。当然，你可以带别人一起来——如果你们出现在那里，说明你的回复是肯定的。那也正是我所希望的！

你的朋友，
蒂耶里

4 月 3 日　周日

这个星期，我们工作得很开心，尤其是，看到了一些不错的法国电影。今天早上，我观看了《女人的一生》[4]，导演是一年前执导了《市场法则》的斯蒂芬·布塞。这部改编自居伊·德·莫泊桑同名小说的电影，有着优秀的场面调度以及与导演以往电影截然不同的创意，不是在用画面解读小说，而是一种对于改编一部文学作品的方式的思考：通过画面、声音、镜头、剪辑、摄影技术和脸部技巧。情感的产生是多层次的，有审美方面的，也有私人层面的，就好像这部非常法国化的电影讲述的是我们自己家庭中的故事。布塞运用非常讲究的摄影构图与摄影机的出色运作，证明了他不仅能够出色地指导演员，也是一位有趣的导演。又一位主竞赛单元候选人出现了。

后面的电影就没有那么精彩了。我观看了某些电影的部分片段，那些是他们跟我提到过的。没有任何有说服力，但是我的眼睛必须盯着那些画面，为了记住一些东西，那些关于一年、一张脸或一种色彩的单调记忆。我在地中海旅行了一圈：摩洛哥、埃及、巴勒斯坦。我们的责任是关注电影的多样性，邀请所有国家的电影人，警惕来自西方、欧洲（或者法国）的任何垄断。戛纳电影节不是法国电影节，它只是在法国举办而已。我观看了法国、西班牙和摩洛哥联合制作的电影《含羞草》。支持这部电影的朱莉·盖耶三年前开始在报刊上发表文章，她也是一位活跃好斗的制片人。我们还看了她制作的另一部是由朱莉亚·杜可诺执导的《生吃》。一直以来非常有形式意识的斯蒂芬妮·拉莫美在其笔记里把它描述成一个"处于《魔女嘉莉》和《日夜烦恼》之间的吃人姐妹的故事，一部女孩的恐怖电影，克莱尔·德尼关于少女意识苏醒电影的青少年版"。她和我一样喜欢这部高度控制的处女作。它可以直接进入"午夜展映"单元，但是其作为电影的优点不应该将之局限在类型片中。朱莉告诉我，茱莉亚一定要参加"影评人周"单元，因为她曾在那里展示了第一部短片。

接下来的十天里要选出所有单元的电影，尤其是入选"一种关注"和"特别展映"的作品。至于主竞赛单元，我们已经有12部电影：阿莫多瓦、达内兄弟、多兰、范霍文、潘、普优、蒙吉、尼克尔斯、雷弗恩、阿诺德、贾木许和朴赞郁。加上还没有与之确认的布里兰特·门多萨的电影，共有13部了。当然还有暂时藏

在"一种关注"单元里的玛伦·阿德的《托尼·厄德曼》，总共有
14 部外国电影。

还将有 3 ～ 4 部法国电影入围。假设有 4 部的话，总共就是
18 部。伍迪的电影负责开幕，属非竞赛影片，所以竞赛单元最多
会有 22 部电影：评委对电影的关注和渴求并非无底。

因此我们还要引进 2 ～ 4 部外国电影。于是只能看看肯·洛
奇、黑泽清、肖恩·埃利斯（几年前参加过"一种关注"单元）、
帕布罗·拉雷恩（智利导演，执导过《智利说不》）、马尔科·贝
洛奇奥（另一位戛纳"专业户"）、维姆·文德斯（还是"专业
户"）、罗泓轸、大卫·马肯兹、深田晃司、内伊·卡兰费、阿斯
哈·法哈蒂、托德·索伦兹（久未露面！）、阿尔伯特·塞拉、法
布里斯·度·沃尔斯、亚历桑德罗·佐杜洛夫斯基等导演的新片。
有几位导演不一定适合参加竞赛单元，但会有些惊喜，要看看是
否能找到一些我们缺少的。

不管怎样，我们现在的情况远远不像 2015 年那样棘手：我们
已经有很多电影，而且还有不少期待。今年的竞赛单元将是近些
年来质量最高的年份之一。不到最后，我们永远不能确定。

下午，我收到了阿诺·德斯普里钦的回复。

亲爱的蒂耶里：

　　我还不错！因为开始筹备一部新片，像通常一样，心里
充满了恐惧。收到你亲切的信函，正处于焦虑中的我深感惊
喜。是的，被邀请参加评审团，我备感荣幸和感动。

　　我绝对相信乔治·米勒是一个很好相处的人。如果被问

到对这位主席有什么道德上的保留看法，我想会很难作答。但是，真的，《疯狂的麦克斯》太棒了，不是吗？在我看来，《东镇女巫》是他的最佳作品。

当然，因为筹备新电影，时间安排上不会很容易。但我会非常高兴在戛纳扮演这个新角色。我在威尼斯与昆汀一起担任过评委，当时的参赛影片有点儿乏善可陈，但是塔伦蒂诺很有趣！

非常感谢你能想到我。那么，就像乔伊斯笔下的摩莉⁵那样，是！

我要准备一件新的礼服。希望你一切都好。

友好的，

阿诺·德

我安心地回到我的金色监狱里。

4月4日　周一

新闻发布会将于4月14日举行，迫在眉睫的最后一周里，我们的选片工作如火如荼。我每天在高铁上查看收到的十几份观点出色、中肯而有用的评论。选片委员会成员一个个工作起来像大厨；第三组的年轻人作为黑暗中的观众，在无底洞里搜寻着，他们的工作是不可替代的——他们长时间咀嚼着胶片或者数字化颗粒，在我们观看的那1,800部电影里，他们作出了自己的贡献。

我和克里斯蒂安·热那读到他们关于一些水平极低的电影的

简短观后感时，因为让他们遭这样的罪而有一种负罪感："业余而又怪里怪气，无聊的电影""自我感觉良好的电影，但类型上仍然不适合戛纳""主题过于以美国为中心的纪录片""肥皂剧的审美，矫揉造作""视觉上很低俗的 B 级片""关于英国土豆饥荒的历史片，非常不专业""和学生发生关系的年轻女老师的心理分析……不适合戛纳"……很多报名入围竞赛单元的影片完全让人看不下去：晦涩的实验片、在厨房里自制的业余片……什么类型的都有。

与法新社开会，讨论他们的记者、摄影师及摄像师在戛纳的业务。一直以来，他们在十字大道上的阵容就很强大，以多种语言传播消息，还要有反应力和创造性。电影节很欢迎他们。新闻采写办公室的克里斯蒂娜·艾穆和负责视听媒体的弗雷德里克·卡索里负责这些事务。

我给"影评人周"总监查尔斯·泰松打电话，为了交流信息，如果他非常想要某某电影，我们却打不定主意，就可以让给他。就像与他的前任让-克里斯托弗·拜戎一样，我们的对话一直以来都很平静。他们非常喜欢由贾斯汀·楚特执导、维尔吉尼·埃菲拉和梅尔维尔·珀波主演的《维多利亚》，并想把它作为开幕片。我们也很喜欢这部电影，但这让我有点儿犯愁：连续 3 ～ 4 年都以法国电影作为开幕影片并不是好信号。我担心他怀疑我在干涉他们，试图克制自己不对他提起我的疑虑，但这件事我必须做。法国电影简直无处不在，不管是以明确的还是隐形的方式（包括从事电影贸易的人），因此我们应该"掩盖"它的势力，对外国人展示出好客的姿态。当然，对于"影评人周"来说，被一部分影评人视为"新的新浪潮"的缪斯女神执导的法国电影诱惑力太大。

晚上看的唯一一部法国电影是卡黛尔·基耶维蕾执导的《修复生命》，它是根据梅里斯·德·盖兰嘉尔的同名小说改编。电影讲述一些死人和依靠他们活下去的人，开头就以一组神秘而出色的镜头拉开序幕，之后也同样在现实主义和哲学之间摇摆。对于那些喜欢她上一部电影《苏珊娜》的人来说，最大的遗憾是这一部与上一部截然不同。我个人很喜欢上一部的野心。所有的演员都令人赞叹，其中有一直都表现得无懈可击的艾玛纽尔·塞尼耶，还有再次让人眼前一亮的卡里姆·莱克路，而且我们将会经常看到他——每年都会有某位演员比其他演员参演的电影多，今年就是这位外形演技俱佳、潜力十足的卡里姆·莱克路。

晚上，我在"撒丁岛餐桌"跟保罗·拉萨姆见面。"很高兴见到你。"他对我说道。其实我比他更高兴。这么多年过去了，他的脸色依然红润，嗓声独特而低沉。他的职业是制片人，为了总结他在电影圈的存在，必须提一提他那光耀门楣的哥哥让-皮埃尔。后者作为布列松、戈达尔和让·雅南的制片人，是20世纪70年代法国电影界一颗闪亮的流星。如果没有他，保罗就不会踏足这个陌生的领域。保罗和让-皮埃尔一样低调，我们在网上找不到任何关于他的信息，连互联网电影资料库这种专业网站都无法查到他参与制作的所有电影。总结起来可以说，他一路陪伴跟他妹妹结婚的克劳德·贝里，后来又与杰拉姆·赛杜合作。至于其他，重点是，他曾走过并正走在一条非常自我的路上，这些年来在电影方面创造了卓越的业绩。他看剧本，发掘项目，参与投资，从他定居的伦敦到常来的巴黎或久住的洛杉矶，他总是住在四季酒店。他在那里就像一匹白色的狼，每天早上都会被前台和早餐室的全体员工热情款待。他处理业务，打电话给卖家，吃午餐和晚餐。他的朋友有弗朗西斯·科波拉、米洛斯·福尔曼和让-雅克·阿诺。他现在则负责科波拉家族的新一代（罗曼、索菲亚或者吉亚）和拉萨姆家族的人：他的两个侄子迪米特里·拉萨姆和托马斯·朗曼。

和他一起进餐简直像是一场旅行。餐厅里，这位有着黎巴嫩和东方血统的男人吃起饭来像中国人：我们把那些菜单研究了一遍，在桌上摊满了各种菜，只是为了每样都尝一点儿，因为他的医生不许他过度饮食。他点那么多菜，有的甚至没怎么动，但是他很满足地看着它们，分享着它们。

这是一个极其多愁善感的人，当他提及自己的健康状况时会变得极度伤感，因为无法再达到对自己的要求而怀念过去。然而他还是伟大的，以自己的方式生活，无论是做电影还是与人相处。当我告诉他这些时，他并不同意。"你知道，衰老是一个非常隐秘的过程，它不会事先宣布，而是直接降临。失去的东西不会再回来。人们知道了，领会了，衡量它的局限性，但抵制是不可能的。我现在活动得更少，待在家里，被医生照看着。看着那么好的天气，却不能像从前那样出门。但又能怎样呢？必须接受。所以我读很多书。"

他跟我讲他父母的故事，1972年9月13日那场发生在安卡拉附近的道路上夺去他们生命的车祸。然后，又突然提及他的哥哥，讲起那些在任何一本书上都看不到的事情，包括我的这本书。我们也谈起科波拉，谈到杳无踪迹的《创业先锋》，还有重新剪辑的《棉花俱乐部》完整版。于是我就那部在布宜诺斯艾利斯看到的纪录片给科波拉发了一封邮件，希望在戛纳"经典"单元放映它。伟大的弗朗西斯立刻回答我："我非常荣幸。"拉萨姆因为米洛斯·福尔曼的最后一个电影计划也许永远无法实现而感到遗憾，后者想把乔治·马克·本纳莫的《慕尼黑幽灵》改编成电影。"他想用这部电影来纪念那段因为 1938 年战败而被扭转命运的记忆。"他试图重新找到福尔曼那部《爵士年代》的完整版资料。"那是一部十分出色的电影，应该重看。你知道吗？米洛斯是詹姆斯·卡格尼[6]的抬枢人之一。"百代公司刚刚重新修复了《最毒妇人心》，这是卡洛斯与克劳德·贝里共同制作的。我们将在戛纳重新放映。"米洛斯行动不便。我们可以试着邀请一下让-克劳德·卡瑞尔。"他没碰杯子里的红酒，也没吃提拉米苏，这些都无关紧要。保罗一直都是一个享乐主义者，不仅限于无与伦比的谈话和风格。告别的时候，他告诉我："我孤身一人，但我也身处喜欢的事物之中，包括与你共进晚餐。"这一赞扬让我很感动。在这个世界上，有些人就是能克服自我的腼腆，袒露心迹。

4 月 5 日　周二

我们得做一些决定。几天前，我们开始淘汰电影。"我已经起草那些拒绝信了。"克里斯蒂安对我说。我们俩要写邮件、打电话跟人们交流。无法想象所有这些事所需要的时间。我们得跟每个人都表现得非常亲切、体贴。有些人有心理准备，另一些人则没有。有时对于同一种性质的信息，某些人能理解答复是否定的，另一些人则误解成可能成功的征兆。即使我们用种种方式表达，也总有些人不愿意承认事实：这是些不愿意听到坏消息的人，他们总是请求我们再等等："不要下定论，我们下次再谈。"在他们的迫使和请求下，我们有时会让步，重看电影。结局是可以预见的，我们不会改变意见。而当我们最后宣布坏消息时，他们会说我们曾经犹豫过。

确实，谈论一部刚看完的电影并不容易，尤其是跟导演直接对话。戛纳抑或非戛纳，我的工作都不比别人的轻松。当我与制片人或者导演们交流时，我总是进行吉尔传授给我的"轻描淡写式陈述"：没有把柄可抓，不作茧自缚，不让人觉得我们改变过想法或者违背了他们宣称"听到过"的所谓承诺。今年，我更坦陈自己对于每一部电影的想法，如果那种短暂喜悦最终被一个坏消息毁掉，那也只能如此。我再也不想因为担心赞赏的言辞会让导演们产生疯狂想法而隐瞒自己对他们作品的真实想法，因为跟那些总是感性丰富的其他电影节或平行单元相比，我们一直被当成冷血动物：他们需要说服别人，我们必须谨慎行事。

吉尔跟我说过："拒绝的时候要干脆。"起初，这并不容易。我不希望他们被拒绝的时候产生被侮辱的感觉。但这个建议其实是非常明智的，因为没有什么比留下疑问更坏，除非有时真的不确定。随着时间的推移，我学会并信守在坚持原则的前提下注意措辞。"对脑门来一枪总比对胸前开五枪好。"布拉德·皮特在贝尼特·米勒执导的《点球成金》中这样说过。

这些回复的截止期限在业内让人很惊讶，对于我们却十分必要，即使关于某些电影的看法，我们最终并没有改变——而且，很少改变。当然，有几百部作品，我们立刻就拒绝了。剩下的数目仍很庞大。虽然很痛苦，但等待是最大限度地给予每个人机会的方式。当我们收到一部电影时，没有比赶紧观看它更重要的事，任何事都无法战胜这种渴望。喜欢看电影的人都是肉食动物，正如笼子里等吃肉的狮子。从2月开始，每天早上的那种兴奋和迫不及待征服了选片委员会的所有人，伴随着害怕的情绪，因为失望的阴影笼罩在每次观影的上空。

冒着被指责拖延、缺乏效率、犹豫不决的危险，强制规定一个时间期限，这肯定属于掩饰策略。三天为限，我们当天看完电影，第二天用来思考，第三天准备好协商事宜。但是有时（实际上经常）这个过程更长。多花时间在其中很有必要：看完电影的次日就会产生一种不同于前一天的感觉。几个小时之后，反应和情绪都会有变化。故事本身会对抗已令我们失望的形式，或者相反，场面调度会对抗剧本，情感相较于回忆占据了上风，单独一个片段又来萦绕在心头：我们喜欢的一段对话、一个长镜头或者一位演员。即使第一次观影并没有凸显力量和价值，作品也会以一种怪异、意外和朦胧的方式渗入。为了获得这种效果，需要的不是其他，而是时间。人们有时把大量的卑劣想法归咎于我们作出的选择。但是弗洛伊德好像说过："有时，一根雪茄仅仅只是一根雪茄。"

4月6日　周三

与路过巴黎的迈克尔·巴克在马克思咖啡厅吃午餐。他很高兴伍迪的电影成为开幕片，但是又为它没参加主竞赛单元而惋惜。这部电影是由曾经属于他的亚马逊公司制作的。过去，迈克尔带领索尼经典影业与哈维·韦恩斯坦的米拉麦克斯公司一起，怀着一份深沉的爱，以一种毋庸置疑的能力，将作者电影带到美国。距离他与汤姆·伯纳德创办索尼-哥伦比亚电影公司旗下这家发行分公司已经有三十年了，时过境迁，它被一步步分割，市场变得更脆弱，而那些互联网大鳄都想注资。迈克尔察觉到危险性。“他们的支票簿比我的厚很多。”他为此担忧，而且他是对的：会改变的。

我迅速回到放映厅：其他人在此期间没有发现任何好电影，他们等我一起观看肯·洛奇的作品。这一周，我们连续观看一些大导演（贾木许、杰夫·尼克尔斯）的作品并收获了不少惊喜，比如这部德国电影，给我们的印象非常好。我们从事着一份美好的职业。洛奇的上一部电影，曾被宣布作为息影之作的《吉米的舞厅》，充满幽默和音乐，叛逆的、充满希望的青春的最后一个镜头本可以成为一部作品的完美句点：始于20世纪60年代，里面有一些震撼英国的电影。不过他又马不停蹄地推出了跟老搭档保罗·拉弗蒂共同编剧的《我是布莱克》。这是对后自由主义社会对人性、社会、工业、文化和家庭粗暴破坏的又一次控诉。事实上，我们完全可以使用那些通常用来描述洛奇作品的辞藻来形容这部电影：引起同样的愤怒、反抗和情感。也许简单地因为它们是同一位导演的作品。我们是喜欢还是不喜欢？我们很喜欢。安静地看完电影，直到字幕结束，大家又沉默了几分钟。

塞莱里耶说：“是我，斯蒂芬，我现在在洛杉矶。我给你留言是为了告诉你，我刚刚解决了一个很复杂的问题，但是不要担心，现在没有问题了。给我回电话。但是我告诉你，真的已经解决了。不用给我打电话，除非你自己想打。”好神秘。我们的时间越来越少。紧张情绪在加重。要作越来越多的决定，没有回旋余地，也没有计算的可能性。倒计时,正好还有一个星期,我意识到这特别的节奏和飞逝的时间。克里斯蒂安跟我说办公室里还有很多事情。有些电影没有报名就寄过来了,但我们还是收下了。我们有时间看完所有电影吗?

4月7日　周四

　　我勉强睡了几个小时。缺乏的是时间,而不是激情。克里斯蒂安还在不断地写拒绝信。这既让人疲倦又令人为难。我独自走到下面的放映室去看巴西导演克莱伯·门多萨的电影。维尔吉尼、洛朗和保罗对这部电影的评价都很好。

　　我同意他们的意见。电影讲述一个顽强的女人拒绝离开自己所住的公寓楼、拒绝让位于市场和新世界的故事,情节极其饱满,形式也十分新颖。它证明了克莱伯·门多萨的优势,这在《舍间声响》中已能隐约察觉到,后者是在鹿特丹电影节上被发掘的。巴西将重回竞赛单元:戛纳驻巴西代表伊尔达·桑迪亚戈会很开心。而我们会迎来索尼娅·布拉加!

　　我借机观看了一部印度音乐喜剧片:歌曲、舞蹈、帅气的小伙子、光彩夺目的女演员,场面调度极其出色。宝莱坞制作了很多优秀电影,但是这部不会继承2002年那部标志印度电影回归的《宝莱坞生死恋》。下午1点,同事们都到了。小放映室里,或者说电子投影仪的电脑里,有十二部电影等着我们:它们来自荷兰、西班牙、日本、澳大利亚、菲律宾、俄罗斯、英国等。我没法观看所有的电影,因为要去楼上主持会议,还要继续打电话给那些焦躁不安等待判决的人。

关于金摄影机奖，我们考虑邀请拉斯洛·奈迈施担任这一处女作竞赛单元的主席。他去年凭借第一部作品征服电影界，是电影爱好者，通晓多种语言，也是 35 毫米胶片的顽强捍卫者。提名他做主席会让人很惊讶，但所有人都会同意这是个好主意。至于"一种关注"单元，可贵的马尔特·科勒尔可以领衔评审团——1978 年因比利·怀尔德的《丽人劫》第一次参加戛纳电影节的她，去年又因出演巴贝特·施罗德的《遗忘》再次回归。跟她一起度过两周会很开心。如果这两位都接受邀请，那么加上竞赛单元的乔治·米勒和短片单元的河濑直美，圆满了。完全平等。

我 6 点回到放映厅，有三部法国电影在等着我：丽贝卡·兹罗托斯基的《天文馆》、吉尔·马尚的《森林中》和爱德华·贝耶的《午夜开放》。午夜时分，我们知道，这三部电影都值得在下周被提及。

4 月 8 日　周五

当我作为观众参加电影节时，就一直很喜欢"一种关注"单元。它作为官方评选的另一个主要板块，是第二个竞赛单元。但是"一种关注"经常被错误地当作那些没有权利角逐主竞赛的影片的收容所。如果有很多部影片被"流放"，有些制片人就会想：如果选片人把我安排在这里（"一种关注"），那是因为他不想让我在那里（主竞赛单元），说明他们没那么喜欢这部电影，因为它只登上了第二竞技场。正如我们所说，这就对"导演双周"单元同时作出了反对（"既然这样，我连这里也拒绝，我去参加'导演双周'"）和赞成（"我很高兴参加'导演双周'，因为他们非常喜爱我的电影"，等）的举动，无意识中组织了一个单独的电影节。

我们不能指责那些如此看待这些事情的人，因为情况看起来确实是这样的。戛纳的名气会让电影人们固执地觉得，如果电影放映没有红毯和盛大晚会这些豪华配置，就是一种流放。即使如此，"一种关注"的影响力仍在逐年上升，三十年来，它确立了自己作为实验室和积累经验之地的身份。它让一些嫩芽开花，令官方评选增色，在这里，年轻电影人交出不完美但充满活力、有前途的作品。它也是那些伟大作者带着一部不同的电影以一种不同的方式参加戛纳的地方——当我还是普通观众时，文德斯来"一种关注"推介《里斯本的故事》，这部伟大的小成本电影标志着他的又一次复活，对此，他是有秘诀的。

我说过，一部脆弱的电影参加主竞赛单元可能会很危险。"一种关注"单元的存在就是为了让官方评选能够接纳所有类型的电影而又不会让它们过度曝光。如果我们把它和其他领域作比较，一位作家在完成一部荣获文学大奖的大部头小说之后，可以着手一部篇幅和读者范围都更小、不至于放在火车站书店货架前方作为畅销书来推介的作品。对于电影，应该是一样的道理。

我们得赶进度。对于2016年的"一种关注"单元，有些之前提及的电影是我们喜欢并决定选出来的：芬兰导演尤霍·库奥斯曼恩的《奥利最开心的一天》、迈克尔·度·德威特的《红海龟》、巫俊锋的《监狱学警》、博格丹·米里察的《群狗》、马特·罗斯的《神奇队长》、基里尔·谢列布连尼科夫的《门徒》。我们也喜欢是枝裕和的《比海更深》，一首刻意而为之的小调；贝赫纳姆·贝扎迪的《反转》，一部感人的、关于女性权利的伊朗电影；穆罕默德·迪亚卜的《碰撞》，故事从头到尾发生在一辆囚车上令人窒息的密闭空间里，是对当代埃及、人们的心理障碍及社会暴力的一种富有启发性的描述；弗朗西斯科·马尔克斯和安德莉亚·泰斯塔执导的《弗朗西斯科的长夜》，发生在阿根廷专政时期的一个脆弱的故事，我们喜欢它的纤细、神秘和叙述技巧；迈克尔·奥谢的《变形记》，一部讲述纽约的吸血鬼的电影，它更像是诺斯费拉图的当代版，而不是在重拍《暮光之城》；马哈·哈吉执导的《私事》，"一部反映巴勒斯坦日常生活的电影"（几乎自成一种风格），生动且好笑；斯蒂法诺·摩尔蒂尼执导的《黑道皇帝》，讲述一个做事利落的黑道喽啰的故事，里卡多·斯卡马里奥非常生动地演绎了这个反英雄形象；曾以《乐队来访》征服观众的以色列导演艾伦·科勒林这次带来《山丘之外》，以一种精确而有说服力的执导手法刻画了一个一直处于疑虑和不安中的男人。

我上午看完了《赴汤蹈火》。这部精彩的美国片由参加过戛纳的苏格兰导演大卫·马肯兹执导。在这部超级成功的公路片里，杰夫·布里吉斯、本·福斯特和克里斯·派恩组成了完美三重奏。影片尝试以当代西部片的形式描绘两兄弟抢劫一家银行的不同网点，为了不被非法没收财产并还债给……同一家银行。电影很好笑，别出心裁，深深植根于一个消逝的美洲大陆。如果这部电影的导演知名度更高的话，应该会有不少人推崇它。即使它并不真正具有戛纳式作者电影的特征，但一定会带来惊喜，令大众喜欢。

所以，总共已有15部电影，也许加上日本导演深田晃司的《临渊而立》（关于家庭及一名杀手回忆的故事，有着精确的场面调度和贯穿全片的神秘感），就有 16 部了。这部电影极大地满足了我们对导演的期待——这是他的第四部长片，总有一天，他会进入主竞赛单元。还要加上我们下周三评选出的 2 ～ 3 部法国电影。我们已基本接近目标，而且收到了所期待的作品。我们其实可以展示更多的电影，但是决定只留下那些最精彩的："一种关注"单元最多入选 20 部电影，我们还是不要用太多电影惹恼那些影评人。

"作者–作者主义"电影比通常的要少。报名这个我很喜欢的单元的，多是一些已经露脸且不再愿意冒风险，尤其是那种从高处掉下来的风险。我们对那些追求正统的电影有很高的期待，但同样渴望出现一些横空出世、征服全场、有创造力的电影，而不是那些满足于模仿和复制的作品。

过去那些参加戛纳"经典"单元的电影使我想起那些心怀纯真的导演们积极地探讨一些重大主题，后现代主义电影还在临摹已经过多使用（或者根本没有）的技巧。我听说那种技巧的成功无论是在电影界还是在其他艺术形式里都是借助串通、网络和恐惧。一点点勇气和最少的文化都能轻易揭开任何一种新学院派的面具。它们现在被批评，迟早会被时间吞没。今晚，我重看了丽·莱米克在布莱克·爱德华兹《恐怖实验》中的脸庞，伴随着黑白字幕、夜色、车辆和音乐。确实，这部电影遵循它那个时代的规则，而且有不少电影使用了这种表现手法，但是它们存活下来了。对于那些新千年的电影，仍需要用时间来证明。

4 月 9 日　周六

在这个需要睡眠充足、全力以赴的选片时期，丰盛的宴会、家庭生活中那些基本责任和无关紧要的事都被放到一边，所以写这本日记变得格外复杂。天气转好，阳光疗法对我们所有人都有益处。我的柔道教练雷蒙德·雷顿从昂布兰回来，他告诉我山上下雪了，好像最后必须下一场雪，阿尔卑斯山想裹上一点儿春天的白色。

　　谈论一下我们这周看过的几部电影：罗泓轸的《哭声》、阿诺·德帕利埃的《孤女》和洛朗·雅各布非常喜欢且将在"特别展映"放映的纪录片：桑罗斯·阿斯图普洛斯和戴维德·德尔·德根执导的《最后的沙滩》——在意大利的里雅斯特的一个沙滩上拍摄，男性和女性一直被分开。纪录片的两位导演的调查引导观众去思考世界的状态并感受人脸、身体、尖叫声、笑声和争论，是一部需要远离十字大道的喧嚣而观看的电影，而且观众将思考他们所看到的东西。但是我很高兴接待桑罗斯·阿斯图普洛斯，我去年2月在雅典见过这位希腊人。

　　《哭声》是对韩国恐怖电影的一次精简总结，它从一种令人震撼的现实主义美学出发，把观众带到超自然、萨满教和巫术的边缘。在这第三部作品中，罗泓轸持续出色地贯彻了风格和类型的自由。我们其实希望在主竞赛单元看到他，但片中偶尔有点儿浮夸和过度冗长的情节，让观众筋疲力尽，满腹狐疑，在"午夜展映"放映这部电影会更合适。韩国电影是克里斯蒂安的领域，他懂得如何说服他们。

　　至于法国电影的选片，我们会按时完成。上周四，我们观看了阿诺·德帕利埃的电影。既然他上部电影入围了主竞赛单元，那么鉴于两个委员会之间的意见分歧，这一部貌似没有可能了。这些分歧也将成为电影节观众的分歧。如果说场面调度和形式上的自信让这部电影吊起观众的胃口，如此繁杂的叙述线则使得观众不得不为了跟上流动的故事而费力。在"古怪的电影"这个系列中，我的同事们偏向吉罗迪，但是德帕利埃这部电影也不逊色。德帕利埃，有个性的导演！

因为我对于妮可·加西亚的电影没了下文而觉得奇怪，于是她的制片人阿兰·阿达勒傍晚给我打来电话。"我们不去戛纳了。"他直截了当地告诉我，"电影版权卖得很好，秋天才会上映。明知等待妮可的是枪口，为什么还要冒险直面某些影评人呢？"说得够清楚了。"我个人希望你能看看这部电影。"妮可对我说，"还没有人看过，除了参与合作的人。我很想知道你对电影的看法。"我重新给阿兰·阿达勒打电话，于是他联系了映欧嘉纳影业，我们决定下周一举办一次电影节之外的"友谊"放映会——没有正式报名，除了看电影，没有任何其他利害关系，也许可以研究一下其他的可能性。挂上电话后，我觉得自己太蠢了，竟然主动坚持要看电影，万一我们没有被吸引，后面该怎么收场呢？

我继续看片到很晚，随后在谷克多日记中看到一段以前没有注意到的话："太累的时候看不进去电影。一种不会让人入睡的睡意，就像孩子倾听的不再是故事，而只是母亲的低语声。我迷迷糊糊，一知半解。"

4月10日　周日

即使是周日，也要把剩余的时间分给每个选手，给法国和其他国家的制片人、片商和发行人逐一打电话：ARP 影业的米歇尔·哈尔伯施塔特、金字塔影业的埃里克·拉格斯、艾德·维塔姆影业的亚历山大·荷诺施博格、菱形影业的蕾纳·芙雅、迪亚法纳电影公司的米歇尔·圣-让、高低影业的卡罗尔·斯科塔、高蒙影业的阿丽亚娜·托斯坎·度·普朗蒂耶及制片人们：米歇尔·雷-盖维拉斯、曼努埃尔·曼兹、米丽娜·波洛、爱德华·威尔、马克-安托万·皮努、克里斯托弗·罗西尼翁、菲利普·马丁和加拿大制片人罗伯特·朗多。斯蒂芬·塞莱里耶没再给我打电话，他要把精力留到周三。每个人都在猜测自己的电影的宿命。所有人中最贪心的要数让·拉巴蒂，他为了安插自己的电影跟我耍把戏：向我确认贾斯汀·楚特的《维多利亚》将为"影评人周"开幕。"导演双周"对佐杜洛夫斯基的电影很感兴趣——但我无法保证能够满足对方的苛刻条件。

我们这周看了波尼洛的《夜行盛宴》。对这个讲述一群年轻的陀思妥耶夫斯基式虚无主义者试图毁灭巴黎的故事，我们持保留态度。导演以浓墨重彩描绘的示威活动对照现实显得很苍白，而真实的 2016 年是一些完全不是那样的年轻人制造了袭击。于是那种隐喻很难延伸。总之，电影本身是一个相当不错的客体，但是除了一个不适当的主题之外，导演还想把它拍成一部美丽但令人不舒服的电影。也许是为艺术而艺术，但很难避开必不可少的比较和世上确实存在的苦难，而那些苦难所导致的痛苦在片中被无意识地重现，并使那最少的寓意也归于消散。从去年 11 月，尤其是 3 月以来，布鲁塞尔袭击（我羞愧地意识到沉浸在选片中的自己没有作任何形式的悼念）和恐怖主义问题又强势回归。在戛纳，它将是所有人思考的问题。负责这部电影国际发行的马拉瓦尔从香港给我打电话：他也害怕同样的问题，被迫选择放弃在春天上映而改在秋季去其他地方放映，比如圣塞巴斯蒂安或多伦多，这样，恐怖袭击的影响就不会那么明显。他是有道理的：换成其他时间，反响会不一样。剩下的问题是，波尼洛有自己的拥趸，这是等待我们的另一个棘手状况：电影入选的话，人们会谴责我们频繁选择主题敏感的电影；拒绝的话，那些一直偏爱他的影评人会批评我们选片有问题。

傍晚时分，我开始和美国人沟通。操着一口流利法语的尼克·迈耶从圣莫妮卡给我打电话，只不过他的声音被太平洋上的暴风干扰听得很不清晰："我的公司参与了《神奇队长》的制作。你也看过大卫·马肯兹与杰夫·布里吉斯合作的那部很惊人的电影《赴汤蹈火》，我们手上还有马克·福斯特的电影，但我不知道他是否完工。"接着与制片人大卫·林德和CAA经纪公司的罗吉·萨瑟兰洽谈，我询问后者，他的父亲是否一切都好。"超级好，他十分高兴来戛纳！"

最后与皮埃尔·莱斯屈尔商谈。周三晚，我们必须准备好新闻发布会。去年我们因为过度准备而搞砸了，还给好事者留下话柄。今年冬天，我们本想取消，想用一个新的方式代替它：网络、推特、照片墙或一些我不知道的流行物。一番思忖后，我们最终还是决定不作任何改变。

晚上我观看了卡里姆·德里迪的《舒夫》。我很喜欢它的主题：没有人那样展示过马赛——那些北部的街区、任非法交易者和团伙头头差遣的孩子们、武器贩卖、母亲、父亲、姐妹和未婚妻及一位哥哥的担忧。这是卡里姆·德里迪的精彩回归，而且他的电影是"有用的"。假如我没有提前想象一个因比较而导致的暴力反应，可以说，他的创意是罗西里尼式的（1943—1946）。不管怎么说，场面调度方面的不熟练和剧本中尚显稚嫩的地方被强烈的社会学分析抵消了，一帮马赛本地的年轻演员大部分都是非职业的，给这种伪装成大众电影的社会分析提供了一种强烈的可信度。我渴望看到他们走上红毯。

4 月 11 日　　周一

周一早上开启最后一趟选片之旅，就像一个去遥远地方探索的旅行者向自己的同伴承诺将找到财富："我会带着电影回来，否则我就不回来！"我害怕时间从指间溜走。我对这个星期进行了规划，每一天都会比前一天过得更快。今天和明天：看片和协商。周三：作最后的决定。周四上午：向理事会及媒体公布入选片单。所有这些要求我们保持冷静，否则只会造成混乱。

我们从法哈蒂的电影开始。导演相当个性化地改编了《推销员之死》[7]，并把故事搬到当代的德黑兰。剧本、表演和场面调度都十分出色。阿斯哈不会像《一次别离》时那样横空出世，因为人们都在期待他的电影，但他仍严肃而执拗地对待自己的工作。对剧团生活的深度拍摄成就了这部关于一个男人的不妥协和荣誉的伟大电影。演员的演技和导演对于日常细节倾注的注意力都十分出色。失望来源于耐心的缺失：电影引起一些评价上的分歧。但是讨论很热烈，而这是好迹象。

第二部电影：作家乔纳森·利特尔执导的《错误因素》。关于非洲的碎片化描绘让人想起那些恶意、农民们的顺从、女性的生存条件、意识形态的灌输及那些少年军人。有一个很美的场景：三个人物重新聚在一起，为了一个充满希望和青春的时刻。一些年后，当那里的情况改善时，我们重看这个场景会觉得幸福。利特尔的表达方式谦逊、简洁而强烈。除非对非洲的命运漠不关心，否则人们都能理解在那种苦难和暴力下没有什么能够持续下去。

晚上 6 点 30 分，我收到埃米尔·库斯图里卡的一条信息，大意是：我可以给你看些东西。只剩两天就要宣布入围片单了，剩下的席位变得十分珍贵，所以我们没有打算看他的电影。但他的信息让人捉摸不透：是完全结束了还是将有一场荣誉的战斗？作为一个那么喜欢戛纳的人，他是出于原则想要参加比赛吗？

我继续看片。《当机立断》也许是帕斯卡尔·波尼茨最好的电影。年轻热情的阿珈特·波尼茨和文森特·拉科斯特卷入了朗贝尔·威尔森与帕斯卡尔·格里高利扮演的一对年老夫妇之间的纷乱关系中。电影中有时会有一些唯美的伤感时刻，比如当让-皮埃尔·巴克里对伊莎贝尔·于佩尔作出令人心碎的忏悔时，后者给了他一个沉默的回应。

然后轮到奥利维耶·阿萨亚斯的《私人采购员》。这部电影得以产生，好像多亏了《锡尔斯·马利亚》中抛弃了朱丽叶·比诺什和观众、突然消失的克里斯汀·斯图尔特，好像阿萨亚斯要把她重新找回来。我们在里昂组织过一场名为"我爱你，我拍你"的回顾展：有点儿这个意思。一位导演只想拍摄一位女演员，看着她，让她说话，把一个人物和一个国际大明星及代表那个时代的女孩混为一体。电影围绕着一个亦真亦幻的鬼魂故事，也是这个时代的缩影。阿萨亚斯出色地记录了当下：夜晚的巴黎、互传短信息、共和国广场的小摩托车以及在时尚新贵的欺诈游戏中获得经验的年轻女孩表现出来的漫不经心。他拍电影就像一个作家在做调查，拿着一份报纸，最终我们并不在乎那个故事的可信度。当灯光重新亮起，包括我在内的一些人被它的魅力折服，另一些人则比较疑惑。讨论十分热烈。从它表现出的谦逊可以看出这并不是一部为了参赛而拍摄的电影。然而我觉得它值得参赛。我们周三会再重新讨论全部选片。

4月12日　周二

看片的最后一天。地下室放映厅就像火车站大厅，我们进进出出，彼此擦肩而过，然后各自又回去继续看DVD。这样很危险：我们看了太多电影，以致失去了判断力。大量的画面、台词、人物和机器的移动不断累积，最终导致某些负面的东西。就像数字化提供的无限可能性使得导演们被自己的画面震撼到无法取舍，无法思考剪辑的意义和诗意。有时我们想大声欢呼："马克斯·奥菲尔斯万岁！卢奇诺·维斯康蒂万岁！"

评委方面，马尔特·科勒尔答应担任"一种关注"单元的主席，但是福利斯特·惠特克最后还是拒绝了主竞赛单元评委的邀请。电影节期间，他因一些媒体方面的事务不得不留在纽约：如果早一天问他，他可能准备接受。我相信，他对此也感到失望和遗憾。

整个白天都用来准备明天的会议。到处弥漫着狂热的气息。对于某些人来说，确实等待得太久。《生吃》的导演朱莉亚·杜可诺接受"一种关注"或者"午夜展映"。但是我中午骑车前往十四区的一个照相馆拍照时，接到了她的制片人朱莉·盖耶打来的电话，告诉我情况有变："影评人周"邀请了他们，所以她不愿意再等了。我们不能无视规则，于是我放弃了这部电影。

库斯图里卡的电影有三个多小时！我们把放映推迟到周五。回到四楼时，我收到来自让-皮埃尔·利奥德一封十分美好的信："亲爱的蒂耶里·福茂，关于《路易十四的死亡纪事》，我充分相信你的眼光。这是我和阿尔伯特·塞拉合作的第一部电影，以我现在72岁的高龄，对于这个角色的珍惜程度跟我年轻时对安托万·杜瓦奈的喜爱同样强烈。你很了解，阿尔伯特·塞拉是当代最优秀的导演之一。我为与他合作而感到骄傲。从《四百击》开始，戛纳电影节就成为我生命中一个神奇的地方。我希望能够凭借《路易十四》这部电影再走一次红毯。"正巧，我们非常喜欢阿尔伯特·塞拉的这部电影，他实际上是以一种新的方式拍摄了一部作者电影，以一种让人眼前一亮的审美标准，以一种时间和叙事的关系来诘问当代电影的本质。而让-皮埃尔绝对完美地演绎了那个筋疲力尽的路易十四。

我的电话持续忽明忽暗，一个接一个的短信。我从放映厅里出来时，听到克里斯蒂安打电话时十分生气：这个沉着冷静的人极少生气，除非到了忍无可忍的地步。很明显，现在正是这种例外。除此以外，气氛还是很欢快的，一起工作的快乐使大家充满干劲。杰拉姆·巴亚赫或弗朗索瓦·戴斯卢梭偶尔探过头来看一下。而在巴黎，皮埃尔·莱斯屈尔参加《是你》节目直播之前发来一条信息："孩子们，一切都好吗？"他已经决定明晚跟我们待在一起。

交换另一个委员会。洛朗·雅各布、维尔吉妮·阿普尤和保罗·格兰萨离开了。"不要空手回去。"克里斯蒂安把几部迟到的作品的 DVD 递给他们。看新片之前，我与斯蒂芬妮·拉莫美、埃里克·利比约及卢锡安·洛格特一起回顾了一下总体概况，我们看过的、喜欢和不喜欢的电影。不过没具体地谈，因为我们还有很多疑虑。

我们以"娱乐的方式"观看了妮可·加西亚的电影，我想说，是以非官方的形式。因此，如果我们决定不留下它，没有人会知道（呃，我也说过，没有秘密）。但这并不妨碍我们被这个爱情故事吸引。电影讲述一个女人爱上一些并不爱她的男人，渴望过一种于她尚且未知的、充满激情的生活。她跟丈夫协议结婚，很久之后才意识到作为丈夫的西班牙泥瓦匠默默地深爱着她。被小女孩的幻想蒙蔽了眼睛的她，对这份爱情并不知情。"敢于汇集勃朗特姐妹、简·奥斯汀、托马斯·曼、斯蒂芬·茨威格（以及德·西卡的《悠长假期》）而不让人觉得荒谬。"卢锡安·洛格特惊叹道。演员都很完美，玛丽昂·歌迪亚为人物本身注入了一些女权主义色彩，充满光彩和忧郁；路易·加瑞尔以令人惊叹的方式扮演了一个垂死的年轻人——这个男孩无所不能；而西班牙男演员艾利克斯·布伦德穆尔给予丈夫的角色一种美丽的人性，令人想起战后的法国是由西班牙人和意大利人建立的。

今天到此为止，明天接着讨论。回家途中，我向这么晚还醒着的曼努埃尔·齐池确认朴赞郁的电影入围主竞赛单元。"你的判断没有失误，这是一部伟大的电影。"他跟我说。

4月13日　周三

这是危机四伏的一天，所谓金钱时间，就像冬季的转会窗[8]

接近尾声。还要看一些电影，作一些决定。有些决定将非常复杂：拟定一份入选片单并不是解决直角的科学问题，我们更像是在宣布惊天大秘密。这个秘密合理（保护与每部电影有关的人，为了优先协商）、有魔力（谣言和欲望也能造就事物的力量）、必不可少（这是规则，必须遵守）。正因为如此，戛纳才成为戛纳。

关键是时间安排：我们希望能迅速商议，所有事宜在晚上11点之前结束。"我们每年都这么说！"负责收集片单信息的芬妮·博维尔开玩笑道。所有同行都在积极处理：那些认为已入选的电影、那些希望入选的电影和那些仍愿意相信会入选的电影。大量信息涌入时，有一些应对的技巧："关于这部电影，请致电某某人。"另一些则已经走上影响力战场了。无数短信都说着一样的事情：我们要去戛纳，要参加主竞赛单元。就像迭戈·马拉多纳说的："进入罚球区却不射门，就像是跟自己的亲姐妹跳慢狐步舞。"去戛纳却没有入围主竞赛单元，与此同理。

每个人都相信自己在展览会上拥有最佳展位，并且潜意识里忽略"别人的电影可能更出色"的想法。为了不招惹他们的怨气，对于有些拥有多部参选影片的发行人，我们选择分开发消息。也有一些人觉得自己的电影不会入围，于是有尊严地退出。或者有些人知道自己已经被威尼斯电影节（阿尔贝托·巴巴拉几个星期之前就开工了）接受，于是更加低调，静候来自戛纳的又一次佳音，可这又会打乱我们对事情的安排。还有一些人提前告诉我他们不会制造问题："你了解我们的，要挟不是我们的风格。"然而花时间说这些，本身就是要挟的开始。我们建议他们二次剪片、缩短片长或改片。"那你会看到，电影不再是原来的样子了。"诸如此类。那些一个月前还长达两个半小时的电影，连最小的意见都被看作对作品的侮辱，却突然有了标准片长，之前那些被认为**绝对不能剪**的场景都被剪掉了。

　　皮埃尔·里斯安因为背痛住院了。他没有告诉我更多的细节。但是他的可爱，也可以说是本性不改之处在于，他给我打电话试图套取一些信息，想在病房里依然运筹帷幄。"希望世界上最大牌的制片人能在紧张和红湿疹中度过美好的一天。"纳塔那·卡米兹打趣道。为了远离那些消极的打击，布鲁诺·巴尔德用葡萄酒打了一个隐喻："注意，最好的酒有时后劲很足。"马拉瓦尔从香港给我写了一封多愁善感的信，这很不像他的风格："亲爱的蒂耶里和你的整个团队，两个月以来，日落黄沙影业全公司的员工：布拉西米、卡罗尔、诺埃米、伊斯特、阿莉娅……都随着你的观影节奏而生活，你是在表彰我们团队整个一年完成的工作。戛纳选片没有绝对的标准可言，但是每个好消息都会抹去我们的失望。我希望你能够感受到我们办公室里的兴奋，同时，你也能感到幸福。我们希望能够达到你所要求的高度。这支持了戛纳的成功，并保护了我们很多人都在捍卫的电影。如果我们能够为此捍卫，那是因为电影节在为此抗争。"我们会坚守的。

　　人们经常问我如何选择。就像任何一个不专业的人一样：最终，是凭感情、直觉、激情、权衡……假设我们能够预测情绪。人们认为我们有很多卑劣的想法：不愿承认的徇私和一些私下的条约。然而，我们只有一个目的：尽可能选出最好的电影。最后这一天，无暇顾及其他琐事。时钟在运转，头脑被分割成许多块。对于我们曾经觉得显而易见的事情，今天却感觉都变了；而一些我们无动于衷的电影，又重新焕发了力量。谨慎是必须的，互相关心是最重要的。真诚支配着我们：善意地搞错事情已经够糟了，为了糟糕的理由去犯错更令人难以忍受。走到十字大道上再为当时本应面对却不愿面对的棘手情况而遗憾就太迟了。

在确定最终的官方片单时，我们不再处于"我喜欢，我不喜欢"的状态，而是"应该，不应该"。这是唯一有效的标准。在一些成功的电影和另一些我们对之少一些情绪的电影之间，我们会选后者，因为我们选片者的能力将优先考虑戛纳式的好运。简而言之：一旦参加电影节，它应该是顺利的。但是我们完全没有自控力。我们看过一些动人的，并且引起热烈辩论的电影。现在需要当机立断。在我们的头脑里，片单完整度达到七成半。但是相较于片单上的席位数，我们喜欢的电影远不止这些。

我和委员会的同事们还没有讨论完。那些得知自己喜欢的一部电影被否决掉之后的成员会转而支持另一部他觉得会成功的电影。谁最后作决定呢？我。这是规则。我在片单上签字，所以由我负责。如果我们坚持"唯一权力"的观念，那么"团队工作"的想法就是一个悖论：每一个感受的表达、每一个反驳我的论据都会在戛纳出现，被影节宫卢米埃尔大厅里的2,200名观众无限放大。因此，我重视他们跟我说的所有观点。

9点半，与克里斯蒂安作第一个总结。我们把主竞赛单元的电影数目限制在20部，为了把机会留给一些有可能参与竞赛的迟到者——最近，泰伦斯·马力克从奥斯汀跟我暗示他刚要结束一部纪录片，我们设想他结束了拍摄，从天而降。也要考虑那些非竞赛单元不参加的导演——态度瞬息万变：面对明确的拒绝，他们也许会接受另外一个单元。讨论，商议，预定一个位置，等待他们的答复。记住，所有这些都需要时间。我们会花一整天记录时间的流逝。

拒绝了几百部电影后，我们就拒绝另外几百部电影也达成了统一。为什么我们不能早些作决定？因为 1. 一般，我们不总是有时间优先看这些电影。2. 看完结尾字幕就迅速淘汰一部电影（有时命运就是如此，立刻就被抛弃）等于惹怒制片人或导演，将把我们带入礼节的诡辩中。3. 对于大量的电影，不可能太快否决。4. 走投无路时，不可能再后退，我们这些拖延症者必须作决定了。总之，其乐融融的时期结束了：如果某些人难以接受判决，那对于我们来说，宣布判决结果也并不轻松。

因为我们很晚才看完奥利维耶·阿萨亚斯和妮可·加西亚的电影，所以临近中午时分，我分别给制片人打电话。查尔斯·吉尔伯特和阿兰·阿达勒对于我们的观感一无所知。我告知他们将竞争主竞赛单元的一个席位，因为"我们喜欢所看到的"——如此委婉地表达。前者没有放弃高傲的冷静，但是我察觉到他心潮澎湃。后者回复我："我重申，对此持保留态度。但是如果能感受到你们的热情，我们会接受。"阿兰太狡猾了。没有人能绝对知道一部电影会得到什么样的待遇。遭遇惨败时，人们会反驳我们："你向我保证过会顺利的。"

与外国电影委员会开会。跟预计的一样，因为十分喜欢《托尼·厄德曼》，我们把玛伦·阿德的这部电影升到主竞赛单元。观众们将在其中找到所有的优点：一部喜剧，一部作者电影，来自德国，导演是一位几乎不知名的女性。布里兰特·门多萨也入围了主竞赛单元：他的电影非常成功，来自一个鲜少亮相的国家，并且不是"戛纳专业户"。出于冲动，但同时也确实是兴趣所在，我们决定让巴西导演克莱伯·门多萨执导的《水瓶座》也位列主竞赛单元。巴西和德国一样，很多年都没有参赛影片了，门多萨在国际影坛更上一层楼。总共有了16部电影。我们还剩下阿斯哈·法哈蒂的电影，它的命运将与埃米尔·库斯图里卡的影片联系在一起。后者我们将在周五看到。选择哪一部，还要看法国电影的数量。但是我提前告诉法哈蒂的制片人亚历山大·马雷-居伊不要指望今天能有结果。

即使我们再进行一番讨论，"一种关注"单元仍像我上个星期描述的那样。剩下非竞赛单元："特别展映"和"午夜展映"。这两天，克里斯蒂安都在与《哭声》这部混合了魔鬼、雨水和谋杀的韩国电影的制片人们协商。他们接受非竞赛单元，但是在他们看来，放在"午夜展映"单元是在冷落这部电影。我说"他们接受"，意思是他们瞄准主竞赛单元，其实可以拒绝其他任何提议——在电影的法国发行商、热爱戛纳的哈蒂达兄弟的大都会电影出口公司支持下，克里斯蒂安发挥他的灵活个性，借助与他们的良好关系来说服对方。韩国力量将很强大，因为延尚昊执导的那部出色的《釜山行》也将在"午夜展映"单元放映。非竞赛单元还吸引到沙恩·布莱克的《耐撕侦探》。罗素·克劳和瑞恩·高斯林将是红毯上一道漂亮的风景。这两部作品加上斯皮尔伯格及朱迪·福斯特的电影，四道盛宴，四部风格迥异的电影，非竞赛单元完整了。

在"午夜展映"单元，我们邀请了吉姆·贾木许的另一部电影《给我危险》：一部关于伊基·波普的纪录片。这位曾经叱咤音

我与戛纳 | 4月

乐舞台的野兽，与傀儡乐队一起为朋克运动奠定了基石。这个乐队造就了他的辉煌，一起贡献了一些令人难忘甚至堪称伟大传奇的演出。贾木许为他奉献了一部歌迷电影，完全出于对音乐的热爱和对摇滚的人种学回顾。发行这部电影的让·拉巴蒂向我们承诺，这位有"变色龙"之称的音乐人将会出席。

最后，关于"特别展映"（一些与众不同或者以不同方式制作的电影），有几部作品我还没有谈论过：《希赛因，一部乍得悲剧》是马哈曼特-萨雷·哈隆献给乍得前"总统"的一部纪录片。它是故事片导演表达的典范，在历史运动强迫下，他将自己的摄影机转向了真实：在那种情况下的独裁、掠夺、西方人的犯罪性支持、一国人民的伤痕以及对于和解的希望。经常参加主竞赛单元的哈隆代表了整个西非的存在，他是作为一名电影人、历史学家和记者在审视希赛因。这部电影令人想到那部我们非常喜欢的、由潘礼德执导的《放逐》，作为导演关于柬埔寨历史的一部额外篇章，它在多年后越发带有一些个人化和私密的语气。礼德正在制作这部宏大的作品，它将是一部独一无二且令人震撼的电影——阻止了民族记忆的消失。什么时候能够出现关于苏联、南非和中国的伟大纪录片？

下午4点，法国委员会开始第一轮筛选。去纽约参加由法国电影联盟组织的"今日法国电影"活动的埃里克·利比约给我们传来了他的推荐影片。在180多部电影里，只剩下20多部来角逐10个席位，包括主竞赛单元的3～4个名额。为了避免那些落选者通过媒体才得知自己的命运，我们逐一打电话通知每个人。在此期间，斯蒂芬妮和卢锡安到下面的放映厅去观看阿斯哈·法哈

-535-

蒂的电影。影片结束时，我加入了他们，进行最后的讨论。那时已经差不多八点了。

第一部入选竞赛单元的是布鲁诺·杜蒙的电影。阿兰·吉罗迪的电影也很显眼：《保持站立》更具野性，相比 2013 年的《湖畔的陌生人》，不是那么适合竞赛单元，但是观影者们理解他是竞赛单元的新人。吉罗迪的风格独一无二，是时候向大众呈现他的作品了。只用了十分钟，我们就选出了第二部入围竞赛单元的，速度很快。

对妮可·加西亚电影的讨论相对复杂一些。在戛纳推介这样一部电影会很冒险，因为它先天地拥有一些不容忽视的优势（大众化，中规中矩的表现手法，加上名演员），而吉罗迪则会被人激烈地以相反的理由辩护（脆弱、边缘化而独立）。在我眼里，这两部电影可以完美地共存，但是媒体会更偏爱那些在审美实验上更突出的电影。与表象和反馈的观点相反，"商业化"电影更难以被接受——除非它被打上作者标签。但我们不想拒绝它们。

举棋不定，我们继续讨论。奥利维耶·阿萨亚斯来得太频繁，以至于他自己会很有风度地接受，这是拒绝他的理想动机。（正如肯·洛奇听到宣布他的电影入围主竞赛单元时亲自对我说："你确定吗？这不会太频繁了吗？"）但这绝对不是一个好借口：我们选择的是电影而不是电影人。5 ～ 6 部电影陷入僵持状态。在这个为参加主竞赛而组织的激烈竞赛中，奥利维耶·阿萨亚斯的《私人采购员》胜出。杜蒙、吉罗迪和阿萨亚斯。属于另外一种电影范畴的妮可·加西亚也加入他们。于是主竞赛单元有 4 部法国电影了！

还剩下"一种关注"单元。同样的心碎每年都在重复：我们忽略了一些平行单元是否可以成为那些被我们拒绝的电影可能的出路，而且我们把法国电影数量限制在两部。我知道茱莉亚·杜可诺和贾斯汀·楚特的电影去"影评人周"——我们也很喜欢它们，它们会在十字大道上亮相，这样更好。跟我们非常喜欢的、由德尔菲内·考林和莫里埃尔·考林执导的《大开眼界》一样令人信服的，还有斯蒂芬妮·迪·朱斯托的《舞女》，不完全符合作者电影的原则，但是在视觉和叙事方面的成熟实在令人惊叹。我们决定把机会给予这位年轻女导演的处女作。她证明了索科确有才华，也挖掘了莉莉-罗斯·德普的天赋，而且片中的梅兰尼·蒂耶里和加斯帕德·尤利尔也十分出色。我们以给保罗·韦基亚利一个席位来结束法国电影筛选：《差等生》以"一个迷恋过去的男人"为背景，本片在我们看来保持了自己的实力。如果他接受，可以在"特别展映"介绍这部电影。

又有大量的信息堆积在了我的电脑屏幕上：法比安·夏洛为我安装了一个很棒的软件，使我可以直接通过键盘接收、编写和发送短信。诸如这样的一天，我被高科技拯救了。短信永远都是焦虑所在。我们在与几部外国电影的交涉中碰到了问题：《红海龟》的日本共同制片人不愿意参加"一种关注"单元——他们渴望进入大放映厅；《赴汤蹈火》的主角之一杰夫·布里吉斯不确定能否来戛纳，但是积极而顽固的理查德·克鲁贝克在洛杉矶对于电影的亮相十分关心；杰夫·尼克尔斯执导的《爱恋》的制片人强烈要求确切的放映日期，可我们还未开始安排日程表——我也觉得，鉴于我们的态度，他们在思忖是否要把电影延到秋季，竞逐奥斯卡。这种"最后一分钟"的手腕是很常见的。与执导《追捕聂鲁达》的帕布罗·拉雷恩之间的问题仍没解决，他只想参加主竞赛单元。

将近晚上9点。艾米丽街很安静。皮埃尔·莱斯屈尔到了。负责办公室后勤工作的布鲁诺·姆诺兹和范妮·博维尔去买披萨、啤酒和木桐嘉棣[9]。我们的大门向所有人敞开，人们来打听"部队、前线和战争"的形势。我向皮埃尔告知正在作的一些决定。监督"一种关注"单元的吉纳维芙·彭斯也下楼来，克里斯蒂娜·艾穆也加入了我们，她在等待我们的片单，以便准备发布会的文件。

阿兰·阿达勒说："两位女导演快要被折磨死了，蒂耶里。"（他指的是妮可·加西亚和斯蒂芬妮·迪·朱斯托）。我们将在一个合适的时间宣布，在此之前，他们将一无所知——我们不希望泄密。几天前，一些记者自诩了解完整官方片单，而且立刻发布到网上。他们搞错的不多，但总的来说，这并无大碍，但毕竟错误地散布了某些电影入围的消息，使它们最终的缺席变成了一种伤害。

通知所有人，在巴黎、法国、其他国家掀起新一轮热潮。法国方面，我们从落选者开始。缓慢进行。经验教会我抛弃过度坦白，抛弃永远被人误解的同情心，也抛弃过度冷静的态度。另外，有时很难掩饰内心的一丝焦虑。有时会呈现恋爱分手时的征状：心生疑虑，会考虑这部被我们拒绝的电影是否将受到另外一个电影节的青睐。我们为自己的主观性负责任，并且懂得通过一整套论据使之听起来更婉转。但是在对方的攻击之下，一切迅速瓦解。应该对这些因我们而失望的人说些什么呢？怎么做才能不造成伤害呢？最残酷的是，我们的拒绝注定会很粗暴——就像在爱情上，是真实的。我们以打电话或写邮件的方式告知。比如我发给制片人亚历山大·荷诺施博格的一封关于一部电影的短信："亚历山大，我更愿意跟你用文字交流。没有入围主竞赛单元。你对此会很失望。我们选择了其他电影。一旦情绪平复，如果你希望，我们可以再谈。非常抱歉让你遭受这些。蒂耶里。""选择了其他电影"，说得真好听。我们采取的预防措施非常愚蠢。我不知道还有什么其他的好方式来宣布坏消息。

制片人克里斯托弗·罗西尼翁给我发短信："我就像个傻瓜一样脸贴着手机等待。我对自己说，只要你们还在商议，就还有戏。"不幸的是，没有。通过告知他结果，我给他判了重刑。对我们关于某部电影的拒绝，斯蒂芬·塞莱里耶的回应很简洁："这是你的决定。"他因失望而受到伤害。对其他人来说也是一样。我不禁被那些人表现出的自尊而震惊，他们忍受着一个否定判决所带来的侮辱，还要负责向他们的导演、团队和密友宣布。

其中，也有入选者的喜悦之情。维果·莫滕森用大写的、彩色的邮件告诉我他有多高兴能来宣传《神奇队长》。布里兰特·门多萨从马尼拉发来同样的消息，并宣布他的电影的新名字：《罗莎妈妈》。德国人沉浸在狂喜中，我们的巴西朋友也一样。沃尔特·塞勒斯（作为一个诚实、谨慎的男人，他向我隐瞒了自己作为联合制片人的身份）既为克莱伯·门多萨的入围感到极其兴奋，也为伟大的格劳贝尔的儿子埃里克·罗沙开心：后者的关于巴西新浪潮的纪录片入围了戛纳"经典"单元。对于他们，是狂喜，尤其是，松了一口气。这种喜悦一定程度上抵消了我们对其他人造成的伤害。

晚上 11 点多，阿兰·阿达勒在电话里兴奋地尖叫起来。在我试图联系查尔斯·吉尔伯特时，已收到消息的妮可·加西亚就打电话过来了。查尔斯把电话转给奥利维耶·阿萨亚斯。后者对于我对他电影的看法一无所知。正如一直以来的节奏，我们立刻谈起了他的电影。我很开心向塞尔维·皮亚拉宣布吉罗迪入围。让我担心的是，她用有气无力的声音回答了我，但那只是等待太久而产生的极度疲劳，挂上电话之后，她马上给我发了个深情而又好笑的短信。布鲁诺·杜蒙也是同样的情况，他的短信非常有风度，而激动的妮可·加西亚则向我倾诉了她谦卑的自豪和对于入围的恐惧。

我的记事本里仍存有保罗·韦基亚利从前的电话号码。这是他南部家里的号码，是他来里昂谈论阿尔伯特·瓦伦丁及 20 世纪 30 年代的法国电影时留下的。为此他还专门写了一本很棒的书，充满博学、爱意和自欺。我给他打电话："这是我第一次入围官方评选。"他用他那辨识度极强的声音对我说。我确认了一下：他 4 月 28 日就满 86 岁了。

戛纳是一台永不停歇的机器：这关键的一天并没有结束。永远兢兢业业的劳伦斯·徐洛向我提交宾客名单、菜单建议和一些活动创意。然后罗丽·卡泽纳夫就评委信息提示我：唐纳德·萨瑟兰和阿诺·德斯普里钦的名字将会出现在媒体上！没关系。

与让-皮埃尔·利奥德一起担任阿尔伯特·塞拉《路易十四的死亡纪事》制片人的蒂耶里·洛纳斯，相对于"特别展映"，更倾向于"一种关注"。他必须咨询合作者之后再给我们回电话。我们因此耽搁更久。跟皮埃尔汇报新闻发布会事宜的同时，我继续往全世界发短信和邮件。克里斯蒂安有好几个小时没有起身了。不出所料，所有之前那些只想参加主竞赛单元且非此不可的人，现在都要求去"一种关注"。他们怎么不早说呢？所有这些我们想展示的电影和这些未入选的艺术家啊。让·拉巴蒂："蒂耶里，回我电话，给我解释一下，告诉我更多的信息。我无法只用'不行'来打发导演们。"他说得有道理，即使在凌晨1点，人们还是想知道原因。我给他回了电话。所有人都筋疲力尽，除了在谈论电影时。

凌晨1点57分。我们从来都无法提早结束。办公室里空荡荡的，就像此时巴黎的街道。我看到玛丽几个小时前发的一条信息："你还好吧？维克多安全到家，准备了番茄肉酱，还洗了碗！我给朱尔买了一辆自行车。"还有一条来自保罗·拉萨姆："明天你将看到奥斯特里茨的阳光[10]！"2016年的官方评选结束了。芬妮给我看将显示在新闻资料中的数据。为了提交一份官方评选片单，我们观看了1,869部电影长片，说了超过1,800次"不"。

4月14日　周四

睡眠时间短暂，但是接下来的几个小时将激发我们足够的活力来克服疲惫。前往位于巴黎十六区国家电影中心的路上，我一边行驶在阳光下的奥赛河岸旁，一边通过耳机继续与人通话。我所做的是通知、倾听、安慰、解释和拒绝。我知道，从今天下午开始，所有觉得自己还有一丝希望的人都会像试图拯救世界一样作最后的挣扎。

按照规定，官方评选片单即必须先通过行政议会认可，才能推送给媒体。今早在吕贝克街的大会议厅里，片单正式生效了。皮埃尔·莱斯屈尔主持了会议。会议进行得很快，气氛也很融洽，大家都因为这个一年一次的日子而感到兴奋。

11 点，戛纳官方片单将粉墨登场。我和皮埃尔要在位于香榭丽舍大街的诺曼底 UGC 影院面对 300 多位记者。我们化了妆，发言稿被翻译成英文，整个过程在网上和新闻频道传播。我们面对的是来自法国及世界各地的人。不远处，台下的摄影机围成环状。几位现场工作人员要求为新闻发布会开场，于是皮埃尔让他们先发言，然后他简短地致辞欢迎开场。我跟在他后面介绍入围片单。鉴于人们以往曾指责我在这种场合穿插玩笑，所以我这次只作简单的介绍。

为了使人们的注意力能够保持到最后，我的介绍从"特别展映"开始，以主竞赛单元收尾。玛伦·阿德、克莱伯·门多萨、阿兰·吉罗迪的入围让人意想不到。每个人都支持自己喜爱的导演入围，所以有法国记者质问我波尼洛的作品为何缺席。我说我们没有看到他的电影。这不是真的，但这是一个保护他的方式。我也解释，在接下来的日子里，入选片单还会有所补充。几年前这会让人惊讶，现在不会了。关于人们纳闷为什么片单上没有闭幕电影，我解释最后一晚会放映最新的金棕榈奖影片。关于这一点，我们之前还只是在商量，我一冲动就当作决定宣布了。皮埃尔表示赞成，观众席中的窃窃私语也透露着满意的情绪。

一个小时的介绍结束之后，密密麻麻的麦克风围住了我们。

弗雷德·卡索里负责分组。皮埃尔和我或多或少地重复着我们刚才说过的内容，同时给出一些必要的具体信息，毕竟每个国家有自己的问题，而且经常十分具体，比如一位墨西哥记者问道："为什么没有墨西哥电影？"最终，我的答案不是专门针对墨西哥人——法国人只对入选的法国片感兴趣。广播、电视都在报道。中午在法国信息广播电台有个直播，通过网络电视和 BFM 电视台[11] 也可以直接收看，一切都衔接得不错。我又用英文和西部牙文接受访谈。因为当天的时事不是很多，所以我们的时间很宽裕。弗雷德说今年比往年参加的人数要多——另一个好征兆。

我去两条街外的法国电视四台组织的鸡尾酒会打了个照面：电视台跟记者们详细阐述了他们在戛纳的安排。这个大幅缩水的安排与 1 月宣布的并不符合。2015 年戛纳电影节的画面在屏幕上循环播放。我又看到了文森特·林顿的眼泪、科恩兄弟的微笑、凯瑟琳·德纳芙和艾玛纽尔·贝克特到达开幕现场……"一年之后"依然很有冲击力：戛纳永远都像是在一种追溯既往的情怀中运作。今天，新一届官方评选诞生了。我对自己说，这么多年来被同样的紧张情绪笼罩，但是相信有一天，人们会说，2016 年的选片也很成功。

4 月 15 日　周五

昨晚 11 点 02 分，执导了并不太适合戛纳的《丛林法则》的导演给我发来邮件："亲爱的福茂先生，我觉得您的官方评选片单很有意思，我请求您再花五分钟的时间考虑并接纳我的喜剧片。因为经过重新剪辑，它已经变得更好了。不管放在哪个单元都可以。提前感谢您，安东南·佩里提亚可。"这差点儿激发我重看他的电影的渴望！下午，陆续与记者们（《好莱坞报道者》的荣达·里福德、《综艺》杂志的艾尔莎·卡斯拉希和彼得·德布鲁格、墨西哥国家通讯社的大卫·德·里奥、西班牙《国家报》的阿列克斯·文森特、英国《国际银幕》杂志的梅兰妮·古德菲露、法新社的苏菲·罗碧）会面后，我参加了法国电视四台的《大新闻》节目，坐在特立独行、滔滔不绝的雷乃·马尔威尔旁边，他是马赛奥林匹克队的球迷。接着，我前往普朗蒂耶的梅丽塔·托斯坎家庭餐厅与布鲁诺·巴尔德及莫妮卡·贝鲁奇一起吃了一顿古斯古斯 [12]。她知道我们今天观看了埃米尔·库斯图里卡的电影。

我与马埃尔·阿诺聊了很久。她以一个影迷而非巴黎人以及电影节常客的身份，对官方评选作出了评价，我因此受益多多。她从不隐瞒自己的见解，但是她告诉我，她这次没有任何疑虑，她希望看到片单上所有的电影。我们收到不少这种反应。有些年也是如此，官方评选引起人们观影的欲望和善意的期待。而风险在于，让人失望的概率也在增加。我知道我们从未完全满意过。

办公室里每个人都就自己看到的发表评论。"《新观察家》认为今年的选片比以往更让人激动。"克里斯蒂安告诉我。知道这些，于我来说已足够。过去我会因为一些哪怕最小的细节而苦恼、兴奋、恼怒、破口大骂或者狂热地跟记者们进行含沙射影的对话。一些人发自肺腑的尊重和另一些人反复的恶意都让我觉得很有趣，并且我是以当代历史学家的身份研究每家报纸，不管是法国的还是外国的，它们对信息的敏感度和处理的巧妙性。然后我避开这一切。消息非常灵通的皮埃尔·莱斯屈尔突然到来，前所未有地开心："你看《世界报》了吗？他们的文章标题是《扫雷行动》，大概意思：戛纳启动反踏装置，倾听了我们的声音，并且重新找回了正常的状态。"很明显，要小心了，有必要遥想一下该报纸将来会攻击我们的其他方面。

下午，我跟外国委员会聚在一起观看埃米尔·库斯图里卡的电影《牛奶配送员的奇幻人生》。他的剪辑师也坐在放映室里——像所有的导演一样，埃米尔是一个完美主义者。安静而迫不及待的我们迅速察觉到我们看到的是粗剪版。虽然已经有了电影的雏形，但我们实在无法对这个"半成品"发表看法。我谨慎地把我们的想法告知女制片人，让她暂时什么都不要跟埃米尔说：我得去赶高铁，之后再花时间静静地跟他讨论。作为世界电影版图上曾经的年轻先知，埃米尔是少数几位两次斩获金棕榈奖的导演，而且个性很强：他值得关注和尊重。但是制片人貌似很难抵御他强大的威慑力，忍不住把真相告诉了他。刚到达里昂火车站的19号站台，我就收到一条短信："你不再是我的朋友了！埃米尔。"

4 月 16 日　周六

昨晚，我抽出时间和玛丽一起去里昂圆形剧场听帕特里克·布鲁尔唱巴巴拉，接着我们在过客餐厅吃了一顿很晚的晚餐。那是场一流的演唱会：在多菲内人面前演唱《我的童年》是一个颇为严峻的考验，他顺利通过了。

这是我这么天以来第一个自由的周末，最终也不完全算是：即使官方评选结束了，还有后续工作。这三天，制片人们又重新担负起自己的责任。我其实不应该宣布可能会调整片单，尤其当我们知道调整结果：阿斯哈·法哈蒂入围主竞赛单元，大卫·马肯兹的《赴汤蹈火》入围"一种关注"单元，让-弗朗索瓦·瑞切的警匪片《吾父吾血》去"午夜展映"单元。

　　评选是清晰而有规划的，而且我们知道，大量的优秀电影昭示着 2016 年电影界的状态：有人们想要的惊喜（玛伦·阿德、阿兰·吉罗迪和克莱伯·门多萨）、制造悬念者（布鲁诺·杜蒙、克里斯蒂·普优和范霍文）、回归者（佩德罗·阿莫多瓦、西恩·潘、克里斯蒂安·蒙吉）、年轻的创作者（多兰、尼古拉斯·温丁·雷弗恩、杰夫·尼克尔斯）和星光——极少来戛纳的乔治·克鲁尼将与茱莉亚·罗伯茨携手走上红毯。即使漏掉了一些电影，我们的选择也并不会有什么区别。在这个名人效应如此重要的艺术领域里，我们仍可以梦想放映一部没有片头字幕的电影。更美好的是：在戛纳实现这个梦想。那会有无限惊喜。

　　官方评选受到了欢迎，但是就像每年一样，记者们固执地坚持着他们对于所谓"关系户垄断"的分析。其他的陈词滥调有：对于女性导演的疑问。不过本年度的革新来自美洲。关于有色少数人种缺席奥斯卡的论战结束之后，有人猜测也许关于戛纳也会有同样的问题。"官方评选不会太'白'了吗?"人们这样问我，却无法谈论哪怕一点点关于本质的东西。这应该只是阶段性的，我们甚至欢迎针锋相对的辩论。

4 月 17 日　周日

　　我很高兴周四在行政议会看到吉尔·雅各布。自从他卸任电影节主席之后，我就极少碰到他。看着他坐在皮埃尔对面，我回想起那些共事的岁月。在我和他之间，一切都很融洽，又或者，怎样才算"不融洽"呢？我们不是那种很甜蜜的关系。巴黎电影圈的人总是用尽全力爬到戛纳舞台的头排，只为了报道一些所谓"真实"的内部纠纷，却从来都是一无所获。吉尔经常对我报以严厉的评价，并且毫不隐瞒，但是他对所有人都是这样的。而我不会那样做。我是一个完美的靶子，人们警告过我。但我从中看不出任何私人恩怨。这是他的天性，就像在蝎子和青蛙的故事里一样。起初，他无法忍受我：待在里昂，骑自行车，看足球，跟每个人都很友好。晚餐或鸡尾酒会时，我总是最后一个离开，而他总会提前悄悄开溜。他看到我把手机号码留给所有人，非常恼火，而他的一生都在逃避中度过。那种曾经奏效的策略，在网络化的今天过时了，现代权力不再是保密消息，而是确保自己是消息传播的源头——这有点儿像那些好笑的故事。我熬夜，每天都有晚餐应酬；我可以打飞的去马德里看里昂奥林匹克队比赛，去洛杉矶参加安德尔·德·托斯的葬礼或去任何地方看斯普林斯汀的演唱会。

最终，一切相安无事。我不总待在办公室里，吉尔理解我在火车上、飞机上、候车室里工作。早上，我总能看到他坐在同一个座位上，总能挤出时间给我。我们交流信息，每个人都喜欢用业内的最新信息让对方刮目相看。我们也谈论政治。渐渐地，有时是不知不觉地，被他推到"创意总监"这个庄严的位置上。第一年，他打趣地看着我处理这块烫手山芋。没什么比在钻进放映厅前吃一份蛋炒饭加一个苹果更让他满足的。他教我在聚光灯亮起时伪装自己。他习惯以"这个，你们再看吧。"或者"这个，你们以后再决定"来结束发言。我感觉自己像是《教父》里聆听唐·科里昂最后教诲的帕西诺。近些年来，在医生的建议下，他上午会离开办公室出去散散步。他有时让我陪他沿着荣军院走一圈。他对电影节的热爱给予我灵感，他知道并能感受到。我不停地问他关于电影节的历史。我问他的第一个问题是："科波拉携《现代启示录》参加戛纳，仅仅是因为得到了获得金棕榈奖的保证吗？"他回答我："不是，他只是要求得到入围主竞赛单元的保证。"那是一个天大的秘密。我充分利用了这种策略（我在2009年得以检验其真实性，因为我得面对弗朗西斯的不妥协。我希望在非竞赛单元介绍他的电影《泰特罗》，但是被拒绝了）。

吉尔一直有点书生气，作为在他这个地位的人，这一点倒是很令人惊讶，不过这也解释了他的活力。曾经，没有什么比穿上寺庙看门人的衣服一本正经地做"戛纳神秘的住持"更让他欢喜的事情。不过近三年来，他开始毫无顾忌地在推特上发表许多看法，甚至针对评审团。"我们没有预计到'工厂'的主席会对推特上瘾，因为他在推特上发表看法，取绰号。"杰拉尔·勒福特在《解放报》上写道："作为戛纳电影节的监工，吉尔·雅各布对这种近乎发射导弹的行为完全上瘾了。而且一直到电影节结束前最后几个小时，他还在直播自己所参加的评审团的商议细节和一些应该保密的言论（昨天下午三点半'要有光[13]'），还贴上不少令评审团主席南尼·莫莱蒂汗颜的照片。"

涉及电影节的相关事宜（评审团、选片、团队沟通、公关等），我们相处得很融洽，不管是核心部分还是细节方面。我们也互相分享对经典电影的喜爱。几年前，我被授予荣誉勋章时，他送我一部出色的电影作为礼物。他后来甚至在卢米埃尔中心介

绍了戛纳 60 周年纪念影片《每个人都有自己的电影》——在那
里他重新遇见了 20 世纪 50 年代时认识的雷蒙德·希拉特和伯纳
德·夏尔德尔。他向我保证，在里昂给我留一个位置。即使反对
的声音响起，他还是遵守了约定。起初，他也许对自己说："三年
后，他会离开里昂。"我则对自己说："三年后，我会返回里昂。"
如今，十五年过去了。

4 月 18 日　周一

　　周末以埃米尔·库斯图里卡在一份俄国报纸上的重要声明结
束，他在声明中称戛纳电影节之所以拒绝他，是因为他"与弗拉
基米尔·普京总统的良好关系"。我不清楚这份声明是否经过了核
实。如果他自己不说，没有人会知道他被戛纳拒绝了。他应该是
被人设计了。"他究竟怎么了？"莫妮卡·贝鲁奇在电话里表示了
忧虑。这并不是什么大事。阿尔贝托·巴巴拉从威尼斯给我打电
话，他对埃米尔没有进入我们的片单表示惊讶。我建议他不要放
弃埃米尔，因为对威尼斯电影节，他一定可以准备好成片。

　　另一件伤脑筋的事开始了：安排电影放映时间表。什么时候
放映哪部电影？在电影节初期、中期还是后期？晚上七点场还是
十点场？如何将主竞赛单元和"一种关注"单元结合在一起？无
法估量的事情太多，而每部电影的需求是不一样的。所有这些导
致了太多的牵制，需要不断地交涉。还基于许多的不确定：因为
我们永远都无法提前知道一部电影会引起怎样的反响，所以亮相
的方式就十分重要。于是，大家都筋疲力尽。

　　刚结束选片，制片人、片商、发行人就在询问他们作品的亮

相日期。关于好消息的喜悦大概只持续了三十秒，经过包装和斟酌的致谢和感恩的表达之后，断头铡刀就掉下来了："我们拒绝第一天，也不愿意排在最后。"或者"演员们只有第一个周六晚上的七点场才有时间。"得了吧。为了获得最好的排映日期，不惜以一些荒唐的借口来威胁。

虽然有妮可·基德曼那样给我们送花的人，但不是所有人都这样。尤其是在制定时间表的时候，这样的任务落到克里斯蒂安身上，而且没有绝对的规则可言。观察者们长期认为能猜到某种策略，计算出某种喜好所占的份额。十字大道不是龙骧赛马场，经验证明预测是靠不住的，从来没有人成功地证实在某一天放映更有优势。很多斩获金棕榈奖的影片是在电影节最后放映的，于是就此形成一种理论，直到发现也有不少金棕榈奖的征服者曾被排在很前面。后来又轮到"下午场"被认为将带来好运。总之，人们以为能够读懂游戏规则，但是事实并非如此。并且，关于评委会的谣言从来都是空穴来风。

4月19日　周二

重拾正常生活。我不能再以一部电影要放映、发生一个紧急事件之类因选片而导致的、至高无上的原因作为借口。到了冬天，人们通常这样回应我："是的，当然，不好意思打扰你。你一定忙得分身乏术，我不知道你是怎么做到……"昨天和洛朗·葛拉一起吃晚餐。我们有好几个星期没见面了，他一直在旅途中，而我被困在放映室里。冬天要求我们作好简单的身体储备：节制饮食，注意睡眠。我们做得完全相反。"官方评选的接受度很高。"洛朗大笑道，"我很难在广播上嘲笑戛纳电影节。"他模仿达内兄弟和阿莫多瓦，证明他已经看过他们的电影了。但他还是嘲笑了我们："你们看了几百部电影，可赢家会是肯·洛奇！"我不否认那种矛盾性：我们观看了1,869部长片（一个持续攀升的数字：十年前还不到1,000部），几位有名的导演垄断了主竞赛单元。但是伍迪·艾伦那么耀眼，我们不能拒绝他，也无法拒绝贾木许和朴赞郁。"巴黎人"网站的阿兰·格拉塞今早就这个话题问我时，指出只有四位导演第一次入围主竞赛单元，但是他没说其他十几位也都是很少入围的导演。我忍住没有问他：在这个世界上会有这样一个孤岛或者无名的保护国，能让伟大导演聚集在那里互相向对方展示自己的电影却拒绝在任何影院上映或参加电影节吗？伟大导演会拒绝去戛纳、恺撒或奥斯卡吗？那些小偷能夺走他们的位子吗？在20世纪60年代，戛纳也有过一些"专业户"，他们是费里尼、伯格曼、塔可夫斯基和安东尼奥尼。罗浮宫应该取下《蒙娜丽莎》奥运会百米径赛应该排除尤塞恩·博尔特只是为了所谓的改变吗？每次评选都有新人名额，因为他们中总有一些人才华横溢，他们会带着下一部电影再来，然后还有下一部，于是他们渐渐成了"专业户"。

继"影评人周"之后，"导演双周"也宣布了入选片单。这两个平行单元给予法国电影非常好的待遇。晚上8点，我去法国国家图书馆观看雅尼克·凯尔果阿特的电影《纯真之人的旅途》。我绝不能错过这部致敬雷吉斯·德布雷的电影，两个小时的画面和采访讲述了他那个时代，他的经历和抗争。电影包括两个部分："革命"和"共和"。科斯塔-盖维拉斯和米歇尔都在场，还有罗伯特·盖迪吉昂和阿丽亚娜·阿斯卡里德。唯一的遗憾是因为德布雷同时是电影的作者和主题，他没有给予影片任何机会赞扬他自己在人性、学识和政治运动中的卓越成就或肯定他自己在法国文学界的伟大作家的地位。雷吉斯一如既往地过分谦虚，他的《现代地下墓穴》在我密集观看三百多部电影的间隙陪伴我度过这个冬季。

4 月 20 日　周三

　　作为一个很少守时的人，我今天提前到了，为了赴一个约会。这是一个重要的约会。我坐在位于七区的雷卡米耶酒店的露天咖啡座上，对面是正在装修的鲁特希亚酒店。当她走近时，我突然有些慌张。我将与凯瑟琳·德纳芙一起吃午餐。罗曼·波兰斯基曾这样谈起她："和她一起工作，就像与一个凶猛的女骑士一起跳探戈。"安德烈·泰西内说起她来就像他的某部电影里的画面："她是黑夜里的灯光，广阔而静谧。"

　　我们落座时，碰到了制片人玛丽·马斯蒙特尔，她像全世界许多人一样为罗内特·艾尔卡贝兹的去世而伤心。她曾与丹尼斯·卡洛及桑德琳·布劳尔共同担任《诉讼》的制片人。令我们惊讶的是，凯瑟琳用赞赏的口气谈起了罗内特：她的电影、她作为女性的形象以及她在世界影坛留下的闪光印记。

　　接着，作为午餐的前奏，她点了一杯咖啡——从早上到现在，我已经喝了几桶咖啡，所以不能再喝了。她点了一根烟。我不抽烟，但是我更喜欢这样：凯瑟琳·德纳芙不是那种抛下你去其他地方抽烟的人。她开始抽烟。即使有时她看起来那么遥远，那种庄严的矜持也使得任何名流在她面前都不值一提，同时也给人一种真实和梦幻的并存。好奇心也许是她对于一切的兴趣所在。她问我一些关于卢米埃尔电影节的问题，想知道她需要做什么事情。当我给予她完全的自由时，她开始列出一些题目。德诺芙小姐，这样叫她才合适。她是一位明星，而那些对她感兴趣的人很快就会为她的生活方式而赞叹：那些曾与她共事的人、那些她曾邂逅的人、她所经历的状况、那些拍摄过她的导演以及她在事业上获得的那些成功。坐在我对面的是《美国旅馆》里的海伦、《夜风》里另一个海伦、《瑟堡的雨伞》里的吉娜维芙、《印度支那》里的女主角，还有布努埃尔的特里斯塔娜[14]。我整个人惊呆了。

凯瑟琳·德纳芙通过这种方式走进我们的生命，并低调地成为一种参考。她正常得让人惊叹。这样一位充满活力的女性，有着自己的嗜好、自己的个性、自己的书、自己的风格、自己的家庭、自己跟朋友相处的方式和一只与她寸步不离的狗。凯瑟琳是紧跟时代的人。不管在哪个时代，她的一部电影、一张照片、一个采访、一件捍卫之举都在证明她曾经并且一直走在前列。跟她住在同一街区的文森特·林顿跟我说，当他晚归时，会情不自禁地抬头看看她的窗户是否还亮着灯。"如果她还没睡觉，她可能在看什么电影呢？"他每次都在猜测。凯瑟琳在电影方面拥有最完美的履历，但她仍对别人的作品感兴趣，并且不断发掘新的创作者。她有很多计划。有些电影会拍，有些则不会拍，她的一生都光彩夺目。跟她告别时，我想对世界宣布她将获得2016年卢米埃尔奖！但是我忍住了，等到6月再宣布。我们会在10月再聚首。

天气温暖，甚至有点儿热。凡妮莎·帕拉迪丝答应担任评委，但我要等她的女儿莉莉-罗斯·德普确定没有影片入围主竞赛单元后再邀请她。主竞赛单元的评审团基本组成。夜幕降临时，与弗朗索瓦·戴斯卢梭工作很长时间之后，我从比尔哈克姆桥上渡过塞纳河，为了怀念贝托鲁奇、白兰度和卡多·巴比耶里[15]的手风琴。我缓慢地踩着自行车，以免满头大汗。小链轮，大齿轮，手放在龙头上——骑车的人会懂。劳伦斯·徐洛在让·安贝尔的阿卡若餐厅等我，她想邀请作为大厨的后者为电影节准备一场正式晚宴。那是一个年轻、腼腆、据说经常在媒体露面，认识一些法国明星的家伙。我们得以结识是因为他曾经在里昂就读于保罗·博古斯学院，对电影十分狂热，是那种会单枪匹马去戛纳的人，偷偷溜进场，与检票员争执，为了看电影不惜一切代价。这是一个好的方面。我们试吃了菜品。又是一个好的方面。最后以我最爱的甜点结束（劳伦斯注意到了）：香草草莓冰淇淋馅的夹心蛋糕，我吃了三份。酒也非常美味，喝得我晕头转向。生活偶尔会给人带来一些安慰。

4月21日　周四

　　时光荏苒，一切转眼烟消云散。四个月来，负责组织、公关、委派人员、短暂停留和旅行的团队都在如火如荼地工作着，一大群工作积极的人，不需要指挥。

　　我与杰拉尔·迪绍苏瓦一起完成了戛纳"经典"单元，也就是官方评选中电影遗产部分的安排。在吉尔·雅各布时期，电影节就已经关注"老电影"了，我经常从竞赛单元溜出去观看。接近2000年时，必须赶快行动，给过去和现在提供一样的待遇：一扇橱窗、一种力量、一个展示的空间，关于全球范围、全世界的档案馆和电影资料馆的工作。最初，我和自己的好朋友一起做这件事，后来变成了真正的评选，而且此后，威尼斯也成立了威尼斯"经典"单元。另一件令人心碎的事就是，不得不非常频繁地拒绝别人。

2016年的片单非常精彩，有一件事情我可以轻松地断定——没有人敢说沟口健二（斯科塞斯带来他的《雨月物语》的修复版）、格莱米永或贝克不是伟大的电影人。他们是电影史的"专业户"。这些放映会将是一种受人欢迎的消遣，比如交叉致敬两位纪录片大师弗雷德里克·怀斯曼和雷蒙德·德帕东，或者于1966年并列获得金棕榈奖的两部影片：克劳德·勒鲁什的《一个男人和一个女人》和皮亚托·杰米的《绅士现形记》。从来没有人注意到这两部电影的片名来自类似的灵感。

还有贝特朗·塔维涅的纪录片。我是否应该自我克制不去选它？它值得上百次大摆排场地宣传，放映，对于任何另外一部如此丰富的电影，我一定会那样做。但是友谊让我们必须谨慎。因此，它甚至是在被质疑的情况下入围戛纳"经典"单元的。为了制作目录，贝特朗写了一段话给芬妮："被那么多作者——从卡萨诺瓦到吉尔·贝诺——如此生动描绘的公民和间谍、冒险家和画家、编年史作者和发现家都集中于这一部作品中。它难道不是对电影行业的美丽定义，并让我们渴望用在雷诺阿、贝克、执导《操行零分》的维果、《逃犯贝贝》的导演杜维威尔、特吕弗、弗朗叙或德米的身上吗？它也适合马克斯·奥菲尔斯和布列松吧！它还适合一些不那么有名的导演，他们通过一个场景或一部电影迂回地照亮某种情感，挖出某些惊人的事实。回忆让人温暖：这部电影，有点儿像是冬夜里的煤。"

4月22日　周五

只睡了五个小时，我就早早醒来。无法重新入睡，于是给洛杉矶的加涅尔打电话，看了一段电影，试着读几页书。我重新躺回床上，但又开始细数那些我尚未打电话联系的人——你们试试这样能睡着吗？

媒体方面还没结束。官方评选很受关注，那些被小心保守（以及迄今为止特别受尊重的）的秘密被揭示：于是需要刻不容缓地沟通，接受法国和外国媒体的采访。我们整天面对着麦克风、摄影机、笔记本，解释我们的选择，捍卫某部电影或导演。我看到一些严密、专注、内行的记者——我也看到他们对结果的不确定。鉴于各处的文化版面都在缩水，我十分钦佩他们中的一些人，他们的勇气、精神及在当下快速写作的能力——尤其当我累得想要放弃这本日记的时候。

今天上午，我和两个年轻人度过了一段非常惬意的时光，他们在经验方面的不足被美好的热情所补偿——这比相反的情况要好。亚马逊影业作为多部电影（贾木许、朴赞郁和伍迪·艾伦作品）的制片公司之一，曾让人惊讶地说出蠢话，为了批评我们，一名记者断定那些电影会直接被放上网。我回答道："不会，那些由亚马逊联合制作的电影，会让你在家里签收包裹。"

我们宣布了补充片单。借助邮件，哈维·韦恩斯坦重新提出"拳击电影"《顽石之拳》的推广。"如果你喜爱德·尼罗在其中的表现，为什么不组织一次放映向他致敬呢？"哈维喜欢戛纳，他的意思是，为什么不尝试一些新事物、组织一场酷炫的放映会、在红毯顶端迎接罗伯特·德·尼罗并展示一部拉丁风味的电影？我接受他的提议时，附加了一个条件：你们请鲍勃空出两天时间。"同意。"韦恩斯坦十分满意地回答我。

4月23日　周六

周末的第一天从拜访老里昂的几位旧书商开始。我热爱电影，但是正如佩索阿[16]所说："我不知道还有什么能比得上书籍带来的快乐。"戴奥真尼书店是我最流连忘返的地方之一。我觅得桑德拉尔和杜瓦诺合著的《巴黎的郊区》的限量版。我曾在卢米埃尔中心见过罗伯特·杜瓦诺，当时他正讲述自己在《乡村星期天》的片场作为摄影师如何工作。我请他谈谈桑德拉尔及其关于那个在滨海自由城的男人被砍断手的老掉牙的故事。我又买了里昂作家让·雷维奇的作品全集。"这里过去曾是一座北方城市。我们分不清人类和鬼魂。但是雾和回忆一起消散，珍贵的流亡者偶尔回来弥补我们的遗憾。里昂因为蓝色的天空而不复存在：似乎大海的光辉覆盖了我们的丘陵，普罗旺斯的明亮溯流而上，罗讷河边的冬日聚会有着母亲城市罗马的温柔。希望我们对黑夜的热爱不会被冒犯。在新的光线下，另一个城市正在重生。"这些句子就好像他今天早上才写的。

然后，我无法克制自己购买DVD的欲望——我多年前就应该被禁止进入DVD商店，就像那些善于记住别人长相的门卫在赌场入口处阻止了那些赌徒。里昂市中心白莱果广场上的国家经理人采购联盟连锁书店在举办阿兰·舍瑙尔作品展，他也是摄影师，每年都会被委派去戛纳。我没去看，不然我会身无分文地出来。但是重新走到埃奈路，我将维克多·雨果街的二手商店洗劫一空。在非物质化时代，出于这个年龄段的癖好，我购买、收集、攒钱、拥有那些自己喜欢的电影，被它们围绕着，就像被我们的书籍围绕着一样是必须的，而不是在一个虚拟的云盘里潜在地拥有它们，直到有一天被告知，一切在不确定的数字化中消失了。

4月24日　周日

　　我确定自己没有过度摄入阻碍开车的任何东西，于是在夜间出发了。暴雨倾泻在平原上，夹杂着足以卷走房屋的狂风。天上的雨就像要下到一滴不剩。这样更好，5月就将是晴天了。当我醒来时，满目耀眼的光线，一种初春的明亮干燥而灿烂，让我陷入深深的孤独：我感觉很多个星期以来自己都不是真正地活着。我好像从没来过舒涅。我梦想着孤独、安静和休息。一种冬末的伤感萦绕在心头，再加上选片后的"产后抑郁症"。每一步，都混合着幸福和悲伤。乔伊斯·卡罗尔·奥茨在日记里引用了康拉德在《诺斯特罗莫》结尾的句子："我的朋友们将恭喜我患上一种疾病。"注：奥茨是一个显赫的姓氏，属于彗星沃伦·奥茨，作为佩金帕、蒙特·赫尔曼和约翰·米利厄斯的男演员，他提到《日落黄沙》时说："出演西部片，我很不自在。西部片应该是约翰·韦恩，而我只是一坨屎。"以上，注解完毕。

　　需要心里相当平静，加上足够的信念才能放弃那些生活中的琐事，每天的时间都是计算着度过的，切割成一个个小时来看电影。我已经开始为夏天准备自行车，为2016年的档案分类。我在森林里一边散步一边跟很多人打电话。十年来，关于戛纳的众多决定都是在这些童年小路上作出的。也是在这里，我跟表哥菲利普比赛骑摩托车；在这里跑步，是为了减掉最后一斤肉去参加柔道比赛。有一天，当我一无所有的时候，我会像我的舅舅克里斯蒂安那样去韦科尔：购买木材，而且开工之前先看看那些静谧清晨中的大树。

因为《咖啡公社》是在电影节开幕当天上映，所以媒体放映场已经开始，而且非常成功。没有人对伍迪入围戛纳表示不满。总结的时候，在长时间平静的评估中，影评人与选片者得出同样的结论：好导演能拍出好电影。

"一种关注"的评审团也组建完毕。陪伴马尔特·克勒尔的将会是温柔而有个性的女演员席琳·萨莱特，如果能确认，还有奥地利电影人杰茜卡·豪丝娜、执导了精彩的《游客》的瑞典导演鲁本·奥斯特伦德和演员兼导演迭戈·鲁纳，后者代表了缺席主竞赛单元的墨西哥电影人。"一种关注"是大家庭里的一个小家庭——它们都会很精彩。

这段时间里，仍不断有电影送达，使得第三委员会的"运煤工们"继续做笔记。"这完全是偶然看到的一个片段，一部冗长而无法输出到印度之外的电影，充满怪诞的创造。"艾玛纽尔·拉斯平贾斯写道。"一个关于流浪的故事，这正是问题所在：电影本身飘忽不定。"洛伦佐·尚马补充写道。

4月25日　周一

代表电影导演协会参与"金摄影机"单元评委会的卡特琳娜·柯西尼从纽约发来消息，表示如果还没有确定人选的话，她希望担任主席。拉斯洛·奈迈施之前曾答应担任主席。但是这个新建议使得我们的计划变得更加可行：安排拉斯洛担任主竞赛单元评委，庆祝他作为去年最显赫的人物之一；凯瑟琳则担任"金摄像机"单元的主席，于是她就和电影基金会的河濑直美及"一种关注"的马尔特·克勒尔一起在 4 个主席位中占据 3 个女性席位。另一方面，乔治·米勒领导的主竞赛单元评审团也拥有豪华的阵容。一边有瓦莱莉·高利诺、卡塔咏·夏哈毕、克尔斯滕·邓斯特和凡妮莎·帕拉迪丝，另一边有唐纳德·萨瑟兰、阿诺·德斯普里钦、麦德斯·米科尔森和拉斯洛·奈迈施。今晚就发出新闻通稿。

我回到里昂接待罗曼·波兰斯基：近一个月来，卢米埃尔中心都在放映他的电影，观众们惊讶于他作品中那种宏大而多样化的特质。

罗曼极少在公共场合亮相，他这次能来，于我是莫大荣幸，心里却在为他担忧，因为宣布他的出席招致了一些抗议。然而我们也放映了玛琳娜·泽诺维奇[17]和洛朗·布罗泽[18]的纪录片，它们关于那个将近四十年前的"事件"比所有报纸描述的都详尽。不过七年前在苏黎世电影节上那次轰动一时的逮捕，大概又召回了他生命中的那些梦魇。除了两位当事人，没人知道 1977 年到底发生了什么。很明显，没人在乎波兰斯基被判刑并付出代价（这些事通常在暗中发生而又循环往复），而萨曼塔·盖默也决定重新找回普通人的生活，原谅波兰斯基，并要求人们还他平静。最终，不可思议的是，人们不愿留给他们平静。从那以后，波兰斯基一直扮演罪人的角色，即使在一些与他无关的案件中。家庭规划局下午毫不绕弯子地在公开声明中明确表态："对于家庭规划局来说，刊登在《里昂-首府》杂志上的那封邀请函发出了一个明确的信号：卢米埃尔中心固守男性主导世界的思想，表达对罗曼·波兰斯基的支持及对美国司法的蔑视。"事实完全不是这样。见面会上的大部分观众是女性；邀请波兰斯基并不想表达一种"支持"；最终，在法国，不管怎样，我们不会因美国司法机关的决定而受影响，连瑞士都对此表示不可接受。

走进座无虚席的大厅时，已有心理准备的罗曼没有出任何差错。也没有任何人来捣乱。人们用欢呼声迎接他的到来。整个见面会洋溢着观众们积淀已久的热情，进行得非常顺利。这个男人对人生有话要讲。数小时之后，当我们在盖勒顿广场上的维瓦雷餐厅吃完晚餐陪他回酒店时，马埃尔偷偷告诉我，这位电影人令她震惊和好奇，因为他精力旺盛，有智慧并永不妥协，让人印象深刻。

4月26日　周二

和家人一起吃完早餐，我又去巡视了一下我们的三间放映厅，接着组织了几次会议，貌似长官的工作。开始着手准备将在10月举行的卢米埃尔电影节。这届电影节围绕着凯瑟琳·德纳芙（对于她的到来我还在保密），而且巧合的是，今年这一届电影节会非常女性化：（继艾达·卢皮诺、谢尔曼·杜拉克和非凡的苏联电影人拉莉萨·舍皮琴科之后）我们将放映多萝西·阿兹娜的电影，并向好莱坞明星致敬。安托万·希在南方文献出版社出版的《好莱坞，女人的城邦》中描述了一些女演员令人意外的生平，并且讲述了奥利维亚·德·哈维兰如何成功终结了女演员被电影公司控制的局面，并夺回她们作为艺术家和女性的自由。

晚上，应 2016 年欧洲杯组委会主席雅克·朗贝尔的邀请，我参加了神经机能病基金会的晚宴。在弗朗索瓦·马圭埃教授的协助下，宴会聚集了众多医生、志愿者、捐赠者。我与杰拉尔·霍利尔及布鲁诺·博奈尔一起支持这项促进头脑疾病研究的善举，前者是足球教练，后者在英保格时代曾是电子游戏界的先锋，今后将引领人工智能。我引用了特吕弗的话："电影评论比医学先进了二十年，因为当我拍出第二部电影《射杀钢琴师》时，某些电影评论家还没弄清楚我的头脑运作。"特吕弗因为肿瘤去世，一谈起这个，总是让我的情绪起伏很大。马圭埃教授作为喜欢橄榄球运动的影迷，谈到那些"伟大、晦涩难懂的电影"，以及头脑如何以另一种方式运作来体会它们。我提及将会永远停留在神秘的 2001 年石碑上的库布里克、从未对《隐藏摄影机》剧本作出解释的迈克尔·哈内克和把那些坚信能解开《穆赫兰道》谜底的网友当作消遣的林奇。轮到我斗胆向医生们咨询关于法国影迷的一个特征：他们对于"闷片"——我在采访中把它们称为"叙述结构缓慢的电影"——的巨大宽容。没有答案。在有些领域里，科学也无能为力。

4 月 27 日　周三

我今天去广播台录节目，待在《法国文化》的播音室里。米歇尔·西蒙这个人精力充沛，学识渊博，一出口就是十分尖锐的问题。对于参加过一千次戛纳的米歇尔来说，只剩下期待了。回到办公室时，克里斯蒂安告诉我："你得给瓦莱丽·布鲁妮·泰特琪、查尔斯·吉尔伯特、塞尔维·皮亚拉、沃纳·赫尔佐格、朱莉·波图赛利、帕斯卡尔·波尼茨及想向你介绍马克·福斯特新电影的斯蒂芬·塞莱里耶回复。应该过了期限，但他还是想让你看那部电影。"查尔斯·吉尔伯特应该是为了克里斯汀·斯图尔特复杂的行程，必须在伍迪·艾伦和阿萨亚斯的电影之间斡旋。另外，评审团的组成受到各方赞许，除了一名年轻的女记者问出："这是故意不安排知名人士吗？"

接待了同样热爱电影的墨西哥大使胡安·曼纽尔·戈麦斯·罗布莱多之后，我召集芬妮·博维尔和斯蒂芬·莱特里尔讨论欢迎派对，也就是我们决定在开幕式那天晚上提供给所有采访人员的一个派对，放映伍迪·艾伦的电影、大使们在沙龙里举行晚宴时，它将在马杰斯迪克海滩举行：正如在《游戏规则》里发生的那样，有上流的楼层和平民的厨房——但人们正是那样娱乐的。"有所改变，不错啊。"带着大厨从戛纳赶来的马杰斯迪克酒店的经理皮埃尔-路易·勒鲁跟我说道。当他们离开时，晚会的风格确定下来了，菜单也决定了，于是展开了一场关于音乐的辩论：芬妮倾向于请一位时髦的巴黎唱片骑师，我更偏向一支蓝色海岸的管弦乐队、一支慢摇乐队、法国流行音乐和意大利歌曲。那是周六啤酒夜的气氛。这使芬妮发出一种略带轻蔑的笑声。当所有人合唱尼诺·费雷里和约翰尼·哈里戴的歌曲时，她就不会再嘲笑我了。

4月28日　周四

在巴黎的最后一天，我起得很早，去"巴士底狱"喝咖啡，看报纸。今晚，我与卡罗琳·施费勒在日内瓦有约，为了与那些在萧邦工作室[19]制作金棕榈奖杯的人们见面。去办公室的途中，我差点儿被一辆汽车撞到。如果在一年中的这个时候住到医院里，应该会非常遗憾吧。我的脊梁骨剧烈地发抖，在一道闪电中，我想到了《生活琐事》中的米歇尔·皮科利："我不想死去，我还不曾回顾我的生活。"

夏纳团队今天离开巴黎，去蓝色海岸安营扎寨。我们要待到6月初才会回来。玛丽-卡罗琳·勒罗伊仔细监督着箱子和行李的准备工作，还要负责我们的合作者及嘉宾的行程，所以她需要与几百张飞机票打交道，解决行程中所有的细节问题。她送走了那些行李箱，里面装着她放进去的晚礼服、长裙、吸烟装、白衬衣、蝴蝶结和漆皮皮鞋，以及便携式音响，为了在办公室里功放《为奔跑而生》和《像一块滚石》[20]。她和负责照看皮埃尔·莱斯屈尔的妮可·波蒂一起照章办事，井然有序，使我很惊奇。电影节开始时，她们的高效达到了顶点。

一切都被搬走了，电脑、复印机、垃圾桶、柜子都被清空了，文件都被打了包。只有克里斯蒂安和与之共事的人周末留在这里，为了完成目录和其他出版物的准备工作。和往年一样，我带着欣赏的心情观察着这种自己有点儿遗忘的有组织的沸腾。没电影看吗？电影节团队在几天里从15名成员变成上千人。我没办法叫出所有人的名字。

午餐时分，奥黛丽·阿祖莱以文化部长身份接待了业内人士和入围的法国艺术家。以往，国家会为他们安排晚宴。所有人都在，包括那些年轻的短片作者，拥有年轻的力量是很好的事情。这是我们今年的第一场夏纳鸡尾酒会，相对于之后在十字大道上举行的那些是一次热身。

数周以来，关于我可能跳槽百代的谣言又死灰复燃，甚至变本加厉，也许是被那些错过故事开头（和结尾）的人鼓躁起来的。有人给我发来塞尔日·卡甘斯基2月在"摇滚"网站上发表的一篇文章，那是一篇充满好意的总结式文章，然而阅读一个活人的职业讣告是相当刺激的。不过，一种固执的观念流传在行业内："即使他否认，最终还是肯定的。""要用辟谣来反击，但这对于电影节无益。"人们这样告诉我。我不会对一些大众根本不在乎的事情辟谣。我最近还和杰拉姆·赛杜聊天，没有什么能够改变我们之间友好的关系。

傍晚，我一路跑了很久，累得满头大汗，心里焦急万分。当我在里昂火车站2号大厅试着登上位于最后一个站台的12号车厢时接到电话："在百代公司，高层认真地考虑过你，认为你会是一个美丽的战利品。"是一个气喘吁吁的战利品才对。

4月29日　周五

为什么入围竞赛单元的女导演如此之少？每年，这个问题都铺天盖地地出现在报纸上，在此我必须好好谈一下。事实上，从事电影的女性本来就比男性少。我几乎没有办法说服那些有时用"戛纳无罪，是电影行业的问题"这种激烈的言辞和我对话的人。几年来，她们的数量在增长中，简单地说，所有女导演（除了凯瑟琳·毕格罗和苏珊娜·比尔）都入选过戛纳官方评选或平行单元：阿涅斯·瓦尔达、安德莉亚·阿诺德、阿涅丝·夏薇依、帕斯卡尔·费兰、凯瑟琳·布雷亚、凯瑟琳·柯西尼、玛嘉·莎塔琵、德芬妮·格雷斯、伊莎贝尔·科赛特、凯莉·雷查德、妮可·加西亚、丽贝卡·兹罗托斯基、薇拉莉·邓泽里、玛丽娜·德·范、瓦莱丽·布鲁尼-泰特琪、麦温、赛琳娜·席安玛、克莱尔·德尼或米娅·汉森-洛夫……我也许漏掉了一些人的名字。

对于女性在电影界地位的讨论是必要的，但当这个问题在强烈质疑电影节的时刻涌现时，我不太想公开辩论不在我职责内的事，况且还要面对一些保持战斗状态的人。在我成长的家庭里，少数派会受到维护和颂扬。但在戛纳选片是不一样的：个人情感的介入不应该是选片者该做的。那些作品入选是因为它们自身的优点。怎么做？我们不会选一部不值得入围而仅仅因为导演是一位女性的影片，那会导致一种无效的定量配给政策。选片过程只取决于我们的品位，也许是坏品位。（但这种品位从那时起就完美地在女性和男性之间公平地存在着！）

我们随事物的状态而改变：一个电影节只是一种整体情况的反映。不管是在电影界还是在其他领域，给予女性的机会肯定是不足的。仅仅把戛纳当作这个问题的替罪羊，不能让我们有任何进步。我们习惯支持别人的斗争——电影节也被用于这一目的，这甚至是好的。但并不只是每年 5 月在戛纳，而是应该全年、在所有地方都针对女性在电影界的地位提出质疑。

除了选片名单，我们也注意女性代表。我们已经看到了，评审团是严格按照男女平等的原则组建的，即使人们可以合理地反驳我说这种"弥补"需要很多年的时间。我们更常用一位女性来装饰我们的海报，但是人们又因此而责备我们。四年前，有 4 位女性入围主竞赛单元，这是少有的历史记录。我当时非常天真地为此感到高兴，忽略了自己对此宣扬过头。这件事被记录在案。然而我其实更

希望人们意识到对性别歧视的攻击如雨点般落在戛纳而不是那些本
应该受到更多指责的地方。当一位女性领导评审团时，影射就开始
了，甚至有人将这件事偷换概念，制造大量无中生有的事情。2009
年的评审团主席伊莎贝尔·于佩尔就成了一场可怕斗争的靶子。当
她被指责将金棕榈奖"送给"执导《白丝带》的迈克尔·哈内克，
因为他们曾合作拍过电影，而她想要获得新的资源，当时为之声援
的人太少。一位男性主席在同样情况下会被指责用一个奖项去换取
未来的角色吗？愤怒应该从这里开始。

安德莉亚·阿诺德做评委的那一年曾经澄清过："我入围过两
次主竞赛单元。我希望是因为人们喜欢我的电影，而不是因为我
是一名女性。"类似的讨论还在继续。

4 月 30 日　周六

"那么，这次选片的最后是不是吵得不可开交？"朱丽叶·法
伏赫今早问我。不，一切都很顺利，没有任何藏有内幕的心理剧，
没有任何公开抗议的导演、抱怨的国家或者大声嚷嚷着你们没有
履行承诺的制片人。我们应付得挺好。"实际上，你得和所有人交
朋友。长期如此，不觉得累吗？"朱丽叶继续问我。她第一次跟我
说这些，是我们在里约电影节上为戛纳庆祝时。她那时嘲笑我的
谨慎。她当时作为片商熟知那个世界和领域。那些大片商，其中
尤数法国人最活跃，他们在电影界里有一种充满魅力的、值得保
持的关系。他们过着一种特别的生活，经常出差，总在协商。多
亏了他们，一个默默无闻的电影人在一个遥远的国度拍摄了一部
电影，然后在戛纳的一间餐厅、韩国的一家夜店或多伦多的一间

时髦咖啡馆里签署合同。

在这个领域，我没有敌人，虽然那些被我忽略的人跳起来要我申明。也许我让一些人失望了，一些被我的决定伤害到的制片人或导演。我知道其中几个，他们甚至可以组成一个俱乐部。其中一个人有一天对我说："你是我的英雄。但是哪天你拒绝我的电影，我就把你放在最后的最后。"这种事真的发生了。

担负这种级别的责任，就不能活在纠纷中。受到攻击时，应该先冷静地后退一步去思考一番。只有当你停止与所有人为敌的游戏，抛弃那种"受害者"和"高傲者"的双重身份，才能作出正确的决定。与他人保持良好的关系是我的工作——我甚至觉得这在生活中也是个好策略。"分裂者"这一可怕的词通常被政治人物使用——为了更好地巩固他们的阵营——却并不存在于我的性格中。即使学习和平这件事，我们已经开始得太迟。

过去，作为一名年轻的影迷，会因为几个充满激情的爱好和一种少年的生存意愿而振奋。这两者必须具备的美德就像胸前的勋章，为了在"迷影"战斗中派上用场（我们不在政治上使用它，而是希望在电影上使用它）。我曾经表现得很差。有些人批评我喜欢的一些德艺双馨的电影人，面对这些，我心里有一种愤怒，一种混合着傲慢和蔑视的感情，而且带着一种自相矛盾的品味：在一些人面前维护苏台或者布里叶，在另一些人面前维护阿克曼或者施特罗布。这些都过去了：有一天，我决定做一个幸福的影迷，像阿拉贡或里维特那样避免辱骂，在串通一气的冷笑中做实事，或者像我们的先驱那样行动，模仿他们的行事，当然，以一种更逊色的方式。如果我愿意承认我这一代没有做什么显赫的事情，那么至少没有屈服于任何幻想，不管是电影还是政治。我在奥利维耶·阿萨亚斯的身上重新找到了这种精神，他从不违背对自己家庭的忠诚，但是在品味方面既不可预料，又敢于探索，而且在生活中也十分谦恭。我从来都不想做评论家。在《狼嚎》这本关于摇滚和乡村音乐的杂志的几个专栏里，我克制着不去表达一些在我看来几个月后就过时的观点（不过我猜到了帕蒂·莎尔法作为东大街乐队的"合音女孩"，会陪着布鲁斯·斯普林斯汀并最终与他结婚）。如何保证对于电影想法的文字表达不会过时？毕竟，从本质上讲，它是随着人们每天从历史和未来中所获取的东西而变化的。与其说"这个好，这个不好""去吧，不去吗？"我更愿意热爱、朝圣、奉献及重提塔维涅引用的维克多·雨果之言："我像个粗人那样欣赏。"

　　一旦进入这个领域，我就迅速地理解：我们不能轻视电影人的工作。所有的影片都是电影创作。艺术家们是特殊的存在。人们不知道一部成功的电影，甚至是一部失败的电影所需花费的精力。因为过多的欲望、失望和孤独，有些人甚至为它而死。没有一个电影人早上起来会想要拍一部烂片。灾难就是灾难，我看不到为此而狂喜的好处，也看不到掩盖灾难的耻辱。

　　有时，事实会证明：一些不那么有热情的电影人曾经是让人惊叹的人物，他们甚至与艺术界的学院派调情，是野性生活中某些个性化的存在。反之亦然。总之，事物的复杂性足以使人谦逊。我想与所有人交朋友，邀请我想邀请的所有人喝啤酒。

注释：

1 格林威治村（Greenwich Village），位于纽约市西区，主要居住着作家和艺术家，战后成为美国现代思想的重要来源。

2 悬疑之堤节，每年在里昂举办的以悬疑惊悚为主题的文化活动，一系列相关的电影、小说、诗歌在该活动上与大众见面。

3《电光火石》（*Dans la brume électrique*），贝特朗·塔维涅 2009 年与汤米·李·琼斯合作的侦探悬疑片。

4《女人的一生》（*Une vie*），莫泊桑的同名小说中文译名是《一生》。

5 摩莉（Molly），爱尔兰作家詹姆斯·乔伊斯的小说《尤利西斯》中的人物之一，她在作品结尾的内心独白里多次以"是"表示答应。

6 詹姆斯·卡格尼（James Cagney, 1899—1986），美国演员，《爵士年代》主角。

7《推销员之死》，剧作家阿瑟·米勒于 1949 年创作的剧本。

8 转会窗（mercato），英式足球俱乐部中，一年中有一个特定时期让足球俱乐部可以收购或出售旗下足球员到其他足球俱乐部。

9 木桐嘉棣（mouton-cadet），法国波尔多产的一种葡萄酒品牌。

10 奥斯特里茨（Austerlitz），拿破仑于 1805 年 12 月 2 日在此地大胜俄奥联军，史称"三皇会战"，体现了拿破仑的军事天才。

11 法国最大的新闻类电视台。

12 古斯古斯（couscous），北非一种用麦粉团加作料做的菜。

13 "要有光（Fiat lux）"，来自拉丁文。

14 特里斯塔娜（Tristana），凯瑟琳·德纳芙在路易·布努埃尔执导的电影《白日美人》里扮演的角色。

15 卡多·巴比耶里（Gato Barbieri, 1932—2016），作曲家，曾担任《巴黎最后的探戈》的作曲。

16 佩索阿（Pessoa, 1888—1935），葡萄牙诗人、作家，象征主义代表人物。

17 玛琳娜·泽诺维奇（Marina Zenovich），曾执导纪录片《罗曼·波兰斯基：罪者出列》。

18 洛朗·布罗泽（Laurent Bouzereau, 1962— ）曾执导纪录片《罗曼·波兰斯基：传记电影》。

19 金棕榈奖杯是在日内瓦的一间名为萧邦（Chopard）的珠宝制作室里设计、制作而成的。

20《为奔跑而生》和《像一块滚石》分别是鲍勃·迪伦的名曲 Born to Run 与 Like a Rolling Stone。

5 月

MAI

5月1日　周日

影评家也是一样。很少有人跟我相处得不愉快，即使是那些表现得最激进和极端的人。在戛纳的天平上，那些有创新想法的将占据优势。影评决定最好和最差的电影，因为电影节期间，没有什么比谈论电影更重要，人们对世界各地的时事都充耳不闻。除了有一次，因为施特劳斯-卡恩[1]事件，它以一种尖锐的方式占据了媒体头条。当事人突然现身戛纳现场，使影节宫的墙壁和电视机都在颤抖，它们不停地转播新闻频道（那是2012年《艺术家》首映的日子，不过最终没有造成太大的负面影响）。几天后，宣传《吾栖之肤》的佩德罗·阿莫多瓦打趣道："法国的政治热点结束了吧？因为今天轮到我的电影登场了！"

电影节期间，我几乎不会注意相关报道——监督它的正常运转就已经占用了我所有的时间。而且我很担心我的神情会随着每篇文章对于竞赛影片或好或差的评价而起变化，每部作品所遭受的伤害也会伤害到我。当我曾是一个普通的电影节观众时，是以看热闹的心态看待那些争吵，如今它则是折磨我的东西，但我知道正是他们思考和交流时的热情和深度造就了戛纳的价值。

2007 年，我成为电影节的艺术总监后，很快有一种被我们之前喜爱的报纸猛烈攻击的奇怪感觉，因为一些导演经常遭到尖酸的讽刺。这造成了我跟媒体暂时的疏远。每天早上看到那些报道时，我都会有去反驳的冲动。不过，我更愿意尝试着听听谣言，听听人们说什么，并且稍微看看大标题，同时避免去看那些无中生有的消息。映后掌声的规模、次日红毯上的评论及几条表达赞叹或者失望的短信就足够了。这才构成一种真正的评价，而不会被一些迅速的或不公平的分析扰乱——因为媒体有时会写些貌似出色实为谬论的东西。

再者，想说服别人的欲望很快就会和紧张画上等号。我个人对于辩论也许十分喜爱，但仅限于我自己在乎的主题。"你不应该对关于戛纳的报道如此生气。"曾在《世界报》任职的让-米歇尔·傅东劝我。对于公开的讨论，他一直是积极主动的参与者，在他看来，当电影卷入其中时，讨论会变得更丰富。他的想法很在理。事实上，我很生气。但是如果某些报刊引起我的愤怒，以致让人觉得我是那种反感一切评论的人，这就很严重：评论是构成电影的主要因素之一，我对此十分感兴趣。此外，它作为戛纳的组成部分，也将戛纳相关的一切聚集在了一起：艺术家、从业人员、影迷、反对者、业余爱好者、嘲笑者和游客，还有新闻界。评论能创造出想法、观点、欲望、快乐、关注。过去，它为我的智力和迷影培训作出了贡献，而且一个优秀的评论家仅凭一篇文章就能让你了解电影人的工作或一部作品背后的秘辛。

处在这个充满猜忌的时代，人们想象着：身处戛纳这样有输有赢的竞技中心会滋生控制欲。而我考虑的正相反：电影节的实力苛求一种必要的对立眼光，这不会在任何情况下减损它的威信——因为在大多数时候，评论家们知道自己在说什么，而且他们非常重视戛纳电影节。对此我十分笃定，希望这种情况永远持续下去。

影评参与了对电影本身的理解，并在我们的生命中逐渐变得举足轻重。这要追溯至20世纪20年代它被路易·德吕克创造出来，其他人则跟随他（或者桑德拉尔的朋友，诗人乔托·卡努度，最早提出了"第七艺术"这一说法）的脚步，我很乐意在这里列举几位对像我这样的人的教育产生过巨大影响的人：乔治·萨杜尔、弗朗索瓦·特吕弗、安德烈·巴赞、罗热·泰耶尔、罗伯特·贝纳永、皮埃尔·比亚尔、让·德·巴隆塞利、米歇尔·佩雷兹、弗朗西斯·拉卡森和塞尔日·达内。毕竟我们是通过观影和阅读学习电影的。在这里，我只提到了故去的人，他们使我受益匪浅。

克劳德·苏台不喜欢影评家，但是也不能接受他们的缺席。让·杜歇以他的方式在题为《爱的艺术》的最后一篇文章中谈到了同样的问题。我上任后，里奥纳德·哈达德在《特艺家》杂志中对我处在这个位置上而质疑影评表示惊讶。我回答说这样做是很自然的反应，意思是在非公开情况下（在这本日记里不一样，我说过，希望在尊重事实的前提下说真话），我会正面而直接地表达自己的观点。另外，说到影评，我们不能一概而论，因为就像其他领域一样，影评文章也是鱼龙混杂。正常地讨论影评则能够避免穿上"戛纳主教"的华服，避免带着僵硬的微笑弹去垫肩上的灰尘，避免高高在上、口无遮拦地评论别人的观点。我无法满足于仅仅为戛纳工作，如果它不能同时让我享受作为影迷的乐趣：谈论作品、电影艺术及其历史。因此卢米埃尔中心对于我而言是不可或缺的。遴选、确定官方评选入围名单并为之承担责任，这把我放在了一个新的位置上，但是与那些重视影评的记者相比，我并没有什么优越感。

有些事情变了，那些以往的"电影节从不回应"的旧信条最终随着世界上各种新媒体和网络的出现而作废。那么多的蠢话在网上发表，那么多的蠢事在传播，以至于假消息满天飞，任何东西只要有了数量优势就会占上风。大部分影评家都出色地做着自己的工作，他们其中的很多人，不管是才华还是积极参与的态度，都令我十分钦佩。周日晚上听他们在《面具和羽毛》节目[2]上争论，于我经常是一种乐趣。我非常喜欢他们的针锋相对，即使是在一种心照不宣的古怪气氛中。有时是因为他们心里很清楚我们的错误的选择，却闭口不言，而只能向我投来同情的目光。但是谈论、争吵及拒绝精神分裂总是具有创造性的，即使在意识到并尊重被安德烈·巴赞称之为戛纳"秩序"的情况下。过去，处于这种秩序中的是我和吉尔·雅各布，从今以后，是我和作为担保人的皮埃尔·莱斯屈尔。

5 月 2 日　周一

在戛纳。这个被技术人员和电钻占据的海滨城市已经准备好疏远那些冬季客人：（比以前少的）俄罗斯新贵、在豪华酒店参加会议的政要和矮鬈毛狗。傍晚时分，相较于前一天，一切都变了样。巨幅招贴画随处可见，广告或固定在巨型帆布上的照片布满城市的街道。

过去，我像所有前往蓝色海岸的里昂人一样开车去戛纳。从里昂去任何地方，我们都开车，20世纪70年代，我们甚至开车去加德满都的福茂之家。通过圣丰匝道驶上南部的高速公路，经过费赞提炼厂和右边倾斜的罗第丘后，穿越一片果树驶下罗讷山谷，映入眼帘的薰衣草地是最早预示夏天到来的信号。历时一天的旅程使我们能够观察周围的一切，适应新环境，意识到世界上最大的电影节就要拉开序幕了。

乘飞机从里昂去戛纳，一个小时就能到达。时间太短，还未作好抵达的准备，但是当我坐到自己的座位上时，心中油然升起一种不可抑制的想要置身于蓝色海岸的渴望。正巧，飞机最后像一个优美的摄影机镜头般地从戛纳到尼斯、从十字大道到英国人大道[3]推移，远处是积雪的山峰。为电影节工作的资深司机多米尼克·菲力在机场告诉我一些当地的消息，然后把我送到影节宫。每年我都怀着同样的喜悦穿过艺术家入口处，跟接待处的工作人员、安保人员、检票员、戛纳市政厅的工作人员及克莱尔-安妮·雷伊科斯打招呼，克莱尔作为指挥现场的负责人，在她那面朝大海和勒兰群岛的办公室里请我喝咖啡。让-皮埃尔·维达尔作为团队中常驻戛纳的成员，稳重且经验丰富。他两个星期前就开工了，就像在自己的地盘上组织电影节，他和女儿维尔吉妮一起出色为指挥工程收尾。我们很难相信十天后一切就要开始了。

整个团队兴高采烈地安顿在电影节附近的街区。晚上9点与杰拉姆·巴亚赫及弗朗索瓦·戴斯卢梭在卡尔顿吃了一顿清淡的晚餐。我再次找回习惯动作：在黑夜中，一边走向城市的深处，一边打电话。

5月3日　周二

昨晚睡得很好。我听完苹果手机里最后传出的法比安娜·辛茨主持的法国新闻广播电台的节目才睡。吃完早餐，我收到贝特朗的一封邮件。为了撰写《美国电影100年》专栏，他放下自己的电影的准备工作。他写道："关于1964年，必须加上维克多·布鲁诺在伯特·托贝尔执导的《扼杀者》中扮演的那个精神分裂的杀人犯：肥胖、自私，带着可怕的笑容，完全被他的母亲控制（令人吃惊的埃伦·科比）。小成本制作，极简装饰，初具雏形的现实主义。这部电影是《波士顿扼杀者》的原始版本，是在杀手招供前几个星期上映的。"影迷们歌颂着他们的失乐园：被玷污的牧场、被发现的藏身处、消逝的怀旧、某些证明曾经存在而不复存在的东西。贝特朗却不是这样的，他永远看向未知的领域。

目前，我们还没开始电影环节，涉及的还完全是后勤方面的问题：酒店房间、会议厅的安排、汽车、司机等。我们花大量时间去探访那些豪华酒店，为宾客们一间间挑选套房。一个大明星化成一栏登记信息里的一个名字。一些不懂得感恩、抱怨活在演员阴影下太累的代理人和公关人员提出更苛刻的要求，他们变得比明星本人更恶劣，而且有时会因为精神过度紧张而在电话里崩溃。我们的状态就像比赛前的球员，在焦虑和不耐烦的争论之间摇摆着——在利物浦的更衣室里，球员们会听摇滚乐，如果允许的话，好像还会喝啤酒。

晚上，曾经营过麦当劳分店、现今已是作家兼导演的戛纳人杰夫·多梅内克把我带到昂蒂布老城的米开朗琪罗餐厅吃饭。传奇大厨玛曼用牛肝菌意大利面、枪乌贼煨饭和包括高级巴罗诺在内的多种意大利酒盛情招待我们。回酒店的路上，我往康托港口方向走了几步，想到刚刚得知于博特·默尼耶过世的消息，他是摇滚乐队"路易的三重奏事件"的主唱——我在里昂与他相识，他是个很不错的家伙，还画漫画，写诗。靠海的一边，能分辨出灯光和大型客轮；而位于另一边的城市街区，成了海上的克里特岛⁴、加利福尼亚的丘陵，别墅里都在上演狂欢和宴会。夜晚令伤感的情绪涌上心头，但是置身于此，在照亮十字大道的大酒店墙根下，凝视着这片神秘的海湾，又是一种无限的特权。

5月4日　周三

戛纳电影节日程表制作完成。在电影节期间上映的影片，将于同一天在戛纳电影节和各大电影院和观众见面：伍迪·艾伦的电影作为开幕电影，朱迪·福斯特和布鲁诺·杜蒙的电影分别安排在第一个周四和周五。阿莫多瓦的电影在第二个周三上映，因此被安排在前一天，范霍文的电影《她》也是如此。另外，依照我们许诺的，把斯皮尔伯格、杰夫·尼克尔斯和西恩·潘的电影分别安排在第一个周六、第二个周一和周五。第二个周四的晚上10点曾经是《妈咪》的位置（这个位置之前属于《阿黛尔的生活》）：泽维尔·多兰出于迷信，要求再次获得这个位置。阿斯哈·法哈蒂在5月20日周六晚上10点压轴。其他电影以相对协调的方式被安插在这张必须照顾到每部作品的日程表中。

　　我度过了工作弹性很强的一天：接受一系列主题迥异的采访。距离开幕仅剩下一周，那些电影作品前所未有地吊人胃口。人们谈论电影时大概分为两种流派：其中一种会直呼"这是杰作"，趁机标榜自己明智的选择。在这个行业中，有人通过这种方式实现自我满足（但是也许它隐藏了选片者也会有的疑虑），因为一部分媒体在没有看电影的情况下把这当作全部的依据。另一种我更喜欢的方式是尽可能主动地把作品的影响力降到最低，最终却让那些影评人惊讶。我既不能把我们介绍的电影占为己有，又不能代替评论界：官方评选是一趟旅行，是电影行业现状的一次即时反应，而且它应该未经炒作、没有保留地直接送交给那些接下来要评估它们品质的人。

　　《今日美国》杂志的亚历山大·布莱恩就明星、丑闻和红毯事宜采访我，而《生活》杂志的弗雷德里克·西奥博尔德提及他有时会惊讶地在戛纳看到一些类型片。类型片在电影史上享有的威望及其在当前体制中极低的认知度之间的矛盾总是令我觉得不可思议。吴宇森于20世纪90年代在香港成功执导的那些电影并没有让他因此入围有知名度的电影节，而当吉尔把柯蒂斯·汉森那部精彩的《洛城机密》放在主竞赛单元名单里时，有人曾为此愤慨。希区柯克只是悬疑片导演还是一位伟大的导演？约翰·福特虽然一直自称西部片导演，但他并不只是"一个拍西部片的美国人"；而让-皮埃尔·梅尔维尔的电影展示的世界观超越了"警匪片"。类型电影首先是电影。我们自问：对那些面向大众的电影的某种鄙视，难道不是一个传统的电影"阶级"问题吗？在我看来，侦探小说长期都处于这种境遇，直到纪德赞美了西默农。去年，由丹尼斯·维伦纽瓦执导的打击贩毒集团的影片《边境杀手》并没有得到应有的赞扬。同样，那部名为《荒蛮故事》的绝妙的阿根廷黑色喜剧虽然让电影节观众哄堂大笑，却没有取悦评委会。类型片很少获奖，好像评委们不敢把奖项颁给那些不是明确地走艺术路线的电影。今天，电影人们喜欢混合多种风格。没有类型片，世界电影总量将减少 80%。

5月5日　周四

我沿着马赛—尼斯之间的铁路往瑞昂莱潘方向慢跑。当我与斯科塞斯在"特透之家"共进晚餐时，他曾提到《红菱艳》里出现的这条道路一直以来令他印象深刻，令他必然地想到莫伊拉·希勒在迈克尔·鲍威尔的电影中悲惨的死亡。这个冬天我经常跑步，但还得再减些体重，才穿得上我的礼服。途中，碰到一小队骑行者，一些从市场上回来的主妇和待在船上的戛纳人（让人联想到波比·拉波因特）。我反复听着雷诺的新专辑，非常喜欢那些古典吉他独奏的改编。文森特·林顿说得对，这不是雷诺的谢幕。

经过马丁内斯酒店时，我注意到一些情况。往年相继把《不在任何其他地方》和《大新闻》节目组的摄影平台搭建在酒店下面、占据十字大道尽头处海滩的法国电视四台不见了。即使它有时被指控实行媒体轰炸，过度宣传一个电影节，但是没人能否认这个电视台在戛纳历史中谱写过优美的篇章。法国电视四台曾经是一帮坏孩子、一群逃进传奇夜总会里的疯子，他们不断地在电视行业进行创新，异想天开的节目屡屡创下收视奇迹，是他们向公众展示了戛纳狂欢宴会前厅里神秘的一面。今早突然爆出他们将缺席的消息，令电影节首当其冲地受到了牵连。

为了远离那种被抛弃的感觉，我陆续拜访了杰拉姆·巴亚赫和法布里斯·阿拉尔。前者向我提供了电影市场方面的乐观数据，后者告诉我申请采访证的人数在增加。回到影节宫三楼时，遇到凭着多年经验在我们的技术和行政事务管理方面有条不紊的弗朗索瓦·戴斯卢梭。他向我确认伯纳德·卡泽纳夫和大卫·里斯纳德下周一将举行安保方面的新闻发布会：这是我自己不愿在访谈中提及的主题。我给皮埃尔打电话告知一切事宜。他明天到，我已经感觉到了他的迫不及待。这样更好。

我们在勒卡内的米其林二星餐厅愉快地吃了一顿由布鲁诺·欧格亲自掌厨的晚餐。克里斯蒂安·热那和塞缪尔·弗赫讲述他们的戛纳经历、参加过的那些成功的庆功宴、没有放出来的烟花，还有晚上灌了很多杯伏特加之后和参加电影节的几千人在俄罗斯货轮上庆祝康涅夫斯基的电影《死亡与复活》，等等。这种疯狂还会重现吗？或者只是一个时代的特征？我们必须重新创造、营造新的乌托邦，这可以避免被那些对评审团不满的人操控——影评人想让影评人当评委，作家偏好作家，技术人员则觉得他们更合适。

我想念女制片人法比安娜·冯涅尔。三年前，她庄重而安详地离开了人世，使她的两个儿子和弗朗西斯避免因其身体和精神上受到的折磨而更加悲伤。当她最后一次从巴黎出发来参加戛纳电影节时，我们用短信联系，仿佛一切如常，她想知道关于电影和艺术家们的一切。我记得那些快乐的日子，也记得她。她为我担心，为一些事情祝贺我，为另一些事情骂我。如果她在世，今年她依旧可以住在那家大酒店的房间里，我依然可以在红毯上拥抱她，生活依然会如那般继续。

5月6日　周五

让-皮埃尔·利奥德答应接受荣誉金棕榈奖。这既不是因为他在阿尔伯特·塞拉的电影中的精湛演技，也不是因为在交流中我感受到了他的幸福、热情和良好的状态——自从特吕弗去世后，他给人的印象是陷入了无法走出来的低谷，处于逃避或流亡之中。我希望让他回归现实，让人们重新听到他的声音。我们将庆祝这个1959年出生在戛纳的好动而外向的孩子、这位充满个性和诗意的男演员、这位在超过四十年的时间里充当最伟大的电影作者们（从特吕弗、戈达尔到贝托鲁奇和厄斯塔什，从里维特、阿萨亚斯到考里斯马基和蔡明亮）的忠实陪伴者：我们应懂得回报那些给予我们太多的人，让-皮埃尔·利奥德正是其中之一。

周末之前的最后一次夜间散步。我听着大卫·达令的音乐，他为戈达尔的最近几部电影（我意识到自己总是回想起让-吕克）及关于日内瓦湖的镜头锦上添花——我们应该称日内瓦湖为罗尔湖。冰冷的钢琴和大提琴、低沉的乐器和冰冷的音乐。我是那种在夏季想念冬季而在冬季想念夏季的人。年轻的时候，我曾经在7月去寒冷的南半球搭乘巴塔哥尼亚的公交车，还骑着瓦加杜古的羚羊去阿比让过圣诞节，因为米卢斯航空公司的包机会停在前一个地方。孤独让我放松、开心、悲伤。情感的变化正是沿着这个顺序。如今，对孩子们的担忧已经代替了这些。那种远离的需求不再相同。拉丁美洲的七月曾是我在这个世界上最喜欢的季节，坐船从奇诺埃岛行驶到蒙特港，在那里坐夜车一直到圣地亚哥。我经过山口和湖泊，穿过山脉，乘大巴和越野车去门多萨或内乌省，为了发现一些我不知道的路线，或在布宜诺斯艾利斯核实去巴里洛切的火车是否总是从宪法广场出发。从那以后，那里再也不是出发地了。我很想重温巴塔哥尼亚之旅，往下走，一直到蓬塔阿雷纳斯，在那些橙蓝相间的小旅馆客房里入眠，在海边醒来，不知自己身处何处。没有手机，远离网络，就像过去带着领事馆的信函，在理瓦达维亚的邮局窗口领取信件，还有那些通话质量极差、以每20秒跳一次价的可怕频率收费的电话。

5月7日　周六

皮埃尔·莱斯屈尔戏剧性地亮相了：昨晚，我们去马丁内斯酒店的二星级餐厅试吃克里斯蒂安·希尼克罗皮下周二将为评审团准备的晚餐。一旦涉及评委们就会保持警惕的罗丽·卡泽纳夫作为一名要求严格的试吃者也在场。还有酒店老板亚历桑德罗·克雷斯塔，他热情洋溢地表达了对电影节的赞美。这是一个美好的夜晚。

去影节宫之前，我正好看到《海角擒凶》的结尾。从中可以看出，只要关系到身体和头脑的呈现，希区柯克就会四处放置摄影机。他也是一个介入者，一位全能的电影人：在这部讲述美国参与1942年战争的所有必要性的电影中，坏人从自由女神像上掉落丧命之前，出现了这些关于纽约的镜头：人群、汽车、港口、卡车、电影放映厅里的死亡、一艘搁浅下沉的船、一些让人感觉第一次看到的关于曼哈顿的全景。系统地重看希区柯克的所有作品是一个美妙的计划。我将在明年夏天实践之，至于德莱叶、沟口健二、帕索里尼，弗里茨·朗、布努埃尔的作品，我也要全部重温。威尔斯说过，电影是一列绝妙的电动火车——对于我们这些排片者和影迷，它的历史就是一个巨型的甜点。

下一届卢米埃尔电影节，继去年的杜维威尔之后和 2017 年的克鲁佐之前，我们将重温马塞尔·卡尔内的作品。多年后对这三位曾被电影学会忽视的电影人表达兴趣可能会被认为是修正主义。去年，作为开幕电影的杜维威尔的《穷途末路》就极大地激怒了我们的老朋友让·杜歇，他竭力贬低这部电影，找到几位听众来宣读六十年前准备的演讲，大意是："雷诺阿万岁，打倒杜维威尔（和其他几个人）。"雷诺阿和杜维威尔，我们都喜欢，还有贝克、卡尔内、格莱米永、梅尔维尔和格朗吉，以及很多其他导演。

"玛丽-卡罗琳，你还好吗？"我对明显在生气的助手说。"还好。我只对少数人生气。"在这种情况下，我最好躲起来：她的存在保证了电影节的利益。办公室里弥漫着一种欢快的气氛，而海上的风——能把开幕式那天的乌云吹散。我们在做音乐方面的准备工作，布鲁诺·姆诺兹做唱片骑师，妮可·波蒂要求用让·费拉的音乐。日常事务占用了我们所有的时间：保证现场的活动顺利进行、整理堆在一起的邀请函、准备欢迎酒会，和前所未有投入的劳伦斯·徐洛一起反复研究如何布置开幕晚宴的桌子。

由克里斯蒂安按时并出色完成的活动时间表已被传到网上、送到印刷商那里。我们总是害怕犯一些不可避免的错误，但是一切貌似进行得很顺利。几乎太顺利了。通常，周六已经吸引了不少人，游客或先到的电影节观众。不过，今年有一种古怪的平静笼罩着十字大道。我们预计会涌现大批电影节观众，但是其他那些同样为电影节制造气氛的人呢？今晚是团队聚会，但是我和皮埃尔要违背诺言了：我们乘飞机去看里昂对阵摩纳哥的比赛。在那个让巴黎圣日耳曼队的前老板目瞪口呆的里昂奥林匹克公园里，里昂队非常轻松地赢得了比赛，最终获得冠军赛的第二名。坐在四角的球迷们的欢呼声震耳欲聋，最后他们以墨西哥人浪[5]支持眼中含泪的让-米歇尔·奥拉斯。他们有点儿过度利用自己支持队的优越成绩来讥笑其他的球队。为了对摩纳哥队的支持者文森特·马拉瓦尔表示歉意，我引用了利诺·文图拉在罗纳执导的《我们不要生气》中的台词："我不批评滑稽的那一面，但是对于一场公平竞技，还是有些别的可说。"不知道这能否安慰他。

5月8日　周日

今早，拥有飞行员驾照的杰拉姆·巴亚赫制造了一个惊喜，他开飞机送我们回戛纳。这架不稳定的小飞机在离梅捷和艾克兰山不远的韦科尔地区和针峰上方飞过。飞机轻轻掠过山顶，我们仿佛坐在一架直升机里。"一架小破飞机？一架直升机？"杰拉姆逐一反驳我们，"这可是卷云SR20、单发动机的滚装，我们正以时速250公里飞行！"沿着右侧往南边飞，一个俯冲到达戛纳机场。一路上有风，但路程很短。或者说路程很短，但有风。怎么说，取决于我们是否害怕。作为驾驶员老大的杰拉姆，悠闲地跟我们聊着天，并且建议我来驾驶。皮埃尔表示拒绝。万一遭遇不测怎么办？最终，我们安全到达终点：电影节将如期举行！

办公室里，罗丽·卡泽纳夫递给我她最重要的备忘录："蒂耶里，这是评审团成员到达戛纳的时间和安顿情况。"

周一

12:15	乔治·米勒	马杰斯迪克酒店
14:25	克尔斯滕·邓斯特	马丁内斯酒店
15:20	唐纳德·萨瑟兰	卡尔顿酒店

周二

11:00	瓦莱丽·高利诺	卡尔顿酒店
11:00	拉斯洛·奈迈施	马杰斯迪克酒店
12:05	麦德斯·米科尔森	卡尔顿酒店
12:35	凡妮莎·帕拉迪丝	马杰斯迪克酒店
14:15	卡塔咏·夏哈毕	万豪酒店
16:50	阿诺·德斯普里钦	马丁内斯酒店

下午，我们决定确认……另一部入选的电影。这部片名叫《自由斗士》的纪录片是导演伯纳德·亨利·莱维沿着伊斯兰国控制的领土与库尔德战士驻扎地区之间的边界线拍摄的。这部严肃的电影为佩什梅格[6]那些被世界忽略的人发声。电影解释了这些英勇无畏的战士的存在使得伊斯兰国对整个世界的恐吓不会成为一种宿命。他们看着平原说："为什么不让我们进攻？"这些人貌似被抛弃的少数抵抗者，他们的坚强和勇气让我们热血沸腾，并感激万分。对于我、克里斯蒂安及同样看过影片的皮埃尔来说，

没有任何疑问：电影节就是为这样的电影而存在的，而且，如果正如我们所听闻的，那些佩什梅格因被电影节邀请而感到骄傲，那就让我们为他们庆祝！突然，一个前所未有的想法在一向乐观积极的我的脑海中闪过：万一这部讲述伊斯兰国终将被击败的电影使电影节陷入危险之中呢？我向伯纳德·亨利·莱维确认了电影已入选，但是出于谨慎，我们会在最后一分钟宣布这个消息。

晚上在"特透之家"餐厅与劳伦斯和缺席的保罗·拉萨姆共进晚餐：他不得不待在伦敦，但又拒绝取消我们这一年一度的约会。我们是因为想到了他才决定去皮埃尔-雅克及其团队在戈尔福瑞昂海景餐厅品尝马赛鱼汤和大蒜面包。他也觉得餐厅很幽静。保罗在电话里说他为我们骄傲。而另外一位人道主义者更胜一筹：几天前，我在法新社看到由约里斯·菲奥里提撰写的一则令人感动的快报，是关于出演《奥萨玛》的两位演员。那部电影于2003年在戛纳放映，之后获得了金球奖。玛丽娜·戈尔巴哈利和诺尔·阿兹兹逃亡到法国，住在德勒的一户人家里，生活十分不稳定。他们试图获得避难权。约里斯·菲奥里提给了我他们的联系方式，我承诺邀请他们并提供帮助。出生在撒马利亚的劳伦斯跟他们联系上了：他们会来戛纳。

5月9日　周一

据克里斯蒂娜·艾穆反映，媒体方面状态良好，委派人员增多，来了许多美国记者，报道也很友善。门户网站和社交网络上专业人士的巨大规模证明戛纳是与时代同步的。但是电影和八卦之间的关系不应该因后者而失去平衡。另一个担忧：有几家外国报纸跟我们国家的一样，陷入了财政危机，无法派记者来。还有些曾经为戛纳作出贡献的资深人士，因已退休而无法自费来戛纳。我们邀请了其中的一些，但是还应该扩大规模。

和吉纳维芙·彭斯以及阿兰·米罗一起对"一种关注"单元的麦克风和灯光做最后的调试，这是我们在德彪西大厅重复的基本原则。与高效且从不知疲倦的弗雷德·卡索里和克莱蒙·勒穆瓦纳讨论的是关于即将到来的电视-广播马拉松的细节。最后是与米歇尔·米拉贝拉的会议。电影节期间，米歇尔俨然成了一个决定成功与否的中枢机构。米歇尔生性稳重，拥有巴黎白领的优雅身形，一旦到了戛纳，面对问题、骚乱、上百个需要作出的决定、电影团队、放映厅的入场问题等等，都能应付自如。如果我要去攀登珠穆朗玛峰，一定带上他！

下午4点，一支车队带来了内务部长、戛纳市长和行政委员会的主席，他们是来影节宫的十字沙龙进行一场会谈，旨在介绍第69届戛纳电影节的安保情况。空气中弥漫着一种庄严的气氛："恐怖主义风险在升高""大型活动会受到监控""警方特别出动"……之前我们对于这种会引起焦虑的展示持保留态度，但是伯纳德·卡泽纳夫、大卫·里斯纳尔和埃里克·西奥提以一种近乎演讲比赛的方式对此表达了强烈的信念，才打消了我们的疑虑："这是在宣告：戛纳电影节是世界上最后一个会发生恐怖袭击的所在。我们越展现出最大程度的安全保障，电影节越不会脆弱。"立此为证。为了避免"隐瞒"的嫌疑，送内务部长上车时，我和皮埃尔提到了伯纳德·亨利·莱维的电影及其敏感主题。"我知道了。"伯纳德·卡泽纳夫回答道，"至于你们，做该做的。"

　　虽然这个周末的游客没那么多，但是参加电影节的人正陆续到来。在他们中间，有一个叫"戛纳迷影会"的协会，聚集了来自法国各地的"业余"记者。他们让拉博卡一间名叫"独角兽"的市政大厅热闹非凡。他们是戛纳这捧花束里最灿烂的花朵：我从来都不会错过这个约会，因为它，我在整个电影节期间都热情高涨。

　　两个小时之后，影节宫的德彪西厅里聚集了艺术与实验影院的经理，由此拉开了法国艺术与实验影院协会交流会的序幕。也多亏了他们，法国才成为一个电影大国。他们的出席及已经选购和评论的电影让我觉得2016年戛纳电影节终于开始了。

　　晚上8点，我的新任司机文森特·阿瓦雷在艺术家入口处等我。这个年轻人亲而沉默。从早上开始我就没有吃任何东西，所以我带着两倍胃口去与乔治·米勒共进晚餐。之前我们时不时的通过短信聊了很多，如今终于见面了。他评论了一下评审团的组成，并且询问我每个成员的情况，其实他已经看过每个人的电影和简历。很快，就变成我询问他的工作、他与好莱坞的关系以及20世纪70年代澳大利亚电影的新浪潮。我还问到他执导的《罗伦佐的油》。这部冷门佳作讲述的是一个患病小孩被他的父母苏珊·萨兰登和尼克·诺特拯救的故事。他十分亲切地回答我的问题，向我讲述他如何从医学转到电影，并谈论起孪生兄弟以及《综艺》杂志的记者大卫·斯特拉通对悉尼影迷的重要性。他思维缜密，笑容可掬。我们很难想象这位71岁的绅士在澳大利亚的灌木丛里重新定义了暴力动作片。

虽然天气很潮湿，但我仍在十字大道上散步，享受夜间打电话的乐趣，而且收获一个惊喜：迈克尔·西米诺。戛纳电影节的开幕让人们想起我。我很高兴与迈克尔聊天。我们约定，他10月再次来里昂——去年一整年没有邀请他是我的错。他经常来法国，我们曾经蠢到担心他会不会来得太频繁。挂了电话，我觉得自己变得轻松而顽强。夜幕降临，空气变凉爽，风把康多港口船上的旗帜吹得哗哗作响，就像是一个最后的夜晚。预报周三有雨，不过我不在乎。我给杰瑞·沙茨伯格打了个电话，只是为了听听他的声音。他、迈克尔、耶日·斯科利莫夫斯基、阿巴斯·基亚罗斯塔米等，我现在几乎想邀请他们所有人来戛纳与我团聚。我希望一直能拥有这些朋友。

5月10日　周二

天空是灰色的，但是海很美。在卡尔顿酒店，接待我的是一群笑容可掬的工作人员：打扫房间的清洁工、服务员、厨师、管家。每年我们都要在一起待上三个星期。我与老板弗朗索瓦·萧彼奈和埃里克·阿瑟托擦肩而过：他们对入住率非常满意。"到了下周末就不是这样了！"他们总是这样说。这是我来餐厅的最后一个早晨，之后都会在客房里吃早餐。出发之前，我与卢米埃尔中心的托马斯·华莱特通电话，最后一次剪辑向乔治·米勒致敬的视频，它将在开幕式上播放。

我正接受一个采访时，疏散警铃突然响彻影节宫。有些人逃离，另一些人则呆立原地。这只是测试警报。积极的方面：既没有出现混乱也没有造成恐慌。返回办公室，我对于库尔德电视台记者的出现很惊讶：他们难道听说了那部关于佩什梅格的电影可能参赛的消息？不，他们来到这里，"因为我们想参加世界上最大的电影节，蒂耶里先生"。我认为自己正确理解了跟我谈话的那位应该是当地的明星记者。他的问题提得很好，饱含了对戛纳和电影的热爱。这振奋了我的情绪。

伍迪·艾伦到了，"并且精神不错！"他的新闻专员告诉我。我刚刚在访谈中把他比作莫里哀，说他在戛纳反复亮相就像《太太学堂》的作者亮相法兰西剧院：顺理成章，备受期待，在艺术层面上不容置疑。在卡尔顿的酒吧里，我拥抱了他的制片人莱迪·阿伦森和宣传代表莱斯利·达特，后者向我表达了她一年一度的祝词："亲爱的朋友，致以我最美好的祝愿！"

换装后，我前往马丁内斯酒店：和皮埃尔一起迎接评审团，第一次正式会面，一个小时的会议之后，在金棕榈沙龙共进晚餐。罗丽·卡泽纳夫准备了座位图，并且为每位成员整理了各种资料。在那一个小时里，我们谈论他们这一段时间里要参加的活动以及电影节的规章，其中的《第8号条款》具体说明了奖项的颁发事宜，比如金棕榈奖和评审团大奖之间性质的区别，以及禁止把另一个奖项颁给最高奖的得主。

对惯例的遵守和尊重方面，皮埃尔贯彻得极其得心应手，而我有自己的专属笑话——我承认每年都是一样的。我认识他们中的每个人，除了凡妮莎·帕拉迪丝，只是某天晚上在里昂见过，不过她一下子就给我非常美好的印象。翻译阿莱克斯·坎贝尔轻捷地翻译那些重要句子的片段，使会议交流十分流畅。掌声响起，意味着这个团队成立。当被我们交予"电影节钥匙"的乔治·米勒作最后发言时，我和皮埃尔意识到真的要开始了。这一印象在晚餐时被强化，因为那时嘈杂的能量似乎足以使十字大道热闹起来，过去，满大街看热闹的人群都是为了《大新闻》节目排练或者盯着出现在阳台上的评委们。被我不断追问关于《柳巷芳草》《卡萨诺瓦》和《1900》的唐纳德·萨瑟兰由他的妻子，魁北克女演员法兰欣·蕊赛特陪伴着，后者坐在皮埃尔旁边。唐纳德健谈、活泼、亲切，即将粉墨登场。

至于后续，一如传统：有些羞涩的人更愿意回到自己的房间，有些人因为时差已经睁不开眼睛，还有一些人我们感觉是不会早睡的。我们和克尔斯滕·邓斯特、麦德斯·米科尔森及其妻子，还有拉斯洛·奈迈施和阿诺·德斯普里钦一起前往戛纳老城区的玛苏餐厅。"你们能保证不会待太晚？"担心评委们明天精力不够充沛的罗丽警告我。然而，我们待得还是有点儿晚。克尔斯滕和麦德斯展开热烈的讨论，奈迈施和德斯普里钦也一样。我和十分开心且友善的阿诺谈起我们的主题：关于电影的写作和影评问题。阿诺是一位真正的作家，我很高兴跟他重逢。

明天，严肃的事情就要开始了。我对坐在隔壁桌和朋友吃饭、迷人的克里斯汀·斯图尔特作了个手势，明天要为《咖啡公社》进行媒体拍照宣传，所以我们还会见面。躺到床上，我在网上看到一篇关于我的访谈，大标题是我说的："这届电影节将是充满惊喜的一届。"我不知道自己为什么会说这样的话。

5 月 11 日　周三

新的一天从一条无比美好的短信开始："亲爱的蒂耶里，今年你要让谁经历一场梦幻的戛纳之旅？就像去年你带给我的那个难以忘怀而又不可思议的经历一样？祝愿今年的戛纳电影节盛大、美妙！祝好！艾玛纽尔·贝克特。"

今天上午，当来自世界各地的媒体观看伍迪·艾伦的电影时，我们仍在处理那些觉得自己被电影节怠慢的人的采访证申请。我们没有意识到戛纳激起了人们如此强烈的渴望和失落。优越的社会地位、美貌、金钱、天赋，等等，在这里不再重要：在电影节的光环下，每个人都像个孩子。

我遵循各个部门的安排，并承袭吉尔·雅各布时期的传统。因为规章非常明确，所以大家各司其职：小到严守入口，不让你有哪怕一丝机会溜进场去看电影的检票员，大到处于电影节最高职位的礼宾司，坐在离放映机最远的卡座上，一回头就能看见那些大明星，是戛纳等级链中最高位置的象征。不是坐在楼厅，或者背靠着后面的墙壁，有时会觉得有些孤单。最终，并不。曾几何时，我也穿着里衬磨坏的礼服。虽然着装很寒酸，但是很开心，因为我置身在那宏伟的放映厅，看着那些电影。那些回忆仿佛就在昨天。时至今日，当我在台上发言时，面对着楼厅上的观众，戛纳天堂的孩子们，热爱电影的"流氓无产阶级"[7]，我总是开他们的玩笑，回应我的则是他们的口哨声、笑声和鼓掌声，因为他们知道我不曾忘记他们——我是其中一员。

开幕式的排练基本结束，由薇罗尼可·凯拉负责的电影节电视直播也准备就绪。我仍在陆续收到朋友们的短信：马丁·斯科塞斯和玛格丽特·伯德、达伦·阿伦诺夫斯基和亚历山大·佩恩、丹尼尔·奥图，甚至让-克劳德·基利。比这些更鼓舞我的是抬头看天空时惊喜地发现与糟糕的天气预报不符。11点50分，"摄影师们的电影节"在里维耶拉楼顶开幕。就像往年一样，我向他们致谢，与资格最老的寒暄一下。他们聚集在媒体宣传拍照的阶梯上——我只能用一个英语词来表述这一拍照宣传活动，他们哼着歌，互相挤着逗乐。我非常喜欢他们，因为他们就是戛纳。几分钟之后，伍迪·艾伦、克里斯汀·斯图尔特、布莱克·莱弗利和杰西·艾森伯格到达时，摄影师们用闪光灯，观众用尖叫声和鼓掌声热情地迎接他们。对于一个电影团队，在面对戛纳大审判之前，没有比这更令人宽慰的了。

午饭过后，评委们登场。他们容光焕发，迫不及待地要入场。我们与特里斯坦·卡尔内、执导开幕式的KM团队及担任典礼司仪的罗兰·拉斐特见面。我们向每个人解释入场的方式以及乔治·米勒将在哪个位置发表简短的演讲。而后，宣布电影节开幕的文森特·林顿和杰西卡·查斯坦走上前。我很高兴他们两位出席，喜欢看到朋友们成为朋友。忽然，我在后台惊喜地发现凯瑟琳·德纳芙竟然来了：罗兰邀请她来做一个小型的惊喜开场。突然，杰西卡变成了一个小女孩，十分吃惊地面对着她，饱含激情地赞扬她。现场一片美好氛围。评委们也大吃一惊。我告诉他们，为了让他们感到绝对的自由，从现在起，他们可以自由行动，远离我和皮埃尔。"但我们还是会谈论电影，还是会偶尔见面吧？"瓦莱丽·高利诺问道。

5点30分。之前我竟会觉得戛纳弥漫着一种奇怪的安静？现在不会了。我接待了抵达大饭店的文化部长奥黛丽·阿祖莱。普

朗图 [8] 把他刊在《世界报》上的素描献给电影节，这是另一种传统。在德彪西厅里，杰弗瑞·卡森伯格正与贾斯汀·汀布莱克和安娜·肯德里克一起为《魔法精灵》做宣传。我溜进去只是为了现场听他们精彩演唱辛迪·劳帕的《真实的色彩》。这是我从喧嚣中解脱的四分钟。他们稍后将去红毯上加入我们。人潮汹涌，仿佛随时能掀翻影节宫。太阳又出来了，这是大日子的好兆头。观众、游客和狂热的粉丝们聚集在十字大道和广场上。当第69届戛纳电影节的大门向宾客们敞开时，我和皮埃尔穿着礼服，接受资深主持人米歇尔·德尼索的采访。我们终于站到了红毯上，只有当压轴的《咖啡公社》团队走完红毯，开幕式才启幕，我们才会退场。

7点15分。红毯重新变成寰宇的中心。十字大道上聚集了黑压压的人群。伍迪和他的演员们在一片热情的欢呼声中到达。大厅里的灯光被熄灭。罗兰·拉斐特登场。而……他的表现不怎么样。不对，我这么说不公平，他演绎的节目很精彩，优雅迷人，舞台装饰十分华丽，镜头中的他很不错。但是一个玩笑毁了这场演出："近些年来，"他看着伍迪·艾伦说，"您在欧洲拍了多部电影，而您在美国竟然没有因为性侵而被判刑。"当晚坐在大厅里的是开幕式的正式观众，他们一般比较习惯于放声大笑，然而现在台下一片死寂。剧组所坐的第一排，人们尴尬地互相对视、摇头。搞砸的时候，我是有感觉的。这次确实搞砸了。我不知道罗兰是否意识到了，但是接下来他在观众的冷漠中继续，完全无法挽回不想回应他的观众。虽然全场热烈欢迎凯瑟琳·德纳芙和评审团，但是当马修·臣迪向普林斯致敬的压轴节目登场时，他们不是很热情。

中场休息时，立即感觉到风声四起。有人觉得罗兰·拉斐特干得漂亮。一个朋友给我打电话："罗兰·拉斐特的玩笑开得太过了，但这事儿也不能怪他。反正我笑了。马修·臣迪太棒了。总体来看还是不错的，气氛后来逐渐变好了。"一个朋友说："你之前不知道主持人的台本吗？"不，事前我们并不知道，因为开幕式典礼属于法国电视四台的业务范畴。我和皮埃尔昨天只观看了一部分排练，听到一些不得体的内容被修改或删除，但是我们没想参与其中。我们其实应该参与的……问题是，这种口味的幽默不适合戛纳。瑞奇·格维斯在金球奖上出过类似的乌龙，但是我们就没有放在心上。

中场休息后是欢迎宴会。我对于成功漠不关心，因为我心里有些不安。放映电影时，我找到了伍迪·艾伦。他不参加放映会，只在片尾字幕出来的时候返场，这是事先说好的。不过他空着的座位还是引人议论。伍迪在六楼吧台和妻子宋宜安静地聊天。"伍迪，如果冒犯到你，我很遗憾。""不要担心，我很清楚那并不是出于恶意。我了解这个行业。""这并不妨碍……""不，真的，一切都好。你知道，如果是我，也会不惜一切代价博人眼球。"他还补充道，"你在电视上把我比作莫里哀，其实令我更尴尬。"

5月12日　周四

在"最好的戛纳开幕式"系列中，备受好评的《咖啡公社》一定会入选。在庆祝晚宴上，我招呼的桌子上既有电影团队又有杰西卡·查斯坦、文森特·林顿和莱拉·贝克娣。皮埃尔·莱斯屈尔在他的桌上接待部长、市长、国家电影中心的主席、官员们以及所有人都瞩目的凯瑟琳·德纳芙。

对于坐在专属桌子上的评委们来说，这是一次愉快的观影。2002 年，当我成功地把伍迪·艾伦邀请到戛纳时，那是他的第一次戛纳之行。也许有一天我能说服他进入竞赛单元？我不抱太大希望。但愿他能再来。不管怎么说，没有人再谈起那段意外插曲，人们已经忘记，并且有更好的事情要做：在开幕晚宴上，大使沙龙会正如高峰时段的火车站大厅，许多宾客站起来开始社交：拥抱、互换名片、出去抽烟。某一刻，由于人们走来走去，没有一张桌子的宾客是满的。

在马杰斯迪克海滩上举行的露天欢迎宴会人满为患，2,000 多人陶醉在火腿和流行乐中。周三晚上放映的竞赛单元第一部电影的媒体场结束之后，一部分记者通常会加入庆祝的行列。那还只是少数：辛苦的影评人们都早睡。

我总是会待到晚宴的最后——就好像需要我留在那里收拾残局似的。玛丽下午到了之后很想找点儿乐子。一些朋友也在，包括即将在"影评人周"凭借《维多利亚》大获成功并参演入围主竞赛单元影片《她》的维尔吉妮·埃菲拉、2014 年获得评审团大奖的爱丽丝·洛尔瓦彻和向我吐露下一部电影主题的保罗·索伦蒂诺，他执导的《年轻的教宗》已经进入剪辑的尾声。还有我好久没有联系的德国导演法提赫·阿金，他告诉我："我当评委那一年，《罪恶之城》入围竞赛单元。我们非常讨厌那部电影，并且十分反感你选了那部电影。而我最近把它重新看了一遍，改变了对它的看法。这是一部出色的电影，我一直想告诉你。"我们聊了许久。电影节的第一夜，人们睡得很晚，熬夜是不知不觉的。

　　我试着描述我的电影节的某一天。第一天。这样的描述只对我自己有意义，我很想知道其他人是怎么度过电影节的——应该在我们的网站上开辟一个特别板块，让参加电影节的人们在那里倾诉。过去那个排队等入场时记笔记的我，如何能料到自己有一天能够待在现今这个位置上？

　　第一部电影于早上8点30分在容纳2,000多人的卢米埃尔大厅放映，面向世界各国的媒体和一部分业内人士（也是来自各个国家的）。轮到我出场了。我必须睡够最少五个小时：深夜两三点必须回卡尔顿酒店。少于五个小时，体力就会出问题，不是因为睡眠不足，而是因为双腿可怕的酸痛和全身的疲累。我要精力充沛地站着（但让我在一个房间里待上十分钟，我会马上睡着）。我在房间里吃早餐，为了能在大概9点30分最晚10点钟到达影节宫。我喝了两杯咖啡。克里斯蒂安·热那已经读过所有的报纸，但他避免跟我谈论媒体反应。弗雷德·卡索里把摄影师们安排到现场，之后给我发了个短信，就像他十五年来一直所做的一样："电影团队的汽车到达媒体拍照现场。"今天上午是吉罗迪的电影。在摄影机"咔嚓咔嚓"作响时，我与那些媒体专员讨论影评人的第一波反应。法国影评人普遍觉得不错，外国影评人则有些吃惊。当马拉瓦尔[9]对在片中果敢地拍摄了一组同性恋安乐死镜头的吉罗迪说："所有不喜欢吉罗迪电影的人，去他的！"吉罗迪笑得直不起腰来。

　　接着，我陪大家出席新闻发布会，就像未来十天我将为每个电影团队所做的一样。今天，媒体拍照主要针对另一部主竞赛单元电影《雪山之家》、在"一种关注"单元竞逐的《私事》和《碰撞》、特别展映单元的《最后的沙滩》，还有在戛纳"经典"单元放映的詹姆斯·伊沃里和凡妮莎·雷德格瑞夫（啊！凡妮莎·雷德格瑞夫）合作的，纪念上映 25 周年的《霍华德庄园》及非竞赛单元的《金钱怪物》。

回到办公室，我见了几个代表团，解决各种问题——与电影和放映有关，永远与此相关。我还回复了几条短信，比如来自斯蒂芬·塞莱里耶的："昨天的《咖啡公社》是伍迪·艾伦最好的开幕影片之一，他和他的团队都非常出色。我精疲力竭。这份工作强度太大了，去他的。谢谢你所做的一切。"他还补充了一句："现在轮到《爱恋》登场了！"斯蒂芬，还早着呢，《爱恋》要等到周一。

汽车停下时，堤岸那边传来尖叫声。这是今天的第一个高潮，观众激动不已，摄影师们迫不及待地按着快门：朱迪·福斯特、茱莉亚·罗伯茨和乔治·克鲁尼是媒体拍照的第五个剧组。我迎接他们的到来。见到茱莉亚时，我跟她打招呼，试着假装满不在乎，事实上我开心得要疯了。当她挽着我的手臂由我带路时，我快要流鼻血了。接着和克鲁尼，你们猜不到我们为什么要谈论……拖拉机。我们的拖拉机。他习以为常地给我看他手机里的拖拉机："看这个，这是我妻子送给我的，一台久保田！"他以一种老行家的口气跟我讲述他拿它做什么用，怎么操作。装作内行的我给他看我的麦塞-弗格森。摄影师向我们示意，我们拍着照，现场活跃而精彩，摄影师们笑着抱怨我们走得太快了，但是皮埃尔·泽尼必须为电影节的电视直播做访谈，而且大批的记者正在新闻发布会现场等着剧组。

主竞赛单元、"一种关注"单元、"特别展映"单元、"经典"单元或者沙滩电影院都是一样的：要接待艺术家，要照顾到嘉宾，要介绍作品。我有时会溜进放映厅去观察观众。或者就像今天早上，只是去看一眼《男性，女性》的修复版——短暂而永恒的快乐。在播放经典电影的布努埃尔厅，我看到了几个放弃观看竞赛单元电影的幸福者，比如《好莱坞报道》的金牌影评人托德·麦卡锡。今天是由让-克劳德·卡瑞尔介绍百代公司修复的《最毒妇人心》。我在台上一边聆听着他精彩的介绍（就像我坐在第一排当观众那样），一边怀念过去那些沉浸在放映厅里的时光：看电影、跟朋友们谈电影，接着看下一部，除此之外没有其他任何事要做。

今天，要放映三部电影，意味着三次红毯（分别在3点30分、7点30分和10点30分），三个团队庄严地进入巨大的卢米埃尔厅：两部主竞赛单元电影和一部非竞赛单元。晚上7点30分这场最受欢迎，因为一些显而易见的原因，比如作为威望的象征、媒体的关注度以及社交活动的需要：人们可以在观影后去吃晚餐，这可不是小事。在戛纳，人们吃得很好。

这场盛会因初次来戛纳的茱莉亚·罗伯茨而变得星光熠熠。在这个巨星消失、日渐平庸化的时代，她用每个微笑证明那个词被发明出来就是为了让像她那样的演员赋予其永恒的意义。她气场十足地走上红毯。当她提起裙子迈上几个台阶时，人们发现她……光着脚。摄影师们陷入狂喜，新闻立刻在网上蔓延开来！围绕在茱莉亚身边的是同样不负巨星之名的朱迪·福斯特和乔治·克鲁尼，伴随后者的是他的妻子阿迈勒。她身穿黄色坠地长裙，让人忘记了她强势的律师身份及其投身的高尚事业。

一旦音响和画面调整完毕，电影开始，我就要换到另一间放映厅、另一种气氛中——"一种关注"单元的开幕和年轻的埃及导演穆罕默德·迪亚卜的惊人之作《碰撞》的放映。这里没有晚礼服，只有观众和大批记者。在这十天里，德彪西大厅将接待来自不同国家、说着不同语言的人们。

你们不要以为放电影的时候我会去一些不知名的神秘地方，沉湎于为贵宾准备的盛宴之中。司机在艺术家入口处等我，为了把我送到我应该去的地方，比如在马丁内斯酒店的一个套房里，颁发"萧邦新人奖"，但是我不能耽搁太久，因为我还要在片尾字幕出来之前返回影节宫。在戛纳，当灯光重新亮起时，判决也立刻出来了。朱迪·福斯特今早还悄悄向我表示对自己入选——哪怕是非竞赛单元的惊讶，现在被掌声包围的她更是惊讶万分。我为她开心，也同样为索尼-哥伦比亚的老板汤姆·罗斯曼感到欣慰，是他冒险促成电影公司参加戛纳。

我在办公室待了几分钟，就要在晚上10点前返回影节宫，在"一种关注"单元介绍十分成功的电影《私事》：它是生活在以色列-巴勒斯坦两地的导演马哈·哈吉在拉马拉和拿撒勒之间拍摄的。介绍，意味着跟观众打招呼，讲几句关于电影或某位艺术家的话，以及邀请剧组上台跟我互动，这对于"一种关注""经典""特别展映"或者海滩电影很有意义。偶尔，在极少的情况下，在卢米埃尔大厅放映午夜场的时候会这样做。竞赛单元则只会宣布导演的名字。为了盛大的放映式，我10点30分又与阿兰·吉罗迪及其完全默默无闻（默默无闻并不代表不专业，善于发现演员的阿兰明确指出这一点）的演员团队碰头。电影开始放映后，我又离开前往米拉马尔广场参加法国制片人的晚宴，他们今晚组织了一个新工会去昂蒂布用餐。然后返回放映厅。《金钱怪兽》团队今晚也在场。每天晚上访问那些剧组，与其说是传统，倒不如说是一种乐趣，一种与他们道别的方式。朱迪·福斯特的这一天是辉煌的，她非常动情地表达了自己的谢意。至于茱莉亚·罗伯茨，她表现得非常有魅力，充满好奇心，再加上一点儿可爱的羞涩。"我很开心填补了女演员生涯中的一个空白。"她对我说，这让我开心到心甘情愿地吃了一整盘松露意大利面。对于他们的离开（继续去伦敦宣传电影），我很伤感，而且我很愿意留在米开朗琪罗餐厅。但是我必须在吉罗迪的片尾字幕出来之前回到影节宫。电影获得了欢呼喝彩。如果在过去，它应该会让人不舒服。观众比我们想象得更爱这部电影，他们并不害怕当代电影的那些大胆形式，并要求电影节把它推广到更多的地方。今天下午，克利斯蒂·普优也值得接受一番经久不息的喝彩。因为这两部电影，竞赛单元初战告捷，就好像环法赛从徒尔马莱开始了。

我今天没有看到评审团成员。他们过着自己的生活，这样很好。我的这一天是去塞尔维·皮亚拉在一栋别墅组织的晚餐-鸡尾酒会-聚会露一下面之后才结束。不知何时，邻居们嫌音乐太吵，报警了。我两点半回到卡尔顿酒店，看到酒吧和大堂都被改装成夜店，一场盛大的聚会正在进行。坐电梯时，我一边像每天晚上那样解开领结，一边祈祷在我的房间里只能听到低沉的回声。但事实上，我并不在乎：我渴望它是激烈的、自由的，持续整个晚上。

5 月 13 日　周五

每天，我都在临时餐厅"集会广场"吃午餐。它位于影节宫后方左侧的沙滩上，从那里可以看到从国际村到马杰斯迪克酒店之间的那个狭长广场正前方的海。这个地方的存在要归功于旧影节宫旁边"蓝色酒吧"的消失。过去，电影节的观众一散场就聚集在那里讨论电影的好坏，评估官方选片的合理性。那是一种谁都会充满遗憾、怀旧地提起的情怀，宛如参加过拿破仑战争的伟大戛纳传奇。"马斯楚安尼或者伯特·兰卡斯特突然来这里喝了杯咖啡。所有的媒体都聚集过来。戛纳在这些地方同样重要。"不老的丹妮尔·赫曼告诉我。她是拿破仑专家。

20 世纪 80 年代，因为新影节宫的建成，"蓝色酒吧"几乎消失了。几年前，我和吉尔·雅各布因为需要重新考虑宾客接待事宜而想起了它，于是我们为午餐想到一个新的地方。我们把它取名为"集会广场"。吉尔慷慨地把这件事情交给我负责。主持这个计划其实属于他的权限，不过他的地盘还数卡尔顿酒店的那些正式午餐——即使在戛纳电影节期间，他也喜欢和妻子珍妮特共进午餐。他负责晚上，我负责中午。这么互补很合适。但"集会广场"不是"蓝色酒吧"，为电影节参与者，尤其是为媒体准备场地，仍是个问题。

"集会广场"是一个布满油画、帐篷和书籍的微型宫殿。用途决定了它的必要性。它还算不上"戛纳传奇"——还会有另一个传奇吗？——那些来过的人知道自己因为什么而回来，并不仅仅因为布鲁诺·欧格的芦笋煨饭或者劳伦斯·徐洛的热情接待给他们留下了不可磨灭的回忆，后者的存在可以抚慰任何一个被影评伤害了的人。评委们坐的位置稍微僻静一些，并且不与任何其他人对话，除了我：喝咖啡时，我和其中几位愉快地讨论，但不涉及敏感信息，除了众所周知的某一次例外，我也许将在后文交代一下。

　　评审团刚刚看完肯·洛奇的电影。唐纳德·萨瑟兰走过来对我表示感谢。他试着谈论电影，眼眶却有些湿润，但只持续了短短几秒钟。他不管从外形还是从职业角度都堪称巨人，看到他如此激动很有意思。克尔斯滕·邓斯特戴上了墨镜，不是作为明星的道具。为此我不惊讶。4月，《我是布莱克》让我十分感动，而且从昨天开始，它在媒体场和大众市场方面获得了同样的反响。两位评委毫不掩饰自己的感情，但严格地说，这对于未来的获奖名单并不意味着什么：这只是9人评审团中的2位评委的声音，主竞赛还长着呢。

　　这一天过得很完美。一部俄罗斯电影入围了"一种关注"单元：《门徒》是一部纯粹的电影，它通过照片、场面调度、风、阳光、海、人脸以及与这里并无迥异的年轻男孩和女孩的生活状态来表现。这部电影是由电影兼戏剧导演基里尔·谢列布连尼科夫执导，他的身份被为加强叙述而镶嵌在画面里的几句语录泄露了。斯蒂芬妮·迪·朱斯托的处女作和索科演绎的那个高贵而悲伤的《舞女》角色洛伊·福勒是这个世界上另一个美好的降临。凡妮莎·帕拉迪丝悄悄潜进德彪西大厅里，为了观看她女儿莉莉-罗斯在电影中令人惊艳的登场。"我什么都没看到，一个画面都没看到，我处于奇特的状态中！"她说道。电影放映增加了她的担忧。负责组织金球奖、来自好莱坞外国记者协会的劳伦佐·索利亚在位于卡尔顿酒店沙滩的尼基沙滩上举办他一年一度的招待会，而另一场招待会由《费加罗夫人》的安妮-弗洛伦丝·施密特举办，旨在致敬这次在竞赛单元隆重回归的布鲁诺·杜蒙电影。

　　《玛·鲁特》让观众们既惊讶又开心，除了几个被奇奇怪怪的走向弄迷糊了的外国人。在《人之子》和《人啊人》之后，谁能猜到布鲁诺·杜蒙会交出这样一部"北方社会喜剧"的荒诞作品？我在盛大首映式上驻留了一会儿，因为我想看到胶片颗粒质感的画面在卢米埃尔厅巨幅宽屏上发光。而伟大的法布莱斯·鲁奇尼作为非电影节常客，带着一种令人感动的羞涩进场。但他自然的个性很快征服了观众。当我对他表示祝贺时，他笑道："据某些影评人说，这又是一部向观众妥协太多的电影！"

之后，我返回影节宫，因为有午夜场开幕影片《釜山行》。据说这部由延尚昊执导的电影获得的喝彩声震耳欲聋，让我十分遗憾没有留下来观看。但是放映期间，劳伦斯在四楼临时组织了一场披萨派对。周末开始了，整个城市热闹非凡。据我在影节宫碰到的提供消息者（一些影评人、专业人士和一些我能向其询问的朋友，为了想知道每个人的感受、惊讶、不快、愤怒、感动、震惊、混乱），2016年的电影节开了个好头。另外，今晚《托尼·厄德曼》的媒体场引起轰动：我们看到一些记者在那儿大笑，兴奋地使劲鼓掌，毫不掩饰他们的喜悦。尽管我们咒骂天气预报，但天气还是阴晴不定。今早，肯·洛奇说："英国人来了，所以要下雨了！"但是人们跟我们承诺，明天会是晴天。

5月14日　周六

今天什么都没写。权且复制走红毯的工作通知：

工作通知

寄信人：让-弗朗索瓦·库夫赫与蒂耶里·福茂

主题：走红毯

日期：2016 年 5 月 14 日，12:45

收件人：米歇尔·米拉贝拉、布鲁诺·姆诺兹、弗雷德·卡索里、克莱蒙·勒穆瓦纳、劳伦斯·徐洛、塞缪尔·弗赫、克里斯蒂娜·艾穆、让-皮埃尔·维达尔、维尔吉尼·维达尔、希尔万·劳雷迪、克劳德·图亚蒂、安妮·布利斯、帕特里克·法布尔、迪迪埃·阿鲁什、索菲·苏利涅雅克、洛朗·威尔、纳戴格·勒贝尔卢里埃及 KM 团队与法国电视四台团队

抄送：皮埃尔·莱斯屈尔、弗朗索瓦·戴斯卢梭、克里斯蒂安·热那、妮可·波蒂、玛丽-卡罗琳·勒罗伊

大家好，请在附件里查收 5 月 14 日（周六）的官方放映片单和走红毯的流程。今天有 3 部电影。祝你们度过美好的一天！

15:00 玛伦·阿德的《托尼·厄德曼》（162 分钟）

主创人员：玛伦·阿德、桑德拉·许勒、彼得·西蒙尼舍克、弗拉德·伊凡诺夫、英格丽·比苏、托马斯·洛伊布尔、特里斯坦·皮特、露西·拉塞尔、简妮·杰考斯基、乔纳斯·多恩巴赫

联系人：理查德·劳尔曼

放映会嘉宾：爱丽丝·洛尔瓦彻、洛朗·贝古-雷纳德、克莱尔·伯杰、凯瑟琳·柯西尼以及共同执导入围竞赛单元

的短片《无言》的法努诗·萨玛蒂和阿里·阿萨加里

主创们坐车从大酒店出发。电影节进行电视转播时请记住：当我们组织《托尼·厄德曼》主创开始走红毯时，斯皮尔伯格电影的新闻发布会同时结束。万一发布会延时，请务必在玛伦·阿德他们的车到达时往红毯那边转移。

19:00 斯蒂芬·斯皮尔伯格的《圆梦巨人》(115分钟)

主创人员：斯蒂芬·斯皮尔伯格、凯特·卡普肖-斯皮尔伯格、马克·里朗斯、鲁比·巴恩希尔、佩内洛普·威尔顿、丽贝卡·豪尔、杰梅奈·克莱门、凯瑟琳·肯尼迪、弗兰克·马歇尔、露西·达尔、克里斯蒂·麦克斯科

联系人：大卫·托斯坎

主创们坐车从卡尔顿酒店出发。提醒大家一下，今天是周六，十字大道上，尤其是卡尔顿-万豪-大酒店这个区域会有大量车流。负责各个电影团队的人必须监督他们的时间表，哪怕极小的问题都要报告。站在红毯尽头的是安娜，如有需要，她会打电话给坐在车里的各位新闻专员，以便出现问题时通知蒂耶里。事实上，在红毯起点要注意只让那些拥有官方拱形圆标记的汽车通过。让-皮埃尔会在那里监督。

对于那些列席和被通告的其他团队：贯彻通行制度。让艾利克斯注意不要让他们在华盖下驻足太久，不要像是电影主竞赛单元一样——要控制时间。在这一影响下，不同的走红毯的人，包括那些女伴，都按照预定时间进行。如果有团队延误，不管是否是他们的原因，都优先官方通行流程。所

有迟到者都在竞赛单元电影团队之后再走红毯。

斯皮尔伯格的团队将在18:40到达红毯起点。如果他们迟到，我们就要求迪迪埃、苏菲和罗兰压缩采访时间。

评审团：罗丽将会在最后一分钟跟我们确认是否会有评委走红毯参加放映会。

希尔万·劳雷迪及其团队将让尽可能多的人走在华盖下，特别是名人们到来之前的半个小时内。但是我们要注意让走红毯的速度尽可能地快。在楼梯上不合时宜或者太久拍照乃至自拍的时间将被严格压缩至最短。

出席的名人：马克斯·冯·叙多夫、索尼娅·布拉加、布莱克·莱弗利、雷·艾希瓦娅、帕斯·贝加、丹尼尔·布鲁尔、贝热尼丝·贝乔、卡米拉·乔丹娜、理查德·克鲁贝克、雷娜·荣森、埃罗·米罗诺夫、魔术师约翰逊、吉姆斯教授、梅丽萨·恩康达、安托万·迪莱里、劳伯娜·阿比达尔

导演们：肯·洛奇、小克莱伯·门多萨、巫俊锋、圣地亚哥·阿米戈雷纳、德雅梅尔·本萨拉、米歇尔·哈扎纳维希乌斯、塞德里克·克拉皮斯、托尼·马歇尔、艾尔维·雷诺阿、阿涅斯·瓦尔达、帕特里克·布劳德

小克莱伯·门多萨和索尼娅·布拉加合作的《水瓶座》入围竞赛单元，所以他们一起走红毯。

电影《一个男人和一个女人》（"经典"单元）主创人员走红毯：克劳德·勒鲁什、瓦莱丽·佩林以及艾尔莎·泽贝斯坦。杰拉德将陪他们在电影放映之前去棕榈咖啡厅。

电影《错误因素》（"特别展映"单元）剧组走红毯：乔

纳森·利特尔（导演）、约阿希姆·菲利普（摄影指导）、约兰德·德卡辛（录音师）、让-马克·吉里（制片人）、托马斯·库福（执行制片）、贝诺·罗兰（执行制片）和让-查尔斯·莫里梭（制片助理）。芬妮将与他们在一起，并在进入60周年厅之前将他们领到大使沙龙。

22:00 朴赞郁的《小姐》（162分钟）

电影团队：朴赞郁、金敏喜、金泰梨、河正宇、赵震雄、林胜勇、曼努埃尔·齐池

联系人：赛琳娜·波蒂和布鲁诺·巴尔德（公共团队）

电影团队从"阿尔比恩的格雷"酒店坐车出发。在主竞赛电影之前，将有"一种关注"单元的两部电影《变形记》和《临渊而立》以及"经典"单元的《明亮之星》的团队先走红毯。

出席的名人：科斯塔-盖维拉斯、贾樟柯、吉尔·马尚、小克莱伯·门多萨、亚历山大·阿嘉、赵涛、欧利亚斯·巴尔可

《变形记》电影团队的红毯阵容：迈克尔·奥谢（导演，处女作）、埃里克·拉芬和克洛伊·莱文（演员）、赵宋瑞（摄影指导）、凯瑟琳·舒伯特（剪辑师）、苏珊·雷伯（制片人）和乔伊斯·皮尔波琳（执行制片）。他们走完红毯后没有安排电影放映，要等到今天下午。

《明亮之星》（"经典"单元）电影团队的红毯阵容：费舍·史蒂芬斯（导演）、布莱特·拉特纳（制片人兼导演）、凯丽·费雪（演员兼编剧）。杰拉尔陪他们走上红毯，并带他

们去布努埃尔厅。

《临渊而立》（"一种关注"单元）电影团队的红毯阵容：深田晃司（导演）、浅野忠信（男演员）、筒井真理子（女演员）、古馆宽治（男演员）、津田正道（法国制片方）、新村裕（日本制片方）。吉纳维芙将在红毯最上方迎接他们并把他们引到德彪西厅。《小姐》开始放映后，蒂耶里·福茂将加入他们，来介绍电影。

KCPK[10] 广播电台的同仁（法布里斯·布罗维利、克里斯托弗·库雷以及伊莎贝尔·塔蒂厄）注意：音乐按常规顺序播放。注意那些被电影选用的音乐。还有几首出现在斯蒂芬·斯皮尔伯格电影中的约翰·威廉姆斯的音乐以及朴赞郁的《老男孩》里的几段配乐（《最后的华尔兹》《瞧，是谁在讲话》）。因为今天是周六，皮埃尔点播猫王版的《拉斯维加斯万岁》。至于我，就像每个晚上一样，点播《为奔跑而生》。

5月15日　周日

10:15，在车上

睡得太晚，但拂晓就醒了，这样很不好：就像那些环法自行车赛的选手，睡眠质量和体力恢复很重要。我在房间里磨蹭了一阵，于是现在迟到了。刚到影节宫就收到弗雷德·卡索里的短信："车队到了。"是妮可·加西亚的。

30分钟后，在我的办公室里

我一边喝着第二杯咖啡，一边在电影节的电视画面上盯着媒体拍照。随后与克里斯蒂安做了一个小总结。"多年来我们都没有过一个如此好的开场。"到处都听到人们这样说。一种简单的快乐，这种稀有的感受却快速蔓延开来。这更好。"你甚至可以读读报纸。"克里斯蒂安打趣道。我还是得保持警惕。自从我开始从事这个职业，就不得不摆脱两种天真的想法：首先，认为官方选片会全都是"我"最喜欢的电影，就因为我看过，事实更复杂。其次，妄想大家都会喜欢我喜欢的所有电影。我必定失望。一位作品不太理想的知名导演总是比一位年轻新导演更受欢迎。当涉及颁奖时，媒体会更苛刻。但是对《托尼·厄德曼》的反应证明了媒体还是有辨别能力的。这部电影震撼了十字大道。

媒体拍照结束。玛丽昂·歌迪亚如此养眼，如此腼腆，以至于在急切的摄影师的眼里，任何经典姿势或者指定动作都显得多余。接下来，我要介绍"一种关注"单元的罗马尼亚电影《群狗》，跟金摄影机奖的评委打招呼，然后去文化部关于创作经费的研讨会露个脸：那些法国的维护知识产权者希望对几个不守规则的欧洲新自由主义者给予一些惩罚。

14:00，"跳板"上

劳伦斯召集了戛纳邀请的所有艺术家共进午餐，但要数马克斯·冯·叙多夫的出席最令人印象深刻。当我第一次碰到马克斯时，因为记得看《秃鹰72小时》时被他吓得很惨，所以对他说："谢谢你没在电梯里痛骂雷德福。"他回答道："我没收到指令。"又补充道："这部电影结束得太早！"然后，我和他及他的妻子凯瑟琳成了朋友。

喝完咖啡，所有人都去看电影了。在这个伤感的时刻，过去的魔鬼突然闪现：生活是悲伤的，唉，而且我已经看完了所有的电影。我再也不能在此享受发现它们的乐趣。我有时重新变成了电影节的参加者。但是我必须起身去迎接《耐撕侦探》的主创团队。"车队到了……"

14:30，戛纳的港湾

我不应该冒险上了一艘游艇，因为半个小时之后，我就得站在红毯上。不过"敖德萨2号"（及华纳音乐）的老板莱恩·布拉瓦特尼克想向我具体介绍他们关于迈阿密的计划。还将有被称为"铁拳"的拳击手罗伯特·杜兰——那个宣布"不再比赛"、放弃他的第983次竞赛的人后来又说了句"再来一次"，回归竞技场。

15:30，红毯上

热爱摇滚的皮埃尔·莱斯屈尔被场面惊呆了：安德莉亚·阿诺德的电影《美国甜心》主创走红毯就是一场精彩的表演。在室内，大家的眼睛都盯着屏幕，室外所有人都在跳舞。解释一下：当女导演和她的演员们走到摄影师们面前时，就随着美国歌手E-40的一首冈斯特说唱歌曲、在电影中也能够听到的那首《选择》开始舞动身体。然后所有人都活跃起来。在这个五月的周日，顶着烈日，红毯上前所未有地热闹：2016年的年轻人跳舞，唱歌，打着拍子，像饶舌歌手一样摆动着手臂。每个人都按照自己的方式着装，既没有正规的礼服也没有经典的长裙，只是跟他们的活力和诗意相符的漂亮打扮——下午我们想怎么穿就怎么穿。充满快乐的青春占领了红毯。站在安德莉亚·阿诺德旁边的希亚·拉博夫在这个女孩占多数的群体里扮演大哥。她们的华丽和散发的热力辐射到整个城市，其中包括在这部电影中崭露头角的萨莎·莱恩和普莱斯利漂亮的外孙女丽莉·克亚芙——毕竟是猫王的外孙女。在红毯脚下，另一个年轻尤物正整装待发：克里斯汀·斯图尔特前来观看这部由她的朋友们参演的电影，也情不自禁地跳起舞来。我和皮埃尔也一样。我们从零星听懂的几个词猜测到，E-40 这首歌的歌词不是那种可以在电影节行政议会上朗读的类型。

17:00，布努埃尔厅，影节宫五楼

由雅克·贝克的儿子约翰介绍他的《七月的约会》修复版——父亲早逝时，他年龄尚小。但是他们一起工作，并完成了《洞》。贝特朗出席了。很正常，因为是关于贝克的。

18:45，在我的办公室里

法布里斯·阿拉尔关于发放记者证的信息："问题：有记者为了换位子给我们送了一封 150 欧元的红包。该怎么处理？解决方案：1. 我们向他表示愤怒，并把信封还给他。2. 我们还给他信封，并撤销委派资格。3. 我们收下他的信封，去餐厅吃一顿。"我选择第一个解决方案。

19:45，在车上

令人感动的妮可·加西亚焦虑而好胜。红毯阵容豪华。我与司机文森特又出发了。在一个小时内我们要去哈维·韦恩斯坦在昂蒂布举办的一年一度的派对上照个面，然后去海景餐厅拥抱刚刚到达戛纳、在"特透之家"餐厅用餐的德·尼罗。那是他最爱的地方，昨晚，大厨让-安贝尔还为我们准备了一顿美味的正式晚餐。我们在车流中跟跄而行，甚至紧张得出汗——是的，还是在遵守交通规则、滴酒未沾的情况下（不管如何，我在戛纳电影节期间是不喝酒的）。

22:45，戛纳，卡斯特广场

我说过电影节期间不喝酒？偶尔吧。最终，一到两杯吧，不会更多了。就像今晚，在苏克特山顶，应电影节合作伙伴开云集团（像那些被要求提到股东名字的报纸一样）之邀参加的晚宴。《陌路狂花》中的两位大明星，苏珊·萨兰登和吉娜·戴维斯被弗朗克斯·皮诺特奉为座上宾，被称赞富有女性主义的幽默感。法国唯一的女性三星大厨安妮-索菲·皮克，准备了这顿晚餐。我在这里的 90 分钟就像是永远：我可以和戛纳家庭成员的萨尔玛·海耶克聊天，与许久未见的麦德斯·米克尔森互相讲笑话。关于竞赛单元他只字未提，跟"一种关注"单元那位神秘迷人的赛琳娜·萨莱特如出一辙——她想抽烟，但鉴于通行的规定（不离开桌子），她不敢站起来。这把我逗乐了。朱丽叶·比诺什用她无法模仿的笑声，为餐桌上提供了另一种交流的快乐。

0:30，在车上

从卡斯特广场上看出去，戛纳市霓虹闪耀：一个我永远都不想离开的充满魔力的月亮乐园。今天放映的有卡里姆·德里迪的电影《舒夫》：演员们或角色们，直接从马赛北边的郊区走出来，但是走红毯时突然被某个庄严时刻震撼，于是不再装出满不在乎的样子。在返回影节宫的车上，我接到菲利普·加涅尔的电话：阿森纳队遭遇马刺队，在纽卡斯尔被 5:1 大伤元气。生活中不只有电影。但是我与两个"耐撕的家伙"有约。当年雷斯利·斯科特的《罗宾汉》作为开幕电影时,我就见过罗素·克劳。这是个音乐家、吉他手。晚餐时,他要求宾客们跟他一起重唱斯普林斯汀的歌曲《公路巡警》。瑞恩·高斯林同样是戛纳家庭成员:必须提到《亡命驾驶》,以及他自己的第一部电影、在海峡荒芜的风景中拍摄的《迷河》。这部电影起初被差评,渐渐口碑回升。今晚,他们两位都在,受到热烈欢迎。

2:00,卡尔顿酒店,447 号房

周日晚上,电影节第一阶段结束了。对过去五天做一个总结。我们克服了各种障碍。既没有超额选片,也没有后顾之忧。明天开始第二周:将持续到周四。之后就是巨大的未知、冲刺、最后的展映电影、电影市场的结束、获奖名单、闭幕。现在考虑那些还太早,该回酒店做我今天早上就渴望做的事情:上床睡觉。

5 月 16 日　周一

我睡了六个小时,太奢侈了。第二周开始了:恢复比赛,从零开始。排片是一门精密的艺术。头几天,不能用过于阴暗的影片打击观众,避免用相似的主题让他们疲劳,需要的时候就是要庆祝,将惊喜、放松和激动混合在一起。我们没有任何偏好,假装在设置悬念。这周前半周,巴西电影吊起了胃口,多兰的电影让人精神一振,而对于西恩·潘的电影,我们一无所知。或许还有蒙吉的电影,他从来不会在竞赛单元一无所获。

住院的皮埃尔·里斯安对我说："关于评论，我已经不在乎了。唉。"我也一样，就像在政治方面，那些极端分子强推他们的纲领，最终一无所获，在两种情况下都失败了——人民或者大众看向别处。不过他们对所有的冒险是有准备的。在电影方面，那些"极端"派别长时间勾勒沸点，好像只存在那一个峰值。今天他们告诉一小撮支持者什么是值得尊重的，什么是不值得尊重的。空间十分狭窄，因为他们在评论的时候不会很慷慨。错误的勇敢造成毁灭性的后果：公众对电影的兴趣消失，口碑一落千丈。"真正有智慧的人不会藐视任何事物。"加缪曾如此引用克里希纳。

正如预计的那样，《托尼·厄德曼》的口碑势如破竹。戛纳喜欢新鲜、柔软而神秘的作品。除此以外，这真是一部好电影。玛伦·阿德也很有魅力。《赴汤蹈火》在"一种关注"单元引起巨大反响。其他的电影也一样。我们组织一场盛大的电影节，就是因为人们制作出了美的电影，因为导演、制片人、演员、发行人、技术人员、新闻专员……那些勇敢反击黑暗的战士。

我接待了佩德罗·阿莫多瓦和他的弟弟奥古斯汀。《胡丽叶塔》在西班牙失利——曾经，伯格曼的电影在瑞典也不受欢迎。红毯安排在明天，周三在法国上映。在戛纳之前，本片在巴黎的放映非常成功，但是这一次，大家都很担心。其实不必，因为他拍了一部很棒的电影。克里斯汀·斯图尔特因为阿萨亚斯的电影回归了，后者因为《锡尔斯·马利亚》让她获得了一尊恺撒奖杯：《暮光之城》里的青少年偶像转型为作者电影里的伟大演员。

里斯安给我打了第二通电话，跟我讲述一本收录了他和塞缪尔·布卢曼菲尔德对谈的书。这本书由卢米埃尔中心在南方文献出版社发行。我提起一个针对卢米埃尔中心的计划，一个关于规格的故事："那么，不要忘了罗兰·韦斯特 1930 年用 65 毫米胶片拍摄的《蝙蝠密语》。当时没有一家放映厅拥有相应的配置，简直就是场灾难。两年后拍摄的《马布斯博士的遗嘱》，情况变成：画面被缩小。卢米埃尔兄弟的那些电影又是怎样的？""1.33。""那时是 1.22 的超级方形屏幕。当然必须展映沃尔什的《大追踪》和希区柯克的《讹诈》。"我非常喜爱《大追踪》，它是 1928—1932 年那段特别时期第一部用 70 毫米胶片拍摄的电影，那时无声片里有对白，比如在希区柯克的电影中；因此，有声片里也有无声片段，比如在沃尔什的电影中。

索尼娅·布拉加说："以前在戛纳，我们白天忙完，会开派对来结束一天。现在，工作越来越多，派对越来越少。"长期以来，戛纳的派对，正如托尼亚奇在谈论贝托鲁奇执导的《一个可笑人物的悲剧》中的爱情时说："我们以前说得少但做得多。"如今，网络将成千上万张失落的影像淹没了，明星制度的某些东西在眼前坍塌，某种单纯和魔力在世界性广义交流的冲击下消失了，我们被迫揭露、解释和展示一切。

因此，周一是忧郁的。我还记得自己以前参加电影节时的孤独和昂蒂布街的麦当劳。昨天，我差点儿错过了朴赞郁电影的结尾。乔治·米勒被我计算电影片长的癖好逗乐了，他询问我的秒表在哪里，试图抚慰我。而洛奇跟我提起巴西主教埃尔德·卡马拉曾说过："当我给那些穷人食物时，人们说我是个圣人；当我问他们为什么贫穷时，人们把我当成共产主义者。"

贝特朗上台后，获得热烈的掌声，他平静而快乐地接受了。他75岁了，健康状况不如从前，却用生命做了一部电影：《我的法国电影之旅》。如此难以开始，他却成功地完成了。

罗丽·卡泽纳夫对我说："我必须跟你谈一下评审团。"我有点儿担心。"不是的，一切都好。他们已经开过两次会了，他们对电影都非常认真，也很喜欢开派对。乔治是一位完美的主席。"她知道他们讨论的内容吗？我不会问她，她也不会说什么。

社交礼节。至少我们不再去讨论它的正当性。2011年，当我们放映克里斯蒂安·罗奥德的电影《捍卫拉尔扎克》时，若泽·博韦前来捧场，穿着礼服走红毯。听到我的赞扬，他说："当我接受一个邀请，我就遵守它的规矩。"每个人都有自己的习惯，我们自己的和别人的。这也让我想到莱奥·费雷说过的话："我是真正的无政府主义者。但我过马路走横道线，这样我才能知道人群并不会让我厌恶。"

今天有三场豪华放映仪式。吉姆·贾木许带来他那部与众不同的俳句电影。需要花时间解释，才说服他接受不打光的下午场。但是有其他的好处，这也是他的发行人让·拉巴蒂的意见。今早，吉姆告诉我他可以接受。他看起来精神奕奕：王子的气质，拥着他的妻子萨拉·德利威尔。有一天，他跟我解释美洲："在纽约，当的士司机跟你说'×你妈'，意思是'早上好'；在洛杉矶，当他们对你说'早上好'，意思是'×你妈'。"

晚上，美丽的光线照在红毯上。到处都是微笑的脸。皮埃尔点播查克·贝里的《棕色眼睛的美男子》。我更想提议阿塔瓦尔帕·尤潘基的《洛斯赫玛诺斯》，但是节奏感没那么强。那些惊讶于我们厌恶自拍的人无法在红毯上"生存下去"。观众们什么都不会记住。对于我没有相机的第一次红毯经历，我记忆犹新：一种魔力，一种身体的刺激，甚至有一种害怕的感觉——也害怕被解雇。我想到德·尼罗在《赌城风云》里看着那些穿花衬衣的新顾客，杰瑞·刘易斯在《乘龙快婿》里说过同样的话。为了跟我开玩笑，有些年轻人要求跟我合照。我接受了，隆重地拍了一张自拍，同时哈哈大笑。我也被逗笑了。

没有任何神圣的权力感。组织一场电影节，有电影、艺术家和观众，就够了。和房子一样：一个有墙的房子，就像《爱恋》里主角的房子一样。电影低调却十分精彩，由美国电影界新贵杰夫·尼克尔斯执导。年终时，它将出现在所有的榜单上（我不应该冒险说出这样的话）。皮埃尔·穆拉在《电视纵览》上表示不喜欢这部电影。这是好兆头。不是的，我开玩笑的，皮埃尔。

最后一场——致敬德·尼罗。他和《顽石之拳》的拉丁美国人出席。他在舞台上对爱德加·拉米雷兹慷慨盛赞。鲍勃不同寻常地健谈。我们很少接待这种类型的庆祝，那是一种失策。哈维说得对。卢米埃尔厅内掌声雷动，电影获得很好的反响。负责大使们车队的洛朗·德·艾兹普鲁阿和洛朗·德·艾兹普鲁阿（他们取的都是《玛戈皇后》里角色的名字——就像玛丽-卡罗琳说的

"这是上流社会") 很高兴："这种宴会太棒了，多多益善，蒂耶里！"电影结束后，我们和鲍勃喝了一杯。"我们能再邀请他担任评审团主席吗？"

我回到斯科特·菲兹杰拉德当年十分喜爱的卡尔顿酒店。就像每天晚上一样，筋疲力尽却毫无睡意。我拿起正在看的书，读了几页前一天晚上已经看过却忘记内容的，睡着了。

5月17日　周二

需要重新查看一下我的日程表，我觉得自己变成了一台只会工作的机器。每天的日程表都是由玛丽-卡罗琳修订的，今天是5月17日周二的：

蒂耶里：

这是您的日程表。

到达的有：雷吉斯·德布雷、皮埃尔·阿苏利那、奥利维耶·奎兹、帕斯卡尔·托马斯、加里·勒斯培和索尼亚·罗兰德。正如您所知道的，威廉·弗莱德金也在。他明天将在集会广场与教授电影课的米歇尔·西蒙一起吃午餐。

离开的有：盖尔·加西亚·贝纳尔、爱丽丝·洛尔瓦彻、奥萝尔·克莱芒、马克斯·冯·叙多夫。好莱坞外国记者协会的劳伦佐·索利亚希望就1月的金球奖跟您会面，他明天离开。玛拉·巴克斯鲍姆周四到达，并希望跟您见面。除此以外，兰迪塔·达斯来过。皮艾拉·德达西斯想和您讨论罗马的斯科拉展，而安妮·佐尔吉特想谈谈国家多媒体创作者公司 SCAM（Société Civile des Auteurs Multimédia）的金眼睛奖评委会。其他信息：文化部长将不会出席闭幕式。我们必须与法国电视三台敲定一次关于伊莎贝尔·于佩尔的采访。

8:30 《胡丽叶塔》（主竞赛单元，96 分钟）的媒体放映场，大放映厅。

9:00—11:00 早餐，在电影节露台上的短片角——有任何需要，可以找杰拉姆·巴亚赫。

9:00—13:00 在大使沙龙有文学改编电影提案——接待人员：保罗·奥查科夫斯基-劳伦斯。

10:06 《胡丽叶塔》放映结束。

10:30 《胡丽叶塔》媒体拍照：佩德罗·阿莫多瓦、艾玛·苏亚雷斯、阿德里亚娜·乌加特、茵玛·奎斯塔、米歇尔·珍娜、丹尼尔·格劳和奥古斯汀·阿莫多瓦。

10:40 《神奇队长》媒体拍照：马特·罗斯、维果·莫滕森和电影里的孩子们，以及您认识的林奈特·豪威尔·泰勒和杰米·帕特里科夫。

10:50 《梅花森林》媒体拍照：格雷戈瓦·勒普兰斯-林盖、保罗·布兰科以及女演员鲍琳娜·考旁和阿芒汀·特吕菲。

11:00 《胡丽叶塔》新闻发布会。主持人：约瑟·马利亚·里巴。

佩德罗·阿莫多瓦接着前往弗莱德的露台，接受法国电视一台的采访。

11:00　放映《私人采购员》(主竞赛单元，110分钟）大放映厅。

从11:00开始　圣丹斯协会的鸡尾酒会在"沉默酒吧"举行——地址：比利时街5号。

11:00　放映《大开眼界》("一种关注"单元，102分钟），在德彪西厅。由您介绍。到场：德尔菲内·考林和莫里埃尔·考林，索科和阿丽亚娜·拉贝德（也许还有丹尼斯·弗莱德）。

12:00　《私人采购员》媒体拍照：奥利维耶·阿萨亚斯、克里斯汀·斯图尔特、拉斯·艾丁格、西格丽·博阿茨兹、安德斯·丹尼尔森·李、诺拉·冯·瓦尔茨特滕以及制片人查尔斯·吉尔伯特。

12:10　《我的法国电影之旅》媒体拍照（"经典"单元）：贝特朗·塔维涅和负责电影音乐的布鲁诺·库莱斯会在那里。

12:15　《戛纳新秀展》媒体拍照：伯纳德·梅内、菲利普·欧古、让-雅克·弥尔图和布鲁诺·布特勒。多米尼克·贝纳尔与年轻的演员合作，制作出了这部电影。您想和蒂娜·查尔隆聊几句，但可惜她不会出席。

12:30　《私人采购员》新闻发布会。主持人：罗伯特·格雷。

12:30　在集会广场吃午餐。劳伦斯会给您名单，包括白天的电影团队和一种关注单元的评委。罗西·德·帕乐马不会参加今晚的放映会。

12:30—14:30　在电影节露台上参加ARP影业的午餐会。可以试着去打个照面，皮埃尔会在那里。

12:42　《大开眼界》放映结束。

12:45　《私人采购员》放映结束。

13:30　《胡丽叶塔》(主竞赛单元，96分钟)放映会，在大放映厅。

14:00　《神奇队长》放映会("一种关注"单元，120分钟)，在德彪西厅。

15:06　《胡丽叶塔》放映结束。

15:06　走红毯。

16:00　放映《水瓶座》(主竞赛单元，120分钟)，大放映厅。

主创人员：小克莱伯·门多萨、索尼娅·布拉加和其他演员，以及制片人们艾米莉·莱斯克劳、萨义德·本·萨义德和米歇尔·梅尔科特。

16:00　放映《雨月物语》("经典"单元，97分钟)，在布努埃尔厅。由您告诉我是否介绍电影。

16:00　《神奇队长》放映结束。

16:30　放映《大开眼界》("一种关注"单元，102分钟)，在德彪西厅。没有介绍。

17:00　与洛伦佐·柯德力先生在您的办公室见面。

17:30—19:00　导演们和金摄影机奖评委会在电影节露台上开会。请告诉我您是否过去。

17:37　《雨月物语》放映结束。

18:00　放映《别了，波拿巴》("经典"单元，115分钟)，在德彪西厅。您说过想作介绍。科斯塔–盖维拉斯和弗雷德里克·博纳[11]会代表法国电影资料馆出席。

18:00 在滨海自由城（17:15/17:45 开放来往的交通艇）港口接待美国海军指挥艇"惠特尼山号"。原则上，您应该知情。

18:12 《大开眼界》放映结束。

18:20 《水瓶座》放映结束。

18:30—21:15 "一种关注"单元的评委会在棕榈咖啡厅商议流程。马尔特·科勒尔希望跟您见面。

18:45 接受米歇尔·德尼索的采访。他来到您的办公室，并且陪同您上楼，在大休息室里做采访。他会在走红毯之前结束（时长：5分钟）。

19:00 走红毯。

19:30 放映《胡丽叶塔》(主竞赛单元，96分钟)，在大放映厅。

嘉宾：特瑞·吉列姆、盖伊·本多、费·唐纳薇、亚当·德赖弗、玛丽萨·帕雷德斯、歇马·普拉多、杨紫琼、伊利亚·苏雷曼、奥利维耶·达昂

斯蒂芬·雷特里耶想让您注意一下金摄影机奖的提名导演们：来自影评人周的瓦奇·博霍尔吉安（《北风》）。茱莉亚·杜可诺（《生吃》）。穆罕默德·坎·梅尔托格卢（《家庭相册》），阿萨夫·伯伦斯基（《一周和一天》）和 K. 华泽高柏（《黄鸟》）。"导演双周"的有克劳德·巴拉斯（《西葫芦的生活》）。侯达·本亚闵纳（《女神们》）。夏尔巴努·萨达特（《狼和羊》）和萨夏·沃尔夫（《雇佣兵》）。来自"一种关注"单元的迈克尔·度·德威特（《红海龟》）和迈克尔·奥谢（《变形记》）。还有戛纳"经典"单元的皮埃尔·菲尔蒙（《接

触日格蒙德》)。萨莉·苏斯曼（《午夜归来》）以及雪莉·亚伯拉罕和阿密特·玛德西亚（《流动电影院》）。

　　出席者：费比西奖评委会、《梅花森林》剧组、金摄影机奖评委会、《大开眼界》剧组。

　　19:45　放映《梅花森林》（非竞赛单元，109分钟）在60周年厅。您负责介绍电影。格雷戈瓦·勒普兰斯-林盖将及其剧组成员一起出席。

　　19:55　《别了，波拿巴》放映结束。

　　20:30　放映《午夜归来：比利·海斯与土耳其的故事》（"经典"单元，99分钟），在布努埃尔厅。萨莉·苏斯曼和比利·海斯会出席。

　　21:06　《胡丽叶塔》放映结束。

　　21:15　在集会广场的官方晚宴。劳伦斯会给您宾客名单。

　　21:30　在马丁内斯酒店的阿卡若沙龙举行金摄影机奖晚宴。150名宾客。斯蒂芬·雷特里耶将和所有出席的导演在那等您。查尔斯·泰松（"影评人周"）和爱德华·温特普（"导演双周"）也出席。

　　21:30　《神奇队长》（"一种关注"单元）电影剧组到达红毯入口。等在那里的吉纳维芙把他们引到德彪西厅与您会合。

　　21:34　《梅花森林》放映结束（60周年厅）。

　　22:00　放映《私人采购员》（主竞赛单元，110分钟），大放映厅。

　　22:09　《午夜归来：比利·海斯与土耳其的故事》放映结束。

22:15　放映《神奇队长》（"一种关注"单元，120分钟），德彪西厅。您负责介绍电影。电影剧组将会出席。（据劳蕾特·蒙贡杜威传达）

出席者：奥兰多·布鲁姆和凯蒂·佩里，你将要介绍的伊莎贝尔·达内尔和费比西奖评委会（你有一封邮件）。

22:30　放映《吸血鬼星球》（"经典"单元，88分钟），在布努埃尔厅。尼古拉斯·温丁·雷弗恩想要介绍这部电影。曼努埃尔·齐池也会出席。

22:30　在影节宫的怡泉别墅举办电影《大开眼界》的派对，由卡斯诺门进入。丹尼斯·弗雷德让您到的时候跟他打招呼。

22:35　《独裁者》放映结束。

22:45　《私人采购员》放映结束。

22:58　《吸血鬼星球》放映结束。

00:15　《神奇队长》放映结束。

据巴巴拉说，佩德罗在他的派对上等您。我告诉他，您大概会在 0 点 30 分到那里。

5 月 18 日　周三

我一早就看到《电视纵览》上一篇关于《胡丽叶塔》的简介："插叙的讲述，大量悲剧和十分考究的叙事：为了讲述人与人之间脆弱的关系，阿莫多瓦在戛纳献上了一部出色的作品。这位西班牙大师的优秀改编作品在十字大道的主竞赛单元亮相，并于今天开始上映……"

众所周知，在法国，新电影每逢周三上映。其他地方则都是周五，除了在中国，一直都不固定。世界上没有哪个城市上映的电影比巴黎更多。某些星期同时有 15 部左右的电影上映，即使是世界上最好的影迷也没办法全部消化。因为报刊会提供完整信息，于是各种期刊就像龙卷风一样接踵而至。因此，人们创造了评分机制，这占用的版面少，但是有时会对一些电影造成不利。两年的工作，一个黑桃牌对一个红桃牌，一部电影的前景因此堪忧。谁发明了这些星星和圆圈？一些人用方形而另一些人用小人图标打一个分数？就像在学校里一样从 A 到 E 给予评价？相对于其他的艺术，电影的特征就是用一成不变的评价、一个卡通表情打败一个完整的论述吗？我们能想象在文学评论中用数字打分来比较菲利普·罗斯、奥尔罕·帕慕克或乔治·西默农吗？这个机制就影评来说是一种失败。

除了在戛纳。因为这里的一切都飞速地运转着，所以那些星标有一些好处：就像在足球界，评论员们在一场比赛结束后描述一个球员的所有表现，在这个暂时的评分单元里，涉及不同电影的比较时，那些数字是不会撒谎的。盎格鲁-撒克逊人十分信任《国际银幕》，好莱坞制片人则对烂番茄上的评分很惧怕：这个网站非常受欢迎，一个差的评分（1 个烂番茄）可以决定票房的溃败。法国人更喜欢《法国电影》，它在最后一页制定一个折中的表格，让那些影评大亨发表自己的观点。克里斯蒂安·热那咨询了一家拉丁美洲网站"所有的电影评论"，它们认为这本法国杂志是最可信的。

最初几天，我不可能面对那些赤裸裸的评价。直到电影节过半时我才敢面对——早上喝完两杯咖啡后。2016 年主竞赛单元已经过去了三分之二，而最受媒体喜爱的电影是玛伦·阿德的《托尼·厄德曼》，位列我正拿在手上的《国际银幕》和《法国电影》的首位：15位影评人，有6位授予它金棕榈奖，其他都给予它三星，除了有两个人极具个性地给出与大多数相左的差评。《玛·鲁特》和《石之痛》得分也相当不错。4月，我说过把《石之痛》列入竞赛单元所承受的风险，这部电影有它自己的位置。观众对于《小姐》的反应也很积极，但是仍然低于我的期待。布鲁诺·巴尔德作为电影的新闻专员，告诉我："不用担心，那些表示嫌恶的人将在秋天对其有所改观的。他们不可能否认一部这样的电影。"克里斯蒂·普优的《雪山之家》和小克莱伯·门多萨的《水瓶座》都是一些美好的惊喜，而杰夫·尼克尔斯的《爱恋》让斯蒂芬·塞莱里耶如坐针毡。"你看到观众的反应了吗？"他发短信问我，好像我们不在一间放映厅里似的。吉罗迪、安德莉亚·阿诺德和阿萨亚斯的电影获得的评论各不相同，但是那些喜欢的人就非常喜欢。至于那些老将，巴黎的媒体总是假装拒绝他们入选，但是他们的表现非常好：我们甚至可以进一步说，洛奇、贾木许和阿莫多瓦赢了赌局。"你看，如果主竞赛单元今天结束，它将会被认为十分成功。"克里斯蒂安对我说。除去今天放映、明天将会被打分的作品，还剩下4天，8部电影。虽然在观众眼中，这些电影很成功，但是没人知道评委们的想法。

昨天，阿萨亚斯的电影引发一些令他不太习惯的评论。当记者们每天晚上聚集在德彪西厅的媒体专场时，因为压力、兴奋、血腥的气息和狂热都是那么明显，让人有一种窒息的感觉。这些情绪可能以一种积极的方式转化（参考《托尼·厄德曼》的成功），而且经常会出现这种情况：今天下午放映《罗莎妈妈》时，争先恐后的记者们表现出极度的热情。

相反，达内兄弟的《无名女孩》就没有获得预计的成功。是由于某种厌倦的心理吗？还是因为电影也许没那么令人惊讶？人们对那些伟大的作者毫不留情，一部分观点甚至认为我们不应该一贯地在戛纳的宴会上给他们预定一个位子。事实并非如此：《无名女孩》是一部冷峻而出色的电影。但是那些伟大的导演拥有太少的自由来变换他们的风格并获得相应的评价。就像某天布鲁斯·斯普林斯汀谈到鲍勃·迪伦的一张新专辑："如果作者是无名氏，人们会惊呼这是天才的作品。"在戛纳，人们需要惊喜和新鲜。每天两部杰作，不能更少了。"今晚的杰作几点钟放映？7点还是7点半？"是枝裕和的新作品，相对于主竞赛单元，更适合"一种关注"：它会受到更好的待遇。

非常喜爱达内兄弟这部电影的塞尔日·卡甘斯基给我发了一条振奋精神的短信。他的观点对我很重要。当人们喜爱一些电影时，就好像他们对我们充满感激——这种最大限度的感情里也包含着极端：在相反的情况下，他们会十分埋怨我们。连友谊都有可能遭到冲击。但是当他们在戛纳时，他们可能真正地被所看到的震撼，生活以一种更好的角度被呈现。他们把自己的生命献给了电影，在这里找到了为其辩护的正当理由。对此，我深深地理解。

今天下午，威廉·弗莱德金在米歇尔·西蒙的主持下上了一堂电影公开课。这是多年前由吉尔·雅各布发起的传统，让大众接近艺术家们，在观影马拉松中休息片刻，花时间去思考和聆听。和弗莱德金冬天在四季酒店见面时，我就说过，他十分有趣——明天，他会介绍《威猛奇兵》的修复版。我很多年没看了，但仍记忆深刻。

"一种关注"单元还要放映由我们的评委卡塔咏·夏哈毕担任制片、伊朗导演贝赫纳姆·贝扎迪执导的《反转》和动画界天才迈克尔·度·德威特的第一部电影《红海龟》。帕斯卡尔·费兰也参与了后者的剧本创作。一部大有前途的电影。在大放映厅还有入围官方选片的第三部韩国电影《哭声》。一个朋友告诉我："这是一部出色的电影。在整个观影过程中，我都在思考你为什么没有把它选入竞赛单元。然而在影片结束前二十分钟我理解了：有点儿烂尾，逐渐显得过于拖沓和刻意了。可惜。但是韩国电影人在戛纳占有一席之地。"

晚上7点30分，我介绍保罗·韦基亚利和他的《差等生》，弗朗索瓦丝·阿努尔也出席了放映会。之后，我前往多梅尔格别墅与皮埃尔一起参加洛朗·鲁奇尔的节目《吾等未眠》。瓦莱丽·布鲁尼·泰特琪陪伴布鲁诺·杜蒙，他的电影票房成绩不俗。看到法国电视重新投资戛纳很不错。我只在那里短暂亮相，因为要去招待电影散场后的达内兄弟。回到影节宫后，我被人紧紧抓住手臂："他们为什么这样？"原来是泽维尔·多兰的电影新闻专员莫妮卡·多那提。电影刚刚经过影评人的检验，遭到起哄。很明显，莫妮卡崩溃了。这是放映之后的第一个也是唯一的反应。这让我有些不安，于是陪在她身边安慰她，并且告诉她这才放映了一场，而明天又是新的一天。最后，我个人觉得，为了缓解她的不堪重负，必须让她习惯承受这种平庸。为一部我们喜欢的作品和一位我们应该维护的导演而如此痛苦：莫妮卡她这样既让人悲伤又令人放心。一个小时之后，我去萧邦套房参加那里的一个晚宴，泽维尔·多兰也出席了，作为一个从不错过人们对他电影评论的人，他已经知情了。他因不被理解而感到沮丧和孤单。我告诉他，面对"多兰的电影被喝倒彩"这种过分的谣言，许多声音都站起来提出了相反的观点，肯定了他的作品质量和他的电影之美，但是他未必听得进去我的这些话。就像莫妮卡，她那样，很让人难过，不过也很放心。电影人相信自己的作品。

我返回影节宫。当最后的掌声回荡在卢米埃尔放映厅时，我去老城的一个小餐厅和克尔斯滕·邓斯特及麦德斯·米科尔森共进晚餐。我们甚至没有谈电影。然后，文森特把我送回酒店，在那里我继续写作。结束这可怕的一天，我觉得太好了。现在是凌晨两点钟，夜晚的空气很柔和，而密斯特拉风把天空清扫得很干净。那些海湾深处的暴雨不会造成真正的威胁。

5月19日　周四

《只是世界尽头》最终获得很好的评价。反戛纳魔力：几位观众喝倒彩，导致一些噪声和谣言，而一切都在这个早晨变得微弱。媒体拍照时，泽维尔·多兰安心而充满斗志，重新恢复笑脸的莫妮卡·多那提也是。我们不能比较不同的时代，但是一切都没有改变：制片人阿兰·萨德让我想起《生活琐事》曾在戛纳被喝倒彩。一个档案视频见证了克劳德·苏台的恼火，即使他总是易怒，而且对那个讨厌他的女影评人，他也以其人之道还治其人之身。泽维尔必须同样接受赞扬和批评。但27岁就已经拍出6部长片的他，前面的路还长。"我的电影是用35毫米的胶片拍摄的！"他欣喜地说道。时间的标志：当其他人的作品都被数字化时，他将是唯一还会使用胶片拍摄的人。

某些日子里，媒体拍照变得和红毯一样充满魅力：娜塔莉·贝伊、蕾雅·赛杜、文森特·卡索、加斯帕德·尤利尔、玛丽昂·歌迪亚、瓦莱丽·高利诺和里卡多·斯卡马里奥，以及吉姆·贾木许和伊基·波普，他们让摄影师们疯狂了。我们今晚会相聚在红毯上。表格上的巧合：蒙吉的"作者"电影（已经在前几场媒体放映中大获成功）在黄金场放映，有明星参与的电影则被安排在晚上10点。

2016年戛纳电影节也属于让-皮埃尔·利奥德，就像1959年那样：今天放映阿尔伯特·塞拉的电影；周日将为他颁发荣誉金棕榈奖。在妻子的陪同下，让-皮埃尔放松而深情，阿尔伯特则矜持而优雅。他们合作的《路易十四之死》是一部会留下印迹的决定性电影，我们其实应该以"更高的规格"介绍它。他们很有风度，没有指责我。新浪潮（欧迪亚说："这场运动似乎比新的更模糊[12]。"但是我不敢开这个玩笑）那个不安分的男孩，现在更像另一个时代的男人，但是他永远在他的嗓声、动作和面容中鲜活地存在着，某种对于这种过去的幻想。啊！在《婚姻生活》里与克劳德·雅德的那段场景中，他故意把"值得授予的头衔"和"兴奋的应召女郎"混淆在一起——让-皮埃尔的风趣是没有界限的。我对自己说，聚集了特吕弗和谷克多以及执导了《广岛之恋》的雷乃的1959年的戛纳电影节，除了他，已经几乎没有其他见证人了。

我与小克莱伯·门多萨以及索尼娅·布拉加在"集会广场"

餐厅见面。周二的电影放映造就了一个不同寻常的时刻，当剧组人员登上红毯时，他们拿出一些非常政治化的传单，为了声援被威胁革职的迪尔玛·罗塞夫。我们对此都十分担心。消息被登载在全世界的报纸上，那位巴西总统发表了一份新闻通稿。戛纳在这方面也发挥自己的作用。

下午过得很安静。我很想出海，就是坐上停泊在马杰斯迪克酒店的浮桥上的游艇沿着勒兰群岛转一圈。玛丽已经回到里昂："一切都好吗？我们从戛纳的气泡中冒出来，巴黎和其他地方组织的游行抵制劳动法，把我重新拉回现实。这是怎么发生的？给我打电话，跟我讲讲关于电影的事情吧。"与特里斯坦·卡尔内、加斯帕·德·沙瓦尼亚克及弗朗索瓦·如尼诺开会为闭幕式做准备，然后接受法国电视二台的帕斯卡尔·德斯尚的采访，接着陆续介绍《路易十四之死》、"经典"单元的一部 1954 年的泰国电影《桑蒂韦纳》及一部芬兰电影：一帮快乐的人，15 个人同时登台。导演尤霍·库奥斯曼恩是电影基金会培养的新人，新一届活动于昨天拉开序幕。

"今晚，6 点走上红毯。"当我到达时，玛丽-卡罗琳提前告诉我。每天，她都把一切都准备好，为了节省时间，也让我不受打扰。我们办公室的门上是完全的朴素，没有任何名字和说明。我其实想要在那写上杰克·伦敦挂在他自己门上的标语："请不要太重地敲门。请不要敲门。"这是一天中唯一可以让我整理自己的衣物和精神的时刻。桌子上有一些书、酒瓶子、DVD 和礼物。只有四个晚上了——这个时候我们还有时间消除遗憾。我换装时总是听同一首歌：今年我选择了巴桑的一首被忽略的好作品《公主和蹩脚的音乐家》。4分22秒，它超过了我穿上礼服需要的时间——吉尔说过："这是我们的工作服。"一刻钟后就要上红毯，而半个小时后，蒙吉的电影剧组就要到达。影节宫的走廊上几乎是空的，人们都去追逐自己想看的电影。透过窗户，我听到唱片骑师在为今晚的派对测试音响系统，音乐家们在调节音乐会的音衡器。两分钟的时间，我就跑下几个隐蔽的台阶，登上已经人潮汹涌的红毯。

红毯上不仅接待当天的电影团队，还有前一天和次日的电影团队。音乐和帕特里克·法布尔的评点给偌大的红毯注入一种美好的气氛，不过这并不能阻止人们感觉到孤独。他们唯一的安慰，经常是我们。最初，我并没有好好考虑需要在每个人身上花多少时间。抒情时间太长或者太坚定地握手，都会让你失去几秒钟的机会，而它们本可以用来跟其他觉得被忽视甚至生气的人打招呼。从2000年初开始，男人们在法国以及在红毯上都会互相拥抱，这几乎成了一个定式。可这比握手需要更多的时间！

在红毯上进行的对话并不总是远见卓识：我们谈论电影、天气、足球、笑话——某天晚上，伯纳德·菲克斯奥朗诵了《记忆与海》中的三节。除了明星和大众，我们还可以在红毯上找到一切人：三流明星、商人、品牌推广商、自拍者和记者。有些人一到达就因为排队太长而抗议，觉得十字大道上太堵车，或者因为某个联络员不够亲切而抱怨。红毯也留下了经典段子。第一个周末之前，人们对我说"祝你好运"或"但愿不会下太多的雨"。然后过了几天，就变成"似乎比预想的顺利"，好像马上会有灾难降临。也有人会说："一切都好吗？"这个比"一切在运转吗？"要好。一个星期之后，人们会说"加油，马上要结束了"，然后事实并非如此，离结束还远着呢。而从明天开始，他们会以一种悲伤的语气对我们说："不会太累吧？"这比"你看起来很累"中听。在他们看来，你们一定很累。

有些人会在红毯下面就提前告诉你，类似"你看到我了吗？不要错过我哦"，到达的时候跟跄一下。有些人会以一种完全无辜的口气对我说："昨天我看了其中一部烂片。我不知道是谁选了那部电影，烂透了！"因为我是唯一听到这句诙谐评价的人，所以为了避免对方的批评升级，我一般会立即承认是自己的错。

也有些人的相貌让你想不起来了。无法认出某些面孔，即使是一些我们经常打交道的。这叫面孔失忆症。关于这个古怪疾病的文章不断增加，因为布拉德·皮特在《时尚先生》杂志上宣称自己是此病患者。我害怕自己也患有这种疾病——轻度的，而且可能很短暂，因为那些真正严重的患者连他们自己的朋友都认不出来——只要我能从照片上认出埃迪·莫克斯，就说明尚未完全失忆。

每年5月，当我有时费力地把一个名字甚至是一个模糊的标签跟那些亲切甚至深情的脸对应时，这种红毯综合征总是让我疲惫不堪。有些感情奔放的人，好像我们前一天刚刚一起参加宴会，而我现在不知道是谁。强烈的孤独时刻。最坏的还是当他们对你说："把我介绍给皮埃尔·莱斯屈尔？"——或者，过去是吉尔。我有个技巧：我大声向我的对话者说出皮埃尔的名字，然后当我应该讲出那个人的名字时，把头转向皮埃尔低声说："不要问我那是谁，我不知道……"随着音乐和红毯上的噪声，大家微笑着告别。

　　开始放映蒙吉的电影。电影放映组的组长给我发了一条日常短信："8点32分，在字幕出现前返回。"我有时间与西恩·潘在"特透之家"餐厅见面，因为CAA经纪公司的大老板，同时也是他的经纪人和朋友的布莱恩·卢德为我们安排了一个小型晚宴。西恩刚刚到达。我很高兴再次看到他。4月底，吕克·贝松在巴黎招待他时，我们只是打了个照面——那是普林斯去世的日子。我感觉到他有些焦躁，这是人之常情。他看起来也有点儿孤单：电影的后期制作在痛苦中结束。另一个担心的原因：让-皮埃尔·文森特的电话。"蒂耶里，我想让你知道，明天对于西恩来说会很艰难。"在戛纳之前，他在巴黎观看了成片，并找几个记者评估了一下。"这部电影本来可以在竞赛单元来一次豪华的首映礼，但它很有可能要失败了。"我极力弱化问题，跟他解释电影节进行得很顺利，而且媒体的精神状态很好，这周马上要结束了。"唔，我们再看吧，不过我不是很乐观。他们不会对他说什么好话。对你也不会。"

　　我和西恩闲聊，跟他说一些对一个将进入角斗场的导演通常会说的话。他很友善，把他的女儿介绍给我，跟我说，好像要轮到他来给我消除疑虑："我拍了一部想拍的电影，其他的，以后再说吧。"回到影节宫，在蒙吉的电影获得良好反响后，我得知尼古拉斯·温丁·雷弗恩的《霓虹恶魔》在媒体放映场导致了一些骚动。我给《快报》影评人埃里克·利比约打电话："是的，正反评价都有，不是不冷不热，而是好坏参半。就像多兰的电影，我看过并且觉得很出色。雷弗恩只是引发了很多讨论。"至少引起了讨论：他的极端主义、对挑衅的渴望以及精湛的手法。这部电影对于一些人来说是非常优秀的，而对于其他人来说则有点儿过于耀眼。朴赞郁的电影是类似的情况：人们可以不喜欢它，并且激烈地表达（我们在戛纳），但是那些懂电影的人会意识到这位电影人的才华、信念和创造性。我知道雷弗恩的电影很坚实，而尼古拉斯准备好面对争议——我甚至怀疑这其实是他所渴望的。

我待在影节宫里，为了今晚的午夜场。"蒂耶里，披萨在哪里？"赛琳娜·萨莱特看完多兰的电影后走出来问我。劳伦斯在棕榈咖啡馆的露台上临时安排了一顿简餐，从那里看苏科特港口是那么的壮观。让-米歇尔·佳雷和泽维尔·毕沃斯也在。有时间聊聊天真好。大概晚上11点30分，我走下红毯，与戛纳市长大卫·里斯纳尔见面。他用沉醉的目光注视着自己的城市："非常壮观！"没有任何官方活动促成他今晚的出席，不过这个英国摇滚的行家、冲撞乐队和性手枪乐队的爱好者不会错过今晚放映的电影。午夜时，伊基·波普和贾木许亮相了。

我走上台作简短的发言。我们都发现伊基走路有点儿蹒跚（他马上要满七十岁了），却散发出一种不同寻常的能量和罕见的魅力。吉姆微笑着，就像一个弟弟对自己的哥哥关怀备至，一个被他以真名称呼的男人詹姆斯·奥斯特伯格的头号粉丝。放映十分成功。观影结束后，我留在"夫人先生"休闲俱乐部和伊基闲聊。俱乐部位于卡尔顿酒店的一个露台上，《给我危险》的发行人让·拉巴蒂在这里招待嘉宾们。我的房间在四楼之上，但我想待一会。伊基手里拿着一杯红酒，谈论着音乐、电影和……他在美国认识并且非常喜欢的乔·达辛。密歇根因此不只属于吉姆·贾木许。他在皮埃尔介绍给我的一张专辑中翻唱了一些法国歌曲（我找到了巴桑的《过客》的一个十分动人的版本），其中有一首

《如果你不存在》。伊基用法语哼唱着歌曲中的前几句："如果你不存在的话 / 告诉我为什么我要存在……"我告诉他达辛家族是一些乌克兰的犹太人，他们的姓氏来自敖德萨，却被那些移民局的人降为达辛。我们在手机上看各自父亲和儿子的照片。

我不想睡得太晚，但是事与愿违：已经凌晨 3 点多了。在戛纳，从早晨第一杯咖啡到晚上最后一杯威士忌，人们都在谈论电影。我离开，去睡觉。电影节接近尾声。电影市场也关门了，许多参加电影节的人已经离开。这还是一个美好的夜晚。泽维尔·多兰的电影在黄金场放映，非常成功，抹去了昨天一些模糊的疑虑。电影在"阿巴纳之家"的庆祝会人气很旺。十字大道上又找回了重要日子里拥挤的人群。当车辆在万豪酒店和格兰德酒店之间被堵住时，是好的征兆。但是对于我来说，预示着明天会非常辛苦。

5 月 20 日　　周五

"一个难熬的上午。"西恩到达媒体拍照现场时对我说。让-皮埃尔·文森特和斯蒂芬·塞莱里耶都一脸丧气，西恩的公关玛拉·巴克斯鲍姆的眼里噙着泪。灾难发生了。媒体对《最后的模样》给予恶评。从今天早上开始我收到十几条短信。有人说："三天以来，记者们都想要批评一部电影，于是向它扑去。"不。我们总是能找到解释，其实只有一个：人们不喜欢这部电影。这是晴天霹雳。而且我了解戛纳的规则：西恩将被贬得一无是处。我对此感到很愧疚，因为这是一位朋友，因为是我将他带到这里。只能接受了。

　　我离开前往"一种关注"单元，参加一场提供给世界各国影评人的放映会。这是制作团队所追求的，对于电影节观众也是一个美好的约会。容纳 1,000 人的大厅爆满，克里斯蒂安和我来介绍电影，现场弥漫着一种特别的气氛，而评委们一般会出席——我辨认出坐在大厅最后的他们：杰茜卡·豪丝娜、鲁本·奥斯特伦德、迭戈·鲁纳和赛琳娜·萨莱特，对他们的主席玛尔特·科勒尔关怀备至。

　　我回到办公室，与哈维尔·巴登互发了几条短信，他在担心西恩的电影。然后我又出发前往苏科特山顶的卡斯特广场，因为戛纳市长在那里组织了一个露天午餐会。这是最后一个周五建立起来的传统：为世界各国的媒体和评委会供应普罗旺斯特色的橄榄油蒜泥酱。阳光下，我发现一支精力旺盛的团队。他们几位不愿意掩盖对于当下经验的兴奋——也十分开心见到皮埃尔和我。他们向我透露他们过着自己想要的生活，有自己的日程表，不听从任何别人写的或说的东西。过去，这种会面让我如此恐惧以至于很害怕评委轻视我。随着时间的推移，我学到了少为"我的"选择担忧，而面对他们，面对乔治·米勒以及我们度过的这一年，我完全不担心。

　　今天下午，戛纳电影节接待了伯纳德-亨利·莱维的电影所致敬的库尔德民兵。他们穿着制服亮相：总参谋长西万·巴扎尼、军长扎阿法·穆斯塔法·阿里和司令巴克提亚·穆罕穆德·西德迪克以及伊朗籍的库尔德人，摄影师阿拉·霍施亚尔·亚伊博。还有其他一些同胞：平民，军人和一位人称"库尔德的夏奇拉"的流行歌手海里·乐芙。每个人都明显感受到一种矛盾：在蓝色海岸谈论这个话题，而"那里的"战争正在残酷地进行中。不过当屏幕亮起来时，奇迹发生了。而在放映结束时，伯纳德-亨利·莱维的电影获得长时间喝彩。拍摄过程中受伤的摄影师在啜泣。库尔德军人们就像他们在电影中一样：勇敢、机智，投入一场"惩戒性"的战争中。他们被打败恐怖主义这一想法鼓舞着。当我们走到门外，刺眼的灯光将我们重新带回电影节。经历的那两个小时中，我们脱离了戛纳。每个在场的观众不会再用同一种方式看待这些军人。

"蒂耶里，6点30分在红毯上就位。"我加快脚步。皮埃尔已经在那里，我们几乎一天都没照过面。我们有半个小时接待观众、闲聊、谈论需要解决的问题。

晚上7点，《最后的模样》剧组全员到达。我很惊讶。八卦杂志使劲地嘲笑西恩和查理兹·塞隆的恋爱关系及其分手。他们相爱过，而且并没有隐瞒。我不知道西恩早上提起的艰难时刻是暗示什么：爱情还是电影？这个家伙不摆姿势，但是他那张被时间、抗争和熬夜以及他正在经历的生活雕刻而成的脸让人印象深刻。这位演员曾经拥有美好的青年时代，曾征服过大众并获得两次奥斯卡奖和一次戛纳最佳演员奖，也执导过一些伟大的电影。他同时是杰克·尼克尔森和白兰度的朋友，这个男人以他自己的方式关心好莱坞的某些思潮，他知道自己也是继承这一切的其中一员。今天，他陷入了怀疑和痛苦中。"我的电影就是它展现的这样，每个人都有权利以他想要的方式思考。"他在新闻发布会上说道。在红毯上，他给人很好的印象，但是整个团队从早上之后就都不知所措。而且一个技术上的意外事故扰乱了放映的开始。很明显，不能更糟了。

电影放映时，我上楼回我办公室。昨天，我与阿贝尔·费拉拉一起喝了一杯，他陪威廉·达福来参加弗莱德金的电影《威猛奇兵》放映会。他对我十分亲切，让我受宠若惊。我们曾经对《欢迎来纽约》持不同意见，他对我很生气。今天，一切不快烟消云散。我们认识很久了——电影成了过去，而友谊还存在。他告诉我他的近况："我住在意大利，有个交往的对象。我们刚刚有了一个小孩。我在罗马生活得更好，我不想再回纽约了，那里的风险对于我来说太高了。我改变了自己的生活。你知道，我过去从抽烟开始，然后抽大麻和可卡因。然后，就什么都控制不住了，使用越来越刺激的东西。我今年64岁了，然而太迟意识到所有那些，都是屎。你怀念一些过去的事物吗？——我朝前看。"他脑筋里有个新计划，与威廉·达福合作一部雪中冒险的电影。在弗莱德金（永远在任何事情上都表现得绝对出色）之前，我先向大厅里的观众介绍阿贝尔。观众慷慨的接待让他十分感动。某些人也许不喜欢他的电影，但是这样一位有个性的导演，在戛纳绝对是神圣的。

片尾字幕之前回到《最后的模样》放映会时，我很担心。大众的反应总是比媒体要慷慨，但我们永远都无法提前知晓。今晚的观众反应在几分钟里就一扫白天的阴霾。让-皮埃尔·文森特看着我——他从没有如此期待过。电影可能不会获奖，媒体也不会收回他们的看法，但还是保留了对一个介绍自己新作品的电影团队的基本尊重。走下红毯时，我感觉西恩松了口气。我们晚上会再见面。

今天只剩下《霓虹恶魔》的放映会了。尼古拉斯·温丁·雷弗恩与艾丽·范宁及其他女演员到达红毯。他拥在怀里的是他的妻子丽芙，也是这部电影要献给的人。"行了，2016 年戛纳电影节出现丑闻了……"菲利普·加涅尔下午跟我说，整个电影节期间他都在场。媒体不可思议地被分裂。我们看到一些才华横溢的热爱者，但是那些不喜欢的就真不喜欢。电影评论的整体风向是好的。马拉瓦尔激烈地为它辩护："发生在推特上的事情是有教育意义的：专家表达越多的负面观点，公众就越想看它。"负责把电影卖到全世界的高蒙公司内部也同样充满争议，十分生气的阿丽亚娜·托斯坎·度·普朗蒂耶或发行人兼法国共同制片人曼努埃尔·齐池："我听到这些人提出让大卫·汉密尔顿谈论《霓虹恶魔》。他们从来没看过大卫·汉密尔顿的电影还是怎么？他们怎么能说出这种话？"在豪华的红毯之后，电影在一种极度的关注、近乎一种压力下开始放映。尼古拉斯获得了他所追求的东西：一群活跃的观众。接受这次旅行，并试着去理解他的计划，掌声就是证明。

夜晚在继续。到处是派对，大量的邀请信息涌入我的手机。于是，我迟迟才看到所有的信息。马埃尔·阿诺从一开始就在，并且观看了所有的电影："我回去了，戛纳结束了。我要列出我的获奖名单：我可以颁几座金棕榈奖杯吗？"她懂得如何和我聊天。她还补充道："我们在里昂等你。"里昂！是的，她的确懂得如何和我聊天。担任西恩·潘的《荒野生存》共同制片人的保罗·拉萨姆："我在远方，但是我今天早上想念你们所有人。"阿斯哈·法哈蒂的《推销员》的发行人亚历山大·马勒-盖伊指着评论说："我觉得对于法哈蒂的电影，你没有弄错！法国媒体和《综艺》杂志的出色回归。谢谢。"是的，真的，竞赛单元只剩下最后一天：法哈蒂和范霍文的电影。

5月21日　周六

欧勒里亚诺·托奈特发来短信："听说这将是你倒数第二次主持戛纳？你很快要在去百代公司，去之前会宣布这个消息？"萨布丽娜·尚佩诺伊和朱利安·格斯特在《解放报》上这样描述："'蒂耶里·福茂离开戛纳电影节去一家足球俱乐部当教练。'我们在聚集了十字大道上最敏锐狗仔的某家酒吧聚会里得悉上述消息。"《解放报》团队压根没有核实就急忙刊发报道，"我们祝愿被深深怀念的戛纳艺术总监在他的新岗位上率领 AS 明格茨足球俱乐部 13 获得成功。"《解放报》如此做新闻，很好笑。还提到 AS 明格茨足球俱乐部，多荒唐。薇罗尼可·凯拉打来电话："蒂耶里，那些说我为了接替皮埃尔的职位要离开德法公共电视台的谣言跟我没有任何关系！"简直是谣言大展览。

我和薇罗尼可在戛纳电影节共同度过了一段美好岁月。彼此各司其职，各有风格，各自做自己想要做的事，对未来抱有共同的理想。有一个信条是原则性的：戛纳电影节必须成功运转。这既是一个信条，也是一个挑战。诚然，我们曾经因为被吉尔·雅各布同时选中而感慨，也因此被其他著名的行业领袖所欣赏，其中有"法国电影最强扳机"之誉的丹尼尔·托斯坎·度·普朗蒂耶，他是第一位向我表示祝贺的。我们当时丝毫不敢骄傲，在前任主席的指导下学习，对过去的历史心存敬畏。我仍保有卢米埃尔中心的职位，但薇罗尼可这个天生缺乏耐心的人完全改变了她的生活，于是她借助运动——滑雪、打网球、徒步——才能获得一些平静。在戛纳，不管室外的水温有多低，她每天早上都去游泳。吉尔·雅各布经常被她这种风风火火的性格逗乐，但对她总是很耐心。在选片方面，吉尔曾经宣布："至少需要三年才能理解这一切是怎么运转的。"他争取到了时间，但他必须好好培训我们这两个新人。和我相比，薇罗尼可在巴黎的人脉网无与伦比，可她总是表现得像是个忠诚的保护者。某天，她离开戛纳电影节，去了法国电影中心，后来去了德法公共电视台，无论在哪儿都做得很出色——而我们仍继续相约一起去爬山。她今天早上总结道："因此，不要听别人造谣。我只是回家看看。这届戛纳很出色。"

她不是唯一一个离开十字大道的。互联网电影资料库的老板柯尔·尼达姆说："我们高兴地离开了，多伦多电影节或者卢米埃尔电影节时再见？你们在红毯上随着《美国甜心》的饶舌音乐起舞，太棒了。"多米尼克·帕伊妮说："我在巴黎支持你们。沉住气，不要回应任何无诚意的批评！"其实并没有这样的批评。过去几个星期的紧张情绪在逐渐缓和。我开始敢于查询那些星评和打分了。一个简单的事实：今年的选片被认为是很久以来最好的一届选片之一。总是值得做的。平均打分在升高，并且通常评论呈现两极分化，证明关于好与坏的评价、关于美或丑的评判，没有一方占据绝对上风。我们观看的超过1,800部电影将我们都带回了电影院。我们愿意去做这样的事，愿意去观看每一部电影。这样的事在戛纳这个电影圣地重复上演，尤其在电影节这个呈现电影艺术现状和时代情绪的特殊时段。我们就像大海里的渔民，出发去最广阔的世界电影水域，为了带着宝藏满载而归。电影节很美好，有精彩演出，也有作者电影；有专业人士、观众，也有影评人；有真正出色的电影，也有潜力巨大的作品。戛纳这场每年春末如约而至的盛会，将始终沿着这条微妙而动人的道路前进：电影是认识世界的方式。

女王伊莎贝拉·于佩尔携保罗·范霍文的《她》亮相了。她放松、快乐而友好。今晚，观众将理解她强烈的激情和她之所以选择极致冒险的谦逊精神。盛典主持人、评委、评审团主席、无数次的入围、演技奖（两次）、参演过多部斩获金棕榈奖的电影：她与电影节的关系无可取代。在威尼斯电影节、柏林电影节、恺撒奖、英国电影学院奖、奥斯卡奖，多纳泰罗奖……她的作品遍地开花，入围、失败、成功。凭着旺盛的精力，伊莎贝拉出演过一百多部电影。钢铁般的意志、年轻女孩般的外表和与之匹配的内在精神：她就像一位永不满足的艺术家和永远勤奋的观众那样体认着电影。她拍过的电影证明她已经准备好投入任何的冒险。但我其实很少去剧院（我对自己说，欣赏一出戏剧的时间足够看两部电影，好惭愧）——如果伊莎贝拉来里昂的策肋定剧院表演，那么我会去。

布鲁诺·欧格在集会广场餐厅准备最后的午餐。《奥萨玛》里的两位阿富汗籍演员玛丽娜·戈尔巴哈利和诺尔卢拉·阿兹兹接受了我们的邀请，演员们流露的幸福让人感动。下午两点，阿斯哈·法哈蒂的电影《推销员》放映结束，评审团成员聚在一起，我与乔治·米勒聊了几句。回答一名记者的提问时，他用低调而精彩的一句话完美履行了他的保密义务："我们观看了一些有趣的电影。"

完美。

"一切都很好。"他跟我确认，"我们今晚开会商议。"

"但是你们现在什么都不说？"

"我们会为明天做好准备。"

与其他成员稍微保持距离，乔治完全处在斯蒂芬·斯皮尔伯格 2013 年的位置上，当时后者提前告诉我评审团里出现了问题。

首先是妮可·基德曼提出："你知道有一个时刻我们将会讨厌你，那个时刻就是现在。"

"你们不喜欢哪部电影吗？"

"不是不喜欢，但是评选规则里禁止向一部电影同时颁发表演奖和金棕榈奖，这行不通啊。"

"是的，确实行不通。"

"我们就是因为这个原因讨厌你！"

后来斯蒂芬把我叫到一边："为什么我们不能在颁发给一部电影金棕榈奖的同时表彰那部电影的演员？"

丹尼尔·奥图曾向我提过评审团对柯西胥电影《阿黛尔的生活》的"兴趣"。这一问题不可能只涉及那一部电影。

斯蒂芬干脆告诉我："有可能，我说的是很有可能，《阿黛尔的生活》将斩获金棕榈奖，即使那样，我们也一定要把表演奖颁给蕾雅和阿黛尔。"

"如果电影获得金棕榈奖，那就不行，那是被禁止的。"

"我们知道。那能怎么办？"

"去年，南尼·莫莱蒂请演员让-路易·特林提格南特和艾玛妞尔·丽娃与《爱恋》的导演迈克尔·哈内克一起上台领取金棕榈奖。如果你们也像那样做，是可以的。"

"不，我们想要的更多……"

"你的意思是？"

"我们想让这两名女演员获得嘉奖。"

"获得金棕榈奖吗？"

"是的，金棕榈奖。"

斯蒂芬·斯皮尔伯格来谈判总会不一样。我们和吉尔同意了：伟大的规则偶尔值得伟大的例外。

主竞赛单元的最后一个晚上，我一边换礼服一边听巴桑的歌，每天晚上我都与所有人握手——在我们的安排里没有次要人物。我拥抱了红毯上我身边不可或缺的帕特里克·法布尔和安妮·布利斯。到处弥漫着告别的气氛，一点点疲劳和太多的伤感。但还是需要提高警惕。周四那天，醒目的海伦·米伦走上红毯，靠近我时却在我的脚边蹲了下来。"让我帮您系一下鞋带，否则您会跌倒的！"她温柔地对我说。我一边对她微笑一边尴尬到脸红。她站起身跟我拥抱。一位摄影师拍下了那一幕，以从下往上的仰拍视角。照片被传播到全网，配图文字为："海伦·米伦在红毯上摔倒，蒂耶里·福茂正在嘲笑她！"这一切都只是一时的闹剧，就像在马丁内斯酒店，一只恶鸟惊走了那些在海滩自助餐台上觅食的海鸥。真正的担忧是得知记者伊曼纽尔·毛伯特重伤，躺在戛纳的医院里。团队意识强的皮埃尔对此十分不安。

弗雷德·卡索里说："电影剧组走红毯的方案如下——第一波：保罗·范霍文和伊莎贝拉·于佩尔。第二波：爱丽丝·伊萨、夏尔·贝尔林、安妮·康斯金尼、罗兰·拉斐特、维尔吉尼·埃菲拉、乔纳斯·布洛凯、朱迪思·马格里和克里斯蒂安·贝克尔。第三波：大卫·伯克、菲立普·狄雍，安妮·杜德利、萨义德·本·萨义德和米歇尔·梅尔科特。走到红毯的最顶端拍大合照。你觉得怎么样？我觉得可以，不能太杂乱。"我表示同意。"在我跟你说这些话的时候得知 RTL（覆盖法国、卢森堡和比利时的法国商业广播网）集团派出了他们的 20 名记者团队中的 18 名来到了戛纳。你愿意在红毯上接受他们的采访吗？"

"范霍文的电影很棒。你这次收尾收得漂亮。"皮埃尔·里斯安跟我说，虽然没看电影，他却无所不知。埃里克·利比约说："再次观看范霍文的电影之后，我不再有任何疑问。以它压轴，完美！"晚上 8 点 39 分，电影获得了热烈的喝彩。我陪主创人员回到红毯上：是的，不但往上走红毯，而且要懂得如何往下走。

最后一个周六是颁发奖杯的日子：费比西奖、弗朗索瓦·夏莱奖[14]，棕榈狗奖、金棕榈酷儿奖、金眼睛奖、天主教人道精神奖。明天将颁发金摄影机奖和短片金棕榈奖。今晚，马尔特·科勒尔将与评审团成员们颁发"一种关注"单元的奖项。《奥利最开心的一天》获奖，这又给了那些芬兰人快乐地拥上台的借口。维果·莫滕森和马特·罗斯合作的《神奇队长》斩获了最佳导演奖。其他获奖影片有：深田晃司的《临渊而立》、德尔菲内·考林和莫里埃尔·考林的《大开眼界》以及迈克尔·度·德威特的《红海龟》。"美好而感人的颁奖礼。一种关注，总是很好。"卢米埃尔中心的保琳·德·波艾薇尔给我发来短信，这是一位品位非常可靠的影迷！

泰迪·瑞纳出席了伊安·雷诺莱、埃里克·汉内佐和蒂耶里·彻勒曼献给他的纪录片的放映会（再次看到让-吕克·卢杰于 1975 年成为法国第一位世界柔道冠军）。跟他打完招呼，我离开前去参加官方晚宴，由阿根廷大厨摩罗·科拉格雷科掌勺、由劳伦斯组织的最后一场典礼。我非常欣赏劳伦斯能照顾到每个人、为某张桌子上的布置不合理或有人擅自站起来（比如一些不自觉的烟民不是无礼地离席就是在公共场合频频吐痰）而生气。我们是这个疯狂的、传统的、不可取代的戛纳文化的守卫者，忠于在另一个世界发明的社交礼仪，应该让这种讲礼的精神永久地延续下去。

伴随着赞扬，钟摆又重新开始运转：明年我们能做得同样好吗？奥黛丽·阿祖莱让我们考虑一下未来。第 70 届电影节适合内省。电影节的传奇既得益于稳定的持续性，也归功于那些最荒诞不经的插曲，就像一艘有着脆弱船舵的远洋轮船。2016 年貌似要成为回忆了，没有什么浅薄的东西能约束我们。2017 年将是一个共享的周年庆，更无私、更丰富、更少查问"你是谁？你要去哪里？你有工作牌吗？"

我和皮埃尔·莱斯屈尔向 200 名宾客简单致辞。我请大家为让-皮埃尔·利奥德、盖伊·本多和梅尔·吉布森鼓掌，后者将与乔治·米勒一起颁发金棕榈奖。有个家伙说："这是一个仇视犹太人的酒鬼，还打老婆，你们这是在自找麻烦！"不，我们相信悔改的第二次机会，他的下一部电影将为他辩护。

皮埃尔总结时，引用甘斯布的歌词来展望戛纳的第 70 个生日：

从他们的床上通过舷窗

他们看着海岸

他们相爱而困难的时期

将会持续一年

他们战胜了妖术

一直到七十岁。

第 69 个生日很美好。

今晚，我们在红毯上听到了伊朗歌曲：法哈蒂的电影《推销员》获得了巨大成功。让-弗朗索瓦·瑞切的《吾父吾血》也一样。零晨 1 点 58 分，它将是第 69 届戛纳电影节官方选片放映的最后一部。我迅速回到办公室。我很喜欢空旷的影节宫，尤其是最后这个有些特别的夜晚。我睡得太晚了，我知道——明天将是评审团的大日子。我打开洛朗·塞缪尔关于斯普林斯汀的博客看了一眼：布鲁斯刚刚在马德里开了一场精彩的演唱会。这给了我一个借口最后一次在红毯上点播《为奔跑而生》。我看了看刚刚收到的邮件、信息和手机短信。蒂姆·罗斯说："祝明天好运。来自我和尼基的问候！"泽维尔·多兰说："我知道，我是个易动感情的人。"米歇尔·圣-让说："确实，明天，你又什么都不想跟我说了。"文森特·林顿说："恰好一年前，那是我生命中最美的日子。"回到卡尔顿酒店时，我碰到了西恩·潘，他对我说："我们这次被撕碎了吧？"他明天出发去伊斯坦布尔。来戛纳，就是为了获得不朽的名声。或者，死在这里。虽然遭遇失败，但是西恩看起来松了一口气，准备继续投入战斗。他依然是一位伟大的导演，一名出色的演员。

5月22日，周日

8 点

来自玛丽-卡洛琳：“蒂耶里，请注意：司机将于 8 点 30 分在卡尔顿酒店接您和皮埃尔。车号是 12，司机是克里斯托弗。返回时，文森特将载您回来。罗丽在那里等您。祝您度过美好的一天。”

这里的“那里”在这本日记里一直都是陌生的。如果戛纳是一个巨大的谜，那么最后一个周日、审议的日子，就得遵守一种近乎妄想狂的保密原则。我们邀请评委们聚集在一个“保持机密的场所”，就像规章上要求的——任何人都无法识破这个机密，甚至包括美国国家安全局（好吧，你们可以试一下）。这是由我们信任的罗丽·卡泽纳夫选择的一栋房子：她利用这一职权，每年都换一个地方。很长一段时间里，评委们的商议都安排在戛纳市的多梅尔格别墅。在这栋漂亮的大房子里，华丽的花园建筑风格是画家让-加布里埃尔·多梅尔格受威尼斯的宫殿启发而得来的灵感。也有例外，比如 2000 年，时任主席的吕克·贝松把评审团带到了别的地方，有时会去船上或其他别墅。最近这五年里，我们去了五个不同的地方。

位于戛纳高处，风景和视野变得壮观。这种地中海的壮丽风景和种满橄榄树和柏树的林荫小道，让人想起《教父 3》里的陶尔米纳或巴勒莫的别墅群，在那里，阿尔·帕西诺／迈克尔·科里昂再一次试图“让家族的生意合法化”。跟电影中的情形很类似：房子被官方车辆和保安人员团团围住，后者负责驱逐那些擅入者，也不让任何摄影师进入这一区域。

8 点 30 分

评委们都已就位——在电影圈，人们习惯早起，并睡得很少。我们很高兴聚集在一起。交谈一下子活跃起来，专门针对入选影片。我跟他们说评论界很喜欢这些电影。他们表示自己也很喜欢。这样最好，这样我就可以打心底里支持他们的观点。

我们没收了评委们的平板电脑和手机。事先已经发了通知：闭幕式之前，他们不能与任何人交流。他们的宴会礼服已经准备妥当，因为他们将不再回酒店房间。商议、吃午饭、休息、游泳……时间表明确、平稳地执行着。他们在那里决定几乎令全世界都在翘首以盼的一个结果：第 69 届戛纳电影节的获奖名单。

9 点

我们围坐在一张长桌边，上面放着所有的目录和媒体文件。每个人都有一份规章制度和《第 8 号条款》的复印件。后者仅有寥寥几句，却占用、折磨了他们一整天。

第 8 号条款：长片竞赛单元

评审团必须决选出如下奖项：
金棕榈奖
评审团大奖
最佳导演奖
评审团奖

最佳编剧奖

最佳女演员奖

最佳男演员奖

获奖名单中只能有一个并列奖项，但这一条不适用于金棕榈奖。

一部电影只能获得名单中的一个奖项。不过，获得最佳编剧和评审团大奖的影片，在取得电影节主席的破例许可之后，可以再获得最佳演员奖。

从技术角度来说，每个奖项都是由投票结果决定的，我们只负责监督，其余的，由评委自行决定他们的工作方式。我向他们重申，我和皮埃尔将保持缄默，对他们的讨论不作任何干预——除非评审团主席明确要求。我也明确地告诉他们，跟他们相反，我们会开通手机，为了能够与组织部门联系。事实上，我们得安排那些获奖者今晚返回影节宫。这对我是一个小小的考验：这样的一天会让人们陷入真正的歇斯底里，如果我觉得自己能迅速发完短信，就赶快发完。

乔治·米勒坐在中间座位上，坐在他右边是拉斯洛·奈迈施和克尔斯滕·邓斯特，左边的是唐纳德·萨瑟兰和麦德斯·米科尔森。在桌子的一端，坐着瓦莱丽·高利诺和阿诺·德斯普里钦；另一端则是卡塔咏·夏哈毕和凡妮莎·帕拉迪丝。我和皮埃尔并排坐在对面。乔治就电影节和他们参与其中的受益与享受作了友善而简短的发言。接着他向"评审员同伴们"描述他所希望的工作方式。

　　讨论正式开始了。我不会在此具体描述。对于讨论的性质，我坚持保持沉默，就像我们要求评委们做到的一样。事实上，只有一种行为：不说、不揭发、不透露。

　　……

下午3点30分

　　只有评委会、罗丽、皮埃尔和我知悉获奖名单。我把名单传给克里斯蒂安，为了让他用来制作所有的官方文件（包括获奖证书）。以下就是这份获奖名单：

　　最佳男演员奖：沙哈布·侯赛尼，《推销员》，阿斯哈·法哈蒂导演

　　最佳女演员奖：贾克琳·乔斯，《罗莎妈妈》，布里兰特·门多萨导演

　　评审团奖：安德莉亚·阿诺德，《美国甜心》

　　最佳编剧奖：阿斯哈·法哈蒂，《推销员》

　　最佳导演奖：克里斯蒂安·蒙吉，《毕业会考》；奥利维耶·阿萨亚斯，《私人采购员》（并列获奖）

　　评审团大奖：泽维尔·多兰，《只在世界尽头》

　　金棕榈奖：肯·洛奇，《我是布莱克》

　　不管是否存在潜意识，某些东西都通过他们的选择显现了出来：奥利维耶·阿萨亚斯在电影中讲述了信仰；多兰的电影则与家庭和爱情有关；安德莉亚·阿诺德在电影中展现了迥异而灿烂

的青春；在蒙吉的电影中，人们看到的则是失败生活中一个可能的未来；法哈蒂拷问了传统；门多萨展示了发展中国家幸存者的尊严；洛奇让所有人陷入了愤怒和泪水之中。和往常一样，获奖名单向世界传达的信息和电影一样多。

不管评审团怎么做，都很难避免被批评或猜疑。这也是戛纳传奇的一部分。一场讨论、一次商议及一次颁奖都建立在对艺术作品所感受到的纯主观的喜欢或拒绝的基础上，无视这一主观性，才是我们应该集体评判的。然而在这种情况下，并没有足够充裕的时间来做这件事——选片者、评审团、评论家……大家都处于同一情况下，操作起来更是复杂。有时，讨论过程中的一件小事、一个迟疑、一个颤抖都会让评审团陷入沉思。之后，只需一个谣言就能轻易地臆测某个奖项是被草率地颁发的，是为了取悦某个评委或是主席为了避免评审团意见分裂而接受的。就像每年我们都看到一些评委集中注意力在作品上，快乐地工作，直到结束的时候才松了一口气，却因为让一些人失望而被攻击、受伤。评委们的出色工作毋庸置疑。

今天，肯·洛奇进入了双金棕榈俱乐部。他将非常惊讶。忧心忡忡的评委们想知道这是否是一份"合适的获奖名单"。我请他们不要担心，因为完美的获奖名单是不存在的，他们只需要说出自己真正的喜好而不是炮制某种"事实"。即使我知道人们会很讶异，比如，对《托尼·厄德曼》的失利。几乎每年都有一部最有希望获胜的作品被评委忽视，比如近些年科恩兄弟的《老无所依》或阿伯德拉马纳·希萨科的《廷巴克图》。评委们的身份很复杂，而且我知道他们的工作必须按照以下流程：由我来评判世界电影，选出戛纳的官方片单；然后由评审团评判我的选片；现在，是由评论界评判评审团选出的获奖名单。当人们惋惜某部电影失利时，只能说明我们没有设立足够多的奖项来颁发给我们喜爱的所有电影。我承认，正因如此，才给我们带来一些比较私人的满足感。

下午4点

我打电话跟所有入围的电影剧组联系了一圈。在商议过程中，我用短信向他们传达了评审团的决定。一个个地，单线联系，但对其他电影闭口不谈。我的短信简洁至极："唉，没有得奖。""得奖了，剧组得回来。"通常，人们会回复我："那么，其他呢？"对落选者，我什么都不能解释，只能告诉他们不幸的消息。这也没有办法，不存在"宣布坏消息的好方法"。对获奖者，我必须坚决向他们隐瞒所获的具体奖项。我假装漫不经心地对肯·洛奇的制片人丽贝卡·奥布莱恩说："如果你和保罗·拉弗蒂也回来的话，我想肯会非常开心。"她不可能猜到是金棕榈奖。有一年，当我告知达内兄弟的发行人米歇尔·圣-让获得奖项时，他的追问让我很烦躁，于是我粗暴地跟他说了一句残忍的话："我什么都不想跟你多说；呃，因为你可能会很失望。"这句话终于让他不再追问。结果他们获得的是金棕榈奖。当然他并没有因为这个（出乎意料的）结果而埋怨我。

文森特，我的司机，把我送回市内。我在酒店里停留片刻，然后前往办公室，克里斯蒂安及电影部的同事闭门工作。没有人知道获奖名单，但这份名单存在于所有的交谈里。跟我擦肩而过的人都古怪地看着我：他们知道我是知情的。网上和其他各个角落里充斥着预测，人们试着揣测获奖的究竟都是谁。在这个游戏中，新闻专员让-皮埃尔·文森特和发行人米歇尔·哈尔伯施塔特能力超群，为了得知谁得奖、谁没得奖，他们激活了所有的人脉，打电话给入围主竞赛单元的所有电影团队，经过聪明的计算，得出很有说服力的结论。某些报纸甚至在酒店大堂或者机场布置了人手，为了发现哪些艺术家去而复返。

下午5点

关于颁奖仪式，戛纳电影节尝试过各种形式，但没有一种比直接揭晓结果更好，即使对那些相关人士来说，等待也已经到了容忍的极限。以前，曾经在前一晚的庆祝宴会上宣布结果，并且没有电视直播；也曾在下午的新闻发布会上先宣布结果，晚上再颁奖。很长一段时间以来，都不是在周末而是周一宣布结果，这次比较例外，是在周日晚上。在这个新闻即时化的时代，没有哪家媒体愿意放弃这场精彩的"现场直播"。

两天来，法国电视四台和KM公司都为晚会舞台做准备，他们也想提前知晓获奖名单："蒂耶里，告诉我们吧，方便我们安排机位。"他们恳求我。但我绝对不能冒任何风险：告诉一个人就等于传播给十几个人。他们在直播开始之前还有20分钟的时间准备，我确信足以让他们提前安置好摄像机。来自众多朋友的信息、礼物和鲜花都送达了办公室。接到通知领奖的人不多。芬妮·博维尔和布鲁诺·姆诺兹谨慎地把要录入网站上的消息交给了文卡·冯·艾克。米歇尔·米拉贝拉为了再次接待来自世界各地的媒体而在德彪西大厅做准备。卢米埃尔厅里也安排好了给电影团队、官员和观众准备的座位。因为洛奇的电影是在电影节前期放映的，很多人都没看过：《我是布莱克》将是一部完美的闭幕电影，并将我们"在最后一天放映金棕榈奖影片"这一决定付诸现实。

克里斯蒂娜·艾穆在影节宫里安排评审团和电影剧组团队出席新闻发布会的顺序。弗雷德·卡索里和克莱蒙·勒穆瓦纳在里维埃拉顶楼检查摄像机、无线电装置和记者坐席。最后的媒体拍照环节，将成为整个电影节最激动人心的时刻之一。

下午6点

闭幕式正式开始数小时之后，第69届戛纳电影节就结束了。天气非常好，十字大道上是黑压压的人群。最后一次，红毯上的喧嚣、记者们的叫嚷、从马杰斯迪克酒店背面看到的天空、音乐、下方的阳台、无处不在的观众。在这个时刻，我不想去世界上任何其他地方。数小时以来，一只隐形的手将所有人召回戛纳。我们得知肯·洛奇刚刚到达尼斯机场，但他会按时到达闭幕式现场；阿萨亚斯也一样。人们从四处匆匆赶回。当艺术家们暴露了行踪时，记者们就会渐渐意识哪些人将出现在现场，进而联想到获奖名单。到处弥漫着一种庄严而灿烂的氛围、一种集体幸福的成功。对那些幸运的获奖者来说，这是理所当然的。获得这些奖项将使这些属于世界的电影和这些才华横溢、扎根现实的艺术家登上神坛。

我和皮埃尔最后一次站在红毯上。迪迪埃·阿鲁什、洛朗·威尔和苏菲·苏利涅雅克在下方的红毯上进行最后的采访。他们也丝毫不知情，也尤其不能让他们知道！唱片骑师们为我们营造出一种美好的音乐气氛。我在红毯上迎接玛琳娜·佛伊丝和凯瑟琳·柯西尼，前者将与评审团的河濑直美一起揭晓短片金棕桐奖，后者将与威廉·达福共同颁发金摄影机奖。威廉是戛纳大家庭成员——曾担任过评委或曾有电影入围官方评选。当让-皮埃尔·利奥德由阿尔伯特·塞拉陪伴着抵达红毯时，那是一个特殊的时刻：他忘记了自己将从阿诺·德斯普里钦手中接受荣誉金棕榈奖。竞赛单元中一些没有获奖的导演也现身了。他们希望加入庆祝他人获奖的行列。获奖的电影团队接踵而至。在笑容和快乐的光辉中，我们感受着那种不安和对结果的疯狂渴望。即将揭晓。

7 点

在典礼上，我不会坐在包厢里。我更愿意和摄影师及技术人员站在一起，为了能及时处理哪怕是最小的问题。我在大厅里走动。观众站起来的时候我也站着。劳伦斯·徐洛和阿兰·贝斯始终在我旁边，后者来自 CST 电视台，该电视台和法国电视四台共同直播闭幕式，他们的团队已经就位。由于罗兰·拉斐特在开幕式上的表现备受评论，所以今晚对他来说尤为重要。不过他一走上舞台，观众席就爆发热烈的掌声，貌似"加油，罗兰，我们支持你"。在播放了两段富有创意的视频的间隔里，他带来了一个精彩的节目。剩下的都是按部就班。当易卜拉辛·马卢夫登上舞台表演约翰尼·曼德尔在《陆军野战医院》里的片段，摄像机镜头对准唐纳德·萨瑟兰的脸庞时，我们知道，成功了，可以开始颁奖了。

8 点 27 分

大厅里又恢复了平静。所有奖项都已颁发完毕，除了大奖。

罗兰·拉斐特询问乔治·米勒："主席先生，谁将获得金棕榈奖？"站在梅尔·吉布森旁边的乔治揭晓了片名："好吧……获得金棕榈奖的是《我是布莱克》……"他没来得及说出获奖者的完整名字，影节宫里就爆发出震耳欲聋的掌声和欢呼声。肯·洛奇有些腼腆地站起来。他吻了一下妻子，拉起制片人丽贝卡·奥布莱恩的手，携她一起上台，然后友好地拍拍编剧保罗·拉弗蒂的胸脯，也把他拉上台。

上台后，看得出来他惊讶于现场的热情。大家都站起来了。肯·洛奇抬起双手，靠近麦克风，示意暂停喝彩。他致辞感谢：

（法语）感谢整个团队，感谢制片人、作家[15]、摄影师，感谢我们所有人。也感谢所有在戛纳电影节工作的人，多亏了你们，我们才能拥有这么美妙的经历。感谢评审团，你们太体贴了。谢谢戛纳，对于电影的未来如此的重要。祝愿戛纳常盛不衰！

（英语）因这样一部电影而获得金棕榈奖，感觉很奇妙。那些启发我们拍摄这部电影的人都是贫苦大众，可是他们都生活在世界排名第五的强大的英国。

电影给人梦想。电影也恰恰描绘着我们的现实世界。这个世界正处于危险之中，它被新自由主义者掌权，濒临陷入灾难的危险，已经有数百万人的生活沦入悲惨境地。从希腊到葡萄牙，少数人在无耻敛财。电影承载着众多传统，其中一个传统就是抗争，保卫人民，对抗强权。我希望这个传统能一直传承下去。每当绝望的时刻降临，极右势力就会钻营利用那种绝望。我们中的某些年龄足够大的人，仍记得那些可怕的后果。我们应该去表现，另一种声音的存在是可能且必须的。我们应该为之发声，另一个世界是可能的。

注释：

1 施特劳斯-卡恩（Strauss-Kahn，1962—　　），法国政治家，国际货币基金组织前主席，曾被控性侵一名酒店服务员。

2《面具和羽毛》(*Masque et la Plume*)，法国国际电台（France Inter）的一档艺术文化评论节目。

3 英国人大道（la promenade des Anglais），位于尼斯市海边的散步大道。

4 克里特岛（Crete），位于地中海的东部，是希腊的第一大岛。

5 墨西哥人浪（Ola），指体育比赛里，为了表达助威、欢庆等，看台观众席以排为单位依照顺序起立再坐下，呈现类似波浪效果的欢乐游戏。

6 佩什梅格（Peshmergas），库尔德语意为"面对死亡的人"，又译为"（库尔德）自由斗士"，指伊拉克库尔德斯坦自治区的军队，他们的职责是保卫库尔德地区的国土、人民和机构。

7 流氓无产阶级（Lumpenproletariat），马克思主义理论中，对无产阶级中的无业游民的一种划分。此处是福茂在开影迷们的玩笑。

8 普朗图（Plantu，1951—　　），法国知名报刊插画家和漫画家。

9 马拉瓦尔（Maraval，1968—　　），法国知名制片人。

10 巴黎的一家音乐电台。

11 弗雷德里克·博纳（Frederic Bonnaud，1967—　　），现任法国电影资料馆馆长。

12 新浪潮（la nouvelle vague），法语里的浪潮（vague）也有"模糊的"意思。

13 AS 明格茨足球俱乐部（AS Minguettes），里昂郊区维尼西厄的一支业余足球队。

14 弗朗索瓦·夏莱奖（Francois Chalais），这个奖项是为了纪念法国记者和电影史学家弗朗索瓦·夏莱，每年会在戛纳电影节期间颁奖，旨在表彰一些电影和年轻的记者。

15 "作者"，这里的原文为"l'ecrivain［sic］"。虽然发言者（英国导演）用错了法语词，但福茂没有作改动，只在括号标注。

后记
ÉPILOGUE

从一个闭幕式到另一个闭幕式。十二个月的电影生活与人际交往、读过的书和去过的地方。从戛纳、巴黎到里昂，从我投入其中的生活方式到关于日常生活的描述。对于其间发生的事件，我毫无隐瞒。虽然这是一本关于一届电影节的书，从上一届的结尾开始记录，但并不过于长篇累牍！就像评论家安德烈·巴赞重版自己的文章时引用帕斯卡尔在《第十六封写给外省朋友的信》里的话："我没时间写得简练。"我想描述一切是怎么运转的，介绍一个专业的、与许多其他领域不同却又相似的团队表现出的凝聚力、弹性、信念和才华。而且我想荣幸地引用罗贝托·罗西里尼说过的话："我在这里不是为了夺取或评判，我在这里是为了给予。"这种前所未有的叙述，理应由全球最大电影节的艺术总监讲出来。对于在文中总是"罗列名字"，时常提到韦科尔高原、布鲁斯·斯普林斯汀和里昂奥林匹克队，我表示衷心的歉意，这实为情不自禁。但是我希望本书就像《猛虎过山》里的一句台词："这趟旅程是值得的。"

肯·洛奇的致辞是 2016 年戛纳电影节的尾声，而《我是布莱克》达到了世界性的成功——金棕榈效应一直以来就是如此。当所有电影公映后，人们将清晰地感受到 2016 年戛纳官方评选的质量，将报以与十字大道上爆发的同等的喝彩声。闭幕式一结束，那些电影就离开了戛纳，不再属于我们。在世界各地，那些来自戛纳和其他电影节或其他地方的电影将在电影院和所在国家的要求之内提醒观众：电影依然充满活力，依旧步履不停地描绘着这个世界。我不想把什么都引向路易·卢米埃尔，但他的梦想远未实现。

今年 9 月，我和皮埃尔·莱斯屈尔在巴黎和戛纳同艾米丽街团队一起庆祝戛纳电影节 70 周年，这纯粹是为了大力宣传明年 5 月的戛纳电影节。在里昂，我们与卢米埃尔中心的团队一起筹备电影《卢米埃尔！》，预计在今年冬天上映。我们还组织了新一届卢米埃尔电影节。继马丁·斯科塞斯之后，迷人而慷慨的凯瑟琳·德纳芙亮相了：她把奖杯献给了"法国的农民"。伟大的艺术家从来不会远离生活。接下来，第二天，凯瑟琳在"第一电影路"执导了她的……第一部电影：翻拍《工厂大门》。

在巴黎，我一直住在里昂街，总是去同一家餐馆。在里昂，我和玛丽及孩子们搬家了。新家离旧宅并不远，但离火车站更近。我重新开始了高铁上的往返和骑自行车在巴黎穿行的日子。之后，我又开始要么赶飞机要么待在放映厅里的日子。下一届戛纳电影节很快就来了。

今年冬天，我将前往非洲、中东、亚洲和美国。有电影的地方就值得去探寻。现在，我再次来到布宜诺斯艾利斯，在圣太摩区的一间酒吧里写这篇后记，那些独特的老式酒店和铺着石块的小路美得令人窒息。刚才我在自己的房间里观看贝特朗·塔维涅执导的《我的法国电影之旅》。圭特瑞、格莱米永和帕尼奥尔的电影刹那间与南美洲的热风混合在一起。

这两天，我第一次连续重看这段时间里在这本日记里描述的经历。今天早上，我差点儿忍不住把它销毁。不是矫情，而是怀疑。这个"跟我相似的陌生人"过着一种奇特的生活，从事一份奇特的职业，以一种奇特的迷恋为前提……重读一遍之后，我衡量着那些记下重要事件的日历的价值——没有它们，我的回忆将不同。有朝一日，我们都应该强迫自己做这种日常的"精神练习"。我刚刚做了，并希望自己的这些主观记忆对戛纳电影节的集体记忆是有用的，就像一栋大楼里的一块石头，超越了我的存在，而且比我存在得更久远。生活仍在继续，就像阿巴斯·基亚罗斯塔米的电影名：他出发去拍摄天空，在那里找到了迈克尔·西米诺。这本书其实可以用他的那部电影命名：《天堂之门》。

我们又在筹备新一届电影节了。在这个 12 月，到目前为止，没有评审团主席，没有海报，也没有开幕影片。我们在等待，很多事情尚属未知，充满了不确定性。

只有一件事是确定的。第 70 届国际电影节将于 2017 年 5 月 17 日周三至 28 日周日在戛纳举行。

布宜诺斯艾利斯，2016 年 12 月 2 日

译后记

2014 年，吉尔·雅各布担任戛纳电影节主席的最后一年，张艺谋的《归来》作为唯一的华语电影亮相了戛纳非竞赛单元展映；2015 年，戛纳电影节开始由皮埃尔·莱斯屈尔担任主席，同年，贾樟柯的《山河故人》作为唯一的华语电影被选入了主竞赛单元。在戛纳"易主"期间，站在影节宫的红毯的顶端迎接着各国顶尖电影人的，始终是常年担任电影节艺术总监的蒂耶里·福茂。

在这本事无巨细的日记（回忆录）里，福茂记录了从 2015 年到 2017 年间每天的个人工作与生活点滴。他的生活很简单：会友，看片，阅读，骑行，吃饭，筹备戛纳电影节，主持戛纳电影节，参访其他各国电影节……在日记里，他形容自己曾经"只是爱看电影的里昂小伙子"，也感叹自己是"最易悲伤的太阳上升双子座"，字里行间是法国精英阶层的口吻，偶尔卖弄隐晦的法式幽默，最无法掩饰的则是他对"电影"的热爱和真诚。他的人生与"电影"签署了终身契约。

当译者面对大量的电影片单和影人名单时，往往边感叹翻译工作的难度，边佩服身为艺术总监的福茂的巨大阅片量和信手拈来。"电影节"远非电影节本身，站在各方立场上的角色都希望在它身上达成期望的目标和利益，而"戛纳电影节"在诸多游戏与规则中始终保持了"电影艺术"的水准，相信这离不开艺术总监自身的品质要求和审美品位。

译者有幸在戛纳电影节新旧主席交替的两年里参与了戛纳电影节的媒体影评工作，深刻感受到了属于电影的真正魅力，甚至由此正式地踏入了电影行业，所以当深焦平台的朋友提出翻译这本日记的工作时，几乎是立马答应。一方面，出于对戛纳电影节的感念；另一方面，能从电影节艺术总监的角度去观察和理解戛纳电影节台前幕后的点滴，不失为一件颇具吸引力的事情。相信各位读者透过这本书，不仅会对戛纳电影节有更全面真实的了解——某种意义上这是一个"祛魅"的过程，而且也会发现作者本人作为一个影迷，在电影之外广泛涉猎的领域：既是阅片无数、熟识电影史、拥有丰富人脉的电影界"大佬"，也是里昂奥林匹克队的狂热球迷、自行车爱好者、斯普林斯汀的资深粉丝……这也是此书的有趣之处。

此书的翻译工作量庞大，加之作者文笔雕琢，某些段落难免晦涩难懂。在翻译过程中，译者在尊重原文内容的前提下，尽量让文章更简练易懂。无奈时间精力及水平均有限，如果出现个别差错烦请读者原谅。感谢出版社老师的信任。翻译过程中，来自影评自媒体"深焦"（DeepFocus）的朋友们提供了诸多帮助，感谢彼得猫、柳莺、朱马查、云隐、李明航等老师协助校对和勘错指正，对此书的翻译和推广付出了诸多努力。希望读者们能通过此书看见不一样的福茂，不一样的戛纳电影节。

陈钰清　肖颖

2018 年 4 月 23 日

译名对照

人物
作品
媒体
机构
地标
影展
奖项

人物

阿巴斯·基亚罗斯塔米	Abbas Kiarostami	**a**
阿贝尔·冈斯	Abel Gance	
阿贝尔·费拉拉	Abel Ferrara	
阿彼察邦·韦拉斯哈古	Apichatpong Weerasethakul	
阿伯德拉马纳·希萨科	Abderrahmane Sissako	
阿布戴·柯西胥	Abdel Kechiche	
阿黛尔·艾克阿切波洛斯	Adèle Exarchopoulos	
阿黛尔·哈内尔	Adèle Haenel	
阿德里安·波斯	Adrien Bosc	
阿德里亚娜·乌加特	Adriana Ugarte	
阿方索·卡隆	Alfonso Cuarón	
阿尔芭·克莱勒	Albane Cleret	
阿尔贝托·巴巴拉	Alberto Barbera	
阿尔伯特·芬尼	Albert Finney	
阿尔伯特·加缪	Albert Camus	
阿尔伯特·塞拉	Albert Serra	
阿尔弗莱德·阿里亚斯	Alfredo Arias	
阿尔芒·萨拉克鲁	Armand Salacrou	
阿尔梅尔·布尔杜路	Armelle Bourdoulous	
艾达·卢皮诺	Ida Lupino	
爱迪生	Edison	
爱迪丝·斯考博	Édith Scob	
爱德华·贝耶	Édouard Baer	
爱德华·赫里欧	Édouard Herriot	
爱德华·卡恩	Edward L.Cahn	
爱德华·罗宾森	Edward G.Robinson	
爱德华·斯诺登	Edward Snowden	
爱德华·威尔	Édouard Weil	
爱德华·温特普	Édouard Waintrop	
爱德加多·科萨林斯基	Edgardo Cozarinsky	
爱德加·拉米雷兹	Édgar Ramírez	
艾德蒙·格里维	Edmond Gréville	
埃迪·康斯坦丁	Eddie Constantine	
埃迪·米切尔	Eddy Mitchell	
埃迪·莫克斯	Eddy Merckx	

埃迪·穆勒 ··· Eddie Muller
埃尔德·卡马拉 ··· Hélder Câmara
艾尔莎·卡斯拉希 ······································ Elsa Keslassy
艾尔莎·泽贝斯坦 ······································ Elsa Zylberstein
艾尔维 ··· Hervé
艾尔维·科纳拉 ·· Hervé Cornara
艾尔维·雷诺阿 ·· Hervé Renoh
艾尔维·希吉欧力 ···································· Hervé Chigioni
艾丽·范宁 ·· Elle Fanning
埃里克·阿瑟托 ·· Éric Aceto
埃里克·葛兰多 ·· Éric Garandeau
埃里克·汉内佐 ·· Éric Hannezo
埃里克·侯麦 ·· Éric Rohmer
埃里克·霍伊曼 ·· Éric Heumann
埃里克·坎通纳 ·· Éric Cantona
埃里克·拉芬 ·· Eric Ruffin
埃里克·拉格斯 ·· Éric Lagesse
埃里克·勒·罗伊 ···································· Éric Le Roy
埃里克·利比约 ·· Éric Libiot
埃里克·罗沙 ·· Eryk Rocha
埃里克·西奥提 ·· Éric Ciotti
艾利克斯·布伦德穆尔 ····························· Alex Brendemühl
艾利克斯·德拉基-托里艾尔 ···················· Alexis Delage-Toriel
艾利克斯·坎贝尔 ···································· Alex Campbell
艾利克斯·文森特 ···································· Alex Vicente
艾利克斯·沃尔顿 ···································· Alex Walton
艾灵顿公爵 ·· Duke Ellington
艾琳·莫里亚蒂 ·· Erin Moriarty
爱丽丝·居伊 ·· Alice Guy
艾丽丝·科诺布拉克 ································· Iris Knobloch
爱丽丝·洛尔瓦彻 ···································· Alice Rohrwacher
爱丽丝·门罗 ·· Alice Munro
爱丽丝·舍兹 ·· Elyse Scherz
爱丽丝·伊萨 ·· Alice Isaaz
艾丽西亚·维坎德 ···································· Alicia Vikander
艾伦·金斯伯格 ·· Allen Ginsberg
埃伦·科比 ·· Ellen Corby
艾伦·科勒林 ·· Eran Kolirin
埃罗·米罗诺夫 ·· Eero Milonoff
艾吕雅 ··· Éluard

艾玛·拉扎露丝······Emma Lazarus
艾玛纽尔·贝克特······Emmanuelle Bercot
艾玛纽尔·迪弗······Emmanuelle Devos
艾玛纽尔·卡雷尔······Emmanuel Carrère
艾玛纽尔·拉斯平贾斯······Emmanuel Raspiengeas
艾玛纽尔·丽娃······Emmanuelle Riva
艾玛纽尔·斯特潘······Emmanuelle Sterpin
艾玛纽尔·塞尼耶······Emmanuelle Seigner
艾曼诺·奥尔米······Ermanno Olmi
艾玛·苏亚雷斯······Emma Suárez
艾玛·提林格······Emma Tillinger
埃米尔·库斯图里卡······Emir Kusturica
埃米利奥·费尔南德斯······Emilio Fernández
埃米利奥·帕库······Emilio Pacull
艾米丽·德勒兹······Émilie Deleuze
艾米丽·德坎纳······Émilie Dequenne
艾米丽·莱斯克劳······Émilie Lesclaux
埃尼奥·莫里康内······Ennio Mrricone
爱森斯坦······Sergei Eisenstein
埃托尔·斯科拉······Ettore Scola
艾娃·加尔多斯······Eva Gardos
艾文·温克勒······Irwin Winkler
阿拉贡······Aragon
阿珈特·波尼茨······Agathe Bonitzer
阿基多······Dario Argento
阿基·考里斯马基······Aki Kaurismäki
阿拉·霍施亚尔·亚伊博······Ala Hoshyar Tayyeb
阿莱蒂······Arletty
阿莱克西·格里瓦······Alexis Grivas
阿兰·阿达勒······Alain Attal
阿兰·贝斯······Alain Besse
阿兰·德·格里夫······Alain De Greef
阿兰·格拉塞······Alain Grasset
阿兰·吉罗迪······Alain Guiraudie
阿兰·柯诺······Alain Corneau
阿兰·罗卡······Alain Rocca
阿兰·米罗······Alain Miro
阿兰·佩雷菲特······Alain Peyrefitte
阿兰·萨德······Alain Sard
阿兰·舍瑙尔······Alan Schoenauer

阿兰·泰纳···Alain Tanner
阿兰·泰赞···Alain Terzian
阿兰·夏巴···Alain Chabat
阿里·阿萨加里···Ali Asgari
阿里·福尔曼···Ari Folman
阿莉娅···Alya
阿丽亚娜·托斯坎·度·普朗蒂耶··············Ariane Toscan du Plantier
阿丽亚娜·阿斯卡里德·························Ariane Ascaride
阿丽亚娜·拉贝德·······························Ariane Labed
阿隆科·麦杜昂·····························Alongkot Maiduang
阿伦·雷乃···Alain Resnais
阿芒汀·特吕菲···Amandine Truffy
阿密特·玛德西亚··Amit Madheshiya
阿莫斯·吉泰···Amos Gitaï
阿纳托尔·法朗士··Anotole France
阿涅斯·瓦尔达··Agnès Varda.
阿涅斯·文森特···Agnès Vincent
阿涅斯·夏波··Agnès Chabot
阿涅丝·夏薇依···Agnès Jaoui
阿诺·德斯普里钦···Arnaud Desplechin
阿诺·德帕利埃···Arnaud des Pallières
安波托·艾科···Umberto Eco
安德尔·德·托斯···Andrè de Toth
安德烈·巴赞··André Bazin
安德烈·莫洛亚···André Maurois
安德烈·萨金塞夫··Andrey Zvyagintsev
安德烈·尚松··André Chamson
安德烈·乌日克···Andrei Ujica
安德烈·祖拉斯基··Andrzej Zulawski
安德莉亚·阿诺德··Andrea Arnold
安德莉亚·泰斯塔··Andrea Testa
安德斯·丹尼尔森·李··Anders Danielsen Lie
安迪·沃霍尔··Andy Warhol
安东南·鲍德利···Antonin Baudry
安东南·潘恩卡···Antonín Panenka
安东尼···Anthony
安东尼奥·坎波斯··Antonio Campos
安东尼·鲍勃··Anthony Bobeau
安东尼·奎恩··Anthony Quinn
安格拉·默克尔···Angela Merkel

安吉丽娜·朱莉…………………………………………Angelina Jolie
安基提尔………………………………………………Anquetil
安娜·阿赫玛托娃………………………………………Anna Akhmatova
安娜·卡里娜……………………………………………Anna Karina
安娜·肯德里克…………………………………………Anna Kendrick
安南·佩里提亚可………………………………………Antonin Peretjatko
安纳托尔·多曼…………………………………………Anatole Dauman
安妮·布利斯……………………………………………Anne Boulithe
安妮·杜德利……………………………………………Anne Dudley
安妮·芳婷………………………………………………Anne Fontaine
安妮–弗洛伦丝·施密特………………………………Anne-Florence Schmitt
安妮·康斯金尼…………………………………………Anne Consigny
安妮·科迪………………………………………………Annie Cordy
安妮–索菲·皮克………………………………………Anne-Sophie Pic
安妮·汤普森……………………………………………Anne Thompson
安妮·维亚泽姆斯基……………………………………Anne Wiazemsky
安妮·伊达尔戈…………………………………………Anne Hidalgo
安妮·佐尔吉特…………………………………………Anne Georget
安塞姆·基弗……………………………………………Anselm Kiefer
安托万…………………………………………………Antoine
安托万·德·贝克………………………………………Antoine de Baecque
安托万·德·高涅………………………………………Antoine de Caunes
安托万·迪莱里…………………………………………Antoine Duléry
安托万·杜瓦奈…………………………………………Antoine Doinel
安托万·卢米埃尔………………………………………Antoine Lumière
安托万·希………………………………………………Antoine Sire
奥黛丽·阿祖莱…………………………………………Audrey Azoulay
奥黛丽·塔图……………………………………………Audrey Tautou
奥尔德里奇……………………………………………Aldrich
奥尔罕·帕慕克…………………………………………Orhan Pamuk
奥尔逊·威尔斯…………………………………………Orson Welles
奥古斯汀·阿莫多瓦……………………………………Agustín Almodóvar
奥兰多·布鲁姆…………………………………………Orlando Bloom
奥雷利恩·弗朗茨………………………………………Aurélien Ferenczi
奥雷利亚诺·托内………………………………………Aureliano Tonet
奥利弗·斯通……………………………………………Oliver Stone
奥利维亚………………………………………………Olivia
奥利维娅·德·哈维兰…………………………………Olivia de Havilland
奥利维耶·阿萨亚斯……………………………………Olivier Assayas
奥利维耶·巴洛特………………………………………Olivier Barrot

奥利维耶·达昂······Olivier Dahan
奥利维耶·法龙······Olivier Faron
奥利维耶·格鲁兹曼······Olivier Gluzman
奥利维耶·古尔迈······Olivier Gourmet
奥利维耶·奎兹······Olivier Guez
奥利维耶·诺拉······Olivier Nora
奥利维耶·斯纳努······Olivier Snanoudj
奥萝尔·克莱芒······Aurore Clément
奥马尔·达·丰塞卡······Omar da Fonseca
奥涅兹姆······Onésime
阿萨夫·伯伦斯基······Asaph Polonsky
阿瑟·佩恩······Arthur Penn
阿斯蒂斯上校······Astiz
阿斯弗·卡帕迪尔······Asif Kapa-paradis
阿斯哈·法哈蒂······Asghar Farhadi
阿斯图里亚斯······Miguel Angel Asturias
阿斯托尔·皮亚佐拉······Astor Piazzolla
阿塔瓦尔帕·尤潘基······Atahualpa Yupanqui
阿特·塔图姆······Art Tatum
阿西·达扬······Assi Dayan
阿兹纳沃尔······Aznavour
b 巴巴拉······Barbara
巴巴拉·卡普······Barbara Kpoole
巴巴拉·洛登······Barbara Loden
巴巴拉·佩罗······Bárbara Peiró
巴巴拉·斯坦威克······Barbara Stanwyck
巴贝特·施罗德······Barbet Schroeder
巴德·鲍威尔······Bud Powell
巴勒莫·别霍······Palermo Viejo
鲍勃·伯尼······Bob Berney
鲍勃·德·尼罗······Bob De Niro
鲍勃·迪伦······Bob Dylan
鲍勃·福斯······Bob Fosse
鲍勃·拉菲尔森······Bob Rafelson
鲍嘉······Bogart
宝琳······Pauline
宝琳·德·波艾薇尔······Pauline De Boever
鲍琳娜·考旁······Pauline Caupenne
保罗·艾吕雅······Paul Éluard
保罗·奥查科夫斯基-劳伦斯······Paul Otchakovsky-Laurens

保罗·布兰科⋯⋯⋯⋯⋯⋯⋯⋯⋯⋯⋯⋯⋯⋯⋯⋯⋯ Paulo Branco
保罗·格兰萨⋯⋯⋯⋯⋯⋯⋯⋯⋯⋯⋯⋯⋯⋯⋯⋯ Paul Grandsard
保罗·范霍文⋯⋯⋯⋯⋯⋯⋯⋯⋯⋯⋯⋯⋯⋯⋯⋯ Paul Verhoeven
保罗·拉弗蒂⋯⋯⋯⋯⋯⋯⋯⋯⋯⋯⋯⋯⋯⋯⋯⋯⋯ Paul Laverty
保罗·拉萨姆⋯⋯⋯⋯⋯⋯⋯⋯⋯⋯⋯⋯⋯⋯⋯⋯⋯ Paul Rassam
保罗·麦卡特尼⋯⋯⋯⋯⋯⋯⋯⋯⋯⋯⋯⋯⋯⋯ Paul McCartney
保罗·纽曼⋯⋯⋯⋯⋯⋯⋯⋯⋯⋯⋯⋯⋯⋯⋯⋯⋯ Paul Newman
保罗·热加⋯⋯⋯⋯⋯⋯⋯⋯⋯⋯⋯⋯⋯⋯⋯⋯ Paul Gégauff
保罗·索伦蒂诺⋯⋯⋯⋯⋯⋯⋯⋯⋯⋯⋯⋯⋯ Paolo Sorrentino
保罗·托马斯·安德森⋯⋯⋯⋯⋯⋯ Paul Thomas Anderson
保罗·维尔齐⋯⋯⋯⋯⋯⋯⋯⋯⋯⋯⋯⋯⋯⋯⋯⋯⋯ Paolo Virzì
保罗·韦基亚利⋯⋯⋯⋯⋯⋯⋯⋯⋯⋯⋯⋯⋯⋯ Paul Vecchiali
保罗·谢奇·乌塞⋯⋯⋯⋯⋯⋯⋯⋯⋯⋯ Paolo Cherchi Usai
鲍伊⋯⋯⋯⋯⋯⋯⋯⋯⋯⋯⋯⋯⋯⋯⋯⋯⋯⋯⋯⋯⋯⋯ Bowie
巴斯力·波力⋯⋯⋯⋯⋯⋯⋯⋯⋯⋯⋯⋯⋯⋯⋯⋯⋯ Basile Boli
巴斯特·基顿⋯⋯⋯⋯⋯⋯⋯⋯⋯⋯⋯⋯⋯⋯⋯ Buster Keaton
巴希尔·波利⋯⋯⋯⋯⋯⋯⋯⋯⋯⋯⋯⋯⋯⋯⋯⋯⋯ Basile Boli
巴兹·鲁赫曼⋯⋯⋯⋯⋯⋯⋯⋯⋯⋯⋯⋯⋯⋯⋯ Baz Luhrmann
贝阿特丽丝·沃池博格⋯⋯⋯⋯⋯ Béatrice Wachsberger
贝蒂·戴维斯⋯⋯⋯⋯⋯⋯⋯⋯⋯⋯⋯⋯⋯⋯⋯⋯ Bette Davis
贝多利⋯⋯⋯⋯⋯⋯⋯⋯⋯⋯⋯⋯⋯⋯⋯⋯⋯⋯⋯⋯⋯ Petri
贝尔蒙多⋯⋯⋯⋯⋯⋯⋯⋯⋯⋯⋯⋯⋯⋯⋯⋯⋯⋯ Belmondo
贝赫纳姆·贝扎迪⋯⋯⋯⋯⋯⋯⋯⋯⋯⋯ Behnam Behzadi
贝柯⋯⋯⋯⋯⋯⋯⋯⋯⋯⋯⋯⋯⋯⋯⋯⋯⋯⋯⋯⋯ Bécaud
贝拉·塔尔⋯⋯⋯⋯⋯⋯⋯⋯⋯⋯⋯⋯⋯⋯⋯⋯⋯ Béla Tarr
贝雷尼斯·贝若⋯⋯⋯⋯⋯⋯⋯⋯⋯⋯⋯⋯ Bérénice Bejo
贝里⋯⋯⋯⋯⋯⋯⋯⋯⋯⋯⋯⋯⋯⋯⋯⋯⋯⋯⋯⋯⋯ Berri
贝卢斯科尼⋯⋯⋯⋯⋯⋯⋯⋯⋯⋯⋯⋯⋯⋯⋯⋯ Berlusconi
贝纳永⋯⋯⋯⋯⋯⋯⋯⋯⋯⋯⋯⋯⋯⋯⋯⋯⋯⋯ Benayoun
贝尼特·米勒⋯⋯⋯⋯⋯⋯⋯⋯⋯⋯⋯⋯⋯⋯ Bennett Miller
贝诺·罗兰⋯⋯⋯⋯⋯⋯⋯⋯⋯⋯⋯⋯⋯⋯⋯ Benoît Roland
贝热尼丝·贝乔⋯⋯⋯⋯⋯⋯⋯⋯⋯⋯⋯⋯ Bérénice Bejo
贝特朗·波尼洛⋯⋯⋯⋯⋯⋯⋯⋯⋯⋯⋯ Bertrand Bonello
贝特朗·布里叶⋯⋯⋯⋯⋯⋯⋯⋯⋯⋯⋯⋯ Bertrand Blier
贝特朗·德·拉贝⋯⋯⋯⋯⋯⋯⋯⋯⋯ Bertrand de Labbey
贝特朗·皮⋯⋯⋯⋯⋯⋯⋯⋯⋯⋯⋯⋯⋯⋯⋯ Bertrand Py
贝特朗·塔维涅⋯⋯⋯⋯⋯⋯⋯⋯⋯⋯ Bertrand Tavernier
北野武⋯⋯⋯⋯⋯⋯⋯⋯⋯⋯⋯⋯⋯⋯⋯⋯⋯⋯⋯ Kitano
本·阿弗莱克⋯⋯⋯⋯⋯⋯⋯⋯⋯⋯⋯⋯⋯⋯ Ben Affleck
本·福斯特⋯⋯⋯⋯⋯⋯⋯⋯⋯⋯⋯⋯⋯⋯⋯⋯ Ben Foster

本尼西奥·德尔·托罗··················Benicio del Toro
比尔·波拉德··························Bill Pohlad
比尔·彭斯····························Bill Pence
比利·海斯····························Billy Hayes
比利·怀尔德··························Billy Wilder
彼得·奥图尔··························Peter O'Toole
彼得·贝克····························Peter Becker
彼得·布拉德肖························Peter Bradshaw
彼得·德布鲁格························Peter Debruge
彼得·冯·巴赫························Peter von Bagh
彼得·范·博仁························Peter van Bueren
彼得·加布里埃尔······················Peter Gabriel
彼得罗·杰尔米························Pietro Germi
彼得·路易斯··························Peter Lewis
彼得·萨冈····························Peter Sagan
彼得·西蒙尼舍克······················Peter Simonischek
彼得·西格尔··························Peter Seeger
彼得·威尔····························Peter Weir
彼得·沃特金··························Peter Watkins
彼得·叶茨····························Peter Yates
伯班克······························Burbank
波比·拉波因特························Boby Lapointe
伯尔·艾弗斯··························Burl Ives
波尔乔尼····························M. Borgoni
波菲里奥·迪亚兹······················Porfirio Díaz
博格丹·米里察························Bogdan Mirica
博格和麦肯罗··························Borg et McEnroe
勃朗特姐妹····························les sœurs Brontë
波蓝波宇····························Porumboiu
波利多洛斯··························Bolydoros
勃列日涅夫··························Brejnev
伯纳德·爱森希兹······················Bernard Eisenschitz
伯纳德·贝格雷························Bernardo Bergeret
伯纳德·贝托鲁奇······················Bernardo Bertolucci
伯纳德·卜罗尚························Bernard Brochand
伯纳德·迪米··························Bernard Dimey
伯纳德·菲克斯奥······················Bernard Fixot
伯纳德·亨利·莱维····················Bernard-Henri Lévy
伯纳德·卡泽纳夫······················Bernard Cazeneuve
伯纳德·拉维利耶······················Bernard Lavilliers

伯纳德·马利⋯⋯⋯⋯⋯⋯⋯⋯⋯⋯⋯⋯⋯⋯⋯⋯⋯⋯ Bernard Maris
伯纳德·梅内⋯⋯⋯⋯⋯⋯⋯⋯⋯⋯⋯⋯⋯⋯⋯⋯⋯⋯ Bernard Menez
伯纳德·皮沃⋯⋯⋯⋯⋯⋯⋯⋯⋯⋯⋯⋯⋯⋯⋯⋯⋯⋯ Bernard Pivot
伯纳德·夏尔德尔⋯⋯⋯⋯⋯⋯⋯⋯⋯⋯⋯⋯⋯⋯ Bernard Chardère
伯纳德·伊诺⋯⋯⋯⋯⋯⋯⋯⋯⋯⋯⋯⋯⋯⋯⋯⋯⋯ Bernard Hinault
伯努瓦·海梅尔曼⋯⋯⋯⋯⋯⋯⋯⋯⋯⋯⋯⋯ Benoît Heimermann
伯努瓦·马吉梅⋯⋯⋯⋯⋯⋯⋯⋯⋯⋯⋯⋯⋯⋯ Benoît Magimel
伯努瓦·雅克⋯⋯⋯⋯⋯⋯⋯⋯⋯⋯⋯⋯⋯⋯⋯⋯ Benoît Jacquor
伯特·兰卡斯特⋯⋯⋯⋯⋯⋯⋯⋯⋯⋯⋯⋯⋯⋯ Burt Lancaster
伯特·托贝尔⋯⋯⋯⋯⋯⋯⋯⋯⋯⋯⋯⋯⋯⋯⋯⋯⋯ Burt Tpper
卜德赞⋯⋯⋯⋯⋯⋯⋯⋯⋯⋯⋯⋯⋯⋯⋯⋯⋯⋯⋯⋯ Bout de Zan
布尔吉特·赫尔姆⋯⋯⋯⋯⋯⋯⋯⋯⋯⋯⋯⋯⋯ Brigitte Helm
布拉德·皮特⋯⋯⋯⋯⋯⋯⋯⋯⋯⋯⋯⋯⋯⋯⋯⋯⋯ Brad Pitt
布莱恩·德·帕尔玛⋯⋯⋯⋯⋯⋯⋯⋯⋯⋯⋯ Brian De Palm
布莱恩·卢德⋯⋯⋯⋯⋯⋯⋯⋯⋯⋯⋯⋯⋯⋯⋯ Bryan Lourd
布莱克·爱德华兹⋯⋯⋯⋯⋯⋯⋯⋯⋯⋯⋯ Blake Edwards
布莱克·莱弗利⋯⋯⋯⋯⋯⋯⋯⋯⋯⋯⋯⋯⋯ Blake Lively
布莱斯·桑德拉尔⋯⋯⋯⋯⋯⋯⋯⋯⋯⋯ Blaise Cendrars
布莱特·拉特纳⋯⋯⋯⋯⋯⋯⋯⋯⋯⋯⋯⋯⋯ Brett Ratner
布拉西米⋯⋯⋯⋯⋯⋯⋯⋯⋯⋯⋯⋯⋯⋯⋯⋯⋯⋯ Brahim
布列松⋯⋯⋯⋯⋯⋯⋯⋯⋯⋯⋯⋯⋯⋯⋯⋯⋯⋯⋯⋯ Bresson
布里兰特·门多萨⋯⋯⋯⋯⋯⋯⋯⋯⋯ Brillante Mendoza
布利斯·马蒂森⋯⋯⋯⋯⋯⋯⋯⋯⋯ Brice Matthieussent
布鲁诺·巴贝⋯⋯⋯⋯⋯⋯⋯⋯⋯⋯⋯⋯⋯ Bruno Barbey
布鲁诺·巴尔德⋯⋯⋯⋯⋯⋯⋯⋯⋯⋯⋯⋯ Bruno Barde
布鲁诺·博奈尔⋯⋯⋯⋯⋯⋯⋯⋯⋯⋯⋯ Bruno Bonnell
布鲁诺·布特勒⋯⋯⋯⋯⋯⋯⋯⋯⋯⋯ Bruno Boutleux
布鲁诺·杜蒙⋯⋯⋯⋯⋯⋯⋯⋯⋯⋯⋯⋯⋯ Bruno Dumont
布鲁诺·科卡特里⋯⋯⋯⋯⋯⋯⋯⋯⋯ Bruno Coquatrix
布鲁诺·库莱斯⋯⋯⋯⋯⋯⋯⋯⋯⋯⋯⋯⋯ Bruno Coulais
布鲁诺·勒梅尔⋯⋯⋯⋯⋯⋯⋯⋯⋯⋯ Bruno Le Maire
布鲁诺·姆诺兹⋯⋯⋯⋯⋯⋯⋯⋯⋯⋯⋯ Bruno Munoz
布鲁诺·欧格⋯⋯⋯⋯⋯⋯⋯⋯⋯⋯⋯⋯⋯⋯ Bruno Oger
布鲁诺·热内西奥⋯⋯⋯⋯⋯⋯⋯⋯⋯ Bruno Génésio
布鲁诺·特维农⋯⋯⋯⋯⋯⋯⋯⋯⋯⋯ Bruno Thévenon
布鲁诺·伊契⋯⋯⋯⋯⋯⋯⋯⋯⋯⋯⋯⋯⋯⋯ Bruno Icher
布鲁诺·朱利亚⋯⋯⋯⋯⋯⋯⋯⋯⋯⋯⋯ Bruno Julliard
布鲁斯⋯⋯⋯⋯⋯⋯⋯⋯⋯⋯⋯⋯⋯⋯⋯⋯⋯⋯⋯ Bruce
布鲁斯·查特文⋯⋯⋯⋯⋯⋯⋯⋯⋯⋯⋯ Bruce Chatwin
布鲁斯·斯普林斯汀⋯⋯⋯⋯⋯⋯⋯ Bruce Springsteen

布鲁斯·苏提斯··········Bruce Surtees
布努埃尔··········Luis Buñuel
布奇·卡西迪··········Butch Cassidy
布瓦塞··········Boisset

c 蔡明亮··········Tsai Ming-liang
查尔莱··········Charley
查尔斯·阿兹纳弗··········Charles Aznavour
查尔斯·布莱宾··········Charles Brabin
查尔斯·吉尔伯特··········Charles Gillibert
查尔斯·朗··········Charles Lang
查尔斯·劳顿··········Charles Laughton
查尔斯·泰松··········Charles Tesson
查克·贝里··········Chuck Berry
查理·考夫曼··········Charlie Kaufman
查理·卓别林··········Charlie Chaplin
查理兹··········Charlize
查理兹·塞隆··········Charlize Theron
查特·贝克··········Chet Baker
成濑巳喜男··········Naruse
陈英雄··········Tran Anh Hung

d 大岛渚··········Oshima
达伦·阿伦诺夫斯基··········Darren Aronofsky
达米安·斯兹弗隆··········Damian Szifrón
达米安·斯兹弗隆··········Damián Szifrón
达米恩·查泽雷··········Damien Chazelle
达内-图比亚纳··········Daney-Toubiana
达内兄弟··········les Dardenne
达妮埃尔·汤普森··········Danièle Thompson
大卫·鲍伊··········David Bowie
大卫·伯克··········David Birke
大卫·波兹··········David Pozzi
大卫·达令··········David Darling
大卫·德·里奥··········David del Rio
大卫·芬奇··········David Fincher
大卫·汉密尔顿··········David Hamilton
大卫·贾沃伊··········David Djaoui
大卫·吉尔莫··········David Gilmour
大卫·柯南伯格··········David Cronenberg
大卫·库塔··········David Guetta
大卫·林德··········David Linde

大卫·里恩···David Lean
大卫·林奇···David Lynch
大卫·里斯纳尔···David Lisnard
大卫·马肯兹··David Mackenzie
大卫·米奇欧德···David Michôd
大卫·O.塞尔兹尼克···David O. Selznick
大卫·赛摩尔··David Seymour
大卫·斯特拉通···David Stratton
大卫·邰德池··David Tedeschi
大卫·托斯坎··David Toscan
大卫·瓦提内··David Vatinet
大仲马···Alexandre Dumas
黛博拉·弗朗索瓦···Déborah François
戴米尔···DeMille
戴维·伯顿·莫里斯··David Burton Morris
戴维德·德尔·德根···David Del Degan
戴维·帕布罗斯···David Pablos
戴维·福斯特·华莱士··David Foster Wallace
丹尼·伯恩··Dany Boon
丹尼尔·戴-刘易斯··Daniel Day-Lewis
丹尼·费德里奇···Danny Fderici
丹尼尔·布尔曼···Daniel Burman
丹尼尔·布拉沃···Daniel Bravo
丹尼尔·布鲁尔···Daniel Brühl
丹尼尔·格劳··Daniel Grao
丹妮尔·赫曼··Danièle Heymann
丹尼尔·科迪耶···Daniel Cordier
丹尼尔·梅因沃林···Daniel Mainwaring
丹尼尔·托斯坎·度·普朗蒂耶························Daniel Toscan du Plantier
丹尼尔·奥图··Daniel Auteuil
丹尼拉···Daniela
丹尼斯·弗莱德···Denis Freyd
丹尼斯·卡洛··Denis Corot
丹尼斯·罗伯特···Denis Robert
丹尼斯·维伦纽瓦···Denis Villeneuve
丹·欧尔曼··Dan Ohlmann
德·布罗卡··Philippe de Broca
德尔伯特·曼··Delbert Mann
德尔菲内·厄尔诺特···Delphine Ernotte
德尔菲内·考林···Delphine Coulin

德尔菲娜·裴娜	Delfina Peña
德芬妮·格雷斯	Delphine Gleize
德莱叶	Dreyer
德雷维尔	Dréville
德里克·斯安弗朗斯	Derek Cianfrance
德米	Demy
德内	Charles Trenet
德帕东	Depardon
德帕迪约	Depardieu
德·帕尔玛	De Palma
德雅梅尔·本萨拉	Djamel Bensalah
德·西卡	De Sica
迪迪埃·阿鲁什	Didier Allouch
迪迪埃·迪韦尔热	Didier Duverger
迪迪埃·卢普菲	Didier Lupfer
迪迪埃·卢思坦	Didier Roustan
迪尔玛·罗塞夫	Dilma Rousseff
蒂兰	Tullins
迪米特里·拉萨姆	Dimitri Rassam
蒂姆·波顿	Tim Burton
蒂姆·罗斯	Tim Roth
蒂娜·查尔隆	Tina Charlon
蒂娜·莫多娣	Tina Modotti
蒂尼斯·艾葛温	Deniz Gamze Ergüven
迪特·考斯里克	Dieter Kossilick
蒂耶里·布拉亚	Thierry Braillard
蒂耶里·德米歇尔	Thierry Desmichelle
蒂耶里·彻勒曼	Thierry Cheleman
蒂耶里·福茂	Thierry Frémaux
蒂耶里·雷	Thierry Rey
蒂耶里·特奥多利	Thierry Téodori
迭戈·巴特尔	Diego Batlle
迭戈·贾兰	Diego Galán
迭戈·鲁纳	Diego Luna
迭戈·马拉多纳	Diego Maradona
东大街乐队	E Streeters
度·德威特	Dudok de Wit
朵拉·坎德拉里亚	Dora Candelaria
多洛雷斯·德尔·里欧	Dolores del Río
多萝西·阿兹娜	Dorothy Arzner

多梅尔格别墅····································Villa Domergue
多米尼克·贝纳尔····························Dominique Besnehard
多米尼克·布尔古瓦·······················Dominique Bourgois
多米尼克·德尔波特·························Dominique Delport
多米尼克·德罗姆····························Dominique Delorme
多米尼克·罗歇托····························Dominique Rocheteau
多米尼克·摩尔·································Dominik Moll
多米尼克·帕伊妮·····························Dominique Païni
多米尼克·威斯特·····························Dominic West
杜琪峰···Johnnie To
杜瓦诺···Robert Doisneau
杜维威尔···Duvivier
法比安娜·冯涅尔·····························Fabienne Vonier
法比安娜·帕斯考德·························Fabienne Pascaud
法比安娜·辛茨·································Fabienne Sintes
法比安·夏洛·····································Fabien Charlot
法布里斯·布罗维利·························Fabrice Brovelli
法布里斯·卡尔泽通尼····················Fabrice Calzettoni
法布里斯·阿拉尔·····························Fabrice Allard
法布莱斯·鲁奇尼·····························Fabrice Luchini
法布里斯·度·沃尔斯·······················Fabrice du Welz
法兰欣·蕊赛特·································Francine Racette
法里德·本托米·································Farid Bentoumi
法努诗·萨玛蒂·································Farnoosh Samadi
法提赫·阿金·····································Fatih Akin
凡妮莎·雷德格瑞夫·························Vanessa Redgrave
凡妮莎·帕拉迪丝·····························Vanessa Paradis
凡妮莎·施耐德·································Vanessa Schneider
范·多梅克···Van Dormael
梵高··Van Goth
菲利普·狄雍·····································Philippe Djian
菲利克斯·马友·································Félix Mayol
菲利普·艾兰杰·································Philippe Erlanger
菲利普·布鲁奈尔·····························Philippe Brunel
菲利普·加涅尔·································Philippe Garnier
菲利普·加瑞尔·································Philippe Garrel
菲利普·康拉德也·····························Philippe Condroyer
菲利普·朗颂·····································Philippe Lançon
菲利普·里奥雷·································Philippe Lioret
菲利普·马丁·····································Philippe Martin

f

菲利普·努瓦雷···Philippe Noiret
菲利普·欧古········· ··············· ·····························Philippe Ogouz
菲利普·索勒斯······································· ·············Philippe Sollers
菲利普·维特利····································· ··············· Philippe Vitry
菲利普·雅科尔···Philippe Jacquier
菲利普·福孔······················ ································Philippe Faucon
菲利普·罗斯·········· ·················· ·························· Philip Roth
费·唐纳薇·············· ···Faye Dunaway
费德里科·费里尼··· Federico Fellini
费尔南多·索拉纳斯··Fernando Solanas
费雷··· ··············· Ferré
费舍·史蒂芬斯·· ··············Fisher Stevens
费维雷················· ···················· ·····················Fevret
芬妮·阿尔丹·············· ··············· ·························Fanny Ardant
芬妮·博维尔··· ··············Fanny Beauville
奉俊昊·· ············Bong Joon-ho
弗拉德·伊凡诺夫·· Vlad Ivanov
弗拉基米尔·普京···Vladimir Poutine
弗莱迪·阿格拉··· ············Freddy Aguerra
弗莱迪·比阿许···Freddy Buache
弗莱迪·梅尔滕森···Freddy Maertens
弗兰克·佩里············· ··Frank Perry
弗兰克·卡普拉···Frank Capra
弗兰克·马歇尔···Frank Marshall
弗兰纳里·奥康纳···Flannery O'Connor
弗朗哥···················· ···Franco
弗朗克斯·皮诺特··François-Henri Pinault
弗朗索瓦·阿尔玛内·· François Armanet
弗朗索瓦·艾尔兰巴克··François Erlenbach
弗朗索瓦·奥朗德·· François Hollande
弗朗索瓦·戴斯卢梭··François Desrousseaux
弗朗索瓦·弗雷················· ······································François Frey
弗朗索瓦·克鲁塞··· François Cluzet
弗朗索瓦·克罗里安···François Keuroghlian
弗朗索瓦·马圭埃··François Mauguière
弗朗索瓦·塞缪尔森···François Samuelson
弗朗索瓦·圣保罗···François Saint-Paul
弗朗索瓦·特吕弗···François Truffaut
弗朗索瓦·夏莱奖···François Chalais
弗朗索瓦·萧彼奈···François Chopinet

弗朗索瓦·杜佩洪	François Dupeyron
弗朗索瓦·如尼诺	François Jougneau
弗朗索瓦丝·莫奈	Françoise Monnet
弗朗索瓦丝·尼森	Françoise Nyssen
弗朗索瓦丝·萨冈	Françoise Sagan
弗朗索瓦丝·阿努尔	Françoise Arnoul
弗朗索瓦丝·勒布伦	Françoise Lebrun
弗朗西斯	Francis
弗朗西斯·布伊格	Francis Bouygues
弗朗西斯·福特·科波拉	Francis Ford Coppola
弗朗西斯·科波拉	Francis Coppola
弗朗西斯科·马尔克斯	Francisco Márquez
弗朗西斯科·罗西	Francesco Rosi
弗朗西斯·拉卡森	Francis Lacassin
弗朗西斯·马尔芒德	Francis Marmande
弗朗西斯·吉罗德	Francis Girod
弗雷德·卡索里	Fred Cassoly
弗雷德·米拉	Fred Mella
弗雷德·章克	Fred Junck
弗雷德里克·博纳	Frédéric Bonnaud
弗雷德里克·布尔布隆	Frédéric Bourboulon
弗雷德里克·布雷丹	Frédérique Bredin
弗雷德里克·达尔德	Frédéric Dard
弗雷德里克·莱斯屈尔	Frédérique Lescure
弗雷德里克·维杜	Frédéric Vitoux
弗雷德里克·西奥博尔德	Frédéric Theobald
弗雷德里克·贝格伯德	Frédéric Beigbeder
弗雷德里克·怀斯曼	Frederick Wiseman
弗雷德里克·特利尔	Frédéric Tellier
弗雷迪·布尔迪尔	Férid Boughedir
弗里茨·朗	Fritz Lang
弗里德里克·贝尔特	Frédérique Berthet
弗洛朗斯·奥比纳斯	Florence Aubenas
弗洛朗斯·贾斯托	Florence Gastaud
弗洛里安·泽勒	Florian Zeller
弗洛伦斯·佛雷斯蒂	Florence Foresti
弗洛伊德	Freud
芙乐尔·佩勒林	Fleur Pellerin
福利斯特·惠特克	Forest Whitaker
富勒	Fuller

g 盖迪吉昂···································Guédiguian
盖尔·加西亚·贝纳尔·····················Gael García Bernal
甘斯布·······························Gainsbourg
高峰秀子·····························Hideko Takamine
高夫·安德鲁斯·······················Geoff Andrews
高木文子·····························Fumiko Takagi
戈达尔·······························Godard
戈登·威利斯·························Gordon Willis
格莱米永·····························Jean Grémillon
格兰·艾伦····························Glen Ellen
格朗吉·······························Grangier
格劳贝尔·····························Glauber
格劳乔·马克斯·······················Groucho Marx
格雷厄姆·格林·······················Graham Greene
格雷戈瓦·勒普兰斯–林盖····Grégoire Leprince-Ringuet
格雷姆·沃莱特·······················Graeme Allwright
格里菲斯·····························Griffith
格里高利·勒梅纳格尔·············Grégoire Leménager
格利特·斯特恩·······················Grete Stern
格伦·古尔德·························Glenn Gould
格瑞艾姆·泰勒·······················Graham Taylor
格什菲·法拉哈尼·················Golshifteh Frahani
格什温·······························Gershwin
格斯·范·桑特························Gus Van Sant
葛洛丽亚·斯旺森·····················Gloria Swanson
葛洛丽亚·格雷厄姆·················Gloria Grahame
沟口健二·····························Kenji Mizoguchi
古馆宽治·····························Kanji Furutachi
圭特瑞·······························Guitry
古斯塔夫·科尔文····················Gustave Kervern
古斯塔夫·勒鲁日····················Gustave Le Rouge
古垣铁郎·····························Tetsuro Furukaki
滚石乐队·····························Rolling Stone

h 哈蒂达兄弟·························les frères Hadida
哈利·科恩····························Harry Cohn
哈鲁斯·贝子健·······················Harouth Bezdjian
哈桑·格拉尔·························Hassan Guerrar
哈斯克尔·韦克斯勒·················Haskell Wexler
哈维·凯特尔·························Harvey Keitel
哈维·韦恩斯坦·······················Harvey Weinstein

哈维尔···Javier
哈维尔·巴登···Javier Bardem
海蒂·玛拉···Hedy Lamarr
海里·乐芙···Helly Luv
海伦·米伦···Helen Mirren
何雷西奥·科波拉·······································Horacio Coppola
河濑直美··Kawase
河正宇···Ha Jung-woo
赫伯特·巴尚···Humbert Balsan
赫尔穆特·纽顿···Helmut Newton
赫尔南·隆巴蒂···Hernán Lombardi
赫斯顿···Huston
黑泽明···Kurosawa
黑泽清···Kiyoshi Kurosawa
亨弗莱·鲍嘉···Bogart
亨利·德鲁斯···Henri Deleus
亨利·卡蒂埃·布列松····································Henry Cartier Bresson
亨里克·薇拉–马塔斯····································Enrigue Vila-Matas
亨利·朗格卢瓦···Henri Langlois
亨利·米勒···Henry Miller
亨利·塔尚···Henri Tachan
亨利·甄森···Henri Jeanson
亨宁·曼凯尔···Henning Mankell
洪尚秀···Hong Sang-soo
侯达·本亚闪纳···Houda Benyamina
侯孝贤···Hou Hsiao-hsien
胡安·安东尼奥·梅拉····································Juan Antonio Mella
胡安·何塞·坎帕内利亚··································Juan José Campanella
胡安·曼纽尔·戈麦斯·罗布莱多·························Juan Manuel Gómez Robledo
胡金铨···King Hu
霍尔·哈特利···Hal Hartley
霍华德·霍克斯···Howard Hawks
霍克斯···Hawks
基多·鲁德···Guido Rud
基里尔·谢列布连尼科夫··································Kirill Serebrennikov
基努·里维斯···Keanu Reeves
基耶维蕾··Quillévéré
基尤··Ado Kyrou
吉安·卢卡·法里内利····································Gian Luca Farinelli
吉安弗兰科·罗西·······································Gianfranco Rosi

j

吉奥里亚诺·蒙塔尔多 ································ Giuliano Montaldo
吉尔·弗拉皮耶 ································· Gilles Frappier
吉尔·勒鲁什 ··································· Gilles Lellouche
吉尔·雅各布 ··································· Gilles Jacob
吉尔·贝诺 ····································· Gilles Perrault
吉尔贝特·乔治 ································· Gilbert Giorgi
吉尔莫·德尔·托罗 ···························· Guillermo del Toro
吉尔·马尚 ···································· Gilles Marchand
J.J. 艾布拉姆斯 ································ J.J.Abrams
吉姆·哈里森 ·································· Jim Harrison
吉姆·霍尔 ···································· Jim Hall
吉姆·贾木许 ·································· Jim Jarmusch
吉姆·莫里森 ·································· Jim Morrison
吉姆·加诺普洛斯 ······························ Jim Gianopulos
吉姆斯教授 ···································· Maître Gims
吉纳维芙·彭斯 ································· Geneviève Pons
吉娜·戴维斯 ·································· Geena Davis
吉塞拉·布朗 ·································· Gisela Blanc
吉亚 ··· Gia Coppola
吉耶梅特·奥迪奇诺 ···························· Guillemette Odicino
吉约姆·杜威 ·································· Guillaume Duvert
加本 ··· Gabin
加布里埃尔·费加罗 ···························· Gabriel Figueroa
加布里埃尔·韦尔 ······························ Gabriel Veyre
贾法·帕纳西 ·································· Jafar Panahi
加乐史卡·莫拉维欧夫 ·························· Galeshka Moravioff
加里·库珀 ···································· Gary Cooper
加里·勒斯培 ·································· Jalil Lespert
嘉里·梅尔 ···································· Gary Meyer
贾科莫·奥古斯蒂尼 ···························· Giacomo Agostini
贾克琳·乔斯 ·································· Jaclyn Jose
简·奥斯汀 ···································· Jene Austen
简·伯金 ····································· Jane Birkin
简·方达 ····································· Jane Fonda
筒井真理子 ···································· Mariko Tsutsui
简·坎佩恩 ···································· Jane Campion
简妮·杰考斯基 ································· Ms. Janine Jackowski
简·夏普 ····································· Jan Sharp
贾梅尔·杜布兹 ································· Jamel Debbouze
加斯帕·诺 ···································· Gaspar Noé

加斯帕·德·沙瓦尼亚克⋯⋯⋯⋯⋯⋯⋯⋯⋯⋯⋯⋯⋯ Gaspard de Chavagnac
加斯帕德·尤利尔⋯⋯⋯⋯⋯⋯⋯⋯⋯⋯⋯⋯⋯⋯⋯⋯ Gaspard Ulliel
贾斯汀·库泽尔⋯⋯⋯⋯⋯⋯⋯⋯⋯⋯⋯⋯⋯⋯⋯⋯⋯Justin Kurzel
贾斯汀·张⋯⋯⋯⋯⋯⋯⋯⋯⋯⋯⋯⋯⋯⋯⋯⋯⋯⋯⋯ Justin Chang
贾斯汀·楚特⋯⋯⋯⋯⋯⋯⋯⋯⋯⋯⋯⋯⋯⋯⋯⋯⋯⋯ Justine Triet
贾斯汀·汀布莱克⋯⋯⋯⋯⋯⋯⋯⋯⋯⋯⋯⋯⋯⋯⋯ Justin Timberlake
贾樟柯⋯⋯⋯⋯⋯⋯⋯⋯⋯⋯⋯⋯⋯⋯⋯⋯⋯⋯⋯⋯ Jia Zhang-ke
杰夫·多梅内克⋯⋯⋯⋯⋯⋯⋯⋯⋯⋯⋯⋯⋯⋯⋯⋯ Jeff Domenech
杰夫·尼克尔斯⋯⋯⋯⋯⋯⋯⋯⋯⋯⋯⋯⋯⋯⋯⋯⋯ Jeff Nichols
杰夫·斯蒂夫南⋯⋯⋯⋯⋯⋯⋯⋯⋯⋯⋯⋯⋯⋯⋯⋯ Jeff Stévenin
杰夫·布里吉斯⋯⋯⋯⋯⋯⋯⋯⋯⋯⋯⋯⋯⋯⋯⋯⋯ Jeff Bridges
杰弗里·费尔曼⋯⋯⋯⋯⋯⋯⋯⋯⋯⋯⋯⋯⋯⋯⋯ Geoffrey Firmin
杰弗瑞·卡森伯格⋯⋯⋯⋯⋯⋯⋯⋯⋯⋯⋯⋯⋯ Jeffrey Katzenberg
杰克·吉伦哈尔⋯⋯⋯⋯⋯⋯⋯⋯⋯⋯⋯⋯⋯⋯⋯ Jake Gyllenhaal
杰克·伦敦⋯⋯⋯⋯⋯⋯⋯⋯⋯⋯⋯⋯⋯⋯⋯⋯⋯⋯ Jack London
杰克·奥康奈尔⋯⋯⋯⋯⋯⋯⋯⋯⋯⋯⋯⋯⋯⋯⋯ Jack O'Connell
杰克·克莱蒙斯⋯⋯⋯⋯⋯⋯⋯⋯⋯⋯⋯⋯⋯⋯⋯ Jack Clemons
杰克·朗⋯⋯⋯⋯⋯⋯⋯⋯⋯⋯⋯⋯⋯⋯⋯⋯⋯⋯⋯ Jack Lang
杰克·尼克尔森⋯⋯⋯⋯⋯⋯⋯⋯⋯⋯⋯⋯⋯⋯⋯ Jack Nicholson
杰奎琳·比塞特⋯⋯⋯⋯⋯⋯⋯⋯⋯⋯⋯⋯⋯⋯⋯ Jacqueline Bisset
杰拉尔·迪绍苏瓦⋯⋯⋯⋯⋯⋯⋯⋯⋯⋯⋯⋯⋯ Gérald Duchaussoy
杰拉尔·哥伦布⋯⋯⋯⋯⋯⋯⋯⋯⋯⋯⋯⋯⋯⋯⋯ Gérard Collomb
杰拉尔·霍利尔⋯⋯⋯⋯⋯⋯⋯⋯⋯⋯⋯⋯⋯⋯⋯ Gérard Houllier
杰拉尔·勒福特⋯⋯⋯⋯⋯⋯⋯⋯⋯⋯⋯⋯⋯⋯⋯ Gérard Lefort
杰拉尔·帕斯卡尔⋯⋯⋯⋯⋯⋯⋯⋯⋯⋯⋯⋯⋯⋯ Gérard Pascal
杰拉尔·德帕迪约⋯⋯⋯⋯⋯⋯⋯⋯⋯⋯⋯⋯⋯ Gérard Depardieu
杰拉尔丁·查普林⋯⋯⋯⋯⋯⋯⋯⋯⋯⋯⋯⋯⋯ Géraldine Chaplin
杰拉姆·巴亚赫⋯⋯⋯⋯⋯⋯⋯⋯⋯⋯⋯⋯⋯⋯⋯ Jérôme Paillard
杰拉姆·菲诺格力欧⋯⋯⋯⋯⋯⋯⋯⋯⋯⋯⋯⋯ Jérôme Fenoglio
杰拉姆·拉佩罗萨斯⋯⋯⋯⋯⋯⋯⋯⋯⋯⋯⋯ Jérôme Laperrousaz
杰拉姆·林顿⋯⋯⋯⋯⋯⋯⋯⋯⋯⋯⋯⋯⋯⋯⋯⋯ Jérôme Lindon
杰拉姆·茹诺⋯⋯⋯⋯⋯⋯⋯⋯⋯⋯⋯⋯⋯⋯⋯⋯ Jéróme Jouneaux
杰拉姆·赛杜⋯⋯⋯⋯⋯⋯⋯⋯⋯⋯⋯⋯⋯⋯⋯⋯ Jérôme Seydoux
杰拉姆·苏莱⋯⋯⋯⋯⋯⋯⋯⋯⋯⋯⋯⋯⋯⋯⋯⋯ Jérôme Soulet
杰拉姆·塞勒⋯⋯⋯⋯⋯⋯⋯⋯⋯⋯⋯⋯⋯⋯⋯⋯ Jérôme Salle
杰梅奈·克莱门⋯⋯⋯⋯⋯⋯⋯⋯⋯⋯⋯⋯⋯⋯ Jemaine Clement
杰米·帕特里科夫⋯⋯⋯⋯⋯⋯⋯⋯⋯⋯⋯⋯⋯ Jamie Patricof
杰茜卡·豪丝娜⋯⋯⋯⋯⋯⋯⋯⋯⋯⋯⋯⋯⋯⋯ Jessica Hausner
杰瑞·刘易斯⋯⋯⋯⋯⋯⋯⋯⋯⋯⋯⋯⋯⋯⋯⋯⋯ Jerry Lewis
杰瑞·沙茨伯格⋯⋯⋯⋯⋯⋯⋯⋯⋯⋯⋯⋯⋯⋯ Jerry Schatzberg

杰瑞米·保罗·卡冈··········Jeremy Paul Kagan
杰瑞米·道森··········Jeremy Dawson
杰瑞米·雷尼尔··········Jérémie Renier
杰瑞米·托马斯··········Jeremy Thomas
杰丝敏·特丽卡··········Jasmine Trinca
杰西·希布斯··········Jesse Hibbs
杰西·艾森伯格··········Jesse Eisenberg
杰西卡·查斯坦··········Jessica Chastain
金·贝辛格··········Kim Basinger
金东虎··········Kim Dong-ho
金基德··········Kim Ki-duk
金敏喜··········Kim Min-hee
金泰梨··········Kim Tae-ri
金知云··········Kim Jee-woon
津田正道··········Masa Sawada
居伊·本多··········Guy Bedos
居伊·德波··········Guy Debord
居伊·魏莱加··········Guy Verrecchia
居伊·布罗古贺··········Guy Braucourt
居伊·德·莫泊桑··········Guy de Maupassant

k

卡黛尔·基耶维蕾··········Katell Quillévéré
卡多·巴比耶里··········Gato Barbieri
卡尔·库特··········Carl Court
凯蒂·佩里··········Katy Perry
凯莉·雷查德··········Kelly Reichardt
凯瑞·费雪··········Carrie Fisher
凯瑟琳·毕格罗··········Kathryn Bigelow
凯瑟琳·布雷亚··········Catherina Breillat
凯瑟琳·德里欧茨··········Catherine Dérioz
凯瑟琳·德纳芙··········Catherine Deneuve
凯瑟琳·肯尼迪··········Kathleen Kennedy
凯瑟琳·柯西尼··········Catherine Corsini
凯瑟琳·舒伯特··········Kathryn Schubert
凯瑟琳·塔斯卡··········Catherine Tasca
凯撒·路易·米诺蒂··········César Luis Menotti
凯斯·杰瑞特··········Keith Jarrett
凯特·卡普肖-斯皮尔伯格··········Kate Capshaw Spielberg
凯文·史密斯··········Kevin Smith
凯文·亚当斯··········Kev Adams
卡拉帕普雷克··········Kalapapruek

卡雷尔·赖兹…………………………………………………Karel Reisz
卡里古拉………………………………………………………Caligula
卡里姆·本泽马………………………………………Karim Benzema
卡里姆·德里迪…………………………………………Karim Dridi
卡里姆·莱克路…………………………………………Karim Leklou
卡罗尔·斯科塔…………………………………………Carole Scotta
卡罗尔·布维尔………………………………………Carole Bouvier
卡罗尔…………………………………………………………Carole
卡罗琳·高特……………………………………………Caroline Got
卡罗琳·施费勒……………………………………Caroline Scheufele
卡罗琳·沃托…………………………………………Caroline Vautrot
卡洛斯·高梅……………………………………………Carlos Gomez
卡洛斯·雷加达斯……………………………………Carlos Reygadas
卡梅隆·百利…………………………………………Cameron Bailey
卡梅隆·迪亚茨…………………………………………Cameron Diaz
卡梅伦·克罗…………………………………………Cameron Crowe
卡米拉·乔丹娜………………………………………Camélia Jordana
康拉德…………………………………………………………Conrad
康涅夫斯基…………………………………………………Kanevski
考林姐妹………………………………………sœurs Coulin mœurs
卡萨诺瓦……………………………………………………Casanova
卡萨维茨……………………………………………………Cassavetes
卡斯特尔………………………………………………………Castel
卡塔咏·夏哈毕………………………………………Katayoon Shahabi
卡瓦利埃……………………………………………………Cavalier
科波拉………………………………………………Francis Coppola
柯蒂斯·汉森…………………………………………Curtis Hanson
科恩兄弟……………………………………………………les Coen
科尔布奇……………………………………………………Corbucci
柯尔·尼达姆…………………………………………Col Needham
克尔斯滕·邓斯特……………………………………Kirsten Dunst
柯克·道格拉斯…………………………………………Kirk Douglas
克拉丽丝·法布尔……………………………………Clarisse Fabre
克莱伯·门多萨……………………………………Kleber Mendonça
克莱尔-安妮·雷伊科斯…………………………Claire-Anne Reix
克莱尔·德尼…………………………………………Claire Denis
克莱尔·伯杰…………………………………………Claire Burger
克莱尔·布隆戴尔……………………………………Claire Blondel
克莱伦斯·克莱蒙斯………………………………Clarence Clemons
克莱芒·绍文………………………………………Clément Chovin

克莱蒙·勒穆瓦纳……………………………………………Clément Lemoine
克莱普顿……………………………………………………………Clapton
克劳德·奥当−拉哈……………………………………………Autant-Lara
克劳德·巴拉斯……………………………………………………Claude Barras
克劳德·朗兹曼………………………………………………Chaude Lanzmann
克劳德·勒鲁什……………………………………………………Claude Lelouch
克劳德·米勒………………………………………………………Claude Miller
克劳德·苏台………………………………………………………Claude Sautet
克劳德·图亚蒂……………………………………………………Claude Touati
克劳德·夏布洛尔…………………………………………………Claude Chabrol
克劳迪欧·马格里斯……………………………………………Claudio Magris
克劳迪欧·明戈蒂………………………………………………Claudio Minghetti
克蕾莉亚·科恩…………………………………………………Clélia Cohen
科林·马克嘉伯…………………………………………………Colin MacCabe
克林特·伊斯特伍德……………………………………………Clint Eastwood
克里斯蒂安·埃斯特罗斯………………………………………Christian Estrosi
克里斯蒂安·贝克尔……………………………………………Christian Berkel
克里斯蒂安·布尔古瓦…………………………………………Christian Bourgois
克里斯蒂安·鲁贝托……………………………………………Christian Louboutin
克里斯蒂安·罗奥德……………………………………………Christian Rouaud
克里斯蒂安·蒙吉…………………………………………………Cristian Mungiu
克里斯蒂安·普吕多姆…………………………………Christian Prudhomme
克里斯蒂安·热那………………………………………………Christian Jeune
克里斯蒂安·希尼克罗皮………………………………………Christian Sinicropi
克里斯蒂安·雅克…………………………………………………Christian-Jaque
克里斯蒂·麦克斯科……………………………………………Kristie Macosko
克里斯蒂娜·艾穆…………………………………………………Christine Aimé
克里斯蒂娜·戈洛佐娃…………………………………………Kristina Grozeva
克里斯蒂娜·拉森………………………………………………Kristina Larsen
克里斯蒂娜·帕斯卡尔…………………………………………Christine Pascal
克里斯蒂·普优…………………………………………………… Cristi Puiu
克里斯·弗洛姆……………………………………………………Chris Froome
克里斯·肯尼利……………………………………………………Chris Kenneally
克里斯·马克………………………………………………………Chris Marker
克里斯·派恩………………………………………………………Chris Pine
克里斯汀·斯图尔特……………………………………………Kristen Stewart
克里斯汀·托森…………………………………………………Christine Thorssen
克里斯汀与昆斯………………………………………Christine and the Queens
克里斯托弗·奥诺雷……………………………………………Christophe Honoré
克里斯托弗·库雷………………………………………………Christophe Caurret

克里斯托弗·罗西尼翁	Christophe Rossignon
克里斯托弗·马尔干	Christophe Marguin
克里斯托弗·诺兰	Christopher Nolan
克里斯托弗·尚特比	Christophe Chantepy
克里斯托弗·塔蒂厄	Christophe Tardieu
克里斯托弗·瓦尔兹	Christoph Waltz
克里希纳	Krishna
克洛伊·莱文	Chloe Levine
克鲁什	Coluche
克鲁佐	Clouzot
柯内流·波蓝波宇	Corneliu Porumboiu
肯·洛奇	Ken Loach
肯·罗素	Ken Russell
科皮	Coppi
科斯塔–盖维拉斯	Costa–Gavras
科特兰	Coltrane
孔子	Confucius
库布里克	Stanly Kubrick
库尔齐奥·马拉帕尔特	Curzio Malaparte
库尔索东	Jean-Pierre Coursodon
库尔特·拉塞尔	Kurt Russell
傀儡乐队	Les Stooges
昆德拉	Kundera
昆汀	Quentin
库斯蒙	Caussimon
拉杜·蒙泰安	Radu Muntean
拉尔夫·托马斯	Ralph Thomas
拉斐尔·莫内欧	Rafael Moneo
拉菲尔森	Rafelson
拉夫·迪亚兹	Lav Diaz
拉里厄兄弟	les frères Larrieu
拉莉萨·舍皮琴科	Larissa Chepitko
拉佩诺	Jean-Paul Rappeneau
拉塞尔·尚塔	Russell Chatham
拉斯·艾丁格	Lars Eidinger
拉斯·冯·提尔	Lars von Trier
拉维列尔	Lavilliers
拉斯洛·奈迈施	László Nemes
拉乌尔·沃尔什	Raoul Walsh
拉乌·鲁兹	Raoul Ruiz

莱昂纳多·迪卡普里奥···Leo DiCapio
莱昂纳多·科恩···Leonard Cohen
莱昂纳尔·里奇···Lionel Richie
莱昂斯·佩雷··Léonce Perret
莱迪·阿伦森···Letty Aronson
莱拉·贝克娣··Leïla Bekhti
莱欧·费雷··Léo Ferré
莱斯·布兰克··Les Blank
莱斯利·达特···Leslee Dart
莱斯利·皮修···Leslie Pichot
莱提西娅···Læticia
莱翁内···Leone
兰迪塔·达斯··Nandita Das
朗·布拉瓦特尼克··Len Blavatnik
朗贝尔·威尔森···Lambert Wilson
朗格卢瓦奖··Prix Langlois
朗勒堡···lanslebourg
朗齐·贝迪亚··Ramzy Bedia
劳伯娜·阿比达尔··Loubna Abida
劳尔·阿雷瓦罗··Raúl Arévalo
劳拉·珀特阿斯··Laura Poitras
劳蕾特·蒙贡杜威·····································Laurette Monconduit
劳伦斯·葛拉奈克·······································Laurence Granec
劳伦斯·徐洛···Laurence Churlaud
劳伦佐·索利亚··Lorenzo Soria
雷·艾希瓦娅··Rai Aishwarya
雷德福···Redford
蕾蒂莎·科斯塔···Laetitia Casta
雷基·奈叶···Régis Neyret
雷加达斯···Reygadas
雷吉内·哈特朔东·······································Régine Hatchondo
雷吉尼亚···Reggiani
雷吉斯·德布雷··Régis Debray
雷吉斯·瓦格涅··Régis Wargnier
雷蒙德·贝鲁尔··Raymond Bellour
雷蒙德·伯德··Raymond Borde
雷蒙德·德帕东···Raymond Depardon
雷蒙德·卡佛··Raymond Carver
雷蒙德·雷顿··Raymond Redon
雷蒙德·普利多···Raymond Poulidor

雷蒙德·希拉特···Raymond Chirat
雷米·普弗林林···Rémy Pflimlin
蕾纳·芙雅···Régine Vial
雷乃·马尔威尔···René Malleville
雷乃···Alain Resnais
雷娜·荣森···Rena Ronson
雷内·贝雷托···René Belletto
雷尼·厄斯库德罗···Leny Escudero
雷诺···Renaud
雷诺·勒万金···Renaud Le Van Kim
雷诺·塞尚···Renaud Séchan
蕾切尔·薇姿···Rachel Weisz
雷斯利·斯科特···Ridley Scott
蕾雅·赛杜···Léa Seydoux
雷兹···cardinal de Retz
勒鲁什···Lelouch
李安···Ang Lee
利奥德···Jean-Pierre Léaud
里奥纳德·哈达德···Léonard Haddad
丽贝卡·奥布莱恩···Rebecca O'Brien
丽贝卡·豪尔···Rebecca Hall
丽贝卡·兹罗托斯基···Rebecca Zlotowski
理查德·伯顿···Richard Burton
理查德·布鲁克斯···Richard Brooks
理查德·丹铎···Richard Dindo
理查德·德莱弗斯···Richard Dreyfuss
理查德·弗莱彻···Richard Fleischer
理查德·克鲁贝克···Richard Klubeck
理查德·劳尔曼···Richard Lorman
理查德·欧佳德···Richard Aujard
理查德·帕特里···Richard Patry
理查·基尔···Richard Gere
李沧东···Lee Chang-dong
列奥·卡拉克斯···Leos Carax
丽芙·乌曼···Liv Ullmann
里卡多·斯卡马里奥···Riccardo Scamarcio
丽·莱米克···Lee Remick
丽莉·克亚芙···Riley Keough
莉莉-罗斯·德普··Lily-Rose Depp
林常树···Im Sang-soo

林芙美子···Hayashi Fumiko
林戈·斯塔尔···Ringo Starr
林奈特·豪威尔·泰勒·····························Lynette Howell Taylor
林权泽··Im Kwon-taek
林胜勇··Syd Lim
利诺·布罗卡··Lino Brocka
利诺·文图拉··Lino Ventura
利桑德罗·阿隆索···Lisandro Alonso
丽莎·弗雷切特···Lisa Frechette
丽萨·维诺丽··Lisa Vignoli
刘别谦··Lubitsch
李维克·伽塔克···Ritwik Ghatak
里西··Risi
李小龙··Bruce Lee
鲁本·奥斯特伦德···Ruben Östlund
鲁比·巴恩希尔···Ruby Barnhill
鲁妮·玛拉··Rooney Mara
卢米埃尔兄弟···Lumières
伦佐·皮亚诺··Renzo Piano
罗贝托·安度···Roberto Andò
罗贝托·波拉尼奥···Roberto Bolaño
罗贝托·罗西里尼···Roberto Rossellini
罗博··Robo
罗伯特·奥尔特曼···Robert altman
罗伯特·贝纳永···Robert Benayoun
罗伯特·德·尼罗···Robert DeNiro
罗伯特·杜兰··Roberto Durán
罗伯特·法瑞·勒布雷·······································Robert Favre Le Bret
罗伯特·盖迪吉昂···Robert Guédiguian
罗伯特·格雷··Robert Gray
罗伯特·怀斯··Robert Wise
罗伯特·朗多··Robert Lantos
罗伯特·罗德里格兹···Robert Rodriguez
罗伯特·罗森··Robert Rossen
罗伯特·米彻姆···Robert Mitchum
罗伯特·帕里什···Robert Parrish
罗伯特·恰托夫···Robert Chartoff
罗伯特·瑞恩··Robert Ryan
罗德里格·普列托···Rodrigo Prieto
罗德·帕拉多特···Rod Paradot

罗德·斯泰格尔	Rod Steiger
罗尔德·达尔	Roald Dahl
罗泓轸	Na Hong-jin
罗基亚·陶雷	Rokia Traoré
罗吉·萨瑟兰	Roeg Sutherland
罗嘉·托赫	Rokia Traoré
洛朗	Laurent
洛朗·贝古-雷纳德	Laurent Bécue-Renard
洛朗·布罗泽	Laurent Bouzereau
洛朗·德·艾兹普鲁阿	Laurent de Aizpurua
洛朗·德·敏维艾尔	Laurent de Minvielle
洛朗·德斯耶	Laurent Teyssier
洛朗·戈迪龙	Laurent Cotillon
洛朗·葛拉	Laurent Gerra
洛朗·海纳曼	Laurent Heynemann
洛朗·卡本蒂耶	Laurent Carpentier
洛朗·鲁奇尔	Laurent Ruquier
洛朗·塞缪尔	Laurent Samuel
洛朗·威尔	Laurent Weil
洛朗·沃奇耶	Laurent Wauquiez
洛朗·雅各布	Laurent Jacob
洛伦佐·柯德力	Lorenzo Codelli
洛伦佐·尚马	Lorenzo Chammah
洛伦佐·索利亚	Lorenzo Soria
洛伦佐·维加斯	Lorenzo Vigas
罗兰·拉斐特	Laurent Lafitte
罗兰·韦斯特	Roland West
罗丽·卡泽纳夫	Laure Cazeneuve
罗曼	Roman Coppola
罗曼·波兰斯基	Roman Polanski
罗曼·卡米欧罗	Romain Camiolo
罗曼·勒格朗	Romain Le Grand
罗内特·艾尔卡贝兹	Ronit Elkabetz
罗莎莉·瓦尔达	Rosalie Varda
罗什迪·泽姆	Roschdy Zem
罗斯科	Rothko
罗斯科·阿巴克尔	Fatty Arbuckle
罗斯托罗波维奇	Rostropovitch
罗素·克劳	Russell owe
罗西·德·帕乐马	Rossy de Palma

罗西······Losey
罗西里尼······Rossellini
洛斯·卡查吉斯······Los Calchakis
洛伊·福勒······Loïe Fuller
鲁奇阿诺·蒙提亚古多······Luciano Monteagudo
鲁奇阿诺·维斯康蒂······Luchino Visconti
罗热·普朗雄······Roger Planchon
罗热·泰耶尔······Roger Tailleur
罗热·瓦杨······Roger Vailland
鲁丝·内伽······Ruth Negga
鲁瓦·富勒······Loïe Fuller
卢锡安·洛格特······Lucien Logette
露西·达尔······Lucy Dahl
露西·拉塞尔······Lucy Russel
路易·阿加里耶······Louis Acariès
路易·达甘······Louis Daquin
路易·德雷福斯······Louis Dreyfus
路易·德吕克······Louis Dlluc
"路易的三重奏事件"······l'Affaire Louis' Trio
路易·菲拉德······Louis Feuillade
路易·菲利普·诺伊······Luis Felipe Noé
路易·加瑞尔······Louis Garrel
路易·卢米埃尔······Louis Lumière
路易·马勒······Louis Malle
路易·乔维特······Lousi Jouvet
露易丝·布鲁克斯······Louise Brooks
路易·肖维······Louis Chauvet
吕克·贝松······Luc Besson
吕克·达内······Luc Dardenne
吕克·赫尔南德斯······Luc Hernandez
吕克·雅克特······Luc Jacquet
吕美特······Lumet
m 马埃尔·阿诺······Maelle Arnaud
马蒂尔德·尹赛迪······Matilde Incerti
马丁·毕铎······Martin Bidou
马丁·斯科塞斯······Martin Scorsese
马丁·拉萨尔······Martin LaSalle
马蒂妮·奥夫洛瓦······Martine Offroy
马蒂亚斯·埃纳尔······Mathias Énard
马尔科·费雷里······Marco Ferreri

马尔科·贝洛奇奥·····Marco Bellocchio
马尔科姆·劳瑞·····Malcolm Lowry
马尔特·科勒尔·····Marthe Keller
玛嘉·莎塔琵·····Marjane Satrapi
迈阿密·斯蒂芬·····Miami Steve
迈布里奇·····Muybridge
麦当娜·····Madonna
麦德斯·米科尔森·····Mads Mikkelsen
玛格丽特·伯德·····Margaret Bodde
玛格丽特·梅内格·····Margaret Ménégoz
玛格丽耶·斯比克曼·····Margriet Spikman
玛格丽特·尤瑟纳尔·····Marguerite Yourcenar
马哈·哈吉·····Mha Haj
马哈曼特-萨雷·哈隆·····Mahamat-Saleh Haroun
麦吉利根·····McGilligan
迈克尔·巴克·····Michael Barker
迈克尔·鲍威尔·····Michael Powell
迈克尔·哈内克·····Michael Haneke
迈克尔·杰克逊·····Michael Jackson
迈克尔·皮特·····Michael Pitt
迈克尔·威尔森·····Michael Wilson
迈克尔·西米诺·····Michael Cimino
迈克尔·奥谢·····Michael O'Shea
迈克尔·道格拉斯·····Michael Dougals
迈克尔·度·德威特·····Michael Dudok de Wit
迈克尔·菲茨杰拉德·····Michael Fitzgerald
迈克尔·科蒂斯·····Michael Curtiz
迈克尔·科里昂·····Michael Corleone
迈克尔·韦伯·····Michael Weber
迈克·李·····Mike Leigh
麦克斯·勒弗兰克-卢米埃尔·····Max Lefrancq-Lumière
麦温·····Maïwenn
马克-安托万·皮努·····Marc-Antoine Pineau
马克·福斯特·····Marc Forster
马克·朗布隆·····Marc Lanbron
马克·里朗斯·····Mark Rylance
马克·罗斯科·····Mark Rothko
马克·尼古拉斯·····Marc Nicolas
马克斯·奥菲尔斯·····Max Ophuls
马克斯·迪尔利·····Max Dearly

马克斯·冯·叙多夫·······Max von Sydow
马克思·勒弗兰克-卢米埃尔·······Max Lefrancq-Lumière
马克思·图贝·······Max Turbay
马克斯·韦伯·······Max Weingerg
马克西姆·勒·福雷斯蒂耶·······Maxime Le Forestier
马克西姆·萨达·······Maxime Saada
玛拉·巴克斯鲍姆·······Mara Buxbaum
马雷·······Marey
玛丽·阿玛苏克里·······Marie Amachoukeli
玛丽昂·歌迪亚·······Marion Cotillard
玛丽昂·普拉纳尔·······Marion Pranal
玛丽安·马雷夏尔-勒庞·······Marion Maréchal-Le Pen
玛丽安娜·巴斯莱·······Marianne Basler
马里奥·莫尼切利·······Mario Monicelli
玛丽·马斯蒙特尔·······Marie Masnonteil
玛丽-弗朗丝·布里埃·······Marie-France Brière
玛丽-卡罗琳·勒罗伊·······Marie-Caroline Leroy
玛丽-克里斯蒂娜·达米恩·······Marie-Christine Damiens
玛丽莲·梦露·······Marilyn Monroe
玛丽娜·戈尔巴哈利·······Marina Golbahari
玛丽娜·德·范·······Marina de Van
玛琳·黛德丽·······Marlene Dietrich
玛琳娜·佛伊丝·······Marina Foïs
玛琳娜·泽诺维奇·······Marina Zenovich
玛丽-皮埃尔·玛西亚·······Marie-Pierre Macia
玛丽-皮埃尔·沃韦尔·······Marie-Pierre Hauville
玛丽萨·帕雷德斯·······Marisa Paredes
马利亚·施奈德·······Maria Schneider
玛丽-约瑟夫·······Marie-Josephe
马龙·白兰度·······Brando
玛伦·阿德·······Maren Ade
玛曼·······Mamo
曼努埃尔·德·奥利维拉·······Manoel de Oliveira
曼努埃尔·曼兹·······Manuel Munz
曼努埃尔·齐池·······Manuel Chiche
曼努埃尔·瓦尔斯·······Manuel Valls
毛里西奥·马克里·······Mauricio Macri
茂瑙·······W. F. Murnau
猫王·······Elvis Presley
马塞尔·阿沙尔·······Marcel Achard

马塞尔·卡尔内·······Marcel Carné
马塞尔·帕尼奥尔·······Marcel Pagnol
马塞尔·哈特曼·······Marcel Hartmann
马斯楚安尼·······Mastroianni
马素梅·拉西基·······Massoumeh Lahidji
马特·罗斯·······Matt Ross
马提娜·吉斯曼·······Martina Gusman
马提欧·加洛尼·······Matteo Garrone
马修·阿马立克·······Mathieu Amalric
马修·臣迪·······Matthieu Chedid
马修·戴米·······Mathieu Demy
马修·佳莱·······Matthieu Galey
马修·卡索维茨·······Mathieu Kassovitz
玛祖丽·乐宽特·······Marjorie Lecointre
梅尔·吉布森·······Mel Gibson
梅尔维尔·······Melville
梅尔维尔·珀波·······Melvil Poupaud
梅拉尼·罗兰·······Mélanie Laurent
梅兰妮·古德菲露·······Melanie Goodfellow
梅兰尼·蒂耶里·······Mélanie Thierry
梅里斯·德·盖兰嘉尔·······Maylis de Kerangal
梅丽尔·斯特里普·······Meryl Streep
梅丽萨·恩康达·······Mélissa Nkonda
梅丽莎·马西森·······Melissa Mathison
梅丽塔·托斯坎·度·普朗蒂耶·······Mélita Toscan du Plantier
梅莲娜·梅尔库丽·······Melina Mercouri
梅齐亚纳·哈马蒂·······Méziane Hammadi
梅赛德斯·索萨·······Mercedes Sosa
门多萨·······Mendoza
蒙泰罗·······Monteiro
蒙坦·······Montand
蒙特·赫尔曼·······Monte Hellman
弥尔顿·玛纳克·······Milton Manákis
米彻姆·······Mitchum
米古尔·戈麦斯·······Miguel Gomes
米哈耶夫·戈尔巴乔夫·······Mikhaïl Gorbatchev
米克·贾格尔·······Mick Jagger
米克尔·欧拉西奎·······Mikel Olaciregui
米丽娜·波洛·······Miléna Poylo
米洛斯·福尔曼·······Milos Forman

米奇·鲁尔克	Mickey Rourke
密特朗	Frédéric Mitterrand
米歇尔·阿加里耶	Michel Acaries
米歇尔·波拉克	Michel Polac
米歇尔·德鲁埃尔	Michel Deruelle
米歇尔·德罗特	Michel Droit
米歇尔·德莫布罗	Michel Démopoulos
米歇尔·德尼索	Michel Denisot
米歇尔·德佩奇	Michel Delpech
米歇尔·方纳	Michel Franne
米歇尔·弗兰克	Michel Franco
米歇尔·戈梅斯	Michel Gamze
米歇尔·哈尔伯施塔特	Michèle Halberstadt
米歇尔·哈扎纳维希乌斯	Michel Hazanavicius
米歇尔·雷-盖维拉斯	Michèle Ray-Gavras
米歇尔·马尚	Michel Marchand
米歇尔·梅尔科特	Michel Merkt
米歇尔·米拉贝拉	Michel Mirabella
米歇尔·摩根	Michéle Morgan
米歇尔·诺尔	Michel Noir
米歇尔·欧迪亚	Michel Audiard
米歇尔·佩雷兹	Michel Pérez
米歇尔·皮科利	Michel Piccoli
米歇尔·普拉蒂尼	Michel Platini
米歇尔·圣-让	Michel Saint-Jean
米歇尔·维勒贝克	Michel Houellebecqu
米歇尔·西蒙	Michel Ciment
米歇尔·珍娜	Michelle Jenner
米娅·汉森-洛夫	Mia Hansen-Løve
莫泊桑	Maupassant
莫里哀	Molière
莫里埃尔·考林	Muriel Coulin
莫里茨·伯曼	Moritz Borman
莫里康内	Morricone
莫利奈·森	Mrinal Sen
莫利纳罗	Molinaro
莫里斯·贝西	Maurice Bessy
莫里斯·加尔森	Maurice Garçon
莫里斯·加瑞尔	Maurice Garrel
莫里斯·雷曼	Maurice Lehmann

莫里斯·皮亚拉·······················Maurice Pialat
莫里斯·热内瓦·······················Maurice Genevois
莫里斯·若贝尔·······················Maurice Jaubert
莫里斯·图尔尼尔·····················Maurice Tourneur
莫里斯·斯扎福朗·····················Maurice Szafran
摩罗·科拉格雷科·····················Mauro Colagreco
莫鲁瓦·································Maurois
莫妮卡·贝鲁奇·······················Monica Bellucci
莫妮卡·多那提·······················Monica Donati
莫尼切利·······························Monicelli
莫奇···································Mocky
莫瑞兹·德·霍尔顿···················Moritz de Halden
魔术师约翰逊·························Magic Johnson
莫特尼·································Molteni
莫伊拉·希勒·························Moira Shearer
莫扎特·································Mozart
穆罕默德·迪亚卜·····················Mohamed Diab
穆罕默德·坎·梅尔托格卢···········Mehmet Can Mertoglu
纳戴格·勒贝尔卢里埃·················Nadège Leberrurier
纳迪·法米安·························Nadine Famien
纳京高·······························Nat King Cole
南·戈丁·······························Nan Goldin
南尼·莫莱蒂·························Nanni Moretti
南希·奥乔亚·························Nancy Ochoa
南希·辛纳特拉·······················Nancy Sinatra
娜塔莉·贝伊·························Nathalie Baye
纳塔那·卡米兹·······················Nathanaël Karmitz
娜塔莉·克里涅尔·····················Nathalie Crinière
内斯托尔·阿尔门德罗斯·············Nestor Almendros
内伊·卡兰费·························Nae Karanfil
N.H.宾赫·······························N.T. Binh
妮可·波蒂····························Nicole Petit
妮可·加西亚·························Nicole Garcia
妮可·基德曼·························Nicole Kidman
尼克卢·······························Guillaume Nicloux
尼尔斯·洛夫格伦·····················Nils Lofgren
尼古拉·吉里亚诺·····················Nicola Giuliano
尼古拉·马赞蒂·······················Nicola Mazzanti
尼古拉斯·雷·························Nicholas Ray
尼古拉斯·赛杜·······················Nicolas Seydoux

n

尼古拉斯·温丁·雷弗恩·················Nicolas Winding Refn
尼基·罗斯·················Nikki Roth
尼科尔·卡尔方·················Nicole Calfan
尼克·迈耶·················Nick Meyer
尼克·克劳利·················Nic Crawley
尼克·诺特·················Nick Nolte
尼拉杰·加万·················Neeraj Ghaywan
尼农·赛维拉·················Ninón Sevilla
尼诺·费雷里·················Nino Ferrer
尼诺·弗兰克·················Niro Frank
农斯·帕奥里尼·················Nouce Paolini
努里·比格·锡兰·················Nuri Bilge Ceylan
诺埃米·················Noëmie
诺埃米·洛夫斯基·················Noémie Lvovsky
诺尔·阿兹兹·················Noor Azizi
诺尔卢拉·阿兹兹·················Noorullah Azizi
诺拉·冯·瓦尔茨特滕·················Nora von Waldstätten
诺曼·杰威森·················Norman Jewison
诺瓦雷·················Noiret

o 欧格斯·兰斯莫斯·················Yórgos Lánthimos
欧勒里亚诺·托奈特·················Aureliano Toner
欧利亚斯·巴尔可·················Olias Barco
欧荣·················Ozon

p 帕布罗·查比罗·················Pablo Trapero
帕布罗·芬德里克·················Pablo Fendrik
帕布罗·拉雷恩·················Pablo Larraín
帕布罗·斯库尔兹·················Pablo Scholz
帕布洛·塔佩罗·················Pablo Trapero
帕布斯特·················Pabst
帕蒂·莎尔法·················Patti Scialfa
帕克上校·················Colonel Parker
潘礼德·················Rithy Panh
帕诺·库塔斯·················Panos Koutras
帕斯·贝加·················Paz Vega
帕斯卡尔·波尼茨·················Pascal Bonitzer
帕斯卡尔·德斯尚·················Pascale Deschamps
帕斯卡尔·多曼·················Pascale Dauman
帕斯卡尔·费兰·················Pascale Ferran
帕斯卡尔·格里高利·················Pascal Greggory
帕斯卡尔·柯士德·················Pascal Caucheteux

帕斯卡尔·梅里若···Pascal Mérigeau
帕斯卡尔·欧吉尔···Pascale Ogier
帕斯卡尔·托马斯···Pascal Thomas
帕索里尼··Pasolini
帕特里克···Patrick
帕特里克·布劳德···Patrick Braoudé
帕特里克·布鲁尔···Patric Bruel
帕特里克·布鲁耶···Patrick Brouiller
帕特里克·迪瓦尔···Patrick Dewaere
帕特里克·法布尔···Patrick Fabre
帕特里克·拉米···Patrick Lami
帕特利斯·勒孔特···Patrice Leconte
帕特里克·麦吉利根···Patrick McGilligan
帕特里克·莫迪亚诺···Patrick Modiano
帕特里克·热迪···Patrick Jeudy
帕特里克·沃斯伯格···Patrick Wachsberger
帕西诺··Pacino
佩德罗·阿莫多瓦···Pedro Almodóvar
佩金帕··Peckinpah
佩内洛普·克鲁兹···Penélope Cruz
佩内洛普·威尔顿···Penelope Wilton
佩索阿··Pessoa
佩塔尔·瓦查诺夫···Petar Valchanov
披头士···Des Beatles
皮埃尔·阿苏利那···Pierre Assouline
皮埃尔·比亚尔···Pierre Billard
皮埃尔·德普罗日···Pierre Desproges
皮埃尔·菲尔蒙···Pierre Filmon
皮埃尔·菲利普···Pierre Philippe
皮埃尔-亨利·德诺···Pierre-Henri Deleau
皮埃尔·加涅尔···Pierre Gagnaire
皮埃尔·卡斯特···Pierre Kast
皮埃尔·克里尔···Pierre Collier
皮埃尔·莱斯屈尔···Pierre Lescure
皮埃尔·里斯安···Pierre Rissient
皮埃尔-路易·勒鲁···Pierre-Louis Renou
皮埃尔·莫拉特···Pierre Morath
皮埃尔·穆拉···Pierre Murat
皮埃尔·佩雷···Pierre Perret
皮埃尔·提斯兰德···Pierre Tsserand

皮埃尔·托德斯切尼·······Pierre Todeschini
皮埃尔·维奥·······Pierre Viot
皮埃尔-威廉·格伦·······Pierre-William Glenn
皮埃尔-伊芙·图奥尔特·······Pierre-Yves Thouault
皮埃尔·泽尼·······Pierre Zéni
皮艾拉·德达西斯·······Piera Detassis
皮埃罗·基娅拉·······Piero Chiara
朴赞郁·······Park Chan-wook
皮尔斯·韩德林·······Piers Handling
皮亚托·杰米·······Pietro Germi
皮亚佐拉·······Piazzolla
皮尤基·安替·······Puigi Antich
平克·弗洛伊德·······Pink Floyd
普朗图·······Plantu
普鲁斯特·······Proust
齐格弗里德·克拉考尔·······Siegfried Kracauer
钱德勒·······Chandler
浅野忠信·······Tadanobu Asano
乔·斯沃林·······Jo Swerling
乔·达辛·······Joe Dassin
乔·朗多·······Jon Landau
乔·西尔沃·······Joel Silver
乔恩·斯图尔特·······Jon Stewart
乔尔·埃哲顿·······Joel Edgerton
乔尔·科恩·······Joel Coen
乔尔乔·施泰勒尔·······Giorgio Strehler
乔纳·罗姆·······Jonah Lomu
乔纳森·弗兰岑·······Jonathan Franzen
乔纳森·加库波维兹·······Jonathan Jakubowicz
乔纳森·利特尔·······Jonathan Littell
乔纳斯·多恩巴赫·······Jonas Dornbach
乔纳斯·布洛凯·······Jonas Bloquet
乔托·卡努度·······Ricciotoo Canudo
乔维特·······Jouvet
乔希·格林斯坦·······Josh Greenstein
乔伊斯·卡罗尔·奥茨·······Joyce Carol Oates
乔伊斯·皮尔波琳·······Joyce Pierpoline
乔治·巴桑·······Georges Brassens
乔治·巴萨尼·······Giorgio Bassani
乔治·迪迪-休伯曼·······Georges Didi-Huberman

q

乔治·弗朗叙 ································· Georges Franju
乔治·哈里森 ································· George Harrison
乔治·克鲁尼 ································· George Clooney
乔治·科佩内齐昂 ······················· Georges Képénékian
乔治·卢卡斯 ································· George Lucas
乔治·罗梅罗 ································· George Romero
乔治-马克·本纳莫 ····················· Georges-Marc Benamou
乔治·梅里爱 ································· Georges Méliès
乔治·米勒 ··································· George Miller
乔治·穆斯塔基 ··························· Georges Moustaki
乔治·萨杜尔 ································· Georges Sadoul
乔治·威马 ··································· Georges Huisman
乔治·西默农 ································· Georges Simenon
清水宏 ······································ Hiroshi Shimizu
让·埃舍诺 ··································· Jean Echenoz
让·安贝尔 ··································· Jean Imbert
让·奥雷-拉普律纳 ····················· Jean Ollé-Laprune
让-保罗·巴塔格里亚 ·················· Jean-Paul Battaglia
让-保罗·贝尔蒙多 ····················· Jean-Paul Belmondo
让-保罗·戈蒂耶 ························· Jean-Paul Gaultier
让-保罗·卡皮塔尼 ····················· Jean-Paul Capitani
让-保罗·科鲁兹尔 ····················· Jean-Paul Cluzel
让-保罗·雷维勇 ························· Jean-Paul Révillon
让-保罗·萨罗米 ························· Jean-Paul Salomé
让·布雷阿 ··································· Jean Bréhat
让·德·巴隆塞利 ························· Jean de Baroncelli
让-查尔斯·莫里梭 ····················· Jean-Charles Morisseau
让-大卫·布朗 ····························· Jean-David Blanc
让·杜里 ····································· Jean Durry
让·杜歇 ····································· Jean Douchet
让·杜雅尔丹 ······························ Jean Dujardin
让·厄斯塔什 ······························ Jean Eustache
让·费拉 ····································· Jean Ferrat
让·格鲁奥 ··································· Jean Gruault
让·吉利 ····································· Jean Gili
让·谷克多 ··································· Jean Cocteau
让-加布里埃尔·艾比柯寇 ············ Jean-Gabriel Albicocco
让-加布里埃尔·多梅尔格 ············ Jean-Gabriel Domergue
让·卡莫斯 ··································· Jean Cosmos
让-克劳德·达尔蒙 ····················· Jean-Claude Darmon

让-克劳德·吉盖···Jean-Claude Guiguet
让-克劳德·基利···Jean-Claude Killy
让-克劳德·卡瑞尔···Jean-Claude Carriére
让-克劳德·拉斯平贾斯···Jean-Claude Raspiengeas
让-克劳德·帕斯卡尔···Jean-Claude Pascal
让-克里斯托弗·拜戎···Jean-Christophe Berjon
让·拉巴蒂···Jean Labadie
让·雷诺阿···Jean Renoir
让·雷维奇···Jean Reverzy
让·鲁什···Jean Rouch
让·米特里···Jean Mitry
让·莫伊路···Jean Moiroud
让·慕林···Jean Moulin
让·纳伯尼···Jean Narboni
让·雅南···Jean Yanne
让-弗朗索瓦·格林···Jean-François Guérin
让-弗朗索瓦·何维勒···Jean-François Revel
让-弗朗索瓦·库夫赫···Jean-François Couvreur
让-弗朗索瓦·斯泰弗南···Jean-François Stévenin
让-弗朗索瓦·瑞切···Jean-François Richet
让-卢·帕瑟卡···Jean-Loup Passek
让-路易·科莫利···Jean-Louis Comolli
让-路易·特林提格南特···Jean-Louis Trintignant
让-吕克·戈达尔···Jean-Luc Godard
让-吕克·拉加尔斯···Jean-Luc Lagarce
让-吕克·卢杰···Jean-Luc Rougé
让-马克·吉里···Jean-Marc Giri
让-马克·拉莫特···Jean-Marc Lamotte
让-马里·斯特劳布···Jean-Marie Straub
让-马里·巴尔布···Jean-Marie Barbe
让-米歇尔·奥拉斯···Jean-Michel Aulas
让-米歇尔·傅东···Jean-Michel Frodon
让-米歇尔·佳雷···Jean-Michel Jarre
让-米歇尔·卡萨···Jean-Michel Casa
让娜·巴利巴尔···Jeanne Balibar
让娜·拉布吕娜···Jeanne Labrune
让娜·莫罗···Jeanne Moreau
让-皮埃尔·巴克里···Jean-Pierre Bacri
让-皮埃尔·博米尔···Jean-Pierre Pommier
让-皮埃尔·杜弗瑞格···Jean-Pierre Dufreigne

让-皮埃尔·库尔索东·······························Jean-Pierre Coursodon
让-皮埃尔·利奥德·······························Jean-Pierre Léaud
让-皮埃尔·梅尔维尔·····························Jean-Pierre Melville
让-皮埃尔·维达尔·······························Jean-Pierre Vidal
让-皮埃尔·文森特·······························Jean-Pierre Vincent
让·乔诺·····································Jean Giono
让·萨沙·····································Jean Sacha
让-雅克·阿诺·································Jean-Jacques Annaud
让-雅克·伯纳德·······························Jean-Jacques Bernard
让-雅克·弥尔图·······························Jean-Jacques Milteau
让·雅南·····································Jean Yanne
让·扎伊·····································Jean Zay
饶勒斯·······································Jaurès
热内·贝勒托·································René Belletto
热内·博尔达·································René Borda
热内·夏托·····································René Chateau
日丹诺夫·····································Jdanov
荣达·里福德·································Rhonda Richford
瑞克·约恩·····································Rick Yorn
瑞恩·库格勒·································Ryan Coogler
瑞恩·高斯林·································Ryan Gosling
瑞奇·格维斯·································Ricky Gervais
儒尼尼奥·····································Juninho
萨宾·阿泽玛·································Sabine Azèma **S**
萨宾娜·尚佩诺伊·····························Sabrina Champenois
萨蒂南·法布尔·······························Saturnin Fabre
萨蒂亚吉特·雷伊·····························Satyajit Ray
萨尔·拉戴斯托·······························Sal Ladestro
萨尔玛·海耶克·······························Salma Hayek
萨尔曼·拉什迪·······························Salman Rushdie
萨尔瓦多·阿连德·····························Salvador Allende
莎拉·弗里斯蒂·······························Sara Forestier
萨莉·苏斯曼·································Sally Sussman
萨曼塔·盖默·································Samantha Geimer
萨莎·莱恩·····································Sasha Lane
萨夏·沃尔夫·································Sacha Wolff
萨义德·本·萨义德·····························Saïd Ben Saïd
塞巴斯坦·法兰·······························Sébastien Farran
赛德里克·安热·······························Cédric Anger
塞德里克·克拉皮斯····························Cédric Klapisch

塞尔玛·斯昆梅克·······Thelma Schoonmaker
赛尔乔·卡斯特利托·······Sergio Castellitto
赛尔乔·莱翁内·······Sergio Leone
塞尔日·达内·······Serge Daney
塞尔日·卡甘斯基·······Serge Kganski
塞尔日·拉玛·······Serge Lama
塞尔日·图比亚纳·······Serge Toubiana
赛尔维·德·罗莎·······Sylvie Da Rocha
塞尔维·皮亚拉·······Sylvie Pialat
塞尔兹尼克·······Selznick
赛琳娜·波蒂·······Céline Petit
赛琳娜·萨莱特·······Céline Sallette
赛琳娜·席安玛·······Céline Sciamma
塞缪尔·本谢区特·······Samuel Benchetrit
塞缪尔·布卢曼菲尔德·······Samuel Blumanfeld
塞缪尔·弗赫·······Samuel Faure
塞缪尔·杰克逊·······Samuel Jackson
塞缪尔·戈尔德温·······Samuel Glodwyn
塞缪尔·泰斯·······Samuel Theis
赛普·布拉特·······Sepp Blatter
塞萨和罗萨莉·······César et Rosalie
塞尚·······Cèzanne
赛斯·霍尔特·······Seth Holt
塞西尔·布尔加·······Cécile Bourgeat
三船敏郎·······Mifune
桑德拉·许勒·······Sandra Hüller
桑德琳·布劳尔·······Sandrine Brauer
桑德琳·基贝兰·······Sandrine Kiberlain
桑罗斯·阿斯图普洛斯·······Thanos Anastopoulos
沙恩·布莱克·······Shane Black
沙哈布·侯赛尼·······Shahab Hosseini
沙滩男孩乐队·······Beach Boys
莎拉·伯恩哈特·······Sarah Bernhadt
杉本博司·······Sugimoto
山姆·雷米·······Sam Raimi
山姆·休伊森·······Sam Hewison
绍拉·······Saura
圣-埃克苏佩里·······Saint-Exupéry
圣-埃蒂安队·······Saint-Étienne
圣-安东尼奥·······San-Antonio

圣-奥古斯丁	Saint Augustin
圣地亚哥·阿米戈雷纳	Santiago Amigorena
圣托尼	Santoni
深田晃司	Kôji Fukada
申相玉	Shin Sang-ok
施隆多夫	Schlöndorff
施特劳斯	Strauss
施特劳斯-卡恩	Strauss-Kahn
施特罗海姆	Stroheim
史蒂夫·乔布斯	Steve Jobs
史都华·海斯勒	Stuart Heisler
是枝裕和	Kore-Eda Hirokazu
舒淇	Shu Qi
司多妮·赛杜	Sidonie Seydoux
斯登堡	Sternberg
斯蒂法诺·摩尔蒂尼	Stefano Mordini
斯蒂芬·布塞	Stéphane Brizé
斯蒂芬·弗雷斯	Stephen Frears
斯蒂芬·华德	Stéphane Huard
斯蒂芬·卡瑞尔	Steve Carell
斯蒂芬·莱特里尔	Stéphane Letellier
斯蒂芬·勒鲁日	Stéphane Lerouge
斯蒂芬·雷特里耶	Stéphane Litellier
斯蒂芬·斯皮尔伯格	Steven Spielberg
斯蒂芬·特西奇	Steven Tesich
斯蒂芬·茨威格	Stefan Zweig
斯蒂芬·古尔彼	Stéphane Courbit
斯蒂芬·塞莱里耶	Stéphane Célérier
斯蒂芬·马尔费特	Stéphane Malfettes
斯蒂芬妮·迪·朱斯托	Stéphanie Di Giusto
斯蒂芬妮·拉莫美	Stéphanie Lamome
斯科特·艾曼	Scott Eyman
斯科特·方达	Scott Foundas
斯诺雷	Signoret
斯坦利·多南	Stanley Donen
斯坦利·库布里克	Stan Lee Lubrick
斯特拉·彭斯	Stella Pence
斯特林·海登	Sterling Hayden
斯特罗布	Jean-Marie Straub
斯汀	Sting

斯图尔特·奥南·· Steward O'Nan
斯图尔特·罗森伯格··· Stuart Rosenberg
斯维特兰娜·阿列克谢耶维奇····················· Svletana Alexievitch
苏·科罗尔·· Sue Kroll
苏菲·罗碧··· Sophie Laubie
苏菲·玛索······································Sophie Marceau
苏菲·赛杜······································Sophie Seydoux
苏菲·苏利涅雅克···························Sophie Soulignac
苏菲亚·科波拉····························· Sofia Coppola
苏菲亚·罗兰································· Sophia Loren
苏格·雷·伦纳德························Sugar Ray Leonard
苏珊·范·德·沃夫·················· Susan van der Werff
苏珊·雷伯···································Susan Leber
苏珊娜·比尔····························· Suzanne Bier
苏珊·萨兰登······················· Susan Sarandon
索尔·巴斯································ Saul Bass
索科··· Soko
索伦蒂诺·································· Sorrentino
索伦兹····································· Solondz
索尼亚·罗兰德·························· Sonia Rolland
索尼娅·布维尔························· Sonia Bouvier
索尼娅·布拉加·························· Sônia Braga
苏台·· Sautet
索兹·缇瑞尔······················ Soozie Tyrell
塔哈·拉林····························· Tahar Rahim
泰德·霍普······························· Tedd Hope
泰迪·瑞纳································ Teddy Riner
泰伦斯·马力克···················· Terrence Malick
泰西内·································· André Téchiné
泰耶尔··································· Taileur
塔拉克·本·阿玛尔················ Tarak Ben Ammar
塔凯拉····································· Tacchella
塔可夫斯基····························· Tarkovski
塔莉娅·夏尔··························· Talia Shire
塔伦蒂诺································· Tarantino
唐·德里罗····························· Don DeLillo
汤米·李·琼斯····················· Tommy Lee Jones
汤姆·汉克斯···························· Tom Hanks
汤姆·克鲁斯···························· Tom Cruise
汤姆·拉迪······························· Tom Luddy

t

汤姆·伯纳德·······Tom Bernard
汤姆·罗斯曼·······Tom Rothman
唐·科里昂·······Don Corleone
唐纳德·萨瑟兰·······Donald Sutherland
唐纳德·特朗普·······Donald Trump
唐·希格尔·······Don Siegel
塔提亚娜·弗莱德金·······Tatiana Friedkin
塔维尼亚兄弟·······des Taviani
特雷西·查普曼·······Tracy Chapman
特里斯坦·卡尔内·······Tristan Carné
特里斯坦·皮特·······Trystan Pütter
特柳赖德电影节·······Telluride Film Festival）
特吕弗·······Truffaut
特瑞·吉列姆·······Terry Gilliam
提莫·贝克曼贝托夫·······Timur Bekmambetov
提诺·罗西·······Tino Rossi
田纳西·威廉斯·······Tennessee Williams
托德·海因斯·······Todd Haynes
托德·麦卡锡·······Todd McCarthy
托德·索伦兹·······Todd Solondz
托马斯·华莱特·······Thomas Valette
托马斯·库福·······Thomas Kufus
托马斯·马勒·······Thomas Mahler
托马斯·麦冈安·······Thomas McGuane
托马斯·温特伯格·······Thomas Vinterberg
托马斯·朗曼·······Thomas Langmann
托马斯·洛伊布尔·······Thomas Loibl
托马斯·曼·······Thomas Mann
托尼·马夏尔·······Tonie Marshall
托尼诺·······Tonino
瓦尔多·里瓦·······Valdo Riva
瓦莱丽·高利诺·······Valeria Golino
瓦莱丽·布鲁尼·泰特琪·······Valeria Bruni Tedeschi
瓦莱丽·穆祜·······Valérie Mouroux
瓦莱丽·佩林·······Valérie Perrin
瓦蕾丽·菲农·······Valérie
瓦奇·博霍尔吉安·······Vatche Boulghourjian
瓦特·本雅明·······Walter Benjamin
王家卫·······Wong Kar-wai
维奥拉·普雷斯蒂耶里·······Viola Prestieri

W

威柏·····Veber

维达力·····Vidali

韦恩·····John Wayne

维尔吉尼·阿普尤·····Virginie Apiou

维尔吉尼·维达尔·····Virginie Vidal

维尔吉尼·埃菲拉·····Virginie Efira

维尔莫什·日格蒙德·····Vilmos Zsigmond

维果·莫滕森·····Viggo Mortensen

维加·····Weegee

维克多·布鲁诺·····Victor Buono

维克多·弗朗岑·····Victor Francen

维克多·哈蒂达·····Victor Hadida

维克多·雨果·····Victor Hugo

威廉·达福·····Williem Dafoe

威廉·弗莱德金·····William Friedkin

威廉·H.梅西·····William H. Macy

威廉·惠勒·····William Wyler

威廉·斯泰伦·····William Styron

薇拉莉·邓泽里·····Vaérie Donzelli

薇罗尼可·凯拉·····Véronique Cayla

维姆·文德斯·····Wim Wenders

韦斯·安德森·····Wes Anderson

韦斯顿·····Weston

韦薇卡·琳德福斯·····Viveca Lindfors

维斯康蒂·····Visconti

温迪·雷纳德·····Wendie Renard

文卡·冯·艾克·····Vinca Van Eecke

文森·马拉·····Vincenzo Marra

文森特·阿瓦雷·····Vincent Alvarez

文森特·保罗-贡古尔·····Vincent Paul-Boncour

文森特·波玛莱德·····Vincent Pomarède

文森特·博罗雷·····Vincent Bolloré

文森特·杜鲁克·····Vincent Duluc

文森特·伽航·····Vincent Garenq

文森特·卡索·····Vincent Cassel

文森特·卡特隆·····Vincent Carteron

文森特·拉科斯特·····Vincent Lacoste

文森特·林顿·····Vincent Lindon

文森特·马拉瓦尔·····Vincent Maraval

文森特·裴雷·····Vincent Perez

文图拉·····Ventura
温子仁·····James Wan
沃尔顿·戈金斯·····Walton Goggins
沃尔特·塞勒斯·····Walter Salles
沃尔特·希尔·····Walter Hill
沃夫冈·贝克·····Wolfgang Becker
沃霍尔·····Warhol
沃伦·比蒂·····Warren Beatty
沃伦·奥茨·····Warren Oates
沃纳·赫尔佐格·····Werner Herzog
沃纳·施罗德·····Werner Schroeter
巫俊峰·····Boo Junfeng
吴宇森·····John Woo
伍迪·艾伦·····Woody Allen
夏布洛尔·····Chabrol
夏尔巴努·萨达特·····Shahrhanoo Sadat
夏尔·贝尔林·····Charles Berling
夏尔·劳埃德·····Charles Lloyd
夏尔·斯巴克·····Charles Spaak
夏尔·瓦内尔·····Charles Vanel
夏侯·····Chéreau
夏洛尔·····Chéreau
夏洛特·甘斯布·····Charlotte Gainsbourg
香特尔·阿克曼·····Chantal Akerman
西奥·安哲罗普洛斯·····Theo Aangelopoulos
萧沆·····Emil Cioran
小津安二郎·····Yasujiro Ozu
小克莱伯·门多萨·····Kleber Mendonça Filho
肖恩·埃利斯·····Sean Ellis
西德尼·波拉克·····Sydney Pollack
西恩·潘·····Sean Penn
希尔万·劳雷迪·····Sylvain Laurédi
西尔维·普拉斯·····Sylvie Pras
歇马·普拉多·····Chema Prado
谢尔曼·杜拉克·····Germaine Dulac
西格丽·博阿茨兹·····Sigrid Bouaziz
希拉克·····Chirac
希拉特·····Chirat
西里尔·迪昂·····Cyril Dion
西蒙·菲尔德·····Simon Field

X

西蒙·韦斯·································Simon Weiss
西米诺··································Cimino
西默农··································Simenon
辛波罗佐································Chimborozo
辛迪·劳帕·······························Cyndi Lauper
新村裕··································Hirochi Niimura
新藤兼人································Kaneto Shindo
性手枪乐队······························Sex Pistols
希特勒··································Hitler
休·赫德森·······························Hugh Hudson
西西·迪·法兰丝·························Cécile de France
希亚·拉博夫·····························Shia LaBeouf
西耶娜·米勒·····························Sienna Miller
雪莉·亚伯拉罕··························Shirley Abraham

y

亚当·德赖弗·····························Adam Driver
雅恩·拉巴涅·····························Yann Rabanier
雅克·贝克·······························Jacques Becker
雅克·布雷尔·····························Jacques Brel
雅克·达美·······························Jacques Damez
雅克·德雷·······························Jacques Deray
雅克·德米·······························Jacques Demy
雅克·杜邦·······························Jacques Toubanh
雅克·葛兰奇·····························Jacques Grange
雅克·亨利·拉蒂格·····················Jacques Henru Lartigue
雅克·杰尔贝·····························Jacques Gerber
雅克·朗贝尔·····························Jacques Lambert
雅克·勒杜·······························Jacques Ledoux
雅克·里维特·····························Jacques Rivette
雅克·罗齐耶·····························Jacques Rozier
雅克·曼德鲍姆··························Jacques Mandelbaum
雅克·莫里斯·····························Jacques Morice
雅克·欧迪亚·····························Jacques Audiard
雅克·佩林·······························Jacques Perrin
雅克·普莱威尔··························Jacques Prévert
雅克·塔柳·卢米埃尔···················Jacques Trarieux-Lumière
亚力桑德罗·冈萨雷斯·伊纳里图·········Alejandro González Iñárritu
亚历桑德罗·克雷斯塔··················Alessandro Cresta
亚力桑德罗·拉米雷斯··················Alejandro Ramírez
亚历桑德罗·佐杜洛夫斯基···············Alejandro Jodorowsky
亚历山大·阿嘉·························Alexandre Aja

-724-

亚历山大·布莱恩 ···················· Alexander Bryan
亚历山大·德斯普拉 ···················· Alexandre Desplat
亚历山大·荷诺施博格 ·················· Alexandra Henochsberg
亚历山大·拉卡泽特 ···················· Alexandre Lacazette
亚历山大·马雷-居伊 ················· Alexandre Mallet-Guy
亚历山大·诺克斯 ···················· Elexander Knox
亚历山大·佩恩 ······················ Alexander Payne
亚历山大·佩特罗维克 ·················· Aleksandar Petrovic
亚历山大·维亚拉特 ··················· Alexandre Vialatte
亚罗尔·普波 ······················· Yarol Poupaud
亚纳克 ··························· Yannakis
雅尼克·凯尔果阿特 ··················· yaannick Kergoat
亚瑟·雷蒙德 ······················· Usher Raymond
延尚昊 ··························· Yeon Sang-ho
杨德昌 ··························· Edward Yang
杨紫琼 ··························· Michelle Yeoh
耶日·斯科利莫夫斯基 ················· Jerzy Skolimowski
伊安·雷诺莱 ······················· Yann L'Hénoret
易卜拉辛·马卢夫 ···················· Ibrahim Maalouf
伊尔达·桑迪亚戈 ···················· Ilda Santiago
伊芙·伯杰龙 ······················· Yves Berneron
伊芙·彭高颂 ······················· Yves Bongarçon
伊基·波普 ························· Iggy Pop
伊莲娜·德·芙吉霍尔 ················· Hélène de Fougerolles
伊丽莎白·甘 ······················· Élisabeth Quin
伊丽莎白·麦戈文 ···················· Elizabeth McGovern
伊丽莎白·泰勒 ······················ Liz Taylor
伊利亚·卡赞 ······················· Elia Kazan
伊利亚·苏雷曼 ······················ Elia Suleiman
伊曼纽尔·毛伯特 ···················· Emmanuel Maubert
伊纳里图 ·························· Iñárritu
茵玛·奎斯塔 ······················· Inma Cuesta
英格丽·褒曼 ······················· Ingrid Bergman
英格丽·比苏 ······················· Ingrid Bisu
英格玛·伯格曼 ······················ Ingmar Bergman
伊诺·帕塔拉斯 ······················ Enno Patalas
伊桑·霍克 ························· Ethan Hawke
伊桑·科恩 ························· Ethan Coen
伊莎贝尔·阿佳妮 ···················· Isabelle Adjani
伊莎贝尔·达内尔 ···················· Isabelle Danel

伊莎贝尔·科赛特⋯⋯⋯⋯⋯⋯⋯⋯⋯⋯⋯⋯⋯⋯ Isabel Coixet
伊莎贝尔·罗西里尼⋯⋯⋯⋯⋯⋯⋯⋯⋯⋯⋯ Isabella Rossellini
伊莎贝尔·塔蒂厄⋯⋯⋯⋯⋯⋯⋯⋯⋯⋯⋯⋯ Isabelle Tardieu
伊莎贝尔·于佩尔⋯⋯⋯⋯⋯⋯⋯⋯⋯⋯⋯ Isabelle Huppert
伊斯特⋯⋯⋯⋯⋯⋯⋯⋯⋯⋯⋯⋯⋯⋯⋯⋯⋯⋯⋯⋯⋯⋯⋯ Esther
伊娃·格林⋯⋯⋯⋯⋯⋯⋯⋯⋯⋯⋯⋯⋯⋯⋯⋯⋯⋯ Eva Green
伊娃·若利⋯⋯⋯⋯⋯⋯⋯⋯⋯⋯⋯⋯⋯⋯⋯⋯⋯⋯⋯ Eva Joly
伊万·佩里耶夫⋯⋯⋯⋯⋯⋯⋯⋯⋯⋯⋯⋯⋯⋯ Ivan Pyriev
伊万·泰伯⋯⋯⋯⋯⋯⋯⋯⋯⋯⋯⋯⋯⋯⋯⋯⋯⋯ Ivan Taîeb
尤霍·库奥斯曼恩⋯⋯⋯⋯⋯⋯⋯⋯⋯⋯ Juho Kuosmanen
尤瑟夫·夏因⋯⋯⋯⋯⋯⋯⋯⋯⋯⋯⋯⋯⋯ Youssef Chahine
尤索·恩多⋯⋯⋯⋯⋯⋯⋯⋯⋯⋯⋯⋯⋯ Youssou N'Dour
远藤周作⋯⋯⋯⋯⋯⋯⋯⋯⋯⋯⋯⋯⋯⋯⋯ Shuzaku Endo
于博特·默尼耶⋯⋯⋯⋯⋯⋯⋯⋯⋯⋯⋯ Hubert Mounier
约阿·凯撒·蒙泰罗⋯⋯⋯⋯⋯⋯⋯⋯⋯César Monteiro
约阿希姆·菲利普⋯⋯⋯⋯⋯⋯⋯⋯ Joachim Philippe
约阿希姆·提尔⋯⋯⋯⋯⋯⋯⋯⋯⋯⋯⋯ Joachim Trier
约尔·沙普龙⋯⋯⋯⋯⋯⋯⋯⋯⋯⋯⋯⋯⋯ Joël Chapron
约翰·巴里摩尔⋯⋯⋯⋯⋯⋯⋯⋯⋯⋯ John Barrymore
约翰·褒曼⋯⋯⋯⋯⋯⋯⋯⋯⋯⋯⋯⋯⋯ John Boorman
约翰·福特⋯⋯⋯⋯⋯⋯⋯⋯⋯⋯⋯⋯⋯⋯⋯John Ford
约翰·卡朋特⋯⋯⋯⋯⋯⋯⋯⋯⋯⋯⋯ John Carpenter
约翰·卡萨维茨⋯⋯⋯⋯⋯⋯⋯⋯⋯⋯ John Cassavetes
约翰·科特兰⋯⋯⋯⋯⋯⋯⋯⋯⋯⋯⋯⋯ John Coltrane
约翰·拉塞特⋯⋯⋯⋯⋯⋯⋯⋯⋯⋯⋯⋯ John Lasseter
约翰·兰迪斯⋯⋯⋯⋯⋯⋯⋯⋯⋯⋯⋯⋯⋯ John Landis
约翰·麦卡布⋯⋯⋯⋯⋯⋯⋯⋯⋯⋯⋯⋯ John McCabe
约翰·米利厄斯⋯⋯⋯⋯⋯⋯⋯⋯⋯⋯⋯ John Milius
约翰·丰特⋯⋯⋯⋯⋯⋯⋯⋯⋯⋯⋯⋯⋯⋯ John Fante
约翰尼·弗莱德金⋯⋯⋯⋯⋯⋯⋯⋯ Johnny Freidkin
约翰尼·哈里戴⋯⋯⋯⋯⋯⋯⋯⋯⋯ Johnny Hallyday
约翰尼·曼德尔⋯⋯⋯⋯⋯⋯⋯⋯⋯ Johnny Mandel
约兰德·德卡辛⋯⋯⋯⋯⋯⋯⋯⋯⋯ Yolande Decarsin
约里斯·菲奥里提⋯⋯⋯⋯⋯⋯⋯⋯⋯ Joris Fioriti
约瑟·贝纳泽拉夫⋯⋯⋯⋯⋯⋯⋯⋯⋯José Bénazéraf
约瑟·博韦⋯⋯⋯⋯⋯⋯⋯⋯⋯⋯⋯⋯⋯⋯ José Bové
约瑟·科沃⋯⋯⋯⋯⋯⋯⋯⋯⋯⋯⋯⋯⋯⋯ José Covo
约瑟·路易·乐博蒂诺思⋯⋯⋯⋯ José Luis Rebordinos
约瑟·马利亚·里巴⋯⋯⋯⋯⋯⋯⋯ José Maria Riba
约瑟夫·罗西⋯⋯⋯⋯⋯⋯⋯⋯⋯⋯⋯⋯ Joseph Losey

约瑟夫·曼凯维奇···Joseph Mankiewicz

约瑟夫·斯达···Joseph Cedar

雨果·哈斯···Hugo Haas

泽维尔·毕沃斯···Xavier Beauvois　　**Z**

泽维尔·多兰···Xavier Dolan

泽维尔·格雷罗···Xavier Guerrero

泽维尔·吉亚诺利···Xavier Giannoli

泽维尔·拉杜···Xavier Lardoux

扎克·施耐德···Zack Snyder

詹姆士·格雷···James Gray

詹姆斯·爱德华·格兰特···James Edward Grant

詹姆斯·格雷···James Gray

詹姆斯·卡梅隆···James Cameron

詹姆斯·伍兹···James Woods

詹姆斯·奥斯特伯格···James Osterberg

詹姆斯·斯图尔特···James Stewart

詹姆斯·休伊森···James Hewison

詹姆斯·伊沃里···James Ivory

詹妮弗·杰森·李·················Jennifer Jason Leigh

詹妮弗·康纳利···Jennifer Connelly

詹妮弗·劳伦斯···Jennifer Lawrence

詹尼斯·乔普林···Janis Joplin

张艺谋··Zhang Yi-mou

赵宋瑞···Sung Rae Cho

赵涛···Tao Zhao

赵震雄···Cho Jin-woong

甄诺特·托马斯···Jeannot Thomas

朱迪·福斯特···Jodie Foster

朱迪思·马格里···Judith Magre

朱尔·雷纳德···Juels Renard

朱尔斯·达辛···Jules Dassin

朱莉·波图赛利···Julie Bertuccelli

朱莉·德尔佩···Julie Delpy

朱莉·盖耶··Julie Gayet

朱莉·亨特辛格···Julie Huntsinger

朱丽叶·比诺什···Juliette Binoche

朱丽叶·法伏赫···Juliette Favreul

朱丽叶·哈永···Juliette Rajon

朱丽叶塔·玛西纳···Giulietta Masina

朱利安·杜维威尔···Julien Duvivier

朱利安·格斯特··················Julien Gester
朱塞佩·贝托鲁奇··················Giuseppe Bertolucci
茱莉亚·罗伯茨··················Julia Roberts
茱莉亚·杜可诺··················Julia Ducournau
兹罗托斯基··················Zlotowski
宗萨钦哲·仁波切··················Khyentse Norbu
左拉··················Zola
佐伊·克莱恩··················Zoé Klein

作品

a 《阿黛尔的生活》··················*La Vie d'Adèle*
《阿尔弗雷德·希区柯克：光明与黑暗中的一生》··················*Alfred Hitchcock: A Life in Darkness and Light*
《阿凡达》··················*Avatar*
《A 号火车》··················*Take the A Train*
《阿基尔，上帝的愤怒》··················*Aguirre*
《阿拉莫湾》··················*Alamo Bay*
《阿兰胡埃斯》··················*Aranjuez*
《阿瓦妮和弗朗波斯》··················*Avanie et Framboise*
《阿维尼翁的少女们》··················*Les Demoiselles d'Avignon*
《艾米》··················*Amy*
《爱的肉体》··················*La Chair de l'orchidée*
《爱的艺术》··················*L'Art d'aimer*
《爱克发镜头下的人生》··················*La Vie selon Agfa*
《爱乐之城》··················*La La Land*
《爱恋》··················*Love*
《爱恋》··················*Loving*
《爱情的结果》··················*Les Conséquences de l'amour*
《爱情故事》··················*Tsoria d'amore*
《爱情是狗娘》··················*Amoures perros*
《爱与慈悲》··················*Love and Mercy*
《爱之罪》··················*L'amour est un crime parfait*
《安妮·霍尔》··················*Annie Hall*
《按摩师与女人》··················*Une femme et ses masseurs*
《昂首阔步》··················*L'Homme de San Carlos（Walk the Proud Land）*
《昂首挺胸》··················*La Tête haute*
《奥本海默的策略》··················*Oppenheimer Strategie*
《奥菲斯》··················*Orphée*

《奥利最开心的一天》·················· The Happiest Day in the Life of Olli Mäki

《奥萨玛》································· Osama

《奥斯陆，八月未央》···················· Oslo 31 août

《奥特曼》································· Altman

《八恶人》································· The Hateful Eight

b

《巴顿·芬克》····························· Barton Fink

《巴拉马或者说我七位叔叔的历险》······ Le Panama ou les aventures de mes sept oncles

《巴黎的郊区》··························· La Banlieue de Paris

《巴黎属于我们》························· Paris nous appartient

《巴黎最后的探戈》······················ Le Dernier Tango à Paris

《巴塔哥尼亚的野兔》···················· Le Lièvre de Patagonie

《白色猎人黑色心》······················ Chasseur blanc，Cœur noir

《白色上帝》····························· White God

《白雪公主》····························· Blanche-Neige

《白鬃野马》····························· Crin blanc

《宝藏》································· Le trésor

《宝莱坞生死恋》························· Devdas

《保持站立》····························· Rester vertical

《爆裂鼓手》····························· Whiplash

《悲伤秘密的摇篮曲》···················· A Lullaby for the sorrowful Mystery

《北方的桥》····························· Le Pont du Nord

《北风》································· Tramontane

《北京的 55 天》························· Cinquante-cinqjours de Pékin

《被爱的人》····························· Lesbien-Aimés

《被解救的姜戈》························· Django Unchained

《比海更深》····························· After the Storm

《比利小子》····························· Pat Garrett et Billy le Kid

《比赛领先》····························· La Course en tête

《彼得·潘》····························· Peter Pan

《毕业会考》····························· Bacalaureat/Recycling Feelings

《边城英烈传》··························· Alamo

《边境杀手》····························· Sicario

《蝙蝠密语》····························· The Bat Whisper

《蝙蝠侠大战超人：正义黎明》············ Batman contre Superman

《变形记》································· The Transfiguration

《别了，波拿巴》························· Adieu Bonaparte

《宾虚》································· Ben-Hur

《冰川与苍穹》··························· La Glace et le Ciel

《冰封第十大道》························· Tenth Avenue Freeze-Out

《波士顿扼杀者》························· L'Etrangleur de Boston

《波西米亚生活》·················· *La Vie de bohème*
《玻璃动物园》·················· *La Ménagerie de verre*
《薄荷刨冰》·················· *Pepermint*
《不安之人》·················· *L'Inquiet*
《不凡之日》·················· *Une journée particulière*
《不可饶恕》·················· *Impitoyable*
《不伦之恋》·················· *Beau-Père*
《不吸烟》·················· *No smoking*
《不夜城》·················· *La Cité sans voiles*
《不在任何其它地方》·················· *Nelle part ailleurs*
《布达佩斯大饭店》·················· *The Grand Budapest Hotel*
《布赖顿棒糖》·················· *Le Rocher de Brighton*
《步步惊魂》·················· *Point Blank*

c   《操行零分》·················· *Zéro de conduite*
《C 号楼梯》·················· *Escalier C*
《曾经沧海难为水》·················· *Alice n'est plus ici*
《差等生》·················· *Le Cancre*
《拆弹部队》·················· *Démineurs*
《长骑者》·················· *Long Riders*
《沉默》·················· *Silence*
《城里的房间》·················· *Une chamber en ville*
《城市里的夏天》·················· *Summer in the City*
《城市之光》·················· *Lumières de la ville*
《乘龙快婿》·················· *Un chef de rayon explosive*
《持枪决斗》·················· *Duel au pistolet dans le bois de Chapultepec*
《赤胆屠龙》·················· *Rio Bravo*
《赤足天使》·················· *La Comtesse aux pieds nus*
《重见巴黎》·················· *Revoir Paris*
《冲破黑暗谷》·················· *Tommy*
《丑闻调查》·················· *L'Enquête*
《出局：禁止接触》·················· *Out1: Noli me tangere*
《出生在美国》·················· *Born in the USA*
《出租车司机》·················· *Taxi Téhéran/Taxi Driver*
《穿裘皮的维纳斯》·················· *La Vénus è la fourrure*
《船长基德》·················· *Capitaine Kidd*
《窗边的老实人》·················· *Candide à sa fenêtre*
《创业先锋》·················· *Tucker*
《纯真之人的旅途》·················· *Itinéraire d'un candied*
《从卡里加利到希特勒》·················· *De Caligari à Hitler*
《丛林法则》·················· *La Loi de la Jungle*

《存身》···Take Shelter

《错误因素》···Wrong Elements

《错误运动》··Faux Mouvement

《大白鲨》···Dents de la mer   **d**

《大开眼界》···Voir du pays

《大路之王》···Au fil du temps

《大失踪》··Misssing

《大卫·格德尔》···David Golder

《大侠客》···Big Jake

《大新闻》··Grand Journal

《大追踪》··The Big Trail

《戴金丝边眼镜的人》··Lunettes d'or

《单车少年》··Le Gamin au vélo

《丹尼、米奇、雷纳托和马克思》·····················Dani, Michi, Renato et Max

《丹·雅克，南针峰的平面图》···················Dan Yack, le plan de l'aiguille

《当机立断》··Tout de suit maintenant

《党证》··La Carte du Parti

《稻草人》··L'Epouvantail

《稻草人》··L'Épouvantail

《低俗小说》··Pulp Fiction

《堤》··La Jetée

《第三类接触》································Rencontres du troisième type

《第四公民》··Citizenfour

《第四阶段》··Phase IV

《第四时速》···En Quatrième vitesse

《点球成金》··Moneyball

《电光火石》································Dans la brume électrique

《电影电影》··Cinéma Cinémas

《电影梦》··Burden of Dreams

《碟中谍》··Mission: Impossible

《东京物语》··Voyage à Tokyo

《东西战争》··Jumpin' Jack Flash

《东镇女巫》································Les Sorciéres d'Eastwick

《冬天的猴子》···Un singe en hiver

《洞》··Le Trou

《毒海鸳鸯》································Panique à Needle Park

《独立日》··Independence Day

《独眼龙》································La Vengeance aux deux visages

《赌城风云》··Casino

《短角情事》··La Pointe courte

SÉLECTION OFFICIELLE

《断手》…………………………………………………… *La Main coupée*

《对她说》………………………………………………… *Parle avec elle*

《讹诈》……………………………………………………… *Blackmail*

《扼杀者》……………………………………………… *The Strangler*

《恶心》…………………………………………………… *La Nausée*

《儿子的房间》………………………………… *La Chambre du fils*

f 《法蒂玛》……………………………………………………… *Fatima*

《法官与杀人犯》…………………………… *Juge et l'assassin*

《法国电影长片目录：1929—1939年的有声故事片》…… *Catalogue des films français de long métrage, films snores de fiction 1929—1939*

《法国贩毒网》……………………………………… *French Connection*

《反转》……………………………………………………… *Inversion*

《返回科捷利尼奇》…………………………… *Retour à Kotelnitch*

《犯罪家族》………………………………………………… *El Clan*

《犯罪剖析》……………………………………………… *Naked Alibi*

《饭》…………………………………………………………… *Le Repas*

《房间》………………………………………………………… *Room*

《放学后》………………………………………………… *Afterschool*

《放逐》…………………………………………………………… *Exil*

《费耶罗的子孙们》…………………………… *Los Hijos de Fierro*

《芬妮与亚历山大》………………………… *Fanny et Alexandre*

《愤怒的公牛》………………………………………… *Raging Bull*

《风尘三侠》………………………… *L'Aventurier du Rio Grande*

《疯爱》……………………………………………… *La Lazza Gioia*

《疯癫国王》………………………………………… *Fous du roi*

《疯狂的麦克斯》………………………………………… *Mad Max*

《烽火母女泪》………………………………………… *La Ciociara*

《弗兰西斯卡》…………………………………………… *Francisca*

《弗朗德勒》……………………………………………… *Flandres*

《弗朗西斯科的长夜》…… *La larga noche de Francisco Sanctis*

《弗鲁特韦尔车站》…………………………… *Fruitvale Station*

《浮云》………………………………………………… *Nuages flottants*

《福禄双霸天》……………………………………… *Blues Brothers*

《釜山行》…………………………………………… *Train to Busan*

《复仇》……………………………………………………… *Vengeance*

《赴汤蹈火》……………………………………………… *Comancheria*

g 《戛纳新秀展》…………………………… *Talents Adamin Cannes*

《钢琴家》……………………………………………… *Le Pianiste*

《高山上的世界杯》…………………………………… *La Coupe*

-732-

《告诉他我爱他》··········*Dites-lui que je l'aime*
《革命前夕》··········*Prima della rivoluzione*
《革命往事》··········*Il était une fois la revolution*
《葛楚》··········*Gertrud*
《给我危险》··········*Gimme Danger*
《公共朋友》··········*Amis Publics*
《公路巡警》··········*Highway Patrolman*
《公民凯恩》··········*Citizen Kane*
《公羊》··········*Béliers*
《公主和蹩脚的音乐家》··········*La Princesse et le croquet-notes*
《孤女》··········*Orpheline*
《故事的故事》··········*Conte des contes*
《故土一季》··········*Une saison sur la terre*
《雇佣兵》··········*Mercenaire*
《怪物史瑞克》··········*Shrek*
《怪形》··········*The Thing*
《关于我母亲的一切》··········*Tout sur ma mere*
《光之旅》··········*Journey into Light*
《广岛之恋》··········*Hiroshima*
《鬼玩人》··········*Evil Dead*
《国家公务员》··········*Fonctionnaire de l'État*
《过客》··········*Profession: reporter*
《过客餐厅》··········*Le Passage*
《海边的曼彻斯特》··········*Manchester by the Sea*
《海角擒凶》··········*Saboteur*
《海狼突击队》··········*Le Vaisseau fantôme*
《海伦娜·布歇》··········*Héléne Boucher*
《海上火焰》··········*Fuocoammare*
《海外特派员》··········*Correspondant 17*
《含羞草》··········*Mimosas*
《捍卫拉尔扎克》··········*Tous au Larzac*
《豪情玫瑰》··········*La Fille de d'Artagnan*
《豪勇七蛟龙》··········*Sept Mercenaires*
《好家伙》··········*Les Affranchis*
《好莱坞，女人的城邦》··········*Hollywood, la cité des femmes*
《好色男儿》··········*Les Indomptables*
《好运，阿尔及利亚》··········*Good Luck Algeria*
《浩劫》··········*Shoah*
《和巴什尔跳华尔兹》··········*Waltz with Bashir*
《黑暗中的舞者》··········*Dancer in the Dark*

h

《黑板丛林》·································· Graine de violence
《黑道皇帝》·································· Pericle il Nero
《黑胶时代》·································· Vinyl
《黑客帝国》·································· Matrix
《黑色弥撒》·································· Black Mass
《黑色系列》·································· Sèrie noire
《黑树》··································· L'Arbre noir
《亨利耶特的节日》·························· La Fête à Henriette
《恨难解》································· Non réconciliés
《红海龟》··································· La Tortue rouge/The Red Turtle
《红菱艳》·································· Chaussons rouges
《红磨坊》·································· Moulin Rouge
《红色木鸽》································· Palombella Rossa
《红色纵队》·································· The Big Red One
《红在革命蔓延时》························· Le fond de l'air est rouge
《胡丽叶塔》·································· Julieta
《湖畔的陌生人》·························· L'Inconnu du lac
《虎胆龙威》································· Piège de cristal
《花村》··································· McCabe and Mrs. Miller
《花样年华》·································· In the Mood for Love
《华尔街之狼》····························· Loup de Wall Street
《华府千秋》····························· Tempête à Washiongton
《华丽农场》·································· Rancho Deluxe
《欢迎来纽约》····························· Welcome to New York
《荒蛮故事》······························ Les Nouveaux Sauvages
《荒野大镖客》···························· Pour une poignée de dollars
《荒野猎人》·································· Un revenant
《荒野生存》·································· Into the Wild
《荒原》··································· Badlands
《黄海》··································· The Murderer
《黄金三镖客》···························· Le Bon, La Brute et le Truand
《黄金时代》·································· L'Âge d'or
《黄鸟》··································· A Yellow Bird
《绘画还是做爱》·························· Peindre ou faire l'amour
《婚姻生活》·································· Domicile Conjugal
《活死人之夜》···························· La Nuit des mortsvivants
《火车进站》···························· L'Arrivée du train en gare de La Ciotat
《火山边缘之恋》·························· Stromboli
《火山下》································· Au-dessous du volcan
《霍华德庄园》····························· Retour à Howards

《饥饿游戏》……………………………………………………… Hunger Games

《极乐大餐》……………………………………………………… La Grande Bouffe

《吉米的舞厅》…………………………………………………… Jimmy's Hall

《吉米·皮尔卡》………………………………………………… Jimmy P

《寂寞的心灵》…………………………………………… Thérèse Desqueyroux

《极速皇后》……………………………………………………… Speed Queen

《畸形人》………………………………………………………… Freaks

《记忆与海》………………………………………… La Mémoire et la mer

《加州玩偶》…………………………………………… Deux Filles au tapis

《佳人之死》…………………………………………… La Mort de belle

《家庭相册》……………………………………………………… Albüm

《家族哨音》…………………………………………… The Family Whistle

《间谍之桥》…………………………………………… Le Pont des edpions

《间谍之桥》…………………………………………… Le Pont des espions

《监狱学警》……………………………………………………… Apprentice

《降临》…………………………………………………… Story of Your Life

《焦点新闻》……………………………………………………… Z

《脚注》…………………………………………………………… Footnote

《教父》…………………………………………………………… La Parrain

《教父3》………………………………………………………… Le Parrain 3

《教父之祖》……………………………………………………… Lucky luciano

《教训》…………………………………………………………… The Lesson

《接触日格蒙德》………………………………………… Vilmos Zsigmond

《街头斗士》…………………………………………… Street Fighting Man

《街头争霸》……………………………………………………… Face au crime

《截稿日》…………………………………… Bas les masques/Deadline

《她》……………………………………………………………… Elle

《今来古往》………………………………… Mula sa kung ano ang noon

《金发美人》……………………………………………… Blonde on Blonde

《金盔》…………………………………………………………… Casque

《金钱怪兽》……………………………………………………… Money Monster

《金字塔》…………………………………………… La Terre des pharaons

《筋疲力尽》……………………………………………… À bout de souffle

《禁忌》…………………………………………………………… Tabou

《惊爆点》………………………………………………………… Point Break

《惊惧》…………………………………………………………… Panique

《警察，形容词》……………………………………… Policier, adjecif

《警网重重》……………………………………………………… Crime Wave

《警员》…………………………………………………………… Polisse

《居民》…………………………………………………………… Les Habitants

j

《巨型慕沙卡的攻击》⋯⋯⋯⋯⋯⋯ *l'Attaque de la moussaka géante*
《飓风》⋯⋯⋯⋯⋯⋯⋯⋯⋯⋯⋯ *Hurricane Carter*
《聚焦》⋯⋯⋯⋯⋯⋯⋯⋯⋯⋯⋯⋯ *Spotlight*
《决斗》⋯⋯⋯⋯⋯⋯⋯⋯⋯⋯⋯⋯⋯ *Duel*
《绝美之城》⋯⋯⋯⋯⋯⋯⋯⋯⋯ *La Grande Bellezza*
《爵士春秋》⋯⋯⋯⋯⋯⋯⋯⋯⋯⋯ *All That Jazz*
《爵士乐手》⋯⋯⋯⋯⋯⋯⋯⋯⋯⋯⋯ *Bird*
《爵士年代》⋯⋯⋯⋯⋯⋯⋯⋯⋯⋯ *Ragtime*
《军官室》⋯⋯⋯⋯⋯⋯⋯ *La Chambre des officiers*
《君子好逑》⋯⋯⋯⋯⋯⋯⋯⋯⋯⋯ *Marty*

k
《咖啡公社》⋯⋯⋯⋯⋯⋯⋯⋯⋯ *Café Societ*
《卡拉马利联盟》⋯⋯⋯⋯⋯⋯⋯ *Calamari Union*
《卡罗尔》⋯⋯⋯⋯⋯⋯⋯⋯⋯⋯⋯ *Carol*
《卡萨布兰卡》⋯⋯⋯⋯⋯⋯⋯⋯⋯ *Casablanca*
《卡萨诺瓦》⋯⋯⋯⋯⋯⋯⋯⋯⋯ *Csanova*
《凯撒万岁》⋯⋯⋯⋯⋯⋯⋯⋯⋯ *Hail Caesar*
《可怕的孩子》⋯⋯⋯⋯⋯⋯⋯⋯ *Enfants terribles*
《克里斯汀》⋯⋯⋯⋯⋯⋯⋯⋯⋯ *Christine*
《克洛登战役》⋯⋯⋯⋯⋯⋯⋯⋯ *Culloden*
《空房间里的贼》⋯⋯⋯⋯⋯ *Voleur dan la maison vide*
《恐怖实验》⋯⋯⋯⋯⋯⋯⋯⋯ *Experiment in Terror*
《恐惧》⋯⋯⋯⋯⋯⋯⋯⋯⋯⋯⋯ *La Peur*
《恐惧的代价》⋯⋯⋯⋯⋯⋯ *Le Salaire de la peur*
《哭声》⋯⋯⋯⋯⋯⋯⋯⋯⋯⋯⋯ *Goksung*
《快，快》⋯⋯⋯⋯⋯⋯⋯⋯⋯⋯ *Vivre vite*
《快乐的大脚》⋯⋯⋯⋯⋯⋯⋯⋯ *Happy Feet*
《狂人皮埃罗》⋯⋯⋯⋯⋯⋯⋯⋯ *Pierrot le fou*
《矿工大罢工》⋯⋯⋯⋯⋯ *La Grande Lutte des mineurs*
《奎迪》⋯⋯⋯⋯⋯⋯⋯⋯⋯⋯⋯ *Creed*

l
《拉斯维加斯万岁》⋯⋯⋯⋯⋯ *Viva Las Vegas*
《辣手摧花》⋯⋯⋯⋯⋯⋯⋯ *L'Ombre d'un doute*
《来自阿根廷》⋯⋯⋯⋯⋯⋯⋯ *De l'Argentine*
《蓝色狂想曲》⋯⋯⋯⋯⋯⋯⋯ *Rhapsody in Blue*
《蓝色情人节》⋯⋯⋯⋯⋯⋯⋯ *Blue Valentine*
《蓝天使》⋯⋯⋯⋯⋯⋯⋯⋯⋯ *Ange bleu*
《烂泥》⋯⋯⋯⋯⋯⋯⋯⋯⋯⋯⋯ *Mud*
《狼嚎》⋯⋯⋯⋯⋯⋯⋯⋯⋯ *Le Cri du Coyote*
《狼和羊》⋯⋯⋯⋯⋯⋯⋯⋯⋯ *Wolf and Sheep*
《浪荡子》⋯⋯⋯⋯⋯⋯⋯⋯⋯ *Five Easy Pieces*
《劳瑞与哈迪》⋯⋯⋯⋯⋯⋯⋯ *Laurel et Hardy*

《老男孩》·······Old Boy
《老无所依》·······No Country for Old Men
《雷鸣道》·······Thunder Road
《雷纳多与克拉拉》·······Renaldo and Clara
《冷血》·······De san-froid
《里奥追踪》·······L'Homme de Rio
《里斯本的故事》·······Lisbon Story
《历劫佳人》·······La Soif du mal
《历史的终结》·······Norte, la fin de l'histoire
《丽人劫》·······Fedora
《利维坦》·······Leviathan
《两天一夜》·······Deux jours, une nuit
《了不起的狐狸爸爸》·······Fantastic Mr. Fox
《列文斯顿》·······Livingston
《猎枪往事》·······Shotgun Stories
《猎杀本·拉登》·······Zero Dark Thirty
《林肯》·······Lincoln
《临渊而立》·······Fuchi Ni Tatsu/Harmonium
《流动电影院》·······The Cinema Travellers
《流浪的迪潘》·······Dheepan
《柳巷芳草》·······Klute
《六人行不行》·······Va Fougerolles
《61号公路》·······Highway 61 Revisited
《龙头之死》·······Salvatore Giuliano
《龙虾》·······The Lobster
《龙争虎斗》·······Opération Dragon
《露西亚之后》·······Después de Lucía
《卢米埃尔！被创造的电影》·······Lumière! Le cinema inventé
《卢米埃尔！冒险开始》·······Lumière!
《卢米埃尔工厂大门》·······La Sortie de l'usine Lumière
《陆地竞技场》·······Continental Circus
《陆军野战医院》·······M*A*S*H
《路易十四的死亡纪事》·······La Mort de Louis XIV
《罗宾汉》·······Robin des Bois
《罗莎妈妈》·······Ma'Rosa
《裸岛》·······L'Ile nue
《洛城机密》·······L.A.Confidential
《洛克兄弟》·······Rocco et ses Fréres
《罗伦佐的油》·······Lorenzo
《洛奇》·······Rocky

《洛斯赫玛诺斯》···Los Hermanos
《骆驼》··I camelli
《落水狗》···Reservoir Dogs
《旅行日记》···Journaux de voyage
《绿色食品》···Soleil vert

m 《麻烦制造者》···L'Emmerdeur
《麻雀》··Sparrows
《马》···Horse
《马达加斯加历险记》···Aventure malgache
《马蒂事件》···L'Affaire Mattei
《马丁·伊登》···Martin Eden
《马塞尔》··Marcel
《马赛曲》···La Marseillaise
《玛·鲁特》···Ma Loute
《玛戈皇后》···La Reine Margot
《玛格丽特》···Marguerite
《玛格丽特与朱利安》···Marguerite et Julien
《玛丽安娜曾如此美丽》···Que Marianne était jolie
《麦克白》··Macbeth
《蛮荒故事》···Les Nouveaux Sauvages
《荒野猎人》···The Revenant
《满载而归》···Bringing It All Back Home
《漫长的告别》···The Long Goodbye
《曼哈顿》···Manhanttan
漫威系列···les Marvel
《慢性》··Chronic
《猫头鹰》··Hibou
《没有方向的家》···No Direction Home
《没有过去的男人》···L'Homme sans passé
《玫瑰人生》···La Vie en rose
《梅花森林》···La Forêt de Quinconces
《每个人都有自己的电影》···Chacun son cinema
《美错》··Biutiful
《1915—2015：美国电影 100 年》···········1915—2015：100 ans de cinema américain
《美国电影 50 年》···50 ans de cinema américain
《美国哈兰县》···Harlan County，USA
《美国旅馆》···Hôtel des Amériques
《美国朋友》···Amis américains
《美国甜心》···American Honey
《美国往事》···Il était une fois en Amérique

《美好时节》……………………………………La Belle Saison
《门徒》………………………………………… Le Disciple
《猛虎过山》…………………………………… Jeremiah Johnson
《猛于炮火》…………………………………… Louder Than Bombs
《迷河》………………………………………… Lost River
《迷魂记》……………………………………… Vertigo
《迷情记》……………………………………… Obsession
《迷失 Z 城》………………………………… The Lost of Z
《迷雾追魂》…………………………………… Play Misty for Me
《谜一样的双眼》……………………………… Dans ses yeux
《米尔克》……………………………………… Milk
《米克的近路》………………………………… La Dernière Piste
《蜜糖》………………………………………… Miele
《棉花俱乐部》………………………………… Cotton Club
《缅因海》……………………………………… Maine Océan
《蔑视》………………………………………… Mépris
《明亮之星》…………………………………… Bright Lights
《明天》………………………………………… Demain
《魔法精灵》…………………………………… Trolls
《魔鬼联队》…………………………………… The Damned United
《魔女嘉莉》…………………………………… Carrie
《末路狂花》…………………………………… Thelma et Louise
《末世纪爆潮》………………………………… Strange Days
《陌生人》……………………………………… The Stranger Song
《莫里埃尔》…………………………………… Muriel
《莫忘记》……………………………………… Filmer contre l'oubli
《谋杀时刻》…………………………………… Voici le temps des assassins
《母亲与娼妓》………………………………… La Maman et la Putain
《木屐树》……………………………………… L'Arbre aux sabots
《木兰花》……………………………………… Magnolia
《慕德家一夜》………………………………… Ma nuit chez Maud
《慕尼黑幽灵》………………………………… Fantôme de Munich
《暮光之城》…………………………………… Twilight
《穆赫兰道》…………………………………… Mulholland Drive
《那个叫肯妮的女孩》………………………… La Corinne, notre préférée
《耐撕侦探》…………………………………… The Nice Guys
《男人的争斗》………………………………… Les Forbans de la nuit
《男性，女性》………………………………… Masculin Féminin
《南边有你》…………………………………… Southside With You
《南方》………………………………………… Le Sud

n

《能召回前世的布米叔叔》⋯⋯ Oncle Boonmee/Celui qui se souvient de ses vies antérieures
《尼古拉·齐奥塞库斯自传》⋯⋯⋯⋯⋯⋯⋯⋯ L'Autobiographie de Nicolae Ceausescu
《霓虹恶魔》⋯⋯⋯⋯⋯⋯⋯⋯⋯⋯⋯⋯⋯⋯⋯⋯⋯⋯⋯⋯⋯⋯⋯⋯⋯ Neon Demon
《你的浴室门半开着》⋯⋯⋯⋯⋯⋯⋯⋯⋯⋯⋯ La porte de ta douche est restée
《年轻的教宗》⋯⋯⋯⋯⋯⋯⋯⋯⋯⋯⋯⋯⋯⋯⋯⋯⋯⋯⋯⋯ The Young Pope
《年轻气盛》⋯⋯⋯⋯⋯⋯⋯⋯⋯⋯⋯⋯⋯⋯⋯⋯⋯⋯⋯⋯⋯⋯⋯⋯⋯⋯ Youth
《鸟人》⋯⋯⋯⋯⋯⋯⋯⋯⋯⋯⋯⋯⋯⋯⋯⋯⋯⋯⋯⋯⋯⋯⋯⋯⋯⋯⋯ Birdman
《聂隐娘》⋯⋯⋯⋯⋯⋯⋯⋯⋯⋯⋯⋯⋯⋯⋯⋯⋯⋯⋯⋯⋯⋯⋯ The Assassin
《孽海痴魂》⋯⋯⋯⋯⋯⋯⋯⋯⋯⋯⋯⋯⋯⋯⋯⋯⋯⋯⋯⋯⋯ Elmer Gantry
《牛栏》⋯⋯⋯⋯⋯⋯⋯⋯⋯⋯⋯⋯⋯⋯⋯⋯⋯⋯⋯⋯⋯⋯⋯⋯⋯⋯⋯ Toril
《牛奶配送员的奇幻人生》⋯⋯⋯⋯⋯⋯⋯⋯⋯⋯⋯⋯ On the Milky Road
《纽约，纽约》⋯⋯⋯⋯⋯⋯⋯⋯⋯⋯⋯⋯⋯⋯⋯⋯⋯ New York, New York
《纽约复活节》⋯⋯⋯⋯⋯⋯⋯⋯⋯⋯⋯⋯⋯⋯⋯⋯ Pâques à New York
《纽约黑帮》⋯⋯⋯⋯⋯⋯⋯⋯⋯⋯⋯⋯⋯⋯⋯⋯⋯ Gangs of New York
《纽约书评：争鸣50年》⋯⋯⋯⋯⋯⋯⋯⋯ The 50 Year Argument
《怒海孤舟》⋯⋯⋯⋯⋯⋯⋯⋯⋯⋯⋯⋯⋯⋯⋯⋯⋯⋯⋯⋯⋯ Lifeboat
《女人，女人》⋯⋯⋯⋯⋯⋯⋯⋯⋯⋯⋯⋯⋯⋯⋯⋯ Femmes femmes
《女人比男人更凶残》⋯⋯⋯⋯⋯⋯⋯⋯ Deadlier Than the Male
《女人的一生》⋯⋯⋯⋯⋯⋯⋯⋯⋯⋯⋯⋯⋯ La Loi du marché
《女神们》⋯⋯⋯⋯⋯⋯⋯⋯⋯⋯⋯⋯⋯⋯⋯⋯⋯⋯⋯⋯⋯ Divines
《诺斯费拉图》⋯⋯⋯⋯⋯⋯⋯⋯⋯⋯⋯⋯⋯⋯⋯⋯⋯ Nosferatu
《诺斯特罗莫》⋯⋯⋯⋯⋯⋯⋯⋯⋯⋯⋯⋯⋯⋯⋯⋯ Nostromo
p 《帕蒂》⋯⋯⋯⋯⋯⋯⋯⋯⋯⋯⋯⋯⋯⋯⋯⋯⋯ Patti Rocks
《帕丁森》⋯⋯⋯⋯⋯⋯⋯⋯⋯⋯⋯⋯⋯⋯⋯⋯⋯ Paterson
《派对女孩》⋯⋯⋯⋯⋯⋯⋯⋯⋯⋯⋯⋯⋯⋯⋯ Party Girl
《潘神的迷宫》⋯⋯⋯⋯⋯⋯⋯⋯⋯⋯⋯ Labyrinthe de Pan
《佩特》⋯⋯⋯⋯⋯⋯⋯⋯⋯⋯⋯⋯⋯⋯⋯⋯⋯⋯⋯⋯⋯ Pater
《蓬门碧玉红颜泪》⋯⋯⋯⋯⋯⋯ Propriété interdite（1966）
《碰撞》⋯⋯⋯⋯⋯⋯⋯⋯⋯⋯⋯⋯⋯⋯⋯⋯⋯⋯⋯⋯ Clash
《霹雳蓝天使》⋯⋯⋯⋯⋯⋯⋯⋯⋯⋯⋯⋯⋯⋯ Blue Steel
《平步青云》⋯⋯⋯⋯⋯⋯⋯⋯⋯ Une question de vie ou de mort
《普通人》⋯⋯⋯⋯⋯⋯⋯⋯⋯⋯⋯⋯⋯⋯ Ordinary People
q 《七武士》⋯⋯⋯⋯⋯⋯⋯⋯⋯⋯⋯⋯⋯⋯ Sept Samouraïs
《七月的约会》⋯⋯⋯⋯⋯⋯⋯⋯⋯⋯ Rendez-vous de juillet
《七月四日》⋯⋯⋯⋯⋯⋯⋯⋯⋯⋯⋯⋯⋯⋯⋯ 4th of July
《凄凉之人》⋯⋯⋯⋯⋯⋯⋯⋯⋯⋯⋯⋯⋯⋯⋯ Le Désolé
《奇异的爱情》⋯⋯⋯⋯⋯⋯⋯⋯⋯⋯⋯⋯ Les Orgueilleux
《千惊万险》⋯⋯⋯⋯⋯⋯⋯⋯⋯⋯⋯⋯⋯⋯⋯ Sorcerer
《潜伏》⋯⋯⋯⋯⋯⋯⋯⋯⋯⋯⋯⋯⋯⋯⋯⋯⋯ Insidious
《潜入者》⋯⋯⋯⋯⋯⋯⋯⋯⋯⋯⋯⋯⋯⋯⋯⋯ Infiltrés

《乔布斯传》···*Steve Jobs*

《桥上的女孩》···*La Fille sur le pont*

《瞧，是谁在讲话》···*Look Who's Talking*

《巧克力》···*chocolat*

《窃听大阴谋》·······································*Conversation secrète*

《亲爱的日记》···*Journcal Intime*

《青梅竹马》···*Taipei Story*

《情撼 17 章》·······································*17 fois Cécile Cassard*

《情迷周六夜》·····································*La Fièvre du samedi soir*

《穷街陋巷》···*Mean Streets*

《穷途末路》···*La Fin du jour*

《驱魔人》···*L'Exorciste*

《群狗》···*Câini/Dogs*

《燃火的时刻》·································*L'Heure des brasiers*　　**r**

《燃情岁月》·······································*Légendes d'automne*

《人啊人》···*L'Humanité*

《人之子》···*La Vie de Jésus*

《日落大道》···*Sunset Boulevard*

《日落黄沙》···*La Horde sauvage*

《日瓦戈医生》·····································*Le Docteur Jivago*

《日夜烦恼》···*Trouble Every Day*

《如果你不存在》·······························*Et si tu n'existais pas*

《如果你请我喝一杯》·······················*Si tu me payes un verre*

《如火如荼》·······································*Tout feu tout flame*

《瑞典自助餐》···*Smorgarsbord*

《撒哈拉 6 号基地》·····················*La Blonde de la station 6*　　**s**

《萨尔瓦多》···*Salvador*

《萨利机长》···*Sully*

《塞萨和罗萨丽》·································*César et Rosalie*

《三个女人》·······································*Les Trois Femmes*

《桑蒂韦纳》···*Santi-Vina*

《瑟堡的雨伞》·························*Les Parapluies de Cherbourg*

《森林中》···*Dans la forêt*

《杀手一号》···*L'Affaire SK Ⅰ*

《杀死比尔》···*Kill Bill*

《杀死布尔吉特·哈斯》·····················*Il faut tuer Birgitt Haas*

《傻瓜入狱记》·······················*Prends l'oseille et tire-toi*

《山河故人》·····································*Au-delà des montagnes*

《山口》·······································*Passe Montagne（1983）*

《山丘之外》·····················*Par-delà les montagnes et les collines*

《山之音》·························Grondement de la montagne
《上海女人》·························La Dame de Shanghaï
《舍间声响》·························Les Bruits de Récife
《社会新闻》·························Faits divers
《射杀钢琴师》·························Tirez sur le pianiste（1960）
《绅士吉姆》·························Gentleman Jim
《绅士现形记》·························Ces messieurs dames
《神秘河》·························Mystic River
《神奇队长》·························Captain Fantastic
《神奇四侠》·························Les Quatre Fantastiques
《生吃》·························Grave
《生活的漩涡》·························Tourbillon de la vie
《生活琐事》·························Les Choses de la vie
《生命之树》·························The Tree of Life
《生死契阔》·························Masaan
《圣地》·························Terre sacrée
《圣罗兰传》·························Saint Laurent
《失常》·························Anomalisa
《失事之球》·························Wrecking Ball
《诗人之血》·························Sang d'un poète
《狮子笼》·························Leonera
《十法郎》·························La Coupe à dix france
《石之痛》·························Mal de pierres
《时光流逝》·························As Time Goes By
《市场法律》·························La Loi du marché
《是你》·························C à vous
《誓不罢休》·························The Pledge
《誓死追缉令》·························The Pledge
《收破烂儿的人》·························Ecce Bombo
《首演之夜》·························Opening Night
《受难记》·························Passion
《狩猎》·························La Chasse
《舒夫》·························Shouf
《双车道柏油路》·························Two-Lane Blacktop
《双虎屠龙》·························Liberty Valance
《谁会让雨停下？》·························Who'll Stop the Rain
《水瓶座》·························Aquarius
《水手的三枚硬币》·························Les Trois Couronnes du matelot
《水中刀》·························Le Couteau dans l'eau
《睡眠》·························Sleep

《私录系列》……………………………………………… *Bootleg Series*

《私人采购员》……………………………………… *Personal Shopper*

《私事》…………………………………………… *Omor Shakhsiya*

《斯诺登》……………………………………………………… *Snowden*

《斯托克》……………………………………………………… *Stoker*

《死亡与复活》………………… *Bouge pas, meurs, ressuscite*

《死刑》………………………………………… *Le Coup de Grâce*

《死者的漂浮》……………………………… *Dead Man's Float*

《四百击》……………………………………… *Les 400 coups*

《四个朋友》………………………………………………… *Georgia*

《四海本色》……………………………… *Du rififi chez les hommes*

《四人帮》……………………………… *La Bande des quatre*

《45 周年》………………………………………………… *45 Years*

《四月，三周，两天》……………… *4mois, 3semaines, 2jours*

《四月……》……………………………………………… *4 mois...*

《搜寻》…………………………………………………… *The Search*

《苏珊娜》……………………………………………………… *Suzanne*

《诉讼》……………………………… *Le Procés de Viviane Amsalem*

《随它去吧……华尔兹!》………… *Laisse aller...c'est une valse!*

《岁月蹉跎》………………… *Le temps ne fait rien à l'affaire*

《岁月流声》……………………………………………… *Radio Days*

《索多玛 120 天》……… *Salò ou les 120 journèes de sodome*

《索尔之子》……………………………………… *Le Fils de Saul*

《他》………………………………………………………………… *Lui*

《他们是对的》……………………………… *Ils ont tous raison*

《他死不瞑目》………………………… *On ne meurt que deux fois*

《塔克洛班的困境》……………………………………… *Taklub*

《太空英雄》………………………………… *L'Étoffe des héros*

《太太学堂》………………………………… *L'École des femmes*

《泰特罗》……………………………………………………… *Tetro*

《贪婪》………………………………………………………… *Rapaces*

《探戈，加德尔的放逐》………… *Tangos, l'exil de Gardel*

《逃犯贝贝》…………………………………………… *Pépé le Moko*

《逃亡大王》……………………………… *Le Roi de l'évasion*

《特别法庭》………………………………………… *Section spécial*

《天地悠悠》……………………………………………………… *Japón*

《天色未暗》………………………………………………… *Not Dark Yet*

《天使与魔鬼》………………… *L'Ange et le mauvais garcon*

《天堂的孩子》…………………………… *Enfants du paradis*

《天堂海滩》…………………………………………………… *Respiro*

t

《天堂之门》·· Heaven's Gate/La Porte du paradis

《天文馆》·· Planetarium

《天涯海角》·· La Bandera

《挑战星期天》·· L'Enfer du dimanche

《铁窗喋血》·· Luke la main froide

《铁路的白蔷薇》·· La Roue

《铁皮鼓》·· Le Tambour

《铁骑红粉》·· Black Horsee Canyon

《铁血战士》·· Predator

《廷巴克图》·· Timbuktu

《通天塔》·· Babel

《同流者》·· Le Conformiste

《同名的人》·· L'uomo in più

《同心协力》·· La Belle Équipe

《同志们》·· Camarades

《偷吻》·· Aisers Volés

《头脑特工队》·· Vice-Versa

《透纳先生》·· Turner

《秃鹰 72 小时》·· Les Trois Jours du Condor

《推销员之死》·· Mort d'un commis voyageur

《托尼·厄德曼》·· Toni Erdmann

w 《瓦尔瑞恩与千星之城》·· Valérian

《外交风云》·· Quai d'Orsay

《外星人》·· E.T.

《玩具总动员》·· Toy Story

《顽石之拳》·· Hands of Stone

《亡命驾驶》·· Drive

《往日》·· Le Passé défini

《旺达》·· Wanda

《威猛奇兵》·· Police fédérale Los Angeles

《为奔跑而生》·· Born to Run

《为所应为》·· Do the Right Thing

《围城》·· État de siege

《唯神能恕》·· Only God Foriven

《维达尔药典》·· Vidal

《维多利亚》·· Victoria

《维拉·德雷克》·· Vera Drake

《温蒂和露茜》·· Wendy and Lucy

《温古贾岛》·· Zanzibar（1989）

《我，你，他，她》·· Je, tu, il, elle

《我的法国》·· *Ma France*
《我的法国电影之旅》··········· *Voyage à travers le cinéma français*
《我的国王》·· *Mon roi*
《我的美国电影之旅》········· *Voyage à travers le cinéma américain*
《我的美国舅舅》····························· *Mon oncle d'Amérique*
《我的同志》······································· *Mon camarade*
《我的童年》··· *Mon enfance*
《我的新地址》······································· *Ma mouvelle*
《我父我主》······································· *Padre Padrone*
《我美丽的洗衣店》··············· *My Beautiful Laundrett*（1985）
《我们不要生气》······························· *Ne nous fâchons pas*
《我们都活着》··································· *We Are Alive*
《我们照顾我们自己》····················· *We Take Care of Our Own*
《我仍未找到我想寻找的》········ *I still haven't found what I'm looking for*
《我是布莱克》····························· *Moi, Daniel Blake*
《我喜欢的男人》····················· *Un homme qui me plait*
《我与塞尚》····································· *Cézanne et moi*
《我在那儿做什么？》················· *Qu'est-ce que je fais là?*
《我着了火》··· *I'm on fire*
《我走我路》····························· *I Know Where I'm Going*
《卧车上的谋杀案》····················· *Compartiment tueurs*
《乌托邦》··· *Utopia*
《无耻混蛋》································· *Inglourious Basterds*
《无法无天的日子》················· *La Chevauchée des bannis*
《无家可归》····························· *We Can't Go Home Again*
《无尽的地平线》····························· *Horizons sans fin*
《无理之人》································· *L'Homme irrationnel*
《无脸之睑》································· *Les Yeux sans visage*
《无名女孩》··································· *La Fille inconnue*
《无名小子》····························· *Mon nom est Personne*
《无人得逃》································· *None Shall Escape*
《无人引航》····································· *Rudderless*
《无所不在先生》····················· *Mister Everywhere*
《无言》··· *Il silenzio*
《无医可靠》··················· *La Mort de Dante Lazarescu*
《吾父吾血》····································· *Blood Father*
《吾栖之肤》································· *La piel que habito*
《五加皮》··································· *Cinq et la peau*
《午夜归来：比利·海斯··············· *Midnight Returns: The Story of*
　与土耳其的故事》　　　　　　　　　　*Billy Hayes and Turkey*

《午夜归来》·····················Midnight Returns
《午夜开放》·····················Ouvert la nuit
《午夜时分》·····················Autour de minuit
《午夜逃亡》·····················Midnight Special
《舞国英雄》·····················Strictly Ballrom
《舞会的名册》···················Un carnet de bal
《舞女》·························La Danseuse

x

《西部黑手党》···················The Comancheros
《西部往事》·············Il était une fois dans l'Ouest
《西葫芦的生活》·················Ma vie de courgette
《西区故事》·····················West Side Story
《西塞英雄谱》···········Buffalo Bill et les Indiens
《西线战场 1918》···········Quatre de l'infanterie
《吸烟》·························Smoking
《希赛因，一个乍得悲剧》·····Hissein Habré, une tragédie tchadienne
《锡尔斯·马利亚》·················Sils Maria
《侠女》·························A Touch of Zen
《下雨的村庄》···········Il pleut dans mon village
《仙尼亚》·······················Xenia
《现代电影》·····················Le Cinéma modern
《现代启示录》···················Apocalypse Now
《乡村星期天》·······Un dimanche à la champagne
《香蕉》·························Bananas
《像一颗滚石》···················Like a Rolling Stone
《逍遥骑士和愤怒的公牛：性、毒品和摇滚一代如何拯救好莱坞》·······Easy Riders,
                                                    Raging Bulls
《小孩子》·······················P'tit Quinquin
《小姐》·························The Handmaiden
《小亚细亚往事》···········Il était une fois en Anatolie
《小贼、美女和妙探》·············Kiss Kiss Bang Bang
《心房客》·······················Asphalte
《新的肌肤》·····················Peau neuve
《新年快乐》···················La Bonne Année était
《新七宗罪》·····················Péchés
《星际迷航》·····················Star Trek
《星球大战 7：原力觉醒》·······Star Wars Episode VII : Le Réveil de la force
《猩红山峰》·····················Crimson Peak
《性爱之旅》·····················Sexus
《性本恶》·······················Inherent Vice
《兄弟情仇》·····················The Indian Runner

《修复的表面》 ⋯⋯⋯⋯⋯⋯⋯⋯⋯⋯⋯⋯⋯⋯⋯⋯ *La surface de réparation*

《修复生命》 ⋯⋯⋯⋯⋯⋯⋯⋯⋯⋯⋯⋯⋯⋯⋯⋯⋯⋯⋯ *Réparer*

《选中之人》 ⋯⋯⋯⋯⋯⋯⋯⋯⋯⋯⋯⋯⋯⋯⋯⋯⋯ *Las Elegidas*

《雪山之家》 ⋯⋯⋯⋯⋯⋯⋯⋯⋯⋯⋯⋯⋯⋯⋯⋯ *Sieranevada*

《血溅虎头门》 ⋯⋯⋯⋯⋯⋯⋯⋯⋯⋯⋯ *Les Démons de la liberté*

《血溅 13 号警署》 ⋯⋯⋯⋯⋯⋯⋯⋯⋯⋯⋯⋯⋯⋯⋯⋯ *Assaut*

《寻找小津》 ⋯⋯⋯⋯⋯⋯⋯⋯⋯⋯⋯⋯⋯⋯⋯⋯⋯ *Tokyo-Ga*

《严酷之地》 ⋯⋯⋯⋯⋯⋯⋯⋯⋯⋯⋯⋯⋯ *This Hard Land*

《继续闪耀吧，疯狂钻石》 ⋯⋯⋯⋯⋯ *Shine on you Crazy Diamond*

《野马》 ⋯⋯⋯⋯⋯⋯⋯⋯⋯⋯⋯⋯⋯⋯⋯⋯⋯⋯⋯ *Mustang*

《野蛮故事》 ⋯⋯⋯⋯⋯⋯⋯⋯⋯⋯⋯⋯⋯ *Nouveaux Sauvages*

《野蛮人》 ⋯⋯⋯⋯⋯⋯⋯⋯⋯⋯⋯⋯⋯⋯⋯⋯⋯ *Savages*

《夜风》 ⋯⋯⋯⋯⋯⋯⋯⋯⋯⋯⋯⋯⋯⋯⋯ *Vent de la nuit*

《夜阑人未静》 ⋯⋯⋯⋯⋯⋯⋯⋯⋯⋯⋯⋯ *Asphalt Jungle*

《夜幕刚降临之前》 ⋯⋯⋯⋯⋯⋯⋯⋯⋯ *Just avant la nuit*

《夜色人生》 ⋯⋯⋯⋯⋯⋯⋯⋯⋯⋯⋯⋯⋯ *Live by Night*

《夜行盛宴》 ⋯⋯⋯⋯⋯ *Nocturama/Paris est une fête*

《一次别离》 ⋯⋯⋯⋯⋯⋯⋯⋯⋯⋯⋯⋯ *Une separation*

《一个菲律宾家庭的进化》 ⋯⋯ *Évolution d'une famille philippine*

《一个国家的诞生》 ⋯⋯⋯⋯⋯⋯⋯⋯ *Birth of a Nation*

《一个可笑人物的悲剧》 ⋯⋯⋯⋯ *La Tragédie d'un home ridicule*

《一个男人的战争》 ⋯⋯⋯⋯⋯⋯ *La Guerre d'un seul homme*

《一个男人和一个女人》 ⋯⋯⋯⋯⋯ *Un homme et une femme*

《一个天才、两个朋友和一个傻子》 ⋯⋯ *Un génie, deux associés, une cloche*

《1900》 ⋯⋯⋯⋯⋯⋯⋯⋯⋯⋯⋯⋯⋯⋯⋯⋯⋯⋯⋯⋯ *1900*

《一男一女》 ⋯⋯⋯⋯⋯⋯⋯⋯⋯⋯⋯⋯⋯⋯⋯ *Un+Une*

《一千零一夜》 ⋯⋯⋯⋯⋯⋯⋯⋯⋯ *Les Mille et Une Nuits*

《一切为你好》 ⋯⋯⋯⋯⋯ *Harry, un ami qui vous veut du bien*

《一生》 ⋯⋯⋯⋯⋯⋯⋯⋯⋯⋯⋯⋯⋯⋯⋯⋯⋯⋯⋯ *Une vie*

《一位白人女子的日记》 ⋯⋯⋯ *Journal d'une femme en blanc*

《一周的假期》 ⋯⋯⋯⋯⋯⋯⋯⋯ *Une semaine de vacances*

《一周和一天》 ⋯⋯⋯⋯⋯⋯⋯⋯⋯⋯⋯⋯ *Shavua Ve Yom*

《伊扎克·拉宾的最后一天》 ⋯⋯ *Le Dernier Jour d'Yitzhak*

《遗忘》 ⋯⋯⋯⋯⋯⋯⋯⋯⋯⋯⋯⋯⋯⋯⋯⋯⋯ *Amnesia*

《以及⋯⋯够了！》 ⋯⋯⋯⋯⋯⋯⋯⋯⋯⋯⋯ *Et...Basta!*

《艺术家》 ⋯⋯⋯⋯⋯⋯⋯⋯⋯⋯⋯⋯⋯⋯⋯ *The Artist*

《艺术之眼》 ⋯⋯⋯⋯⋯⋯⋯⋯⋯⋯⋯⋯ *L'Art du regard*

《意大利裔美国人》 ⋯⋯⋯⋯⋯⋯⋯⋯ *Italianamerican*

《意乱情迷》 ⋯⋯⋯⋯⋯⋯⋯⋯⋯⋯⋯ *Strange Fascination*

《隐藏摄影机》 ⋯⋯⋯⋯⋯⋯⋯⋯⋯⋯⋯⋯⋯⋯⋯ *Cachè*

y

《印度支那》···································· Indochina
《或许，或许，或许……》·············· Quizás, Quizás, Quizás...
《婴儿车攻略》·················· La Stratégie de l'araignée
《影极》···································· Filmax
《英国贵妇与法国公爵》·············· L'Anglaise et le Duc
《影武者》································ Kagemusha
《阴阳魔界》················· La Quatrième Dimension
《阴阳相成》······························ Side by Side
《音乐室》·························· Le Salon de musique
《有地方去，很美好》······ Il est avantageux d'avoir où aller
《永恒与一日》····················· L'Éternité et un jour
《勇往直前》································· Head-On
《用心棒》·································· Yojimbo
《忧虑的男人》····················· L'Homme inquiet
《忧郁症》································ Melancholia
《幽情密使》····························· Le Messager
《悠长假期》····················· Bréves Rencontres
《尤哈》······································ Juha
《尤利西斯的凝视》··············· Le Regard d'Ulysse
《由身至心》··························· Corps à cœur
《游客》································ Snow Therapy
《游戏规则》·························· La Régle du jeu
《友谊至上》························· Amitié capitale
《瑜伽妹斗罗》························· Yoga Hosers
《与巴什尔跳华尔兹》··············· Waltz with Bashir
《乐队来访》····················· La Visite de la fanfare
《雨人》································· Rain Man
《雨月物语》········· Contes de la lune vague après la pluie
《预言者》································· Prophète
《欲望》·································· El Deseo
《圆梦巨人》····················· The Big Friendly Giant
《远大前程》····················· Les Grandes Espérances
《远行他方》························· Les Valseuses
《约翰逊的信》····················· Too Much Johnson
《约瑟夫·安东：回忆录》··············· Joseph Anton
《月亮上的男人》····················· Man on the Moon
《月升王国》························· Moonrise Kingdom
Z 《再见列宁》························· Good Bye Lenin!
《再见，诺尼诺》······················· Adios Nonino
《在白色的城市里》··············· Dans la ville blanche

《在地中海》…………………………………………… En Méditerranée
《在我看来，罗热此后似乎就在意大利》……………… Il me semble désormais
que Roger est en Italie
《早安，马歇尔先生》………………………………… Bonjour M. Marshall
《贼之高速公路》……………………………………… Les Bas-fonds de Frisco
《战舰波将金号》……………………………………………… Potemkine
《颤栗》………………………………………………………… Thriller
《战争机器》………………………………………………… War Machine
《侦探》………………………………………………………… Détective
《真实的色彩》……………………………………………… True Colors
《真相》………………………………………………………… Variété
《阵地争夺战》……………………………………… Sergent la Terreur
《证人》………………………………………………………… Witness
《直到世界尽头》………………………………… Jusqu'au bout du monde
《职业大贼》…………………………………………… Les Professionnels
《只是人生》……………………………………… La Vie et rien d'autre
《只是世界尽头》…………………………………… Just la fin du monde
《致命武器》………………………………………………… Arme fatale
《智利说不》…………………………………………………………… No
《中介人》……………………………………………………… Médium
《终极执行令》……………………………………………… The Big Fix
《仲夏夜性喜剧》…………………… Comédie érotique d'une nuit d'été
《周末风云》………………………………………… Violent Saturday
《朱门巧妇》…………………………… La Chatte sur un toit brûlant
《侏罗纪公园》…………………………………………… Jurassic World
《主祷文》…………………………………………………… Pater Noster
《祝福》…………………………………………………… Blissfully Yours
《专家》………………………………………………… Le Spécialiste
《装饰》………………………………………………………… Falbalas
《装饰的反面》…………………………………… L'Envers du décor
《装置的纷争》……………………………… Querelle des dispositifs
《追捕聂鲁达》………………………………………………… Neruda
《追击者》…………………………………………………… The Chaser
《姿三四郎》……………………………… La Légende du grand judo
《自给自足》………………………………… Je suis un autarcique
《自由奔跑》……………………………………………… Free to Run
《自由的钟声》…………………………………… Chimes of Freedom
《自由万岁》…………………………………………… Viva la libertà
《棕色眼睛的美男子》……………… Brown Eyed Handsome Man
《走出黑暗》……………………………………………… Sortir du noir

《最长的夜》⋯⋯⋯⋯⋯⋯⋯⋯⋯⋯⋯⋯⋯⋯⋯⋯⋯⋯ *La Nuit la plus longue*

《最毒妇人心》⋯⋯⋯⋯⋯⋯⋯⋯⋯⋯⋯⋯⋯⋯⋯⋯⋯⋯⋯ *Valmont*

《最后的华尔兹》⋯⋯⋯⋯⋯⋯⋯⋯⋯⋯⋯⋯⋯⋯⋯⋯ *The Last Waltz*

《最后的模样》⋯⋯⋯⋯⋯⋯⋯⋯⋯⋯⋯⋯⋯⋯⋯⋯⋯ *The Last Face*

《最后的女人》⋯⋯⋯⋯⋯⋯⋯⋯⋯⋯⋯⋯⋯⋯⋯ *La Dernière Femme*

《最后的沙滩》⋯⋯⋯⋯⋯⋯⋯⋯⋯⋯⋯⋯⋯⋯⋯⋯ *L'ultima spiaggia*

《最后四首歌之入睡》⋯⋯⋯⋯⋯⋯⋯⋯⋯⋯⋯ *L'Heure du sommeil*

《罪恶之城》⋯⋯⋯⋯⋯⋯⋯⋯⋯⋯⋯⋯⋯⋯⋯⋯⋯⋯⋯ *Sin City*

《醉画仙》⋯⋯⋯⋯⋯⋯⋯⋯⋯⋯⋯⋯ *Ivre de femmes et de peinture*

《祖鲁》⋯⋯⋯⋯⋯⋯⋯⋯⋯⋯⋯⋯⋯⋯⋯⋯⋯⋯⋯⋯⋯ *Zulu*

《足球场上的叛逆者》⋯⋯⋯⋯⋯⋯⋯⋯⋯⋯ *Les rebelles du foot*

《足球与移民》⋯⋯⋯⋯⋯ *Foot et immigration, 100 ans d'histoire commune*

《昨日星尘》⋯⋯⋯⋯⋯⋯⋯⋯⋯⋯⋯⋯⋯⋯⋯⋯⋯⋯ *The Star*

《祖与占》⋯⋯⋯⋯⋯⋯⋯⋯⋯⋯⋯⋯⋯⋯⋯⋯⋯⋯ *Jules et Jim*

《组织者》⋯⋯⋯⋯⋯⋯⋯⋯⋯⋯⋯⋯⋯⋯⋯⋯⋯ *Les Camarades*

媒体

《巴黎人报》⋯⋯⋯⋯⋯⋯⋯⋯⋯⋯⋯⋯⋯⋯⋯⋯⋯⋯ *le Parisien*

"巴黎人"网站⋯⋯⋯⋯⋯⋯⋯⋯⋯⋯⋯⋯⋯⋯⋯⋯⋯ *Le Parisien*

《查理周刊》⋯⋯⋯⋯⋯⋯⋯⋯⋯⋯⋯⋯⋯⋯⋯⋯⋯ *Charlie Hebdo*

《村声》⋯⋯⋯⋯⋯⋯⋯⋯⋯⋯⋯⋯⋯⋯⋯⋯⋯⋯ *Village Voice*

《电视纵览》⋯⋯⋯⋯⋯⋯⋯⋯⋯⋯⋯⋯⋯⋯⋯⋯⋯⋯ *Télérama*

《电影手册》⋯⋯⋯⋯⋯⋯⋯⋯⋯⋯⋯⋯⋯⋯⋯ *Cahiers du cinéma*

《队报》⋯⋯⋯⋯⋯⋯⋯⋯⋯⋯⋯⋯⋯⋯⋯⋯⋯⋯⋯ *L'Équipe*

《法国电影》⋯⋯⋯⋯⋯⋯⋯⋯⋯⋯⋯⋯⋯⋯⋯ *Le Film français*

《法国摇滚》⋯⋯⋯⋯⋯⋯⋯⋯⋯⋯⋯⋯⋯⋯⋯⋯ *Les Inrocks*

《方法》⋯⋯⋯⋯⋯⋯⋯⋯⋯⋯⋯⋯⋯⋯⋯⋯⋯⋯⋯ *Méthode*

法新社⋯⋯⋯⋯⋯⋯⋯⋯⋯⋯⋯⋯⋯⋯⋯⋯⋯⋯⋯⋯ *AFP*

《费加罗报》⋯⋯⋯⋯⋯⋯⋯⋯⋯⋯⋯⋯⋯⋯⋯⋯⋯⋯ *Figaro*

《共和报》⋯⋯⋯⋯⋯⋯⋯⋯⋯⋯⋯⋯⋯⋯⋯⋯ *La Repubblica*

《观点》杂志⋯⋯⋯⋯⋯⋯⋯⋯⋯⋯⋯⋯⋯⋯⋯⋯⋯⋯ *Point*

《国际银幕》⋯⋯⋯⋯⋯⋯⋯⋯⋯⋯⋯⋯ *Screen International*

《国家报》⋯⋯⋯⋯⋯⋯⋯⋯⋯⋯⋯⋯⋯⋯⋯⋯⋯⋯ *El País*

《好莱坞报道》⋯⋯⋯⋯⋯⋯⋯⋯⋯⋯ *The Hollywood Reporter*

《号角报》⋯⋯⋯⋯⋯⋯⋯⋯⋯⋯⋯⋯⋯⋯⋯⋯⋯⋯ *Clarin*

《交通》⋯⋯⋯⋯⋯⋯⋯⋯⋯⋯⋯⋯⋯⋯⋯⋯⋯⋯⋯⋯ *Trafic*

《解放报》⋯⋯⋯⋯⋯⋯⋯⋯⋯⋯⋯⋯⋯⋯⋯⋯⋯⋯ *Libération*

《今日美国》⋯⋯⋯⋯⋯⋯⋯⋯⋯⋯⋯⋯⋯⋯⋯⋯ *USA Today*

《进取报》⋯⋯⋯⋯⋯⋯⋯⋯⋯⋯⋯⋯⋯⋯⋯⋯⋯ *Progrès*
《快报》⋯⋯⋯⋯⋯⋯⋯⋯⋯⋯⋯⋯⋯⋯⋯⋯⋯⋯ *Express*
《连接》⋯⋯⋯⋯⋯⋯⋯⋯⋯⋯⋯⋯⋯⋯⋯⋯⋯ *Raccords*
《洛杉矶时报》⋯⋯⋯⋯⋯⋯⋯⋯⋯⋯⋯ *Los Angeles Times*
《名利场》⋯⋯⋯⋯⋯⋯⋯⋯⋯⋯⋯⋯⋯⋯⋯ *Vanity Fair*
墨西哥国家通讯社⋯⋯⋯⋯⋯⋯⋯⋯⋯⋯⋯⋯ *Notimex*
《尼斯早报》⋯⋯⋯⋯⋯⋯⋯⋯⋯⋯⋯⋯⋯⋯ *Nice-Matin*
《青年电影》⋯⋯⋯⋯⋯⋯⋯⋯⋯⋯⋯⋯ *Jeune Cinéma*
《生活》⋯⋯⋯⋯⋯⋯⋯⋯⋯⋯⋯⋯⋯⋯⋯⋯⋯ *La Vie*
《十字报》⋯⋯⋯⋯⋯⋯⋯⋯⋯⋯⋯⋯⋯⋯⋯ *La Croix*
《时尚先生》⋯⋯⋯⋯⋯⋯⋯⋯⋯⋯⋯⋯⋯⋯ *Esquire*
《世界报》⋯⋯⋯⋯⋯⋯⋯⋯⋯⋯⋯⋯⋯⋯ *Le Monde*
《首映》⋯⋯⋯⋯⋯⋯⋯⋯⋯⋯⋯⋯⋯⋯⋯ *Première*
《踏板》⋯⋯⋯⋯⋯⋯⋯⋯⋯⋯⋯⋯⋯⋯⋯⋯ *Pédale*
《特艺家》⋯⋯⋯⋯⋯⋯⋯⋯⋯⋯⋯⋯⋯⋯ *Technikart*
《体育》⋯⋯⋯⋯⋯⋯⋯⋯⋯⋯⋯⋯⋯⋯⋯ *Desports*
《卫报》⋯⋯⋯⋯⋯⋯⋯⋯⋯⋯⋯⋯⋯ *The Guardian*
《文学杂志》⋯⋯⋯⋯⋯⋯⋯⋯⋯ *Magazine littéraire*
《闲暇》⋯⋯⋯⋯⋯⋯⋯⋯⋯⋯⋯⋯⋯⋯⋯ *Time Out*
《新观察家》⋯⋯⋯⋯⋯⋯⋯⋯⋯⋯⋯⋯⋯⋯ *L'Obs*
《信使报》⋯⋯⋯⋯⋯⋯⋯⋯⋯⋯⋯⋯⋯ *La Stampa*
《鸭鸣报》⋯⋯⋯⋯⋯⋯⋯⋯⋯⋯ *Le Canard enchaîné*
《意大利晚邮报》⋯⋯⋯⋯⋯⋯⋯ *Corriere della Sera*
《银幕》⋯⋯⋯⋯⋯⋯⋯⋯⋯⋯⋯⋯⋯⋯⋯⋯ *Screen*
《正片》⋯⋯⋯⋯⋯⋯⋯⋯⋯⋯⋯⋯⋯⋯⋯⋯ *Positif*
《致敬银幕》⋯⋯⋯⋯⋯⋯⋯⋯⋯⋯ *Souvenir-écran*
《综艺》⋯⋯⋯⋯⋯⋯⋯⋯⋯⋯⋯⋯⋯⋯⋯⋯ *Variety*

机构

阿根廷国家电影及视听艺术局⋯⋯⋯⋯⋯⋯⋯⋯ INCAA
艾德·维塔姆影业⋯⋯⋯⋯⋯⋯⋯⋯⋯⋯⋯⋯ Ad Vitam
埃罗西奈公司⋯⋯⋯⋯⋯⋯⋯⋯⋯⋯⋯⋯⋯ Allociné
奥纳西斯基金会⋯⋯⋯⋯⋯⋯⋯⋯ Fondation Onassis
奥斯卡电影艺术与科学学院⋯⋯⋯ L'Académie des Oscars
AS 明格茨足球俱乐部⋯⋯⋯⋯⋯⋯⋯ AS Minguettes
百代档案馆⋯⋯⋯⋯⋯⋯⋯⋯⋯⋯⋯ Archives de Pathé
巴黎圣日耳曼队⋯⋯⋯⋯⋯⋯⋯⋯⋯⋯⋯⋯ PSG
BFM 电视台⋯⋯⋯⋯⋯⋯⋯⋯⋯⋯⋯⋯⋯ BFM TV

比利时皇家电影资料馆⋯⋯⋯⋯⋯⋯⋯⋯⋯⋯ La Cinémathèque royale de Belgique
博洛尼亚电影资料馆⋯⋯⋯⋯⋯⋯⋯⋯⋯⋯⋯⋯⋯⋯⋯ La Cineteca
布拉格电影学院⋯⋯⋯⋯⋯⋯⋯⋯⋯⋯⋯⋯⋯⋯⋯⋯⋯⋯la Famu
布朗克斯图片社⋯⋯⋯⋯⋯⋯⋯⋯⋯⋯⋯⋯⋯⋯⋯⋯l'agence Bronx
布隆妇幼医院⋯⋯⋯⋯⋯⋯⋯⋯⋯ l'hopital Femme-Mere-Enfant de Bron
CAA 经纪公司⋯⋯⋯⋯⋯⋯⋯⋯⋯⋯⋯⋯⋯⋯⋯⋯ Agence CAA
大都会电影出口公司⋯⋯⋯⋯⋯⋯⋯⋯⋯⋯ Metropolitan Filmexport
导演协会⋯⋯⋯⋯⋯⋯⋯⋯⋯⋯⋯ Société des réalisateurs de films（SRF）
德法公共电视台⋯⋯⋯⋯⋯⋯⋯⋯⋯⋯⋯⋯⋯⋯⋯⋯⋯⋯Arte
顶峰娱乐公司⋯⋯⋯⋯⋯⋯⋯⋯⋯⋯⋯⋯ Summit Entertainment
迪亚法纳影业⋯⋯⋯⋯⋯⋯⋯⋯⋯⋯⋯⋯⋯⋯⋯ Diaphana
东宝株式会社⋯⋯⋯⋯⋯⋯⋯⋯⋯⋯⋯⋯⋯⋯⋯⋯⋯Toho
东大街俱乐部⋯⋯⋯⋯⋯⋯⋯⋯⋯⋯⋯⋯⋯⋯ E Street Club
20 世纪福克斯公司⋯⋯⋯⋯⋯⋯⋯⋯⋯⋯ Twentieth Century Fox
法国电视三台⋯⋯⋯⋯⋯⋯⋯⋯⋯⋯⋯⋯⋯⋯⋯⋯⋯⋯FR3
法国电视四台⋯⋯⋯⋯⋯⋯⋯⋯⋯⋯⋯⋯⋯⋯⋯⋯⋯Canal+
法国电视一台⋯⋯⋯⋯⋯⋯⋯⋯⋯⋯⋯⋯⋯⋯⋯⋯⋯⋯TF1
法国电影资料馆⋯⋯⋯⋯⋯⋯⋯⋯⋯⋯ La Cinémathèque française
法国电影档案馆⋯⋯⋯⋯⋯⋯⋯⋯⋯⋯⋯⋯ Archives du Film
法国电影发行商工会⋯⋯⋯⋯⋯⋯ le syndicat français des distributeurs
法国电影国家扶助金委员会⋯⋯⋯⋯⋯⋯ Le president de l'avance sur recettes
法国电影及电视电影影评人工会⋯⋯⋯Syndicat français de la critique de cinema et des
films de television
法国电影协会⋯⋯⋯⋯⋯⋯⋯⋯⋯⋯⋯⋯⋯⋯⋯⋯⋯⋯Unifrance
法国电影史研究协会⋯⋯⋯⋯l'Association française de recherché sur l'histoire du cinéma
法国福克斯公司⋯⋯⋯⋯⋯⋯⋯⋯⋯⋯⋯⋯⋯⋯⋯Fox France
法国国际电影节协会⋯⋯⋯⋯⋯ Association française du Festival international du film
法国国际电影节协会⋯⋯⋯⋯⋯ Association française du Festival international du film
法国国际广播电台⋯⋯⋯⋯⋯⋯⋯⋯⋯⋯⋯⋯⋯ France Inter
法国国家电视台⋯⋯⋯⋯⋯⋯⋯⋯⋯⋯⋯⋯France Télévisions
法国国家电影联盟⋯⋯⋯⋯⋯⋯⋯⋯⋯⋯⋯⋯⋯⋯Unifrance
法国国家电影中心⋯⋯⋯⋯⋯⋯⋯ Centre National de la Cinématographie（CNC）
法国国家图书馆⋯⋯⋯⋯⋯⋯⋯⋯⋯⋯⋯⋯⋯⋯⋯⋯BNF
法国国立影像与声音高等学院⋯⋯⋯⋯⋯⋯⋯⋯⋯ la Fémis
法国华纳公司⋯⋯⋯⋯⋯⋯⋯⋯⋯⋯⋯⋯⋯ Warner France
法国经济财务产业部⋯⋯⋯⋯⋯⋯⋯⋯⋯⋯⋯⋯⋯ Bercy
法国戏剧作家和作曲家协会⋯⋯⋯⋯⋯⋯⋯⋯⋯⋯ SACD
法国新式电影公司⋯⋯⋯⋯⋯⋯⋯⋯⋯⋯⋯⋯⋯⋯ SND
法国信息广播电台⋯⋯⋯⋯⋯⋯⋯⋯⋯⋯⋯⋯ France Info
法国艺术与实验影院协会⋯⋯⋯⋯⋯⋯⋯⋯⋯⋯⋯AFCAE

弗留利电影资料馆（意大利）·················· La cinémathèque du Frioul
伽利马出版社································· Gallimard
高低影业····································· Haut et Court
高蒙公司······································· Gaumont
公共系统集团··································· Public Système
国际报刊杂志工会····························· FIPRESCI
国际电视节目交流会···························· MIPTV
国际电影节法国协会······· Association française du Festival International du Film
国际红色急救组织····················· Secours rouge international
国际摄影与胶片博物馆·············· La George Eastman House
国际足联······································· FIFA
国家产业鼓励协会··········· la Société d'encouragement pour l'industrie nationale
国家经理人采购联盟连锁书店···················· La Fnac
哈瓦斯传媒集团······························ d'Havas Media
华纳公司···································· la Warner
华纳音乐···································· Warner Music
环球公司······································ Universal
环球音乐公司································ Universal Music
互联网电视服务公司···························· Molotov
互联网电影资料库······························ IMDb
活动画片工作室······························ Zoetrope
加拉代尔集团······························ le groupe Lagardere
加州大学洛杉矶分校···························· UCLA
吉卜力工作室·································· Ghibli
金字塔影业···································· Pyramide
卡洛塔发行公司······························ Carlotta
恺撒电影艺术与技术学会··············· l'académie des César
克里登斯清水复兴合唱团············· Creedence Clearwater Revival
库尔德电视台····························· télévision Kurde
狂暴出版社··································· La Rabbia
狂野边缘发行公司················· Wild Side Distribution
联合精英经纪公司······························ UTA
菱形影业···································· Film du Losange
里昂奥林匹克队····················· L'Olympique Lyonnais
里昂汇流博物馆··················· Musée des Confluences
卢米埃尔中心··················· l'Institut Lumière
卢卡斯影业·································· Lucas Film
麦蒙多发行公司······························ Memento
玛格南图片社······················· l'agence Magnum
美国标准收藏公司················· The Criterion Collection

美国电影协会······MPAA
美国国会图书馆······La Bibliothèque du Congrès
美国国家安全局······NSA
美国家庭电影有线电视网······HBO
美国中情局······CIA
每日影像视频网站······Dailymotion
梦工厂······Dream Works
米拉麦克斯公司······Miramax
米卢斯航空公司······Mulhouse
摩纳哥队······Monaco
南方文献出版社······Actes Sud
纽约电影基金会······Film Foundation
欧罗巴影业······Europa Corp
欧洲足球协会联盟······l'UEFA
帕克特影业······Pacte
帕里影业······Pari Films
派拉蒙影业······Paramount
蓬皮杜中心······Beaubourg
蓬皮杜医院······l'hôspital Pompidou
皮克斯工作室······Pixar
乔治·伊士曼之家······George Eastman House
日落黄沙影业······Wild Bunch
世界博览会······Exposition
狮门影业······Lionsgate
13号俱乐部······Club 13
斯科里拉公司······Sikelia
索尼-哥伦比亚公司······Sony-Columbia
索尼经典影业······Sony Classics
太平洋电影资料馆······le Pacific Film Archive
特里贝卡办公室······Tribca
特艺集团······Technicolor
奈飞公司······Netflix
威廉·莫里斯经纪公司······William Morris
维旺迪媒体集团······Vivendi
希纳波利斯影业······Cinépolis
西班牙电影资料馆······Filmoteca española
亚马逊电影公司······Amazon Studios
伊布格电影公司······Ciby 2000
映欧嘉纳影业······Studio Canal
艺术传媒公司······Artmedia

伊西莱穆利诺·····································Issy-les-Moulineaux
"欲望无限"公司·······························d'El Deseo
战神影业···Mars Films

地标

阿贝尔餐厅·······································Abel
阿尔玛桥···Alma
阿格拉餐厅·······································l'Agora
埃克兰山系·······································les Ecrins
埃勒兰多餐厅···································El Lando
艾内修道院·······································l'abbaye d'Ainay
阿连特茹···l'Alentejo
阿斯伯里赌场···································Asbury Park
爱德华·亨利奥街·························rue Edouard Herriot a Lyon
艾夏永沙嘴·······································l'Echaillon
奥堂···Autrans
奥萨德 2 号·······································Odessa II
阿斯托格街·······································Rue d'Astorg
埃格隆电影院···································L'Aiglon
艾利码头···Ainay
爱丽舍影院·······································l'Élysée
艾米丽街···Rue Amélie
昂布拉斯-库尔瓦特广场···········Ambroise Courtois
昂蒂布街···Rue d'Antibes
昂蒂布老城·······································le Vieil Antibes
昂热···Angers
奥斯特里兹车站·····························Austerlitz
巴迪车站···la Part-Dieu
白莱果广场·······································Bellecour
百代电影院·······································la salle Pathé
巴黎电影院·······································Le Paris
巴黎科莫迪亚电影院·····················Le Comœdia
巴黎里昂站·······································Gare de Lyon
巴里洛切···Bariloche
巴黎维耶特露天电影院·················La Villette
保罗·艾吕雅中学···························Paul Éluard
巴士底狱···Bastille
巴约纳···Bayonne

北极拉普兰岛·····························le Grand Nord
贝西体育馆·······························Bercy
比利时街·····························Rue des Belges
比热和蓬德安地区·················le Bugey et Pont-d'Ain
波力酒吧·······························Mécanigue
波拿巴桥·····························pont Bonaparte
布拉兹耶家常菜餐厅·················la Mere Brazier
布尔热机场·····························Bourget
布雷迪电影院·····························Brady
布雷斯风味酒馆·················l'Auberge Bressane
布努埃尔厅·······························Salle Bunuel
布罗涅·································Boulogne
策肋定剧院·······························Célestins
查罗恩街·····························rue de Charonne
查特·································Chartreuse
大不列颠酒店·················l'hôtel Grande-Bretagne
大放映厅·······················Grand Auditorium
大皇宫·······························Grand Palais
大酒店·······························Grand Hôtel
大瑞克斯电影院·····················Grand Rex
戴奥真尼书店·······························Diogène
戴高乐机场·················l'aéroport de Roissy
德彪西厅·······························Salle Debussy
德西特书店·················la librairie Decitre
"第一电影路"·················Rue du Premier-Film
杜兰-福尔·······························Tullins-Fures
都灵博物馆·······················musée de Turin
杜比大剧院·······················Dolby Theatre
杜米纳酒吧·······························Thoumieux
多菲内地区·······························Dauphine
法尔内塞宫广场·····················Palais Farnese
法兰西剧院·················Comédie-Française
法瑞弗雷瑞斯隧道·················tunnel de Fréjus
费赞提炼厂·················la raffinerie de Feyzin,
凤凰剧院·······················Theater La Fenice
福布尔·圣-奥诺雷大街·········Rue du Faubourg Saint-Honoré
伏尔泰大道·················le boulevard Voltaire
弗洛伦萨别墅酒店·················la Villa Florentine
"夫人和先生"俱乐部·················Madame Monsieur
佛维特影院·······················Les Fauvettes

富维耶山···Fourvière
富维耶隧道··du tunnel de Fourvière
戛纳市政厅··la mairie de Cannes
甘贝达广场···Gambetta
高蒙电影院···Gaumont Marignan
哥白林大道··L'avenue des Gobelins
戈尔福瑞昂海景餐厅·······································Golfe-Juan
格兰德咖啡厅···les Grands
格兰德球场···Gerlande
格勒诺布尔···Grenoble
格林威治村···Greenwich Village
葛由缇耶墓地··Guillotière
公爵之家···Le Duc
"供应船"传统餐厅···Xav
国会大厦··Palais des Congres
国家人民电影院····················Cinéma national populaire
过客餐厅···Le Passage
过客书店··Librairie Passages
汉嘉厅···Halle Tony Garnier
好莱坞大道电影院····························Hollywood Boulevard
赫瓦号···Riva
花神咖啡馆···Café de Flore
红十字山··Croix-Rousse
黄金国影院··l'Eldorado
加布里埃尔·米罗广场····························Plaza Gabriel Miro
佳贝特电影院···································le Gambetta
加雷特餐馆···Garet
加利比耶山口···Galibier
加涅尔剧院··Opéra Garnier
集会广场···L'Agora
金头公园··le parc de la Tête d'Or
酒商咖啡厅··Café des Négociants
俱乐部电影院···Le Club
卡代四重奏··Le quartet Cartet
卡尔丹大厅··l'espace Cardin
康托港口··du port Canto
卡皮西纳大街···Capucines
卡萨·格兰德酒店··································l'hotel Casa Grande
卡萨诺萨达··la Casa Rosada

卡斯特广场·····················Place de la Castre
克里特岛·····················la crete
科帕卡瓦纳城·····················Copacabana
孔查海·····················la Concha
蔻斯特咖啡馆·····················café Costes
拉格拉芙村庄·····················La Grave
拉梅内街·····················Rue Lamennais
拉莫大厅·····················la salle Rameau
拉木拉蒂艾·····················Mulatiere
蓝火车餐厅·····················Train Bleu
蓝色酒吧·····················Blue Bar
拉普拉塔河沿岸·····················Rio de la Plata
拉斯帕伊大街·····················Raspail
雷卡米耶酒店·····················Récamier
勒兰群岛·····················de Lerins
里昂安培中学·····················Ampère à Lyon
里昂火车站·····················Lyon
里昂街·····················Rue de Lyon
里昂老城·····················Vieux Lyon
里昂蚂蚁电影院·····················La Fourmi
里昂-蒙普雷兹地铁站·····················Lyon-Monpaisir
里昂蒙普雷兹露天电影院·····················Monplaisir
里昂-佩拉什火车站·····················Lyon-Perrache
里昂萨克斯街道·····················Saxe à Lyon
里昂萨克斯大道·····················Soixante
里昂特沃广场·····················Terreaux à Lyon
两百周年博物馆·····················musée du bicentenaire
力普餐厅·····················Lipp
60 周年厅·····················la salle du 60e
里瓦达维亚·····················Rivadavia
鲁迪-杜奇克大街·····················Rudi Dutschke
卢米埃尔大厅·····················Grand amphi-théâtre Lumière
罗第丘·····················la Cote-Rotie
罗曼石山谷·····················Romanche
鲁特希亚酒店·····················Lutetia
吕贝克街·····················Rue de Lübeck
吕贝隆地区·····················le Luberon
马德罗港区·····················Puerto Madero
马丁内斯酒店·····················Martinez
马尔蒙酒店·····················Chateau Marmont

玛黑区·······le Marais
马焦雷湖·······son lac
马杰斯迪克酒店·······Majestic
马克思咖啡厅·······Café Max
马勒谢尔布大道·······Malesherbes
玛丽尼剧院·······Théâtre Marigny
马洛尼尔街·······Marronniers
马塞尔·桑巴中学·······Marcel Sembat
玛苏餐厅·······Le Maschou
蚂蚁影院·······La Fourmi
梅奥德·······Meaudre
梅耶山脉·······la Meije
蒙帕纳斯·······Montparnasse
蒙-梭尼路·······Mont-Cenis
蒙托·······Montaud
米开朗琪罗餐厅·······Michelangelo
米歇尔·尚布兰酒店·······Michel Chabran
莫里耶讷·······Maurienne
莫雷蒂山口·······Mortier
穆拉缇耶·······Mulatiere
穆瓦朗·······Moirans
纽约特里贝卡办公室·······Newyorkais de Tribeca
欧洲人餐馆·······L'Europèen
蓬塔阿雷纳斯·······patagonien
朋特广场·······la place du pont
奇诺埃岛·······de Chiloe
蒙特港·······Puerto Montt
热奥弗鲁瓦-基查尔球场·······Geoffroy-Guichard
日内瓦湖·······le lac de Genève
日内瓦机场·······l'aeroport de Geneve
人民影院-白莱果店·······CNP Bellecour
人民影院-特沃广场店·······CNP Terreaux
瑞昂莱潘·······Juan-les-Pins
瑞士洛迦诺露天电影院·······Locarno
撒丁岛的塔沃拉餐厅·······Sardegna a Tavola
萨勒塔巴奇餐厅·······Sale e Tabacchi
塞勒斯坦大剧院·······Theater des Célestins
塞纳河·······Seine
尚博维街·······Rue Chambovet
圣-安托万河·······Saint-Antoine

圣-奥诺拉岛···Saint-Honorat
圣-奥诺雷大街·····································Saint-Honore
圣-埃克絮佩里机场·····························Saint-Exupéry
圣-弗瓦山丘··Sainte-Foy
圣-波利卡普电影院·····························Saint-Polycarpe
圣丰···Saint-Fons
圣佩托尼奥大教堂·······························San Petronio
圣-多米尼克街·····························Rue Saint-Dominique
圣福瓦-莱里昂丘陵···························Sainte-Foy-lès-lyon
圣-乔治大教堂·····································Saint-Georges
圣-乔治大街·································Rue Saint-Georges
圣-热瓦··Saint-Gervais
圣-日耳曼大街·····································Saint-Germain
圣斯特凡诺广场···································Santo Stefano
圣太摩区···San Telmo
圣-维克托街·······································Saint-Victor
十字大道···la Croisette
舒涅··Chougnes
斯克里布酒店·······································hôtel Scribe
斯切萨餐厅··Stresa
斯特恩咖啡馆·······································Caffè Stern
索恩河···Saône
索尔格岛···Sorgue
苏克特山顶······················sommet de la colline du Suquet
苏雀街···Suquet
苏斯斜谷···Suse
唐·朱丽罗家庭餐厅·······························Don Julio
特透之家···Tétou
瓦尔多餐厅··Valdo
瓦尔士-恩-维林跳蚤市场······················Vaulx-en-Velin
外廊的庭院····································chateauneuf-du-pape
微型博物馆和电影院····················Musée Miniature et Cinéma
维克多·雨果街·································Rue Victor Hugo
韦科尔地区··Vercors
维拉尔-德-朗······································Villard-de-Lans
威尼斯马可·波罗国际机场·················l'aéroport Marco Polo
文图拉大道····································Ventura Boulevard
夏特莱大剧院··Châtelet
现代艺术博物馆·····································Le MoMA
宪法广场·····································Plaza Constitución

香榭丽舍大街······des Champs-Élysées
小杜鹃电影院······Le Petit Coucou
小门餐厅······The Little Door
泻湖······la lagune
谢里丹剧院······Sheridan Opera House
新比弗利山庄影院······New Beverly
新手电影院······L'ABC
星形广场······velo entre Etoile
雅典娜广场······Plaza Athénée
伊莱恩餐厅······Elaine's
英国人大道······la promenade des Anglais
影节宫······Palais des Festivals
伊克纱修大酒店······l'hotel Excelsior
怡泉别墅······la Villa Schweppes
伊泽尔桥······Pont-de-l'Isère
伊泽尔平原······la plaine de l'Isère
圆点剧场······Theatre du Rond-Point
中国剧院······Chinese Theatre
棕榈咖啡厅······Café des Palmes

影展

安纳西意大利电影节······Festival italien d'Annecy
昂古莱姆法语电影节······Les films français de l'automne
昂热电影节······Le Festival d'Angers
奥斯汀电影节······Festival d'Austin
柏林电影节······La Berlinale
博纳电影节······Festival de Beaune
波代诺内"默片之日"······cinéma muet de Pordenone
布宜诺斯艾利斯电影节······Le Buenos Aires/BAFICI
多伦多电影节······Festival de Toronto
多维尔电影节······Festival de Deauville
"法律、公正和电影"电影节······Droit, Justic et Cinéma
弗里堡电影节······Festival de Fribourg
国际电影节······Festival International du Film
混屏电影节······Le Festival Écrans Mixtes
戛纳电影节······Festival de Cannes
戛纳电影节"导演双周"单元······Quinzaine des Réalisateurs
戛纳电影节"经典"单元······Cannes Classics

SÉLECTION OFFICIELLE

戛纳电影节"特别展映"单元·· Séances spéciales
戛纳电影节"午夜展映"单元··Séances de minuit
戛纳电影节"一种关注"单元··Un Certain Regard
戛纳电影节"影评人周"单元··Semaine de la Critique
戛纳电影节在布加勒斯特·······················Les Film de Cannes à Bucarest
印度果阿电影节····································Festival de Goa en Inde
韩国釜山电影节··Busan
库斯滕多夫电影节································Festival de Küstendorf
里约电影节···Festival de Rio
卢米埃尔电影节··································Le Festival Lumière
洛迦诺电影节···Locarno
吕萨纪录片电影节·····················Film documentaire de Lussas
马拉喀什电影节·································Festival de Marrakech
莫雷利亚电影节·································Festival de Morelia
纽约电影节·····································Festival de New York
热拉尔德梅电影节································Festival de Gérardmer
萨拉特电影节···································Festival de Sarlat
塞萨洛尼基电影节·····················Festival de Thessalonique
圣丹斯电影节··Sundance
圣塞巴斯蒂安电影节·······························San Sebastian
苏黎世电影节·································Fesival de Zurich
探轶电影节····································Il Cinema Ritrovato
特柳赖德电影节·································Festival de Telluride
"体育、文学和电影"电影节·········Sport，Littérature et Cinéma
威尼斯电影节··Mostra
午夜太阳电影节··················Le Midnight Sun Film Festival
喜剧电影节·····································Festival du Cinéma
亚眠电影节·····································Festival d'Amiens

奖项

奥斯卡奖··Oscars
奥斯卡最佳外语片奖····························Oscar du meilleur film
柏林金熊奖····································Ours d'Or à Berlin
多纳泰罗奖····································les Donatello
法国凯撒奖·······································les César
费比西奖···FIPRESCI
弗朗索瓦·夏莱奖·······························François Chalais
龚古尔文学奖··································Le Prix Goncourt

红旗奖··L'ordre du Drapeau rouge
戛纳电影节短片金棕榈奖······················Palme d'Or du Court Métrage
戛纳电影节金摄影机奖·····································Caméra d'Or
戛纳电影节金眼睛奖··Œil d'Or
戛纳电影节金棕榈狗奖······································Palme Dog
戛纳电影节金棕榈奖······································La Palme d'Or
戛纳电影节金棕榈酷儿奖····································Queer Palm
戛纳电影节评审团大奖····································Le Grand Prix
戛纳电影节评审团奖······································Le Prix du Jury
戛纳电影节天主教人道精神奖··························Jury œcuménique
戛纳电影节终身成就奖······················Palme d'Or d'Honneur
戛纳电影节最佳编剧奖······················Le Prix du Scènario
戛纳电影节最佳导演奖··············Le Prix de la Mise en Scéne
戛纳电影节最佳男演员奖······Le Prix d'Interprétation Masculine
戛纳电影节最佳女演员奖······Le Prix d'Interprétation Féminine
金球奖··les Golden Globes
金棕榈终身成就奖··························Palme d'Or d'honneur
朗格卢瓦奖··Le Prix Langlois
列宁奖··Prix Lénine
卢米埃尔大奖··Prix Lumière
诺贝尔文学奖··Nobel de literature
让-谷克多奖··Prix Jean-Cocteau
人民艺术家奖··Artiste du people
斯大林奖··Prix Staline
威尼斯金狮奖··Lion d'Or à Venise
萧邦杯新人奖··Trophée Chopard
雅克·德雷奖··Jacques Deray
英国电影学院奖··les BAFTA